D1859165

BASTEI LÜBBE

Taschenbücher von BARBARA HAMBLY
im BASTEI-LÜBBE-Programm:

20096 Der schwarze Drache
20194 Sonnenwolf
20195 Die dunkle Hand der Magie

Barbara Hambly

DER ZAUBER-TURM

Fantasy-Roman

Ins Deutsche übertragen
von Eva Bauche-Eppers

BASTEI
LÜBBE

BASTEI-LÜBBE-TASCHENBUCH
Band 20 239

Erste Auflage:
September 1994
Zweite Auflage:
September 1997

Deutsche Lizenzausgabe 1994
Bastei-Verlag
Gustav H. Lübbe GmbH & Co.,
Bergisch Gladbach
Originaltitel:
The Silent Tower
Lektorat: Stefan Bauer
Titelbild: Arndt Drechsler
Umschlaggestaltung:
Quadro Grafik, Bensberg
Satz: Fotosatz Schell, Hagen a.T.W.
Druck und Verarbeitung:
Brodard & Taupin,
La Flèche, Frankreich
Printed in France

ISBN 3-404-20239-2

Dem Andenken von Judy-Linn gewidmet

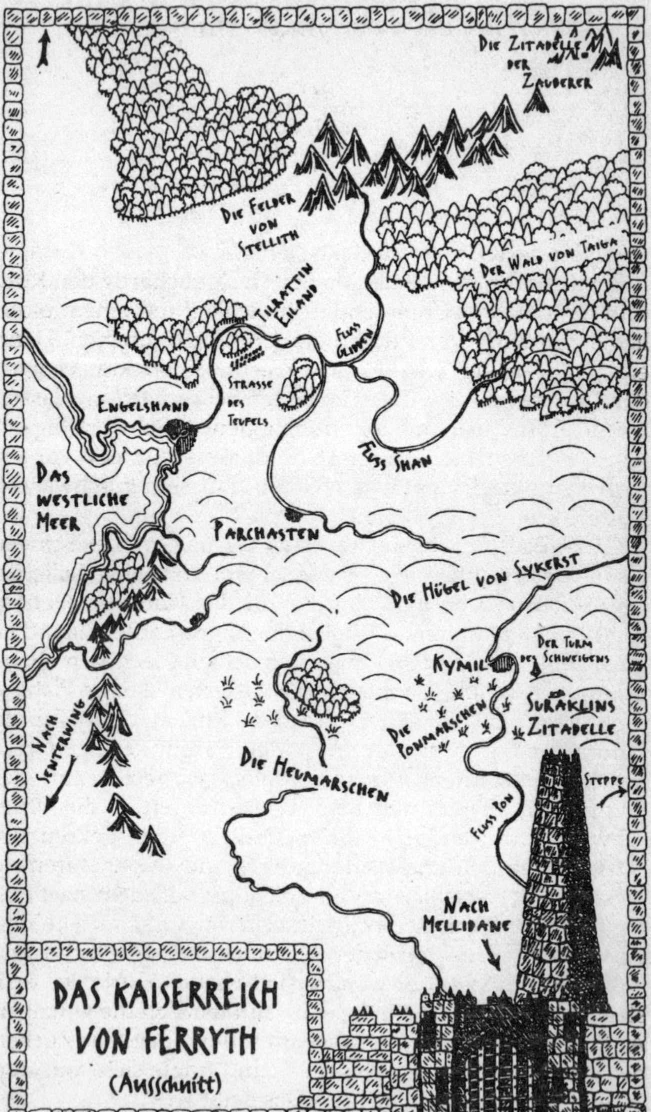

Die Zitadelle der Zauberer
Die Felder von Stellith
Der Wald von Taiga
Tilrattin Eiland
Fluss Glidden
Strasse des Teufels
Engelshand
Fluss Shan
Das westliche Meer
Parchasten
Die Hügel von Sykerst
Der Turm des Schweigens
Kymil
Suraklins Zitadelle
Die Ponmarschen
Nach Senterwing
Die Heumarschen
Steppe
Fluss Pon
Nach Mellidane
DAS KAISERREICH VON FERRYTH
(Ausschnitt)

1.
KAPITEL

»Der Erzmagus? Ist er zurückgekehrt?«

Bei Caris' Frage hob der Magier Thirle ruckartig den Kopf und hatte dabei frappierende Ähnlichkeit mit einem plötzlich aufgeschreckten, dicken grauen Wildkaninchen. Dann entspannte er sich wieder. »Noch nicht.« Er bückte sich nach der Blumenschaufel, die er im ersten Schreck fallengelassen hatte, erhob sich mit der unbeholfenen Schwerfälligkeit eines sehr beleibten Mannes von den Ziegelstufen vor seinem Haus und klopfte den Staub von seiner schwarzen Kutte. »Kann ich dir helfen?«

Caris zögerte. Seine rechte Hand lag am Griff des Schwertes in der zerschlissenen Seidenschärpe um seine Taille. Er warf einen kurzen Blick auf die Tür des Hauses nebenan. Gleich allen anderen im Winkel der Nigromanten, stand es hoch und schmalbrüstig zwischen seinen Nachbarn eingezwängt am Rand des kopfsteingepflasterten kleinen Platzes, schmutzig-grau vor Alter und dem Ruß aus den Fabrikschornsteinen. Zwei oder drei andere Sasenna, Angehörige des altehrwürdigen Kriegerordens, warteten auf der Treppe, daß er mit ihnen kam. Wie er trugen sie die weite, schwarze Gewandung ihres Ordens mit gekreuzten Schwertschärpen und Waffengurten, und wie er waren sie verschwitzt, zerschlagen und erschöpft von dem nachmittäglichen Drill mit der Waffenmeisterin. Er schüttelte den Kopf, und sie tauchten in den Schatten unter dem Torbogen.

»Ich weiß nicht.« Er wandte sich wieder Thirle zu, registrierte nach der Art der Sasenna automatisch die winzigen Auffälligkeiten – den Schweiß auf seiner Stirn, das Zucken der mit Erde behafteten Finger – und fragte sich, was den Magier beunruhigen mochte. »Das heißt …«

Der Ausdruck geistesabwesender Nervosität in den Augen des Mannes verschwand und machte aufrichtiger Anteilnahme Platz. »Was hast du auf dem Herzen, Junge?«

Einen Moment lang war Caris versucht, das Problem mit einem Schulterzucken abzutun, aus seinen Gedanken zu verbannen wie schon letzte Nacht und sich wieder den einzigen Dingen zuzuwenden, die einen Sasenna interessieren sollten – seinen Herrn, den Magiern zu dienen und seine Fähigkeiten als Kämpfer zu vervollkommnen. »Ich weiß nicht, ob es mir zusteht, dies zu fragen«, begann er unsicher. »Es ist nicht der Weg der Sasenna zu fragen – eine Waffe stellt keine Fragen an die Hand, die sie führt. Aber …«

Thirle lächelte und schüttelte den Kopf. »Mein lieber Caris, wie können wir wissen, was ein Dolch in der Scheide denkt, oder was Schwerter fürchten, wenn in der Waffenkammer die Lichter erlöschen? Du weißt, ich war nie einverstanden mit dieser Vorstellung von den Sasenna als – als Maschinen; Maschinen, wie sie in den Mühlen Stoffe weben oder Garn spinnen; Maschinen, die nur eine Arbeit tun und sich nicht darum kümmern, welche.«

Sein freundliches Zwinkern bewirkte, daß Caris leichter ums Herz wurde; er ließ sich von Thirles ketzerischen Worten sogar ein Grinsen entlocken.

Von dem etwa ein Dutzend Häuser um das kleine Geviert am Rande des Gettos der Alten Gläubigen gehörten nur acht dem Kollegium der Nigromanten, von diesen waren drei an solche Bürger vermietet – meist Alte Gläubige –, die an der Nachbarschaft keinen Anstoß nahmen. Nur wenige Magier legten Wert darauf, in der Stadt Engelshand ihr Domizil zu haben. Von diesen wenigen mochte Caris Thirle am liebsten.

Der Erzmagus, Caris' Großvater, war bereits fort gewesen, als er aus dem Frühtraining kam. Wenn er nicht vor dem Abendessen zurückkehrte, bestand kaum eine Möglichkeit, ihn heute noch zu sprechen.

Furcht war einem Sasenna an sich fremd, und Caris glaubte nicht, eine weitere schlaflose Nacht ertragen zu können, allein mit der quälenden Last auf der Seele, doch nach fünf Jahren einer rigorosen Ausbildung von Muskeln und

Reflexen fiel es ihm schwer, über etwas wie Furcht zu reden. Unschlüssig fuhr er sich mit den Fingern durch das kurzgeschnittene, jetzt schweißverklebte blonde Haar. »Vermutlich sollte ich nicht davon sprechen«, meinte er langsam. »Es ist nur – eine Waffe bin ich nicht immer gewesen.« Er kämpfte mit sich, dann stieß er hervor: »Ist es möglich, daß ein Magier seine Magie verliert?«

Thirles Reaktion war ebenso heftig wie überraschend. Fleckige Zornesröte brannte auf seinen vollen Wangen, sein Doppelkinn bebte. »Nein!« Er schrie fast. »Wir werden geboren mit magischen Kräften, stärkeren und schwächeren. Sie sind Teil von uns wie unser Fleisch, unsere Seele.«

Trotz seiner Verblüffung über den ungerechtfertigten Ausbruch blieb Caris hartnäckig. »Auch nicht, wenn ...«

»Schweig!« Thirles Gesicht war inzwischen wachsbleich vor Erregung. »Mag sein, du wurdest mit der Gabe geboren, aber sie war viel zu gering. Du kannst nichts wissen von Magie. Es ist dir verboten, davon zu sprechen. Verboten!« wiederholte er aufgebracht, als Caris den Mund aufmachte, um sich zu erklären.

Sasenna zu sein heißt in erster Linie zu dienen; als Caris nach drei Jahren einer kompromißlosen Ausbildung in der Kunst des Krieges und den subtileren Praktiken, wie sie in Friedenszeiten Anwendung finden, die letzte eigene Entscheidung seines Lebens traf, hatte er vor dem Kollegium der Nigromanten den Gefolgschaftseid geleistet. Es war auch eine Verpflichtung zu widerspruchslosem Gehorsam. Er preßte die Lippen zusammen, neigte stumm den Kopf und zwang sich, den schmerzhaften Stich der unverdienten Zurechtweisung zu ignorieren.

Mit zitternden Händen sammelte Thirle Blumenschaufel und Gießkanne ein, eilte ins Haus und schlug die Tür hinter sich zu. Caris bemerkte, daß der kleine Zauberer vor Aufregung die Hälfte seiner geliebten Topfpflanzen, mit denen sowohl die Eingangsstufe als auch sämtliche erreichbaren Fenstersimse vollgestellt waren, zu gießen vergessen hatte. Am anderen Ende der Stadt begann es von der Festung St. Cyr fünf Uhr zu schlagen. Caris blieb nur weniger als eine

Stunde, um etwas zu essen, bevor er sich im Refektorium einfinden mußte, wo die Magier ihre Abendmahlzeit einnahmen.

Immer noch verwirrt, wandte Caris sich ab und trat mit den leichten, geschmeidigen Bewegungen des Sasenna von der breiten Stufe hinunter auf den Platz. Er fühlte sich verletzt, bestürzt, als hätte der treue alte Haushund, Liebling der ganzen Familie, ihn plötzlich in die Hand gebissen. Aber schließlich, sinnierte er mit einem Anflug von Bitterkeit, war es nicht der Weg der Sasenna, selbst einen treuen, zahnlosen alten Hund zu streicheln, ohne eine Hand am Dolchgriff zu haben. In düsterer Stimmung ging er die wenigen Schritte bis zum Nachbarhaus, das Novizen und die Sasenna des Kollegiums gemeinsam bewohnten; die nagende Furcht in seinem Herzen war nicht geringer geworden.

Caris dachte längst nicht mehr von sich als einem geborenen Magier. Er war neunzehn, und seit fünf Jahren folgte er dem Weg der Sasenna, auch wenn er ihn anfangs – wie viele mit dem Geburtsrecht des Magiers – nur als Tor zu einer höheren Stufe der Begabung betrachtet hatte, die er jedoch nie erreichte.

Seine magischen Kräfte, das wußte er, waren nie außergewöhnlich gewesen – die Gabe, im Dunkeln zu sehen, sowie eine gewisse Fähigkeit, Verlorengegangenes wiederzufinden. Als Kind hatte er sich verzweifelt gewünscht, zu einem Zauberkundigen heranzuwachsen und in das Kollegium einzutreten, um seinem Großvater nahe zu sein, der schon damals Erzmagus gewesen war. Aus dem Studium des Weges der Sasenna als dem Weg zu einem Ziel wurde schließlich selbst das Ziel, und nachdem er sich mit der bitteren Erkenntnis abgefunden hatte, daß seine Begabung nicht ausreichte, um ein Magier zu werden, war er ein Sasenna geblieben. Als die Zeit kam, den Treueschwur des Kriegers zu leisten, hatte er ihn vor dem Kollegium abgelegt.

War das der Grund, weshalb Thirle sich geweigert hatte, auf seine Frage zu antworten? Weil Caris mit seiner, wenn auch geringen Gabe der Magie entsagt hatte?

Das erklärte vielleicht sein Aufbrausen, aber, dachte Caris

unbehaglich, es erklärte nicht den Unterton von Angst in seiner Stimme.

Beim Essen an diesem Abend fehlte Thirle – merkwürdig, denn obwohl die Magier im großen und ganzen einer schlichten Küche den Vorzug gaben, war der kleine Botaniker trotzdem ein großer Liebhaber der Freuden der Tafel.

Sieben Magier und zwei Novizen wohnten im Winkel. Von den vierzehn Sasenna in ihren Diensten warteten einige abwechselnd bei Tisch auf oder hielten Wache im Refektorium. Stets standen auch Posten draußen – von dieser Gruppe schliefen einige, während andere gerade aufgestanden waren und sich bereit machten, die Nachtwache anzutreten. Zwar wagten sich die Diebe und Beutelschneider, die es in den finsteren Elendsvierteln von Engelshand zuhauf gab, nicht in die Nähe des Winkels, aber die Magier hatten aus Erfahrung gelernt, daß es besser war, auf der Hut zu sein.

Mit einem unguten Gefühl stellte Caris fest, daß der Erzmagus noch nicht zurückgekommen war. Seinen Platz am erhöhten Tisch hatte Lady Rosamund eingenommen, eine sehr schöne Frau von etwa vierzig Jahren, geboren als Lady Rosamund Kentacre. Ihr Vater, der Earl Maritime, hatte sie seinerzeit enterbt, als sie die Gelübde ablegte – nicht etwa, so wurde gemunkelt, weil sie sich dadurch als geborene Magierin zu erkennen gegeben habe, sondern weil die Gelübde sie daran hinderten, von ihren Kräften zugunsten der politischen Ambitionen der Kentacre-Familie Gebrauch zu machen. Unzweifelhaft hatte der Earl Bescheid gewußt – seine Tochter war beim Eintritt in das Kollegium immerhin zwanzig Jahre alt gewesen – und wahrscheinlich dafür gesorgt, daß sie in den magischen Disziplinen von einem der Quacksalber oder Mirabiliten unterwiesen wurde, von denen es in jeder größeren Stadt des Reiches nur so wimmelte. Doch Lady Rosamund genügte die undefinierbare Mixtur aus Hokuspokus, halbverstandenen Formeln und verstümmelten Beschwörungen nicht, mit der die Scharlatane hausieren gingen. Um die wahre Lehre studieren zu können, mußte sie die Gelübde ablegen, deren erstes lautete, daß sie niemals das Gelernte gebrauchen durfte, um irgendeinem lebenden Wesen zu helfen oder Schaden zuzufügen.

»Er hätte keinesfalls ohne Leibwache gehen dürfen«, meinte sie eben, als Caris ein Tablett mit Ente und Zopfbroten zum Tisch trug.

Whitwell Simm, der schmächtig und müde aussehend neben ihr saß, protestierte. »Der Regent würde es nicht wagen ...«

»Würde er nicht?« Kalte Funken sprühten in ihren grünen Augen. »Der Prinzregent haßt jeden mit dem Geburtsrecht, hat uns immer gehaßt. Man hat mir berichtet, daß eines Abends, als er von einem Ball in der Stadt kommend in seine Kutsche steigen wollte, ein alter Mann, ein heruntergekommener, gebrechlicher Mirabilit, im Vorübergehen versehentlich gegen ihn stieß. Prinz Pharos befahl zweien seiner Sasenna, den Alten festzuhalten, während er den Bedauernswerten mit seinem Stock fast zu Tode prügelte. Die Gerüchte über das, was in dem alten Sommerpalast vorgeht, in dem er haust, sind ein Skandal. Er ist nicht weniger verrückt als sein Vater.«

»Mit dem Unterschied«, bemerkte Issay Bel-Caire auf der anderen Seite neben ihr, »daß sein Vater niemandem gefährlich wird, außer vielleicht sich selbst.«

Die beiden Novizen am Fuß der Tafel – ein kleines rothaariges Mädchen von etwa siebzehn Jahren und ihre ein paar Jahre ältere, zierliche Kommilitonin mit dunklem, cremefarbenem Teint – sagten nichts, lauschten aber aufmerksam und mit sichtlichem Unbehagen, denn sie wußten, dies war kein müßiges Tischgeplauder, sondern es ging um Dinge, die sehr wohl Auswirkungen auf ihr Leben haben konnten. Nicht weit von ihnen saß Tante Min, die älteste der Magier im Winkel, zusammengesunken wie ein kleines schwarzes Bündel Wäsche und leise schnarchend auf ihrem Stuhl. Caris, dessen Lächeln seine Sympathie für die alte Dame verriet, weckte sie behutsam; sie schrak auf und tastete mit Händen so winzig und zerbrechlich wie Vogelkrallen nach ihrem unvermeidlichen Strickzeug. Dabei führte sie murmelnd Selbstgespräche.

Whitwell Simm gab zu bedenken: »Selbst wenn der Prinz uns haßt, selbst wenn er glaubt, unsere Magie wäre nichts weiter als Scharlatanerie wie der Hokuspokus der Mirabiliten, so wißt Ihr doch, daß er es niemals wagen würde, Hand an den Erzmagus zu legen. Weder das Kollegium noch – trotz allem – die Kirche würde es dulden. Davon abgesehen wissen wir gar nicht, ob Salteris sich zum Palast begeben hat ...«

»In Anbetracht der Tatsache, daß es in der Stadt überall von den Sasenna des Regenten wimmelt«, entgegnete Lady Rosamund kühl, »kommt es nicht so sehr darauf an, wohin er gegangen ist. Prinz Pharos ist ein Wahnsinniger und hätte schon vor langer Zeit zugunsten seines Vetters von der Thronfolge ausgeschlossen werden müssen.«

Issay lachte. »Cerdic? O ja, wenn Ihr Wert darauf legt, daß Scharlatane und Mirabiliten wie der Magister Magus das Reich beherrschen.«

Ihrer Durchlaucht aristokratische Oberlippe kräuselte sich bei der Erwähnung des bekanntesten Scharlatans in Engelshand, aber mit der ihr eigenen frostigen Arroganz wandte sie ihre Aufmerksamkeit kommentarlos wieder dem Essen zu, in der unerschütterlichen Überzeugung, daß alle Gegenargumente sinnlos waren, bloßer Widerspruch um des Widerspruchs willen.

Caris, der anschließend die Teller abräumte und sich auf das letzte Training des Tages vorbereitete, das die schier endlosen Mitsommerabende ermöglichten, empfand weniger Sorge um die Sicherheit seines Großvaters. Nicht deshalb, weil er den Regenten für besser hielt als seinen Ruf – es gab keinen Zweifel, daß er ihm in jeder Hinsicht gerecht wurde –, sondern weil Caris sich nicht vorstellen konnte, daß irgend jemand oder irgend etwas in der Lage war, dem alten Herrn Schaden zuzufügen.

Seit seiner Kindheit kannte er Salteris Solaris als seinen Großvater, einen geheimnisvollen Mann, der hin und wieder dem außerhalb des Dorfes im Weizenland gelegenen Hof von Großmutter einen Besuch abstattete; manchen Sommer kam er zweimal oder blieb auch nur für die Dauer eines Wintersturms. Caris konnte sich erinnern, daß in den Wochen danach die Mutter seiner Mutter singend ihre Hausarbeit verrichtete. Das Haar des alten Herrn war damals noch dunkel gewesen wie das von Caris' Mutter – er selbst schlug nach der bemerkenswerten, lichten Schönheit seines bedächtigen, gutmütigen Vaters. Aber Caris besaß die tiefbraunen Augen des Erzmagus', die von der Farbe der fruchtbaren Erde der Weizenflur oder sehr alter Blätter am Grund eines klaren Wassers waren. Eine Zeitlang schien es, daß er außerdem noch etwas von ihm geerbt hatte. Als er dem Kollegium seinen Gefolgschaftseid leistete, geschah es in der Absicht, dem alten Herrn mit Arm und Schwert zu dienen, wenn es ihm schon versagt blieb, es als Magier zu tun. Erst letzthin war ihm zu Bewußtsein gekommen, daß es eine Zeit geben würde, in der ein anderer das Amt des Erzmagus innehaben würde.

Caris war zu sehr ein Sasenna, um während des abendlichen Trainings an seinen Großvater oder an die geheime Furcht zu denken, die er mit sich herumtrug. Während das blasse, warme Abendlicht durch die hohen Fenster des Fechtbodens im oberen Stockwerk des Novizenheims strömte, ließ die Waffenmeisterin die kleine Gruppe immer und immer wieder die Übungsschwerter aus Bambus kreuzen. Ducken und Parieren und Angriff und Zurück, geschnauzte Befehle und beißender Spott – trotz fünf harter Lehrjahre war Caris zu guter Letzt schweißgebadet, am ganzen Körper voller blauer Flecken und überzeugt, nie wieder ein Schwert heben zu können. Er kannte das Gefühl. Bei dieser Art von Drill gab es keinen Raum für irgendwelche anderen Geanken, tatsächlich war das Teil der Ausbildung: die für einen Kämpfer überlebenswichtige Fähigkeit zur absoluten Konzentration einzuimpfen, um auch das kleinste Flakkern im Auge des Gegners wahrzunehmen, das geringste verräterische Zeichen, das einem Angriff vorausgeht, oder die Fähigkeit, in gewissen Fällen eine Gefahr zu ahnen, bevor sie überhaupt greifbar zutage trat.

Als endlich die Dunkelheit hereinbrach und man nichts mehr sehen konnte, war es zehn Uhr vorbei, und Caris stolperte mit seinen Leidensgenossen die Treppe hinunter, um zu baden und dann todmüde ins Bett zu fallen. Erst als er mitten in der Nacht aufwachte, ohne zu wissen, was ihn geweckt hatte, fiel ihm sein Großvater wieder ein und was er ihn fragen wollte, aber da war es bereits zu spät.

Seine Magie war erloschen.

Längst hatte Caris aufgehört, irgendwelche hochfliegenden Erwartungen in seine magischen Fähigkeiten zu setzen. Das war vorbei. Doch jetzt, allein in der warmen, muffigen Dunkelheit, wurde ihm bewußt, wie tief die Wurzeln reichten, bis zu welchem Ausmaß Magie das Gerüst seiner Seele gebildet hatte. Ohne sie war das Leben nichts, eine Welt grau in grau, nicht einmal bitter. Es war, als hätten alle Dinge plötzlich die Farbe und Beschaffenheit von Staub – als wären sogar seine Träume ohne jeden Glanz.

Er hatte im Flüsterton von den Mitteln sprechen hören, durch die ein Nigromant seiner Kräfte beraubt werden konnte, den *Antidoten* – Zauberschnur und die Siegel aus Eisen, Gold oder geschnittenen Edelsteinen, geprägt mit Zeichen, die eines Magiers Fähigkeiten lähmten und neutralisierten, so daß er hilflos seinen Feinden preisgegeben war. Aber damit hatte diese schreckliche Leere nichts zu tun. Seine Seele glich einer Form, aus der das Wachs geschmolzen war, doch nie würde Bronze hineinfließen – nur Staub, der alle Stellen ausfüllte, die seine Magie innegehabt hatte.

Ihm war nach Weinen zumute, aber der Weg der Sasenna gestattete keine Tränen.

Unfähig, noch einen Augenblick länger die heiße, stickige Luft im Dormitorium der Sasenna zu ertragen, schlüpfte er in Hose und Hemd und stolperte die Treppe hinunter zur Haustür. Die innere Stimme des Sasenna flüsterte ihm zu, daß er auch die Stiefel anziehen und den Schwertgurt umlegen sollte, doch es erschien ihm nicht der Mühe wert, darauf zu hören. Die frischere Luft draußen auf den Stufen belebte ihn ein wenig. Über den kleinen, kopfsteingepflasterten Hof hinweg hörte er das verschlafene Zwitschern der Vögel unter den Dachrinnen der gegenüberliegenden Häuser. Irgendwo in den schäbigen Gassen des Gettos der Alten Gläubigen krähte ein Hahn.

Thirle hatte gesagt, es sei unmöglich, völlig unmöglich. Doch es war geschehen, vergangene Nacht – ein alptraumhaftes Gefühl des Beraubtwerdens, von dem er mit kalter Furcht im Herzen aufwachte. Er wußte gleich, daß es etwas war, das nicht sein durfte, wie Thirle gesagt hatte ... Und nun war seine magische Kraft vollkommen erloschen.

An den geschnitzten Türstock gelehnt, die Arme um den Leib geschlungen, fragte er sich niedergeschlagen, weshalb er kaum etwas fühlte, nicht einmal wirklich Trauer. Er war innerlich wie tot. Sein Blick wanderte über die Fassaden zu dem kleinen Haus seines Großvaters. Ob der alte Herr inzwischen zurückgekommen war? Die Fenster waren dunkel, aber das mußte nicht bedeuten, daß er schlief – oft saß er ohne Licht und las, wie jene mit dem Geburtsrecht es vermochten. Vielleicht wußte er etwas, wovon Thirle keine Kenntnis hatte.

Doch andererseits hatte es gar keinen Sinn mehr, jetzt noch Fragen zu stellen. Was geschehen war, ließ sich nicht mehr ändern. Wie seine längst verlorene Unschuld war seine Magie etwas, das er nie wiederbekommen würde. In der Ferne, westlich, hörte man gedämpft den Lärm aus den Vierteln der Innenstadt, aus den anrüchigen Theatern auf der Engelsinsel, nicht weit von der Festung St. Cyr, und aus den vornehmeren Spielhallen in der Nähe des kaiserlichen Palastbezirks. Kutschenräder polterten über granitenes Straßenpflaster, Stimmen grölten in Tavernen, die erst bei Tagesanbruch schlossen.

Ohne bewußt einen Entschluß gefaßt zu haben, ertappte Caris sich dabei, wie er die Eingangsstufen hinunterstieg und in der Hosentasche nach seiner Börse fühlte. Ihm war danach, in den Schwarzen Hengst hinüberzugehen und sich zu betrinken.

Sich zu *betrinken*? Er blieb stehen, überrascht und angewidert von sich selbst. Es gab keine Vorschrift, die einem Sasenna das Trinken verbot. Falls nötig, konnte Caris bei einem Zug durch die Schänken mit den meisten seiner Kameraden mithalten, aber im allgemeinen zog er es vor, nüchtern zu bleiben. Es war der Weg der Sasenna, allezeit kampfbereit zu sein, und Caris hielt nichts davon, seine Reflexe abzustumpfen.

Aber jetzt hatte das alles plötzlich keine Bedeutung mehr. Dumpf war ihm bewußt, daß nicht der Wein ihn lockte, sondern der Rausch mit seiner betäubenden Wirkung, und er wußte auch, daß er sich mehr schadete als nützte. Trotzdem! Nach kurzem Zaudern ging er seufzend die letzten Stufen hinunter, und es kümmerte ihn nicht einmal, daß er unbewaffnet war und barfuß.

Als sein nackter Fuß das rauhe Pflaster berührte, hörte er Thirles Stimme in Todesangst ein »NEIN!« schreien.

Die Reaktion bei Gefahr war Caris in den fünf Jahren seiner Ausbildung in Fleisch und Blut übergegangen: sich hinwerfen und über den Boden in Deckung rollen. Doch jetzt stand er steif und starr wie ein tumber Tor im wächsernen Mondlicht unten an der Treppe, als die plumpe schwarze Gestalt des Magiers stolpernd aus der Mündung einer Passage mit dem passenden Namen Pesthauchgasse auftauchte. Ganz deutlich sah er Thirles pausbäckiges Gesicht und das Entsetzen in seinen Augen, während der Magier taumelnd, mit rudernden Armen über den freien Platz lief.

Aus dem Dunkel an der entgegengesetzten Hofseite ertönte der Knall eines Schusses.

Der Anprall der Kugel stieß Thirle nach hinten; wie von einem gewaltigen Fausthieb getroffen, stürzte er haltlos zu Boden. Eine zweite dunkle Gestalt löste sich aus den Schatten an der Stelle, von der der Schuß gekommen war, lief auf Thirle zu und an ihm vorbei in Richtung der Gassenmündung, formlos, unkenntlich in dem schwarzen Umhang, der ihn umflatterte wie die Schwingen der Nacht. Caris beobachtete die Vorgänge, doch alles, eingeschlossen die Tatsache, daß er wußte, Thirle war tot, bedeutete ihm weniger als die Trauer um den Verlust seiner Magie. Unwichtig. Nichts davon hatte etwas mit ihm zu tun. Doch tief in seinem Innern regten sich Bestürzung und Entsetzen – über das, was geschehen war, und über sich selbst.

Es kostete ihn Überwindung, sich in Bewegung zu setzen, um der flüchtenden schwarzen Gestalt den Weg abzuschneiden. Nach zwei, drei Schritten wurde er schmerzhaft daran erinnert, daß er keine Stiefel anhatte. Und er hatte sein Schwert vergessen. Seine Lethargie und den sträflichen Leichtsinn verfluchend, die ihn heute nacht im Griff zu haben schienen, warf er sich zur Seite in den schwarzen Schattenteich zwischen dem Novizenheim und Thirles Haus. Am anderen Ende des Hofes sah er ein Mündungsfeuer aufflammen, dann folgte der Knall.

Splitter platzten von der Ziegelmauer, ritzten seine Wange. Er wußte, daß es ein paar Sekunden dauerte, wieder zu laden, und daß jetzt die Gelegenheit war, loszustürmen und den feigen Mörder zu packen – doch er zögerte. Ein Gefühl der Panik, wie er es nie gekannt hatte, krampfte ihm den Magen zusammen. Er hörte eilige Schritte auf dem Pflaster und zwang sich aufzuspringen, hinterherzulaufen, aber seine Beine waren schwer wie Blei. Es machte ihm nichts aus. Seine Seele war ebenso leer und trostlos wie die der Magie beraubten Welt um ihn herum. Warum nicht stehenbleiben, die Schultern zucken und wieder ins Bett gehen – Thirles Leichnam würde auch am Morgen noch da sein. Ein bohrender Zorn auf sich selbst trieb ihn weiter. In den fünf Ausbildungsjahren hatte er sich – trotz Erschöpfung, gelegentlicher Krankheit und Verletzungen – immer wieder aufgerafft weiterzumachen, durchzuhalten. Aber jetzt nicht aufzugeben, fiel ihm schwerer als je zuvor. In irgendeinem hinteren Winkel seines Gehirns fragte er sich, ob er vielleicht das Opfer eines Zauberbanns war, aber sein Zustand ließ sich durch keinen Bann erklären, den er kannte.

Seine Schritte wurden langsamer. Der Flüchtende sprang über Thirles reglosen Körper hinweg und verschwand in der undurchdringlichen Schwärze der Pesthauchgasse. Caris wich zur Seite aus und schob sich an der Hauswand entlang. Jeden Augenblick rechnete er damit, daß die Hand mit der Pistole um die Ecke auftauchte. Die beiden Schüsse waren so dicht aufeinander gefolgt, daß der Mörder zwei Waffen gehabt haben mußte – die jetzt beide leer waren – und vielleicht hatte er noch eine dritte. Durch sein dünnes Hemd fühlte Caris die rauhe Fläche der grob verputzten Mauer. Der feine Stoff war durch und durch feucht von seinem Schweiß. Sein Atem ging so schwer, als hätte er einen Lauf von etlichen Meilen hinter sich.

Er erreichte die Einündung der Gasse und spähte hinein.

Nichts war zu sehen. Kein Licht – keine Mauern – kein Himmel. Vor ihm gähnte ein schwarzer, bodenloser Schlund; ein Abgrund, der selbst die Zeit zu verschlingen schien, als endete nicht nur die Welt, sondern das Universum an dem schmalen Streifen blassen Mondlichts auf den Pflastersteinen unter seinen Füßen.

Entsetzen zog sich gleich einer Würgeschlinge um seinen Hals zusammen. Diese grausige, lähmende Angst hatte er nicht mehr empfunden, seit er als Kind nachts aufgewacht war und im Dunkel der Bodenkammer die Augen von Ratten hatte funkeln sehen. Bei dem gebannten Blick in die unendliche Tiefe überfiel ihn Grauen, Grauen vor … er wußte nicht was: dem Raunen des Windes der Ewigkeit über seinen blanken Knochen? Er preßte die Stirn gegen die Mauer, kniff die Augen zusammen und rang mühsam nach Atem. Er spürte die Gefahr, aber sein Kämpferinstinkt hatte ihn verlassen wie seine Magie; er wollte fliehen, doch er wußte nicht, in welcher Richtung die Rettung lag. Es war nicht der Tod, den er fürchtete – die Angst hatte kein Gesicht, keinen Namen.

Dann war das Gefühl verschwunden. Wie ein von bösen Träumen Gepeinigter selbst im Schlaf die Befreiung spürt, wenn ein Gewitter die drückende Schwüle der Sommernacht hinwegfegt, fühlte er sich von der erstickenden Last der Hoffnungslosigkeit erlöst. Er lehnte noch immer an dem klammen Stein der Mauer, und es kam ihm vor, als wäre er aus einer Betäubung erwacht – mit wild schlagendem Herzen, atemlos, aber wieder bei klarem Verstand. Seine Magie – jener Funken intensiver Bewußtheit, der ein ganzes Leben lang seine Wahrnehmung beeinflußt hatte – war zurückgekehrt. Und mit ihr ein Aufflammen heißer Wut auf sich selbst, wie er so einfältig sein konnte, barfuß und ohne Waffen draußen herumzulaufen.

Bei dem Gedanken an das, was er tun mußte, wurden ihm die Knie weich. Es bedurfte all seiner Willenskraft, damit er sich wieder in Bewegung setzte, tief geduckt, obwohl er wußte, daß der Mann mit den Pistolen fort war. Es gehörte zum Weg der Sasenna, niemals ein Risiko einzugehen. Vorsichtig spähte er um die Hausecke herum in die Gasse.

Diffuses Mondlicht zeigte ihm die moosbewachsenen Pflastersteine, die bröckelnden Häuserwände und das Glitzern der übelriechenden Brühe in den Rinnsteinen. Genau in der Einmündung stand eine Pfütze, die zu groß war, um sie überspringen zu können. Es gab keine Fußspuren auf der anderen Seite.

Caris warf einen Blick zu der Stelle, wo Thirle wie ein gestrandeter, sterbender Wal im fahlen Licht der Sterne lag. In den Häusern ringsum gingen die Lichter an, gedämpfte Stimmen und Schritte bildeten einen Ring aus Geräuschen um den stillen Platz. Als Caris bei Thirle angelangt war, bemerkte er den dunklen Fleck, der sich auf dem Brustteil seiner Kutte ausgebreitet hatte. Der massige Leib des Sterbenden bäumte sich auf, er holte röchelnd Atem. Caris sank neben ihm auf die Knie, und für einen Moment begegneten die dunklen, gehetzten Augen den seinen.

»Antryg«, flüsterte Thirle und starb.

»Man muß die Polizei rufen.«

Erzmagus Salteris Solaris, der neben Thirles Leichnam kniete, erwiderte nichts auf die Worte der betagten Waffenmeisterin inmitten der kleinen Gruppe von Männern und Frauen – Alte Gläubige und Novizen. Alle waren im Nachtzeug und standen mit verstörten Mienen herum. Neben ihm schaute Caris von den Augen des Toten, die blind auf den matten Perlenschimmer der frühen Morgendämmerung über dem malerisch zerklüfteten Schattenriß der Hausdächer starrten, zu den scharfen, raubvogelartigen Zügen seines Großvaters. Die weißen Brauen des alten Herrn waren gerunzelt, und in seinen Augen stand Trauer über den Verlust eines langjährigen Weggefährten – Trauer und noch etwas anderes, das Caris nicht zu deuten wußte. Der alte Herr hob den Blick zu den Umstehenden und sagte: »Ja – vielleicht.«

Lady Rosamund, die voll bekleidet war und sogar die hyazinthfarbene Stola eines Mitglieds des Kollegiums übergeworfen hatte – ein Rangabzeichen, das der Erzmagus selten trug –, verzog geringschätzig den Mund. Als Sproß einer der vornehmsten Familien des Landes, hatte sie nichts übrig für solche bourgeoisen Institutionen wie die Hauptstadtpolizei. »Die Konstabler werden einen Grund finden, um zu warten, bis es hell ist.«

Solaris gestattete sich ein schwaches Lächeln. »Sehr wahrscheinlich.« Er betrachtete wieder den unförmigen Hügel schwarzer Gewänder. Im weichen Schein des bläulichen Feenlichts, das wie Elmsfeuer über seiner hohen Stirn und dem langen weißen Haar schwebte und die Szene beleuchtete, konnte man sehen, wie seine Wangenmuskeln sich verhärteten.

Caris wurde die Kehle eng, er streckte die Hand aus, um tröstend die knochige, schmale Schulter des alten Herrn zu umfassen, aber dann fiel ihm ein, daß er ein Sasenna war, und die Geste blieb unvollendet. Wie es einem Sasenna geziemte, war er an den Tod gewöhnt. Mit fünfzehn hatte er seinen ersten Mann getötet; man schickte den Schulen der Sasenna Gefangene, die vom Kaiser oder der Kirche zum Tode verurteilt worden waren, denn selbst in Friedenszeiten, so besagte der Kodex, muß das Schwert den Geschmack von Blut kennenlernen. Als die eingeschworene Waffe des Kollegiums der Nigromanten, würde er eigenhändig Thirle die Kehle durchgeschnitten haben, hätte man es ihm befohlen. Dennoch, es lag Jahre zurück, daß jemand gestorben war, den er persönlich gekannt hatte. Leicht beschämt mußte er feststellen, daß die Ausbildung ihn nicht gegen das Gefühl tiefer Bestürzung über den Verlust abgestumpft hatte, und es machte ihn zornig, daß jemand es gewagt hatte, dem Erzmagus Schmerz zuzufügen.

Salteris erhob sich. Die schwarzen Gewänder fielen in

schweren, strengen Falten um seine schmächtige Gestalt. Trotz seiner schneeweißen Haare, trotz des Verfalls seiner Kräfte, der sich in den letzten Jahren bei ihm bemerkbar gemacht hatte, ließ er sich nicht helfen. »Wir sollten ihn hineinbringen«, meinte er leise. Er sah die beiden Sasenna an, die zur Nachtwache eingeteilt gewesen waren. Als sie den Mund öffneten, um sich zu rechtfertigen, sie hätten die Toreinfahrten auf der anderen Hofseite patroulliert, winkte er ab. »Es war niemandes Schuld«, sagte er beschwichtigend. »Ich glaube, Thirle mußte sterben, weil er dem Mann auf seiner Flucht im Weg stand – vermutlich, weil Thirle ihn sah und Alarm gegeben hatte.«

»Nein«, ertönte eine brüchige, dünne alte Stimme aus der Düsternis der Pesthauchgasse. »Du hast die Tore vergessen und den Abyssus – die Tore im Abgrund zwischen den Welten ...«

Salteris' Kopf fuhr herum. Caris trat unwillkürlich einen Schritt vor, bereit, seinen Großvater zu schützen, dann aber erkannte er die Stimme. »Tante Min?«

Aus den Schatten näherte sich mit trippelnden Schritten die gebeugte Gestalt der alten Dame, die einst im Kollegium als Minhyrdin die Schöne berühmt gewesen war, die Säume ihrer Kutte schleiften durch die Pfützen, der Handarbeitskorb mit ihrem unvermeidlichen Strickzeug schlenkerte gefährlich an ihrer Seite. Halb aufgebracht, halb besorgt um die Greisin, beeilte Caris sich, ihren Arm zu nehmen.

»Ihr solltet nicht hier draußen sein, Tante Min. Nicht heute nacht ...«

Sie schenkte ihm keine Beachtung, sondern drehte den Kopf auf dem schiefen Hals, um zu Salteris und Lady Rosamund aufzuschauen, die ebenfalls herbeigeeilt waren. »Unheil naht«, krächzte sie. »Unheil aus anderen Welten als dieser. Welten, von denen uns nur ein hauchdünner Schleier trennt. Der Dunkle Magus wußte ...«

Bei der Nennung dieses Namens hob Salteris rasch die Hand. Zwischen seinen silberweißen Brauen erschien eine steile Falte. Caris schaute hastig von ihm zu Tante Min, die mit ihrem verhedderten Strickzeug hantierte. »Andere Welten?« fragte er besorgt. Widerstrebend richtete sein Blick sich auf den schwarzen Schlund der Gasse, ein verschachteltes Gefüge grauschattierter Kanten und Flächen. Der Rinnstein spiegelte den Quecksilberglanz des Himmels wie eine zerbrochene Schwertklinge. »Aber – aber unsere ist die *einzige* Welt. Es gibt keine andere. Sonne und Mond umkreisen uns ...«

Salteris schüttelte den Kopf. »Nein, mein Junge«, sagte er. »Seit Jahren weiß man, daß wir es sind, die um die Sonne kreisen, und nicht die Sonne um uns, auch wenn die Kirche sich noch nicht überwinden konnte, es einzugestehen. Aber das ist nicht, wovon Tante Min spricht.« Mit gerunzelter Stirn starrte er einen Moment lang ins Leere. »Ja, der Dunkle Magus wußte Bescheid.« Seine Stimme wurde zu einem Flüstern. »Wie auch ich.« Er legte der Greisin den Arm um die gebeugten Schultern. »Kommt. Vor allem anderen müssen wir ihn ins Haus bringen.«

Man schickte einen der wachhabenden Sasenna – von den anderen war keiner bekleidet und bewaffnet –, um einen Physikus zu holen. Zu Caris' nicht geringer Überraschung dauerte es weniger als eine halbe Stunde, bevor er eintraf. In der Enge der niedrigen Kammer, die dem Erzmagus als Studierzimmer diente, berichtete Caris diesem, Lady Rosamund und Tante Min von den Vorfällen – die Schüsse, die Verfolgung, das furchtbare Tor der Dunkelheit –, bis er das Klappern von Hufen draußen hörte und das Rollen von Kutschenrädern. Er staunte, daß tatsächlich ein Bürger von Engelshand bereit gewesen war, sich zu nächtlicher Stunde in den Winkel der Nigromanten zu wagen, und er staunte erst recht, als der Mann das Zimmer betrat. Naheliegend wäre gewesen, daß Salteris einen Heiler der Alten Gläubigen rufen ließ, dren archaischer Religion immer noch mehr als nur ein wenig Zauberei beigemischt war. Doch der Ankömmling trug die adretten blauen Kniehosen und den taillierten Gehrock eines Praktikers aus der Stadt.

»Dr. Narwahl Skipfrag.« Salteris erhob sich von dem geschnitzten Elfenbeinstuhl und streckte die sehnige, schmale Hand aus. Der Physikus ergriff sie; während er grüßend leicht den Kopf neigte, erfaßten seine leuchtend blauen Augen jede Einzelheit des kleinen Raums mit den Regalen voller Bücher, den in Honig oder Alkohol konservierten Embryos, den geometrischen Modellen und Kristallprismen.

»Ich bin so schnell gekommen, wie es möglich war.«

»Es bestand kein Grund zur Eile.« Salteris deutete einladend auf den Sessel, den Caris stillschweigend herangerückt hatte. »Der Mann war fast sofort tot.«

Eine von Skipfrags schütteren, sandfarbenen Augenbrauen fuhr abrupt in die Höhe. Er war ein hochgewachsener Mann, untersetzt und mit bräunlichem Teint. Das Haar trug er im Nacken zu einem altmodischen Zopf geflochten. Ungeachtet der Tatsache, daß Salteris' Bote ihn aus dem Schlaf gerissen haben mußte, war seine breite Leinenkrawatte säuberlich gebunden und jedes Fältchen an seinem plissierten Hemd akkurat geplättet.

»Dr. Narwahl Skipfrag«, stellte Salteris vor. »Lady Minhyrdin – Lady Rosamund – mein Enkelsohn Caris, Sasenna des Kollegiums, Zeuge der Ereignisse. Dr. Narwahl Skipfrag, Leibphysikus des Kaisers und mein guter Freund.«

Nach Art der Sasenna verbarg Caris seine Überraschung. Wenige Praktiker glaubten noch an die Macht der Magie, und schon gar nicht konnte man erwarten, daß jemand mit Beziehungen zum Hof sich zu dem verpönten Aberglauben bekannte oder zugab, mit dem Erzmagus befreundet zu sein. Aber Dr. Skipfrag lächelte und nickte Lady Rosamund zu. »Wir sind uns, glaube ich, früher bereits begegnet – in einem anderen Leben.«

Langsam, wie gegen ihren Willen, erwärmte ein antwortendes Lächeln die Lippen ihrer Durchlaucht.

Tante Min, die in ihrem tiefen Sessel noch kleiner und gebrechlicher wirkte, fragte, ohne die Augen von ihrer Handarbeit zu erheben: »Und wie geht es Seiner Majestät?«

Skipfrags Gesicht bewölkte sich ein wenig. »Seine Gesundheit ist zufriedenstellend.« Er sagte es im Ton eines Mannes, der die Rettung einer goldgeränderten Saucière aus den Trümmern eines Hauses kommentiert.

Lady Rosamund kniff die vollen Lippen zusammen. »Bedauerlich, in gewisser Hinsicht.« Salteris warf ihr einen fragenden Blick zu, doch Skipfrag musterte angelegentlich seine breiten weißen Hände. Sie zuckte die Achseln. »Eine gute Gesundheit ist für ihn kein Gnadengeschenk. Ohne seinen Verstand wäre der Mann besser tot. Nach vier Jahren wäre es töricht, darauf zu hoffen, daß er eines Morgens erwacht und feststellt, er ist genesen.«

»Er könnte uns alle eines Tages überraschen«, bemerkte Skipfrag. »Aber ich wage zu behaupten, daß sein Sohn so denkt wie Ihr.«

Bei der Erwähnung des Prinzregenten verengten sich Lady Rosamunds kalte grüne Augen.

»Es ist in gewisser Weise wegen seines Sohnes«, warf Salteris halblaut ein, »daß ich dich hergebeten habe, Narwahl. Der Mann, der getötet wurde, war ein Magier.«

Der Physikus schwieg. Salteris lehnte sich zurück. Das Feenlicht umgab seinen Kopf und die Flut silberweißer Haare mit einer geisterhaften Aureole. Eine Weile schwieg auch er, die Ellenbogen aufgestützt, die Hände gefaltet und die ausgestreckten Zeigefinger gegen die Lippen gestützt. »Mein Enkel sagt, er habe Thirle beim Anblick eines Mannes in den Schatten auf dieser Seite des Hofes ›Nein!‹ rufen gehört – des Mannes, der ihn erschoß und dann in die Gasse flüchtete. Caris konnte nicht sehen, bei welchem Haus der Mörder stand, aber ich vermute, es war dieses hier.«

Die leuchtend blauen Augen wurden ernst. »Regent Pharos hat seine Finger im Spiel. Willst du darauf hinaus?«

»Pharos hat nie ein Geheimnis aus seinem Haß auf jene mit dem Geburtsrecht gemacht.«

»Nein«, pflichtete Skipfrag bei und schaute gedankenvoll auf das Feenlicht, das einen Moment lang über der Tischplatte hing. Er streckte die Hand danach aus wie jemand, der eine Kerze löschen will – sein Zeigefinger und sein Daumen strichen durch den weißen Kern aus Licht im Herzen der schimmernden Kugel, die Schatten seiner Finger wanderten als riesenhafte schwarze Balken über die getäfelte

Decke und die von Büchern überwucherten Wände. »Interessant«, murmelte er. »Nicht einmal eine Veränderung der Temperatur.« Sein Blick kehrte zu Salteris zurück. »Und das ist an sich schon merkwürdig, nicht wahr?«

Salteris nickte verstehend. Caris, der nach Art der Sasenna stumm, aber wachsam in einer Ecke Posten bezogen hatte, war froh, als Lady Rosamund fragte: »Weshalb? Nur wenige glauben heutzutage noch an unsere Macht.« Bittere Verachtung lag in ihrer Stimme. »Sie arbeiten in ihren Fabriken oder ihren Läden und möchten lieber glauben, daß Magie nicht existiert, wenn sie sie nicht gebrauchen können, um den Lauf der Welt ihren persönlichen Bedürfnissen anzupassen.«

Der Erzmagus bemerkte leise: »Das ist, wie es sein soll.«

Die tiefen Falten um Skipfrags Augen verdunkelten und kräuselten sich bei seinem Lächeln. »Nein«, meinte er. »Die meisten von ihnen glauben nicht einmal an die Mirabiliten. Oder glauben nur halb an sie und gehen heimlich zu ihnen – den Blendwerkern, den Scharlatanen, den Quacksalbern, die niemals die wahre Lehre studiert haben, weil sie die Gelübde nicht ablegen wollten. Und deshalb können sie nichts weiter tun, als Liebestrünke brauen oder in irgendeinem engen, nach Räucherwerk stinkenden Kabuff die Runen werfen. Allerhöchstens drücken sie sich wie der Magister Magus im Dunstkreis des kaiserlichen Hofs herum, in der Hoffnung, einen Gönner zu finden, der ihnen finanziell unter die Arme greift, während sie nach einer Methode suchen, um Blei in Gold zu verwandeln. Weshalb wohl verhaften die Hexenjäger der Kirche sie nicht wegen des Praktizierens von Magie außerhalb der Ägide des Kollegiums? Sie sind bestens geeignet, die Skepsis in der Bevölkerung zu nähren, und das ist genau im Sinne der Hexenjäger. Der Regent jedoch …« Er schüttelte den Kopf.

Durch die wegen der Schwüle geöffneten hohen Fenster am anderen Ende des Zimmers drangen jetzt die Geräusche der erwachenden Stadt herein. Seit langem war Caris vertraut mit dem hellen Rasseln der Wagen von Fleischern und Geflügelhändlern auf ihrer täglichen Runde, dem unmelodischen Singsang eines von Haus zu Haus ziehenden Nudelverkäufers und dem Poltern der zweirädrigen Bauernkarren, die Feldfrüchte und sonstige Produkte vom Land in die Stadt brachten. Die Sonne ging auf über der Stadt aus Granit; der Geruch des Flusses und die Salzluft vom Hafen trieben heran und brachten das ferne Schreien der Seevögel mit sich. Am Kopf des Tisches verharrte Salteris in abwartendem Schweigen; Tante Min schien allem Anschein nach in ihrem Sessel eingeschlummert zu sein.

Skipfrag seufzte. Der eichene Lehnstuhl knarrte leise, als er sein Gewicht verlagerte. »Ich war viele Jahre der Freund Seiner Majestät«, sagte er ruhig. »Du weißt, Salteris, daß er den Nigromanten stets Wohlwollen entgegenbrachte, auch wenn er gezwungen war, sie aus politischen Gründen auf Armeslänge von sich fernzuhalten. Er glaubte an magische Kräfte – andernfalls hätte er nie die Armee aufgestellt, die euch half, den Dunklen Magus Suraklin zu besiegen.«

Salteris regte sich nicht, aber das Flackern des Feenlichts verriet ein Zucken seiner ins Leere gerichteten Augen, und etwas in seiner Haltung gemahnte Caris an einen Wachhund, an dessen Ohr im Halbschlaf das Geräusch fremder Schritte gedrungen ist.

»Pharos' Haß auf dich hat tiefere Gründe als nur Unglauben«, fuhr Skipfrag fort. »Er gibt dir die Schuld an der Geistesverwirrung seines Vaters.«

Lady Rosamund machte eine abwehrende Handbewegung. »Er war schon als Knabe voller Haß und mißtraute jedem.«

»Mag sein«, meinte Salteris nachdenklich. »Doch es läßt sich nicht leugnen, daß in letzter Zeit die Abneigung des Regenten gegen uns zu einer Manie ausgeartet ist. Vielleicht fürchtet er mich noch zu sehr, um öffentlich gegen mich vorzugehen – doch wäre ihm zuzutrauen, daß er einen Meuchelmörder schickt.« Er richtete den Blick auf Skipfrag. »Kannst du das für mich bei Hofe herausfinden?«

Der Physikus überlegte einen Moment, dann nickte er. »Das wird sich bewerkstelligen lassen. Ich habe immer noch Pharos' Ohr und auch zahlreiche Freunde unter den einflußreichen Leuten. Bestimmt gelingt es mir, einiges in Erfahrung zu bringen.«

»Gut.« Salteris stand auf und schlug Skipfrag leicht auf den Arm, als der stattliche Mann sich ebenfalls erhob. Neben dem feingliedrigen Erzmagus in seiner schlichten Kutte wirkte er fast wie ein Riese. Caris, der vorauseilte, um ihnen die Tür aufzuhalten, sah in der grauen Morgendämmerung, daß man Thirles Blut bereits vom Pflaster gewaschen hatte; trübe Wasserpfützen standen zwischen den Steinen. Die Waffenmeisterin und die beiden Novizinnen standen noch auf den Stufen vor dem Wohnheim und redeten leise miteinander. Alle drei waren noch im Nachtzeug, obwohl – so bemerkte Caris – die Waffenmeisterin das Schwert in der Faust hielt, bereit zu kämpfen, wann immer es nötig sein sollte.

Während er zusah, wie Salteris den Physikus zu seiner wartenden Kutsche begleitete, kam ihm plötzlich die Frage in den Sinn, was um alles in der Welt Thirle mitten in der Nacht hier draußen gesucht haben mochte? Und Rosamund – vollständig angekleidet, tadellos frisiert ...? Sie war offensichtlich noch auf gewesen. Er warf einen Blick zurück ins Zimmer. Auch Tante Min war angezogen. Ihr dünnes, strähniges weißes Haar war allerdings zerzaust – aber natürlich, dachte Caris und lächelte innerlich, sah es immer so aus.

Hatten sie alle – wie er – in der drückenden Wärme der Nacht keine Ruhe gefunden?

Ein Luftzug fuhr durch sein kurzgeschnittenes helles Haar und strich spürbar über die Schmarren in seinem Gesicht, wo die von der Kugel des Mörders abgesprengten Ziegelsplitter ihn getroffen hatten. Der Tag weckte allmählich Farben auf den Fassaden der Häuser gegenüber, die schwarze Holzverkleidung am Obergeschoß belebte sich zu der Tagesvariante aus Braun- und Grauschattierungen. Der wilde Dschungel von Thirles Topfpflanzen strotzte in einem satten Grün, an dem ihr Besitzer sich nun nicht mehr freuen konnte.

Unten im Hof kletterte Skipfrag in seinen Einspänner, breitete die Schöße seines Gehrocks aus und ergriff die

Zügel des eleganten Braunen im Geschirr. Salteris stand vor dem Bock und redete leise auf ihn ein. Die Stimme des Arztes drang klar verständlich bis zu Caris auf die Treppenstufen. »Es wird höchste Zeit, daß ich mich auf den Weg mache. Das Herumexperimentieren mit Elektrizität läßt man mir großmütig durchgehen, aber meine Reputation wäre unwiderbringlich dahin, wenn bekannt würde, ich glaubte an Zauberei. Ich werde für dich herumhorchen und überhaupt tun, was ich kann. Vorläufig gib acht auf dich, mein Freund.«

Salteris trat zurück, als Skipfrag den Einspänner wendete. Die Eisenräder mahlten knirschend über das Pflaster. Dann war der Leibarzt des Kaisers fort.

Der Erzmagus blieb noch eine Weile am selben Fleck stehen. Die Ziegelstufen waren kalt unter Caris' bloßen Füßen, eine Morgenbrise bauschte sein zerrissenes, beschmutztes Hemd. Er blickte auf die einsame Gestalt hernieder, die in der Mitte des von blaßgoldener Helligkeit durchfluteten Hofes stand. Bei dem letzten Besuch seines Großvaters seinerzeit, bevor Caris sich dem Weg der Sasenna verschrieben hatte, hatte der alte Herr eine Art von zäher Energie besessen – trotz seiner Jahre. Jetzt hatte er Ähnlichkeit mit altem Elfenbein, wirkte abgenutzt, beinahe durchsichtig. Mit einem Seufzer drehte der Erzmagus sich herum, hielt inne und hob den Kopf, als er Caris auf der Treppe stehen sah.

»Was hat Tante Min gemeint?« fragte Caris leise. »Mit dem Abyssus und den Toren zwischen den Welten?« Er ging die Stufen hinunter, um seinen Großvater zu stützen. »Gibt es noch andere Welten außer dieser?«

Diesmal ergriff Salteris die dargebotene Hand. Die kalten, dünnen Finger fühlten sich so zart an wie Vogelknochen. Kein großer Mann, nicht von Statur – Caris war wie nie zuvor bewußt, daß er ihn um einiges überragte, den alten Herrn, der ihn als Kind hochgehoben und durch die Luft geschwenkt hatte. Obwohl es nicht seine Gewohnheit war, viel über das unaufhaltsame Verrinnen der Zeit nachzugrübeln, fühlte er, wie der flüchtige Hauch ihrer Schwingen kalt seine Seele streifte. Stumm geleitete er den Erzmagus die Treppe hinauf.

Oben standen sie dann eine Weile nebeneinander. Auch der Erzmagus schwieg, er überlegte, was er jemandem antworten sollte, der als Uneingeweihter die Zusammenhänge nicht begreifen konnte.

Endlich nickte er. »Ja. Und ich befürchte, was du gesehen hast, mein Junge, war ein Tor wie das, von dem Tante Min gesprochen hat – ein Tor zum Abyssus.«

Caris stammelte: »Da-davon habe ich noch nie gehört.«

Ein schwaches Lächeln umspielte die schmalen Lippen seines Großvaters. »Wenige haben dir da etwas voraus«, meinte er. »Und weniger noch haben den Abyssus durchquert, wie ich es tat – ein einziges Mal –, und eine der fremden Welten betreten.« Einen Moment lang schienen die dunklen Augen in unermeßliche Fernen zu schauen, jenseits des Morgenhimmels, jenseits des Kosmos'. »Soweit ich weiß, haben nur zwei Männer in dieser Welt eine Ahnung von der Natur des Abyssus; und sie wissen, wie man ihn manipulieren und sich darin bewegen kann. Einer von ihnen ist tot.« Er stockte, seufzte wieder. »Der andere ist Antryg Windrose.«

»Antryg?« fragte Caris. »Thirle hat seinen Namen genannt.«

Salteris' Blick flog zu seinem Gesicht. Er zog die Augenbrauen in die Höhe. »Tatsächlich?« Seine Miene drückte Zweifel aus, dann lächelte er. »Durchaus möglich, falls er dachte – wie ich –, daß von jenseits des Abyssus eine Gefahr auf uns zukommen könnte. Antryg«, sagte er nochmals, und Caris spürte eine Erinnerung in sich aufsteigen, wie an ein in der Kindheit oft gehörtes Märchen.

»Antryg«, wiederholte Lady Rosamunds Stimme im Tonfall unsäglicher Geringschätzung.

Caris drehte sich um. Sie war von statuenhafter Schönheit, wie sie so in der Tür des Hauses hinter ihnen stand und die schlanken weißen Hände über der Schnalle des Gürtels gefaltet hatte, die schwarzen Locken breiteten sich über ihre Schultern wie glänzendes Rabengefieder.

Ihm fiel manches wieder ein, dies und das, Gespräche der Magier, die über seinen Kopf hinweggeführt worden waren. »Er war ein Zauberer, nicht wahr?«

»Ist«, berichtigte der Erzmagus. Er bewegte die schmalen Schultern unter der Kutte, während sein Blick sich wieder in der Ferne verlor.

»Ein Mirabilit.« Lady Rosamunds Ton war geeignet, eine Fensterscheibe mit Eisblumen zu überziehen. »Eidbrüchig und nicht besser als die Bauernfänger, die für jeden, der zu zahlen gewillt ist, Glück, Reichtum und langes Leben aus Kaffeesatz oder Eselsdung herauslesen.«

»Mag sein.« Salteris rieb sich müde die Schläfen. »Außer, daß er ohne jeden Zweifel der bedeutendste noch lebende Magier ist. Vor dreizehn Jahren war er das jüngste Mitglied, das je ins Kollegium der Nigromanten aufgenommen wurde – drei Jahre später wurde er aus dem Kollegium ausgeschlossen und in die Verbannung geschickt für seine Einmischung in die Streitigkeiten zwischen den Fürsten der Weizenflur und dem Kaiser. Später wurde er in Gnaden wieder aufgenommen, dann erneut ausgestoßen, und ich und die anderen Magier hatten Gelegenheit, ihn um die halbe Welt zu jagen.«

Caris runzelte die Stirn. Halbvergessene Kindheitserinnerungen tauchten geistergleich aus den Tiefen seines Bewußtseins auf, anheimelnde Bilder, umrahmt vom Bernsteinlicht des Herdfeuers – der Erzmagus am gemauerten Ofen im Haus von Caris' Großmutter; neben ihm der große, hagere junge Mann, den er mitgebracht hatte und der an einem Windrädchen bastelte und dabei schaurige Gruselgeschichten mit einer tiefen, wohlklingenden Stimme erzählte, die so opulent und nuancenreich war wie ein gestickter Bilderteppich.

»Ist er böse?« Caris konnte sich nicht erinnern, damals so etwas wie Verderbtheit bei Antryg gespürt zu haben.

Salteris überlegte einen Augenblick, schüttelte dann den Kopf. »Ich glaube nicht. Aber seine Motive waren immer obskur. Meines Wissens ist nie jemand in der Lage gewesen zu sagen, was er tun würde oder warum. Er ist, wie schon gesagt, mächtiger als jeder andere heute lebende Magier, ich eingeschlossen. Doch sein Verstand ist wie ein tiefer, dunkler Schacht, in den man das gesammelte Wissen der Jahrhunderte und den gesamten Tand und Trödel etlicher Universen kunterbunt hineingeworfen hat. Er ist gleichzeitig weise und einfältig, unglaublich verschlagen und hoffnungslos zerstreut und – fürchte ich – mittlerweile vollkommen verrückt.«

Lady Rosamund zuckte die Achseln mit einer formvollendeten Anmut, die zu erlernen es vermutlich jahrelanger Übung unter der Anleitung eines Maitre de courtoisie bedurft hatte. »Er war von Anfang an verrückt.«

»Richtig.« Ein Lächeln huschte über das Gesicht des alten Herrn. »Aber das Problem bei Antryg ist, daß niemand je imstande war zu beurteilen, *wie* verrückt.« Dann erlosch das belustigte Funkeln in seinen Augen. »Seit nunmehr sieben Jahren ist er im Turm des Schweigens eingekerkert, dessen Steine sogar mit Zaubersprüchen gegen das Wirken von Magie geschützt sind. Nach so langer Zeit als Gefangener der Kirche und isoliert von der Magie, dem Lebenselixier eines jeden mit dem Geburtsrecht, kann ich nur hoffen, daß Antryg Windrose noch genügend bei Verstand ist, um uns zu helfen. Denn ich fürchte, wenn wir es mit einer Gefahr aus einer anderen Welt als dieser zu tun haben, könnten wir dringend auf seine Hilfe angewiesen sein.«

2. KAPITEL

**Fehler: Unbekanntes Element in binärer Verzeichnisstruktur
**Berichtigen und neue Eingabe
OK>

»Verzeichnisstruktur?« Joanna Sheraton stöhnte auf. »Ich habe die verfluchte Verzeichnisstruktur eben korrigiert.«
Geduldig tippte sie:

>Suchen: Verzeichnis Data.0
OK>
Ausführen Tiger.Rev8

Einen Augenblick später materialisierten sich grüne Lettern auf dem grauen Schirm:

**Fehler: Unbekanntes Element in binärer Verzeichnisstruktur
**Berichtigen und neue Eingabe:
OK>

»Dein Element ist die Boshaftigkeit«, murmelte sie. In den endlosen Reihen von Daten, die über den Bildschirm wanderten, suchte sie nach irgend etwas, das möglicherweise den Start des Programms verhinderte. »Also, woran liegt's? Paßt dir mein Tonfall nicht? Soll ich ›bitte, bitte‹ sagen?« Sie versuchte erneut ihr Glück:

>Suchen: Verzeichnis.Data.0
OK>

>Ausführen Tiger.Rev8
**Fehler. Unbekanntes Element in binärer Verzeichnisstruktur
**Berichtigen und neue Eingabe:
OK>

»Weißt du, langsam habe ich die Nase voll von deinem OK.« Sie strich sich die weiche Strähne ihrer schulterlangen, krauslockigen Haare aus den Augen und griff nach dem eselsohrigen Programm ganz oben auf den Stapeln halsbrecherisch aufgeschichteter Printouts, Handbücher, schematischer Zeichnungen von Tiger Missiles und handschriftlich gekritzelter Artikel für die firmeninterne Zeitung, das *San Serano Spectrum,* die sich zu beiden Seiten des Keybords türmten. »Und ich habe auch die Nase voll von dir«, fügte sie hinzu, den Blick starr auf die vorüberziehenden Informationen auf dem Monitor geheftet. »Angeblich bist du das heißeste Stück Elektronik westlich von Houston. Wir sollten nicht ›Ich sehe was, was du nicht siehst‹ spielen müssen, jedesmal, wenn ich ...«

Ihre Hand erstarrte mitten in der Bewegung.

Jemand war draußen im Korridor.

Doch als sie lauschte, hörte sie nichts als das leise Rauschen der Klimaanlage. Sogar die Ghettoblaster der Putzkolonne, die sie gewöhnlich veranlaßten, lange Spaziergänge zu den Kaffeeautomaten in entfernten Winkeln des Gebäudes zu unternehmen, waren verstummt – und zwar, fiel ihr auf, bereits seit geraumer Zeit.

Ihr kam zu Bewußtsein, daß es ziemlich spät sein mußte.

Sicherheitsdienst, beruhigte sie sich und wandte ihre Aufmerksamkeit wieder dem Monitor zu

Sicherheitsdienst – Blödsinn.

Sie hatte oft genug bis spätabends gearbeitet, Analysen der Ergebnisse von Raketentestflügen erstellt, um zu wissen, wie es sich anhörte, wenn die Wachmänner durch die Flure patroullierten. Die leichten, eiligen Schritte eben vor der Tür, hatten nichts gemein mit dem vertrauten Geräusch genagelter Stiefel und klirrender Schlüsselbunde.

Ihr nächster Gedanke war: *Wenn es nicht der Sicherheitsdienst ist, wird der Sicherheitsdienst sich darum kümmern.* Und der nächste: *Sei nicht albern.* Wahrscheinlich irrte irgendein bedauernswerter Techniker draußen auf der Suche nach einem Klo oder einem Kaffeeautomaten herum, der auch zu dieser Stunde noch bereit war, Kaffee zu spenden – oder was immer man in San Serano als solchen zu bezeichnen pflegte.

Kein Grund zur Beunruhigung.

Leicht gesagt.

Joanna befand sich in dem Lebensabschnitt, der durch das Prädikat ›junge Frau‹ gekennzeichnet ist, war nicht besonders groß und vermittelte den Eindruck kompakter Handfestigkeit trotz ihres eher zierlichen Körperbaus. Ruth, die Malerin in der Wohnung unter ihr, vertrat die Ansicht (mit der sie auch nicht hinter dem Berg hielt), Joanna könnte schön sein, wenn sie sich nur die Zeit dazu nähme. Doch Joanna hatte nie das Bedürfnis gehabt, sich diese Zeit zu nehmen – oder wenigstens nicht in dem schwelgerischen Ausmaß, wie es Ruths Gepflogenheit war. Jetzt hakte sie lautlos die Fußspitze hinter den Griff der Schreibtischschublade und zog sie soweit auf, daß sie in ihr Monstrum von einer Schultertasche greifen und einen Hammer herausholen konnte.

Dann saß sie still und lauschte wieder. Nichts.

Allmählich kam ihr zu Bewußtsein, daß sie gräßliche Kopfschmerzen hatte. Es muß nach zehn sein, überlegte sie – es waren noch Leute im Haus gewesen, als sie sich über das Programm zur Analyse der Testergebnisse für den Navy-Bericht nächste Woche hergemacht hatte. Schwer zu sagen, wie lange sie noch …

Ihr Blick suchte das grüne Leuchten der Uhr.

2 Uhr!

Zwei Uhr morgens! Sie hätte geschworen, es wäre nicht später als zehn – na ja, elf, weil die Putzkolonne schon heimgegangen war.

Kein Wunder, daß ich Kopfweh habe, dachte sie und kämmte mit allen zehn Fingern durch ihren fedrigen Haarschopf.

Vage erinnerte sie sich, daß sie zu beschäftigt gewesen war, um etwas zu essen. Ohnehin hatte sie seit langem aufgehört, den Fraß zu kaufen, den die Futterautomaten im Aufenthaltsraum für teures Geld denjenigen spendeten, die nach Feierabend noch weiterarbeiteten. Das war das Tückische an dem ganzen San Serano Aerospace Komplex, wie sie im Lauf der Zeit herausgefunden hatte: Das kühle weiße Licht veränderte sich nie, die antiseptische Luft hatte eine stets gleichbleibende Temperatur, und infolgedessen verlor man unweigerlich jedes Zeitgefühl.

Na gut, aber zwei Uhr morgens …

Ohne Vorwarnung brandete eine Woge der Verzweiflung in ihr empor, füllte wie kaltes, fettiges Abwaschwasser die hintersten Winkel ihrer erschöpften Seele. Die Sinnlosigkeit all dessen überwältigte sie plötzlich – nicht nur die Versuche, das Programm zum Laufen zu bringen, oder die langweilige und langwierige Dokumentation im Anschluß daran oder die Tatsache, daß sämtliche Daten morgen sowieso wieder geändert werden mußten. Ihr ganzes Leben breitete sich plötzlich vor ihr aus, eine Existenz ohne Sinn und Zweck, eine schnurgerade, leere Straße ins Nichts.

Merkwürdig, denn eigentlich war sie seit dem Auszug von zu Hause ganz zufrieden gewesen mit ihrem Single-Dasein. Vielleicht war das eins der Dinge, die mit ihr nicht stimmten, dachte sie. Mit Computern fühlte sie sich erheblich wohler als mit Menschen – ganz egal, wie man aussah, ein Computer grinste nicht hämisch, sobald man ihm den Rücken zukehrte. Computer erwarteten nicht, daß man imstande war, Dinge zu tun, die zu tun man nicht gelernt hatte. Und sie scherten sich nicht darum, was man in der Freizeit unternahm.

Sie war gewöhnt an das unterschwellige Nagen einer Verpflichtung, sich zu ändern – mehr zu sein als ihre geistreichen, geselligen Kollegen – aber nie hatte sie dieses hohle, graue Gefühl absoluter Vergeblichkeit gehabt, ob sie nun blieb, wie sie war, oder sich anpaßte.

Das Bild von Gary Fairchild tauchte vor ihr auf – gutaussehend, lächelnd und verliebt. Ihre Einsamkeit erschien ihr plötzlich überwältigend, ihre Einwände gegen seinen Wunsch, daß sie bei ihm einzog, kindisch und abwegig. *Warum nicht?* dachte sie. *Wenn das alles ist, was noch kommt ... Vielleicht haben die anderen recht mit ihren Ansichten, und ich bin irgendwie daneben ...*

Dennoch erfüllte der Gedanke, ihr selbstgenügsames Idyll aufzugeben, sie mit der Furcht vor einem unabwendbaren Schicksal.

Eine beharrliche innere Stimme flüsterte ihr zu: *Wie auch immer, zwei Uhr morgens ist nicht die Zeit, Entscheidungen fürs ganze Leben zu treffen. Morgen, wenn ich ihn sehe ...*

So schnell, wie es sie überkommen hatte, verebbte die Weltuntergangsstimmung wieder. Joanna blinzelte, rieb sich die Augen und wunderte sich mit der unbeteiligten Abgeklärtheit, die sie in der Vergangenheit schon häufiger in Schwierigkeiten gebracht hatte: *Was, zum Teufel, war das?*

Die Vorstellung, daß sie für einen Moment wahrhaftig geplant hatte nachzugeben, wenn Gary sie das nächstemal bedrängte, mit ihm zusammenzuziehen, jagte ihr einen Schauer über den Rücken. Na schön, sie gehörte zu diesen grauen Mäusen, derentwegen kein Mann sich ein Bein ausriß; die sich in ihren Elfenbeinturm einigelten, umgeben von Bücherstapeln, Computern und Katzen. Aber das war immer noch besser als der Kampf zwischen ihren gewissenhaften Anstrengungen, Gary zufriedenzustellen, dem Horror vor den öden Fernsehabenden in seinem riesigen, graugepolsterten Wohnzimmer und der verstohlenen Sehnsucht, es sich irgendwo allein mit einem Buch gemütlich machen zu dürfen. Das war nun allerdings nicht die Art und Weise, wie sie für den Mann fühlen sollte, der sie liebte. Aber – Schande über ihr Haupt – das *waren* ihre Gefühle, ungeachtet aller Bemühungen, sich selbst vom Gegenteil zu überzeugen.

Ich muß hungriger sein, als ich dachte, überlegte sie. *Es wird behauptet, ein niedriger Blutzuckerspiegel führt zu Depressionen – daß man Selbstmordgedanken kriegt, haben sie nicht erwähnt.*

Seufzend begann sie mit der Backup-Prozedur, um ihre Arbeit, soweit sie gediehen war, für morgen zu sichern. An diesem Punkt, das wußte sie, würden ihr aus schierer Erschöpfung mehr Fehler unterlaufen, als sie berichtigte. Sie warf die Disketten oben auf den Mount Everest. Die Kollegen glaubten ihr nicht, wenn sie behauptete, daß sie sich in dem Tohuwabohu aus Printouts, Programmen, Disketten, Daten, Berichten, Rundschreiben, Magazinen und Artikeln auf ihrem Schreibtisch gemäß dem Ölbohrungsprinzip der geologischen Stratifikation orientierte. Es war ihnen allen ein Rätsel – Joanna selbst wäre nicht überrascht gewesen, Trilobiten in den unteren Schichten zu finden.

Erst als sie aufstand, fielen ihr die verstohlenen Schritte vor ihrem Büro wieder ein.

Sei nicht albern, ermahnte sie sich erneut. *San Serano ist ein Sicherheitskomplex. Die Idee, jemand könnte hereingelangen, ohne von den Wachen überprüft zu werden, ist lächerlich.*

Doch irgendwie war sie nicht überzeugt.

Sie suchte in ihrer verblichenen Jeans nach den Autoschlüsseln, wuchtete ihre Umhängetasche – zusammengestückelt aus indianisch gemustertem Stoff und Kaninchenfell, vollgestopft mit zusammengerollten Ausdrucken, Computermagazinen und einer unglaublichen Menge kunterbuntem Krimskrams – aus der Schreibtischschublade und schickte sich an, den Hammer wieder darin zu verstauen. Dann zögerte sie. Natürlich wäre es eine kolossale Blamage, wenn ein Wachmann oder Kollege – welcher Kollege trieb sich um zwei Uhr früh noch in der Firma herum? – sie dabei ertappte, wie sie mit einem Hammer in der Faust zum Aufzug marschierte. Trotzdem ...

Du bist sechsundzwanzig Jahre alt, hielt sie sich streng vor. *Die Chance, daß dir in den Gängen der San Serano Bomben- und Kriegsgeräteboutique der Bruder von Freddie Krueger über den Weg läuft, ist verschwindend gering.*

Dito die Chance, einem spöttelnden Kollegen zu begegnen. Sie entschloß sich zu einem Kompromiß, indem sie den Hammer so in die Tasche steckte, daß der Stiel leicht zu greifen war. Dann öffnete sie lautlos die Tür und trat auf den Gang hinaus.

Irgendwie verschlimmerte das helle Licht im Flur ihre

Ängste noch. Die Türen der anderen Büros, an denen sie vorbeiging, und der Schreibkräftepferch waren Brunnen gespenstischen Zwielichts, die Maschinen schlummerten in unirdischem Schweigen. Korridore zu den Testlabors auf der anderen Seite des Gebäudes funktionierten wie Schalltrichter, in denen das gedämpfte Geräusch von Joannas Turnschuhen auf dem dunkelblauen Teppichbelag erschrekkend laut in der hellerleuchteten Stille widerhallte. Einzweimal erhaschte sie einen Blick auf die fetten Kakerlaken, die in Scharen das mollig warme Labyrinth hinter den Rückwänden der Geräte im Testlabor bevölkerten, aber das waren die einzigen anderen Lebewesen, die sie sah.

Dann erregte ein Lichtschein ihre Aufmerksamkeit.

Sie blieb stehen. Nicht die unveränderliche weiße Helligkeit der Neonröhren ... Kerzenlicht? Nicht mehr als ein verwischter goldener Reflex auf der Metallfläche der halboffenen Tür des Hauptcomputerraums.

Feuer? dachte sie und ging schneller. Im Hauptcomputerraum standen eine Menge Printoutbehälter. Die Dr. 1, ein Cray von der Größe eines Cadillacs, der riesigste Verteidigungscomputer westlich von Houston, konnte von jedem der Desktops angezapft werden, doch es gab auch viel Arbeit in der Zentrale selbst. Rauchen war verboten, aber einer der Putzleute hatte vielleicht eine Zigarette in einen Papierkorb geworfen, obwohl das Licht zu klein und zu ruhig aussah für ein Feuer.

Es war – wie sie angenommen hatte – eine Kerze. Sie stand in einem altertümlichen Halter aus Zinn auf der Ecke des Monitorpults. Der goldene Widerschein huschte über die Kanten der drei massiven Monolithen des Cray, die riesigen Monitorschirme und die kleineren CRTs und Keybords. Als sie die leicht ansteigende Rampe hinaufging – der Raum hatte einen zweiten Fußboden über der Verkabelung im Hohlraum –, starrte das rote Auge der Stromversorgung ihr neben dem Flämmchen des anachronistischen Beleuchtungskörpers verdrossen entgegen.

Wie, zum Teufel, kommt eine Kerze ...

Ihre angeborene nervöse Schreckhaftigkeit war die Rettung. Sie wußte, sie hatte den Mann nicht kommen gehört, doch es war, als fühlte sie den schwarzen Schatten hinter sich aufragen, einen Lidschlag bevor die Hände sich um ihren Hals legten. Sie zerrte an den langen, kalten Fingern, die sich in ihre Kehle gruben, gleichzeitig trat sie nach hinten aus und merkte, wie ihr Fuß sich in Stoff verhedderte.

Der Griff lockerte sich, das Dröhnen in ihren Ohren und das schreckliche benommene Gefühl im Kopf ließen einen Augenblick nach. Mit der rechten Hand griff sie blitzschnell nach dem Hammer in ihrer Tasche. Heißer Atem strich an ihrer Schläfe entlang; der Geruch von Holzrauch, alter Wolle und Kräutern stieg ihr in die Nase. Mit aller Kraft führte sie über die linke Schulter hinweg einen Schlag nach ihrem Angreifer.

Und fiel. Ihr Kopf schlug auf den Boden. Der Aufprall wurde von dem dünnen, borstigen Nylon des Teppichs kaum gedämpft. Das verschwimmende Bild prägte sich ihr ein: die Kerze vor dem Monitor; ein Schatten, der sich über sie beugte; etwas anderes an der Wand ...

Ammoniak – es nahm ihr den Atem. Ihre schlagende Faust wurde von einer großen, schwarzen Hand eingefangen, ihr Schrei war nicht mehr als ein ersticktes Krächzen.

Das Gesicht über ihr schälte sich aus dem Nebel – es war besorgt, schwarz, nicht mehr jung. »Fehlt Ihnen was, Miss?«

Sie blinzelte, ihr Herz klopfte zum Zerspringen, sie zitterte an allen Gliedern, und von dem Adrenalinstoß, der durch ihren Körper brauste, wurde ihr fast schlecht. Der Strahl einer Taschenlampe auf dem Boden glänzte metallisch auf einer Dienstmarke und verursachte dunkle Schattenlinien entlang der Bügelfalten am hellblauen Hemd des Wachmanns, als er ihr half, sich aufzusetzen.

»Haben Sie ihn erwischt?« fragte sie benommen.

»Wen?«

Unwillkürlich griff sie nach ihrem Hals und betastete die Druckstellen an der Kehle. Sie schluckte. Es tat weh. Ihr Kopf schmerzte – Glück gehabt, daß sie auf die leicht federnde, erhöhte Abdeckung aufgeschlagen war und nicht auf den Zementboden darunter. »Jemand ist hier drin gewesen. Er hat mich von hinten gepackt …« Sie schaute zum Pult. Die Kerze war verschwunden.

Der Wachmann nahm das Walkie-talkie vom Gürtel. »Ken? Art hier. Wir haben Meldung von einem Eindringling in Gebäude Sechs, Nähe Hauptcomputerraum.« Er wandte sich wieder an sie. »Haben Sie einen Blick auf ihn werfen können?«

Sie schüttelte den Kopf. »Er war größer als ich …« Sie unterbrach sich verlegen. Jeder war größer als sie. »Aber ich glaube, ich habe ihn schon vorher auf dem Flur gehört.«

»Um welche Zeit?«

»Gegen zwei. Ich – ich habe hier drin Licht gesehen.«

»Und er hat sie hiermit angegriffen?« Der Wachmann hielt den Hammer am äußersten Ende des Griffs. Ein Taschentuch schützte das vermeintliche Beweisstück vor seinen Fingerabdrücken.

Joanna wurde rot. »Nein«, sagte sie und kam sich unglaublich albern vor. »Den hatte ich in der Tasche.«

Der Mann warf einen erstaunten Blick auf das kapitale Behältnis und nickte, wenigstens teilweise verstehend.

»Ich nehme ihn manchmal mit, wenn ich weiß, daß ich länger arbeiten werde«, beeilte sie sich zu erklären, obwohl sie ihn eigentlich immer dabeihatte. »Für den Weg über den Parkplatz.« Das war gar nicht so seltsam, wie es sich anhörte – San Serano lag in den trockenen Chaparralhügeln hinter Agoura, eine so verlassene Gegend, wie man sie in der relativen Nähe von Los Angeles nur erwarten konnte. Auch wenn das Parkplatzunwesen sich im allgemeinen darauf beschränkte, daß repräsentativere Fahrzeuge – Corvettes, Porsches und Geländewagen – aufgebrochen oder ganz gestohlen wurden, war es dennoch ein unheimlicher Marsch bei Nacht über die große, leere Fläche.

Das Walkie-talkie des Wachmanns knisterte. Er lauschte, dann sagte er: »Wir haben Verstärkung angefordert. Sie werden in zwanzig Minuten hier sein, um den gesamten Komplex zu durchsuchen. Er kann uns nicht durch die Finger schlüpfen.«

Aber genau darauf lief es schließlich hinaus. Joanna saß in

der Sicherheitsbaracke – ein schmuckloser Zementklotz dicht beim Haupttor auf der Lost Canyon Road –, verschanzte sich hinter einem Teebecher, lauschte auf die eingehenden Meldungen und beantwortete die Fragen, die man ihr stellte. Jede Tür und jeder Zugang zu Gebäude Sechs wurde kontrolliert und ordnungsgemäß verschlossen gefunden. Teams von Sicherheitsbeamten durchkämmten systematisch das Innere des Gebäudes – ergebnislos.

Gegen vier durfte Joanna nach Hause. Sie hatte mit dem Gedanken gespielt, Gary anzurufen, weil die Vorstellung, allein in ihre Wohnung in Van Nuys zurückzukehren, sie erschreckte, aber dann ließ sie es doch bleiben. Um diese Uhrzeit würde Gary darauf bestehen, daß sie bei ihm übernachtete, schließlich lag sein Haus gleich hinter dem nächsten Hügel, und sie hatte nicht den Nerv für das ›Aber *warum* willst du nicht‹-Hickhack, von dem sie wußte, daß es unweigerlich folgen würde. Warum sie nicht wollte, war eine Frage, die sie bislang weder zu Garys noch zu ihrer eigenen Zufriedenheit hatte beantworten können – es war meistens einfach leichter nachzugeben, als zu erklären.

Zu guter Letzt begleiteten die Posten sie zu ihrem alten blauen Pinto, der einsam und allein auf dem großen Gelände stand, und sie fuhr durch die nächtlichen Canyons zur Hauptstraße und den helleren Lichtern im Tal entgegen. Sie wußte nicht genau, weshalb der Gedanke, allein nach Hause zu kommen, ihr Angst machte. In ihrer Wohnung war alles wie immer, doch als sie gegen sechs Uhr endlich einschlief, war es kein ruhiger Schlaf.

Es wurde auch später keine Spur des Eindringlings gefunden; er schien sich in Luft aufgelöst zu haben.

3. KAPITEL

Der Turm des Schweigens erhob sich zehn Meilen außerhalb der alten Kaiserstadt Kymil. Er war durch den weiten, spiegelglatten Bogen des Flusses Pon von ihr getrennt, sowie von dem grünen und silbernen Flickenteppich der Ponmarschen, wo Schafe und Schweine zwischen den sumpfigen Tümpeln nach Futter suchten und Kinder aus der Stadt an den lagen Sommerabenden auf Frösche Jagd machten. Als Caris und sein Großvater sich in der friedvollen Stille des ausklingenden Tages auf der langen Dammstraße den alten Stadttoren näherten, wichen die Bauern und die Kaufleute, von denen die Stadt lebte, vor der langen schwarzen Kutte des alten Mannes zur Seite und machten das Zeichen gegen Unheil. Die Einwohner Kymils hatten ein gutes Gedächtnis und Grund, jene mit dem Geburtsrecht zu fürchten, sogar Salteris Solaris.

Von der Straße aus konnte Caris den Turm sehen, wie er einsam auf seinem Hügel stand; ein warnend gen Himmel gereckter Finger.

Ganz sicher eine Warnung, die kein Magier je vergaß.

Es verkehrte eine Kutsche zwischen Engelshand und Kymil; auch wenn die Nigromanten – wie die Alten Gläubigen – davon keinen Gebrauch machten, hatten sie doch den Nutzen der ausgebauten Straße. Zwei Nächte hatten Caris und sein Großvater in Bauernkaten übernachtet und einmal in der gewollt rustikalen Villa eines reichen Kaufmanns aus Engelshand, der beim Abendessen mit leutseligem Ernst über ›die verborgene Stärke der alten Religionen‹ diskutierte, während seine Töchter sich zu nachtschlafender Zeit die Treppe hinunterschlichen, um Salteris zu bitten, ihnen aus den Karten die Zukunft vorherzusagen. Zwei weitere

Nächte campierten sie im Freien. Caris sorgte sich, daß der alte Herr trotz des milden Spätsommerwetters Schaden an seiner Gesundheit nehmen könnte. Aber Salteris war zäh. Wie die meisten Sasenn hatte Caris einen leichten Schlaf, und wann immer er nachts aufwachte, sah er Salteris in stummer Meditation dasitzen, den Blick zu den Sternen erhoben.

Am höchsten Punkt der Straße blieb Caris stehen, um den Rucksack bequemer zurechtzurücken. Am Fuß des aufgeschütteten Straßendamms und längs der Stadtmauern duckten sich die Hütten der Armen: jedes Frühjahr, sobald das Wasser zurückging, mehr schlecht als recht zusammengezimmert und verlassen im Winter, wenn das Wasser wieder stieg. Jetzt spielten Kinder in Lumpen zwischen den erbärmlichen Bruchbuden, schrien und bewarfen sich mit Kieselsteinen. Eine religiöse Prozession kam in Sicht, die wohl auf Wallfahrt von oder zu einem der zahlreichen heiligen Schreine überall in den Marschen war; Weihrauchduft und fromme Gesänge wehten zu der Stelle, wo er und sein Großvater standen. Leute in der Bretterstadt unten hielten inne, um das Knie vor den graugewandeten Priestern zu beugen; die halbnackten Flußschiffer am Ufer taten es ihnen gleich, auch ein Schalhändler, der wie ein Yulbaum mit seinen Waren behängt war. Ein Kaufmann hinter ihnen auf der Straße, der in einen dunkelblauen Rock und Kniehosen aus feinem Wollstoff gekleidet war, kniete ebenfalls nieder, und Caris spürte die Augen des Mannes im Rücken, als weder er noch Salteris Anstalten machten, mit der geziemenden Demutsgebärde ihre Unterwerfung unter den Willen der Kirche zu bekunden.

»Heute logieren wir in der Herberge der Nigromanten in der Stadt«, bemerkte Salteris. Sein Blick suchte hinter den Marschen die erhabene Ruhe der fahlen Berge. Sie bildeten die Grenze zu Sykerst, dem unbesiedelten Gebiet, das sich zweitausend Meilen nach Osten erstreckte, eine scheinbar endlose, leicht gewellte Grasebene. »Nandiharrow führt sie – der Alte Glaube ist immer stark gewesen in dieser Stadt, und viele von denen, die seinerzeit kamen, um dabei zu sein, als Suraklin der Prozeß gemacht wurde, fühlten sich willkommen genug, um für immer hierzubleiben.«

Ein Windhauch von den Bergen raunte zwischen den Wiesen links und rechts der Straße und trug den wilden Geruch von Ferne und Heuwiesen heran. »Suraklin stand hier vor Gericht?«

»Ja.« Der Erzmagus seufzte. »Stand vor Gericht, wurde verurteilt und hingerichtet.« Sein weißes Haar flatterte in der Brise, er starrte ins Leere. Offenbar erfüllte ihn kein Triumph bei der Erinnerung an den Vorfall, der für das Kollegium – und die Kirche – ein großer Sieg gewesen war.

»Ich wußte es nicht«, sagte Caris leise. »Ich dachte, weil der Kaiser den Vorsitz hatte – der Prinz, damals noch –, wäre der Prozeß in Engelshand gewesen.«

Die Mundwinkel des alten Herrn bogen sich ironisch nach unten. »Es ist schwierig, jemanden wegen Mißbrauchs seiner magischen Kräfte den Prozeß zu machen – in einer Stadt, in der man nicht an Zauberei glaubt«, meinte er. »Suraklin war bekannt in Kymil. Selbst wer nicht glaubte, daß seine Macht auf Magie beruhte, hütete sich, ihn zu erzürnen.« Er deutete mit einem Kopfnicken auf die schweigenden Berge. »Dort befand sich seine Zitadelle. Man hat die Menhire umgestürzt, die den Weg bezeichneten, wenigstens soweit man sie von der Stadt aus sehen konnte; die Zitadelle selbst wurde geschleift, die Mauern durch Feuer gereinigt. Der Turm ...«

Im samtigen, blaugrauen Licht der Abenddämmerung sah Caris, wie die weißen Brauen des Magiers sich zusammenzogen und ein ganzes Netzwerk von Runzeln seine hohe Stirn furchte.

»Der Turm des Schweigens steht seit Menschengedenken dort, aber wir verstärkten die Mauern – ich und die anderen Mitglieder des Kollegiums. Wir panzerten die Steine mit unseren Bannsprüchen. Wir schufen das Mal der Finsternis aus den Bildern der Sterne und dem Siegel des Toten Gottes, das eines Magiers Kräfte lähmt und wirkungslos macht, und damit versahen wir die Tür, so daß keinerlei Magie hinausgelangen konnte. Im Turm des Schweigens erwartete

Suraklin seinen Prozeß. Von dort wurde er zu seiner Hinrichtung geführt.«

Er wandte sich ab. »Komm«, sagte er leise. »Es ist nicht gut, von diesen Dingen zu reden.« Damit ging er voraus, weiter die Straße entlang, auf das altersgraue Stadttor zu.

Die Herberge der Nigromanten erwies sich als großes, weitläufiges Gebäude im Herzen Kymils, unmittelbar am Fluß. Wie die meisten Häuser war es aus Holz gebaut; anders als die meisten war es phantasievoll dekoriert mit bizarren Schnitzereien und Arkaden, kleinen Zinnen und zierlichen Treppen, die nirgends hinführten; Balkonen, von denen man, wenn man sich über ihre zu einem Filigran aus Blüten und Blättern gemeißelte Balustrade lehnte, in Miniaturgärten hinuntersah, die kaum größer als ein einziges Blumenbeet, aber dermaßen von Ranken überwuchert waren, daß man den kleinen Springbrunnen in der Mitte kaum zu entdecken vermochte. Die meisten Häuser in Kymil, stellte Caris fest, folgten einem äußerst schlichten Bauplan, dafür waren sie grellbunt angestrichen: rosa oder narzissengelb oder leuchtend blau. Eins, dicht hinter dem Tor, durch das sie die Stadt betraten, strotzte vor architektonischen Finessen, mit denen das Bauwerk selbst nicht aufwarten konnte – Kolonnaden, Friese, Erker, Balkone und Marmorstatuen in Nischen, alles naturgetreu auf die glatten Holzwände gemalt. Kein Haus in der Stadt schien älter als zwanzig Jahre zu sein.

»Hat das etwa auch mit Suraklin zu tun?« wollte er später am Abend von Le wissen, zweite Befehlshaberin – Segunda – der zur Herberge der Nigromanten gehörenden kleinen Sasennatruppe.

Die dunkelhaarige Frau, die dünn und geschmeidig wie eine Degenklinge war, nickte. »Es ist kaum ein Stein auf dem anderen geblieben bei dem Kampf«, erklärte sie. »Manche Häuser wurden später zerstört, weil man das Zeichen des Dunklen Magus in ihnen an einer Wand oder einem Türpfosten fand.« Sie musterte ihn aus Augen, die wie polierter Onyx unter ihrem kurzen Schopf schwarzer Haare wirkten. Dann flog ihr Blick zum oberen Ende der Halle, wo die

Magier bei einem Glas Wein nach dem Essen in eine gedämpfte Unterhaltung vertieft waren. Die vier oder fünf Sasenna, die zum Dienst bei Tisch eingeteilt waren, eilten im gelben Kerzenlicht schweigend hin und her und räumten ab. Es hieß, im Quartier wäre ein Kartenspiel im Gange, aber wie jene, denen zu dienen sie gelobt hatten, verweilten Caris und Le noch bei einem letzten Becher Wein, bevor sie gingen, um vielleicht auch ihr Glück zu versuchen.

»Aber was konnten die noch anrichten, nachdem Suraklin tot war?« Caris kannte das Prinzip der magischen Signets, auch wenn es bei weitem seine geringen Kräfte überstieg, selbst eins zu erschaffen.

Le schüttelte den Kopf. »Man sagt, sie waren nicht bloß dafür gedacht, ihm als Wegweiser zu früheren Schlupfwinkeln zu dienen, um dort erneut Einlaß zu finden. Mittels der Zeichen konnte er das Bewußtsein jener beeinflussen, die sich häufig in deren Nähe befanden, sie sich aus der Ferne gefügig machen und durch ihre Sinne Dinge wahrnehmen. Es mögen nur Geschichten sein, die Leute fürchteten ihn so, daß sie ihm alles zutrauten, aber ...«

»Hast du ihn je zu Gesicht bekommen?«

Ihre vollen Lippen verzogen sich, aber nicht zu einem Lächeln. Er saß mit Le am Kopfende eines der langen Eßtische im unteren Teil der Halle; an dem Tisch gegenüber – zusammen mit der Ehrentafel der Magi bildeten die drei Möbelstücke ein U – und näher an der kahlen, geschwärzten Grotte der riesigen Feuerstelle diskutierten ein paar Novizen die Systematik von Zaubersprüchen mit der Ernsthaftigkeit von Forschern in einer neuen, faszinierenden Welt. Der Platz der Novizen war vermutlich im Winter der gemütlichste, aber jetzt, im Sommer, mit den Butzenscheibenfenstern, die man weit geöffnet hatte, um die schmeichelnde Wärme der heuduftenden Nacht einzulassen, hätte Caris nicht tauschen mögen.

»Ich habe ihn nur einmal gesehen«, meinte Le. »Als ich acht war. Ich sah ihn sterben und sah, wie der verstümmelte Leichnam aufgehängt und verbrannt wurde. Die Hexenjäger der Kirche wollten ihn bei lebendigem Leib den Flammen überantworten, aber dein Freund, der Erzmagus ...« Sie nickte zu dem erhöhten Tisch hin, an dem Salteris mit gefalteten Händen und gegen die Lippen gestützten Zeigefingern saß und ernsthaft lauschte, was Nandiharrow sagte. »... wollte es nicht zulassen. Die Jurisdiktion der Kirche erstreckt sich nicht auf jene, die vor dem Kollegium ihre Gelübde abgelegt haben, und auch wenn man der Mithilfe der Kirche bedurft hatte, um Suraklin zu bezwingen, gab ihr das nicht das Recht, einen Magier zu töten – egal welchen.« Sie schob die Ärmel ihrer weiten schwarzen Jacke hoch, und Caris sah – nicht ohne Neid – das weiße Zickzackmuster der Narben von einem halben Dutzend Kämpfe auf der Haut ihrer sehnigen Unterarme. »Was Suraklin anbetrifft, ich glaube, für ihn machte es keinen Unterschied. Ich weiß zwar nicht, was das Kollegium und die Hexenjäger und der Prinz ihm angetan hatten, doch ich kann mich erinnern, daß er als gebrochener Mann zum Block kam, stolpernd und schweigend. Er wehrte sich nicht mit einer Handbewegung gegen das Schwert des Henkers.«

Ihre Worte kamen Caris wieder in den Sinn, als er und der Erzmagus durch das Wagentor die Stadt verließen und den Weg in die Berge einschlugen. Anfangs war die Straße in gutem Zustand und vielbenutzt. In den Niederungen wurde, soweit das Auge reichte, auf den Heuwiesen der Bürgerschaft das Gras gemäht; Männer und Frauen schafften es auf Handwagen oder auf dem Rücken zu höhergelegenen Stellen, wo man es zum Trocknen ausbreitete. Ihre Rufe und ihr Gelächter erfüllten die Luft wie die Stimmen ungewöhnlich lärmender Sumpfvögel. Doch je weiter sie sich von der Stadt entfernten, desto schmaler und holpriger wurde der Weg, und obwohl noch einige Menschen und Wagen unterwegs waren, mußte es lange her sein, daß hier ein reges Kommen und Gehen geherrscht hatte. Als sie tiefer in die grünen Ausläufer der Berge eindrangen, sah Caris, wo die großen Menhire, die einst den Weg gesäumt hatten, umgestürzt im hohen Sommergras verborgen lagen.

»Dies war die Straße zu Suraklins Zitadelle?« erkundigte

er sich mit gedämpfter Stimme, um die weihevolle Stille im Schatten der Berge nicht zu durchbrechen.

Der alte Mann schien von Caris' Worten aus seinen Gedanken gerissen zu werden. »Ja, sie führte zu seiner Festung. Aber die Straße war älter als er – diese Steine waren bereits geborsten im Frost von tausend Wintern, bevor die Menschen sie um seinetwillen zu verfluchen begannen.«

Caris betrachtete mit gerunzelter Stirn die umgestürzten Steine. Eine zweite solche Reihe existierte in der Nähe von Engelshand, Meile um Meile moosbewachsener Felsblöcke, die Wachposten gleich im hohen Gras standen und hüteten, was seit langem versunken und vergessen war. Straße des Teufels nannte man sie. »Wer hat sie ursprünglich hier aufgestellt und zu welchem Zweck?« fragte er, aber sein Großvater, der wieder ganz in Gedanken versunken war, schüttelte nur den Kopf.

Auf dem Berg zu ihrer Linken erhob sich der Turm des Schweigens dunkelgrau vor dem windgestählten smaragdgrünen Meer der Grashalme, das von allen Seiten gegen ihn brandete.

Caris sah jetzt, daß es sich um mehr handelte als den einzelnen Finger aus Stein, den er von der Überlandstraße erspäht hatte. Eine Schutzmauer umgab ihn, die nur von einem einzigen Tor durchbrochen wurde. Das Fallgitter war herabgelassen, was am hellichten Tag ungewöhnlich war. Durch die Stäbe entdeckte er etwas Ähnliches wie ein kleines Klostergebäude. Leute gingen hin und her, einige in der schwarzen Uniform der Sasenna, andere – mit den geschorenen Köpfen von Priestern – in Weiß. Noch ein anderer war gekleidet wie ein Mönch, aber in flammendes Rot statt in Grau. Dazu trug er den Stab eines Magiers in der Hand. Einer der Roten Hunde, Nigromanten im Dienste der Kirche. Zum erstenmal empfand Caris Unbehagen bei dem Gedanken, den ummauerten Hof zu betreten.

»Ist schon gut«, meinte Salteris leise. »Man kann uns nicht sehen.«

Sie standen in voller Sichtweite des Tores, aber Caris

wußte es besser, als die Worte des Erzmagus' in Zweifel zu ziehen. Aus einer Tasche in seinen Gewändern zog der alte Herr einen kleinen Wildlederbeutel hervor, machte ihn auf und ließ einen kleinen Ball aus – hartgebackenem Teig? – in die Handfläche rollen.

»Dies ist eine *Lipa*«, erklärte er. Auf den zweiten Blick bemerkte Caris, daß es tatsächlich eine Teigkugel war. Mit einer Nadel oder einem spitzen Stylus hatte man Runen hineingeritzt, die die gesamte Oberfläche mit einem fast unsichtbaren Linienmuster überzogen. »Bewahre sie auf, wo du sie leicht erreichen kannst. Sollte ich zu Schaden kommen, oder sollten wir beide für mehr als drei Stunden getrennt werden, verbrenne sie. Damit rufst du die anderen Magier zu Hilfe.« Er zog die Schnur an der Öffnung des Beutels wieder zu und gab ihn Caris, ohne dabei den Blick vom Tor des Turmes abzuwenden.

Er wollte weitergehen, aber Caris hielt ihn zurück. »Wenn Antryg ein Gefangener ist, kann er dir doch nicht mit deinen Zauberkräften schaden, oder?«

Salteris lächelte. »Antryg ist im Moment meine geringste Sorge. Nein, er kann im Turm des Schweigens von seiner Magie keinen Gebrauch machen – ich aber leider ebensowenig. Dort drinnen bin ich nur ein alter Mann, allein unter Leuten, deren Verhältnis zu meinesgleichen bestenfalls immer ein spröder Waffenstillstand gewesen ist. Zwischen der Kirche und dem Kollegium der Nigromanten hat es seit Isar Challadins Zeit keinen Zwist mehr gegeben –, aber die Kirche ist alt. Ihr Motto heißt Wachen und Warten.« Ein Funken Galgenhumor blitzte in seinen dunklen Augen. »Ich wäre ungern der erste, der von einem Überraschungsangriff erfährt.«

Caris schaute den Weg zurück, den sie gekommen waren, sah die leere, schnurgerade Straße, und wieder kam ihm zu Bewußtsein, wie einsam der Turm des Schweigens in dieser Gegend stand. Was Le am vorigen Abend gesagt hatte, fiel ihm wieder ein – die Hexenjäger, die Suraklin auf dem Scheiterhaufen verbrennen wollten, und wie Salteris sich geweigert hatte, ihnen Macht über Leben und Tod irgendeines Magiers zu geben und hätte er sich noch so großer Verbrechen schuldig gemacht. Die Kirche mochte zwar behaupten zu vergeben, aber jeder wußte, daß sie niemals vergaß.

Er verstaute die *Lipa* in dem Beutel an seinem Gürtel, und sie legten das letzte Stück Weg zum Tor zurück. Während sie sich dem geschlossenen Fallgitter näherten, überprüfte Caris in Gedanken noch einmal seine sämtlichen Waffen, von seinem Schwert und der Garrotte im Ärmel bis zu dem im Stiefelschaft versteckten Dolch. Unterdessen musterte er die Umgebung und sah, daß hinter der Gabelung, wo der Pfad zum Turm abzweigte, die alte Straße nahezu vollständig von Gras überwuchert war. Wo sie über die Kuppe des nächsten Hügels führte, konnte man erkennen, daß die Menhire noch aufrecht standen.

Sein Blick kehrte zu dem alten Herrn zurück, der neben ihm ging; er versuchte ihn sich vorzustellen, wie er vor fünfundzwanzig Jahren gewesen sein mochte, als er das Kollegium gegen den Dunklen Magus geführt hatte. Salteris bekleidete schon damals das hohe Amt des Erzmagus', denn er hatte früh die Fülle seiner Macht und den Vorsitz des Kollegiums erlangt. Sein Haar mußte schwarz gewesen sein, dachte Caris, und das Schweigen, das in ihm brütete, nicht so tief. Die Heiterkeit seines Wesens, an die Caris sich noch aus der Zeit vor dem Tod seiner Großmutter vor fünf Jahren erinnern konnte, war ihm damals wohl noch eigen gewesen, die Freude an Neckereien und Scherzen noch nicht verdrängt von dem ironischen Zug um seine Lippen.

Die Bischöfin von Kymil trat ihnen am Tor entgegen. Sie war eine große Frau Mitte Fünfzig und niemals schön gewesen. Ihr Kopf war kahlgeschoren nach dem Brauch der Kirche. Massiger, als sie auf den ersten Blick erschien, hüllte sie sich in Samt von ekklesiastischem Grau mit der vielarmigen Sonne des Einzigen Gottes wie ein Blutfleck an der Schulter. Über die zur Begrüßung ausgestreckte Hand hinweg musterte sie den Erzmagus aus fischkalten, blaugrauen Augen. »Willkommen, Euer Gnaden.«

Als das Fallgitter hochgezogen wurde, warf Caris einen Blick an ihr vorbei in den Hof und fragte sich, wie viele von den eingeschworenen Sasenna der Kirche hier stationiert sein mochten. Von Le wußte er, daß fünf Sasenna aus der Herberge der Nigromanten turnusmäßig hier Dienst taten – nach seiner Schätzung befanden sich wenigstens zwanzig Sasenna verteilt auf dem kleinen, tristen Hof. Die beiden Roten Hunde standen hinter ihrer Herrin und beobachteten ihn und Salteris mit stoischem Fanatismus. Die Kirche nannte sie Hasu, die Losgekauften – von der Hölle losgekauft durch das Blut der Heiligen und des Einzigen Gottes. Die weniger feinsinnigen unter den Magiern benutzten die feminine Form des Wortes – Hasur –, das mit interessanten Konnotationen behaftet war.

»Hochwürdige Frau Bischof.« Salteris verneigte sich. Ihre Hände berührten sich, der formelle Kontakt zweier Finger, die rasch zurückgezogen wurden.

»Ihr schreibt, Ihr wünscht den Gefangenen Antryg Windrose zu sprechen?«

Die Roten Sasenna bildeten eine unauffällige Eskorte, als sie über den Hof zum Turm gingen. Der Ort stank nach einer Falle, die jederzeit zuschnappen konnte; nach dem Lack der Formalität über den Ressentiments und dem Groll der Kirche gegen die einzige Gruppe, der es je gelungen war, sich ihre Unabhängigkeit zu bewahren. Caris spürte bis ins Mark, wie das Fallgitter hinter ihnen niederrasselte.

Ein prüfender Rundblick zeigte ihm, daß eine Flucht aus der Umfriedung ein schwieriges Unterfangen sein würde; keins der Gebäude stand so günstig, daß man vom Dach mit einem Sprung auf die Mauerkrone gelangen konnte, und in jedem Fall ging es auf der anderen Seite so tief hinunter, daß man damit rechnen mußte, sich ein Bein zu brechen.

Die Luft stand heiß und still zwischen hohen Mauern aus sonnengedörrtem grauen Stein – ein öder, freudloser Ort, der in krassem Gegensatz zu der Hügel- und Berglandschaft dahinter stand. Die Sasenna trugen ernste Mienen zur Schau. Als Vasallen der Kirche waren sie eher Mönche als weltliche Krieger. Es war nicht der Weg der Sasenna, Mitleid zu empfinden, doch Caris bedauerte von Herzen jeden, der gezwungen war, für den Rest seines Lebens hier auszuharren.

Auf ein Zeichen der Bischöfin öffnete der Hauptmann der Wache die schweren Eisenriegel der Tür zum Turm. Sie schwang auf, dahinter gähnte ein schattenverhangener Schlund, der sogar im Sommer kalt war. An der Innenseite der Tür, genau über dem Schloß, war eine Eisenplatte angebracht und darauf eine Plakette aus Blei, die ungefähr so groß war wie ein kaiserlicher Dukaten, geprägt mit einem Symbol, bei dessen Anblick Caris ein Frösteln überlief. Er biß die Zähne zusammen. Trotzdem mußte er den Kopf zur Seite drehen; Ekel schüttelte ihn, als wäre eine Ratte über seine Hand gelaufen. Auch seinen Großvater sah er zurückzucken und den Blick abwenden. Die beiden Kirchenmagier hielten sich wohlweislich fern.

Man brauchte ihm nicht zu erklären, worum es sich handelte. Dies war das Siegel der Finsternis, von dem sein Großvater gesprochen hatte, das Mal des Toten Gottes, das eines Zauberers Kräfte lähmte wie tückisches Gift. Als der Hauptmann es von der Tür entfernte, um den Erzmagus eintreten zu lassen, spürte Caris zum erstenmal die wirkliche Macht in den Mauern des Turms. Er *wußte*, daß alle strenge Disziplin der Sasenna zusammengenommen ihn nicht dazu hätte bewegen können, das Siegel oder die Tür, die es verschloß, zu berühren, ganz gleich, was auf dem Spiel stand. Seine eigenen magischen Kräfte waren gering und – wie er vermutete – im Schwinden begriffen, aber durch sie fühlte er den verderblichen Einfluß des Antidots, kaum daß er in den kalten blauen Schatten des Eingangs trat und die beklemmende Atmosphäre der verrußten, fensterlosen Mauern ihn umfing. Was Salteris mit seinen erheblich größeren Fähigkeiten empfinden mochte, wollte er sich nicht vorstellen. Er begriff jetzt, weshalb sein Großvater gesagt hatte, er hoffe, daß Antryg nach sieben Jahren Kerkerhaft noch genügend bei Verstand sei, um ihnen helfen zu können.

Am Ende eines langen, feuchten Ganges traten sie in eine große Wachstube, die verqualmt, düster und stickig im unsteten Licht blakender Fackeln lag. Der Turm hatte keine

Fenster. Ein System verborgener Schächte sorgte für frische Luft, war aber nicht besonders wirkungsvoll. Sie stiegen eine schmale Wendeltreppe hinauf. Die Stufen waren in der Mitte ausgetreten, glitschig und ungleich hoch. Die beiden Kirchensasenna, die den Schluß bildeten, trugen Fackeln. Caris, der sich mit beiden Händen an den Mauern links und rechts abstützte, hob den Blick und sah, daß die niedrige Decke ganz mit Ruß verkrustet war.

Bedingt durch die sich verjüngende Form des Turms, war der Raum oben kleiner, aber obwohl er vollgestopft wie eine Rumpelkammer und unaufgeräumt war, wirkte er reinlich, und es fehlte auch die schale Luft der Wachstube unten. Überall an den Wänden standen Kisten aufgestapelt, die als behelfsmäßige Regale für die Unmengen von Büchern dienten. Bücher häuften sich auch auf dem Boden und standen in Reihe hinten auf dem kleinen Tisch an der Wand, wo sie nur knapp über die schiefen Blätterstapel hinweglugten, unter denen die Tischplatte begraben lag. Dazwischen entdeckte Caris ein Tintenfaß und unglaublich viele abgebrochene Schreibfedern, dazu Vergrößerungsgläser, vergilbte wissenschaftliche Journale, eine Armillarsphäre, zwei Astrolabien und die Stücke von drei weiteren, die in friedlicher Eintracht mit den Teilen komplizierter mechanischer Spielzeuge verstreut lagen. Ungefähr ein Dutzend Tassen, malerisch in das Chaos eingefügt, enthielten die schimmeligen Überreste von kaltem Tee. Auf einigen der Blätter identifizierte Caris hingekritzelte mathematische Formeln und die komplizierten Muster der Magischen Kreise, die scheinbar als Gedächtnisübung aufgezeichnet worden waren, obwohl der Künstler hier nichts damit anfangen konnte; außerdem gab es Skizzen – ein Blatt, ein Knochen, die Bischöfin, die Sterne zu bestimmten Stunden in Winternächten oder auch nur der vielarmige Kandelaber, der sich mit seinen bizarren Stalaktiten aus heruntergetropftem Wachs über die papierne Sturmflut erhob.

Die Bischöfin blieb einen Moment im Türrahmen stehen und ließ mit einem Ausdruck verkniffenen Mißvergnügens auf dem flachen, kartoffelähnlichen Gesicht den Blick über das bemerkenswerte Tohuwabohu gleiten. Dann befahl sie ihren Wachen: »Holt ihn her.«

Die Männer wandten sich zu einer Tür, die, so vermutete Caris, zu einer weiteren schmalen Stiege führte und einem noch kleineren, fensterlosen Raum. Fast gegen seinen Willen durchfuhr ihn ein ärgerlicher Stich bei dieser rücksichtslosen Verletzung der Privatsphäre des Gefangenen, aber bevor die Wachen die Tür erreichten, wurde sie von der anderen Seite aufgerissen, und Antryg Windrose schritt herein, umbauscht vom Geflatter seiner bunt zusammengewürfelten Gewänder.

»Meine liebe Herrin!« Er fegte zwischen den verdutzten Wachen hindurch, als wären sie unsichtbar, und ergriff und schüttelte die Hand der Bischöfin mit altmodischer Herzlichkeit und aufrichtigem Entzücken. »Wie lieb von Euch, mich zu besuchen. Es ist wie lange her? Sechs Monate? Sieben? Wie geht es dem bösen Rheumatismus? Habt Ihr die Kräuter eingenommen, die ich verschrieben habe?«

»Nein!« Die Bischöfin entzog ihm verärgert ihre Hand. »Und nein, es ist nicht besser geworden. Ich bringe Euch ...«

»Aber Ihr solltet, bevor es heute abend zu regnen anfängt! Salteris!« Er wirbelte herum, verharrte einen Moment und musterte Salteris aus staunenden grauen Augen hinter den dicken Gläsern seiner Brille. Dann trat er vor und umfaßte die Hand des Erzmagus. »Ich habe dich nicht mehr gesehen seit wie vielen Jahren? Fünf?«

Hoch aufgeschossen, dünn, nicht mehr ganz jung, nannte Antryg Windrose ein Gesicht sein eigen, in dem sämtliche Züge zu groß geraten schienen für das feinknochige Gerüst, auf dem sie modelliert waren. Umrahmt wurde es von einer wehenden Mähne graumelierter brauner Haare und einem zottigen Bart wie aus weiß bereiftem und halb in Tinte getauchtem Gestrüpp. Kristallohrringe glitzerten darin wie die verhedderten Splitter geborstener Sterne. Ein halbes Dutzend Halsketten aus billigen Glasperlen funkelten grell über dem offenen Kragen eines Sammelsuriums abgetragener, fadenscheiniger Gewänder und Hemden.

Hinter den Flaschenböden seiner Brillengläser waren die großen grauen Augen hellwach, ungemein sanft und leicht verrückt. Seit Monaten, seit Jahren womöglich, hatte er niemanden gesehen außer den Turmwachen, doch es sprachen weder Vorwurf noch Selbstmitleid aus der tiefen, volltönenden Stimme, an die Caris sich so lebhaft erinnerte. Es war, als hätte Zeit keine Bedeutung mehr für Antryg Windrose.

»Das stimmt ziemlich genau«, nickte Salteris lächelnd, obwohl Caris, der ihn beobachtete, eine forschende Wachsamkeit in seinen Augen zu entdecken glaubte, als sie denen des gefangenen Magiers begegneten.

Antryg erwiderte mit schiefgelegtem Kopf den Blick des Erzmagus', dann wandte er sich ab. Trotz seiner Schlaksigkeit bewegte er sich mit der leichten, ziellosen Flinkheit eines Wasserläufers auf einem sonnenbeschienenen Teich.

»Und Caris – stimmt's? Stonne Caris, der Sohn deiner Tochter Thelida? Du wirst dich vermutlich nicht mehr an mich erinnern. Damals kannst du höchstens sechs Jahre alt gewesen sein.«

Caris ertappte sich dabei, wie er antwortete: »Doch, ich erinnere mich an Euch. Sogar sehr genau.«

Die grauen Augen öffneten sich noch etwas weiter. Argwohn und Vorsicht – echt oder gespielt – erwachten in den beunruhigenden Tiefen. »Tatsächlich? Das letztemal, als jemand so etwas zu mir sagte, war ich gezwungen, Engelshand fluchtartig zu verlassen.« Er schaute Salteris an. »Bleibt ihr zum Tee? Ihr seid auch eingeladen, meine sehr verehrte Herthe …« Die Bischöfin versteifte sich; es ging ihr unübersehbar gegen den Strich, so vertraulich von einem angeredet zu werden, der ihr Gefangener war. »… und Eure verehrten Begleiter ebenfalls, selbstredend.« Er deutete auf die Wachen, während er zur Herdstelle ging, wo ein Kessel über dem kleinen Feuer brodelte. Ungeachtet der Jahreszeit war das Feuer durchaus angebracht. Der Turm war feucht und klamm – die dicken Mauern ließen kaum etwas von der Sonnenwärme draußen herein.

»Ist das ein rein privater Besuch, Salteris?« Dampf waberte um seinen Kopf, als er das kochende Wasser in eine angeschlagene Keramikteekanne auf der Ecke des aus Ziegeln erbauten Herdes goß. »Oder gibt es etwas, das ich für dich tun kann? Im Rahmen meiner doch sehr eingeschränkten Möglichkeiten, heißt das.« Nicht eine Spur von Sarkasmus lag in seiner Stimme – er hätte genausogut von einer früher getroffenen Verabredung sprechen können, statt von lebenslanger Haft. Er richtete sich wieder auf, die Glasperlenketten klapperten. »Ich fürchte, alles, was ich euch anbieten kann, ist Brot und Butter. Zwar habe ich schon mehrmals Kaviar bestellt, aber man bringt mir nie welchen.«

Die Kirchenfürstin machte ein beleidigtes Gesicht, aber Caris sah, wie sein Großvater sich bemühte, ein Lächeln zu unterdrücken. Offenbar hatte er seine anfängliche Skepsis überwunden. »Gegen Brot und Butter ist nichts einzuwenden.«

Antryg wandte den Kopf, um die Einladung auf die Wachen auszudehnen, doch auf ein Zeichen der Bischöfin hin hatten sie in der dunklen Türöffnung Posten bezogen. Schulterzuckend nahm er das nächstbeste Stück Papier von einem der Stapel auf dem Tisch, hielt eine Ecke ins Feuer und machte sich daran, die zur Hälfte niedergebrannten Kerzen anzuzünden.

»Eminenz«, sagte Salteris ruhig, »habe ich Eure Erlaubnis, allein mit diesem Mann zu sprechen?«

Die blassen, vorstehenden Augen der Bischöfin wurden hart. »Nur ungern, Euer Gnaden. Zu häufig hat es heimliche Abmachungen zwischen Euresgleichen gegeben. Und mein Vorgänger hat mich gewarnt, daß dieser Mann einst Euer Schüler gewesen ist – daß nur durch Eure Intervention die Todesstrafe in lebenslängliche Gefangenschaft umgewandelt wurde. Als oberste Prälatin des Reiches sehe ich mich außerstande ...«

»Sie traut dir nicht, Salteris.« Antryg schüttelte seufzend den Kopf. Er blies den halbverbrannten Fidibus aus und legte ihn zurück auf den Tisch. »Mach dir nichts draus.«

Der Erzmagus hatte sich bereits auf einem der beiden Stühle an dem überladenen Tisch niedergelassen; Antryg bot den zweiten erst der Bischöfin an, die indigniert ablehnte, und dann Caris, als wäre er gleichfalls ein Besucher und nicht nur der Sasenna des Erzmagus. Schließlich nahm er ihn selbst und plazierte die Teekanne sorglos oben auf einem Blätterstapel. »Weshalb willst du mich sprechen?«

»Der Abyssus«, gab Salteris halblaut zur Antwort.

Das Kerzenlicht huschte grell über Antrygs Brillengläser, so heftig zuckte er bei den Worten zusammen; seine Hand erstarrte mitten in der Bewegung. »Was ist damit?«

»Kannst du seinen Wellenschlag spüren? Fühlen?«

»Nein.« Antryg stellte die Tasse hin.

»Früher konntest du es.«

»Draußen ja. Hier drin kann ich den Abyssus so wenig spüren wie das Wetter. Weshalb fragst du?«

Salteris faltete die Hände und stützte die ausgestreckten Zeigefinger an die Lippen. »Ich habe Grund zu der Annahme, daß jemand aus einem anderen Universum in unsere Welt gekommen ist und Thirle im Winkel der Nigromanten getötet hat. Erschossen«, fuhr er fort, während Antrygs bestürzte Miene Caris ins Gedächtnis rief, daß auch er den kleinen Herbalisten gekannt und gemocht haben mußte. »Als die Kugel herausoperiert wurde, hatte sie keine Ähnlichkeit mit den Geschossen, wie sie bei uns Verwendung finden.«

Caris runzelte plötzlich die Stirn. »Und es hat nicht nach Pulver gerochen«, meinte er. »Es gab auch keinen Rauch, obwohl es eine klare Nacht war.«

»Sonderbar«, bemerkte Antryg leise.

»Caris hat etwas gesehen, dessen Beschreibung an die Tore erinnert, die Suraklin im Abyssus zu öffnen pflegte«, sprach der Erzmagus weiter. »Tante Min war derselben Ansicht. Antryg, ich frage dich, gibt es Zauberer in den Welten jenseits des Abgrunds, die ein Tor öffnen und hierherkommen könnten, um ihr Unwesen zu treiben?«

»Oh, ich halte das für möglich.« Antryg schaute in seinen Tee. Salteris musterte das ungewöhnliche, ausdrucksvolle Gesicht mit der klobigen Brille, auf deren Gläser sich weiß der Dampf niederschlug; aber Caris, der den Blick auf die langen, gelenkigen Finger gerichtet hielt, die um den Bauch der Teekanne lagen, sah, daß sie zitterten. »Was nicht zwangsläufig bedeutet, daß er ...«

Er brach plötzlich ab. Salteris runzelte die Brauen, eine steile Falte erschien über seiner Nasenwurzel. »Daß er was?«

»Wie bitte?« Antryg sah ihn fragend an.

»Die Tatsache, daß er durch ein Tor im Abyssus kam, bedeutet nicht zwangsläufig *was*?«

Antryg runzelte ebenfalls die Stirn. Für einen langen Moment trafen sich seine und Salteris' Blicke. Dann meinte er: »Ich habe nicht die leiseste Ahnung. Wußtest du übrigens, daß alle Weisheit des Kosmos' in magischen Zeichen auf den Panzer von Schildkröten geschrieben ist? Natürlich muß man eine enorme Anzahl von Schildkröten sammeln, um hinter das Geheimnis zu kommen, und sie müssen in die richtige Reihenfolge gebracht werden, aber irgendwo habe ich hier eine Sammlung von Reibekopien von Schildkrötenpanzern ...«

»Antryg«, mahnte Salteris, als sein sprunghafter Gastgeber Anstalten machte, in den überquellenden Regalen herumzuwühlen. Der verrückte Zauberer fuhr herum und fixierte ihn mit beunruhigender Intensität. »Sie mögen es nicht, wenn man von ihren Panzern Reibebilder anfertigt, mußt du wissen.«

»Verständlich«, stimmte Salteris beschwichtigend zu. »Was sagtest du eben über den Abyssus?«

»Ich habe gar nichts darüber gesagt«, protestierte Antryg. »Nur daß, ... ja, einige der Welten, die man durch ein Tor erreicht, sind Welten, in denen Magie existieren könnte. Andere nicht. Und es besteht eine kontinuierliche Drift hin zu den Zentren der Macht oder weg von ihnen. Ergo – in der Tat, es wäre denkbar, daß ein Magier aus einer anderen Welt letzte Woche durch ein Tor im Abyssus gekommen ist, um hier was auch immer zu tun.«

»Eben habt Ihr noch behauptet, daß Ihr nicht fähig seid, den Wellenschlag des Abyssus zu spüren.« Caris trat vor in den Lichtkreis der Kerzen. »Woher wißt Ihr dann, daß es vergangene Woche war?«

Antryg beäugte ihn mit der milden, erstaunten Art eines melancholischen Storchs. »Ich gehe davon aus, daß ihr euch auf den Weg gemacht habt, sobald ihr wußtet, daß das Problem mit dem Abyssus verknüpft war. Von Engelshand nach Kymil geht man eine Woche – außer, ihr habt die Kutsche genommen?« Er warf einen fragenden Blick auf Salteris, der geduldig den Kopf schüttelte.

»Um hier was auch immer zu tun«, warf die Bischöfin plötzlich ein. Wie Caris hatte sie sich bisher im Hintergrund gehalten. Jetzt trat sie näher. Ihr feistes Gesicht war eine Maske des Argwohns. »Was zum Beispiel?«

»Woran habt Ihr denn gedacht?« Antryg zog ein langes Ende Bindfaden unter dem Krimskrams auf seinem Tisch hervor; die zuckenden Schatten der Kerzenflammen tanzten über seine langen knochigen Finger, als er aus dem Faden ein kompliziertes Gebilde zu konstruieren begann.

Der lauernde Blick der Bischöfin glitt von ihm zu dem Erzmagus. »Um Abominationen in diese Welt zu bringen?«

Salteris hob ruckartig den Kopf. »Abominationen?«

»Ist Euch noch nichts davon zu Ohren gekommen, Euer Gnaden?« Ihre barsche Stimme wurde seidenweich. »Diesen ganzen Sommer raunte man in den Dörfern von merkwürdigen Heimsuchungen, die sich auf mancherlei Weise bemerkbar machen. In Voronwe im Süden sah man einen Mann am hellen Tag in sein eigenes Haus gehen und fand ihn später dort – in Stücke gerissen. In Skepcraw, westlich von hier, hat es eine Art Plage gegeben, bei der das Heu auf den Feldern liegenblieb und verfault ist, derweil die Menschen weinend in der Kirche sitzen oder in den Schenken herumlungern und trinken und keinen Gedanken daran verschwenden, für ihre eigene Nahrung oder das Vieh zu sorgen. Wir haben die Hexenjäger ausgesandt, aber sie fanden nichts ...«

Salteris runzelte die Stirn. »Ich habe die Gerüchte gehört. Aber das hat nichts zu tun mit dem Mord an Thirle oder dem Öffnen des Abyssus.«

»Wirklich nicht?« fragte die Bischöfin.

»Kaum verwunderlich, daß Ihr nichts gefunden habt«,

bemerkte Antryg, der immer noch mit dem Fadengebilde zwischen seinen gespreizten Fingern beschäftigt war. »Der gute alte Sergius Peelbone, Euer Hexenjäger lobesam, macht nur Jagd auf Greifbares – wenn er es nicht wegen Hexerei anklagen und verbrennen kann, existiert es nicht. Außerdem, Nandiharrow und die anderen in der Herberge der Nigromanten hätten Bescheid gewußt, wenn unauthorisierte magische Kräfte am Werk gewesen wären, und in jedem Fall existieren genügend Übel und Wunder in dieser Welt, ohne daß man sie von außerhalb importieren müßte. Dürfte ich Euch bemühen ...?« Er hielt ihr seine umsponnenen Hände hin und wackelte auffordernd mit dem Daumen.

Aufgebracht riß sie ihm den Faden von den Fingern und schleuderte das Knäuel zu Boden. »Ihr seid frivol!«

»Selbstverständlich bin ich frivol«, erwiderte er sanft. »Ihr selbst müßtet am besten wissen, wie ermüdend Ernsthaftigkeit ist – für einen selbst und alle anderen. Und ich habe nun wirklich nicht oft Gelegenheit, mir etwas Unterhaltung zu verschaffen, oder?« Er wollte sich nach dem Faden bükken, aber die Bischöfin packte ihn an der Schulter und stieß ihn auf seinen Stuhl zurück.

»Nehmt Euch in acht«, zischte sie. »Ich kann Euch ...«

»Nichts könnt Ihr!« schnitt ihr Salteris in scharfem Ton das Wort ab. »Er ist der Gefangene der Kirche, aber seine Person steht unter der Jurisdiktion des Kollegiums der Nigromanten, vor dem er seine Gelübde abgelegt hat.«

»Um sie wenig später zu brechen!«

»Wird ein Priester, der sündigt, aus dem Schoß und der Gerichtsbarkeit der Mutter Kirche ausgeschlossen?« konterte Salteris. Er und die Bischöfin maßen sich mit Blicken – der Magus ein alter, weißer Fuchs, schmal und scharf wie eine Messerklinge gegenüber der massigen Plumpheit seiner Kontrahentin. Aber, daran gab es für Caris keinen Zweifel, die Bischöfin war klüger und gefährlicher, als sie aussah; hier im Turm hatte sie nicht nur Antryg, sondern ebenso Salteris in ihrer Gewalt.

»Eines Priesters Verfehlungen betreffen nur ihn allein«, entgegnete die Bischöfin leise. »Ein Nigromant, der seinen

Schwur der Neutralität bricht, gefährdet nicht nur alle in seiner Nähe, sondern wird alleine dadurch zur Bedrohung, daß er andere ermutigt, seinem Beispiel zu folgen. Und wenn wir daran zweifeln müssen, daß das Kollegium in der Lage ist, die Seinen unter Aufsicht zu halten …«

»Daran zweifelt Ihr?« Auch Salteris sprach gefährlich leise. Bernsteinfarbene Lichter glühten raubtierhaft in seinen Augen, die den Blick der Bischöfin festhielten. »Wären nicht die Mitglieder des Kollegiums gewesen, regierte jetzt Suraklin statt Eurer in dieser Stadt.«

»Suraklin wurde besiegt von einer Armee unter dem Befehl des Prinzen.«

»Ohne uns hätte seine famose Armee nicht einmal die Zitadelle gefunden. Suraklin würde sie wie Schafe durch die Berge geführt haben, um schließlich den elementaren Gewalten der Erde zu gebieten, sie zu verschlingen. Bei unseren Toten jenes Tages und bei dem hier …« Mit einer heftigen Bewegung warf Salteris den langen Ärmel seiner Kutte zurück. Ein Geflecht altersweißer Narben überzog seine Arme, die ein Stück vor dem Ellenbogen begannen, als wären Handgelenk und der Unterarm zur Hälte von einem Stulpenhandschuh geschützt gewesen. Caris wußte, daß diese Narben auch den halben Oberkörper bedeckten. » … habe ich mir das Recht verdient zu sagen, was mit einem Mann geschehen soll, der die Gelübde abgelegt hat.«

Abrupt drehte er sich wieder zum Tisch um, wo Antryg geruhsam seinen Tee trank und kein Interesse an dem Wortwechsel der beiden Personen zeigte, die sein Leben in der Hand hielten. »Antryg«, sagte er, »hat es in jüngerer Zeit Bewegungen im Abyssus gegeben?«

»Muß ja wohl, wenn du einen Eindringling gesehen hast«, erwiderte Antryg vernünftig. Er schwenkte die Tasse in der Hand und starrte in den Bodensatz. »Kannst du dir vorstellen, daß die Bannsprüche auf diesem Turm sogar die Teeblätter beeinflussen?«

»Ich glaube, daß du lügst«, sagte der Erzmagus halblaut.

Antryg hob erstaunt den Kopf. »Ich schwöre, ich habe seit

sieben Jahren keine brauchbare Deutung zustande bekommen.«

Salteris stützte die flachen Hände irgendwo zwischen den Papierkram auf der Tischplatte und schaute lange von oben in die weit geöffneten grauen Augen hinter der dicken Brille. »Ich glaube, du lügst, Antryg«, wiederholte er. »Ich weiß nicht, warum ...«

»*Wirklich nicht?*« Ihre Blicke verhakten sich ineinander – Salteris' skeptisch und prüfend; Antrygs, der auf einmal der Fassade liebenswerter Verrücktheit beraubt schien, verletzlich und voller Angst. Der Erzmagus sah die Bischöfin an, wandte sich ab, und der harte Zug um seine Lippen entspannte sich. Er richtete sich auf und sah noch einen Moment auf den sitzenden Mann nieder. Der Schein der Kerzen in dem wachsverkrusteten Kandelaber spiegelte sich auf den runden Gläsern von Antrygs Brille und funkelte wie Partikel gefangenen Sonnenlichts im Kristall der Ohrringe.

Dann erhob sich Antryg plötzlich. »Nun, es ist sehr nett gewesen, mit euch beiden zu plaudern, aber ich bin sicher, wir alle haben noch einiges zu tun.« Mit übertriebener Geschäftigkeit sammelte er Teekanne und Tassen ein, stapelte alles ordentlich auf einer Tischdecke und häufte Papiere darüber. »Herthe, warum stellst du dem Erzmagus nicht eine Abteilung deiner Sasenna zur Verfügung? Ich möchte meinen, sie kämen ihm gelegen. Salteris ...« Ohne der Bischöfin und ihrer mühsam beherrschten Rage Beachtung zu schenken, blickte er seinen ehemaligen Mentor an, und der Wahnsinn erlosch wieder in seinen Augen. Nüchtern sagte er: »Ich denke, der erste Platz, an dem du suchen solltest, ist Suraklins Zitadelle. Du weißt so gut wie ich, daß sie auf einem Nodus der Linien errichtet wurde. Falls irgendeine fremde Macht hier eingedrungen ist, werden sich dort Spuren finden.«

Salteris nickte. »Der Meinung bin ich auch.«

Einen Augenblick lang standen die beiden Magier sich Angesicht zu Angesicht gegenüber. Das Schweigen zwischen ihnen machte Caris erneut bewußt, wie still es in dem Turm war. Kein Laut drang von der Außenwelt herein, außer einem fernen, klagenden Raunen des Windes in der komplexen Ventilation; kein Licht, keine Wärme, keine Veränderung. Antryg war kein junger Mann mehr, aber er war auch noch nicht alt, und Caris wußte, welch hohes Alter Magier erreichen konnten. Waren dieser Raum und der darüberliegende alles, womit er sich die nächsten fünfzig Jahre begnügen mußte? Gegen seinen Willen, ja, trotz allem, was er von Antryg wußte, empfand er wieder Mitleid für diese linkische Vogelscheuche mit den gelinde wahnsinnigen Augen.

Salteris sagte: »Danke, Antryg. Ich werde dich noch einmal besuchen, bevor ich Kymil verlasse.«

Antryg lächelte seraphisch. »Ich werde zusehen, daß ich bis dahin Kaviar beschaffen kann. Komm einfach vorbei – im allgemeinen bin ich zwischen vierzehn und sechzehn Uhr zu Hause anzutreffen.« Er überlegte einen Moment und fügte dann hinzu: »Genaugenommen auch zu jeder anderen Zeit.«

»Wahrhaftig?« fragte Salteris mit so leiser Stimme, daß der überraschte Caris gar nicht sicher war, die Worte gehört zu haben. Dann machte der Erzmagus kehrt und, gefolgt von der Bischöfin und ihrer Eskorte, stieg er die schmale Treppe zur Wachstube im Erdgeschoß hinunter.

Erst als sie sich wieder auf der alten Straße befanden, die mittlerweile überschattet war von grauen, unzeitigen Schlechtwetterwolken, die aus dem Flußtal heranzogen und den Geruch bevorstehenden Regens mit sich brachten, sagte Caris: »Er hat gelogen.«

Der Erzmagus warf ihm einen raschen Blick zu und hob eine weiße Braue in die Stirn.

Caris deutete mit einer Kopfbewegung nach oben zu den Wolken. »Er sagte, er könne den Abyssus so wenig fühlen wie das Wetter. Aber das erste, was er zu der Bischöfin sagte, war, daß es heute abend regnen würde.«

Unter Poltern und Knirschen, das in der winddurchflüsterten Stille bestürzend laut klang, rollte die Kutsche der Bischöfin auf dem Rückweg zu ihrem Palast in Kymil an ihnen vorbei. Caris, der die Flankenreiter zählte, stellte fest, daß Herthe die beiden Roten Hunde beim Turm zurückgelassen hatte. Durch das dicke Glas der Fenster erhaschte er einen Blick auf die Kirchenfürstin, wie sie gereizt ihre schmerzenden Gelenke massierte, während das schlecht gefederte Vehikel über die ungepflasterte Straße holperte. Dem alten Nigromanten und seinem Sasenna im hohen Gras am Wegrand gönnte sie nicht einen Blick.

Salteris seufzte und nickte. »Ja, ich fürchte, du hast recht. Er verschweigt etwas, Caris. Er weiß etwas, oder es gibt etwas, worüber er nicht sprechen will.« Der auffrischende Wind wehte ihm das lange weiße Haar auf den Rücken. Das schwindende Tageslicht glomm in den sepiafarbenen Tiefen seiner Augen.

Eine Zeitlang gingen sie schweigend nebeneinander her. Caris dachte an das beiläufige Geschick, mit dem der verrückte Zauberer die Spannung zwischen Bischöfin und Erzmagus geschürt hatte, um von sich abzulenken. Antryg hatte gesagt, ihre letzte Begegnung läge fünf Jahre zurück – Caris fragte sich, wie er wissen konnte, daß er so leicht Erfolg haben würde, denn diese aufbrausende Reizbarkeit machte sich erst neuerdings bei dem alten Herrn bemerkbar. Andererseits – Antryg hatte Salteris gut gekannt.

Er warf einen Blick zurück auf den fensterlosen Turm, der sich nun, nachdem Umfassungsmauer und Barracken hinter den Bergausläufern verschwunden waren, wieder als einsamer warnender Finger in das milchige Zwielicht des Himmels reckte. Dann kramte er in seinem Beutel nach der *Lipa* und gab sie dem Erzmagus zurück. Der sechste Sinn, den ein Sasenna entwickelt, sagte ihm, daß die Zeit nicht fern war, wenn der alte Herr dieses Hilfsmittels dringend bedurfte.

4. KAPITEL

Die Stille, die sich einstellte, nachdem der Ausdruck beendet war, fuhr nieder wie eine Axt. Joanna schreckte zusammen, als hätte irgendwo eine Tür geknallt.

Das einzige Geräusch im Büro war jetzt noch das schwache, selbstzufriedene Summen der Klimaanlage.

Das ganze Gebäude vermittelte plötzlich den Eindruck, als wäre es vollkommen verlassen.

In aufkeimender Panik flog ihr Blick zur Uhr.

Viertel vor sieben.

Sie atmete seufzend aus. Noch gar nicht so spät.

So kannst du nicht weitermachen, sagte sie zu sich selbst, stieß sich mit einem Fuß vom Aktenschrank ab und rollte mit dem Drehstuhl zum Drucker, um die lange Zieharmonika aus grün-weißem Papier abzureißen. *Diese Woche kommen die Testergebnisse von SPECTER rein, und jeder in der Firma wird wie verrückt Überstunden machen. Du kannst dich nicht ausschließen, nur weil du Angst hast vorm Schwarzen Mann.*

Sie warf nicht einmal einen Blick auf den Ausdruck, während sie ihn zusammenfaltete und oben auf die anderen Papierberge legte. Äußerlich gelassen, führte sie den Backup durch und machte den Laden dicht, doch sie war sich mit einem Anflug von Galgenhumor der Tatsache bewußt, daß sie die Prozedur in Rekordzeit erledigte.

Du kannst so nicht weitermachen! Es ist fast zwei Wochen her. Selbst wenn man ihn nicht gefunden hat – kein Mensch könnte sich so lange in diesem Gebäude versteckt halten. Der Sicherheitsdienst hat ein dutzendmal jeden Winkel abgesucht.

Doch als sie ihr Exemplar vom *Byte* und die dicke Rolle des Ausdrucks eines ihrer eigenen Programme einpackte, das sie eingeschmuggelt und auf dem Cray laufengelassen hatte, berührten ihre Fingerspitzen den glatten Stiel des Hammers, der seit der bewußten Nacht ihr ständiger Begleiter war. Ein- oder zweimal in den vergangenen Tagen, besonders wenn sie noch spät gearbeitet hatte, hatte sie das Gefühl gehabt, beobachtet zu werden, und mit einer Gänsehaut kam ihr zu Bewußtsein, wieviele Orte es in Gebäude Sechs gab, wo sich jemand verstecken konnte. Es war zweistöckig konzipiert, bestand aber hauptsächlich aus einem großen Innenraum ohne Zwischenboden. Über den Labors und Testräumen gähnte die leere Höhlung der Dachkonstruktion, die durchzogen war von Gitterstegen und wo alles mögliche lauern konnte. Joanna war sich dessen bewußt – sie hatte sich in den Perioden grundloser Depressionen, die sie neuerdings heimsuchten, wieder und wieder versucht gefühlt, einen Erkundungsgang zu unternehmen, und nur die Angst vor dem, was sie finden könnte, hatte sie davon abgehalten. Aber Digby Clayton, der legitimierte Freak des Programming Departments, pflegte sich dorthin zurückzuziehen, um zu meditieren, und ein paar Leute aus der Grafikabteilung behaupteten, da oben ein heimliches pikantes Stelldichein gehabt zu haben, um halb elf an einem Dienstagvormittag.

Es war auch nicht das einzige gute Versteck, dachte sie und trat entschlossen in die hellerleuchtete Einöde des leeren Ganges. Die Garage, in der die Gabelstapler und Elektrotrucks standen, war durch eine Tür in der Nähe der Buchhaltung zugänglich. Mit einer Tasche voll Kleingeld konnte man sich bis in alle Ewigkeit aus den Futterautomaten verpflegen – bis man wegen akuter Mangelerscheinungen schlapp machte, fügte sie trotz ihrer Ängste innerlich grinsend hinzu. Und vor der Nase des oft und laut gepriesenen Sicherheitsdienstes, hatte der Wachmann gesagt, wurde geklaut auf Teufel komm raus – und zwar alles: von Büroklammern bis zu ganzen Wagenladungen an Computerteilen und Telefonanlagen. Es wäre ein Kinderspiel, sich hier draußen zu verstecken und zu warten …

Auf was? war Joanna vernünftig genug, sich zu fragen, während sie ihre Selbstbeherrschung mobilisierte, um nicht unwillkürlich ihre Schritte zu beschleunigen. *Ein Dieb hätte sich auf demselben Weg davongemacht, auf dem er hereingekommen war – und zerbrich dir jetzt bloß nicht den Kopf darüber, welcher das sein könnte. Kein normaler Mensch würde eine Woche lang in San Serano herumlungern, nur um zu später Stunde aus finsteren Ecken zu springen und Leute zu erdrosseln.*

O ja – und kein normaler Mensch kletterte auf den Glokkenturm einer Universität, um mit einem Scharfschützengewehr auf Passanten zu schießen, gab ihre innere Stimme zu bedenken, oder ermordete völlig unschuldige, halb im Ruhestand befindliche Popstars, nur um sagen zu können, *seht her, ich bin's,* oder tat irgendwelche von den anderen grauenhaften Dingen, die in ihrem Bewußtsein Schlagzeilenstatus hatten.

Du bist paranoid, Joanna.

Wer hat dir das verraten, und warum bin ich's? entgegnete sie witzelnd und warf noch einen Blick über die Schulter.

Wie Kratzen an einem Mückenstich, dachte sie – hilft nicht, man soll's nicht tun, aber man kann's nicht lassen.

Unbehagen verfolgte sie wie das leise Geräusch ihrer Turnschuhe auf dem Teppichboden. Es kostete sie immer größere Überwindung, die dunklen Öffnungen von Räumen und Korridoren zu passieren, auch wenn sie nicht wußte, was sie zu sehen fürchtete.

An der Einmündung des Hauptkorridors blieb sie stehen, schob den Trageriemen ihrer schweren Tasche zurecht und strich sich das Haar aus dem Gesicht. Die glatten, pastellfarbenen Wände waren dekoriert mit holzgerahmten Vergrößerungen schmeichelhafter Fotografien der San Serano Anlage, die dramatisch in die karge Hügellandschaft eingebettet war; Chaparral und knorrige Eichen, einmal der champagnerweiße Grasteppich des Sommers, ein Bild weiter das satte Smaragdgrün der regenreichen Wintermonate. Der Blickwinkel – Joanna amüsierte sich immer wieder darüber – war so gewählt, daß man weder etwas von den trostlosen Parkplätzen sah noch von den Stacheldrahtzäunen oder der blauen Smogdecke über Los Angeles im Hintergrund.

Rechterhand, am Ende des Korridors, befand sich der Hauptcomputerraum.

Die Beleuchtung war noch an, aber sie hörte keine Stimmen. Keine Schatten bewegten sich zwischen der Lichtquelle und den Reflexen auf dem metallenen Türrahmen. Auch seit dem Überfall war sie beinahe täglich in dem Raum gewesen, doch immer hatten Leute an den mit der Zentraleinheit verbundenen Monitoren und Druckern gearbeitet und ihr Termine im Nacken gesessen. Ein verschwommenes Detail der Vorfälle jener Nacht ließ ihr keine Ruhe – eine Ungereimtheit, von der sie dem Sicherheitsdienst nichts erzählt hatte, weil es zu absurd war, aber sie wollte die Sache klären.

Es kostete mehr Entschlußkraft, als sie angenommen hatte, um sich in Bewegung zu setzen und den halbdunklen Gang hinunter auf die erleuchtete Türöffnung zuzugehen. Aber weil sie wußte, daß sie von Natur aus überängstlich war, gab sie sich erst recht einen Ruck.

Das Problem ist, dachte sie ironisch, ging die Rampe hinauf und betrat den lichtdurchfluteten, unpersönlichen Saal, *man weiß nicht immer genau, welche Ängste irrational und welche einfach nur blödsinnig sind. Wenn das hier ein Film wäre, brauchte ich nur auf die unheimliche Musik des Soundtracks zu achten, um zu wissen, ob ich was Dummes mache oder nicht.*

Der Computer war noch in Betrieb. Eigentlich war er schön; massig wie die Chinesische Mauer ragte er aus einem geschmackvollen Sortiment von Externa, wozu vier Eingabetische gehörten, mehrere zusätzliche Speichereinheiten sowie zwei einsachtzig mal einsachtzig große Farbmonitore, die zur Abbildung exaktester Projektionen geeignet waren. Digby Clayton versicherte ihr, Pac-Man auf einem solchen Wundergerät sei ein wahrhaft sinnliches Erlebnis. Ein blaugrauer Blazer hing ordentlich über der Lehne eines Drehstuhls; Joanna identifizierte ihn ohne Begeisterung als Eigentum von Gary Fairchild. Bloß schnell erledigen, weswegen sie gekommen war, und dann nichts wie weg, bevor er wieder auftauchte und wissen wollte, was sie hier tat. Erstens wußte sie es selbst nicht so genau, und zweitens hatte sie kein Talent, Leuten etwas zu erklären, erst recht nicht Gary.

Sie ging ein Stück in den Raum hinein und kniete sich auf den Boden, ungefähr an der Stelle, wo sie hingefallen war. In dieser Position hatte sie irgendwie eine genauere Vorstellung davon, was sie suchte. Es war, als wäre es wie eine Kontaktlinse auf dem Teppich liegengeblieben. Die Kerze in ihrem anachronistischen Halter – spurlos verschwunden, als die Sicherheitsleute danach suchten – hatte vor dem Monitor da drüben gestanden. Eine Vorsichtsmaßnahme, erklärte man, um nicht die Beleuchtung einschalten zu müssen und womöglich einen vorübergehenden Wachmann aufmerksam zu machen – aber eine Taschenlampe wäre dafür besser geeignet gewesen, hatte sie damals schon gedacht. Dann war der Angriff erfolgt, ihr wurde schwarz vor Augen, im letzten Moment noch dieser verschwimmende Blick auf etwas an der Wand.

Auf dem Boden kniend, visierte sie die Stelle an, aber natürlich war jetzt nichts mehr zu sehen.

Beim Aufstehen kam sie sich ein bißchen albern vor. Sie klopfte sich die Knie ihrer Jeans ab und ging hinüber zur Wand. Es war eine Art Symbol gewesen wie ein japanisches Piktograph, aber eindeutig *nicht* japanischer Stil, ungefähr zwanzig Zentimeter über ihrer Augenhöhe und dreißig Zentimeter links vom Türrahmen. Deutlich und scharf umrissen, aber irgendwie unwirklich, wie von einem Diaprojektor an die Wand geworfen, statt real vorhanden. Sie hatte nur einen kurzen Blick aus den Augenwinkeln darauf erhascht, und die Erinnerung lag hinter einem Schleier aus Entsetzen und Todesangst. Wie und was auch immer, es war keine Spur von dem Zeichen zurückgeblieben.

Sie neigte den Kopf zur Seite und spähte an der Wand entlang. Sie hoffte, aus diesem neuen Winkel etwas zu entdekken, wie das manchmal bei Glas der Fall war.

Immer noch nichts.

In Gedanken schüttelte sie sich. Die Putzkolonne hatte vermutlich inzwischen die Wände abgewaschen, oder – *wurden* hier drin die Wände abgewaschen? Gut möglich. Der

Computerraum war das Hätschelkind der Herrschaften in der Chefetage. Vielleicht war aber auch von Anfang an nichts dagewesen!

Und wenn doch, dann was? Alfred Hitchcocks Profil? dachte sie frotzelnd. George Lucas' Signatur von THX 1138? Der Fußabdruck eines Dinosauriers?

Als jemand hinter ihr »Buh!« machte, wäre ihr fast das Herz stehengeblieben. Eine Woche Verfolgungswahn hatte jedoch ihre Reflexe geschult. Sie griff in die Tasche und nach dem Hammer, noch bevor sie sich ganz herumgedreht hatte und Gary Fairchild erkannte.

»He, sachte«, meinte er mit einem entwaffnenden Lächeln. »Habe ich dich erschreckt?«

Sie zitterte am ganzen Leib, doch zu ihrer eigenen Überraschung klang ihre Stimme fest und sehr ärgerlich. »Na und? War das nicht der Zweck der Übung?«

Er machte ein betretenes Gesicht. »Ich – hm – sei nicht böse. Ich meine – du weißt schon.« Nachdem er nun alles erklärt hatte, wechselte er hastig das Thema. »Hast du mich gesucht?«

Es lag ihr auf der Zunge zu sagen: *Weshalb in drei Teufels Namen sollte ich nach jemandem suchen, der solche kindischen Scherze für originell hält?* aber mit Gary konnte man nicht streiten. Er würde nur hinter ihr herlaufen und sich pausenlos entschuldigen, bis sie es irgendwann leid war und ihm verzieh. Also antwortete sie: »Nein, ich bin in der Hoffnung hergekommen, den Schurken zu erwischen, wenn er an den Schauplatz des Verbrechens zurückkehrt.«

Gary zog verdutzt die Augenbrauen hoch. »Aber das ist doch Tage her, Schatz. Glaubst du wirklich, daß er sich immer noch hier herumtreibt?«

Auweia, dachte Joanna und sagte laut: »Ein Witz, Gary.«

Er gab die angemessenen Heiterkeitsäußerungen von sich. Während sie ihn musterte – weiße Jeans, Hawaiihemd über gewissenhaft aufgebauten Muskeln und einer ebenso gewissenhaft fabrizierten Sonnenbräune –, fragte Joanna sich, ob sie ihn auch nur ein ganz klein wenig sympathisch fände, wenn sie ihn jetzt zum erstenmal sähe.

Trotz der zwei Jahre, die sie schon verbandelt waren, hatte sie diesbezüglich ihre Zweifel.

»Außerdem«, fügte sie hinzu und ließ den Hammer unauffällig in die Tasche zwischen die schweren Papierbündel, eine Bürste, einen Spiegel, Kulis, Notizbücher, Schraubdeckelgläser und einen Faltbecher zurückgleiten, »er könnte wiederkommen. Was immer er auch stehlen wollte ...«

»Schatz«, unterbrach Gary sie geduldig, »was könnte er hier stehlen, das aus dem Lagerraum nicht risikoloser zu beschaffen wäre? Solange das Equipment nicht registriert und zugeteilt ist, fällt keinem Menschen auf, wenn sich was verflüchtigt hat.«

Es stimmte, das wußte Joanna, und sie hatte auch einen Verdacht, weshalb er so gut Bescheid wußte. In müßigen Augenblicken war es ihre Gewohnheit, die Gehirnwindungen der Zentraleinheit zu durchstöbern, sich in Dateien einzuklinken, von denen das Management in heiliger Einfalt glaubte, sie seien unter ihren geheimen Codewörtern vor unbefugtem Zugriff sicher, und hatte sie herausgefunden, daß in der Buchhaltung infolge des Wechsels zu einem neuen System das reine Chaos herrschte. Allein deshalb hatte sie gleich Zweifel an der Theorie des Wachmanns gehabt, daß sie von einem ertappten Dieb überfallen worden war.

Die Theorien, die sich ihr als Alternative aufdrängten, waren alles andere als erfreulich.

»Ich bin in ein paar Minuten fertig«, meinte Gary nach kurzem Schweigen. »Wir können zusammen gehen. Vielleicht machen wir irgendwo halt ...«

Sie schüttelte den Kopf. »Vielen Dank, aber ist schon okay.« Vielleicht hatte sie ein mulmiges Gefühl bei der Aussicht, allein durch diese endlosen, menschenleeren Flure stiefeln zu müssen, aber in ihrer momentanen nervösen Stimmung war Gary keine Verbesserung gegenüber imaginären Meuchelmördern. »Ich seh' dich morgen, in Ordnung?«

Er trat auf sie zu und legte die Hände in der zuversichtlichen Erwartung eines Kusses um ihre Taille, den sie ihm nach kurzem Zögern auch gab. Wie gewöhnlich mußte er übertreiben. »Du kommst am Wochenende doch zu mir raus?« fragte er. »Jeder aus der Abteilung wird da sein.«

Grund genug, darauf zu verzichten, dachte sie und versuchte ihr Glück: »Ich weiß nicht, Gary …«

»Ich habe vier neue Spiele für den Computer, genug Bier – sogar Wein, wenn du das vorziehst – plus dem neuen Düsensystem im Whirlpool und echt guten …« Er vollführte die noch aus Flower-Power-Zeiten stammende Pantomime für Pot rauchen.

Joanna seufzte. Zusätzlich zu den langweiligen Bürohengsten, mit denen Gary sich zu umgeben pflegte, konnte man also mit betrunkenen, bekifften Bürohengsten rechnen. Andererseits, sie ging nie zu Parties, aber sie wußte, Parties gehörten zu den Dingen, an denen Leute Vergnügen hatten. »Es ist eine lange Fahrt«, begann sie lahm.

»Nur zehn Minuten von hier«, wandte er ein. »Die meisten kommen schon nachmittags. Wir können am Pool faulenzen, Sonne tanken, die Boxen voll aufdrehen … Was hätte es für einen Sinn, hier am Ende der Welt zu wohnen, wenn man nicht ab und zu etwas Krach machen könnte?« Joanna war überzeugt, er wiederholte den Sermon des Grundstücksmaklers, der ihm das Anwesen verkauft hatte. Da sie wußte, daß Garys Musikgeschmack zu Heavy Metal Bands wie Havoc und Fallen Angel tendierte, verlor die Einladung mehr und mehr an Reiz.

»Das neue Grafiksystem auf dem Spielecomputer ist fabelhaft«, lockte er und fügte hinzu: »Bitte«, als er sah, daß sie sich auch davon nicht erweichen ließ. Er schenkte ihr ein nervöses Grinsen, das sie nie gemocht hatte und das ihr in letzter Zeit zunehmend auf die Nerven ging. »He, du bist mein Mädel, weißt du noch? Die Liebe meines Lebens …« Er zog sie an sich, um noch einen Kuß abzustauben. »Ich möchte nur, daß wir zusammen sind …

Sie war der Situation herzlich überdrüssig und machte sich mit plötzlicher Bestimmtheit von ihm los. »Wenn du mich wieder fragst, ob ich bei dir einziehen will, rede ich kein Wort mehr mit dir. Ich habe doch gesagt, ich weiß nicht …«

»Aber warum nicht, Schatz?« Er bedachte sie mit einem vorwurfsvollen Dackelblick, seine Stimme bekam einen weinerlichen Unterton. »Deine Wohnung ist weder groß noch sonst irgendwas. Du wärst näher bei der Firma und müßtest nicht jeden Tag so weit fahren, und du würdest Miete sparen. Du weißt, ich werde dich immer lieben, Schatz ...« Die Phrase hatte er wahrscheinlich aus dem Fernsehen. »Komm trotzdem am Samstag – dir das Haus ansehen, nachdem ich die neuen Computergadgets eingebaut habe. Oder hast du schon was anderes vor?«

Leider nicht, also schleunigst was erfinden, um vielleicht noch den Hals aus der Schlinge zu ziehen. »Ich weiß nicht, Gary. Vielleicht gehe ich mit ein paar Freunden aus ...«

»Lade sie auch ein«, bot er an. »Wer ist es? Jemand von hier?«

Sie war nicht zu weiteren kreativen Höhenflügen aufgelegt und ergab sich seufzend in ihr Schicksal. »Also gut, ich komme.« Seine Augen leuchteten auf, und sein Lächeln erreichte wieder hundertprozentige Leistung.

»Großartig.« Er jubelte fast. »He, hast du irgendwelche Pläne für heute abend? Ich bin in etwa fünf Minuten durch mit diesem Programm ...«

Joanna zögerte einen Moment, weil sie überlegte, ob sie sich für heute genügend selbstsüchtiges Benehmen geleistet hatte und dafür Buße tun mußte, indem sie ihm Gesellschaft leistete, auch wenn das möglicherweise ein Abendessen mit einschloß – noch dazu ein Abendessen in einem Imbiß. Gary machte einiges Geld, doch er hielt nichts davon, mehr als unbedingt nötig für andere auszugeben. Und es stand längst nicht fest, wie lange das Programm tatsächlich laufen würde – das Spielchen ›nur noch fünf Minuten‹ hatte sie mit Gary schon öfter bis zu anderthalb Stunden gespielt. »Lieber nicht«, sagte sie deshalb. »Ich werde nach Hause fahren, ein ausgiebiges Bad nehmen und zu Bett gehen. Wir sehen uns morgen.« Ohne auf sein protestierendes: »Oh, Schatz ...« zu achten, schulterte sie ihre monströse Beuteltasche und erwiderte seinen ziemlich feuchten, amourösen Abschiedskuß, mehr aus Pflichtgefühl denn aus Vergnügen.

Pflichtgefühl, sinnierte sie, nachdem sie glücklich entkommen war und auf den Hauptkorridor zusteuerte, das eigentlich gar nichts mit Gary zu tun hatte, sondern mit all den Jahren, in denen man sie auf der Schule als Mauerblümchen vom Dienst abgestempelt hatte. Eine Last schien ihr von den Schultern zu fallen, und sie fragte sich, wie sie jemals in Gary Fairchild hatte verliebt sein können.

Falls es Liebe gewesen war, dachte sie, und nicht nur der sexuelle Glamour, der den Übergang von Jungfrau zu Nicht-Jungfrau umgibt. Er war – fast buchstäblich – der erste Mann in ihrer Bücherwurmexistenz gewesen, der ihr Beachtung geschenkt hatte. Als sie vor zwei Jahren in San Serano anfing, hatte Gary sie gebeten, mit ihm auszugehen, erst zum Mittag-, dann zum Abendessen, und schließlich nahm er sie eines Abends mit in das High-Tech-Apartment, in dem er damals noch wohnte.

Er hatte immer gewollt, daß sie zu ihm zog. Der Grund, weshalb er ihr neuerdings keine Ruhe mehr ließ, war der, argwöhnte Joanna, daß er mit vierunddreißig in einem Alter zu sein glaubte, in dem es sich gehörte, mit jemandem zusammenzuleben. In Erwartung einer solchen Entwicklung der Dinge hatte er das Haus gekauft – wenigstens wollte er sie das glauben machen. Der Gute, er war nur selten vollkommen aufrichtig, schon gar nicht, wenn er eine Chance witterte, Mitleid zu erregen.

Sie seufzte wieder und bog in den breiten Flur ein, dessen gnadenlos effektive Ausleuchtung nicht den kleinsten Schatten duldete. Zweimal in der vergangenen Woche war sie von dem gleichen schrecklichen Gefühl depressiver Hoffnungslosigkeit heimgesucht worden, wie es sie in der bewußten Nacht überfallen hatte; während dieser Phase ertappte sie sich dabei, wie sie ernsthaft in Betracht zog, Gary zu heiraten, nicht weil sie ihn liebte oder auch nur gern mochte, sondern weil ihr die Zukunft so bar jeder Perspektive zu sein schien, daß ihr völlig gleichgültig war, was sie tat. Schlimmer war, es kümmerte sie auch nicht besonders, ob sie lebte oder starb – wenn ein solches Tief sie überkam. Wenn sie dann gerade auf dem Highway fuhr, konnte es sein, daß sie sich einfach nicht mehr die Mühe machte, den anderen Autos auszuweichen. Der Gedanke, Gary zu heiraten, war schon etwas Vergleichbares.

Die übrige Zeit fragte sie sich, wie ihr Leben jetzt wohl aussähe, wenn sie bei Gary eingezogen wäre, als er sie das erstemal darum gebeten hatte.

Nun, erstens würdest du nicht mehr hier arbeiten, dachte sie. Und der Grund, weshalb du nicht mehr hier arbeiten würdest, wäre der, daß trotz Pool, Jacuzzi, Videozimmer, einem IBM-AT mit 60 Megabytes und einem Zweihunderttausend-Dollar-Haus in den Bergen, Gary dich nach spätestens zwei Monaten dazu gebracht hätte, die Flucht zu ergreifen, allein durch seine felsenfeste Überzeugung, du müßtest jederzeit alles stehen und liegen lassen, um für ihn da zu sein. Also hättest du gekündigt und wärst in eine andere Stadt gezogen.

Oder aber, dachte sie und fröstelte, du wärst aus lauter Schiß vor Veränderung immer noch bei ihm.

Schlagartig erloschen die Lichter im Flur.

Joanna blieb stehen und wirbelte herum, das Herz schlug ihr bis zum Hals. Der Korridor lag in bräunliches Dämmerlicht getaucht, leer und verlassen hinter ihr. Weit entfernt, im rückwärtigen Teil des Gebäudes, konnte sie die tröstlichen Lichtbahnen aus anderen Fluren sehen – vor ihr erstreckten sich noch etwa zwanzig Meter Dunkelheit bis zu der vagen Helligkeit hinter der Ecke, wo es durch noch einen Flur zur Eingangshalle ging. *Nur dieser Abschnitt,* dachte sie. *Nur eine Sicherung ...*

Grauen wehte kalt über ihre Haut wie der Luftzug aus einer halboffenen Tür, die zu den Abgründen der Ewigkeit führt, unvernünftig, beklemmend; sie mußte dagegen ankämpfen, um nicht kopflos die Flucht zu ergreifen. *Keine Panik,* ermahnte sie sich. *Nur das Licht ist ausgegangen, kein Grund, Angst zu haben ...*

Von irgendwo links hörte sie das Geräusch leiser, verstohlener Schritte.

Gary, dachte sie und klammerte sich an diese schwache Hoffnung, obwohl sie genau wußte, daß Gary sich nie die

Mühe machte, so leicht aufzutreten. Sie hastete weiter, ihre Hand suchte in der vollgestopften Tasche wieder den Stiel des Hammers, doch eine Ahnung sagte ihr, daß sie diesmal damit nichts ausrichten konnte; dies war eine andere Bedrohung; etwas, das über greifbare Gefahr hinausging und ihr mehr als normale Angst einflößte.

Laufe ich weg? fragte sie sich. *Oder fängst es so an, wenn man verrückt wird? Waren die Depressionen nur ein erstes Symptom?*

Mittlerweile lag auch das Ende des Ganges im Dunkeln. Im nächsten Korridor mußte ebenfalls das Licht ausgegangen sein. Nur: Keine simple herausgesprungene Sicherung konnte eine Dunkelheit wie diese zur Folge haben. Dunkelheit wie eine feste Mauer. Die Wand mit den gerahmten Fotos von San Serano war nicht mehr zu sehen, statt dessen gab es dort nur Schwärze, als schaute sie durch eine Röhre in einen Nachthimmel ohne Sterne. Die Stimme der Vernunft sagte: eine optische Täuschung, doch alles in ihr sträubte sich dagegen, noch einen Schritt in diese Richtung zu tun.

Sei nicht kindisch, rügte sie sich selbst, während ihre Hände feucht und klamm wurden. *Es gibt nichts, wovor man im Dunkeln Angst haben müßte.*

Oder doch? War das eine Bewegung, weit weg – weiter weg, als es nach den Gesetzen der Realität überhaupt möglich gewesen wäre, am Ende jenes Korridors aus Dunkelheit, der eigentlich gar nicht hätte existieren dürfen? Das Wehen von Stoff, Schwarz in Schwarz, der Hauch eines Geruchs, den sie nicht identifizieren konnte, der jedoch einen Adrenalinstoß blinden Entsetzens durch ihren Körper jagte.

Sie drückte sich in den nächsten Seitengang und versuchte sich ins Gedächtnis zu rufen, wie sie auf einem Umweg in die Lobby gelangen konnte. ... *Das ist absurd,* hämmerte es in ihrem Kopf, während sie ihre Schritte beschleunigte und sich gleichzeitig bemühte, bloß kein Geräusch zu verursachen. *Wie kann ich einen Alptraum haben, wenn ich mich gar nicht erinnere, eingeschlafen zu sein?*

Der Gang führte schnurgerade, schwach erleuchtet und

ohne Abzweigungen zum hinteren Bereich der Versuchsabteilung.

Ohne darüber nachzudenken, was sie tat oder warum, öffnete sie die einzige Tür in Sichtweite, schlüpfte hinein und schloß sie hinter sich. Es war eine Besenkammer, die erfüllt war von dem Geruch nach Ammoniak und schimmelnden Mops; bevor die Tür mit leisem Klicken einschnappte, spiegelte sich der trübe Schein der Lampe auf dem Flur flüchtig auf dem schwarzen Chitinpanzer eines ungeladenen Mitnutzers der Annehmlichkeiten von San Serano, der sich ob der Störung mit beleidigter Hast unter die Fußleiste zurückzog. Nicht einmal ihre hysterische Angst vor Kakerlaken hinderte sie jetzt daran, die Tür ins Schloß zu ziehen und den inneren Griff umklammert zu halten.

Etwas regte sich auf dem Gang.

Was, war schwer zu sagen, obwohl sie in den Monaten des Alleinlebens Übung darin bekommen hatte, auch die leisesten Geräusche zu identifizieren. Wenn sie nachts aufwachte, fand sie sich in ihrer Wohnung nach Gehör zurecht – das war der Kühlschrank, und da scharrte das Antennenkabel im Wind über die Dachziegel.

Das leise, schlurfende Geräusch da draußen stammte nicht von Schritten, obwohl es sich so ähnlich anhörte. Stoff, dachte sie, und ihr fiel das lange Gewand ihres nächtlichen Angreifers wieder ein, in dessen Saum ihr Fuß sich verfangen hatte, als sie nach ihm getreten hatte. In der drückenden Stille fragte sie sich, ob auf der anderen Seite der Tür Ohren lauschten und ob diese das laute Klopfen ihres Herzens vernehmen konnten.

Etwas näherte sich, etwas Böses; sie drückte sich in der naiven Hoffnung, es möge vorübergehen, in eine Ecke. Sie hörte die gedämpften Schritte, die plötzlich innehielten. Wieder Schritte, zwei, drei und dann nichts mehr.

Weiß es, daß ich hier bin?

Ein schmales Lüftungsgitter in der unteren Hälfte der Tür ließ Luft und spärliche Helligkeit hinein. Etwas verdeckte von außen die Öffnungsschlitze, etwas Dunkles. Der Türknauf in ihrer Hand bewegte sich prüfend.

Sie biß so fest die Zähne zusammen, daß ihr ganzer Kopf weh tat; blankes Entsetzen steckte ihr in der Kehle wie ein Knäuel stummer Schreie. Sie glaubte durch das Gitter schwach den vertrauten Geruch ihrer ersten Begegnung mit dem Grauen wahrzunehmen – das beißende Aroma holzrauchgetränkter Wolle und damit vermischt die kalte Ausdünstung oder Aura, die sie nicht definieren konnte. Der Knauf bewegte sich wieder, sie hielt ihn krampfhaft fest – wer oder was auch immer da draußen sein mochte sollte glauben, es wäre abgeschlossen. Später stellte sie fest, daß der graukarierte Stoff ihrer Bluse völlig durchschwitzt war, doch im Moment nahm sie davon nichts wahr, nahm überhaupt nichts wahr außer einer alles verdrängenden Angst. Sie wußte, sie sollte verdammt, noch mal, den Mut zusammennehmen, die Tür aufreißen und dem Eindringling ins Gesicht sehen. Was konnte er ihr schließlich an einem öffentlichen Ort wie San Serano und mit Hilfe in Rufweite schon tun? Aber sie konnte sich nicht überwinden, und eine nüchterne Stimme in ihrem Unterbewußtsein wisperte: *Wenn du das tust, stirbst du.*

Sie fragte sich, woher dieses Wissen kam oder ob man das in einer brenzligen Situation immer glaubte. Doch die Überzeugung war so stark, daß nichts sie hätte dazu bringen können, die Tür aufzumachen.

Gelbliche Helligkeit sickerte durch die Lüftungsschlitze. Was immer sie blockiert hatte, war fort.

Es ist noch draußen, dachte sie, es ist da und wartet auf mich. Wartet darauf, daß ich glaube, die Luft wäre rein, wartet darauf, daß ich herauskomme.

Und dann?

Und dann?

Wie lange sie in der muffigen Dunkelheit stand, wußte sie nicht. Ihre Beine fingen an zu zittern, ihr wurde schwindelig. *Es sind zwanzig Meter bis zur nächsten Ecke und dann den nächsten Flur lang bis zur Eingangshalle,* überlegte sie. Nur war ihr so jämmerlich elend zumute, daß sie bezweifelte, die ganze Strecke laufen zu können.

Selbstverständlich wirst du nicht laufen, meldete sich die

Stimme der Vernunft. *Du hast dir schon eine hübsche Reputation erworben mit dem ›Mann, Den Es Nicht Gibt‹ – nirgends ein Fingerabdruck, und als Beweis für seine Existenz nur ein paar blaue Flecken, die von allem möglichen hätten stammen können. Man hat auch die Stelle nicht gefunden, wo er hereingekommen ist. Was willst du ihnen erzählen, wenn du Hals über Kopf und schreiend in die Halle gerannt kommst?*

Gestern vor der Wohnungstür
sah ich den Mann, der war nicht hier
Wieder war er heut' nicht dort,
ich wünscht', der Mann, er bliebe fort ...

Es erforderte allen Mut, den sie aufbringen konnte, die Tür zu öffnen. Vor ihr lag der Korridor im Halbdunkel, unverdächtig, leer und verlassen. Ein paar Meter weiter weg kreuzte ihn der Hauptflur, der wie stets hell erleuchtet war und so gewöhnlich wirkte, wie ein Gang in einem Luft- und Raumfahrtgebäude es nur tun kann.

Nolens volens machte sie sich schließlich auf den Weg zur Eingangshalle. Aber sie ging sehr schnell und fuhr in halsbrecherischem Tempo durch die Dunkelheit hinunter nach Van Nuys, um starr vor dem Fernsehapparat zu sitzen, bis es hell wurde und sie es wagte, das Licht im Schlafzimmer auszuschalten.

5.
KAPITEL

Stonne Caris verbrachte eine Woche bei den Sasenna in der Herberge der Nigromanten. Er trainierte morgens und am Nachmittag mit ihnen, erfreut über die Gelegenheit, sein Können unter einem neuen Lehrer und an anderen Gegnern beweisen zu können. An einem Sommerabend zogen alle Sasenna der Stadt, ob im Dienst der Magier, der Kirche oder der wenigen Adligen, die ständig auf ihren Besitzungen im Distrikt lebten und reich genug waren, sich eigene Bewaffnete zu halten, zu einer Übungsjagd in die Marschen. Auf Caris fiel das Los, mit den Wölfen zu laufen; er hielt sich gut und ›tötete‹ vier seiner Verfolger, bevor Le ihn von hinten niederschlug. Die ganze Schar kehrte zur Stadt zurück, zerschlagen, müde, von Kopf bis Fuß mit Schlamm bespritzt, um mit viel Bier das gemeinsame Begräbnis zu feiern.

In der Woche hatte er auch eine halbherzige Affäre mit einem Schankmädchen, eins von den wenigen, die nicht aus großen Kulleraugen zu ihm aufschauten und hauchten: »Du dienst den *Magiern?* Ist es wahr, daß ...«, um dann mit einem absurden Gerücht über den Nigromanten zugeschriebene, exotische sexuelle Praktiken herauszurücken. Es war eine kurzlebige Beziehung, obwohl er sie mochte; sie gerieten in Streit, während einer dieser befremdlichen, quälenden Phasen der Niedergeschlagenheit, wenn seine Magie ihn im Stich ließ – ein sinnloser, dummer Streit, als stünden sie unter Zwang. Schon auf der Treppe hörte er sie in ihrem Zimmer weinen, doch befangen von der sonderbaren Farblosigkeit der Welt, sah er keinen Grund, zurückzugehen und sie zu trösten. Später, als er wieder bei Besinnung war und sich schämte wegen der grundlos grausamen Art, mit der er sie behandelt hatte, fand er, es sei zu spät zu einem solchen Schritt.

Seinen Großvater bekam er kaum zu Gesicht. Er wußte, der Erzmagus weilte häufig im bischöflichen Palais, das weit großartiger war als das der Festung St. Cyr in Engelshand, denn die Bischöfin von Kymil war die höchste Kirchenfürstin des Reiches. Zu anderen Zeiten reiste der alte Herr durch die Umgebung auf der Spur der Gerüchte von merkwürdigen Erscheinungen und Abominationen, die in der Gegend zu spuken schienen wie ruhelose Geister. Eines Nachts, beim Feuer in der kleinen Sasenna-Barracke der Herberge, erzählte Le von Dingen, die sie gehört oder gesehen oder von Dritten erfahren hatte – von flatternden weißen Schemen, die von einem heimkehrenden Landmann zwischen den Birken im Wald erspäht worden waren, oder von Herden abgeschlachteter Schafe, deren Wunden keinesfalls von einem Hund stammten, oder von den drei Leuten, die auf einem Acker nahe Poncross im hellen Sonnenschein irrsinnig geworden waren.

»Könnte das einem verderblichen Einfluß zuzuschreiben sein, der von Suraklins Zitadelle ausgeht?« fragte Caris sie am nächsten Morgen, als sie dienstfrei hatten und unter den weitgespannten Arkaden des Wochenmarkts umherschlenderten.

Über den Buden und Ständen ein wogender Baldachin aus widerstreitendem Lärm und Gerüchen; die schweren Düfte der Rosen und Veilchen behaupteten sich tapfer gegen den Hautgout, der von den Auslagen der Metzger aufstieg, sowie gegen die Übermacht von Käse und Fisch. Schokolade aus Engelshand, feine Tuche aus den Mühlen in Felleringham und Kymil selbst, Dolche, Schuhschnallen, billige Zinn- oder Porzellantöpfchen mit Schminke, Haarwuchsmitteln (garantierte Wirkung!), Uhren von der Größe einer Kinderhand, Seide und aromatischer Tee, auf Karawanen und per Schiff unter großen Kosten aus dem fernen Saarieque herbeigeschafft – alles gab es in dem riesigen, düsteren Emporium zu kaufen. Caris und Le hatten beim Bäcker heiße Baguettes erstanden, von denen die goldgelbe Sommerbutter troff, und taten sich daran gütlich, während sie durch das Getümmel bummelten.

Le zuckte die Achseln und nahm einen Bissen. »Nicht, daß ich wüßte.« Mit ihrem kurzen schwarzen Schopf und der gebrochenen Nase und in ihrer schwarzen Jacke und Hose, das todbringende Krummschwert an der Hüfte, sah sie aus wie ein magerer, halbwüchsiger Bursche. »Die Festung wurde von den Magiern und dem Thronerben geschleift. Alles, was übriggeblieben ist, sind ein paar bröckelnde Mauern und ein Loch im Boden.«

»Reitest du mit mir hin?«

Die Segunda zögerte, wie jeder zögerte, sobald die Rede auf den Dunklen Magus kam oder etwas, das mit ihm zu tun hatte. Dann nickte sie. »Solange wir bis vier zurück sind.« Sie standen für abends auf dem Dienstplan, und Le, wußte Caris, hatte eine Freundin.

Hinter dem Turm des Schweigens waren die Menhire längs der Straße zu Suraklins Zitadelle vom rechtschaffenen Zorn seiner Überwinder verschont geblieben, aber es fehlte auch jegliche Spur einer wenigstens gelegentlichen Berührung. Nur um seine Fähigkeiten auf die Probe zu stellen, versuchte Caris ein-, zweimal, Hinweise auf die kürzliche Anwesenheit seines Großvaters zu finden – er wußte, daß der alte Herr irgendwann in den letzten Tagen diese Richtung eingeschlagen hatte –, konnte aber nichts entdecken. Es bedurfte eines wahrhaftig hochrangigen Sasenna, um der Fährte eines Magiers zu folgen. Die Straße selbst, überwuchert bis fast zur Unkenntlichkeit, schnitt wie eine Kerbe schnurgerade durch das grüne Hügelland, erklomm die Flanken von Bergen, die man leicht hätte umgehen können, führte einmal sogar auf den Kamm einer Anhöhe, von dem aus sich Caris ein großartiger Ausblick auf das hügelige, stille Land ringsum und den dunklen Pfeil der Straße bot, der unbeirrt in die Ferne wies, um schließlich in der grünen Einöde von Sykerst zu verschwinden. Terra incognita.

Wind rauschte in seinen Ohren, zauste sein helles Haar und die Mähne des Pferdes; Wolkenschatten zogen apathischen, gestaltlosen Phantomen gleich über das Land. Die

Stille bedrückte ihn. »So weit kann es doch nicht mehr sein.« Denn abgesehen von der absolut geraden Linie der alten Straße deutete nichts darauf hin, daß jemals Menschen diese trostlose Gegend besiedelt hatten.

»Es liegen noch ein paar Hügel dazwischen.« Le, im allgemeinen so nüchtern und emotionslos wie eine Pistolenkugel, sprach mit gedämpfter Stimme. »Man kann die Ruine nicht sehen, bis man fast mit der Nase darauf stößt.«

Caris fröstelte. Ihm war bewußt, wie klein er und die Frau in diesen Hügeln waren, zwei schwarzgekleidete Gestalten in der großen Leere. Er schaute sich um, nach – ja, was? Diesem Land hatte der Dunkle Magus sein Siegel aufgedrückt, seine Macht dauerte in den Steinen noch fort. Als er den Kopf hob – er mußte gegen den Wind die Augen zusammenkneifen –, konnte er sehen, wo eine zweite Reihe von Menhiren über die fernen Hügel führte. Antryg hatte zu dem Erzmagus gesagt, die Zitadelle stünde auf einem Nodus der Linien. Caris' eigene rudimentäre Magie reagierte auf den Fluß der Macht entlang dieser aus uralter Zeit stammenden Straße, und er begriff, daß ein Volk lange vor Suraklin die Zitadelle an einem der Energiepfade errichtet hatte, die die Erde umspannten.

Die Magier nannten sie Kanäle oder Linien oder Bahnen, aber auch von ihnen hatten nur wenige eine Vorstellung davon, was sie darstellten, und niemand wußte, weshalb sie existierten. Aber existieren taten sie – klar definierbare Energieadern, die Magie leiteten und zu einem gigantischen, unübersehbaren Netz verknüpft waren. Alle Magie – und alles Leben, so hatte der Erzmagus ihm erklärt, als er damals noch hoffte, selbst ein Magier zu werden – war durch sie verbunden. Die Herberge der Nigromanten in Kymil lag auf dieser Bahn, und der Winkel der Nigromanten in Engelshand gehörte folglich ebenso in die Reihe von Menhiren, die der Volksmund als die Straße des Teufels bezeichnete. Er spürte die Berührung dieser strömenden Macht wie einen Windhauch in seiner Seele, als er mit einem Zungenschnalzen sein Pferd antrieb und weiterritt.

Die Zitadelle von Suraklin lag in der Mitte einer schüsselförmigen Senke zwischen den Hügeln. Nach dem Ausmaß der zerstörten Mauern zu urteilen, mußte es eine imposante Anlage gewesen sein, doch Caris bezweifelte keinen Moment, was Salteris gesagt hatte – daß die Truppen unter dem Befehl des Thronerben vor fünfundzwanzig Jahren ohne die Hilfe der Magier hilflos durch die Berge geirrt wären, unfähig, sie zu finden, bis die unheilvolle Magie des Dunklen Magus' sie vernichtet hätte. Mochte Suraklin seit fünfundzwanzig Jahren tot sein, ein verderblicher Trugzauber lag über dem Ort; auch Caris merkte nicht, wo er sich befand, bis Le ausrief: »Paß auf!« Er erwachte aus seinem flüchtigen Tagtraum und fand sich kaum einen Meter entfernt vom überwucherten Rand einer riesigen Grube inmitten eines Trümmerfeldes wieder, das mindestens eine halbe Quadratmeile Boden bedeckte.

»So ist es mir auch schon gegangen.« Sie kam zu ihm, als er mit den Schenkeln sein Pferd behutsam dicht an die Kante dirigierte. »Sei vorsichtig – der Boden ist hier nicht besonders fest.« Sie schaute sich um, ihre Hand suchte instinktiv den Schwertgriff.

Die Pferde, die knietief im Gestrüpp der Ranken versanken, die einen großen Teil der Ruinen verhüllten wie ein vermoderndes Grabtuch, ließen ebenfalls Anzeichen von Nervosität erkennen. Caris konnte ihnen ihr Unbehagen nachfühlen, während er in der atemlosen Stille auf einen Laut horchte oder den Blick über die bloßliegenden Fundamente wandern ließ, an denen man den Grundriß der Festung ablesen konnte: Saal, Turm, Wirtschaftsräume – das Gerippe eines halbverwesten Kadavers. Gras wucherte zwischen den geborstenen Platten des ehemaligen Innenhofs und nistete in den gemeißelten Ornamenten umgestürzter Säulen. Doch an vielen Stellen war der Boden aufgerissen vom vereinten Zorn der Magier der Erde, und die Gewölbe unter der Zitadelle boten sich dem Himmel dar.

»Wie müssen sie ihn gefürchtet haben«, meinte er leise, »daß sie hier keinen Stein auf dem anderen gelassen haben.«

Le preßte die Lippen zusammen. »Du hast nicht hier gelebt, als seine Macht dieses Land beherrschte«, sagte sie.

»Die Alten erzählen, seine Ohren wären überall gewesen, und niemand hätte gewußt, wer seine Spitzel waren. Eins weiß ich jedenfalls genau, daß nämlich mein Onkel Welliger an einem der Versuche beteiligt war, dem Erzmagus Nachricht zukommen zu lassen. Unterstützt wurde er von Männern, denen er vertraute – eigene Verwandte und Verwandte seiner Frau; allesamt Männer, denen Hab und Gut oder die Familie genommen worden war. Aber Welliger verlor das Augenlicht, bevor er nach Engelshand aufbrechen konnte.«

Ein plötzlicher Windstoß blähte Caris' schwarze Jacke und preßte das dünne Hemd an seinen Brustkorb. Wolken zogen über die Sonne. Bei einem Blick in die Kellergelasse unterschied er mehrere Stockwerke. Im berankten Mauerwerk entdeckte er leere Türöffnungen. Ein Haufen weißer Steine lag tief unten und erinnerte an ausgeschlagene Zähne. Seines Großvaters Zorn war es gewesen, der den Blitz vom Himmel gerufen hatte, um diese Stätte des Bösen zu zerschmettern; seine Zauberkraft hatte den Sturm gegen die verderbliche Macht, die hier so lange gewirkt hatte, entfesselt. Nicht leicht, sich das vorzustellen von dem schmächtigen, stillen Mann, der sein Großvater war.

Wie ein leises Echo der schwindenden Bannsprüche des Nigromanten strich erneut der Wind seufzend durch die wogenden Gräser. Aus dem Nichts erfüllte Caris die Gewißheit, daß sich jemand näherte.

Er warf einen Seitenblick auf Le. Sie, ahnungslos, setzte zum Sprechen an – er bedeutete ihr zu schweigen. Obwohl sie die ältere war und höher im Rang stand, begehrte sie nicht auf. Beide stiegen ab und führten ihre Reittiere eine verwitterte Rampe hinunter in eins der unterirdischen Gelasse – die einzige brauchbare Deckung ringsum. Nach kurzer Zeit hörte Caris, was er zuvor nur als Ahnung wahrgenommen hatte – das raschelnde Schlurfen von Pferdehufen im zähen Rankenteppich, und Stimmen, die nicht laut waren, aber laut tönten in der unbewegten Luft, die schwer über der Zitadelle lastete.

Ein Mann sagte: »Unsere Leute sind ihm in dieser Woche dreimal hierher gefolgt, Mylord.«

»So so.« Auch das eine Männerstimme, wenngleich höher und kalt wie die Berührung von Metall auf nackter Haut. Caris spürte Les Blick, der ihn streifte. Lautlos wie eine Katze schlich er die Rampe hinauf zum Rand der Vertiefung. Bäuchlings im Dornengestrüpp liegend, konnte er zu der Stelle hin sehen, wo die Neuankömmlinge außerhalb der eingestürzten Umfassungsmauer auf ihren Pferden saßen. »Man könnte sich fragen, was er hier wollte. Abominationen erscheinen in immer größerer Zahl ...«

Mit einem Unterton von Ehrerbietung bemerkte der erste Sprecher, ein Mann mittleren Alters, der in die schlichten grauen Hosen und den enggeschnittenen grauen Rock gekleidet war, die Caris mit schwerem Herzen als die Uniform der Hexenjäger identifizierte: »Die Abominationen treiben bereits seit Wochen ihr Unwesen, Mylord, lange bevor der Erzmagus nach Kymil kam.«

»Er ist ein Nigromant«, gab der zweite Mann zu bedenken. Er wandte den Kopf. Gegen den hellen Sommerhimmel erkannte Caris das asketische Profil und die dünnen grauen Haarsträhnen unter dem breitkrempigen Hut. Es war Sergius Peelbone, Hexenjäger Extraordinarius der Kirche. Das Blut strömte plötzlich kalt durch Caris' Adern.

Peelbone sprach weiter. Er klang beinahe gleichgültig: »Man behauptet von seinesgleichen, sie wären imstande, sich nach Lust und Laune entlang der Energiepfade zu bewegen und Hunderte von Meilen an einem einzigen Tag zurückzulegen, um in Kymil zu sein, wenn man sie am selben Morgen noch in Engelshand gesehen hat. Und gewiß würde es ihm schwerfallen zu beweisen, daß es sich nicht so verhält, besonders wenn es Zeugen gibt, die aussagen, daß er an diesem Ort hier gewesen ist.« Er suchte mit Blicken die verlassene Gegend ab. Eine Windbö fuhr zwischen die dürren Halme bei den Mauerresten, und sein Pferd warf scheuend den Kopf in die Höhe. Die sehnige Hand des Hexenjägers griff zu, riß brutal am Zügel, um das Tier zum Stillhalten zu zwingen. Selbst aus dieser Entfernung sah Caris die blutigrot gefärbten Schaumflocken von der Kandare tropfen.

»Mylord«, wandte der andere Hexenjäger ein, »es war der Erzmagus selbst, der half, diesen Ort zu zerstören und den Dunklen Magus in die Knie zu zwingen. Man könnte argumentieren ...«

»Man kann immer argumentieren«, sagte Peelbone. »Die alten Legenden berichten von der Macht dieser Stätte, bevor der Dunkle Magus seinen Schlupfwinkel hier errichtete, und diese Macht dürfte wohl genügen, denjenigen im Alter in Versuchung zu führen, der sie in seiner Jugend bekämpfte. Das, sowie die wachsende Zahl von Abominationen im Land, sollten ausreichen, den Regenten zu überzeugen, uns die Mittel an die Hand zu geben, derer wir bedürfen – derer wir bedürfen, Tarolus, um diese Ketzerbrut samt und sonders in Haft zu nehmen und die Seuche der Hexerei aus dem Land zu tilgen.«

Die zwei Pferde trabten an. Caris rutschte nach unten, wo Le wartete und ihm aus kalten schwarzen Augen entgegensah. Sie hatte eine Hand über die Nüstern ihrer Stute gelegt. Caris spürte in sich eine kalte Wut, sowohl wegen der Beschmutzung von Salteris' Namen als auch wegen der fanatischen Bestimmtheit, mit der Peelbone gesprochen hatte. Als Sasenna des Kollegiums war es ihm untersagt zu handeln, denn eine Waffe gehorcht nur der Hand, die sie führt, doch er sagte leise: »Gehen wir. Der Erzmagus sollte hiervon erfahren.«

Sie arbeiteten sich leise durch die Gräben der eingestürzten Gänge zwischen den Kellerräumen und führten ihre Pferde bis zum nächsten Hügelkamm, bevor sie aufsaßen. Als Caris zu den schweigenden Ruinen der Zitadelle des Dunklen Magus' zurückschaute, hätte er trotz allem schwören können, daß der größere der beiden Reiter unten sich im Sattel herumdrehte, um ihnen nachzusehen, wie sie hinter der Kuppe verschwanden.

»Herr! Gute Herrin! Bitte haltet an!«

Bei den Rufen zog Caris die Zügel an und sah zu den drei oder vier Männern und Frauen hin, die den mit Buschwerk bestandenen Damm zur Straße heraufkletterten. Noch bevor die Leute ganz aufgetaucht waren, warf sein Pferd schnaubend den Kopf hoch, und Caris bemerkte den weißen Ring der Angst um den Augapfel des Tieres. Unwillkürlich warf er einen flüchtigen Blick auf die andere Seite, um sich zu vergewissern, daß es sich nicht um irgendeinen Hinterhalt handelte. Es gab keine Anzeichen dafür, doch es entsprach nicht dem Weg der Sasenna, ein unnötiges Risiko einzugehen. Dann lenkten er und Le ihre Pferde einen Schritt näher auf die Leute zu, die keuchend herangestolpert kamen.

»Ihr seid Sasenna«, stieß der Mann hervor – er war wenig mehr als ein Knabe von sechzehn Jahren, hatte sich zum Heumachen bis auf die hochgekrempelten Hosen ausgezogen und auf Strümpfe oder Schuhe verzichtet. Seine bloßen Waden waren mit Schlammspritzern bedeckt. »Ihr müßt uns helfen! Bitte! Da ist ein Ding – ein Ungeheuer ...«

»Wir dürfen nicht«, antwortete Le kalt. »Wir sind Sasenna – wir kämpfen nicht ohne den Befehl unserer Meister ...«

Caris hob die Hand und beugte sich aus dem Sattel. »Was ist es?«

»Ein Ungeheuer – eine Abomination ...« Eine der Frauen – sie war kräftig, um die Vierzig, und die Beine unter den geschürzten weiten Röcken waren ebenso schlammbespritzt wie die des Jungen – griff nach dem Zügel von Caris' Pferd. Es behagte ihm nicht, auch wenn er wuße, daß die Leute nichts Böses im Schilde führten. »Gott möge sich erbarmen, es hat Shebna gepackt!«

»Caris ...«, warnte Le, als er zu Boden glitt und die Schwertscheide aus der Schärpe zog. »Es ist nicht an uns ...«

»Mein Großvater würde mir befehlen, ihnen zu helfen«, sagte Caris. »Ich weiß es. Er ist das Haupt des Kollegiums ...«

Les Stimme klang scharf. »Diese Entscheidung zu treffen,

liegt nicht bei dir!« Genaugenommen hatte sie recht, der Zorn rührte von ihrer eigenen Unentschlossenheit her. »Dein Schwert ziehst du nicht nach eigenem Ermessen.«

Die Frauen weinten, und ein älterer Mann wetterte: »Hör mal, du herzloses Biest ...«

Caris legte ihm die Hand auf die knochige Schulter. »Laß das sein. Sie hat recht, aber ich komme trotzdem mit. Le – hol den Erzmagus oder Nandiharrow oder sonst jemanden her.« Hände zerrten an seiner Kleidung, die Gesichter, die zu ihm aufsahen, waren unter den Schmutzspuren wächsern vor Angst und Grauen. Er fühlte, wie in der Erwartung des Kampfes sein Herz schneller zu schlagen begann. »Beeil dich«, fügte er hinzu, als Le zögerte. Der Widerstreit zwischen dem Instinkt, einem Kampfgefährten beizustehen, und der eisernen Disziplin der Sasenna, spiegelte sich auf ihrem Gesicht. Er wandte sich wieder den Bauern zu, noch bevor sie ihrem Pferd die Sporen gegeben hatte. »Wo ist das Ungeheuer?«

Er war gespannt darauf, wie seine eigene Ausbildung sich bewähren würde. Trotz der kalten Erregung, die ihn durchströmte, fühlte er sich imstande, nüchtern und folgerichtig zu denken, als man ihn zum Rand der Straße und den steilen Abhang hinunterführte zwischen die tristen knorrigen Weiden des Marschlandes. Seit fünf Jahren folgte er nun dem Weg der Sasenna, doch jetzt wurde ihm mit glasklarer Deutlichkeit bewußt, daß er bisher nie wirklich um sein Leben gekämpft hatte. Im Reich herrschte Frieden; im Gegensatz zu vielen seiner Kameraden pflegte er in Schänken keinen Streit vom Zaum zu brechen. Neben ihm schluchzte eine der Frauen: »Es ist der Fluch des Dunklen Magus'! Er hat dieses Land auf ewig verflucht! Seine Teufel lauern in der Tiefe ...«

Der Gestank der Marschen und das brausende Summen der Stechmücken, die in wogenden Schwärmen über den im Sonnenlicht schillernden Tümpeln hingen, weckten in Caris Erinnerungen an seine Kindheit, wenn er beim Heuen hinter seinen Eltern hergestapft war. Er hielt die Schwertscheide in der Linken und verfluchte das mannshohe Gras, das ihn zwang, sich mit der Rechten einen Weg zu bahnen –

wenn es hier tatsächlich ein Ungeheuer gab, konnte der Sekundenbruchteil, den er verschenkte, um das Schwert mit seiner Waffenhand zu greifen, ihn oder einen seiner Begleiter das Leben kosten.

»Es ist ein Teufel«, ächzte der ältere Mann, der Le beschimpft hatte. Sein Atem ging pfeifend, es fiel ihm schwer, Schritt zu halten. »Wir müssen nach der Hochwürdigen Frau Bischof schicken. Und nach den Hexenjägern ...«

»Dann sagt ihr, sie soll ein Schwert mitbringen«, schnappte Caris, der immer noch verärgert über den Alten war. »Vielleicht brauche ich ...« Was er noch sagen wollte, blieb ihm in der Kehle stecken, als er auf die Lichtung zwischen den Weiden trat.

In das wild wuchernde Süßgras war eine Schneise gemäht. Sie verlief am Ufer eines größeren Teichs, dessen aufgewühltes braunes Wasser beredt Zeugnis davon ablegte, welche Monstrosität sich aus seinen Tiefen gewuchtet hatte. Die Stoppeln, die ausgebreiteten Heuschwaden – sogar die Blätter der Weidenbäume – waren besprenkelt mit leuchtend rotem Blut; Blut schwappte träge um die zerschmetterten Köpfe der beiden Männer, die halb im Wasser lagen. Die Kreatur auf der anderen Seite hielt ein drittes Opfer – dem Anschein nach ein junges Mädchen – in den Pranken. Ihr Schädel steckte noch zwischen den triefenden Mandibeln. Blut überzog die rötlichen Wülste des segmentierten Körpers wie glänzender Schleim. Bei dem Klirren von Caris' Schwert, das aus der Scheide fuhr, hob sich der Kopf, der schaurig an einen Flußkrebs gemahnte. Die gestielten Augen und Fühler fuhren in seine Richtung, und dann, noch bevor Caris seine Lähmung abgeschüttelt hatte, griff das Ungeheuer an.

Trotz seiner Größe bewegte es sich grauenerregend schnell. Das Wasser des Tümpels gischtete hoch auf, als das Monstrum hindurchpflügte; Caris, gewöhnt an menschliche Kontrahenten, hatte gerade noch Zeit, die Pranken und den kurzen, fleischigen, grünfleckigen Schwanz zu bemerken, bevor es über ihm war. Obwohl sein Verstand ihn mit Fragen bestürmte, was dies für eine Kreatur war und welch obszönen Abgründen des Schreckens sie entstiegen war, galt sie ihm als Sasenna wie jeder beliebige andere Gegner. Reaktionen, die ihm nach fünf Jahren rigoroser Ausbildung in Fleisch und Blut übergegangen waren, retteten ihn jetzt; befähigten ihn, den unglaublichen Ansturm der Kreatur abzuschätzen, sich mit einem Satz aus der Gefahrenzone zu bringen und einen Hieb gegen den stabdünnen Hals zu führen, der den Krebsschädel mit dem unförmigen Leib verband. Das – Ding warf sich mitten im Sprung herum, und Caris' Schwert schor durch die baumelnden Tentakel um die Mundöffnung. Klarer Schleim spritzte aus den Wunden auf ihn, und von dem fauligen Gestank wurde ihm fast übel, als er mit knapper Not erneut auswich und nach den krallenbewehrten Pranken schlug.

Der Boden war glitschig, er hatte Mühe, auf den Beinen zu bleiben. Am Rande war er sich bewußt, daß die Lichtung bis auf ihn und die Kreatur verlassen war – die Bauersleute hatten, was man ihnen nicht verübeln konnte, die Flucht ergriffen. *Sie sind unbewaffnet,* dachte er und duckte sich vor einem neuerlichen Ansprung zur Seite, *und Gott weiß, wie ich trotz Waffe und Ausbildung an das Biest herankomme.* Mit den langen Armen hatte es die größere Reichweite, und es bewegte sich bestürzend flink. Das Schwert biß in das dünne Handgelenk des Ungeheuers, scharrte aber wirkungslos über den Knochen – *dieses* Schwert, das mit einem Streich einem Mann das Bein abschlagen konnte. Er spürte die Vibration bis in die Schultern, als hätte er eine Eisenstange getroffen – Grund, sich zu fragen, aus welchem Stoff die Kreatur beschaffen war. Er stand knietief im schlammigen Wasser, das ihm in die Stiefelschäfte schwappte, und mußte mit Grausen daran denken, ob noch mehrere von dieser Brut sich im grundlosen schwarzen Morast des Tümpels verborgen hielten.

Etwas gab unter seinem Fuß nach, er geriet ins Taumeln und versuchte, während er sich mit wilden Schwerthieben die Bestie vom Leibe hielt, wieder auf festen Boden zu kommen. Das Ungeheuer folgte ihm, wühlte das Wasser auf wie eine gigantische Kuh, überschüttete ihn mit der fauligen

Brühe. Caris merkte, wie er zurückgetrieben wurde. Das Waten in den schweren Stiefeln machte ihn langsam, die nassen Kleider klebten ihm zäh am Leib. Er stach auf die Pranken ein, die sich nach ihm ausstreckten, und verursachte eine tiefe Wunde, aber wieder glitt das Schwert am Knochen ab; eine eitergelbe Flüssigkeit rann den gefurchten Arm der Bestie hinunter und sammelte sich wie Öl auf der Wasseroberfläche. Schritt für Schritt wich Caris zurück, stolperte, verlagerte sein Gewicht, aber der Untergrund brach ein. Sein Fuß rutschte in irgendein Loch, gesplitterteÄste bohrten sich durch das Stiefelleder in seinen Knöchel. Gleich darauf schlossen sich schlammtriefende Pranken zermalmender Gewalt um seine Schultern.

Bis zu den Hüften im Teich steckend und fast betäubt von der Ausdünstung des Ungeheuers, schloß Caris mit dem Leben ab, während seine Hand, geleitet vom Instinkt der Sasenna, nach dem Dolch tastete. Er fühlte sich von der ungeschlachten Kraft der Kreatur in die Höhe gerissen. Wasserbäche liefen ihm übers Gesicht. Er stach mit dem Dolch nach oben, wo er die schnappenden Mundwerkzeuge vermutete ... Plötzlich wankte das Monstrum, die erbarmungslose Klammer des Griffes lockerte sich. Caris fiel. Halb blind von Wasser und Schlamm, sah er verschwommen die Heugabel eines der Landarbeiter im Rücken des Ungeheuers stecken. In letzter Sekunde mußte sie jemand vom Ufer geschleudert haben. Während die Kreatur sich davon zu befreien versuchte, kroch Caris in verzweifelter Hast durch den flüssigen Brei aus Schlamm und Blut. Menschen standen am Ufer, viele Menschen ... Er sah Le, Bischöfin Herthe – mit weit geöffnetem Mund – und den Erzmagus.

Des letzteren Stimme brannte sich wie Säure durch die Nebelwand vor seinem Bewußtsein. »Geh aus dem Wasser!« Das Ungeheuer stürzte sich geifernd wieder auf ihn, die Heugabel wippte und schwankte auf seinem Rücken. Caris klammerte die Faust um den Schwertgriff und schnellte mit letzter Kraft die Böschung hinauf, landete zwischen den feuchten, dumpf riechenden Schwaden Heu. Es war nicht genug Zeit, aufzuspringen und davonzulaufen – er rollte sich über den Boden, bis er mit voller Wucht schmerzhaft gegen einen Baumstamm prallte.

Von dort sah er Salteris vortreten, der die leeren Hände erhoben hatte. Im Rahmen der silbernen Haare wirkte das scharfgezeichnete Gesicht sehr weiß, die dunklen Augen groß und irgendwie nichtmenschlich; sie beschworen die Elemente, wie damals gegen Suraklin. Ein Flackern und Knistern am klaren Himmel, der beißende Gestank von Ozon, und Donner traf wie ein Schlag mit der flachen Hand die Ohren Caris'. Ein Blitz, der im hellen Tageslicht gleißend blau wirkte, fuhr in das tabakbraune Wasser des Tümpels, in dem die Kreatur noch stand. Es war ein grotesker Anblick: zu einem flimmernden Netzwerk verästelt, kroch die geheimnisvolle Kraft an der geduckten, abscheuerregenden Gestalt hinauf, bis sie sie ganz umhüllte. Dann bäumte das Wesen sich auf und nach hinten, sämtliche noch übrigen Tentakel am Kopf versteiften sich zu einer ekligen Korona um die zuckende Mundöffnung. Der Gestank schnürte Caris Kehle und Magen zu, während die Kreatur sich wand und krümmte und das Wasser aufwühlte.

Schließlich dümpelte sie im Teich wie ein auf Grund gelaufenes Boot. Die formlosen Klumpen der Füße ragten über die Oberfläche, die Tentakel des Kopfs erschlafften im Tod. Um den Kadaver brodelte es von namenlosen Flüssigkeiten, und der Geruch war kaum zu ertragen.

Caris vergrub das Gesicht in den Armen, er würgte an der aufsteigenden Übelkeit. Das nach Fröschen riechende Heu kratze in seinem Gesicht; die nassen Kleider und Haare fühlten sich kalt auf der Haut an, während die Erregung des Kampfes aus ihm herausströmte wie Blut aus einer durchtrennten Arterie. Er spürte die schmerzhaften Quetschungen an seinen Schultern, den beißenden Luftzug durch die Risse in Jacke und Hemd und das glühende Pochen in seinem rechten Knöchel. Nur langsam dämmerte ihm, daß er noch am Leben war.

Schritte näherten sich. Jede Faser seines Körpers protestierte, doch dem Weg der Sasenna gemäß stützte er sich auf, um dem möglichen nächsten Angriff mit dem gezückten Schwert zu begegnen.

Es war Le, wie erwartet. Bei ihr war der Junge, der ihn hergeführt und – so vermutete er –, der auch die Heugabel geworfen hatte, die das Ungeheuer von ihm abgelenkt hatte, als er sich schon verloren glaubte. Sie halfen ihm auf die Füße und stützten ihn, bis seine Knie aufhörten zu zittern. Schließlich bückte er sich nach seinem Schwert. Ebenso wie seine Kleider war es mit einem widerwärtigen Überzug aus Schleim und Morast versehen. Er triefte wie eine halbertrunkene Kanalratte, dennoch brachte er es irgendwie fertig, aus eigener Kraft zum Ufer des Teichs zu humpeln.

Die Hochwürdige Frau Bischof stand dort inmitten ihrer Sasenna und hatte immer noch den Mund weit offenstehen. Über dem Grau der Soutane war ihr Kartoffelgesicht fahl und breiig.

Vom aufgewühlten, zertrampelten Ufer aus schaute der Erzmagus Salteris auf die obszöne Kreatur im Teich. Die weißen Brauen waren zusammengezogen, die dunkelbraunen Augen wirkten nicht nur verwundert, sondern zutiefst beunruhigt. Ihr Ausdruck wandelte sich zu teilnahmsvoller Sorge, als Caris zu ihm trat. »Geht es dir gut, mein Junge?«

Caris nickte. Er betrachtete das Ding im Wasser und dachte ungläubig: *Damit habe ich mich herumgeschlagen.* Wie um alles in der Welt hatte er den Mut dazu aufgebracht? Es war mehr als doppelt so groß wie ein Pferd. Kein Wunder, daß sein ganzer Körper ein einziger umfassender Schmerz war. Und nicht nur das! Die eine Sekunde, die er in den pulsierenden Schlund der Bestie geschaut und gedacht hatte, es gäbe keine Hoffnung mehr, hatte ihn bis in die Grundfesten seiner Seele erschüttert. Er wollte tief Atem holen, doch aus dieser Nähe war der Gestank des toten Ungeheuers noch schlimm genug, um seine Meinung zu ändern.

»Was *war* das für ein Geschöpf?«

Der alte Herr schüttelte den Kopf. »Ich weiß es nicht, mein Junge«, antwortete er leise. Und fügte noch leiser hinzu: »Doch ich habe den Verdacht, wer es wissen könnte.«

6.

KAPITEL

Sie fanden Antryg in der Wachstube im Untergeschoß des Turms bei einem freundschaftlichen Duell mit Übungsschwertern aus Bambus. Sein Gegner war der Hauptmann der Wache.

Auf der Fahrt von den Marschen zum Turm hatte die Bischöfin ihr seelisches Gleichgewicht wiedergefunden – schon auf halbem Weg fing sie an, mit Salteris zu streiten. An den Steinbogen gelehnt, der vom Gang in die Wachstube führte, konnte Caris sie unverdrossen debattieren hören. Vor sich, im flackernden Licht von einem halben Dutzend Fackeln, sah er Antryg und den Hauptmann sich lauernd umkreisen. Ihre Schatten, riesenhaft verzerrt, geisterten über die kahlen Steinmauern. Des Hauptmanns schwarze Jacke mitsamt dem Hemd darunter – bei Antryg waren es die flatternden Gewänder – waren schweißgetränkt. Ihre freuchten Gesichter glänzten im gelben Licht, als hätten sie den Kopf in eine Regentonne gesteckt.

Der wunderliche Zauberer, registrierte Caris interessiert, trug zum Kämpfen nicht seine Brille, bewegte sich aber sicher und mit tänzerischer Anmut. Caris hatte in der vergangenen Woche einmal mit einem Offizier gearbeitet; er war ein hochgewachsener Kirchensasenna, überragte sogar Antryg um einen halben Kopf. Und er war vierschrötig und reaktionsschnell und fähig, einen Gegner durch schiere Masse zu erdrücken. Vielleicht wegen Antrygs Ruf, etwas verschroben zu sein, was noch gelinde ausgedrückt war, hatte Caris nicht damit gerechnet, daß er eine solche Gewandtheit an den Tag legte.

Während er das kuriose Gesicht in dem Wust ungebärdiger Haare sowie die weit offenen Augen mit dem konzentrierten und doch versponnenen Blick musterte, gelangte er mehr und mehr zu der Auffassung, daß der Zauberer ihm auf dem Fechtboden durchaus Paroli bieten könnte.

Hinter sich hörte er das scharfe Wispern der Bischöfin: »Ich kann es nicht dulden!« Worauf Salteris gereizt antwortete:

»Ihr braucht nicht zu fürchten, daß ich ihm zur Flucht verhelfe.«

»Wirklich nicht?« Auch ohne den Kopf zu wenden, sah Caris, wie die flachen blauen Augen sich verengten. »Er war Euer Schüler, Salteris Solaris. Nur aufgrund Eurer Intervention wurde er – wie es rechtens gewesen wäre – nicht hingerichtet, wegen seiner Einmischung in die Belange der Menschen damals während des Aufstands in Mellidane. Das Kollegium der Nigromanten besteht nur mit Duldung der Kirche; eine Duldung, die auf dem Vertrauen fußt, daß man in Eurer Gemeinschaft willens und imstande ist, Lehre und Ausübung Eurer Künste zu reglementieren und die Einhaltung dieser Regeln zu gewährleisten – *unter allen Umständen*. Hütet Euch, daß Ihr nicht die Macht der Kirche gegen Euch gerichtet findet wie vor fünfhundert Jahren auf dem Feld von Stellith.«

»Ihr wagt es ...«

In der Stimme seines Großvaters lag ein Ton, den Caris nie zuvor gehört hatte. Er wirbelte so unvermittelt herum, daß jeder gedehnte Muskel seines Rückens protestierte. Die Augen des alten Herrn glühten im Feuerschein bernsteinfarben wie die Lichter eines Wolfes. Sein Zorn glich dem geschmolzenen Kern eines Sterns, der in sich zusammenstürzt und dabei Licht und auch Zeit verschlingt. Die Bischöfin wich einen Schritt zurück, ihr fleischiges Gesicht war schreckensbleich. Beinahe flüsternd wiederholte der Erzmagus: »Ihr *wagt* es, *mir* zu drohen?«

Gleichfalls aufgebracht, schnappte die Bischöfin: »Ich wage jedem zu drohen, der die Schwüre brechen will, welche die Ordnung der Dinge garantieren!«

Salteris öffnete den Mund zu einer wütenden Erwiderung, doch Antryg kam ihm zuvor. »In dem Fall werden wir

Euch die Initiative überlassen, wenn das nächstemal eine Abomination in den Heumarschen auftaucht.« Er hatte sich geräuschlos neben Caris materialisiert. Das Bambusschwert hielt er noch in der Hand. Schweiß tropfte von der Spitze seiner langen Nase und schimmerte auf den bloßen Unterarmen, als er den zerlumpten Umhang eines Nigromanten der Kirche über seine schäbigen Gewänder zog.

Die Bischöfin fuhr zu ihm herum. »Was wißt Ihr davon?« verlangte sie zu wissen und krallte die Hand in den Stoff über seiner Brust. Man hatte sie vor den Augen der Öffentlichkeit in Furcht versetzt, jetzt wurde sie herausgefordert und, wie sie glaubte, verhöhnt – ihr Gesicht war puterrot vor Rage. Antryg warf das strähnige Haar zurück, setzte die Brille auf und musterte sie blinzelnd durch die klobigen Gläser.

»Aber da muß eine Abomination gewesen sein, keine Frage wenn Ihr mit Euren Bewaffneten kommt, um mich zu sprechen, und das so eilig, daß Caris nicht einmal Zeit fand, die Kleider zu wechseln.« Überrascht schaute Caris an seinen schmutzigen Sachen hinunter. Nur Haare, Gesicht und Hände hatte er sich gewaschen. »Womit er sich auch gebalgt haben mag, es war in einem Sumpfgebiet, und nur die Heumarschen bei der Stadt kommen in Frage. Ihr überrascht mich, liebste Herthe – gewöhnlich habt Ihr einen scharfen Blick für das Offensichtliche.«

Er wollte sich abwenden. Die Bischöfin packte seinen Kragen und zerrte ihn mit einem Ruck dicht an sich heran. Das Fackellicht glänzte auf ihrem kahlen Schädel und in den tückischen Schweinsäuglein. »Nehmt Euch in acht, Antryg«, warnte sie.

»In acht nehmen wovor?« fragte er sachlich. »Ich bin in Sicherheit hinter den Mauern dieses Turms. Ihr da draußen seid es, die sich mit den Problemen herumschlagen müssen. Würdet Ihr das bitte mal halten?« Er hielt ihr den Schwertgriff hin. Überrascht ließ sie sein Hemd los und nahm das Bambusschwert entgegen. Er sagte: »Besten Dank« und verschwand in der Dunkelheit der engen Treppenstiege.

Wutschnaubend schickte die Bischöfin sich an, ihm zu

folgen, aber Salteris legte ihr die Hand auf die fleischige Schulter. »Nein«, sagte er halblaut. »Es käme nichts dabei heraus.«

»Wir können ihn zwingen ...«

Die Züge des Erzmagus' verhärteten sich. »Kein Angehöriger der Kirche – *keiner* – hat das Recht, Hand an einen der Unsrigen zu legen!«

»Dieser Fall ist anders!« konterte die Bischöfin erregt. »Die Abominationen ...«

»Der Fall ist nicht anders!«

Einen endlosen Moment standen sie sich gegenüber und funkelten sich böse an. Caris spürte wieder die Hitze von des alten Magiers Stolz und Zorn, als stünde er neben einem glühenden Ofen, aber das Feuer gloste diesmal im Verborgenen, Hitze ohne Licht. Der breite, verwaschene Mund der Bischöfin wurde zu einem dünnen Strich. Dann, als käme ihm zu Bewußtsein, wo sie sich befanden, wandte Salteris sich ruckartig ab. Ohne Magie war er der Willkür der Kirche ausgelieferrt. »Laß uns gehen, Caris. Hier gibt es nichts zu erfahren. Aber ich sage Euch dies, Herthe von Kymil. Solltet Ihr oder Peelbone und seine Hexenjäger oder sonst jemand sich an Antryg Windrose oder irgendeinem anderen Mitglied des Kollegiums ohne mein Einverständnis vergreifen, werde ich davon erfahren, und dann ...« Er senkte die Stimme, und in den dunkelbraunen Tiefen seiner Augen glomm wieder der bernsteingelbe Funke, »... werdet Ihr es mit mir zu tun bekommen.«

Erst als sie in der bläulichen Abenddämmerung den Hügel hinuntergingen, wagte Caris zu sprechen. Der Erzmagus ging sehr schnell, die schwarze Kutte bauschte sich um seine Gestalt. Caris verletzter Knöchel schmerzte bei jedem Schritt, doch nach fünf Jahren Ausbildung störte ihn weder das noch die bleierne Schwere in seinen steifen Muskeln. Was ihn viel mehr beunruhigte, war das ominöse Schweigen, das einer Gewitterwolke gleich über Salteris hing.

Am Fuß des Hügels angelangt, fragte Caris: »Warum?«

Sein Großvater warf ihm einen gereizten Blick zu. Dann,

als erinnere er sich erst jetzt wieder seiner Anwesenheit, verlangsamte er den Schritt. »Geht es dir gut, Junge? Ich hatte ganz vergessen – du bist verletzt ...«

Caris schüttelte ungeduldig den Kopf. »Warum hast du ihn in Schutz genommen? Er weiß mehr, als er sagt. Wenn sie ihn dazu bringen könnten zu reden ...«

Salteris seufzte. »Nein. Zum einen ist er zäher, als er aussieht, unser wunderlicher Freund, und um vieles klüger. Wir könnten nie sicher sein, daß er uns die Wahrheit sagt, vorausgesetzt, er ist sich ihrer überhaupt selbst bewußt. Zum anderen ...« Er verstummte und schaute zurück auf die schwarze Silhouette des Turms vor dem milchigen Abendhimmel. »Darauf warten sie nur. Die Bischöfin und Peelbone – damit hätten sie einen Präzedenzfall, eine Handhabe, um unsere Eigenständigkeit zu untergraben. Schon deshalb muß ich in dieser Angelegenheit äußerst behutsam vorgehen.«

Wie aus einem anderen Leben erinnerte Caris sich an die stechende Mittagssonne über dem Trümmerfeld der Zitadelle, an des Hexenjägers kalte Stimme in der brütenden Stille. »*Könnte* Antryg verantwortlich sein für das Auftauchen der Abominationen?« fragte er.

Salteris ging schweigend noch ein Stück weiter. Seine Miene drückte grüblerische Ratlosigkeit aus, wie Caris sie seit Jahren nicht mehr bei ihm gesehen hatte. »Ich weiß es nicht«, meinte er schließlich. Seine weichen Stiefel streiften durch das hohe Gras, das im Begriff war, die alte Straße zurückzuerobern. »Ich kann mir nicht vorstellen, wie das möglich sein sollte, und ich ...« Er stockte, schüttelte den Kopf. »Aber ich bin in dieser Materie nicht so bewandert. Obwohl ich den Abyssus durchquert habe, fehlt mir das Gespür, wie Antryg es hat – oder hatte.« Ein Zug von Verdrossenheit kerbte sich um den schmallippigen Mund. »Es könnte sein, daß er sie auf irgendeine Weise erschafft. Doch wie auch immer, solange er im Turm gefangen ist, kann er weder von seiner Magie Gebrauch machen noch den Abyssus manipulieren. Sonst wäre er längst geflohen.«

»Wäre er das?« Caris blieb stehen, schob die Hände hinter

den Schwertgurt und sah den alten Herrn zweifelnd an. »Ein Raum mit einer offenen Tür ist keine Zelle.«

Seinen Worten folgte ein langes Schweigen. Auf Salteris' Zügen malte sich etwas, das man noch am ehesten als überraschte Erleuchtung bezeichnen konnte. Er nickte bedächtig vor sich hin. »Vertrau einem Sasenna«, sagte er leise. »Der beste Ort, sich zu verstecken, ist vor aller Augen – ich hätte fast vergessen, daß Antryg darin immer schon ein Genie gewesen ist. Falls er einen Weg gefunden hat, aus dem Innern des Turms heraus seine magischen Kräfte einzusetzen, würden dessen Mauern verhindern, daß wir anderen Magier davon erfahren.« Als wäre ihm ein neuer Gedanke gekommen, runzelte er wieder die Stirn und schüttelte den Kopf. »Nein. Unmöglich.«

»Wirklich?« Die Disziplin des Wegs der Sasenna erschwerte es Caris, dem Erzmagus zu widersprechen, aber die ungewöhnliche Situation und seine eigene Erschöpfung verminderten die Distanz, die in den letzten Jahren zwischen ihnen entstanden war. Als Junge hatte er sich dem alten Herrn geduldig an die Fersen geheftet, während er in den Marschen nach Schafgarbe suchte, und gefragt, was ihm in den Sinn kam. Auf merkwürdige Art fühlte er den Widerhall der ehemaligen Vertrautheit. »Du hast selbst zugegeben, daß dir manches in bezug auf den Abyssus ein Rätsel ist. Vielleicht hat er das Rätsel gelöst. Ist es denkbar, daß er diese Plagen erschafft, statt sie von außen herbeizurufen?«

Im Weitergehen meinte Salteris gedankenvoll: »Man behauptet, Suraklin habe die Macht besessen, die Elementargeister heraufzubeschwören und sich untertan zu machen – ihnen Gestalt aus Fleisch und Blut zu verleihen, so daß sie mit ihrem unkontrollierten Zorn zerstören und verletzen konnten, statt nur an Wände zu pochen oder Töpfe zu werfen, worauf sich ihr Treiben für gewöhnlich beschränkt. Aber hätten wir es damit zu tun gehabt«, fuhr er fort, während Caris ihm in das Bett eines Wasserlaufs hinunterhalf, das die Straße kerbte, »wäre ich nicht imstande gewesen, die Kreatur so mühelos zu töten.«

»*Wie* hast du sie getötet?« Seines Großvaters narbiger Arm fühlte sich in seinem Griff erschreckend dünn und zerbrechlich an. Der Bach, der die Straße schnitt, war jetzt, im Spätsommer, längst ausgetrocknet – der Morast am Grund bewahrte die Fußspuren derjenigen, die zum Turm gingen oder in die Stadt zurückkehrten.

Die Erinnerung an die dunklen, nichtmenschlichen Augen des befragten Magiers, als dieser den Blitz vom Himmel herabbeschworen hatte, erschien ihm so unwirklich wie die Weißglut seines Stolzes und Zorns im Angesicht der Bischöfin – und wie das Wissen, daß Salteris es gewesen war, der den Angriff gegen die Zitadelle befehligt hatte.

Salteris lächelte. »Mit Elektrizität.«

»*Elektrizität?*« Über Caris' Nasenwurzel bildete sich eine steile Falte.

Das Lächeln auf dem Gesicht seines Großvaters wurde breiter. »Das ist die richtige Stelle«, bemerkte er, bog von der Straße ab und ging zwischen zweien der umgestürzten Menhire hindurch; der Saum seiner Kutte schleppte leise raschelnd über das Gras. Caris folgte ihm leicht humpelnd, wie er ihm in seiner Kindheit gefolgt war, ohne nach dem Warum oder Wohin zu fragen. Sie gingen in einer kleinen Schlucht zwischen den runden Hügelrücken entlang. Die Dämmerung wehte heran wie Schleier aus rauchfarbener Seide.

»Dr. Narwahl Skipfrag experimentiert schon seit einigen Jahren mit Elektrizität«, erläuterte Salteris, während er zielstrebig vorausging. »Tatsächlich waren diese Experimente der Grund, weshalb er sich an mich wandte, obwohl wir einander selbstverständlich im Kaiserlichen Palast bereits vorgestellt worden waren. Während des Konflikts mit Suraklin wurden Prinz Hieraldus und ich Freunde. Als er seinem Vater auf den Thron gefolgt war, protegierte er uns, soweit die Kirche und die Staatsräson es zuließen, und ich gewann einen ziemlich großen Bekanntenkreis bei Hofe. Narwahl war der Leibphysikus des Kaisers, damals wie heute, doch er ist auch Wissenschaftler. Er hatte die Theorie, Magie könnte eine Art Elektrizität sein, und so war es nur natürlich, daß wir uns kennenlernten.«

Sie querten erneut das Bachbett – oder vielleicht war es ein anderes; dieses hier führte Wasser unter einem Baldachin von wilden Rosen, um deren Blüten die letzten Bienen des Abends in trunkener Selbstvergessenheit schwärmten. Caris half seinem Großvater die Böschung hinauf und überlegte dabei, daß seine genaue Kenntnis der Gegend um Kymil aus den Tagen des Krieges gegen Suraklin stammen mußte – jeder Weg und Steg dieser weltabgeschiedenen Hügel schien ihm vertraut zu sein. Caris fühlte sich beschämt, nicht nur wegen seiner steifen und schmerzenden Muskeln, sondern wegen der merkwürdigen Beklommenheit, mit der ihn diese Einsamkeit erfüllte. In der hereinbrechenden Dunkelheit stand die Erinnerung an das Ungeheuer beunruhigend klar vor seinen Augen. Es war aus dem Nichts aufgetaucht, und wie sollte man verhindern, daß dem einen weitere folgten?

In den fünf Jahren seiner Ausbildung hatte Caris ein anstrengendes, aber unkompliziertes Leben geführt. Jetzt, unterwegs in der verwunschenen Landschaft des Sommerabends, war ihm zumute, als wanderte er durch fremde Gefilde und stritte gegen unbekannte Wesen mit Waffen, die gegen diese ebensowenig auszurichten vermochten wie sein Schwert gegen das Ungeheuer im Sumpf. Vielleicht schämte er sich wegen seines Unbehagens, dennoch war er froh, daß der Erzmagus in der melancholischen und pfadlosen Einöde, durch die ihr Weg sie führte, bei ihm war.

Salteris bewegte die Finger, um scheinbar einen Lichtfaden aus der Luft zu pflücken, der wie ein Glühwürmchen vor ihnen her schwebte. »Narwahl behauptete, Wasser fungiere als Leiter für Elektrizität – genauso wie Metall. Und überdies würden Metall oder Wasser verhindern, daß Elektrizität ohne Schaden anzurichten im Boden versickert. Blitze, sagt er, sind lediglich Elektrizität in ihrer natürlichen Form.« Das bekannte ironische Lächeln flog um seine Lippen. »Ich muß ihm schreiben und von dem erfolgreichen Experiment berichten. Er wird sich freuen.«

»Und das Ungeheuer?«

Sein Großvater seufzte, und sein Lächeln erlosch wie das letzte Tageslicht am Horizont.

»Ja«, meinte er halblaut. »Das Ungeheuer.«

Eine Zeitlang gingen sie schweigend nebeneinander her. Caris dachte wieder an den langen, ungelenken Schalk mit seinen flatternden Gewändern und dem tintenfleckigen Bart und den wachen grauen Augen hinter den dicken Gläsern. Konnte ein Mann, der seit sieben Jahren gefangengehalten wurde, diese seltsame, heitere Gelassenheit bewahren? Die spärlichen Erfahrungen seines eigenen neunzehnjährigen Lebens halfen ihm wenig, doch wenn er die würzige Schwere der Sommernacht einatmete und den milden Lufthauch auf der Haut spürte, zweifelte er daran. Wie der Atem eines Phantoms streifte ihn die Erinnerung an das Schwinden seiner Kräfte, die damit einhergehende dumpfe Gleichgültigkeit und das Grauen der unterschwelligen Gewißheit, daß eines Tages seine Kräfte sich nicht erneuern würden. Konnte jemand, dem sein Großvater die stärksten magischen Kräfte aller in der heutigen Zeit lebenden Nigromanten zuschrieb, einen solchen Verlust ertragen?

Könnte ihn dieser Verlust in den Wahnsinn getrieben haben?

Oder hatte er ihn nie erlitten?

Caris drehte sich halb und schaute zurück, wo über den Hügeln die schwarze Silhouette des fensterlosen Turms gen Himmel ragte.

»Da wären wir.« Salteris hob die Hand, und wie Reif im Herbst säumte weißes Licht die blauen Schatten einer kleinen Mulde. Ein Menhir war einst dort aufgerichtet worden, doch seit langer Zeit lag er am Boden, eingesponnen in wilden Efeu und Dornenranken. Auf der windabgekehrten Seite des dichtbei aufragenden Hügels raschelten aufgeschreckte Vögel in einem Dickicht aus Lorbeer und Weißdorn; auf dem gegenüberliegenden Hang, der sanft ansteigend in den dunkleren Abendhimmel hineinragte, hielten Kaninchen im Fressen inne, um auf das flüchtig aufblitzende Diamantkollier aus Licht hinunterzuschauen, das der

Erzmagus erschaffen hatte. Dann verblaßte das Leuchten und mit ihm der flimmernde Wegweiser, dem sie hierher gefolgt waren. Caris suchte sich tastend einen Weg zu dem umgestürzten Menhir und setzte sich auf das vom Pflanzenbewuchs freigebliebene Ende.

»Wir werden hier warten«, erklang Salteris' Stimme aus den Schatten, »bis es ganz dunkel geworden ist.« Seine Gestalt war nur schemenhaft zu erkennen; der Körper in der schwarzen Kutte fast unsichtbar, Kopf und Hände verschwommene, etwas hellere Flecke. »Dann, mein Junge, kehren wir zum Turm des Schweigens zurück, und ich werde unter vier Augen ein paar Worte mit Antryg Windrose wechseln.«

Er ließ sich schwiegend neben Caris nieder. Aus einer seiner vielen Taschen brachte er seine abgewetzten schwarzen Handschuhe mit der Silberstickerei auf dem Rücken zum Vorschein – ein Geschenk des Kaisers, bevor sein Geist sich verwirrt hatte. Er wollte sie überstreifen, änderte seine Meinung und schob sie statt dessen in den Gürtel.

»Frierst du?« fragte Caris. Der alte Herr schüttelte den Kopf.

»Ich bin nur etwas müde.« Er nahm den kleinen Beutel, den er bei sich trug, und holte Brot, Käse und zwei kleine grüne Äpfel heraus. Diese frugale Mahlzeit teilte er mit seinem Enkelsohn. Obwohl es nicht dem Weg der Sasenna entsprach, im Dienst zu essen – und Caris sah sich im Dienst –, nahm er dankbar an.

Reuevoll sprach der Erzmagus weiter: »Und dir geht es bestimmt noch viel schlechter als mir, Junge. Es tut mir leid, aber es ist notwendig, daß ich alleine mit Antryg spreche, ohne Wissen der Bischöfin. Die Zeit drängt. Wenn er etwas über die Abominationen weiß, muß ich es erfahren, bevor die Hexenjäger daraus eine Rechtfertigung konstruieren, um unsere Gemeinschaft auszumerzen. Du hast sie heute reden gehört ...«

Caris verschluckte sich fast und starrte seinen Großvater an. »Ja, aber ich hatte keine Ahnung, daß du in der Nähe warst.«

»War ich auch nicht.« Der alte Herr lächelte. »Doch ein Magier hat die Gabe, die Energiepfade zu nutzen, um zu lauschen – und ich habe in letzter Zeit Peelbone meine besondere Aufmerksamkeit geschenkt.« Seufzend strich er über das samtweiche Leder der Handschuhe in seinem Gürtel. »Es ist ein alter Zwist. Die Gelübde des Kollegiums resultieren daraus. Und er bildet das Fundament der Haltung der Kirche gegenüber Magie und gegenüber den Mirabiliten. Keine Gesellschaft, behauptet ihre Doktrin, kann auf der Grundlage von sowohl Magie als auch Technik existieren. Man braucht nur wenig Magie, um das Funktionieren einer Maschine zu beeinträchtigen, und dieser Magie teilhaftig sind nur so wenige. Tausende von Jahren lag die Macht in den Händen solcher, die entweder selbst ranghohe Magier oder reich genug waren, um sich ihrer Dienste zu versichern. Zum Ausgleich wurde schließlich der Zauberturm, der Tum des Schweigens, gebaut. Es entstanden die Antidote, große und kleine – vom Siegel der Finsternis und anderen, ähnlichen Dingen, die mit dem Geburtsrecht absolut unverträglich sind, bis zu den kleinen Mitteln, die dies oder jenes *na-aar* machen – metaphysisch tot und immun gegen Magie: zum Beispiel, die Pistolen und Armbrüste der Hexenjäger, so daß kein Nigromant auf ihre Waffen einzuwirken vermag. Doch es war alles nur Politik. Machtpolitik unter dem Mäntelchen der Sorge um die Bevölkerung.«

Er seufzte wieder. »Der Einzige Gott der Kirche ist nicht unser Gott, Caris. Als Sasenna des Kollegiums neigst du nicht das Haupt vor den heiligen Artefakten. Mit der Zeit baute die Kirche einen eigenen Zirkel von Magiern auf – die Hasu – und bediente sich ihrer Kräfte, um die Nigromanten in einem langen Krieg zu besiegen, der auf dem Feld von Stellith endete. Fünfhundert Jahre ist es her. Unterstützt wurden sie von anderen Magiern, die nicht der Kirche untertan waren, die aber einsahen, daß in dieser Sache die Kirche recht hatte: Die Privilegierten der Wenigen mußten beschnitten werden zum Wohl der Vielen. Das ist der Grund für die Gelübde des Kollegiums.

Und seit der Zeit ...« Er zuckte die Achseln. »«Es kam,

wie es kommen mußte. Die Menschheit hat jetzt große Webstühle und Egreniermaschinen, um Stoff herzustellen. Man findet sie überal in den Industriestädten Kymil und Parchasten und Engelshand. Man redet davon, sie eines Tages von anderen Maschinen betreiben zu lassen, die von Dampf angetrieben werden. Es gibt in der Landwirtschaft neue Geräte, die besser säen können als ein Mann, der in breitem Schwung das Korn mit der Hand auswirft, Geräte, die ernten und dreschen. Und wer weiß, eines Tages entdeckt man vielleicht einen Weg, um auch sie mit Dampf zu betreiben. Man baut Schiffe, die leicht und schnell genug sind, um den Wind herauszufordern, die die Reise nach Saarieque und dem Osten in sechzig Tagen bewerkstelligen und reich beladen mit Seide und Tee und den Smaragden von den Inseln zurückkehren.«

»Aber das ist nicht alles!« fiel Caris ihm ins Wort, betroffen von der Traurigkeit in der Stimme seines Großvaters. »Es gibt mehr auf der Welt als – als Geld in den Taschen der Kaufleute und Maschinen, die Waren zum Verkauf herstellen! Oder nicht?«

Eine Zeitlang antworteten ihm nur die träumerischen Laute des langen, milden Abends – der schläfrige Ruf der Ziegenmelker am morastigen Bachufer, das seltsame, fast schmerzliche Atmen der Erdmagie, die wispernd aus dem Boden unter dem Gras aufstieg. Er spürte auch mit seiner geringen und, wie er vermutete, schwindenden Gabe den Zauber ringsumher – lebendig, pulsierend –, und er fragte sich, wie man diese Gabe – und wenn zum Besten der gesamten Menschheit – auch nur einen Augenblick verleugnen konnte. Das Wissen, daß er sie schon in naher Zukunft verlieren würde, schmerzte wie das Wissen um den unausweichlichen Tod.

»Du hast recht«, sagte der Erzmagus endlich. »Da ist noch der Wille – das Feuer – das Streben. Die Kirche verschließt sich dem. Sie predigen Vernunft und Kalkül, bis jene, die ihnen zuhören, dasselbe glauben und nicht wissen, wie sie es nennen sollen, wenn sie diese Regungen in sich selbst erwachen fühlen. Deshalb greifen sie zu Prädikaten wie ›närrisch‹ und ›verrückt‹ und ›verbrecherisch‹.«

»Und Suraklin?«

Caris sprach den Namen in dieser Region, die Suraklins Herrschaftsgebiet gewesen war und in Sichtweite des Turms, in dem der Dunkle Magus in Ketten auf Prozeß und Hinrichtung gewartet hatte, leise aus. Salteris, den er neben sich mehr fühlte als sah, seufzte wieder. Das schwindende Tageslicht streifte über ein einzelnes weißes Haar und verwandelte es in einen glänzenden Silberfaden. Es dauerte lange, bis er antwortete.

»Suraklin war der letzte der wahrhaft Großen, der letzte der Zauberfürsten, zu spät geboren mit dem arachischen Willen und der Stärke zu herrschen. Ein großer Teil seiner Macht stammte von der Tatsache, daß die meisten derer, die ihm anhingen, sich aus Furcht und, ja, aus Verehrung zu weigern glaubten, daß er wirklich Zauberkräfte besaß. Doch seine magischen Fähigkeiten waren gewaltig. Furchteinflößend. Ich wußte es. Er wäre Erzmagus geworden, hätten nicht die übrigen Mitglieder des Kollegiums den unauslotbaren Abgründen seines Charakters mißtraut.«

Er drehte den Oberkörper und sah Caris an. In seinen Augen glitzerte der Widerschein der Sterne am klaren Nachthimmel. »Daher meine Angst«, meinte er leise. »Antryg Windrose war Suraklins Schüler.«

Im ersten Moment konnte Caris ihn nur anstarren, verstört und sprachlos. Seit einer Woche lebte er mit den Legenden um den Dunklen Magus. Die Erinnerung an Suraklin spukte in diesem Land wie ein ruheloser Geist. Jemandem aus seiner Generation fiel es schwer zu glauben, daß noch jemand lebte, der ihn gekannt hatte, auch wenn Caris natürlich wußte, daß sein Großvater und Suraklin Zeitgenossen waren. Daß der wunderliche, seltsam liebenswerte Gefangene im Turm des Schweigens sein Schüler gewesen sein sollte …

»Aber – die Bischöfin hat gesagt, er wäre dein Schüler.«

»Ich fand ihn zwei Jahre nach der Eroberung von Suraklins Zitadelle.« Caris spürte, wie Salteris nickte. »Er hielt sich in einem Kloster in Sykerst versteckt. Neunzehn Jahre alt, nicht älter als du jetzt bist, mein Junge, und schon damals war er ein wenig verschroben. Ich unterrichtete ihn, ja, obwohl es nicht mehr viel gab, was er lernen mußte. Wir reisten zusammen, etliche Jahre, bevor und nachdem er ins Kollegium gewählt wurde, doch immer hatte ich bei ihm das Gefühl von düsteren Geheimnissen, die vielleicht so tief verborgen waren, daß er sich ihrer selbst nicht bewußt war. Es gab eine Zeit, da liebte ich ihn wie einen Sohn. Doch ich habe ihn nie unterschätzt.«

»Dann unterschätze ihn auch jetzt nicht.« Caris spürte in sich eine scheinbar grundlos aufkeimende Furcht. »Geh nicht allein zu ihm.«

Salteris schüttelte den Kopf. »Im Turm kann er mir nicht gefährlich werden.«

»Wer weiß.«

»Caris ...« Die gütige Stimme klang zugleich belustigt und tadelnd wie damals, als Caris ein Junge gewesen war. »Willst du mein Leibwächter sein? Selbst wenn Antryg der Urheber der Abominationen ist, selbst wenn er es war, der Thirle erschossen hat – ich bezweifle, daß er mir etwas tun würde. Wie auch immer, ich muß allein mit ihm sprechen.«

»Die Wächter werden dich nicht einlassen.«

Weiße Zähne schimmerten, als Salteris lächelte. »Die Wächter werden mich nicht sehen. Im Innern des Turms wirkt Magie nicht, aber im Hof ist es mir möglich, Trugbilder zu erschaffen.« Er stand auf und schüttelte die Brotkrümel von der Kutte. »Komm! Es ist Zeit.«

Selbst zwei Jahre im Dienst des Kollegiums der Nigromanten hatten Caris nicht auf die Art vorbereitet, wie der Erzmagus sich Zutritt zum Turm des Schweigens verschaffte. Die Wachen, die das Fallgitter hochzogen, salutierten respektvoll, als er aus der Nacht ins Helle trat. Salteris entschuldigte sich bei dem Hauptmann und sagte, er habe unterwegs etwas entdeckt, das eine nochmalige Unterredung mit Antryg Windrose erforderlich mache. Der Offizier zwirbelte die Enden seines gewachsten Schnurrbarts, seine Augen glitzerten im Fackelschein wie Achat.

»Vergebung, Euer Gnaden«, sagte er schließlich, »niemand darf den Gefangenen besuchen außer in Begleitung der Hochwürdigen Frau Bischof. So lauten meine Befehle, an die ich mich halten muß.«

»Nun gut«, erwiderte Salteris gelassen. »Dann seid so gut und laßt sie herholen.«

Der Hauptmann schien nicht eben begeistert zu sein, doch etwas an dem schmächtigen alten Mann ließ ihn darauf verzichten, Einwände zu erheben. Er fuhr auf dem Absatz herum. »Gorn! Spute dich und sattle ein Pferd!« Zu Salteris bemerkte er: »Es wird eine Weile dauern – Ihre Hochwürden hat eine gute Stunde Vorsprung.«

»Ich verstehe.« Salteris neigte den Kopf. »Glaubt mir, Hauptmann, wäre es eine Sache, die Aufschub duldete, würde ich Bischöfin Herthe gewuß nicht solche Umstände machen.«

Der Hauptmann kratzte sich brummend den beachtlichen Wanst. Der zwar abgewetzte, aber geschmeidige und polierte Waffengurt des Offiziers und der ölige Schimmer der Schwertscheide stand im Gegensatz zu seinem schlampigen Äußeren. Die Klinge des Hauptmanns hatte bestimmt keine Gelegenheit gehabt, durch Vernachlässigung Rost anzusetzen. »So wird es sein. Es gibt Wein in der Wachstube …«

»Vielleicht.« Salteris bedachte ihn mit einem frostigen Lächeln. »Aber auch Tabaksqualm, den ich nicht gegen die balsamische Luft der Sommernacht eintauschen möchte. Wir werden hier draußen warten, bis es zu kühl wird.« Er setzte sich auf die Steinbank an der Mauer, wo aus der Tür der Wachstube ein Streifen aprikosenfarbenes, unstetes Fakkellicht in das tiefe, bläuliche Dunkle unter dem Torbogen fiel.

»Wie's beliebt«, sagte der schwergewichtige Offizier. »Wenn Ihr einen Wusch habt – Wein, etwas zu essen, Tee oder was auch immer –, braucht Ihr nur zu rufen. Und du«, fügte er an den jungen Mann gewandt hinzu, der mit einem rattenschwänzigen braunen Wallach am Zügel in der Durchfahrt erschien, »gib dem Gaul Zunder, hörst du? Wenn du Ihre Hochwürden noch unterwegs einholst, ist das eine Sache, doch wenn sie sich bereits zu Tisch gesetzt hat, werden wir das sein, was sie zum Nachtisch verspeist. Und jetzt ab mit dir.«

Die Hufe pochten auf der Straße, Staub wirbelte auf. Dann senkte das Fallgitter sich unter dem Rasseln von Block und Kette rumpelnd herab. Das Tor wurde geschlossen und der Riegel vorgelegt, des Hauptmanns breiter Rücken verdeckte einen Moment lang das Licht aus der Wachstube, bis er in Qualm und Stimmengewirr untergetaucht war. Caris ließ sich neben seinem Großvater auf der Bank nieder. Durch das Viereck der Türöffnung sah er die massige Gestalt des Offiziers sich ans Ende des primitiven Holztischs setzen und einen Bierkrug heranziehen. Jemand schob ihm Karten hin, die er knurrend aufnahm. Er hatte seinen Platz so gewählt, merkte Caris, daß er sie unauffällig im Auge behalten konnte.

»Sehr gut«, murmelte Salteris so leise, daß nur Caris ihn hören konnte. »Uns bleibt etwa eine Stunde, bevor die Bischöfin eintrifft.« Er faltete die schmalen Hände und lehnte sich mit dem Rücken gegen die Mauer wie ein Mann, der sich auf eine lange Belagerung einrichtet. In der Wachstube warf jemand die Karten hin und fluchte heftig; man hörte Gelächter und mit Profanitäten gespickte Sticheleien. Der Hauptmann stimmte ein in die johlende Heiterkeit, doch Caris entging nicht der wachsame Seitenblick in ihre Richtung.

Caris zog einen weichen Lederlappen und ein in Stoff gewickeltes Öltuch aus der Gürteltasche und machte sich daran, den getrockneten Schlamm aus den Ziselierungen des Schwertgriffs zu entfernen. Neben sich hörte er seinen Großvater murmeln: »Wie gut verstehst du dich auf die hohe Kunst der Konversation, Junge?«

Caris warf ihm einen erstaunten Blick zu und sah das flüchtige Lächeln des alten Herrn im Dunkeln aufblitzen.

»Glaubst du, du könntest ein Gespräch aufrechterhalten, als wäre ich hier bei dir?«

»Du meinst, einfach ins Leere reden?«

»Genau. Es braucht keine lebhafte Unterhaltung zu sein – mach einfach weiter mit deiner Arbeit, dabei richtest du ab und zu das Wort an mich oder antwortest auf eine imaginäre Bemerkung meinerseits. Nicht hinsehen«, warnte er, als Caris unwillkürlich einen Blick auf den Hauptmann werfen wollte.

»Ob das gutgeht?« fragte Caris leise. »Das Licht fällt genau auf dich ...«

»Und er wird mich sehen – im Licht«, erwiderte Salteris ebenso leise, »das ist das genial Einfache an dieser Illusion. Ich werde nicht lange wegbleiben.«

»Aber ...«

»Kein Aber. Ich brauche dich, um meine Abwesenheit zu decken. Mit Antryg sollte ich fertigwerden, auch wenn ich ihn im Verdacht habe, in seinem Gefängnis nicht ganz so hilflos zu sein, wie er uns weiszumachen versucht.«

»Aber das Siegel? Das Siegel der Finsternis?«

Salteris lächelte. »Es gibt für alles Mittel und Wege. Bleib hier, mein Junge, und tu dein Möglichstes, den Eindruck zu erwecken, ich säße noch friedlich neben dir auf der Bank. In ungefähr einer halben Stunde sollte ich zurück sein. Falls nicht ...« Er stockte.

»Was dann?«

»Falls nicht«, fuhr der Erzmagus mit plötzlich todernster Stimme fort, »hüte dich, blindlings loszustürmen. Zögere nicht, die anderen Magier herbeizurufen.« Er machte Anstalten, sich zu erheben.

Caris mußte sich zwingen, nicht die Aufmerksamkeit auf sie beide zu lenken, indem er nach Salteris' Ärmel griff. Statt dessen hauchte er: »Warte.« Der Erzmagus verharrte in der Bewegung – ein Schemen, gerade außerhalb der Lichtbahn. »Gibst du mir die *Lipa*?«

Salteris zögerte einen Moment, dann schüttelte er den Kopf. »Ich fürchte, das geht nicht. Denn falls meine ärgsten

Befürchtungen wahr werden sollten, könnte ich selbst darauf angewiesen sein.«

Damit war er verschwunden.

Caris saß eine Weile schwiegend da. Erst verspätet ging ihm auf, daß Salteris mit seiner üblichen Raffinesse verhindert hatte, daß er in Gefahr geriet. Möglich, daß er aus irgendeinem Grund wirklich Antryg ohne Zeugen sprechen wollte; möglich aber auch, daß er nur Rücksicht nahm auf Caris' Müdigkeit und Blessuren – die beides nicht der Rede wert waren, wie Caris sich selbst trotzig versicherte. Auf jeden Fall konnte er jetzt seinen Posten nicht mehr verlassen, ohne den Erzmagus und sich zu gefährden; er mußte sogar gegen den Impuls ankämpfen, den Blick zu heben, um das Trugbild nicht zu zerstören. In dem bukolischen Idyll der Abenddämmerung zwischen den Hügeln hatte der Erzmagus leichthin von der Gefahr gesprochen, in die er sich begab; inzwischen begriff Caris, daß er sich durchaus über ihr volles Ausmaß im klaren war. Doch nach der Begegnung mit dem Ungeheuer in den Marschen schien der alte Herr zu glauben, das Wissen Antrygs sei es wert – ja was?

Caris hatte keine Ahnung.

Ihm wurde bewußt, daß er zu lange still gewesen war. Er war alles andere als ein Redekünstler, selbst mit einem *vorhandenen* Gesprächspartner, daher stammelte er: »Also – habe ich dir je erzählt, wie Vetter Tresta und ich den Dorfbullen entführten?« und wandte sich mit einer, wie er hoffte, natürlich wirkenden Bewegung zu dem leeren Platz neben sich. Das kleine Geviert des Innenhofs lag im fahlen Sternenlicht, die Fugen zwischen den Steinplatten bildeten ein zartes Muster aus spinnwebfeinen Linien. Er konnte deutlich die Tür des Turms mit den beiden postenstehenden Sasenna sehen. Seine geringfügigen magischen Fähigkeiten ermöglichten ihm, im Dunklen besser zu sehen als die meisten Menschen: da bewegte sich ein Schatten an der Mauer entlang – Salteris. Einer der Posten nieste heftig, als das Schemen an ihm vorbeiglitt, der andere zuckte erschreckt zusammen. Caris war nicht ganz sicher, glaubte aber zu sehen, wie die schwere Tür sich einen Spaltbreit öffnete. In dem Streifen absoluter Schwärze glänzte einen Augenblick weißes Haar wie Quecksilber – dann nichts mehr. Als er wieder hinschaute, war die Tür zu.

Er dachte an das Siegel der Finsternis und fröstelte. Offensichtlich bestand eine Möglichkeit, es zu überwinden – wenigstens, um in den Turm hineinzugelangen. Wenn Salteris das wußte, dann wußte Antryg Windrose das wahrscheinlich ebenfalls.

Ihm fiel wieder ein, was seine Aufgabe war, und rasch sagte er: »Das ist sehr interessant – hm – Großvater. Wie ist Narwahl Skipfrag dazu gekommen, sich mit Elektrizität zu befassen?«

Das Gefühl der Anspannung verließ ihn jedoch nicht. Es verebbte kurz und kehrte wieder – nicht Furcht vor Entdekkung, sondern etwas anderes, das er nicht verstand, eine plötzliche bedrückende Angst, die seinen Nacken streifte wie der Luftzug von einer Tür, die eigentlich geschlossen sein sollte. Das Gefühl kam ihm bekannt vor, irgendwoher ... Ihn durchlief ein merkwürdiges Prickeln, das weder Nervosität noch Furcht, aber mit beiden verwandt war; eine Ahnung von Magie und einer Gefahr, der man nicht mit dem Schwert begegnen konnte ...

Eine Bewegung in dem Bogen tintenschwarzer Dunkelheit, der zum Hof führte. Die Taue des Flaschenzugs warfen ihren Schatten auf die rote Kutte eines Hasu, der mit raschen Schritten die Wachstube betrat.

Caris hielt den Atem an. Da er die Gabe besaß, würde der Hasu sehen, daß er allein auf der Bank saß. Andererseits wußte er natürlich nichts von einem zweiten Mann. Und wenn er entlarvt wurde – Caris war bereit, sich entweder herauszureden oder zu kämpfen. Die Kutte schimmerte purpurn im Schein der Fackeln, der kahle Schädel glänzte golden – so stand der junge Hasu neben dem Stuhl des Hauptmanns und sprach hastig, drängend auf ihn ein, wobei er sich nach allen Seiten umschaute, als wittere er Gefahr, ohne zu wissen, aus welcher Richtung.

Er spürt es auch, dachte Caris auf einmal. Eiseskälte strömte durch seine Adern. Die Dunkelheit in den Hofecken schien zu wabern wie die Mittagshitze über dem weiten Grasland. Wieder die Berührung namenlosen Entsetzens, das ihn im Winkel der Magier überkommen hatte bei dem Blick in die schwarze Unendlichkeit jenseits der Welt, wie er sie kannte. Es war, als befänden sich diese Abgründe plötzlich in Reichweite seiner Hand.

Schlagartig wurde ihm klar, was im Innern des Turms vor sich ging.

Es war, als hätte der Boden sich unter ihm aufgetan, und er stürzte in einen feurigen Schlund. Unbändiger Zorn packte ihn, er sprang auf. *»Nein!«*

Der Hauptmann fuhr auf seinem Stuhl herum. Im Spiegel seiner Augen sah Caris, wie das sorgfältig erschaffene Trugbild des Erzmagus' verblaßte und zerfiel. Der vierschrötige Mann sprang zur Tür, den schmächtigeren Hasu stieß er zur Seite. »Wo ...«

Caris stürmte bereits über den Hof, das blanke Schwert in der Faust. »Eine Falle! Antryg hat ihn in eine Falle gelockt!«

Trotz seiner Leibesfülle war der Offizier raubtierhaft schnell. Er erreichte das Tor zum Turm, als die Posten Caris packten. Der junge Savenna wehrte sich blindwütig gegen ihren Griff.

»Laßt mich hinein! Der Erzmagus ist im Turm, er hat euch getäuscht ...« So dicht an der Tür war das Gefühl stärker, senkte der kalte Hauch des Abyssus sich lähmend auf sein Herz. Der begriffsstutzige, verbohrte Ausdruck auf den Gesichtern der Wachposten brachte ihn zur Weißglut. »Versteht ihr nicht? Er dachte, Antryg hätte aus Angst vor der Bischöfin gelogen. Fühlt ihr es nicht? Antryg wollte erreichen, daß er alleine zu ihm kam, ohne Begleiter, ohne Hilfe!«

Der Hasu tauchte japsend neben ihm auf, Schweiß glitzerte wie Diamantpulver auf seiner rasierten Stirn. »Die absonderliche Atmosphäre ...«, begann er zaghaft, zu unsicher, zu jung, um seinem Urteil zu vertrauen.

»Laßt mich in den Turm!«

Einen Moment lang stierte der Hauptmann ihm ins Gesicht, musterte ihn mit Augen wie Murmeln aus Onyx. Dann schnauzte er einen der Posten an: »Aufmachen!«

»Aber …«

»Aufmachen, ihr Schwachköpfe!« brüllte er. »Er ist der Erzmagus – ihr hättet ihn nicht gesehen, selbst wenn er euch im Vorbeigehen auf die Füße getreten wäre!«

Der Atem des Abyssus schien mittlerweile allgegenwärtig zu sein, wehte und raunte in der Nacht, derweil ein Mann das Siegel von der Tür entfernte und der andere den eisernen Schlüssel im Schloß drehte. Die Wachen im Erdgeschoß des Turms lärmten und fluchten aufgeregt, als Caris sich zwischen ihnen hindurch einen Weg zur Treppe bahnte. Er nahm zwei, drei Stufen auf einmal. »Großvater!« Seine Stimme hallte entlang der Biegung der Mauern zu ihm zurück. »Großvater …«

Dunkelheit hing wie eine Wolke in Antrygs Studierzimmer, undurchdringlich im Zentrum, zum Rand hin in lichteres Grau übergehend. Dahinter erkannte Caris vage die Umrisse des mit Büchern beladenen Schreibtischs, den umgekippten Stuhl und Salteris' silberbestickten Handschuh auf dem Herdrand. Die Kerzen brannten noch, aber mit einer blassen, kränklich weißen Flamme, deren kümmerliche Helligkeit aufgesogen wurde von der Finsternis des Tunnels, der sich in ein unermeßliches Nirgendwo erstreckte. Tief, tief darinnen glaubte er, Bewegung zu sehen, eine Gestalt. Die Dunkelheit begann sich bereits aufzulösen, zerflatterte wie Rauch im Wind; der schwarze Teich ihres Zentrums entfernte sich, rückte weiter und weiter von ihm ab in die Tiefe des unendlichen Raums.

Wieder schrie Caris: *»Nein!«*

Er zog sein Schwert und stürzte hinter der kleiner werdenden Gestalt in die Dunkelheit des Abyssus.

7.
KAPITEL

Die Nacht war seidenweich und lau wie Badewasser. Die Sterne, registrierte Caris, waren die, die er von zu Hause kannte. Der leuchtende Phönix stand über der Kammlinie der umliegenden Berge und zwinkerte zu seinem Gefährten eine Viertelmeile weiter oben am Himmel hinauf. Die Spitze der Sichel deutete immer noch auf das innere, unverrückbare Herz des Firmaments. Die Luft war trocken und roch nach sonnenwarmem Staub mit einer metallischen Beimischung, die Caris auf der Zunge schmeckte.

Er zumindest war heil und gesund angekommen. Wo auch immer.

Lange Zeit erfüllte nur dieser Gedanke sein Bewußtsein. Im schütteren, dürren Gras kniend, kämpfte er gegen die Wogen von Übelkeit, die ihm das kärgliche Abendessen abzuringen drohten. Das war mehr als nur die Folge des alptraumhaften, nicht enden wollenden Stolperns durch ein kaltes, pfadloses Nichts, gepeinigt von der grauenerregenden Vorstellung, darin auf ewig herumirren zu müssen, ohne Hoffnung, wenigstens durch den Tod erlöst zu werden; mehr als die Folge der Nachwehen der letzten, verzweifelten Kraftanstrengung, um den Rettung verheißenden Funken Sternenlicht am Ende des sich schließenden Tunnels zu erreichen. Er war müder als je zuvor in seinem Leben. Die Erschöpfung nach dem Kampf mit dem Ungeheuer – war das wirklich erst heute vormittag gewesen? – erschien ihm jetzt unbedeutend und lächerlich, denn da hatte er sich auf vertrautem Terrain befunden, in seiner Welt und umgeben von Menschen, deren Spielregeln er kannte. Außerdem war Salteris bei ihm gewesen.

Schlafen. Sich einfach hinlegen und eine Woche lang schlafen.

Doch es ist der Weg der Sasenna, niemals aufzugeben.

Caris raffte sich auf und hob den Kopf.

Der Hügelgrat warf einen schwarzen, halbkreisförmigen Schatten ins Tal. Hinter seinem Rand lag die silbergraue Helligkeit der neuen Mondsichel auf dem gegenüberliegenden Hang und umrahmte die unverkennbare Gestalt von Antryg Windrose, der sich über einen jungen Mann beugte, der vor ihm auf dem Boden ausgestreckt lag.

Caris, der in der Dunkelheit vor Entdeckung sicher war, schlich ein Stück den Hang hinunter und duckte sich hinter einen Strauch Salbei, nach dem Geruch zu urteilen. Der Hügel war übersät davon.

Warum nicht, dachte er. Das Klima war mild genug, daß Gewürzpflanzen dieser Art wild gedeihen konnten, genau wie in den Steppen weit im Südosten von Kymil an der Straße nach Saarieque. Wenn er den Sternen glauben konnte, befanden sie sich hier noch weiter südlich. Der Erzmagus hatte von anderen Welten jenseits des Abyssus gesprochen. Waren die Sterne dort dieselben?

Unwichtig. Es war nicht der Weg der Sasenna, Fragen zu stellen. Sasenna handelten. Sein Schwert hatte er wunderbarerweise nicht verloren. Lautlos huschte er zum nächsten Strauch, weiter hangabwärts, während Antryg neben dem jungen Mann niederkniete, seine Schläfen betastete und am Hals nach dem Puls fühlte. Der Bewußtlose war nackt bis auf eine außerordentlich kurze Hose – ganz natürlich in einem Klima wie diesem – und Sandalen. Er regte sich, hob ziellos eine Hand, deren Gelenk von Antryg umfaßt wurde. Die stille Nachtluft trug seine Stimme bis zu Caris. »Geht es dir gut?«

Sind wir trotz allem noch in unserer eigenen Welt? fragte sich Caris verwirrt. *Die Bewohner einer fremden Welt können doch unmöglich unsere Sprache beherrschen.* Doch im Innern wußte er genau, daß sie sich nicht mehr auf heimatlichem Boden befanden. Vielleicht erwartete Antryg nur deshalb eine Antwort, weil er eben verrückt war. Als der junge Mann sprach, tat er es nicht in der Sprache von Ferryth. Dennoch verstand Caris, was er sagte, ohne die Worte zu kennen. Es war wie in einem Traum. Er begriff, daß Antryg sich eines Verständigungszaubers bediente, dessen Auswirkungen bis zu ihm reichten.

Der Fremde sagte: »Wie? Heiliger Bimbam, was, zum Teufel, bist du für einer?«

»Geht es dir gut?« wiederhole Antryg.

»Jesses, nein.« Der Fremde unternahm einen erfolglosen Versuch, sich aufzusetzen. Antryg stützte ihn. Seine Stimme klang undeutlich, als hätte er getrunken oder Drogen genommen – kein Wunder, dachte Caris, daß er gar nicht merkt, daß Antryg nicht seine Sprache spricht. »Jemand muß diesen Punsch ordentlich gepfeffert haben.« Er schaute blinzelnd zu dem Magier auf, betrachtete die lange, zottige Mähne, den struppigen Bart, die malerischen Gewänder und die Kristallohrringe. Dann kicherte er. »Junge, Junge, ich muß breiter sein, als ich dachte. Kommst du aus der Punschterrine wie all das andre Zeug, das ich sehe?«

»Nein«, gab Antryg zu. »Ich bin ein Zauberer aus einem anderen Universum. Und ich bin gekommen, um eure Welt – und meine, hoffe ich – vor einem furchtbaren Schicksal zu bewahren. Kannst du alleine sitzen?«

Der junge Mann lachte wieder und schüttelte den Kopf. »Irre.«

»Ja, irre bin ich auch.« Antryg half ihm auf die wackligen Beine, der Bursche hing schwer an seiner Schulter und gluckste in sich hinein.

»Mann, du bist die solideste Halluzination ... Garys Dope ist echt allererste Sahne. »Ich bin Digby – Digby Clayton. Komm mit zur Party, Alter, was trinken.«

Caris folgte ihnen.

Von seinem höheren Standort beobachtete er, wie sie einen schmalen Trampelpfad einschlugen, der, nachdem er die Hügelschulter umrundet hatte, in eine breite, schwarze Straße mündete. In einiger Entfernung sah er ein Haus, ein L-förmiges Gebäude, eine Oase aus Licht in der Dunkelheit.

Licht – viel zu hell und viel zu stetig für Feuer- oder Fackelschein. Es erinnerte an den Glanz von Magie, doch Caris spürte, daß es damit nichts zu tun hatte. So minimal seine Fähigkeiten auch waren, er wußte, in dieser Welt gab es keine Magie. Was er fühlte, hatte keine Ähnlichkeit mit dem lähmenden Gewicht der Bannsprüche, die die Enklave des Turms abschirmten, oder der nagenden Verzweiflung der Phasen, wenn seine Kräfte ihn verließen. Hier existierte Magie einfach nicht.

Und doch wäre Magie die einzige Erklärung gewesen für das Haus mit seiner Aura aus gleißender Helle. In einer Art Hinterhof gab es einen großen Teich mit türkisfarbenem Wasser, dessen Widerschein über die Hauswände aus Stein und Glas und über die Pflanzen entlang der niedrigen Umfassungsmauer flimmerte. Menschen bewegten sich am Rand des Wassers oder schwammen darin wie Robben – Männer und Frauen, nackt bis auf winzige Fetzen aus grellbuntem Stoff. Sie tranken, aßen, unterhielten sich schreiend, um die dröhnende, hämmernde Musik zu übertönen, die keinen Ursprung zu haben schien, aber wie Verwesungsgestank über dem Haus, dem Grundstück und den Bergen ringsum hing. Von seiner Warte aus suchte Caris nach möglicher Deckung, während Antryg und sein trunkener Gastgeber durch ein kleines, schmiedeeisernes Tor in der Hofmauer traten. Die Mauer, wohl mehr eine symbolische Abgrenzung, bestand zur Hälfte aus Bruchsteinen. Darauf saßen Eisenstäbe. Die ungepflegte Wacholderhecke an der Außenseite bot nur spärlichen Schutz, doch wie es den Anschein hatte, waren die Leute im Hof viel zu berauscht, um noch Augen für ihre Umgebung zu haben. Außerdem machte das Licht sie blind für Bewegung in der Dunkelheit.

Caris hatte das Schwert in die Scheide geschoben, diese aber in der Hand behalten – für alle Fälle. Nun befestigte er sie am Rückengurt des Wehrgehenks, ließ sich auf alle viere nieder und kroch den Hügel hinunter.

Unten beim Haus war der Lärm unglaublich; er spürte das Vibrieren des hämmernden Rhythmus' bis in die Knochen. In der Luft hing der schale Geruch von verschüttetem Bier und der eigenartige, süßliche Duft von Marihuana, wie es die Bauern in den Dörfern rauchten, wenn es keinen Gin gab. Doch hier gab es Gin – oder etwas ähnlich Hochprozentiges – geradezu im Überfluß. Und nach der Art zu urteilen, wie jedermann lachend akzeptierte, was Digby sagte, hatten sie alle von dem Getränkeangebot hemmungslos Gebrauch gemacht. »Dies ist eine wandelnde Halluzination, ein echter Papa Morgana«, verkündete er lauthals wieder und wieder den wenigen, die interessiert genug waren, herzukommen und ihm zuzuhören. Antryg, das konnte Caris sehen, musterte das bunte Treiben mit entzückter Faszination.

Wenn dieses Fehlen von Magie nicht gewesen wäre, hätte Caris geglaubt, von dem verrückten Zauberer irgendwie ins Feenreich geführt worden zu sein. Der Hof war ein unwirkliches Paradies aus strahlender Helligkeit und samtenen Schatten, grellen Farben, glitzerndem Wasser und glatter, nackter, goldener Haut. Dampfschwaden waberten über einem kleineren Becken, in dem es brodelte wie in einem Kochkessel; ein Mann und zwei Frauen aalten sich genüßlich in der Wärme. Aus der Nähe bemerkte Caris den fremdartigen, beinahe metallischen Geruch des Wassers und sah achtlos hingeworfene Kleidungsstücke im Hof auf dem Boden liegen. Auch Bruchstücke von Unterhaltungen schnappte er auf, doch obwohl Antrygs Verständigungszauber noch wirkte, ergab das Gehörte keinen Sinn, auch nicht in Anbetracht der Tatsache, daß die Sprecher nicht mehr nüchtern waren – Software und Grafiken, Spezialeffekte und Videos, Vergaser, Mikrowellen und Republikaner. Durch eine riesige Glaswand konnte man ins dämmrige Innere des Hauses sehen, wo Leute sich um quadratische dunkle Schirme drängten, auf denen sich etwas bewegte: menschliche Figuren wie lebendig gewordene Bilder oder nur Ansammlungen tanzender farbiger Punkte. Halbleere Gläser, Essensreste, Schnapspfützen überall, dazu verstreute Schuhe und Stiefel und Kleider, und über allem das erbarumgslose, ohrenbetäubende Wummern der Musik.

Eine Frau hatte sich Antryg an den Arm gehängt. Ihr wallendes rotes Gewand stand offen und enthüllte eine ansehnliche Menge seidenglatter Reize. »Dann bist du also ein Freund von Digby?« gurrte sie.

»Nein, eigentlich bin ich ein Zauberer aus einem anderen Universum.« Antryg schob mit dem Zeigefinger die Brille höher auf seine kühn gebogene Nase und beäugte sie mit höflichem Interesse.

»Du meinst – Mittelerde und all das?«

Caris hatte nie von Mittelerde gehört, und wenn er seine Miene richtig deutete, Antryg auch nicht. Trotzdem lächelte der Zauberer mit blitzenden Zähnen im Bartgestrüpp und bestätigte: »Ja.«

Sie schmiegte ihre üppigen Formen an seine knochendünne Gestalt. »Echt abseitig.«

Antryg überdachte die Bemerkung einen Moment lang, um dann sachlich zu äußern: »Nun, im Hinblick auf die ultimativen Zentren der Macht, etwas weniger abseitig als diese Welt hier.«

»Ist er ein Freund von dir, Digby?« Es war eine Frauenstimme, die dicht bei der Stelle erklang, wo Caris hockte, und die so leise war, daß er sie nur deshalb hörte. Sie erregte seine Aufmerksamkeit, weil es die einzige nüchterne Stimme war, die er bis jetzt vernommen hatte. Er entdeckte die Sprecherin vor einer offenen Schiebetür in der Glaswand dicht neben Digby, der sich heldenhaft daran aufrechthielt. Eine junge Frau, klein, mit hellen, buschigen Locken um ein schmales, feinknochiges Gesicht. Sie hielt ein dickes Bündel grünliches Papier in der Hand. Im Gegensatz zu allen anderen im Hof beobachtete sie Antryg mit einem Ausdruck wachsamen Mißtrauens in den braunen Augen.

»Nein, Joanna«, lallte Digby beglückt. »Wie schon gesagt, er ist eine Halluzination. Er spazierte einfach so aus diesem großen Loch mitten in der Gegend.« Mit einer weitausholenden Geste führte er sein Glas an den Mund und nahm einen großen Schluck; der Widerschein des Wassers zeichnete ein Wellenmuster auf den schwammigen Ansatz seines Bierbauchs. »Weißt du, daß Gary dich sucht?«

»Ich weiß«, antwortete die junge Frau müde. »Deshalb bin

ich überhaupt nur hier unten und kann mit dir reden. Mein Programm läuft noch anderhalb Stunden, und er zieht los und sucht mich im Computerraum.«

»Oh«, machte Digby vage. Er hatte eindeutig nichts von dem unterdrückten Ärger in Joannas Stimme bemerkt. Vis-à-vis führte die Frau in Rot den verstört aussehenden Antryg ins Dunkel eines anderen Flügels des weitläufigen Hauses. Man hörte sie lachen und sagen: »Komm, zeig mir ein paar Zauberkunststückchen ...«

Unter der Tür blieb Antryg stehen und ließ mit dem für ihn typischen Ausdruck erfreuten Interesses den Blick über das kunterbunte, lärmende Szenario schweifen – ein verrückter Heiliger mit seinem tintenfleckigen Bart und den zerschlissenen Gewändern. Caris fiel auf, daß Joanna, das nüchterne Mädchen, Antryg mit demselben Argwohn beobachtete, den er selber empfand, als wäre sie die einzige, die spürte, daß da etwas nicht stimmte. Doch über das flakkernde Helldunkel des Hofes hinweg traf Antrygs Blick nicht die Augen dieser Frau, sondern die von Caris. Im nächsten Moment streckte sich eine Hand aus dem dunklen Zimmer hinter dem Magier und zog diesen nach drinnen.

Caris wußte jedoch, daß er entdeckt war.

Vielleicht, dachte er, hatte Antryg die ganze Zeit schon geahnt, daß jemand ihm folgte. Vielleicht hatte er Caris' Schritte hinter sich im Tunnel gehört. Und vielleicht war das der Grund, weshelb der Magier sich in dieses seltsame Haus hatte zerren lassen – damit sein Wachhund den Vordereingang bewachte, während er zur Hintertür hinausschlüpfte.

Der würzige Duft des stachligen Wacholders hüllte Caris ein, während die von Schlammkrusten verhärteten Risse in seiner Jacke über die Wunden an seinen Armen schabten. Plötzlich überlief Caris trotz der warmen Sommernacht ein Kälteschauer. Die atemlose Jagd durch die Dunkelheit hatte ihn mit Grauen erfüllt; die hallenden Abgründe des Nichts schienen von gigantischen Wesenheiten und widernatürlichen Schrecken bevölkert zu sein, angesichts derer ihm das Ungeheuer im Sumpf freundlich, harmlos und vertraut vorgekommen war, doch plötzlich wurde ihm bewußt, daß die schemenhafte Gestalt des Magiers, der er gefolgt war, die einzige Verbindung zu seiner eigenen Welt darstellte. Ihn zu verlieren bedeutete nicht nur, keinen Führer mehr zu haben, durch den er seinen Großvater wiederfinden konnte – es bedeutete auf ewig in dieser fremden, lärmenden, magielosen Welt gestrandet zu sein, ohne eine Möglichkeit, je nach Hause zurückzukehren.

Vorsichtig machte Caris sich daran, das Gebäude zu umrunden und auf Fluchtwege zu überprüfen.

Die leider zahlreich vorhanden waren! Es gab Dutzende Fenster, von denen sich einige, als er es versuchte, nicht weit genug öffnen ließen, daß ein Mensch hindurchklettern konnte. Andere dagegen waren groß genug für ein Pferd. Es gab Anbauten, in denen es nach eigenartigen Dingen roch, und eine Menge großer Maschinen aus Metall, bei denen es sich offensichtlich um Transportmittel handelte und deren Räder Spuren im weichen Staub der Auffahrt hinterlassen hatten, obwohl weit und breit kein Pferd zu sehen oder zu riechen war. *Doch Magie?* dachte Caris verwundert. In *dieser magielosen Welt?* Im Süden, über den Bergen, waberte eine gespenstische Helligkeit, ein rötlicher Schimmer erfüllte den gesamten südöstlichen Quadranten des Horizonts wie eine künstliche Morgendämmerung.

Lautlos wie ein Schatten kehrte er zum Haus zurück, kundschaftete, spähte. Verandatüren öffneten sich auf einen Pfad, der durch Staub und Steine zu einem Schuppen führte, der nur als dunkler Kasten ziemlich weit oben auf der nächsten Anhöhe zu erkennen war. Plötzlich hörte Caris streitende Stimmen: die der blondhaarigen Frau Joanna und die eines Mannes, der heiser war vor Schnaps und Selbstmitleid.

»Tut mir leid, was ich gesagt habe, Schatz, okay? Ich hab's nicht so gemeint …«

»Ach nein? Vielleicht bist du der einzige Mann, der mich je gewollt hat, und vielleicht wirst du auch der einzige bleiben, aber es paßt mir nicht, vor Leuten darauf hingewiesen zu werden, mit denen ich zusammenarbeite.«

»Ich meine – du weißt schon …« Auch wenn Caris, der

einen Blick durch die halboffene Tür auf das unscheinbare Gesicht der jungen Frau mit der zu großen Nase und den ersten feinen Spuren von Krähenfüßen um die braunen Augen warf, grundsätzlich derselben Meinung war, konnte er sich doch nicht des unbehaglichen Eindrucks erwehren, Zeuge eines Unrechts zu sein. Es half auch nicht, daran zu denken, wie unschön er selbst sich Anfang der Woche gegenüber dem Mädchen aus der Schänke benommen hatte.

»He, es tut mir ehrlich leid, Schatz. Wie oft soll ich das noch sagen?«

Im schlechten Licht war die Gestalt des Mannes undeutlich zu erkennen. Er war halbnackt, wie die meisten hier. Auf dem muskulösen Körper perlten Wassertropfen aus dem Becken im Hof. Die Frau ihm gegenüber gehörte zu den wenigen, die bekleidet waren – und zwar unvorteilhaft, fand Caris. Sie trug die verwaschenen blauen Hosen, die bei den Männern und Frauen, die mehr anhatten als ein paar bunte Stückchen Stoff, üblich zu sein schienen, sowie ein enganliegendes weißes Oberteil, das die Formen einer zierlichen Houri nachzeichnete.

Ihre Stimme klang leidenschaftslos und präzise: »Du kannst es so oft wiederholen, wie dir nötig erscheint, um das Gefühl zu haben, du hättest eine Art Wiedergutmachung geleistet. Aber es wäre reiner Selbstzweck.«

»Was soll das heißen? Du bist mein Mädel, Joanna. Ich liebe dich.«

»Wenn du dich nicht ständig vor deinen Freunden über mich lustig machen würdest, fände ich das erheblich überzeugender!«

Wie seltsam, dachte Caris, daß Feud' und Leid der Bewohner dieser fremden Welt so viel Ähnlichkeit hatten mit dem, was die Menschen seiner eigenen bewegte.

Das Haus war – bis auf den einstöckigen Anbau, in dem Antryg verschwunden war – zwei Stockwerke hoch. Die meisten der Fenster, hatte Caris sich vergewissert, schauten zum Hof hinaus; die Türen nach draußen konnten alle – so seine Vermutung – vom Dach am östlichsten Ende (falls man den Sternen trauen durfte, war es Osten) des einstöckigen Flügels im Auge behalten werden. Nach ihrer Reaktion auf Antrygs exotische Aufmachung zu urteilen, würden die Feiernden es höchstens mit einem müden Schulterzucken quittieren, wenn sie Caris auf dem Dach entdeckten. In jedem Fall schützten ihn die Gesimse am Haus vor unliebsamen Blicken.

Eins der metallenen Vehikel stand dicht genug an der Mauer, um als Kletterhilfe zu dienen. Beim Absprung gab die Federung etwas nach, und seine Rückenmuskeln und der verletzte Knöchel protestierten energisch, als er füßescharrend versuchte, Halt zu finden. Das Dach hatte nur eine leichte Neigung, ähnlich den Häusern in Mellidane, wo niemals Schnee fiel. Im Dunklen fühlte er, daß es mit einer Art von grobkörnigen Schindeln gedeckt war. Seine Stiefel verursachten darauf kein Geräusch. Geduckt schlich er am Rand entlang, wo die Mauern sein Gewicht trugen und verhinderten, daß die Dachbalken knarrten. Am Giebel angekommen, legte er sich hin. Er war aus tiefster Seele dankbar für die Gelegenheit, sich auszuruhen, während ihn gleichzeitig das schlechte Gewissen wegen der eines Sasenna unwürdigen Schwäche plagte. Auf einer Seite hatte er das nächtliche Panorama der Berge, und aus den wenigen Fenstern fielen kleine Quadrate aus gelbem Licht auf die staubige Erde oder das schimmernde Metall der Fahrzeuge. Auf der anderen Seite lag der Hof, aus dem Lichterglanz und Musik wie Springbrunnenfontänen emporstiegen. Gesprächsfetzen wurden bis zu ihm hinaufgespült.

»... warmlaufen, dann konnte man ihn booten, aber wenn man's kalt probierte, kriegte man sofort ein B-DOS Error ...«

»Zum Teufel, hältst du das für schlimm? In Alta Clara ist das gesamte Fiberglasgehäuse für den Cray Stück für Stück verschwunden ...«

»Ich schwöre bei Gott, der Junge ist bi...«

»... arbeitet bis zwei Uhr früh. Sie selbst würde es einem nie abkaufen, aber sie ist eine der besten Programmiererinnen in San Serano.«

»Du erwartest, daß *Gary* imstande ist, eine *Auslese* von Mineralwasser zu unterscheiden?«

»... Superheld und ein Söldner, aber in seiner geheimen Identität schreibt er Kinderbücher ...«

»Digby könnte recht haben mit dem Bermuda-Dreieck in Gebäude Sechs. Manchmal ist es da richtig *unheimlich*.«

»Also unheimlich würde ich nicht sagen, aber ich würde mir schon manchmal am liebsten die Schlinge um den Hals legen.«

»Wenn ich für Eraserhead Brown arbeiten müßte, würde ich mich auch aufhängen wollen ...«

Caris merkte, wie er in die Falle trügerischer Entspannung glitt, und wußte, daß er seiner Mattigkeit nicht nachgeben durfte. Er spielte mit der Idee, sich etwas von den Speisen zu nehmen, die unten so überreichlich herumstanden, aber nein. Zu riskant. Antryg, dachte er, wartete vielleicht nur auf eine solche Unaufmerksamkeit.

Ab und zu kamen Fahrzeuge an oder fuhren weg. Angetrieben wurden sie, wie es schien, von irgendeiner inneren Kraft. Mit ihren wilden, grollenden Stimmen, den gelben Scheinwerfern, die wie Augen aussahen, und den stinkenden Qualmwolken, die aus dem Hinterteil kamen, erinnerten sie ihn an flatulente Metallbestien. Merhere Male sah er rote Lichter über den Himmel wandern, begleitet von einem fernen, tiefen Grollen, das er bis ins Mark spürte, aber niemand im Hof zeigte sich davon im geringsten beeindruckt. Dergleichen mußte also in diesem Universum an der Tagesordnung sein. Trotzdem zuckte er jedesmal zusammen, wenn eine solche Kreatur über ihn hinwegflog.

Stärker als der Schmerz seiner Wunden, das Ziehen in seinen Muskeln, Erschöpfung, Verwirrung und wachsende Furcht, war der Gedanke: *Ich darf ihn nicht entkommen lassen.*

Hinter dem großen Fenster im zweiten Stock wurde es hell. Nicht, weil jemand die Lampe angeknipst hätte, sondern weil Licht aus dem Flur ins Zimmer fiel, als die Tür aufging. Caris erstarrte zu absoluter Bewegungslosigkeit, denn das Fenster war genau gegenüber; jemand, der einen Blick nach draußen warf, mußte ihn sofort bemerken.

Doch es war nur einer der Festgäste, der sich gleichgültig umschaute, während er am Saum des engen, kurzärmligen schwarzen Hemdes, das er trug, seine Brille putzte (Caris registrierte belustigt, daß ungeachtet all ihrer Wunderdinge, diese Menschen immer noch Brillen trugen. Manche davon sahen ganz ähnlich aus wie die von Antryg. Das Licht von der Tür schimmerte auf merkwürdigen silbernen Zeichen quer über der Brust des Mannes, als dieser das leichte Drahtgestell wieder auf die lange Nase setzte und anschließend nochmals den Blick durch den halbdunklen Raum wandern ließ, über die aufgetürmten Metallkästen, in deren leeren Gesichtern winzige rote Augen glühten, und die kleinen dunklen Schirme, die glänzten wie polierter Beryll. Dann drehte der Mann sich um, jedoch nicht zur Tür selbst. Seine Aufmerksamkeit galt vielmehr dem Türrahmen. Mit einer Bewegung, die Caris sonderbar an die Nigromanten erinnerte, strich er über die schmale Einfassung aus Holz.

Eine weibliche Stimme sagte leise: »Du warst es ...«

Sein Kopf flog herum, als eine zweite Silhouette in der rechteckigen Öffnung auftauchte; Caris erkannte sie – Joanna.

Ein Schimmer von Purpur unten im Hof lenkte ihn ab. Es war, stellte er mit einem Blick fest, die Frau in dem roten Kaftan, doch sie hatte Antryg nicht mehr im Schlepptau. Caris wartete, bis die beiden im Zimmer gegenüber sich vom Fenster abgewendet hatten, dabei verfluchte er stumm seine Unaufmerksamkeit. Schließlich rutschte er geräuschlos die Dachschräge hinunter, ließ sich katzengleich auf die Nase des Metallvehikels unten fallen und sprang von dort zu Boden.

Kein Mensch befand sich mehr in irgendeinem Zimmer des Anbaus.

Unter Eingeweihten kursierten Gerüchte über die legendären Fluchkaskaden der Sasenna, wenn der Zorn sie übermannte, aber das entsprach nicht den Tatsachen. Der Weg der Sasenna verlangte eherne Selbstbeherrschung zu allen Zeiten – Flüche, Klagen und Tränen vergeudeten nur Zeit und behinderten die effektive Arbeit des Verstandes.

Zeit war auch für Caris ein wichtiger Faktor, wenn er nicht auf ewig in dieser Welt gefangen sein wollte. An diesem Nachmittag hatte er zum erstenmal um sein Leben kämpfen müssen. Jetzt kam es wieder darauf an, ob er in den fünf Jahren Ausbildung seine Lektion gelernt hatte; die Folgen, wenn er versagte, wollte er sich gar nicht erst ausmalen.

Minutiös suchte er die Umgebung des Hauses ab, kein leichtes Unterfangen, trotz seiner Fähigkeit, im Dunkeln zu sehen. Er fand nichts – keine Spuren, keine Fußabdrücke. Antryg war ein Magier und wie alle, die dem Kollegium angehörten, zum Sasenna ausgebildet worden. Caris war Zeuge seines Übungskampfes mit dem Hauptmann der Wache gewesen und wußte, daß er, anders als die meisten, das einmal Gelernte nicht hatte verkümmern lassen.

Caris näherte sich dem Haus so weit, wie er glaubte, es wagen zu können, und begann eine zweite Erkundung. Die Abdrücke von Antrygs weichen Stiefeln mußten leicht zu identifizieren sein zwischen den viel schärfer eingeprägten und merkwürdig gemusterten der Schuhe dieser Welt; eine Suche lohnte besonders auf dem Gürtel aus feinem Sand und Unkraut um einen Streifen hartes, schwarzes Pflaster, wo die Fahrzeuge standen. Eine lange Ausfahrt mündete weiter unten in die breite Straße, aber Caris hatte sie vom Dach aus beobachtet und nichts gesehen außer den ankommenden und wegfahrenden Vehikeln.

Blieb noch der Pfad in die Berge, den er vorhin schon entdeckt hatte; es war ungefähr eine Meile bis zu dem verfallenen Stall oder Schuppen oben, der umfriedet von den morschen Pfosten und Querbalken eines niedergebrochenen Zauns düster und trist auf der Kuppe des Hausbergs stand. Doch im weichen Boden im oberen Drittel des Pfades deuteten Fußspuren darauf hin, daß er regelmäßig benutzt wurde, und zwar immer von ein- und derselben Person – jemand mit Stollenschuhen pflegte hinauf und wieder zurück zu laufen. Kein Abdruck von den Stiefeln des Magiers und nicht die Andeutung einer Schleifspur, die vom Saum eines langen Gewandes stammen konnte.

Caris begann sich ernsthaft zu fürchten.

Einmal hätte ihn dicht neben der Straße beinahe eins der Vehikel überfahren, das aufheulend, mit durchdrehenden Reifen, eingehüllt in Staub und Qualm, die Ausfahrt herunterkam; der Kegel der Scheinwerfer schwenkte über ihn hinweg, als er sich hastig ins Gestrüpp duckte. Während der Spurensuche in der Nähe des schmiedeeisernen Gartentors, durch das Clayton und Antryg das Grundstück betreten hatten, hörte er das gedämpfte Kichern eines schäkernden Liebespaares, und die Stimme eines Mädchens rief fragend: »Ist da wer?« Danach hielt Caris wieder größeren Abstand vom Haus, trotz seiner wachsenden Besorgnis, je mehr Zeit verstrich. Eine Entdeckung bedeutete Fragen und Zeitverlust, und Zeit zu verlieren konnte er sich nicht leisten. Müdigkeit senkte sich bleischwer auf seine Augenlider, ließ ihn die Schmerzen in seinem zerschlagenen Körper doppelt stark empfinden und lähmte seinen Überlebenswillen. Wenn Antryg durch den Abyssus entkam, bevor er ihn aufspürte …

Plötzlich fühlte er es wieder – das scheinbar unbegründete Entsetzen; die Ahnung; beinahe der Geruch von Welten jenseits des Abgrundes; der Hauch der Unendlichkeit. Der Tunnel durch den Abyssus hatte sich geöffnet.

Panik erfüllte ihn. Dies war seine letzte Chance, er mußte handeln! Aber was tun?

Wo? dachte er verzweifelt und suchte mit Blicken die Umgebung ab.

Da eilte ein Mann den Pfad zu dem Schuppen hinauf.

Es war der bebrillte Festgast aus dem oberen Zimmer; derselbe, der im Halbdunkel mit Joanna gesprochen hatte. Das Mondlicht schimmerte fahl auf den fremdartigen metallischen Runen an seinem Hemd und auf den Brillengläsern, als er stehenblieb und in der Haltung sinnender Zufriedenheit zum Haus zurückschaute.

Dann setzte er seinen Weg in dem eigenartigen Schlenkergang fort, der trotzdem leichtfüßig wirkte, tänzerisch, und Caris begriff, wen er vor sich hatte.

Was hatte Salteris gesagt? Das beste Versteck ist vor aller Augen, und Antryg wäre darin immer ein Genie gewesen.

Bei dem reichhaltigen Angebot herumliegender Kleidung hatte er leicht etwas Passendes finden können; ohne den Bart und mit geschnittenem Haar sah er aus wie alle anderen, und statt im Haus hatte Caris draußen nach ihm gesucht.

Wut packte ihn, genährt von Angst, der Scham wegen dieser Angst und Rage, daß man ihn hinter's Licht geführt hatte. Er vergaß seine Erschöpfung, sein Schaudern davor, noch einmal den Abyssus durchqueren zu müssen – er vergaß überhaupt alles, außer seinem Verlangen nach Rache.

Glas blitzte auf, als Antryg den Kopf drehte. Er schritt noch weiter aus, und Caris, in dem Wissen, gesehen worden zu sein, schlug alle Vorsicht in den Wind, mobilisierte seine letzten Kraftreserven und stürmte bergauf, auch wenn bei jedem Satz ein glühender Schmerz seinen malträtierten Knöchel durchzuckte.

Antryg drehte sich statt wegzulaufen um und ging auf den Schuppen zu. Das war es also – das Tor zum Abyssus befand sich dort. Antryg hatte einen ziemlichen Vorsprung, die längeren Beine, und er war ausgeruhter. Kampfeslust durchflutete Caris. Mit einer fließenden Bewegung zog er das Schwert aus der Scheide auf dem Rücken …

Das Innere des Schuppens war ein Hort der Finsternis. Die Nacht war so schwarz, daß nur sein Vorstellungsvermögen ihm ein Bild vermittelte – schiefe Regale, gesplitterte Balken, die bloßgelegten Gerippe der seltsamen, von unbekannten Kräften angetriebenen Fahrzeuge. Es roch nach Öl und Staub. Aber die Metallstreben umrahmten ein Tor in noch tiefere Dunkelheit; einen Schacht, in dem weder Licht noch Zeit existierten, nur das unablässige, richtungslose Wehen der Winde zwischen den Welten.

Mit einem wilden Aufschrei, der aber nicht das Grauen in seinem Herzen abzutöten vermochte, stürzte Caris sich erneut in die ungewisse Tiefe.

8. KAPITEL

Joanna erwachte im Dunkeln.

Im ersten Moment wußte sie gar nichts, außer daß sie fror, Schmerzen hatte und Angst vor etwas, woran sie sich nicht erinnern konnte. Die Fläche, auf der sie lag, war fremd, schmal und hart. Unter den bloßen Armen fühlte sie straffe, satinglatte Polsterung. Sie holte Atem und mußte husten. Ihr Hals tat weh.

Das Entsetzen kehrte zurück, so stark, daß ihr fast schlecht wurde.

Ein Gedanke – zusammenhanglos – schoß ihr durch den Kopf: *Die Zeichen an der Wand!*

Da war eins im Computerraum gewesen, in Gebäude Sechs, als sie von dem berühmt-berüchtigten Phantom überfallen worden war.

Wieder war er heut' nicht dort ... Die große, knochige, bebrillte Gestalt, das Tasten der langen Finger über den Türrahmen im Zimmer oben in Garys Haus – das Zeichen, das unter der Berührung sichtbar wurde, eher wie auf das Holz projiziert als real vorhanden ...

Natürlich hatte sie ihn erkannt – Digbys wandelnde Halluzination mit Kutte und Bart. Die Kutte war der Auslöser für ihre Erinnerung gewesen – deshalb der Kleiderwechsel?

Joanna begriff nicht, was eigentlich los war, aber ganz egal, sie wollte nichts damit zu tun haben.

War er gegangen, nachdem sie im Haus mit ihm gesprochen hatte? Es kam ihr so vor, doch ihre Erinnerung war verschwommen, undeutlich. Sie war nach oben gegangen, um ihr Programm einzusammeln und nach Hause zu fahren. Sie hatte keine Lust, den ganzen Abend von einem zerknirschten Gary und seinen weinerlichen Entschuldigungen verfolgt zu werden, und nahm sich vor, in ihrer Wohnung gleich den Stecker vom Telefon herauszuziehen, denn Gary machte an Beharrlichkeit wett, was ihm an Taktgefühl mangelte …

Er war im Zimmer gewesen, als sie hereinkam, ja, und sie hatte ihn als Digbys Halluzination erkannt. *Spazierte einfach so aus diesem großen Loch mitten in der Gegend …*

Dasselbe schwarze Loch ins Nichts, das sie in San Serano gesehen hatte?

Dann mußte sie gegangen sein, hatte allein vor Garys großem IBM gesessen und darauf gewartet, daß die modernen Buffer die letzten Informationen von dem großen Cray in San Serano ausspuckten. War er später zurückgekommen, oder …? Sie konnte sich nicht entsinnen. Nur an den plötzlichen Würgegriff um ihren Hals, das Dröhnen in den Ohren, die Todesangst …

Dann das Erwachen hier.

Vorsichtig bewegte sie die Beine. Sie trug noch dieselben Sachen, die sie auf der Party angehabt hatte: Jeans, ein weißes Stretchtop und Turnschuhe. Die Vorstellung, ohnmächtig der Willkür eines Fremden ausgeliefert gewesen zu sein, jagte ihr einen kalten Schauer über den Rücken, doch abgesehen von den wunden Stellen an ihrem Hals entdeckte sie keine Verletzungen. Zaghaft schob sie die Hand über den Rand der schmalen Pritsche. Wie ein Kind, dachte sie beschämt, das weiß, der Schwarze Mann lauert unter dem Bett …

Doch sie ertastete nur den Fußboden – Stein, der sehr kalt war.

Stein? Sie richtete sich trotz Schwindelgefühl und Brechreiz auf und tastete über die Seiten ihrer Liegestatt. Kein Feldbett, wie sie geglaubt hatte, sondern eine Art Chaiselonge. Am Kopfende eine hohe Lehne mit reichen Schnitzereien. Noch mehr davon zierte die geschweiften Beine des Möbelstücks. Beim Absuchen des Bodens stieß sie gegen die vertraute, ausgebeulte Masse ihrer Tasche und atmete erleichtert auf.

Obwohl – ihr Entführer hatte sie vielleicht gefilzt …

Nach hastigem Kramen förderte sie ihre Miniaturtaschenlampe zutage und knipste sie an. Der schlingernde Lichtstrahl verriet, wie stark ihre Hand zitterte.

Lieber Gott, dachte sie, hin- und hergerissen zwischen Lachen und Weinen. Der Raum war klein und fensterlos wie das Turmgemach einer Ritterburg – oder wie jemandes Vorstellung davon. Die Chaiselonge mit dem Rokoko-Touch und den roséfarbenen Polstern paßte in die Umgebung wie die Faust aufs Auge. Kopfschüttelnd stand sie auf, mußte sich aber gleich wieder hinsetzen. Sie war ein wenig erstaunt über die weichen Knie und die Übelkeit, von denen Leinwandheldinnen in vergleichbaren Situationen nie geplagt zu sein schienen.

Der Raum hatte eine Tür. Leider – und wie nicht anders zu erwarten – war sie verschlossen.

Joanna kehrte zu dem Ruhebett zurück. Sie fühlte sich hundeelend.

Keine Panik, ermahnte sie sich. *Was immer du tust, bloß nicht in Panik geraten, sonst gerätst du noch tiefer in den Schlamassel.* Doch ihre innere Stimme begehrte auf: *Warum ich?*

Darüber kannst du später nachgrübeln, rief sie sich energisch zur Ordnung. Am besten gar nicht erst zu ergründen versuchen, was es bedeuten könnte, daß man sie offenbar schon seit längerem verfolgte. Sie kramte wieder in ihrer vollgestopften Tasche und zog dankbar ihren stählernen Freund und Helfer heraus. Den Hammer griffbereit neben sich, überprüfte sie ihre restliche Ausrüstung – Schweizer Armeemesser, mehrere Blech- und Plastikboxen, Maßband, Schere, Taschenrechner, Portemonnaie, Scheckheft, Schlüssel, Notizbuch, Spiegel, Ersatzzahnbürste, Sonnencreme, faltbarer Trinkbecher, Müsliriegel (Mz), Gummiringe, Sicherheitsnadeln, ein Lippenstift (unbenutzt), ein Päckchen Kleenex, Reisenähzeug, eine Rolle Draht (plastikummantelt, aus Firmenbeständen), drei und ein halbes Paar Ohrringe sowie zwei Floppydisks.

Sie nahm den Hammer und das Schweizer Messer, klappte aus letzterem die Schraubenzieherklinge aus und ging wieder zur Tür.

Die Scharniere waren innen angebracht, simple Zapfenverbindungen, aber massiv und dem Aussehen nach zu urteilen aus Eisen geschmiedet, nicht aus Stahl. Joanna runzelte die Stirn, während sie erst das obere, dann das untere im Schein der Taschenlampe begutachtete. Die Freizeitmedievalisten aus ihrem Bekanntenkreis fertigten zwar Kettenhemden Marke Do-it-yourself an, aber Türbeschläge?

Zweifelnd ließ sie den Lichtstrahl erneut durch den kahlen Raum gleiten. Na gut, es gab in Südkalifornien alte Steingebäude *en masse*, wenn man wußte, wo man danach suchen mußte, aber …

Später, sagte sie sich erneut. *Momentan ist das Wichtigste, hier rauszukommen.* Vorsichtig begann sie, den Schraubenzieher unter den Kopf der Angel zu schieben …

Und erstarrte beim leisen Klicken des Riegels, der zurückgeschoben wurde.

Sie hatte keine Schritte gehört, aber schließlich hatte sie auch keine Vorstellung davon, wie dick die Mauern oder die Tür sein mochten. Ziemlich dick, denn kein Geräusch war zu ihr hereingedrungen – kein Verkehrslärm, nicht einmal das eher fühl- als hörbare Brummen der schweren Trucks, kein Dröhnen von Flugzeugen und keine Schritte aus anderen Teilen des Gebäudes. Adrenalin durchströmte ihre Adern wie Feuer. Sie wich an die Mauer zurück, wo die aufgehende Tür sie verdeckte und wartete, den Hammer in der Hand und mit klopfendem Herzen, aber merkwürdig gefaßt. Ihr einziger Gedanke war: *Er ist sehr groß, ich muß nach oben zielen.*

Die Tür schwang auf.

Er hatte mit einer Überraschung gerechnet, fing ihre Hand am Gelenk auf und duckte sich zur Seite. Trotzdem streifte der Hammer seine Schulter – Joanna hörte ihn aufstöhnen. Wie die meisten Frauen, die wenig mit Männern zu tun haben, erschreckte sie die Kraft in seinen Händen. Die gängigen Tricks kannte er auch: verhinderte geschickt, daß sie an der Schwachstelle des Daumens seinen Klammergriff sprengte und fing mit einer Körperdrehung ihr Knie ab, das sie ihm zwischen die Beine stoßen wollte. Der Ringkampf dauerte nur Sekunden. Durch die offene Tür sprang ihn etwas an wie ein wütender Puma. Ein Tritt in die Kniekehlen zwang ihn zu Boden. Joanna hörte ihn wieder aufstöhnen und hob den Kopf, als der dritte Beteiligte an dem Handgemenge, der einen so furiosen Einstand gegeben hatte, ihn am Haar packte, seinen Kopf nach hinten riß und ihm ein Messer an die Kehle setzte.

Sie befreite sich aus dem plötzlich kraftlosen Griff ihres Angreifers.

»Seid Ihr unverletzt?« Der junge Mann warf ihr nur einen flüchtigen Blick zu. Im schmalen Kegel der Taschenlampe wirkte das verblüffend schöne Gesicht hager vor Anspannung und Erschöpfung. Die schrägen Augen hatten dunkle Ringe.

»Ich glaube schon.«

Er drückte die Messerschneide mit einem Ruck in die Haut über der Halsschlagader des anderen Mannes. Seine Stimme klang heiser vor Wut. »Was hast du dem Erzmagus angetan?«

Der Gefangene kniete zwischen ihnen, Schweiß glänzte auf seinem Gesicht, rann in Tropfen über die entblößte Kehle. »Nichts«, flüsterte er. »Caris, hör zu …« Er verstummte mit einem flachen, hastigen Atemzug. Ein dünner Blutfaden quoll unter der Klinge hervor.

»Ich habe dir lange genug zugehört, Antryg Windrose.« Zu Joanna sagte er: »Unter meinem Gürtel ist eine Seidenschnur. Nehmt sie und fesselt ihm die Hände.«

»Caris, nein.« Die Lippen des älteren Mannes bewegten sich kaum beim Sprechen. »Du mußt fort hier. Gefahr …«

Joanna löste flink die Knoten aus der Schnur. Der junge Fremde – Caris? – trug schwarze Kleidung, die wie das unter die Schärpe geschobene Krummschwert an die Ausrüstung eines Samurai oder Kampfsportlers erinnerte, obwohl sie zerknittert, zerrissen und schmutzig war. Ihre erste Vermutung, sie könnte irgendwie in eine Art Fantasy-Rollenspiel geraten sein, hakte sie ab, als sie die wirklich erschreckenden Schrammen und Abschürfungen unter den Rissen in Jacke und Hemd des Mannes entdeckte.

Sie zog die Seidenschnur unter Schärpe und ledernem

Dolchgurt hervor. »Hören Sie«, (wie in Gottes Namen redete man Leute an, von denen man nicht wußte, ob es Verrückte oder irgendwelche Fanatiker waren?), »vielen Dank und so weiter, daß Sie mich gerettet haben, ehrlich, aber könnten Sie mir bitte erklären, was hier eigentlich vorgeht?«

Caris rammte Antryg das Knie in den Rücken. »Dieser Mann ist ein abtrünniger Magier«, knurrte er. »Er hat Abominationen und Plagen in diese Welt gebracht, und von Rechts wegen sollte ich ihn auf der Stelle töten.«

Joanna war damit beschäftigt gewesen, Antryg die Hände zu fesseln. Sie hielt inne und fragte: »WIE BITTE?«

»Caris, ich habe nichts zu tun mit dem Verschwinden deines Großvaters.«

»Wie kannst du dann wissen, daß er verschwunden ist?«

»Bei allem, was dir teuer ist ...« Gegen den Druck der Faust in seinen Haaren drehte Antryg den Kopf, um seinem Bezwinger in die Augen zu sehen. »Dafür ist nicht die Zeit. Gefahr droht, die um vieles schrecklicher ist als das Ungeheuer aus dem Sumpf.«

»Woher ...«

»Ich *weiß* es!« zischte er ungeduldig. Um dann ruhiger hinzuzufügen: »Bitte glaub mir.« Seine langen schmalen Hände hielten die Joannas fest, als sie versuchte, ihm die Fesseln anzulegen. »Ich ergebe mich Euch, ich bin Euer Gefangener, macht mit mir, was Ihr wollt, aber wir dürfen hier nicht bleiben.«

Joanna konnte fühlen, daß seine Hände zitterten, aber das bewies nichts; ihre eigenen Hände zitterten noch vor Aufregung und der Anstrengung des Kampfes, und sie hatte kein Messer an der Kehle. Doch in der Stille, die seinen Worten folgte, machte sich das Gefühl einer latenten Bedrohung bemerkbar, eine Beklommenheit, die sie schon einmal in den menschenleeren Fluren von Gebäude Sechs empfunden hatte – eine Atmosphäre des Bösen, die über alles hinausging, was sie kannte oder imstande war, sich vorzustellen. Verglichen mit dieser amorphen Finsternis erschienen bloße menschliche Perfidie und selbst quasi-mittelalterliche Mörderkulte wie Lappalien.

Leise sagte sie: » Also ich weiß nicht, worum es geht, aber – ich glaube, er hat recht.«

Caris warf ihr einen scharfen Blick zu. »Nehmt mein Schwert.«

Joanna gehorchte. Die Sache war ernst, daran gab es keinen Zweifel. Etwas Lebendiges und Hassenswertes erfüllte die Stille und hielt sie davon ab, einfach zu sagen: »Laßt mich aus dem Spiel, Jungs« und aus der Tür zu gehen. Wie in San Serano spürte sie auch jetzt, daß außerhalb des Zimmers nicht der Tod lauerte, sondern etwas Schlimmeres, dessen wahre Natur ihr Begriffsvermögen überstieg.

Caris vergewisserte sich, daß das Schwert zur Hand war, bevor er dem Gefangenen das Messer von der Kehle nahm. »Hoch mit dir. Wenn du irgendwelche Tricks versuchst, stopfe ich dir dein eigenes Herz in den Schlund, das schwöre ich.«

Antryg stand auf und wischte sich das Blut vom Hals. Die Anspannung in ihm war fühlbar Angst, dachte Joanna, jedoch nicht vor Caris, ungeachtet der Tatsache, daß der junge Mann nur um Haaresbreite davon entfernt gewesen war, ihm die Kehle durchzuschneiden. Er flüsterte: »Wartet hier« und machte eine Bewegung zur Tür, wie um einen Blick in den Gang hinaus zu werfen. Ein vielsagender Wink mit dem Schwert hielt ihn auf. Er bleib stehen und musterte seinen Wärter mit gerunzelter Stirn.

Joanna sagte: »Ich werde nachsehen«, obwohl sich ihr der Magen zusammenkrampfte bei dem Gedanken, was da draußen vielleicht auf sie lauerte. Der sogenannte gesunde Menschenverstand versicherte ihr beharrlich, das Ganze wäre doch völlig absurd, und es wäre an der Zeit aufzuwachen, aber ein anderer Teil von ihr, der atavistische Instinkt, der sie in San Serano gezwungen hatte, sich mucksmäuschenstill in den hintersten Winkel der Besenkammer zu drücken, wußte, daß Antryg recht hatte und Caris ein sturer Holzkopf war, der nicht vor der Finsternis, die unerbittlich näherrückte, fliehen wollte.

Mit dem Hammer in der Faust – auch wenn sie wußte, daß er nutzlos war – lugte sie um den Türrahmen.

Rechterhand erstreckte sich der Gang in absolut undurchdringliches und furchteinflößendes Dunkel. Links hinunter schien es weitere Türen zu geben, und von dort kam auch eine Ahnung von freiem Himmel und frischer Luft.

Sie zog sich rasch wieder in den kalten, tristen Raum zurück, den sie mittlerweile als sicheren Zufluchtsort empfand. Im Licht der Taschenlampe sah Antryg totenbleich aus, und Caris, dem das blonde Haar in die Augen fiel, wirkte wie ein Mann, der verbissen gegen den Impuls zu fliehen ankämpft. Sie schluckte mühsam. »Da draußen ist nichts.«

»Gut.« Antryg nickte. Obwohl er eigentlich der Gefangene war, schien er ohne weiteres die Führung übernommen zu haben. »Joanna, ich muß Euch bitten, dieses Licht zu löschen, wenn das möglich ist.«

Joanna, die ihre Taschenlampe vom Boden aufgeklaubt hatte, hob überrascht den Kopf und sah ihn an. In seinen Augen, die ihren Blick erwiderten, stand nur eine ernste Frage.

»Man kann es löschen, oder?«

Übertriebener Verismus? fragte sie sich. Dagegen sprach, daß er Angst hatte – sie wußte es, konnte es fühlen – und zwar weit über das Maß hinaus, wo jeder Schauspieler die Beschränkungen eines nicht-industriellen Charakters vergessen und schlicht sagen würde: *Mach die Taschenlampe aus.*

Als er ihre Unschlüssigkeit bemerkte, fügte er hinzu: »Ich kann im Dunkeln sehen und Caris auch, nicht wahr?«

Caris nickte – es war offenbar nichts, worüber er sich viele Gedanken machte.

Zum erstenmal, seit sie in diesen bizarren Strudel von Ereignissen hineingeraten war, hatte Joanna den Eindruck, eine Grenze überschritten zu haben, über den Punkt hinaus zu sein, wo man noch überzeugt ist, daß sich für alles eine vernünftige Erklärung finden wird. Sie begann zu zweifeln, und dadurch eröffnete sich eine Palette von Möglichkeiten, vor deren Implikationen ihr Verstand erst einmal kapitulierte. *Später,* sagte sie sich wieder, schulterte ihren Beutel, hakte zögernd einen Finger in die Gürtelschlaufe von Antrygs Jeans und knipste die Lampe aus.

Die Dunkelheit brachte all ihre Kindheitsängste wieder an die Oberfläche. Sie hätte gerne jemandes Nähe gesucht, um das Gefühl zu haben, nicht alleine zu sein, doch Antryg hatte zweimal versucht, sie zu erwürgen, hatte sie aus Garys Haus entführt und hierher verschleppt. Und Caris – sie durfte seinen Schwertarm nicht behindern, selbst wenn er so ritterlich wäre, ihn ihr zu überlassen, was allerdings nicht der Fall zu sein schien. Also begnügte sie sich damit, die Schlaufe aus Jeansstoff fester zu umklammern und gleichmäßig zu atmen.

Antryg berührte ihre Hand und drückte sie kurz, als wüßte er, wie ihr zumute war, dann trat er hinaus auf den Gang.

Zu Joannas unendlicher Erleichterung wandten sie sich nach links. Als sie einmal die Hand ausstreckte, fühlte sie den kalten, unebenen Stein einer Mauer und vermutete, daß – gute Nachtsicht oder nicht – Antryg diese als Orientierungshilfe benutzte. Caris' Schulter streifte ihren nackten Arm. Das grobe schwarze Material seiner Steppjacke fühlte sich warm an; sie hörte das leise Rascheln von Stoff und das Knirschen von Leder, wenn dieser atemberaubende junge Mann sich hin und wieder umschaute. Einmal riskierte sie selbst einen Blick über die Schulter und wünschte, sie hätte es bleiben gelassen.

Es ist nur Dunkelheit, redete sie sich ein. *Lächerliche fünfundzwanzig Watt genügen, um sie in die Flucht zu schlagen.* Aber so war es nicht. Weshalb, wußte sie nicht zu sagen. Ebensowenig konnte sie den Eindruck erklären, es bewege sich etwas darin, die Ausgeburt einer Finsternis, die kein Licht dieser Welt zu besiegen vermochte. *Wenn ich hier rauskomme*, dachte sie, *falls ich hier rauskomme, nehme ich den ersten Bus nach Van Nuys, suche mir eine neue Wohnung, ändere meine Telefonnummer und wechsle den Job wenn nötig ...*

Doch Antryg kannte sie jetzt. Und Antryg war einer von *ihnen*, wer immer *sie* waren. Plötzlich kam ihr ein Gedanke: Wenn sie nun gerade wie ein dummes Schaf zur Schlachtbank geführt wurde? Phase Zwei eines komplex choreographierten Alptraums?

Merkwürdigerweise erschien ihr diese Spekulation weit erträglicher als das, wovon sie im Unterbewußtsein fürchtete, es könne die Wahrheit sein.

Etwas regte sich in der Dunkelheit. Ein Luftzug traf ihr Haar, sie nahm einen sonderbaren, modrigen Geruch wahr, der vage vertraut war und sie mit unaussprechlichem Grauen erfüllte. Sie warf noch einen Blick über die Schulter und war diesmal überzeugt, weit hinten in den schwarzen Tiefen einen Funken Helligkeit glimmen zu sehen; Helligkeit, die kein Zurückweichen der Finsternis versprach, sondern sie nur vertiefte. Im selben Augenblick flüsterte Caris: »Antryg ...«

Antrygs sehniger Arm umfaßte ihre Schultern, zog sie an sich; die Bewegungen seines Körpers verrieten ihr, daß er Caris nach vorn geschoben hatte. Zwischen zusammengebissenen Zähnen stieß er hervor: »Lauft!« Die unsägliche Angst in seiner Stimme konnte nicht vorgetäuscht sein, auch Caris schien das zu begreifen und gehorchte.

Joanna hatte keine Vorstellung davon, wie lange die Tortur dauerte oder wann der Boden unter ihren Füßen nicht mehr Stein war, sondern Erde und schließlich Gras. Sie taumelte und wurde gewaltsam weitergezerrt, rang nach Atem. Sie war erschöpft und Angst saß ihr wie eine eiskalte Faust im Nacken. Zu guter Letzt wurde ihr bewußt, daß der Friedhofsgeruch, der sie mit solchem Entsetzen erfüllt hatte, verflogen war. Kühle Nachtluft trug statt dessen den würzigen Duft von Heu heran. Auf dem unebenen Boden stolperte sie immer wieder, während sie sich bemühte, mit dem Mann Schritt zu halten, der sie unerbittlich vorwärts schob. Durch die Schleier der Mattigkeit vor ihren Augen nahm sie verschwommen eine Trennlinie zwischen dunkler Erde und dunklem Himmel wahr, dann verließen sie die Kräfte, und sie stürzte in einen tiefen schwarzen Brunnen.

Kurz vor Tagesanbruch wachte sie auf. Sie rührte sich – und nieste. Es roch ländlich nach Heu, Wasser und Kühen. Vögel zwitscherten, und als Untermalung diente ein unaufhörlich zirpender Chor winziger Frösche. Schlaftunken fragte sie sich, wo, um Himmels willen, sie gelandet war. Die blauen Flecken an ihrem Hals taten weh, sie hatte Muskelkater von dem verzweifelten Spurt letzte Nacht. Und mordsmäßigen Hunger.

Als sie den Kopf hob, sah sie Antryg mit dem Rücken an einem Heuhaufen sitzen – ein Ding, das Joanna bisher nur von Bildern kannte, doch es war unzweifelhaft ein Heuhaufen. Er hatte die langen Beine angezogen, die Arme auf den spitzen Knien verschränkt und sich mit einem Ausdruck meditativer Ruhe in die kontemplative Betrachtung des flammenden Horizonts versenkt. Neben ihm lag schlafend Caris, gleich einem ermüdeten Gott, aber mit dem Schwert unter der geöffneten Hand.

Die ganze Welt um sie herum war in das feenhafte blaue Zwielicht der falschen Morgendämmerung getaucht. Joanna setzte sich auf und zupfte das Heu aus ihren Haaren. Sie fror, alles kam ihr sehr unwirklich vor. Die Berge hinter ihnen lagen noch in der klaren, purpurnen Dunkelheit der schwindenden Nacht, aber das Wasser in den Tümpeln und Teichen der Marschen spiegelte bereits den Quecksilberglanz des Himmels wider. Kein Motorengebrumm von der Schnellstraße, kein Dröhnen von Flugzeugen, nicht einmal das ferne Heulen einer Eisenbahnsirene. Blick zum Himmel: keine Stromleitungen und, obwohl Ende August, keine Spur von Smog.

»Frierst du?« fragte Antryg. Sie schüttelte den Kopf.

»Nicht sehr.«

Er lächelte und legte die Hand auf das T-Shirt, das er anhatte – schwarz mit dem silbernen Logo des letztjährigen *Havoc*-Konzerts auf der Brust. Sie erkannte es als das Eigentum von Tom Bentley, dem Möchtegern-Schwermetaller der Abteilung. »Hätte ich geahnt, daß ich teilen muß, hätte ich mir etwas Solideres gegriffen«, entschuldigte er sich. Dann, indem er ihrem Blick zu dem schlafenden Caris folgte, fügte er hinzu: »Es kam mir nicht anständig vor, zu verschwinden, während er schläft, wenigstens diesmal nicht. Wenn irgend möglich, würde er mich nicht aus den Augen gelassen haben; diese letzten vierundzwanzig Stunden waren nicht seine Schuld. Wie auch immer, ich wollte die Sonne aufgehen sehen. Der Anblick war mir lange versagt.«

Ohne den Bart, der den größten Teil seines Gesichts verdeckte, als sie ihn auf der Party zum erstenmal gesehen hatte, wirkte er, wenn schon nicht unbedingt jünger, so doch irgendwie alterslos. Joanna schätzte ihn auf ungefähr Vierzig, obwohl sein Haar – auf die Hälfte der früheren Länge gestutzt, aber nichtsdestotrotz ein ungebärdiger Schopf – ausgeblichen und von grauen Strähnen durchzogen war. Die grauen Augen hinter den Brillengläsern blickten wach, ein wenig verschroben und zugleich sehr sanft. Trotz der blutunterlaufenen Stellen an ihren Handgelenken, die von seinem festen Griff bei dem Gerangel gestern abend herrührten, und den Schmerzen ihrer mißhandelten Kehle, merkte Joanna, wie ihre Angst vor ihm schwand. Sie richtete sich auf, verschränkte die Beine zum Schneidersitz und schüttelte die letzten Halme aus dem Haar.

»Wäre es zuviel verlangt, erfahren zu wollen, was, zum Teufel, das alles soll?«

Er betrachtete sie einen Moment lang mit prüfendem Argwohn in diesen großen, seltsam zwingenden Augen. »Weißt du's nicht?«

Sie seufzte. »Wenn ich es wüßte, hätte ich gestern abend nicht so große Angst gehabt.«

Er faltete die langen schmalen Hände und schaute auf die verflochtenen Finger – sie waren tintenfleckig, bemerkte sie in der allmählich zunehmenden Helligkeit, und sehr weiß, als hätte er jahrelang keine Sonne gesehen. »Ich wage zu behaupten, hättest du Bescheid gewußt, du hättest noch viel größere Angst gehabt«, meinte er halblaut. »Aber das ist nicht so wichtig.«

»Wo sind wir?« Sie blickte über die stillen Felder, die Tümpel mit dem silbrigen Wasser. »Und warum haben – hast du mich verfolgt? Was für ein hirnrissiges Spiel war das vergangene Nacht?«

Er neigte den Kopf zur Seite. »Man hat dich verfolgt?«

»Anders kann man es wohl kaum nennen, dieses – dieses Herumschleichen in den Fluren von San Serano.«

»Es ist kein Spiel.« Caris hatte sich aufgerichtet und streifte Antryg mit einem verdrossenen Blick. Er nahm sein Schwert, wischte die Klinge an der Jacke ab und stieß es in die Scheide, wo es mit einem bösartigen Klicken einrastete. Nachdem er sich das blonde, zerzauste Haar aus dem Gesicht gestrichen hatte, sah er zu Joanna hinüber. »Ihr könnt es schwerlich verstehen, da es in Eurer Welt keine Magie gibt, doch Ihr seid zu einem bestimmten Zweck, wenn ich auch nicht weiß zu welchem, von diesem Mann in unsere Welt gebracht worden, in das Reich Ferryth. Er ist Antryg Windrose, ein abtrünniger Nigromant, und ich bin durch meine Gelübde verpflichtet, ihn vor den Rat des Kollegiums zu bringen, damit ihm für seine Vergehen der Prozeß gemacht werden kann.«

Joanna starrte ihn lange schweigend an. »Du bist verrückt«, sagte sie.

»Nein, *ich* bin verrückt«, berichtigte Antryg in mildem Ton. »Caris ist nur verwirrt. Und ich fürchte, er hat recht damit, daß du dich nicht mehr in deiner eigenen Welt befindest. Wie die Luft hier riecht – genügt das nicht, um dich zu überzeugen?«

Joanna zögerte. Es gab viele Gegenden – im San Joaquin Valley zum Beispiel oder oben im Norden – wo Smog sich nur selten bemerkbar machte – aber im Sommer? Sie mußte zugeben, daß man dann auch dort nicht verschont wurde. Und wenn sie lange genug weggetreten gewesen war, um dorthin transportiert zu werden … Sie kramte in ihrer Tasche nach der Uhr. Die Anzeige leuchtete auf: 30. August, der Tag nach Garys Party. Während sie die Uhr in das Sammelsurium zurückfallen ließ, unternahm sie den Versuch, sich zeitlich zu orientieren. Falls man ihr nicht so mitspielte wie in diesen Episoden von *Kobra, übernehmen Sie*, wo das

Datum manipuliert wurde, um jemanden zu überzeugen, es sei vergangene Woche oder die nächste ...

Die Landschaft hätte irgendwo in Kaliforniens Central Valley sein können, nach dem zu urteilen, was sie davon sehen konnte – marschige Heuwiesen, dahinter grüne Hügel, in der Ferne der langgezogene braune Bogen des Flusses – nur daß es keine Berge gab, nicht einmal als weit entfernte blaue Linie am Horizont.

Ihr Entführer und ihr Retter unterhielten sich derweil mit gedämpfter Stimme. Der Jüngere besaß, ungeachtet seines abgeschabten, martialischen Outfits, die strahlende nordische Schönheit eines Märchenprinzen, die nur von einer etwa drei Zentimeter langen Narbe an der Wange geschmälert wurde, die künstlich wirkte – teils, weil es sich um etwas handelte, das man leicht durch eine plastische Operation korrigieren lassen konnte, und teils, weil Caris bestimmt nicht älter als neunzehn, zwanzig war und sie dennoch mehrere Jahre alt zu sein schien. Typen wie er, denen sie bisher begegnet war, hatten Joanna einen tiefen Argwohn gegenüber besonders attraktiven Männern eingeflößt, aber Caris fehlte die Egozentrik dieser selbsternannten Herzensbrecher. Es war fast so, als wäre seine äußere Erscheinung völlig nebensächlich im Vergleich zu einer größeren Macht, die sein Leben dominierte.

Er sagte: »Warum hast du sie in unsere Welt gebracht?«

Antryg, der die langen Arme bequem um die angezogenen Knie geschlungen hatte, runzelte nachdenklich die Stirn. »Ich weiß es nicht. Vielleicht kann Joanna es uns sagen. Joanna ...?«

Aufgebracht griff Caris nach der Schulter des Magiers, als er sich ihr zuwenden wollte, und riß ihn zurück. »Spiel nicht den Unschuldigen. Erst bringst du Thirle um – dann enführst du den Erzmagus – nun diese Frau. Ich will wissen, warum.«

»Ich muß gestehen, auch mich plagt in dieser Hinsicht die Neugier.« Antryg befreite sich ohne sichtbare Mühe aus dem harten Griff des jungen Mannes. »Möglich, daß der bedauernswerte Thirle nur getötet wurde, weil er das Tor zum Abyssus gesehen hatte – oder vielleicht, weil er sah, wer daraus zum Vorschein kam.«

»Andere haben auch das Tor gesehen«, wandte Caris ein. »Ich, zum Beispiel.«

»Du wußtest weder, was es war, noch was es damit auf sich hatte.«

»Tante Min wußte es aber. Und mein Großvater.«

»Aber zu dem Zeitpunkt gab es bereits viele Zeugen. Es hätte nichts mehr geholfen, diesen oder jenen zum Schweigen zu bringen. Joanna, weshalb sollte dich jemand – da wir jetzt alle so nett beisammen sitzen, können wir, finde ich, auf Förmlichkeiten verzichten – weshalb also sollte dich jemand entführen wollen?« Er schaute sie aus seinen sanften, leuchtenden Augen an. »Wer oder was bist du?«

»Sei auf der Hut«, warnte Caris, als Joanna Atem holte, um zu antworten. »Er ist vollkommen verrückt, aber schlau. Möglicherweise hat er dich hergebracht, weil er hofft, von dir etwas Bestimmtes erfahren zu können.«

»Ich wüßte nicht, was«, meinte Joanna und blickte ratlos von den onyxschwarzen Augen des jungen Mannes zu den fragenden, brillenbewehrten des älteren. »Selbst wenn er aus irgendeinem Grund einen Computerprogrammierer brauchen sollte, die Wälder sind voll von besseren Fachleuchten, als ich es bin. Aber seit mehr als einer Woche verfolgt mich jemand ...« Sie wandte sich wieder Antryg zu. »Was waren das für Zeichen an den Wänden? Im Haus hast du eins angebracht – und in San Serano, in der Nacht, als du versucht hast, mich zu erwürgen.«

»Aber das war ich nicht!« protestierte Antryg.

»Und du bist auch nicht verantwortlich für die Abominationen?« fragte Caris in sarkastischem Ton. »Oder für das Verschwinden meines Großvaters?«

»Selbstverständlich nicht.«

»Sein Handschuh lag in deinem Zimmer. Ich habe ihn gesehen.«

»Noch von seinem letzten Besuch, Anfang der Woche.«

»Lüge! Er hatte die Handschuhe an dem Abend bei sich!«

»Beide?«

»Du lügst«, wiederholte Caris. Seine dunklen Augen verengten sich vor Argwohn und Erbitterung. »Wie schon die ganze Zeit.«

»Nun ja, natürlich habe ich die ganze Zeit gelogen«, gab der Magier unbekümmert zu. »Wenn die Bischöfin oder sonst jemand dahintergekommen wäre, was passiert, wenn das Tor sich öffnet ...«

»Was dann?«

Antryg seufzte. »Daher kommen die Abominationen. Jedesmal, wenn sich im Abyssus eine Bresche auftut, wird das gesamte Gewebe durchlässig, manchmal auf Meilen in die Runde. Ja, ich wußte schon Monate, bevor Thirle getötet wurde, von dem Kommen und Gehen im Abyssus. Nicht bei jeder Durchquerung, aber ziemlich häufig, öffnete sich ein Tor zu noch einer anderen Welt, die gänzlich fremd war, und etwas – kam hindurch. Manchmal, um hier zu sterben, ohne die gewohnte Nahrung und schutzlos unbekannten Gefahren ausgeliefert. Doch manchmal auch stark oder anpassungsfähig genug, um Beute zu machen. Ich war mir dessen bewußt, konnte aber nichts tun, da ich im Innern des Turms keine Möglichkeit hatte, den Abyssus zu beeinflussen.«

»Ha!« stieß Caris verachtungsvoll hervor.

Ungerührt fuhr Antryg fort. »Ich wußte, daß zwangsläufig irgendwann eine solche Schwächung auch innerhalb der Mauern des Turms stattfinden mußte. Mir blieb nichts anderes übrig, als zu warten, und ich kann dir sagen, wäre ich nicht schon verrückt gewesen, das Warten hätte mich in den Wahnsinn getrieben.«

»Du wußtest das alles«, meinte Caris leise. »Du wußtest, woher die Abominationen kamen, und doch hast du dem Erzmagus nichts davon gesagt?«

»Was hätte er tun können?« Antryg warf in einer Geste der Hilflosigkeit die Arme hoch. »Er konnte den Dingen nicht Einhalt gebieten. Und mich hätte man angekettet, um meine Flucht zu verhindern. Sieben Jahre habe ich in diesem Turm gesessen, Caris. Länger, als du Sasenna bist, habe ich die Sonne nicht mehr gesehen.«

Joanna hob ruckartig den Kopf. Das Wort *Sasenna* entschlüsselte sich ihr als *Waffe*, jedoch mit einem Beiklang, der auf einen Menschen hindeutete. Zum erstenmal begriff sie, daß die Worte, die sie hörte, nicht die Worte waren, die gesprochen wurden. Und sie begriff, daß sie in eine andere Welt geraten war, eine fremde Welt.

Das Licht der Sonne, von der er gesprochen hatte, überschwemmte den Himmel und alles Land ringsum mit pastellener Farbenpracht, verwandelte die Wasserflächen in blinkende Spiegel. Mit rauschendem Flügelschlag erhoben sich Schwärme schwarzgrauer Gänse aus dem Ried. Joanna war nicht sicher, aber sie ähnelten verflixt den Bildern, die sie von der ausgestorbenen Kanadagans gesehen hatte.

Einen langen Moment kämpfte sie gegen das Bedürfnis, sich einfach in Fetalposition zusammenzurollen und zu verstecken. Sie fühlte sich ausgeliefert, hilflos, verängstigt; genauso, wie ihr zumute gewesen war, wenn sie als Kind in der Schule zum erstenmal ein Klassenzimmer voller fremder Gesichter betreten hatte. Sie rief: »Weshalb hast du mich hierhergebracht?«

Caris und Antryg schwiegen; sie hörten aus ihren Worten das verzweifelte Verlangen nach Trost, nicht etwa nach Information.

Endlich sprach Antryg, und er sprach sanft, ohne den protestierenden Ton, mit dem er dem Sasenna geantwortet hatte. »Tut mir leid. Aber wirklich, es ist jemand anderes gewesen.«

»Könnt ihr mich zurückbringen?«

Er schwieg lange. Dann sagte er: »Ich fürchte nein. Selbst Caris weiß, daß ich hier keine Macht wirken kann, oder die anderen Zauberer werden merken, daß ich geflohen bin, und mir entlang der Linien der Macht nachspüren, die die ganze Welt umspannen. Wer es auch immer gewesen sein mag, der dich entführt hat, er hat den Kontakt verloren. Er wird darauf warten, daß ich mich verrate, um mich zu finden, mich zu töten – und alle, die bei mir sind.«

Joanna blickte kläglich in das eigenwillige, scharfgeschnittene Gesicht, das von der Mähne ergrauender Haare umrahmt wurde, und bemerkte zum erstenmal, wie tief eingegraben der Strahlenkranz der Falten um die leuchtenden grauen Augen war.

Caris meinte bissig: »Sehr plausibel. Nur, wenn du sie nicht entführt hast, wer dann? Selbst mein Großvater, der Erzmagus, wußte nur wenig über den Abyssus und seine Gesetzmäßigkeiten; nach seiner Beurteilung gab es keinen *anderen*, der sich darin auskennt.« Er stand auf und ging dorthin, wo Joanna verloren im Heu kauerte. Seine Hand auf ihrer bloßen Schulter fühlte sich warm und tröstlich an. »Keine Sorge. Wir bringen ihn zur Herberge der Nigromanten in Kymil. Wenn nötig, wird Nandiharrow, der Dekan des Hauses, nach den Hexenjägern senden. Durch seine Taten hat er den Schutz des Kollegiums verwirkt. Wir werden ihn zwingen, preiszugeben, wo der Erzmagus sich befindet, und sobald wir ihn befreit haben, wird er dich nach Hause schicken.«

9. KAPITEL

Erst nach Einbruch der Dunkelheit erreichten sie Kymil.

Es war buchstäblich einer der längsten Tage, den Joanna je erlebt hatte; sie schätzte, daß Kymil ziemlich weit nördlich von L. A. lag, doch auch nach der Sommersonnenwende blieb es abends lange hell. Noch bevor die Sonne richtig aufgegangen war, machten sie sich auf den Weg durch die leuchtende Welt des frühen Morgens – eine Zeit, zu der Joanna sich im Bett noch einmal genüßlich auf die andere Seite zu drehen pflegte. Es war erheblich länger als sieben Jahre her, erkannte sie leicht beschämt, daß *sie* einen Sonnenaufgang beobachtet hatte.

Antryg benahm sich wie ein Kind bei einem Sonntagsausflug aufs Land. Er blieb stehen, um die Rohrkolben in den Marschen neben dem Weg zu betrachten oder den Männern und Frauen zuzusehen, die mit dem Heuen beschäftigt waren. Wenn nichts anderes sie zu überzeugen vermocht hätte, daß sie wahrhaftig durch ein Loch im Raum/Zeit Kontinuum gefallen war, der Anblick dieser Bauersleute bei der Arbeit beseitigte die letzten Zweifel. Kein Rollenspieler, und wäre er noch so fanatisch, hätte sich zu einer so unchristlichen Zeit aus den Federn gequält, um in groben, tristen Kleidern harte Knochenarbeit zu verrichten.

Doch eigentlich brauchte sie nicht mehr überzeugt zu werden, sie hatte es aufgegeben, sich etwas vorzumachen.

»Willst du Sonnencreme?« fragte sie Antryg, als sie auf einer hölzernen Brücke über dem schimmernden Flickenteppich aus Moorlandschaft und Heuwiesen stehenblieben, um die ersten goldenen Strahlenlanzen zu bewundern, die das Wasser trafen und zu gleißendem Gefunkel zerschellten. »Gegen Sonnenbrand?« Sie wühlte in den ergiebigen Tiefen ihrer voluminösen Tasche.

»Danke, nein.« Er studierte ernsthaft die zerdrückte Tube. »Nach sieben Jahren, in denen ich wie ein Pilz im Dunklen gelebt habe, bin ich froh über jede Art natürlicher Empfindung, auch wenn ich am Ende des Tages bestimmt nicht mehr dieser Meinung sein werde.« Es war merkwürdig genug, daß es Joanna leichter fiel, sich mit Antryg zu unterhalten, als mit ihrem Retter. Ein Grund war ihr Mißtrauen gegenüber ungewöhnlich gutaussehenden Männern; ein anderer, daß Antryg keine Schwierigkeiten mit seiner Rolle als Gefangener zu haben schien, Caris als Gefangenenwärter dagegen schon. Vielleicht, dachte sie unernst, lag es daran, daß ersterer jahrelange Übung darin hatte. Als sie die Tube in die Tasche zurücklegte, fand sie einige Müsliriegel, die sie ihren Gefährten anbot. Caris schlang den seinen herunter wie ein Wolf, aber Antryg teilte mit dem Sasenna. »Nach gestern bin ich sicher, daß er die Stärkung nötiger hat als ich«, meinte er, während Caris argwöhnisch die gehärtete Masse aus Nüssen und Rosinen akzeptierte.

»Warum?« Joanna schaute neugierig von dem Magier zu dem jungen Krieger. »Was war denn gestern?«

»Es gab eine Abomination in den Sümpfen«, antwortete Caris widerwillig. Seine Hand fuhr zu dem Riß in Jacke und Hemd, unter dem die Schulter sich fast so schwarz verfärbt hatte wie der Stoff seiner Kleidung. Während sie mit hallenden Schritten über die Brücke weitergingen, warf er Antryg einen schrägen Blick zu. »Er wußte Bescheid.«

»Selbstverständlich wußte ich Bescheid«, entgegnete Antryg. »Ich spürte die Öffnung des Abyssus, und du konntest dir deine Blessuren unmöglich bei einer Wirtshausschlägerei geholt haben.«

Caris' dunkle Augen wurden schmal. »Du hast für alles eine Erklärung parat.«

Antryg zuckte die Achseln. »Es ist stets mein Unglück gewesen, gut raten zu können. Würde es dein Mißtrauen beschwichtigen, wenn ich keine Erklärung hätte?« Er gab Joanna das zerknüllte Einwickelpapier zurück. »Sag mir eins, Caris. Wer außer dir war noch munter in der Nacht, als Thirle starb?«

Der junge Mann drehte das Schwertfutteral, das er kampfbereit in der linken Hand trug. »Wie kannst du wissen, was sich abgespielt hat, wenn du nicht …«

»Wieder geraten. Gehörte dein Großvater dazu?«

»Nein.« Caris musterte den Magier aus den Augenwinkeln und mit neu aufkeimendem Argwohn. Nach kurzem Schweigen meinte er: »Lady Rosamund …«, stockte und runzelte die Stirn.

»Ja, was?«

Er zögerte einen Moment und schüttelte dann den Kopf. »Nichts. Nur, daß … Sie war auf und angekleidet, wenige Augenblicke, nachdem die Schüsse gefallen waren. Tante Mins Haar war zerdrückt und wirr, als wäre sie in aller Hast aus dem Bett gesprungen. Lady Rosamund sah aus, als hätte sie sich noch gar nicht zur Ruhe begeben.«

»Du warst ebenfalls wach«, bemerkte Antryg halblaut, und Joanna sah den jungen Mann rasch den Kopf zur Seite wenden. »Was hat dich geweckt?«

»Nichts«, antwortete Caris kurz. »Träume. Nichts, was mit Thirles Tod zusammenhängt.«

»Oh, alle Dinge sind untereinander verwoben und verknüpft.« Antryg schob lächelnd die großen Hände in die Taschen seiner Jeans und trat mit dem gestiefelten Fuß gegen einen Kieselstein. »Eins der ersten Prinzipien der Magie.«

Joanna blickte fragend zu ihm auf. »Mit Magie meinst du so was wie Hokuspokus-Verschwindibus?«

Er grinste. »Ja – tatsächlich ist Hokuspokus-Verschwindibus genau das, was uns im Moment beschäftigt.«

»Aber dann …« Sie hielt inne, überlegte und fuhr dann fort: »Das hört sich vielleicht dumm an, aber weshalb benutzt du deine Zauberkräfte nicht, um zu fliehen?«

Caris setzte eine indignierte Miene auf und gestikulierte bedeutungsvoll mit dem Schwert. Dagegen verbreiterte sich Antrygs koboldhaftes Grinsen.

»Aus zwei Gründen. Ich glaube, ich kann Nandiharrow und ein paar von den anderen Angehörigen des Kollegiums dazu bringen, meiner Seite der Geschichte Glauben zu schenken, und im Augenblick fühle ich mich sicherer als Gefangener des Kollegiums denn als ein Flüchtling vor dem langen Arm der Kirche, die ihre eigenen Nigromanten hat. Wenigstens wird der Rat mich anhören. Außerdem«, fügte er nüchterner hinzu, »wenn ich von meiner Magie Gebrauch mache, wäre das für die anderen Magier wie ein Signal – ›Hier bin ich‹.«

»Du vergißt den dritten Grund«, warf Caris grimmig ein. »Wenn du versuchst zu fliehen, töte ich dich.«

»Nein«, Antryg beäugte ihn über den Rand der Brille hinweg, »Das habe ich nicht vergessen«, und Joanna mußte sich abwenden, um ihr Lächeln zu verbergen.

Im Gegensatz zu dem schweigsamen, geistesabwesenden Caris legte Antryg ein nimmermüdes Interesse an allem und jedem an den Tag und erwies sich trotz seiner Gesprächigkeit als guter Zuhörer. Joanna hatte sich in Gegenwart von Männern immer befangen gefühlt, doch während sie dem erhöhten Weg folgten, der durch die Marschen führte, erzählte sie wie selbstverständlich nicht nur über Computer und Seifenopern und das Schnellstraßensystem von L. A., sondern auch von ihrer Mutter, Ruth, den Katzen und Gary.

»Ah, Gary«, sagte er. »Der mit dem Zug von Gemeinheit.«

Sie zuckte die Achseln. Vermutlich gehörte Antryg zu den vielen Leuten, die Garys taktlose Bemerkungen über sie mitbekommen hatten. »Er hat vermutlich geglaubt, witzig zu sein.«

»Ganz bestimmt.« Ihr Begleiter hauchte seine Brillengläser an und rieb sie mit dem Saum des T-Shirts sauber. »Und Schlimmeres kann man kaum über ihn sagen.«

Das stimmte, doch es überraschte sie ein wenig, daß ein anderer, erst recht ein Mann, der gleichen Meinung war.

Es wurde Mittag, und Caris handelte einigen Schnittern etwas von ihrem Brot und Ale ab, das sie anschließend auf einem umgestürzten Baumstamm neben einem der von Stechmücken wimmelnden Teiche sitzend verzehrten. Joanna fand das Brot hart, mit einem strengen Geschmack und durchsetzt von Spelzen und kleinen Steinchen. *Soviel,* dachte sie, während es beim Kauen zwischen ihren Zähnen knirschte, *zu den guten alten Tagen der klappernden Mühle am rauschenden Bach.* »Kannst du da nichts dran ändern?« fragte sie Antryg, der zufrieden seinen Anteil vom Bier austrank. »Ich meine, du bist ein Zauberer, du solltest fähig sein, das hier in eine Quiche Lorraine zu verwandeln.«

»So funktioniert das nicht.« Antryg bot die Tonflasche Caris an, der selbst beim Essen hinter ihm stand und die Hand niemals weit vom Griff des Schwertes entfernt hatte. Caris schüttelte den Kopf, und der Nigromant gab die Flasche an Joanna weiter. Das Ale schmeckte süßer als das Bier, das sie kannte, und lag garantiert erheblich über dem kalifornischen Grenzwert für Alkoholgehalt. »Ich könnte dich glauben machen, daß du Quiche ißt, aber trotz allem hättest du nur Brot im Magen und – sobald der Zauber vergeht – immer noch Sand zwischen den Zähnen. Es gibt Magier und Zaubersprüche, die in der Lage sind, ein Ding in ein anderes zu verwandeln – echtes Brot in echte Quiche oder sogar in Gold – aber das erfordert so große Macht und kostet den Betreffenden so enorm viel Kraft, daß es wirklich einfacher ist, nur den Müller zu wechseln.«

»Ganz zu schweigen davon«, meldete Caris sich hinter ihnen zu Wort, »daß eine magische Beeinflussung auch der unerheblichsten menschlichen Belange verboten ist.«

»Ja«, pflichtete Antryg bereitwillig bei, »das auch.«

Caris' Gesichtsausdruck verriet, daß er sich auf den Arm genommen fühlte, und Joanna, die bei einem Seitenblick das Lächeln um Antrygs Lippen huschen sah, fragte sich plötzlich, wieviel von dem, was er sagte, wirklich ernst gemeint war und wieviel nur dazu diente, seinen Bewacher auf die Palme zu bringen.

Irgendwann im Lauf des endlosen Nachmittags hatte Caris erklärt, daß ihr Ausgangspunkt ganz in der südöstlichen Ecke der Ponmarschen lag, wo sie an die Berge von Sykerst stießen. Es war ein langer Marsch entlang der Südstraße zu den Toren der Stadt. In diesem Gebiet der Marschen gab es nur wenige Bauern, und diese wenigen, stellte sie fest, arbeiteten hart und dichter zusammen, als ihre

Tätigkeit erforderte. Sie schienen nervös zu sein, warfen Blicke über die Schulter. Heudiebe? fragte sie sich. Angst vor der Heupolizei? Doch mittlerweile war sie zu müde und kaputt, um zu fragen. Der lange Fußmarsch, auch wenn sie nicht schnell gingen, hatte sie ausgelaugt. Sie war schlank, aber ihre sportlichen Betätigungen in den letzten paar Jahren hatten sich darauf beschränkt, von ihrem Auto auf dem Firmenparkplatz zu ihrem Büro zu spazieren, und gegen Ende des Nachmittags wuchs in ihr eine Art staunender Groll auf Caris' unermüdliche, unbeirrbare Schritte. Antryg, registrierte sie, war rücksichtsvoller – vielleicht, weil auch er seit einigen Jahren keine längeren Wanderungen mehr unternommen hatte. Caris wurde zunehmend ungeduldiger und brummte, auf diese Weise könnten sie die Stadt unmöglich vor Einbruch der Dunkelheit erreichen.

Und tatsächlich gingen sie erst lange nach Dunkelwerden durch die stillen Straßen der warmen, ebenen, mückensummenden Stadt mit ihren geschnitzten Holzbalkonen und ziegelgepflasterten Straßen, in denen es nach Abwässern und Fisch stank. Auf der Landseite gab es eine Stadtmauer, obwohl Joanna im roten Schein der blakenden Fackel am Tor den Eindruck gewann, daß die Flügel aus dicken Holzbalken seit Dezennien nicht mehr geschlossen worden waren. Caris weckte einen schläfrigen Torwächter und mietete eine Fakkel, die notdürftig die laue Dunkelheit der schmalen Straßen erleuchtete, denen sie folgten. In einer Seitengasse erspähte Joanna die gebeugte Gestalt eines alten Mannes mit kunstvoll geflochtenem Haar und Bart, der einen Karren vor sich her schob, während er die reichlich vorhandenen Nebenprodukte einer offensichtlich vom Pferd abhängigen Zivilisation aufschaufelte. Davon abgesehen waren die Straßen um diese Stunde menschenleer – Kymil, dachte Joanna, qualifizierte sich kaum als das Las Vegas von Ferryth.

Dann lag die Herberge der Nigromanten vor ihnen wie ein schlummernder Drache – ein mondbeschienenes Chiaroscuro aus Eisgrau und Samtschwarz. Die mit grotesken Wasserspeiern versehenen Balkone und Fenster waren dunkel und leer. Unter den geschnitzten hölzernen Türmchen des

Portals hatte man auf den Steinplatten ein Feuer entzündet, an dem vier Sasenna hockten. Sie flüsterten untereinander und warfen unbehagliche Blicke in die Dunkelheit.

Caris blieb in der Einmündung stehen und löschte die Fakkel in einer dafür günstig stehenden Regentonne. Auch Antryg drückte sich in den Schatten längs der Mauer. Einen langen Moment schauten sie in das Licht- und Schattenspiel von Mond- und Feuerschein auf dem freien Platz. Dann raunte Caris: »Das sind Kirchensasenna.«

Antryg nickte, seine Brillengläser funkelten. Mit einer kleinen Handbewegung winkte er sie zurück in die Gasse. Wohl oder übel folgte Joanna ihm und Caris, vorbei an schmalbrüstigen Häusern, unter deren Kellerfensterrosten Schweine grunzten, und um eine Ecke zur anderen Seite des Gebäudekomplexes.

Dort gab es eine kleinere Pforte, die ebenfalls von Bewaffneten bewacht war, die sich enger um ein Kohlenbecken drängten, als die milde Nacht rechtfertigte. Caris blickte zu dem hochgewachsenen Magier auf. In seinen Augen stand Sorge. Mit einer Stimme, die leiser war als das Wehen des Windes von den Marschen, hauchte er: »Im Haus brennt nirgends Licht.«

»Nicht einmal im Quartier der Sasenna«, bestätigte Antryg ebenso leise. Das Mondlicht versilberte die Spitze seiner langen Nase und wob aus seinen Haarspitzen einen flüchtigen Heiligenschein, als er den Kopf vorsichtig aus dem tiefen Schatten reckte, in dem sie standen und gleich wieder zurückzog.

Joanna, die neben ihnen stand, fühlte so deutlich, als hätte sie die beiden Männer berührt, die Spannung, die sich ihrer bemächtigte, als sie den gemeinsamen Feind an den Türen des Hauses Wache halten sahen.

Caris sagte: »Dann können wir mit ziemlicher Sicherheit annehmen, daß drinnen keine Posten sind.« Er ließ den Blick über die schwarzen Umrisse merkwürdig geformter Dächer vor dem samtenen Himmel wandern. »Kein Wunder, daß es in der Nachbarschaft so still ist. Sie können nicht ...« Er verstummte.

»Du hast selbst gesagt, daß ich aufgrund der Abominationen mein Recht auf den Schutz des Kollegiums verwirkt habe«, murmelte Antryg, legte eine Hand gegen den rauhen, schmutzigen Putz der nächsten Mauer und schaute auf den stillen Platz. »Vielleicht ist die Kirche zu demselben Schluß gekommen.«

Der Sasenna ging nicht darauf ein. »Kommt mit«, forderte er sie beide auf, »wir können über die Mauer vom Garten steigen. Sie grenzt an die nächste Straße.«

Das, sinnierte Joanna ein paar Minuten später sarkastisch, war unleugbar eine der großen Traditionen in Film und Literatur: ›Wir steigen über die Mauer.‹ Während sie verzagt an der zwei Meter hohen Umfriedung aus Zeder- und Pinienpalisaden hinaufblickte, hatte sie das Gefühl, von drei Generationen Romanhelden und -heldinnen betrogen worden zu sein, die mühelos die höchsten Mauern erklommen – die möglichst noch von Stacheldraht gekrönt waren –, ohne einen Tropfen Schweiß zu vergießen oder sich die Hemdknöpfe abzureißen, wenn sie sich bäuchlings über den Rand schoben.

Und mehr als das, sie kam sich wie in ihrer gesamten Zeit auf der Highschool dumm und schwächlich vor, als sie mit heraushängender Zunge im Kielwasser der Sportskanonen hergetrabt war und sich gewünscht hatte, tot zu sein.

»Es gibt eine Fußstütze an der Innenseite auf dem Querbalken der Palisaden«, flüsterte Antryg. »Caris, du gehst zuerst, und ich hebe sie zu dir hinauf.«

Caris, der nicht mehr als ein unbestimmter Schatten in der bedrückenden Dunkelheit der Gasse war, wandte ruckartig den Kopf, und Joanna sah das silbrige Glitzern zusammengekniffener Augen.

»Ich werde die Gelegenheit nicht nutzen, um zu fliehen«, fügte der Magier ungeduldig hinzu. »Ich muß ebenso wie du herausfinden, was passiert ist.«

Caris schien eine Bemerkung auf der Zunge zu liegen, dann aber stieß er den Atem aus, ohne etwas zu sagen. Er drehte sich um, nahm einen kurzen Anlauf, sprang, bekam den oberen Rand der Mauer zu fassen und schwang sich hinüber.

»Woher hast du gewußt, daß auf der anderen Seite eine Stütze ist?« fragte Joanna. Sie trat an die Umfriedung heran, warf einen Blick nach oben und sah Caris' geduckte Silhouette sich schwarz vor dem etwas helleren Hintergrund der Bäume und Dächer abzeichnen. »Wieder geraten?«

»Nein. Bis vor sieben Jahren war ich ein – na ja, vielleicht nicht gerade geachtetes – Mitglied dieser Gemeinschaft der Nigromanten.« Das Mondlicht sickerte durch das Geäst der Bäume im Garten, spielte auf den Gläsern seiner Brille und dem silbernen HAVOC auf dem T-Shirt. Seine Hände an ihrer Taille waren groß und warm und – wenn sie an seinen Griff um ihre Handgelenke dachte, als sie miteinander gerungen hatten – überraschend kräftig für seine eher schlaksige Erscheinung. »Rauf mit dir.«

Joanna haßte Höhe, schon immer, haßte Leibesübungen, haßte es, Dinge tun zu müssen, die sie nicht tun konnte. Mit aufgeschrammten und von Holzsplittern zerstochenen Händen zog sie sich japsend in die Höhe, halb in Erwartung einer spöttischen Bemerkung von Caris, der sie in Empfang nahm. Doch er half ihr kommentarlos, sich auf den Boden hinunterzuhangeln, und folgte ihr katzenhaft geschmeidig in die aromatische, lorbeerduftende Dunkelheit des winzigen Gartens. Die Palisaden vibrierten unter Antrygs Gewicht, der gleich darauf wie eine große Spinne neben ihnen landete.

»Können wir es riskieren, Licht zu machen?« flüsterte er, als sie auf Zehenspitzen eine sehr kurze Kolonnade aus Holz betraten, die den Garten einfaßte. »Die nächste Tür ist um die Ecke. Sie führt zu den Barracken, wenn mich die Erinnerung nicht trügt.«

Caris nickte. Joanna schickte sich an, in ihrer Tasche nach Streichhölzern zu graben, doch Antryg vollführte eine flinke Handbewegung, öffnete die Faust und präsentierte eine kleine Kugel aus bläulichem Licht, die aufstieg und zwischen ihnen in der Luft hing. Sein Grinsen, als er den Ausdruck auf ihrem Gesicht sah, war in dem geisterhaften phosphoreszierenden Schimmer das eines verschmitzten Kobolds.

Joanna schüttelte langsam den Kopf. »Ich werde nicht einmal fragen.« Sie war, kam ihr zu Bewußtsein, soeben Zeuge echter Zauberei gewesen.

»Um so besser. Niemand hat je eine zufriedenstellende Antwort darauf geben können – außer der offensichtlichen.«

»Hierher«, raunte Caris aus der Schwärze einer kleinen, halboffenen Tür.

Durch einen Türbogen zu ihrer Rechten hatte Joanna ungehinderte Sicht in einen großen Raum, in dem das Mondlicht durch hohe Fenster strömte und sich gleich weißen Laken über ein Durcheinander von umgekippten Tischen und Stühlen breitete. Im Zimmer, zu dem Caris sie winkte, sah es noch schlimmer aus. Möbel waren umgestürzt worden, Bücher von Regalen gerissen, und seltsame Messinggerätschaften – Sextanten, Astrolabien, Sternengloben – lagen wie gewaltsam verdrehte Skelette fremdartiger Lebewesen vom Mondlicht überglänzt auf dem Boden verstreut. Die Reihe hölzerner Säulen, die den Raum der Länge nach teilte und eine noch schmalere Galerie stützte, warf bizarre Schatten auf die kunstvollen Intarsien der Schränke, die sich im Wechsel mit den Bücherregalen die lange innere Wand teilten.

»Die Schergen der Kirche, kein Zweifel«, murmelte Caris tonlos, während er sich behutsam einen Weg durch das Trümmerfeld suchte und dabei Schränke öffnete und schloß. »Nur sie hausen auf diese Art.«

Während das Feenlicht vor ihm flackerte, folgte Antryg dem Sasenna, bückte sich immer wieder nach zerrissenen Büchern und losen Blättern. »Sie waren in Eile«, bemerkte er mit gedämpfter Stimme. Plötzlich blieb er stehen, richtete sich auf, und Joanna sah das in der spärlichen Helligkeit schwarze, geronnene Blut an seinen Fingerspitzen. »Nandiharrow«, flüsterte er. »Nun möchte ich wissen ...«

Caris drehte sich vor einem der Schränke herum, eine

Pistole in seiner Hand deutete auf Antrygs Brust. »Komm hierher«, befahl er.

Antryg stand einen Atemzug lang wie erstarrt, und Joanna trat vorsichtshalber neben Caris, um nicht in der Schußlinie zu stehen.

»Und bilde dir nicht ein, du könntest auf die Waffe einwirken, dich zu verfehlen«, erklärte der Sasenna. »Sie ist *na-ar*. Joanna, im Schrank hinter mir sind Handschellen. Nimm sie heraus.«

Joannas Sympathie für den verrückten Zauberer veranlaßte sie zu zögern, bevor sie gehorchte. Die Ketten waren leicht. Sie waren aus Eisen, nicht aus Stahl gefertigt und mit Gelenkspangen und Schlössern versehen.

»Caris«, beschwor Antryg den jungen Sasenna, »das ist nicht notwendig.«

»Leg die Arme um die Säule da. Joanna ...«

Darauf bedacht, Caris nicht vor die Mündung zu geraten, legte sie die schweren Handschellen um Antrygs Gelenke und drückte sie zu. Mit einem metallischen Klicken schnappten sie ein. Caris verließ seinen Posten, um die Fesseln zu überprüfen, dann nickte er zufrieden.

»Caris, sei kein Narr ...«

»Ich bin kein Narr.« Der Sasenna wahrte ein, zwei Schritte Abstand. Die Pistole hatte er immer noch auf Antrygs Brust gerichtet. »Und ich frage mich, ob es nicht meine Pflicht wäre, dich hier und jetzt zu töten. Ich weiß nicht, was geschehen ist, aber die Nigromanten in Engelshand und an den anderen Orten müssen benachrichtigt werden ...«

»Du bist ein Dummkopf, wenn du glaubst, du könntest sie selbst mit einem schnellen Pferd noch rechtzeitig warnen«, hielt Antryg ihm entgegen. »Die Kirche hat Nigromanten, die zwar schwören, daß sie nicht mittels Kristallkugeln kommunizieren, aber wir wissen alle, sie tun es doch. Wenn die Bischöfin vom Regenten den Freibrief erhalten hat, die Gefangennahme der Nigromanten anzuordnen, dann deshalb, weil es ihr gelungen ist, ihn zu überzeugen, daß dein Großvater sich meiner bemächtigt hat, damit ich ihm bei seinen eigenen finsteren, womöglich umstürzlerischen Plänen behilflich bin. Die Order wird jedem Häscher in ganz Ferryth zugehen. Du kennst Herthe. Du weißt, daß sie keine Skrupel hat, jedes Kirchengesetz über den Gebrauch von Magie zu brechen für einen nach ihrem Ermessen heiligen Kreuzzug.«

»Ohne zu ahnen«, äußerte Caris leise, »daß sie nur ein Werkzeug ist.« Er trat vor und hielt Antryg die Pistolenmündung an die Schläfe. »War das von Anfang an deine Absicht? Die Bischöfin als Handlanger zu benutzen, um die anderen Magier aus dem Weg zu räumen, sobald du dafür gesorgt hattest, daß mein Großvater nicht mehr hier war, um ihr Einhalt zu gebieten? Oder war das nur ein glücklicher Zufall? Hat es dir deshalb so wenig ausgemacht, mein Gefangener zu sein? Wolltest du deshalb so schnell weg von dem Ort, an dem ich Joanna gefunden habe – und wo du den Erzmagus versteckt hältst ...?«

Antryg, der den Kopf zwischen der Pistolenmündung und dem gedrechselten Holz der Säule, an die er gekettet war, eingeklemmt hatte, blickte starr geradeaus, aber in dem ungewissen Feenlicht konnte Joanna die Schweißperlen sehen, die ihm plötzlich auf die Stirn traten. »Ich hatte nichts damit zu tun.«

Es klickte überlaut in der Stille und Dunkelheit, als Caris mit dem Daumen den Hammer zurückzog. »Wo ist unser Großvater?«

»Sie werden im Nu hier sein, um dir diese Frage zu stellen«, meinte der Zauberer ruhig. »Sobald du abdrückst. Und ich werde ihnen nicht mehr antworten können.«

Eine nicht enden wollende Sekunde lang hielt Joanna den Atem an; sie wußte, daß der frustrierte, wütende und hilflose Caris in einer Situation, für die es keinen Präzidenzfall gab, nichts lieber getan hätte, als einfach abzudrücken, um sich an Antryg dafür zu rächen, daß er ihn in eine solche Lage gebracht hatte. Unter der Maske aus Schweiß, Mondlicht und Staub sah sie, wie die Wangenmuskeln des jungen Sasenna mahlten. Sein Atem ging rauh. Dann ließ er die

Waffe sinken, immer noch schweratmend, und blickte unschlüssig zum Fenster, wo der reflektierte Feuerschein vom Tor draußen die Butzenscheiben rot färbte.

Nur Joanna merkte, wie Antryg vor Erleichterung kurz die Augen schloß.

»Ich weiß nicht«, meldete sie sich schüchtern zu Wort, »ob ich in dieser Sache auch eine Stimme habe oder nicht, aber wenn all die Zauberer verhaftet sind und dein Großvater verschwunden ist, kann nur *er* helfen, je wieder nach Hause zu kommen.« Caris wandte sich ihr zu. In seinen achatbraunen Augen glomm die geringschätzige Ungeduld eines starken Mannes, der sich die belanglosen Argumente der Schwachen anhören muß, aber Joanna holte tief Atem und fuhr fort: »Ich weiß nicht viel über die Kirche hierzulande, aber ich glaube, wenn du Antryg ihren Würdenträgern auslieferst, stehen die Chancen gut, daß du dir einen Bärendienst erweist und deinen Großvater niemals wiedersiehst. Ich meine, wenn ich die Kirche wäre, und ich hätte eben sämtliche Magier im ganzen Land einkassiert, würde ich mich nicht unbedingt zerreißen, den Erzmagus wieder in Amt und Würden einzusetzen.«

Ein langes Schweigen entstand, während Caris über das Gesagte nachdachte, dann veränderte sich etwas in seinen Augen. »Nein«, sagte er ruhig. »Du hast recht, Joanna. Wie es auch gewesen sein mag, die Kirche wird sich diese Gelegenheit nicht entgehen lassen.« Er versank wieder in Schweigen. Joanna vermutete, daß man ungeachtet seiner Qualifikationen als Kämpfer nie von ihm verlangt hatte, größere Strategien selbst auszuarbeiten. Er seufzte und rieb sich mit der Hand die inneren Augenwinkel. Etwas von der quälenden Anspannung fiel von seinen breiten Schultern ab.

»Tut mir leid«, meinte er schließlich, »diese Welt muß für dich beinahe so schrecklich sein wie deine für mich.«

Beinahe! dachte Joanna mit staunender Empörung. *Nicht meine Welt leidet unter der Inquisition und hat knöcheltief Pferdedung in den Straßen! Andererseits,* gestand sie sich kleinlaut ein, *wir haben dafür die Bombe und die Schnellstraße 405 …*

»Es ist nur ...«, setzte er an und biß sich auf die Zunge, um nicht eine Erschöpfung einzugestehen, die einem Sasenna nicht geziemte, und eine Liebe zu dem alten Erzmagus, die zu fühlen nicht dem Weg der Sasenna entsprach. Nach einem Moment sagte er: »Ich glaube, das beste, was wir jetzt tun können, ist, nach Engelshand zu gehen. Die anderen Mitglieder des Kollegiums ...«

»Sind entweder verhaftet oder verstecken sich in den tiefsten Löchern, die sie finden können«, beendete Antryg den Satz. Die Kettenglieder aus gehämmertem Eisen schlugen klirrend gegen das Holz der Säule, als er sie mit seinen Händen umspannte. »Die Bischöfin hat Nachricht an ihren Amtsbruder in Engelshand geschickt. Morgen, mit der ersten Post, erhält er den Permiß des Regenten.«

»Dann gehen wir zum Regenten«, sagte Caris stur. »Narwahl Skipfrag ist ein Freund von Großvater. Er kann mir das Gehör des Regenten verschaffen, damit er die Wahrheit erfährt. Anschließend können die Hexenjäger dich haben, soweit es mich angeht.«

»Schön.« Der Magier lehnte sich gegen die Säule. »Aber was ist die Wahrheit?«

Caris' Gesicht verhärtete sich. »Die Wahrheit«, entgegnete er im gleichen ruhigen Ton, »ist, was die Hexenjäger aus dir herausbekommen werden.« Er wandte sich an Joanna und reichte ihr die Pistole. »Paß auf ihn auf«, wies er sie an. »Ich will mich umsehen, bevor wir aufbrechen.« Er drehte sich um, schritt durch den langen, vom Mondschein erhellten Raum und verschwand in der Dunkelheit des dahinterliegenden Reflektoriums.

Antryg seufzte und rieb sich die dünnen, knochigen Finger, wie um die Erinnerung an einen alten Schmerz zu vertreiben.

So gut es mit der Pistole in einer Hand ging, richtete Joanna einen der Stühle auf – schwarze Eiche mit geflochtenen Lederstreifen als Sitz – und fand in einer Ecke ein Kissen, um es unterzulegen. Nachdem sie sich hingesetzt hatte, fragte sie neugierig: »Wenn du ein Zauberer bist, kannst du nicht einfach die Schlösser sprengen?«

Er schaute sie mit einem müden Lächeln an. »Ich könnte es«, antwortete er. »Das heißt, ich könnte sie öffnen – sie sind nicht *na-ar*, das heißt metaphysisch tot, wie die Pistole. Aber die Kirche hat ihre eigenen Magier. Inzwischen werden sie wissen, daß ich frei bin, und sie spüren die Emanationen der Magie, wie die Terwedgräser im Meer den kleinsten Flossenschlag der vorüberschwimmenden Fische wahrnehmen, die ihre Beute sind. Sie würden mich finden, und dann …« Er ließ den Satz unvollendet.

Joanna zog die Beine auf den Sitz – bei einer Größe von knapp einsfünfzig war kein Stuhl richtig bequem ohne den passenden Schemel. »Aber warst du nicht früher schon ihr Gefangener?«

»Ich war der Gefangene des Kollegiums in kirchlichem Gewahrsam. Der Erzmagus …« er stolperte über den Titel, » … der Erzmagus wehrte sich gegen meine Hinrichtung.«

»Caris' Großvater?«

Er nickte. Salteris Solaris, ja.«

Sie krauste die Stirn. Zwischen ihren dunklen, fedrigen Brauen erschien eine Falte. »Den hast du verschwinden lassen?«

»Ich habe ihn nicht verschwinden lassen«, beharrte Antryg stur. »Ich habe ihn an dem Abend gar nicht gesehen.« Doch er wich ihrem Blick aus, während er sprach.

Es folgte ein langes Schweigen. In der balsamischen Wärme der Nacht fror sie zwar nicht, aber all die gesammelten Anstrengungen des Tages machten sich bemerkbar. Der Muskelkater meldete sich zurück, und sie hatte Kopfschmerzen vor Hunger – das vor zehn Stunden genossene Brot, der Käse und das Bier hielten nicht ewig vor. Es war Sonntagnacht. *Nun ja,* seufzte sie innerlich, *du wolltest Montag nicht zur Arbeit gehen und voilà!* Aber noch während sie in sich hineinlächelte, überlief sie ein Frösteln.

Sie hatte Montag nicht zur Arbeit gehen wollen, weil sie wußte, daß sie verfolgt wurde. Und hier saß sie nun, mit dem Verfolger – aber wo. Und mehr als das …

»Warum?« fragte sie leise. »Warum ich? Das habe ich dich schon einmal gefragt.«

Antryg schaute sie wieder an und lächelte schief. »Meine liebe Joanna«, antwortete er, »wenn ich das wüßte, wäre ich um einiges glücklicher.«

Dann hob er plötzlich den Kopf und lauschte in die Stille des nachtschlafenden, dunklen Hauses. »Was ...«, begann Joanna, doch er bedeutete ihr mit einer Bewegung der Finger zu schweigen. So sehr sie die Ohren anstrengte, sie konnte nichts hören außer dem leisen Rascheln der Blätter an den Bäumen draußen und den monotonen Singsang eines Feuerholzverkäufers weit weg, irgendwo in den Straßen der Stadt. Der schwache, bläuliche Schein von Antrygs Feenlicht verglomm, und ermutigt vom Ersterben der Helligkeit, wagten sich die Schatten wie nächtliche Jäger aus ihren Schlupfwinkeln hervor und kreisten sie ein.

Mit einer Stimme, die nicht lauter war als das Wispern von Seide auf den Marmorböden eines Palastes, flüsterte Antryg: »Die Hexenjäger.«

Joanna versuchte erst gar nicht, ebenso leise zu sprechen – sie bemühte sich, möglichst geräuschlos vom Stuhl zu rutschen, und trat so dicht an ihn heran, daß sie den Geruch nach Heu und den Zigarettenqualm vom vergangenen Abend in seiner Kleidung wahrnehmen konnte. »Ich höre nichts.« Sie formte die Worte fast nur mit den Lippen, trotzdem hauchte er eine Antwort.

»Im hinteren Teil des Hauses. Sie haben Caris. Ein Schlüssel, im Schreibtisch, oberste Schublade. Nandiharrow pflegte ihn immer dort aufzubewahren.«

Joanna zögerte. Sie hatte schließlich keinen Laut gehört. Caris würde sie umbringen, wenn sie auf einen Trick hereinfiel, noch dazu auf einen derart simplen Trick. Jemand wie Sam Spade zum Beispiel konnte wahrscheinlich einfach schmale Augen machen und im Ton felsenfester Überzeugung schnarren: »Sie lügen, Mister«, aber Joanna war nie dahintergekommen, an welchen Anzeichen man erkannte, ob jemand die Wahrheit sagte oder nicht. So leise wie möglich fragte sie: »Weshalb sollten die Hexenjäger es auf Caris abgesehen haben?«

Er schloß die Augen, lehnte die Stirn gegen die Säule und

horchte auf Laute, die sie, egal wie sie sich anstrengte, nicht hören konnte. »Sie wollen den Erzmagus. Sie glauben, er weiß ... Hol den Schlüssel!« drängte er mit tonloser Heftigkeit, und als Joanna zögerte, fügte er hinzu: »Ich schwöre, es ist kein Trick! Caris ...«

Sie hob Schweigen gebietend die Hand, wie er es getan hatte, und raunte: »Ich werde nachsehen.«

Er öffnete den Mund, um zu protestieren, aber sie hatte sich bereits abgewendet, und er ging nicht das Risiko ein, die Stimme zu erheben.

Das war es vielleicht, was sie halb überzeugte, noch bevor sie in die Dunkelheit des Refektoriums eintauchte und die gedämpften Stimmen hörte. Als hingebungsvolle Leserin von Spionageromanen befolgte sie jede darin gegebene Empfehlung, die sie aus dem Gedächtnis hervorkramen konnte. Sie bewegte sich an der Wand entlang, damit die Dielen nicht knarrten, und außerdem war dort die Gefahr nicht so groß, daß man über irgendwelche Möbelstücke stolperte. Unsteter, orangefarbener Feuerschein umriß eine Tür hinter dem – vermutlichen Tisch für die Honoratioren. Er glänzte auf dem Rand einer gedrechselten Holzschale und dem Metall eines umgekippten Humpens inmitten einer großen Rotweinlache. Sie unterdrückte den Impuls, schneller zu gehen, und setzte tastend Schritt vor Schritt. Als sie die Türöffnung erreichte, konnte sie die Stimmen unterscheiden.

»Mein Großvater hatte mit seiner Flucht nichts zu tun! Er hätte sie verhindert, wenn es ihm möglich gewesen wäre!«

»Das Siegel der Finsternis wirkt entweder, oder es wirkt nicht, mein Junge«, antwortete eine schneidende, kalte Stimme. Sie klang perfide und leidenschaftslos nach Verbrechen im Namen einer guten Sache. »Wenn Antryg Windrose die Macht hatte, den Erzmagus wegzuzaubern, hätte der Erzmagus die Macht gehabt, das zu verhindern.«

Sehr, sehr vorsichtig ließ Joanna sich auf Hände und Knie nieder, um nicht in Augenhöhe zu sein, wobei sie achtgab, daß die Pistole nicht auf den Boden schlug, und spähte um die Ecke. Nach der weichen, silbrigen Helligkeit im Refektorium wirkte die rote Glut des Kaminfeuers grell. Der Raum war allem Anschein nach die Bibliothek. In den Regalen türmten sich auseinandergerissene und umgekippte Bücher, andere lagen in den Ecken oder waren im Kamin aufgehäuft, um das Feuer zu nähren, das als einzige Lichtquelle den Raum erleuchtete. Caris war an einen hochlehnigen Stuhl gefesselt, an der Wange hatte er eine frische Platzwunde. Blut glänzte auf seinen Lippen. Sein Schwert und die drei Messer funkelten auf dem Tisch hinter ihm. An der hinteren Wand aufgereiht hielten drei Sasenna Wache. Sie waren in düstere Variationen von Caris' zerrissener und fleckiger schwarzer Uniform gekleidet. Noch jemand befand sich im Zimmer, ein dünner Mann mit einem schmal geschnittenen grauen Anzug. Glattes graues Haar fiel über einen umgelegten Kragen aus weißem Leinen. Seine Hände waren hinter dem Rücken verschränkt – kleine, harte, sehnige Hände, weiß wie die Ärmelmanschetten und wie sie in Blut getaucht vom roten Schein der Flammen. Als er den Kopf wandte, erhaschte Joanna einen Blick auf regelmäßige, markante Züge, die erkennen ließen, daß er in jungen Jahren gut ausgesehen haben mußte, bevor fanatische Selbstgerechtigkeit einen Zug dauernder Verachtung um die dünnen Lippen gekerbt hatte. Ein zweiter Mann in einem ähnlichen grauen Anzug stand neben ihm. Er war es, an den der erste sich wandte und halblaut sagte: »Sobald er uns verraten hat, wo dieser Antryg steckt, nimm zwei von den Sasenna und töte ihn. Wir können nicht dulden, daß diese Wasser getrübt werden.«

Der andere Mann nickte, wie um auszudrücken: Ja, tollwütige Hunde müssen erschlagen werden. »Und der da?«

Der Hexenjäger warf einen Blick auf Caris. »Oh, ihn auch, natürlich – aber nachdem wir erfahren haben, wo Salteris sich aufhalten könnte. Wir haben die meisten der Ranghohen bis auf diesen einen geschnappt – wenn der Junge sein Enkel ist, kommt er uns womöglich als Köder zupaß.«

Nicht so sehr die Worte an sich erschreckten Joanna, es war vielmehr die Art, wie sie von dieser weichen, kaltblütigen Stimme gesprochen wurden – ohne Gemütsregung, als wären es keine Menschen, von denen hier die Rede war. So geräuschlos, wie es sich bewerkstelligen ließ, trat sie den Rückzug an. Der Gedanke, entdeckt zu werden und selbst diejenige zu sein, die von dieser Stimme angesprochen wurde, jagte ihr mehr Angst ein als alles andere – sogar mehr Angst, als aufzuwachen und die Hände des Würgers am Hals zu spüren.

Bei ihrem Eintritt hob Antryg alarmiert den Kopf. Seine angespannte Haltung lockerte sich, als er sie erkannte, aber weder gestattete er sich einen leichten Seufzer, noch bewegte er die Hände, damit ja die Ketten nicht klirrten. Wenn er, ein Magier, die Stimmen am anderen Ende des Refektoriums hören konnte, stand zu befürchten, daß dort Nigromanten im Dienst der Kirche ebenfalls auf ungewöhnliche Geräusche lauschten. Nach kurzem inneren Ringen schob sie die Pistole in die Tasche und hängte sich den unförmigen Beutel wieder über die Schulter. Während sie langsam und vorsichtig die Schublade aufzog, in der der Schlüssel sein sollte, fragte sie sich, ob Caris alles verraten würde oder ob er begriff, daß, wenn Antryg sich erst in den Klauen dieses Mannes mit der leisen Stimme befand, die letzte Chance dahin war, zu erfahren, wo der Erzmagus sich aufhielt und was, wenn überhaupt, Antryg ihm getan hatte.

Sie legte den Finger an die Lippen, als sie zu Antryg trat. Dann zog sie ihm das T-Shirt über den Kopf und an den Armen herunter, um das metallische Knirschen des Schlüssels im Schloß der Handschellen zu dämpfen. Mit dem Kopf deutete sie fragend zur Tür.

»Peelbone«, hauchte er. »Hexenjäger Extraordinarius, bewährter Streiter der Ecclesia militans.« Als er der Ketten ledig war, zog er das T-Shirt wieder über, schüttelte das Haar zurecht und rückte die Brille gerade. »Der ideale Mann für diese Art Tätigkeit, wird aber selten zum Souper eingeladen – nicht, daß er eine solche Einladung annehmen würde, wohlgemerkt. Ich frage mich, wie es kommt, daß Verdauungsstörungen und Selbstgerechtigkeit so oft Hand in Hand gehen?«

»Vielleicht sagt man deshalb, daß Tugend ihre eigene

Strafe ist?« meinte Joanna flüsternd und folgte Antryg durch eine kleine Tür, die halb verdeckt von einer zerrissenen Portiere in einen kleinen Werkraum führte.

Das Zimmer befand sich an der dem Mond abgewandten Seite des Hauses und war stockdunkel; ein Lichtfunken, nicht größer als ein Apfelkern, schwebte wie ein Glühwürmchen über Antrygs Schulter, umrahmte seine langen, feinnervigen Hände und die kühn gebogene Nase mit einem feinen Silberrand, während er von einem Schrank zum anderen ging.

»Wie ich's mir gedacht habe«, murmelte er. »Die Männer der Bischöfin sind gekommen und haben das Anwesen durchsucht, aber nichts weggenommen. Aus Angst, wahrscheinlich. Wundert mich, daß die Hexenjäger überhaupt den Nerv hatten, hereinzukommen und nachzusehen, als sie Caris hörten.« Beim Sprechen nahm er Gegenstände aus den Schränken – zwei Tüten mit Pulvern, ein mechanisches Gerät, das aussah wie ein Aufziehspielzeug, und einen fest zugebundenen Kasten. Joanna hörte nur mit halbem Ohr zu. In dem unbehaglichen Bewußtsein, daß das kleine Zimmer eine Sackgasse darstellte und das Fenster selbst für sie zu schmal war, schaute sie immer wieder ängstlich über die Schulter.

»Wir müssen ihm helfen«, drängte sie und vergaß völlig, daß Antryg jeden Grund hatte, genau das nicht zu tun.

»Wenn er sich in den Händen der Hexenjäger befindet, versteht sich das von selbst.« Er beugte sich über das mechanische Gerät und bastelte daran herum.

Joanna sah ihm zu. »Was ist das? Es sieht aus wie die Eingeweide einer Uhr.«

»Einer Spieluhr, genaugenommen. Wie die meisten Nigromanten interessierte sich Nandiharrow noch für andere Dinge außer reiner Magie – was immer man darunter verstehen will. Du hast nicht zufällig meine Handschellen mitgebracht, oder?«

Joanna schüttelte verblüfft den Kopf. Er schnalzte mit der Zunge, als hätte sie vergessen, zu einem Einkaufsbummel Geld einzustecken, und reichte ihr einen Lappen von der

Werkbank. Sie zögerte. Das Licht- und Schattenmuster im angrenzenden Raum konnte wer weiß welche Schrecken bergen, und außerdem spürte sie mit jeder Faser, daß ihre Schonfrist ablief. Nachdem sie Caris jetzt entdeckt hatten, würden die Hexenjäger ausschwärmen, um erneut das ganze Anwesen durchzukämmen; es war nur eine Frage der Zeit, bis man sie und Antryg fand. Schließlich gab sie sich einen Ruck, hastete zu dem Stuhl, auf dem sie gesessen und wo sie die Ketten hingelegt hatte, deckte den Lappen darüber und brachte sie mitsamt dem Kissen zu Antryg. Dabei fühlte sie mehr, als daß sie etwas hörte, den gedämpften Schritt sich nähernder Stiefel auf dem Holzboden des Refektoriums und mußte sich zusammenreißen, um nicht Hals über Kopf in den Werkraum zu stürzen.

»Sie kommen«, meldete sie flüsternd.

Er nickte, trat auf Zehenspitzen an die Mauer und strich mit der Hand darüber, wie sie es ihn in Garys Computerzimmer hatte tun sehen, als das Zauberzeichen unter seinen Fingern zu kurzem, schimmerndem Leben erwacht war. Diesmal war es kein Zeichen, das erschien, sondern ein senkrechter Balken Schwärze in der Dunkelheit. Ein Teil der Wand schwang zurück. Das Flämmchen, das den Magier getreulich begleitete, schwebte in der Öffnung und beleuchtete einen sehr schmalen Treppenschacht mit abgetretenen, oft aufgebesserten Stufen. Er reichte ihr die Spieluhr, die Tüten und den Kasten, dann machte er zu ihrem sprachlosen Entsetzen kehrt und verschwand noch einmal in den Schatten des Studierzimmers. Einen Augenblick später war er wieder da und schob einen kleinen Wildlederbeutel in die Tasche seiner Jeans.

»Was ist das?« fragte sie halblaut, während er sie durch die Geheimtür schob.

»Geld. Nandiharrow hat immer einen Notgroschen unter dem Bodenbrett des Bücherschranks versteckt. Morgen werden wir's brauchen.«

»Für was?« Sie tasteten sich die Stufen hinauf. Sie waren, wie alles andere in diesem Haus, aus Holz und so schmal, daß sie nicht einmal genug Spiel hatten, um unter ihrem Gewicht zu knarren.

»Frühstück natürlich. Ich bin dem Hungertod nahe. Hast du vielleicht so etwas Ähnliches wie einen Faden oder ein Stück Schnur zur Hand?«

Stumm fischte Joanna in ihrer Tasche und förderte das Nähzeug zutage. Antryg wickelte ungefähr anderthalb Meter Garn ab, band ein Ende an die Handfessel, das andere an irgendeinen Haken der Spieluhr, und zog diese anschließend behutsam auf. Joanna hörte die schnellen, harten Schritte jetzt von unten herauftönen. Sie fröstelte.

»Sehr gut«, brummte er. »Würdest du die Ketten weiter unten hinlegen? Vielen Dank. Einfach da auf die Stufe.« Er nahm eine Veränderung an dem Mechanismus vor, stand auf und streckte ihr die Hand hin. Sie stieg wieder zu ihm hinauf, vorsichtig, um nicht auf den straff gespannten Faden zu treten, und nahm ihre Tasche an sich, die sie neben ihn gestellt hatte. Das Gewicht erinnerte sie an die Pistole, die er leicht hätte herausnehmen und auf sie richten können, aber der Gedanke schien ihm überhaupt nicht gekommen zu sein. Er schob wieder ein Stück Wandverkleidung zur Seite, und sie standen in einer langen Kolonnade, in der das Mondlicht durch eine Reihe von Fenstern in silbernen Bahnen auf die abgetretenen Eichendielen des Fußbodens fiel.

Antryg schloß die Geheimtür hinter ihnen. Sie fügte sich lückenlos in die Wandtäfelung ein, aber in dem Zwielicht war es auch schwierig, nicht geheime Türen auszumachen. Er nahm sie an der Hand und führte sie den Gang hinunter; sie hatten ungefähr den halben Weg zurückgelegt, als Joanna gedämpft, aber unüberhörbar das Klappern und Klirren der Eisenketten vernahm.

»Die Geheimtruppe wirkt wie ein Schallverstärker«, erklärte Antryg, »man kann nicht sagen, woher die Geräusche kommen. Die Spieluhrzapfen dürften in so unregelmäßigen Abständen an dem Faden zupfen, daß unsere Freunde eine Zeitlang beschäftigt sind.«

»Woher kennst du dich so gut aus?« Joanna rückte den

Trageriemen der Tasche zurecht, an der sie schwer zu schleppen hatte – nicht zuletzt wegen der zusätzlichen fünf Pfund metaphysisch totem Eisen. Sie folgte ihrem Führer eine breite Treppe am Ende des Ganges hinunter in einen Brunnen samtschwarzer Dunkelheit.

»Ich habe dir gesagt, ich bin früher hier ein- und ausgegangen. Es gibt heutzutage nur noch wenige von uns mit dem Geburtsrecht – und was immer wir voneinander halten mögen, wir sind alle miteinander verbunden.« Er machte wieder halt, diesmal in der Nische eines der Treppenhausfenster. Etwas glänzte in seinen Händen. Es war der Kasten, den er aus dem Werkraum mitgenommen hatte.

»Gut für uns«, fuhr er immer noch in dem leisen, stimmlosen Flüsterton fort, »daß ich, wenn schon nicht von meiner eigenen Magie, wenigstens von der eines anderen Gebrauch machen kann. So.« Er steckte etwas ein – die Schnur, mit der der Kasten zugebunden war. »Was immer jetzt geschieht«, er sah sie an, und seine Brillengläser blitzten, »achte nicht darauf, folge mir einfach. In Ordnung?«

Sie nickte und holte tief Atem. »In Ordnung.«

Er schenkte ihr ein Lächeln, bei dem sie sich energisch ins Gedächtnis rufen mußte, daß er in diesem Stück der Schurke war. »Gutes Mädchen.« Mit Schwung beförderte er den Kasten durchs Fenster in den nächtlichen Garten. Dann griff er nach ihrer Hand und zog sie ohne viel Federlesens die Treppe hinunter.

Sie hatten kaum drei Schritte getan, da hörte Joanna es, und ihr stockte der Atem. In der Nacht einer fremden Welt klang es doppelt bestürzend, und die Verzweiflung in Garys Stimme traf sie wie ein Schlag. Sie wäre abrupt stehengeblieben, hätte nicht eine starke Hand sie unerbittlich weitergezerrt. *»Joanna! Joanna!«*

Unten brach Tumult aus – eine Stimme – Caris – rief: *»Nein!«*, dazu das schnarrende Poltern eines fallenden Körpers. Antryg fuhr zurück und schob sie hinter sich, als zwei Männer in der schwarzen Uniform der Sasenna unten durch den Flur stürmten. Gleich darauf hörte sie sie draußen im Garten herumtrampeln. Sofort setzte Antryg sich wieder in

Bewegung, und sie mußte sich bemühen, mit ihm Schritt zu halten.

In der verwüsteten Bibliothek kämpfte Caris wild gegen seine Fesseln. Angst und Wut stritten in seinem Gesicht. »Großvater ist da draußen!« schrie er, als Antryg einen der Dolche vom Tisch nahm. »Ich muß ...«

»Es ist ein Heuler.« Der Magier zerschnitt die Fesseln und hielt Caris am Schwertgurt zurück, bevor er hinausstürmen konnte. »Eine Stimmillusion. Komm jetzt.«

»Aber ...« Caris mochte aufgeregt sein, aber nicht so aufgeregt, daß er vergaß, seine Waffen einzusammeln, als sie an dem Tisch vorbeikamen.

»Es stimmt. Ich habe Garys Stimme gehört«, stieß Joanna hervor. Sie rannten zum Fenster. Hinter ihnen polterten Füße über die Eichenböden der Korridore. Antryg stieß die bleiverglasten Fensterflügel auf und schwang sich nach draußen; Joanna kletterte als nächste auf den Sims. Sie hatte ihre kostbare Tasche fest unter den Arm geklemmt und fiel überraschend tief in ein Paar starker Hände.

Antryg drängte sie bereits in das schimmernde, grünschwarze Dickicht eines Kamelienbuschs, als Caris federnd auf dem Boden landete. In der lauen Nachtluft war der Duft der weißen Blüten betäubend. Caris kam geduckt zu ihnen gelaufen. Er verstaute noch einen letzten Dolch im Stiefelschaft. Die Platzwunde an seiner Wange stach krass von dem erschöpften Grau seines Gesichts ab. Joanna dachte an die Kletterpartie über die Palisaden, die ihr noch bevorstand, und jeder steife, schmerzende Muskel in ihrem Körper protestierte kläglich, aber bei dem Gedanken an die kalte, tückische Stimme des Hexenjägers brach ihr der kalte Angstschweiß aus. Wenn sie daran dachte – und an seine leeren Augen –, kam es ihr plötzlich nicht mehr so abwegig vor, daß ein gefangenes Tier sich selbst den Fuß abbiß, um aus der Falle zu entkommen.

Caris raunte: »Sie sind draußen und warten auf uns.« Tatsächlich: Auf der anderen Seite der Umfriedung konnte sie Männer rufen hören. Antryg riß mit den Zähnen eine der Türen auf und ließ ein wenig von dem Pulver in die flache

Hand rieseln. Mit der zweiten verfuhr er ebenso. Anschließend schob er die Tüten in die Tasche seiner Jeans, pflückte eine Kamelie ab und drückte die weiße Blüte in die Mixtur.

Nach einem prüfenden Blick zu dem Fenster oben warf er die Blüte über die Palisade. Mitten im Flug begann sie lichterloh zu brennen. Geschrei erhob sich auf der Straße und in dem Zimmer, aus dem sie gerade geflohen waren. Als Antryg sie wegzog, sah Joanna die beiden Sasenna, die am Fuß der Treppe vorbeigelaufen waren, wie sie sich aus dem Fenster beugten und aufgeregt auf den Feuerball zeigten. Eilige Schritte klapperten auf dem Kopfsteinpflaster.

Sehr behutsam öffnete Antryg eine kleine Tür, die ins Haus zurückführte, und ging voraus: einen kurzen, unbeleuchteten Flur hinunter, durch einen von der unwirklichen Helligkeit des Mondlichts erfüllten, reichlich kahlen Empfangsraum und schließlich durch das große Portal hinaus ins Freie.

Es saßen keine Wachen mehr da. Das Kohlenbecken stand verlassen auf dem Platz, aber Joanna konnte die Männer in raschem Lauf um die Mauerecke biegen sehen. Ihre riesigen, verzerrten Schatten hüpften über die gelben und blauen Fassaden der Häuser gegenüber. Den Arm schützend um Joannas Schultern gelegt, marschierte Antryg ohne sonderliche Eile über den gepflasterten Platz weiter in die erlösende Dunkelheit der nächsten Gasse. Caris folgte ihnen schweigend.

10. KAPITEL

»Das ist Leichtsinn.« Caris warf einen unbehaglichen Blick durch den Gastraum des Munteren Einhorns, während eine stämmige, rotgesichtige Magd mit fleckiger Schürze auf einem Tablett Eintopf und Brot an den Tisch brachte. »Wir könnten längst unterwegs sein.«

»Und wenn wir uns noch so sehr beeilt hätten, aus der Stadt zu kommen, die Patrouillen wären längst auf der Suche nach uns.« Antryg schenkte andächtig aus der Kanne Ale in drei Humpen; das blakende, orangefarbene Licht der rußigen Lampe über dem Tisch spiegelte sich in seinen Brillengläsern. »Selbst diejenigen, die zurückgeblieben sind, um das Viertel der Alten Gläubigen durchzuschnüffeln, weil man denen am ehesten zutraut, flüchtigen Nigromanten Unterschlupf zu gewähren, würden das Risiko nicht eingehen, in einer Taverne ertappt zu werden, falls zufällig ihr Hauptmann vorbeireiten sollte.« Er hob seinen verbeulten Humpen zu einem Trinkspruch. »Möge unser gemeinsamer Feind mit Blindheit geschlagen sein.«

Caris hielt den Humpen auf halbem Weg in der Schwebe. »Haben wir einen?«

»Da bin ich sicher, wenn wir richtig nachdenken.« Der Magier lächelte. »Oder sollten wir sagen: ›Auf des Kaisers gute Gesundheit?‹«

An einem anderen Tisch sank ein offenbar betrunkener junger Stutzer in einem kleegrünen Satinrock vornüber zwischen die leeren Flaschen und Gläser, woraufhin die beiden angemalten Dirnen, mit denen er sich verlustigt hatte, augenblicklich ihr schrilles Kichern über seine Späße einstellten und sich an die ernsthafte Arbeit machten, ihn um seine Preziosen zu erleichtern. Von der Straße drang das

Räderrollen der ersten Marktkarren herein und aus den Hühnerställen in tausend Hinterhöfen das Krähen der Hähne.

Caris leerte seinen Humpen in schweigender Mißbilligung. Joanna, die zwischen den beiden Männern auf der harten Bank saß, stippte ihr Brot in den Eintopf. Obwohl auch sie sich in der Höhle des Löwen nicht unbedingt wohl fühlte, war sie trotzdem froh und dankbar, daß Antryg gegen eine sofortige Flucht sein Veto eingelegt hatte, weil sie ansonsten auf ein Frühstück hätte verzichten müssen.

Nach ihrem Entkommen aus der Herberge der Nigromanten hatte Antryg sie wider alle Vernunft in ein nachts geöffnetes öffentliches Bad geführt. »Wer käme auf die Idee, Flüchtlinge vor den Hexenjägern in den öffentlichen Bädern zu suchen?« – ein Argument, das Joanna logisch erschien und Caris als nicht stichhaltig schmähte.

Nachdem sie der von Dampfschwaden erfüllten Schwitzkabine mit der blubbernden Wanne entronnen war, fand sie, blitzblank und nach Atem ringend, im Umkleideraum ein Kleiderbündel vor, das aus einem blauen Rock mit gleich mehreren Unterröcken, einem rosafarbenen Mieder und einer Bluse bestand und von Antryg bei einem alten Trödler, der mit getragenen Kleidern handelte, erstanden worden war. »Es muß im Viertel der Alten Gläubigen mehr Kleiderhändler geben als in der ganzen übrigen Stadt«, hatte Caris ihr erklärt, als sie sich mit Antryg in der Taverne trafen. Der Sasenna war nicht sehr überzeugend in bäuerlichen Kniehosen, Wollstrümpfen und einen grobgewebten Kittel gekleidet. »Sie drängen sich alle in das Metier und haben Tag und Nacht geöffnet.«

Antryg wartete auf sie. Sein graumeliertes Haar war noch von der Nässe gekräuselt, und er sah sehr stattlich aus in einem oft geflickten, viel zu großen Hemd aus plissiertem Batist und einem abgschabten schwarzen Gehrock, von dem man die silbernen Besätze längst abgetrennt hatte. Dazu trug er die auf Garys Party konfiszierten Jeans und Stiefel und außer den baumelnden Kristellohrringen neuerworbene bunte Glasperlenketten und ein gesprungenes Monokel. »Du magst darauf vorbereitet sein, als einsamer Wolf die

Welt zu durchstreifen«, fügte er hinzu und deutete mit dem Humpen auf Caris, »aber ich bin es nicht. Und Joanna ebensowenig. Bei Tagesanbruch sind die Männer, die draußen nach uns gesucht haben, müde, und es sind dann so viele Leute unterwegs, daß wir kaum Gefahr laufen aufzufallen.«

Caris musterte Antrygs Aufzug, rümpfte die Nase und sagte nichts. Joanna hatte den unbestimmten Eindruck, daß Caris genau wußte, er war nicht mehr Leiter der Expedition, daß er aber noch rätselte, wie es dazu kommen konnte und was er tun sollte. Antryg war – theoretisch – immer noch sein Gefangener, doch nachdem das Kollegium der Nigromanten sich in den Untergrund geflüchtet hatte, sofern die Mitglieder nicht in den Verliesen der Kirche saßen, gab es momentan keinen Ort, wo er Antryg mitsamt der Last der Verantwortung abladen konnte. Es lag ein Gutteil saurer Frustration in der Miene, mit der er zusah, wie der Magier Honig auf sein Brot träufelte.

»Sehr nützliches Zeug, Honig«, dozierte er dabei. »Habt ihr zum Beispiel gewußt, daß die Scholaren in Mellidane daraus einen Absud herstellen, um Embryonen zu Studienzwecken zu konservieren, sowie ihn als Grundlage für Breiumschläge benutzen?« Mit schräggeneigtem Kopf beobachtete er die zähe, bernsteinfarbene Flüssigkeit, wie sie von dem Löffel tropfte. »Die alten Saarienten glaubten, es wären die Zähren der Göttin Helibitare, und mischten ihn mit Myrrhe, Gold und Spezereien, und er hat noch viele andere praktische Verwendungsmöglichkeiten. Ihr seid euch natürlich im klaren, daß die Wachen am Stadttor nach dem Sasenna des Erzmagus Ausschau halten werden, der die Abomination im Moor getötet hat. Und ganz bestimmt halten sie *danach* Ausschau.«

Caris wich zurück, als der Magier die blutunterlaufene Schwellung an seiner Wange berührte. »Mein Umhang hat eine Kapuze.«

»Kolossal überzeugend – mitten im Hochsommer.« Antryg seufzte und verstaute ein paar überzählige Semmeln in den geräumigen Taschen seines Rocks.

»Hast du das wirklich?« Joanna blickte scheu zu Caris auf;

ihr fielen die beängstigenden, schillernden Blutergüsse ein, die sie durch die Risse der Jacke an seinen Schultern und Armen gesehen hatte. »Die – das Ding getötet?« Seltsam, das auszusprechen: *getötet*. Keiner aus ihrem Bekanntenkreis hatte je etwas Größeres getötet als eine Küchenschabe – oder es zumindest zugegeben.

»Eigentlich nicht.« Der Sasenna unterbrach sich in der schnellen und gründlichen Vertilgung seiner Fleischportion. »Mein Großvater war es. Er rief einen Blitz vom Himmel, der in das Wasser des Tümpels schlug – doch später sagte er, es wäre kein natürlicher Blitz gewesen, sondern Elektrizität. Kennt ihr Elektrizität in eurer Welt?«

»Aber ja.« Joanna nahm sich einen Nachschlag von der dicken Suppe und fischte die Enden ihrer Miederschürze aus dem Teller. Das Essen weckte ihre Lebensgeister. Schon nach dem Bad hatte sie sich wie neugeboren gefühlt. Sie war jetzt seit vierundzwanzig Stunden auf den Beinen, ohne Schlaf, mit kaum was im Magen, und sie hatte einen langen Fußmarsch sowie einige nervenaufreibende Streßsituationen verkraften müssen. Plötzlich fragte sie, ob Antryg das in Betracht gezogen hatte bei der Planung seiner originellen Strategie.

»So gut wie alles bei uns funktioniert mit Elektrizität. Ohne sie geht gar nichts. Licht, Radio, Fernsehen, Computer, was du willst.«

»Diese Musik?« fragte Caris. Man sah ihm an, was er davon hielt.

»Besonders Musik – auch wenn ich finde, wohlgemerkt, daß man Johann Sebastian Bach beleidigt, wenn man den Krach Musik nennt, aber lassen wir das beiseite. Die Instrumente sind elektrisch, sie werden durch elektrische Geräte ausgesteuert, aufgezeichnet und wiedergegeben. Die einzigen daran beteiligten Menschen sind die Leute der Gruppe, die spielen, und der Typ, der sie schreibt. Und selbst das wird heutzutage mehr und mehr von Computern erledigt.«

Am anderen Ende des Zimmers standen die zwei Dirnen auf und gingen. Der schnarchende Romeo blieb allein zwischen den Bierhumpen zurück. Im Luftschwall der sich öffnenden Tür huschten bräunliche Schatten über Caris' klassisches Profil, als er instinktiv den Kopf hob, um sich zu vergewissern, daß kein anderer Gast hereingekommen war. Draußen dämmerte ein grauer Himmel dem Tag entgegen. Obwohl es nach Abfällen und Pferden roch, war die Luft draußen frischer als der zum Schneiden dicke Mief im Gastraum.

»Aufgezeichnet ...« Er schaute sie fragend an. »Damit sie jederzeit wieder gespielt werden kann, meinst du?«

Joanna nickte. »Aber hier gibt es das gleiche. Den – Heuler, oder wie hast du das genannt?« Sie richtete den Blick auf Antryg, gerade als er die kantige, schwarze Flasche Gin, die er bestellt hatte, in einer Tasche verschwinden ließ.

»Ganz so ist es nicht«, erläuterte er. »Der Heuler gibt keine Töne wieder, sondern eine emotionale Reaktion, die man mit Geräuschen assoziiert, genauso wie der Kommunikationszauber dir ermöglicht zu verstehen, was ich jetzt sage. Es gibt andere Formeln, die Geräusche wiedergeben – Schriller und Schreckenszauber – ganz simpel, wirklich. Besteht übrigens die Möglichkeit, daß sich in den Tiefen dieser bemerkenswerten Tasche ein Schraubdeckelglas mit großer Öffnung befindet?«

Wortlos präsentierte Joanna das Gewünschte. Antryg vergewisserte sich mit einem raschen Blick, daß die Wirtsfrau nicht herschaute, dann fing er an, das Glas mit Honig zu füllen. Dabei redete er weiter: »Caris hörte die Stimme seines Großvaters um Hilfe rufen, habe ich recht? Du hingegen, Joanna, hast deinen – Liebsten gehört?«

Das Wort überraschte sie, ihre Reaktion darauf noch mehr. Sie pflegte im Unterbewußtsein von Gary als ihrem ›Freund‹ zu denken – ein geschlechtsloser, blutleerer Ausdruck, den zu ersetzen sich nie die Notwendigkeit ergeben hatte. Sie fragte sich, weshalb sie im ersten Moment vor dem Wort ›Liebster‹ zurückgeschreckt war – immerhin *hatten* sie miteinander geschlafen. Aber zum erstenmal gestand sie sich ein, daß es einen himmelweiten Unterschied gab zwischen Liebe und dem, was sie für Gary empfand; einen himmelweiten und entscheidenden Unterschied.

Gary, dachte sie ein wenig traurig, würde nie mehr sein als ein ›Freund‹.

Er hatte wahrscheinlich noch nicht einmal gemerkt, daß sie verschwunden war, überlegte sie später, als sie aus der düsteren Taverne in die verhaltene Helligkeit des frühen Morgens hinaustraten. Ihr Auto würde noch am selben Platz stehen. Vielleicht schloß er daraus – obwohl sie insgeheim Gary solcher geistigen Schwerarbeit nicht für fähig hielt –, daß sie mit jemand anderem weggefahren war.

Als sie an seine Bemerkung dachte, er wäre der einzige Mann, der je Interesse an ihr haben würde, erwärmte diese Vorstellung einen kleinen, gehässigen Winkel ihres Herzens. Deshalb fand er es auch bestimmt nicht merkwürdig, daß sie gestern, Sonntag, nicht das Telefon abgehoben hatte. Erst wenn er heute zur Arbeit ging und selbstverständlich damit rechnete, sie im Büro zu treffen, wo er ihr dann anbieten wollte, sie nach Feierabend zu seinem Haus zu fahren, damit sie ihren Wagen holen konnte – verbunden mit dem obligatorischen ›Laß uns zusammen essen‹ und ›Warum bleibst du nicht über Nacht?‹ – erst dann würde er merken, daß etwas nicht stimmte. Er versuchte vielleicht noch ein, zwei Tage Ruth zu erreichen, bevor dieser ruhelose Schmetterling aus rostfreiem Edelstahl zwischendurch einmal auf den Gedanken kam, den Anrufbeantworter abzuhören, ihn zurückrief und sie gemeinsam herausfanden, daß niemand Joanna seit Samstagabend gesehen hatte.

Eine ziemlich entnervende Vorstellung.

Die Luft draußen war frischer, wirkte belebend und vertrieb die hartnäckigen Schleier der Müdigkeit aus ihrem Kopf. Die Nacht hatte keine erwähnenswerte Abkühlung gebracht; der Morgen, der schon jetzt stickig warm war, obwohl die Sonne noch nicht aufgegangen war, prophezeite einen heißen Tag. Ihr kam der Gedanke, dies wäre der ideale Zeitpunkt, Antryg zu entfliehen – aber wohin, wenn man den Weg nach Hause nicht kannte? Es war so, als versuche man, mitten im Ozean aus einem Ruderboot zu entfliehen – die Optionen waren begrenzt. Das beste war, dachte sie vernünftig, vorläufig bei dem Magier und seinem ›Bewacher‹

zu bleiben und zu hoffen, daß es ihnen gelang, dieses Kollegium ausfindig zu machen. Schlimmstenfalls konnte sie immer noch versuchen, Antryg zu überreden, daß er sie zurückschickte.

Draußen vor der Taverne ging Antryg nicht weiter die Straße hinauf, in der sie lag, sondern bog in die übelriechende schmale Gasse zwischen dieser und dem Badehaus ein. Caris folgte, wenn auch mit sichtlichem Unbehagen, weil er als Bauer verkleidet offen keine Waffe tragen durfte. Die Pistole war unter seinem Kittel verborgen, zwar erreichbar, aber nicht ohne weiteres zu greifen. Joanna, die ihre Röcke gerafft hatte, damit sie nicht durch den Unrat schleiften, bildete die Nachhut und philosophierte darüber, wie man doch in Abenteuerfilmen dazu tendierte, gewisse Dinge des Lebens zu verschweigen, wie zum Beispiel Schweinedung in den Straßen und die allgemeine Lästigkeit von Unterröcken.

Antryg schraubte den Deckel von dem Glas mit dem gemopsten Honig, riß Stücke von dem Weißbrot, das er eingesteckt hatte, und knetete daraus unter Zuhilfenahme geringer Mengen der natürlichen Ingredienzien, die reichlich zu ihren Füßen verstreut lagen, ein halbes Dutzend abstoßend echt aussehender Pusteln, um den Bluterguß in Caris' Gesicht zu kaschieren. »Ich nehme an, du kannst es nicht mit deiner Würde vereinbaren, ein bißchen zu lallen oder zu torkeln?« fragte er sachlich und zog aus einer anderen Jackentasche den Gin. Der hochprozentige Schnaps, den er großzügig über die Kleider des Sasenna verteilte, überdeckte den Honiggeruch. Caris verzog als Antwort nur indigniert das Gesicht. »Dachte ich mir. Schade, daß der Kleiderladen keine Sasennatracht führte, die Joanna gepaßt hätte, dann könnte sie dein Schwert offen tragen, statt eingepackt wie jetzt.«

Joanna betrachtete das große unförmige Bündel, das ihre eigenen Kleider, Schuhe und die vollgestopfte Tasche enthielt, dazu Caris' abgewetzte schwarze Uniform, seine Stiefel und drei Kapuzenumhänge, die auch als leichte Decken verwendbar waren, sollte das Wetter umschlagen und kühler werden. Der ganze Packen war nachlässig an einen Stock gebunden, der notdürftig die längliche, scharfkantige Form von Caris' Schwert tarnte. »Wir können immer sagen, es gehört meinem Bruder«, meinte sie. »Die Hexenjäger glauben doch, sie suchen nach einem Mann oder höchstens zwei, oder ... Würdest du als ein freier Sasenna durchgehen?«

»Ein freier Sasenna ist ein Widerspruch in sich.« Caris gab den Versuch auf, in einer vollen Regentonne sein Spiegelbild zu inspizieren. »Es gibt keine freien Sasenna. Der Weg der Sasenna ist es zu dienen. Wir sind die Waffen, nicht mehr, in der Hand derer, denen wir Gefolgschaft gelobt haben.«

Joanna schulterte ihr Bündel und folgte den beiden Männern aus der Seitengasse wieder auf die größere Straße. Fliegen summten schon über der grünlichen Brühe in den Rinnsteinen und zeigten ein ungebührliches Interesse an den falschen Geschwüren in Caris Gesicht, der alle Hände voll zu tun hatte, sich der Plagegeister zu erwehren.

»Aber wie ist das mit dir?« fragte sie.

Seine Haltung straffte sich; für einen Moment vergaß er seine Rolle als heruntergekommener Trunkenbold. »Meine Loyalität gehört ein- für allemal dem Kollegium der Nigromanten«, verkündete er. Unter der Schmutzschicht waren seine Züge kalt und stolz wie die einer griechischen Marmorstatue. »Mein Großvater ist nicht tot ...«

»Ist er nicht?« warf Antryg leise ein.

Caris blieb stehen und schaute dem Zauberer ins Gesicht. »Falls er es ist«, sagte er ebenso ruhig, »gibt es nur eine Möglichkeit, wie du das wissen kannst, Antryg Windrose.«

»Wirklich?« Der Magier legte den Kopf schräg. Die grauen Augen hinter den dicken Brillengläsern waren schlagartig hellwach. »Er war mein Meister, Caris, wir sind viele Jahre zusammen gewandert. Glaubst du nicht, daß ein Gefühl mir sagen würde, was ihm zugestoßen ist?«

Die Stimme des Sasenna klang schneidend wie geschliffener Stahl. »Er war nicht dein Meister«, sagte er. »Suraklin war es.«

»Das war er.« Antryg wandte sich seufzend ab und ging weiter. »Das war er.«

Anzeichen deuteten darauf hin, daß sie sich dem Zentrum von Kymil näherten. Obwohl der Morgen mittlerweile endgültig heraufgezogen war, war die Sonne noch nicht über die Häuser gestiegen; die Dächer funkelten wie mit Gold gedeckt, aber die Straßen und Gassen waren dunkle Gräben, angefüllt mit tiefen, blauen Schatten. Zu Joannas Verwunderung, denn es konnte nicht später sein als fünf Uhr früh, herrschte bereits ein lebhaftes Getriebe. Männer, Frauen und kleine Kinder drängten sich über das Fischgrätpflaster zwischen den Holzhäusern. Einige, in der gedeckten Livree von Dienstboten, trugen Einkaufskörbe; blasse, magere Kinder und alte Männer in Lumpen streckten ihnen die Hände entgegen und flehten um Almosen. Ein paar Frauen waren besser gekleidet, schlenderten herum, begleitet von einer Zofe, und erfreuten sich wie Joanna am Leuchten der Sonne auf den Flügeln der Tauben, die in Schwärmen über den Häusern kreisten, und dem süßen, wilden Duft der Heumarschen, der das Miasma der erwachenden Stadt überlagerte. Aber die meisten derer, die um diese Stunde unterwegs waren, eilten stumm in der Haltung von Menschen vorbei, deren Schlaf zu kurz gewesen ist und die sich nicht um die Schönheit eines Tages scheren, der ihnen nur dieselbe Mühe und Plage bringen wird wie der vergangene und der nächste.

Sie bogen um eine Ecke in die Hauptverkehrsstraße der Stadt ein. Hier lag der Ursprung des Klapperns von Rädern und Hufen, das in allen Gassen widerhallte. Die schrägen Sonnenstrahlen glänzten auf dem feuchten Pflaster, die Ausdünstungen von Pferden hingen schwer in der Luft. Ein schier endloser Konvoi von Wagen aller Art rollte vorbei, die mit Feldfrüchten oder geflochtenen Hühnerkörben beladen waren; Metzgerkarren fädelten sich durch Lücken in der Kolonne, als versuchten sie, den anhänglichen Fliegenschwärmen zu entkommen; Fuhrwerke mit Sand oder Bierfässern polterten schwerfällig über das Pflaster. Wenige Meter entfernt sah Joanna einen kleinen Jungen mit einem Reisigbesen auf die Straße laufen, um zwei vornehm gekleideten Damen einen Weg durch die Hinterlassenschaft der

Zugtiere zu bahnen. Eine von ihnen warf dem Jungen eine Münze zu, die er fing wie ein Outfielder der Schulnachwuchsmannschaft einen scharfen Flugball.

Joanna stand still und blickte sich staunend um. Der Marsch über das Land am Vortage und die Bekanntschaft mit kirchlichen Autoritäten und Magie in der vergangenen Nacht hatten sie nicht auf das durch und durch prosaische Szenario vorbereitet, das sich ihr darbot. Antryg blieb neben ihr stehen, was Caris veranlaßte, sich argwöhnisch zu ihnen herumzudrehen. Aber der Magier fragte nur mit leichter Belustigung: «Was hast du?«

Sie schüttelte den Kopf. Es hörte sich wahrscheinlich dumm an, trotzdem antwortete sie: »Ich hatte irgendwie erwartet, es wäre mehr wie im – Mittelalter.«

Antrygs Grinsen drückte Verständnis aus. »Nicht der Ort, an dem man erwartet, Zauberer anzutreffen, oder?«

Joanna schaute sich nochmals um. Weiter die Straße hinunter, linkerhand, kauerten massive, düstere Fabrikgebäude vor dem goldenen Band des von der Sonne beschienenen Flusses; eine Gruppe kleiner Mädchen in geflickten Kleidern huschte vorbei und reihte sich mit widerwilliger Hast in die Schar der Männer und Frauen ein, die zu den Fabriktoren strömten. Caris neben ihr sagte: »Das ist der Grund, weshalb man den Nigromanten verbietet, sich in die Belange der Menschen einzumischen – damit wir in einer solchen Welt leben können!« Er zuckte die Achseln. Ganz offensichtlich fühlte er sich nicht besonders wohl in der bäuerlichen Tracht und ohne eine Waffe in der Hand. »Kommt jetzt.«

Im Weitergehen warf Joanna einen letzten Blick auf die verhärmt aussehenden Kinder, die sich schlurfend dem Fabriktor näherten.

»Flachsmühlen«, erklärte Antryg leise. »Sie werden arbeiten bis sieben oder acht Uhr abends, um das Tageslicht auszunutzen. Bei den paar Groschen Lohn die Woche kommt es die Eigner billiger, Kinder anstatt erwachsene Arbeitskräfte einzustellen. Schließlich erfordert es keine Kraft, eine Maschine zu bedienen.«

Sein Gesicht drückte die resignierte Bitterkeit eines Menschen aus, der Elend mit ansehen muß, das er nicht zu lindern vermag und vor dem er durch ein günstiges Schicksal bewahrt worden war. Wenn sie an die ausgemergelten kleinen Gestalten dachte, wußte sie, was er fühlte.

Er fuhr fort: »Dies ist ihre Technologie, ihre Industrie zum Wohle der Allgemeinheit. Keine Magie in der Politik, in Handel oder Industrie, keine Ausnahmen für die Wenigen auf Kosten der Vielen ... Für diese Welt haben wir verleugnet, was wir sind und sein könnten.«

»Was du sein könntest«, warf Caris in frostigem Ton ein, »ist, was dein Meister war – ein Despot, der jahrelang diese Stadt durch Furcht regierte und dich lehrte, das gleiche zu tun.«

Antryg seufzte. Er stemmte die Hände in die Taschen seines verschlossenen Gehrocks, die Furchen in seinem Gesicht gruben sich tiefer ein, er sah gealtert aus – niedergedrückt von der Bürde eines zu großen Wissens um menschliches Leid. »Ja«, stimmte er zu, »aber ich habe nie erlebt, daß die hochgelobte Technik und der vielgepriesene Fortschritt denen zugute kommen, die als Maschinenfutter herhalten müssen. Du kommst aus einer technisierten Welt, Joanna, auf der anderen Seite einer Zeitbarriere, über die wir nicht zu blicken vermögen. Ist es die Opfer wert?«

Joanna schwieg eine Zeitlang, sie mußte schnell ausschreiten, um trotz der hinderlichen Röcke mit den Männern Schritt zu halten. Dabei kramte sie in ihren nebulösen Erinnerungen an eine Ära der Geschichte, die sie immer gelangweilt hatte. »Wenn du meinst, ob es besser wird«, antwortete sie schließlich, »ja. Aber das dauert sechs, sieben Generationen. Und erst wird es schlimmer.«

»Viel schlimmer?« Seine Stimme war die Stimme eines Mannes, der sich nach dem Schicksal seiner eigenen Kinder erkundigt, nicht nach dem der Sprößlinge künftiger Männer und Frauen, die er nie kennenlernen wird.

»Ich glaube schon.«

Der breite, sensible Mund verzog sich. Schweigend ging er weiter, während ein wolkenlos blauer Himmel sich über der Stadt spannte und überall die Glocken zur ersten Messe läuteten. Zwei Bauernmädchen überholten sie. Unter ihren geschürzten Röcken kamen die verschlissenen Unterröcke zum Vorschein. Eine balancierte einen Eimer Milch auf dem Kopf, die andere ein Tablett mit Fischen, die man zehn Meter gegen den Wind riechen konnte; keine der beiden sah besonders gut genährt aus. Am Ende der breiten Straße entdeckte Joanna die in der Morgensonne trügerisch freundlich aussehenden, klobigen Türme des Stadttores. Im tiefen Schatten des Steinbogens blitzten Hellebarden und Helme.

»Ich nehme an, es hat einen ökonomischen Sinn«, bemerkte Antryg endlich. »Sieben oder acht Generationen zu opfern, damit es den nächsten zehn oder zwölf oder hundert besser geht.«

Die Kinder der letzten Generationen ausgebeuteter Fabrikarbeiter, dachte Joanna, hatten nichts Besseres zu tun gehabt, als die Atombombe zu erfinden. Halblaut sagte sie: »Vielleicht nicht einmal das.«

Sein Blick war verwirrt und bekümmert – er verstand ihre Bemerkung nicht, konnte sie nicht verstehen, doch ahnte er ihre Bedeutung.

Sie gerieten in das Gedränge auf dem freien Platz, in den ein halbes Dutzend Straßen und Gassen vor dem Tor mündete. Der Lärm von Marktschreiern, Wagenrädern, Besenjungen und Soldaten, die Kommandos und Meldungen brüllten, war ohrenbetäubend, und nur, weil Antryg sich zu ihr neigte, konnte sie verstehen, was er sagte.

»Manchmal glaube ich, es wäre besser für mich, nicht mit diesen magischen Kräften geboren worden zu sein«, meinte er. »Ich sehe, was geschieht, und weiß, daß ich weder über die intellektuellen noch die thaumaturgischen Fähigkeiten verfüge, die Zustände zu ändern. Ich weiß, daß diese großen, zwingenden Gesetze für alle gelten sollen, ohne Ausnahme. Und dennoch, in Einzelfällen ist plötzlich alles nicht mehr so klar und übersichtlich.«

Ohne Vorwarnung ergriff die sonderbare Verzweiflung, die Joanna in den zurückliegenden Wochen zwei- oder dreimal empfunden hatte, wieder von ihr Besitz. Er hatte recht, dachte sie, nicht nur, was seine Welt betraf, sondern auch ihre eigene. Alles war plötzlich so sinnlos. Diese Welt, die auf dem besten Weg war, so zu werden wie die, aus der sie stammte – farblos, entmenschlicht, so ursprünglich, daß sie, Joanna, einfach verschwinden konnte und es Tage dauerte, bis ihre engste Freundin und ihr Freund – wieder nannte sie ihn in Gedanken ›Freund‹, nicht ›Schatz‹ oder wenigstens ›Gary‹ – merkten, daß sie nicht mehr da war ...

Obwohl nach wie vor die Sonne hell vom Himmel schien, verlor der Tag plötzlich allen Glanz, alle Farbe. Das Leben war nur mehr ein trostloses Spektakel dumpfer Verzweiflung. Vor ihnen erhob sich das Stadttor am Ende der Straße, ein plumper Klotz aus grauem Stein, gekrönt von einer schäbigen Uhr und schadhaften Schieferdächern. Alle Erschöpfung der letzten vierundzwanzig Stunden senkte sich zentnerschwer auf ihre Schultern. Sie sah die Sasenna im Schatten des Wachhauses stehen. Ihre schwarzen Uniformen trugen das rote Sonnenemblem der Kirche, und bei ihnen waren Männer in der grauen, strengen Kleidung der Hexenjäger. Dieser Peelbone fiel ihr ein, und die kalte Hand krampfte sich um ihr Herz.

Doch bevor sie etwas sagen konnte, blieb Caris abrupt stehen und drückte sich in eine Lücke zwischen zwei Häusern. Unter dem Schmutz und den falschen Geschwüren war sein ebenmäßiges Gesicht blaß. Seine Stimme klang gepreßt. »Mir gefällt das nicht.«

Joanna atmete auf. Sie war froh, daß ihre eigenen Ängste vom Instinkt des Kriegers bestätigt wurden.

»Wir können uns im Viertel der Alten Gläubigen verstekken«, fuhr Caris heiser fort. »Sie werden wissen, wer ich bin.«

»Sei nicht albern.« Antryg duckte sich neben ihm in die Lücke. Sein Gesicht glänzte plötzlich vor Schweiß. »Wenn sie uns auf den Straßen nicht finden, werden sie sich auf das Getto konzentrieren.« Ein besonderer Ton lag in seiner Stimme, aber das beklemmende Gefühl der Panik machte sie gleichgültig gegen alles andere, und sie dachte nicht darüber nach.

Caris sprach stockend weiter. »Wir können nicht entkommen. Sie haben das Kollegium zerschlagen, sie machen Jagd auf alle Nigromanten. Wir hätten es schaffen können – ich wollte einen Zauber benutzen, damit sie uns ignorieren – eine der wenigen Beschwörungen, für die meine Kräfte ausreichen. Aber jetzt ...« Er verstummte, sein Atem ging schwer. »Kehren wir um.« Er wandte sich ab, doch Antryg hielt ihn mit eisernem Griff zurück.

»Nein.«

Wütend griff Caris unter seinen Kittel nach der Pistole. Antryg hielt auch seine andere Hand fest.

»Sie hat dich verlassen, nicht wahr?« forschte er eindringlich. »Deine Magie?«

Caris' Blick flackerte. »Nein. Jetzt beweg dich, oder ...«

»Oder was? Wirst du mich erschießen? Fünfzig Meter entfernt von den Wachen am Tor?«

Sie maßen sich stumm mit Blicken, der Krieger in seinem schäbigen Kittel und der Magier verschanzt hinter seinen dicken Brillengläsern. Joanna fühlte sich als Zuschauerin merkwürdig unbeteiligt, als geschähe dies alles Fremden, bliebe ohne Konsequenzen. Sie fragte sich, ob das Essen im Wirtshaus verdorben gewesen war, ob sie sich die Ruhr geholt hatte und dies die ersten Symptome waren, ob sie daran sterben würde, und wenn ja, machte es ihr etwas aus? Doch gerade als Antryg Caris' Messerhand umklammerte, lenkte ein Schrei von der Straße her ihre Aufmerksamkeit ab, obwohl auch das, wie alles andere, unwichtig zu sein schien.

Ein Blick über die Schulter zeigte ihr, daß eine Dame sich einen schlechten Scherz erlaubt und die Münze für einen der kleinen Besenjungen vor ein heranrollendes Fuhrwerk geworfen hatte. Der Junge war unter die Hufe der schweren Kaltblüter geraten, saß jetzt am Straßenrand, umklammerte sein blutendes Bein und schrie aus Leibeskräften, während der Kutscher ihn anbrüllte und Passanten uninteressiert vorbeigingen.

Eine innere Stimme sagte Joanna, daß sie etwas fühlen, etwas tun sollte, aber das Ganze war so unwirklich wie eine

Szene im Fernsehen. Ihr war flau, als hätte sie Hunger. Gleichzeitig hatte sie das unbestimmte Gefühl, daß sie essen und essen könnte, ohne die graue Leere in ihrer Seele zu füllen.

Am Stadttor umringten die Sasenna einen jungen Mann mit dem langen schwarzen Gewand und geflochtenen Haar eines Alten Gläubigen.

Caris, der teilnahmslos über Antrygs Schulter blickte, sagte: »Das ist Treman. Einer der Nigromanten ... Wir haben keine Chance! Man wird uns ergreifen ...«

»Nein.« Antryg legte dem jungen Sasenna die Hände auf die Schultern und schob ihn aus der Häuserlücke. »Weil wir keine Magie anwenden, um an den Wachen vorbeizukommen. Verstehst du nicht? *Du bist nicht der einzige, dessen Magie erloschen ist*. Du bist nicht der einzige, der diese Verzweiflung spürt.«

Caris starrte ihn an. »Wie?«

Antryg zog sich den Arm des jungen Mannes um die Schultern. »Stütz dich auf mich«, sagte er leise. »Du bist betrunken.«

»Das wird nicht ...«

»Ich verpasse dir einen Kinnhaken und trage dich, wenn du nicht tust, was ich sage!«

Caris wollte aufbrausen, dann schüttelte er den Kopf, als hätte er plötzlich die gefährliche Dummheit eines solchen Temperamentsausbruchs eingesehen. Er sank gegen die Schulter des größeren Mannes, sein Kopf pendelte hin und her. »Ich – ich weiß nicht, was über mich gekommen ist«, flüsterte er. Joanna drückte das Bündel an sich, das nun mehr denn je aussah wie ein getarntes Schwert, und ging neben ihnen her. »Es kommt mir vor, als ob ...«

»Ich weiß auch keine Erklärung«, sagte Antryg halblaut, »aber was immer es sein mag, die Wachen sind auch davon betroffen.«

»Unmöglich.« Caris entwickelte ein überraschendes schauspielerisches Talent, torkelte und griff haltsuchend nach dem Arm des Magiers. »Das kommt nur daher, daß meine magischen Kräfte mich verlassen. Schon seit Wochen geht das so. Ich sage dir, das ist nur meine Krankheit ...«

Je näher sie dem Tor kamen, desto elender fühlte sich Joanna. Man würde sie durchschauen. Selbst wenn die Inquisition an ihr kein Interesse zeigte und sie laufen ließ, ihre Gefährten würde man bestimmt ergreifen. Dann war sie allein, gestrandet in dieser Welt mit ihrem Dreck und ihren Gefahren, unfähig, sich ihren Lebensunterhalt zu verdienen, unfähig, den Weg nach Hause zu finden ... Tränen stiegen ihr in die Augen. Sie verspürte den fast unwiderstehlichen Drang, kehrtzumachen und in den Schutz der verwinkelten Altstadt zu flüchten. Nur ein kleiner, unlogischer Teil ihres Bewußtseins bestand darauf, Antrygs Urteil zu vertrauen und ihm in das hallende, steinerne Dunkel des Torwegs zu folgen.

Die Sasenna umstanden immer noch den Nigromanten Treman, der furchtsam aussah, aber gleichzeitig den Eindruck erweckte, als befände er sich ebenfalls im Griff dieser seltsamen Apathie. Mit einem plötzlichen Fluch schlug einer der Wachen ihm die flache Hand ins Gesicht. Seine Kameraden, die zuschauten, achteten kaum auf den Strom der Wagen und Fußgänger, die hinter ihnen in beiden Richtungen das Tor passierten. Unter dem Steinbogen herrschte Kälte. Um so heißer war es auf der Landstraße, die ohne eine Spur von Schatten in der prallen Sonne lag. Stechmücken summten träge über den Marschen, die Wasserflächen gleißten silbern. Erst ein paar hundert Meter hinter dem Tor registrierte Joanna, daß es ihnen wahrhaftig gelungen war, aus der Stadt zu entkommen.

»Du fühlst es auch, habe ich recht, Joanna?« fragte Antryg im Plauderton, während sie sich unter die Armen Kymils mischten, die hier draußen Gras schnitten oder in den Tümpeln eine Mahlzeit zu angeln versuchten. »Und zwar schon seit mehreren Wochen.«

Joanna nickte, wie konnte er das wissen? Caris, der offenbar der Ansicht war, daß sie weit genug weg waren, um der Komödie ein Ende zu machen, nahm den Arm von Antrygs

Schultern und Joanna das Kleiderbündel ab. Stumm und grübelnd ging er zwischen ihnen her.

Antryg sprach weiter: »Ich kann mir nicht vorstellen, daß die Frau eben unter normalen Umständen eine Münze unter die Hufe der Pferde geworfen haben würde – selbst wenn ihr der Gedanke einmal in den Sinn gekommen sein sollte. Entweder schlichter Anstand oder wenigstens die Sorge, was ihre Freunde von ihr denken könnten, hätte sie davon abgehalten. Unter normalen Umständen wäre der Junge nicht so leichtsinnig gewesen, hinterherzuspringen – oder flink genug, um nicht verletzt zu werden.« Er schaute von einem zum anderen; den Kopf hatte er schiefgelegt wie ein grauer Storch. »Geht euch ein Licht auf?«

Ein vorbeipreschender Trupp berittener Sasenna überschüttete sie mit Staub, der wie Mehl auf ihren verschwitzten Gesichtern haften blieb. Eine müde aussehende alte Frau hob kaum den Kopf, als die Reiter herangaloppierten. Auch der Junge, der bei ihr war, sah der Kavalkade stumpfsinnig entgegen, bevor er sich aufraffte, um seine Mutter zur Seite zu ziehen. Joanna schüttelte den Kopf, sie fühlte sich unerklärlich isoliert, unbeteiligt.

»Es verzehrt Leben«, sagte der Magier eindringlich. »Es verzehrt Magie. Es saugt die Menschen aus, raubt ihnen die Energie, reduziert ihre Existenz auf ein müdes Schulterzukken.«

»Was ist ›es‹?« fragte Caris. Eine aufkeimende Furcht kämpfte gegen die glasige Mattigkeit in seinen Augen.

»Das«, verkündete Antryg entschlossen, »ist es, was ich vorhabe herauszufinden.«

11.
KAPITEL

Sie wanderten drei Tage durch das grüne, menschenleere Hügelland, das Caris Sykerst nannte, bis sie das Ackerland dahinter erreichten.

Das merkwürdige, schreckliche Gefühl der Leere verging erst irgendwann um die Mittagszeit des nächsten Tages. Joanna, die schlafend im Schutz des letzten Heuhaufens der Niederung lag, fühlte, wie ihr konfuser Traum verblaßte. Ein Traum, mit Gary verheiratet zu sein; ein Traum, in dem sie den Drang verspürte, zu protestieren: *Aber es war alles nur ein Mißverständnis! Ich will nicht heiraten, niemanden!* Und dann Garys selbstzufriedene Miene, als er sagte: *Aber du bist verheiratet! Mit mir ...* Wie bei einer Krankheit, wenn die Krise überstanden ist, begann sie zu weinen. Sie fühlte eine große, warme Hand federleicht über ihr Haar streicheln, während sie in einen tiefen, ruhigen Schlaf glitt.

Später, als sie in der stickigen, drückenden Hitze des Nachmittags ihren Weg fortsetzten, fragte sie Antryg: »Hat das Phänomen deine Magie beeinträchtigt wie die von Caris?«

»Ich habe es gespürt«, nickte er, brachte drei Äpfel aus den Taschen seiner langen Rockschöße zum Vorschein und warf seinen Gefährten je einen zu. »›Phänomen‹ ist übrigens gut, dabei können wir bleiben. Also, das Phänomen konnte mir nicht alle Hoffnung rauben – Verrücktsein hat auch Vorzüge.«

Joanna blickte mit gerunzelter Stirn zu ihm auf. »Willst du sagen, Magie gründet sich – gründet sich auf Hoffnung? Weil ich das am stärksten empfunden habe – ein Gefühl totaler Hoffnungslosigkeit.«

Er musterte sie überrascht und anerkennend mit hochgezogenen Augenbrauen. »Hoffnung«, antwortete er, »und Glaube an den Sinn und Wert des Lebens. Blind hangeln wir uns von Sekunde zu Sekunde durch die Zeit. Hoffnung und Magie, beiden ist das Vorwärtsschauen der Seele eigen. In gewisser Weise sind Magie und Hoffnung beide eine Art Verrücktheit.«

»Verrücktsein hat auch den Vorteil«, warf Caris ein und rückte an der Pistole, die er unter dem zerschlissenen Bauernkittel im Leibgurt trug, »Dinge verschleiern zu können, die man lieber nicht erklären möchte – wie zum Beispiel die Tatsache, daß du von den Abominationen wußtest, und weshalb du, ausgerechnet du, deine Kräfte nicht verlierst an dieses – was immer es ist.«

»Fabelhaft, nicht wahr?« Antryg grinste von einem Ohr zum anderen. Er verzehrte den Apfelgripsch und schnippte den Stengel in die nickenden Gräser am Wegrand. »Hätte nicht besser hinhauen können, wenn ich es selbst geplant hätte.«

Caris dunkelbraune Augen wurden schmal; Joanna mußte sich abwenden, um nicht herauszuplatzen.

»Was mir unter anderem Sorgen macht«, fuhr der Magier nach einer Pause fort, »ist, daß es überall passiert. Was ist mit den Kindern in den Fabriken? Es gibt schon häufig Unfälle, ohne diese – Teilnahmslosigkeit.«

Joanna, die ihr ganzes Leben in einer Welt verbracht hatte, die nur einen Knopfdruck von der Zerstörung entfernt gewesen war, zog fröstelnd die Schultern hoch. »Was das angeht«, meinte sie nach einer Weile, »dort wo ich arbeite – falls ich noch da arbeite und sie mich nicht rausschmeißen, weil ich weggeblieben bin, ohne Bescheid zu sagen – gäbe es an den Tagen, wenn das Phänomen auftritt, Unmengen dummer Fehler in Dokumentation und Programmen.«

»Dokumentation?«

Joanna zögerte und überlegte, wie sie einem *Magier* die Idee eines Computers nahebringen solte, noch dazu einem Magier aus einer Welt, die erst begonnen hatte, Blitze mit Elektrizität in Verbindung zu bringen. Doch niemand, argumentierte sie bei sich, der nicht wißbegierig und vielseitig interessiert war, würde überhaupt Magier werden, also legte sie los und erging sich etliche Meilen weit über die Feinheiten von Programmierung, Sprachen CP/M Pixel, ROM, RAM, Zentraleinheiten, Mikrocomputer, Harddisks und Floppies, während der wie Taubengefieder schillernde Abend sich zu Ultramarin verdunkelte und der würzig duftende Wind von den Hügeln an ihren Haaren zerrte.

»Soll das heißen, diese – diese Computer denken?« erkundigte sich Caris skeptisch. Er hatte seinen Bewacherposten hinter Antryg aufgegeben und ging jetzt neben Joanna. Das Bündel mit ihren Habseligkeiten trug er über der Schulter. Durch den halboffenen Kittel sah man den Kolben der Pistole vor seinem muskelgepanzerten Bauch. Die Vorstellung von denkenden Maschinen schien ihm nicht zu behagen.

Joanna schüttelte den Kopf. »Man kann sie programmieren, viele der Prozesse linearen Denkens zu reproduzieren«, erklärte sie und schüttelte eine hinderliche Falte aus dem Wust der Röcke, die ihr bei jedem zweiten Schritt zwischen die Füße gerieten. »Das heißt, jeder Gedankengang kann in hundert kleine Ja/Nein Entscheidungen zergliedert werden – wenn A, dann weiter zu B, wenn nicht A, weiter nach C, und C wird dir sagen, was als nächstes kommt.«

Caris runzelte verwirrt die Stirn, aber Antryg sagte: »Fast wie eine Spieluhr – eine Taste wird entweder angeschlagen oder bleibt stumm; oder wie die gelochten Karten, die man einfügt, um das Stoffmuster an den Webrahmen zu ändern.«

»Da Computer sehr schnell arbeiten, und wir sprechen hier von Hundertstel- oder Tausendstelsekunden ...« Sie scheute davor zurück, Menschen, die sich zumeist damit begnügten, ihre Zeit stundenweise verrinnen zu sehen, von Nanosekunden zu erzählen, »... hat es den Anschein, als würden sie denken. Doch überwiegend tun sie genau das, was man ihnen sagt. Das ist sowohl der Vor- als auch der Nachteil von Computern. Sie sind berechenbar, anders als Menschen – aber ihnen ist egal, was sie tun. Sie drucken seelenruhig Blödsinn aus, wenn man den falschen Befehl eingibt; verraten Staatsgeheimnisse an jeden, der fragt; oder helfen dir beim Stehlen, vorausgesetzt du weißt den richtigen Eingangscode – und jeder gute Hacker kann einen Eingangscode knacken.«

»Stehlen?« Caris' Stirnrunzeln vertiefte sich. Sobald es angefangen hatte zu dämmern, war er bei einem der kleinen Rinnsale stehengeblieben, die von den Hügeln herunterkamen, um sich die falschen Geschwüre abzuwaschen und sich mit einem scharfen Messer aus seiner Gürteltasche zu rasieren. Im Zwielicht des Abends sahen die dunklen Ringe um seine Augen fast schwarz aus. Joanna fragte sich, ob er geschlafen hatte, als sie über Mittag Rast in dem Heuhaufen gemacht hatten, oder ob er dachte, es sei immer noch seine Pflicht, Antryg zu bewachen. »Du hast doch gesagt, diese Dinger wären nur Kästen, die sich nicht bewegen.«

Sie zuckte die Achseln. »Sie brauchen sich nicht zu bewegen. Alles wird über Telefon erledigt. So funktioniert unsere gesamte Zivilisation. Ein Freund von mir in San Serano hat die Bestell- und Liefercodes der San Serano Zentraleinheit geknackt, und ich bin ziemlich sicher, daß er ein Telefon-Modem benutzt hat, um sich in das computerisierte Bestellsystem einiger der Firmen einzuklinken, von denen wir beliefert werden. Wenn ich ab und zu in der Nr. 1 herumstöbere, stelle ich fest, daß irgend jemand eine Bestellung gemacht hat, zum Beispiel für zusätzliche Diskettenlaufwerke, und später dann fällt mir auf, daß die Bestellung aus dem Speicher gelöscht wurde. Wenn man etwas aus dem Speicher löscht, ist es futsch, als wäre es nie vorhanden gewesen. Schließlich handelt es sich nur um Licht – und wenn Licht verschwindet, hinterläßt es keine Spuren. Wahrscheinlich ist es möglich, die Aufzeichnungen über die Transaktion auch aus dem Speicher der Lieferfirma zu löschen. Auf diese Weise kann Gary sich ein Laufwerk unter den Nagel reißen – oder einen kompletten Computer –, und keiner merkt was davon, weil es nirgends Aufzeichnungen darüber gibt, daß das Ding je existiert hat.«

Die ganze Entrüstung des jahrelang nach einem strengen Ehrenkodex erzogenen Kriegers sprach aus Caris' Stimme.

»Er ist ein Dieb, noch dazu ohne den Mut eines gewöhnlichen Einbrechers«, sagte er.

Joanna nickte zustimmend. Sie wichen in den grasüberwachsenen Straßengraben aus, um einen Schafhirten und seine Herde passieren zu lassen, ein blökendes, schiebendes Chaos aus Wolle und Staub. »Doch er würde sagen, die Firmen hätten in ihrem Jahresetat ein Extrabudget für Verluste schon einkalkuliert, also verliert eigentlich niemand etwas.«

»Außer Gary selbst.« Die Hände in den Taschen, einen Grashalm zwischen den Zähnen, wandte Antryg sich von der versonnenen Kontemplation des Wechselspiels von Schafen und Hunden ab und seinen Gefährten zu. »Und was er verliert, ist seine Integrität und der Teil seiner selbst, der die Rechte anderer respektiert.«

»Gary«, meinte Joanna nach kurzem Nachdenken, »würde gar nicht begreifen, daß Integrität – die ja noch nicht einmal etwas kostet – mehr wert ist als ein zweitausend Dollar Diskettenlaufwerk.« Sie kletterte die Böschung hinauf zurück auf die Straße, über der noch eine stinkende Staubwolke hing, schob den Rocksaum in den Gürtel, wie sie es bei den Bauersfrauen gesehen hatte, und setzte den mühsamen Weg nach Norden fort.

Viel später, wenn Joanna auf diese Tage zurückblickte, staunte sie über sich selbst, mit welcher Leichtigkeit sie eine kameradschaftliche Beziehung zu sowohl Gefangenem als auch Gefangenenwärter entwickelte. Da sie von Natur aus schüchtern war, hegte sie einen tiefverwurzelten Argwohn gegen Männer; eine fremde Spezies, die mit Frauen auf der Basis von Benutzern und Benutzten verkehrten. Aber keiner ihrer beiden Begleiter schien in ihr etwas anderes zu sehen als einen Weggefährten; Caris, weil er zu sehr davon in Anspruch genommen war, sich in seiner veränderten Welt zurechtzufinden, und Antryg, weil es ihm nicht eingefallen wäre, einen Menschen anders zu behandeln, als dieser behandelt sein wollte.

»Ich weiß nicht, welches Spiel er spielt«, sagte Caris, während er und Joanna sich beim Waschen einen Eimer Wasser teilten. Sie hatten ihn aus dem Pferdetrog der Poststation geschöpft, wo sie im Stall geschlafen hatten. »Letzte Nacht hätte er leicht fliehen können.«

Er klappte das Rasiermesser zusammen und verstaute es in der Gürteltasche, dann spülte er sich das Gesicht ab und schüttelte sein nasses Haar, daß es spritzte. Jede seiner Bewegungen verriet ärgerlichen Mißmut. Weil er es so wollte, hatte sie in der Nacht tapfer eine Wache übernommen, nur um nach zehn Minuten fest einzuschlafen. Caris konnte es nicht viel besser ergangen sein, denn bei Tagesanbruch waren sie beide von Antryg geweckt worden.

Joanna verbarg ihr Schmunzeln so gut es ging. »Dann hätte er das Frühstück verpaßt«, meinte sie und lieferte damit die Antwort, die Antryg bestimmt gegeben hätte. Caris verzog den Mund.

»Er hat seine eigenen Gründe dafür, Engelshand erreichen zu wollen.« Sein finsterer Blick richtete sich auf die hochgewachsene, schlaksige Gestalt des Magiers, der aus der Hintertür der Gaststube trat. In der einen Hand hielt er einen halben Laib Roggenbrot, in der anderen ein Stück Käse.

Dann klopfte er notdürftig den Staub aus seinem Kittel und zupfte einen Heuhalm vom Ärmel. Joanna hatte schnell gelernt, daß Heu ein verflucht anhängliches Zeug war. »Die Versuchung ist groß, an seine Schuldlosigkeit zu glauben«, fuhr der junge Sasenna nach einer Weile fort. »Auch ich hätte es beinahe getan, und wenn aus keinem anderen Grund, als daß er viel zu wirrköpfig zu sein scheint, um verbrecherische Pläne auszuhecken. Doch er hat dich aus einem bestimmten Grund hierhergebracht, Joanna, und es kann sein, daß er sich nur deshalb in alles fügt, weil er noch nicht die Gelegenheit hatte, sich mit dir davonzumachen.«

Antryg kam angeschlendert, und Joanna mußte sich die Hand vor den Mund halten, um nicht laut herauszuplatzen bei der Vorstellung von dem bebrillten Zauberer in seinem flatternden, übergroßen schwarzen Schoßrock, wie er mit Riesenschritten über die Hügel davonstürmte und sie wie eine Kintoppheroine über die Schulter geworfen hatte. Nach seiner Miene zu urteilen, teilte Caris ihre Belustigung nicht.

In der trockenen Wärme des Morgens war der Duft des frischgebackenen Brotes in Antrygs Hand einfach himmlisch, und die Dunstschwaden aus der halboffenen Küchentür versprachen alle Genüsse des Paradieses. Von Nandiharrows Notgroschen waren nur noch ein paar Kupfermünzen übriggeblieben; die Mahlzeit gestern abend, das Frühstück heute morgen sowie die Übernachtung auf dem Heuboden hatte Antryg verdient, indem er in der Gaststube der Poststation den Leuten die Zukunft deutete – was bei Caris' unverhohlene Mißbilligung hervorgerufen hatte.

»Lady Rosamund hatte recht«, sagte er bitter, während der Magier sich über die schwammige Handfläche eines Kaufmanns beugte, der mit der Postkutsche gekommen war. »Ein armseliger Mirabilit!«

Armseliger Mirabilit oder nicht, dachte Joanna, sie waren satt, hatten einen Platz zum Schlafen, und insgeheim fand sie, daß es Caris schlecht anstand, sich zu beschweren.

Der Tag war anstrengend gewesen. Obwohl sie sich allmählich daran gewöhnte, stundenlang zu marschieren, fühlte sie sich immer noch steif und zerschlagen, und die Füße taten ihr weh. Im Gesicht, an den Armen und Schultern hatte sie Sonnenbrand. Es war auch keineswegs ein romantisches Erlebnis, im Heu zu nächtigen. Gott sei Dank, dachte sie mit einem Anflug von Selbstironie, daß ich keine Allergien habe – wahrscheinlich eine Folge der natürlichen Auslese in der Evolution von Romanheldinnen.

Obwohl die Hügel von Sykerst unbesiedelt waren (nur Schafe weideten an den Hängen), herrschte auf der Überlandstraße ein reger Verkehr von Fuhrwerken, die Tonerde zu den Töpfereien in Kymil brachten und Leiterwagen aus der Ebene. In langen Zeitabständen kam, in eine gewaltige Staubwolke eingehüllt, die Postkutsche vorbei; ein Ungetüm, sechsspännig, mit scheppernden Messingbeschlägen und Glasfenstern und vollgestopft mit Passagieren: Bauern in Sergeanzügen, schwarzgekleidete Kirchenmänner mit breitkrempigen Hüten, abgearbeitet aussehende Frauen in verwaschenen Baumwollkleidern und Hauben. Manchmal wurden sie von einer Equipage überholt, mit einem livrierten Kutscher auf dem Bock und zwei Bedienten, die hinten mitfuhren; oder es kam ein zweispänniger Reisewagen, bei dem der Lenker vom Rücken des Handpferds das Gespann regierte.

Nur einmal versteckten sie sich, als ein Trupp Sasenna vorüberritt, der mit goldbetreßten schwarzen Uniformen herausgeputzt und schwerbewaffnet war. Als sie wieder zur Straße zurückkehrten, sagte Caris: »Die Männer des Prinzregenten.«

»Überrascht?« Antryg klopfte seine samtenen Rockschöße aus. Sie hatten in einem Hain von Birken Zuflucht gesucht, die immer zahlreicher und immer dichter die Straße begleiteten, während diese von den kahlen Hügelrücken zu Tal führte, um sich anschließend durch Äcker und Wälder gen Engelshand zu schlängeln. »Sein Haß auf die Nigromanten ist bekannt. Kaum verwunderlich also, daß er seine eigene Leibwache schickt, um bei der Jagd zu helfen.«

Caris' schöngeschwungene Lippen wurden zu einem schmalen Strich, seine Hand tastete unwillkürlich nach dem Kolben der Pistole in seinem Gürtel. Ein Stück weiter die Straße hinunter versuchten ein Bauer und seine junge Frau mit Schieben, Zerren und Schmeichelworten ihren Esel aus dem Graben zu lotsen, in den sie sich beim Nahen der Berrittenen geflüchtet hatten. Joanna nahm interessiert zur Kenntnis, daß außer den Magiern noch andere Grund hatten, die Männer des Regenten zu fürchten.

Jetzt saß sie mit dem Rücken an den gemauerten Rauchfang in der Gaststube gelehnt und schaute zu, wie Antryg durch sein gesprungenes Monokel die Teeblätter in der Tasse einer stattlichen Matrone studierte. Der rußige Schein der Lampe über dem Tisch huschte über seine scharfen Züge und zeichnete das Spitzenmuster vom Rüschenrand ihrer Haube auf die runden Wangen der Frau. Hinter ihr drängten sich als interessierte Zuschauer die übrigen Passagiere der Kutsche, tranken Ale und lauschten mit der heimlichen Faszination, die Wahrsagerei selbst auf eingeschworene Skeptiker ausübt. Joanna konnte nicht verstehen, was Antryg der Frau erzählte, doch ein behäbiger Mann in einem

Anzug aus königsblauem Satin, offenbar ihr Ehegatte, lachte und sagte: »Wirklich, Emmie du glaubst doch nicht all diesen Hokuspokus, oder?«

»Das ist kein Hokuspokus.« Die Frau nahm Antryg die Teetasse aus der Hand und drückte sie an ihren üppigen Busen, als wäre die Zukunft wahrhaftig und nicht nur als Möglichkeit in den Teeblättern enthalten.

Ein anderer Mann im groben Hemd eines Bauern lachte. »Pshaw!« Joanna hatte das Wort früher bei Karl May gelesen, aber nie erwartet, es tatsächlich gesprochen zu hören. »Ich bin mal zu einem dieser Quacksalber gegangen ...«

»Ja?« fragte ein rotwangiges Mädchen neckend. »Für einen Liebestrunk?«

Dem Mann stieg das Blut ins Gesicht. »Zufällig, ja«, gab er zu und grinste dann, wobei er gelbe, schadhafte Zähne entblößte.

»Und verflucht will ich sein, wenn die Metze sich nicht einem anderen Kerl an den Hals geworfen hat.«

»Vielleicht ist der andere Kerl bei einem besseren Magier gewesen?« gab Antryg zu bedenken.

»Das haben alle anderen auch gesagt.«

»Suraklin ...«, begann ein schmächtiger, ältlicher Schreiber.

Der erste Sprecher, Emmies Ehegespons, stieß schnaubend die Luft durch die Nase. Seine feisten Kinnbacken quollen links und rechts über den hohen, steifen Kragen. »Suraklin war nicht mehr als ein gerissener Geschäftsmann, der Gift einsetzte, wo Bestechung oder Einschüchterung versagten. Er verstand es, ein paar glückliche Zufälle geschickt auszunutzen. Und gleich faselten die Dummköpfe von Zauberei. Wenn man sich all diese Fälle von Leuten, die angeblich erblindeten oder sich bei einem Sturz das Genick brachen oder was weiß ich, einmal genauer ansieht, stellt man fest, das überhaupt keine Beweise für das Wirken übernatürlicher Kräfte vorhanden sind.«

»Und genau das«, sagte Antryg leise, als er mit einem Humpen Bier in jeder Hand zu Joanna herüberkam, »war seine Stärke, mußt du wissen. Die wenigsten Leute glaubten an seine Macht – er sorgte dafür, daß es nie etwas gab, worauf man den Finger legen konnte.«

»Wie unser Phänomen.« Joanna nickte langsam. »Wir haben nicht einmal einen *Namen* dafür.«

»Wodurch es um so schwerer fällt zu glauben, daß wirklich etwas im Gange ist.« Er setzte sich neben sie auf die Bank. Caris war bereits zu den Stallungen gegangen, um sich schlafen zu legen.

Die Fenster im Raum standen offen, und selbstmörderische Schwadronen von Motten, Schnaken und Stechmükken umlagerten jede der blakenden und stinkenden Lampen. Joanna fügte einige weitere Punkte zu ihrer gedanklichen Liste von *Dingen, die in Abenteuerfilmen verschwiegen werden* hinzu. Andererseits, wenn sie schon aus rätselhaften Gründen entführt und querbeet durch ein Paralleluniversum geschleift werden mußte, konnte sie froh sein, daß es in der sommerlichen Hauptsaison passierte, einer Jahreszeit, in der man die Fenster öffnen konnte, um den Qualm und die Gerüche hinauszulassen.

»Was möglicherweise«, Antryg reichte ihr den Humpen, »genau das ist, womit jemand rechnet.«

»Wie meinst du das?«

»Ihr beide, sowohl du als auch Caris, habt angenommen, diese Phasen grundloser Depression wären ausschließlich euer Problem – zweifellos glauben diese Leute genau das gleiche.« Er deutete auf den beleibten Gutsbesitzer und seine Frau, die Bauersleute und die zwei oder drei Handwerker, wie sie im traulichen Schein der Lampe um den Tisch saßen und über einen Witz lachten – ein Genrebild von Hogarth in Sepia und Gold. »Ein weiterer zweifelhafter Vorzug, wenn man verrückt ist«, fügte er hinzu. »Ich weiß, was sich in meinem Kopf abspielt, *ist* wirklich, wenigstens für mich.«

Joanna studierte sein Gesicht im Spiel der Schatten, folgte mit ihrem Blick der eigenwilligen Linie von Lippen, Nase und Haar. »Bist du verrückt?« fragte sie endlich. »Alle behaupten das, aber ich habe nichts davon gemerkt.«

»Nein?« Seine grauen Augen zwinkerten. »Sämtliche Experten sagen das, und zwar seit fünfundzwanzig Jahren –

aber ich war immer unausgeglichen. *Leicht*-sinnig, pflegte Suraklin zu sagen, als wäre Schwerkraft eine besondere Tugend. Und lange Jahre glaubte ich das. Ich versuchte, alles ernst zu nehmen, so zu werden, wie ich dachte, daß er mich haben wollte ...«

Zum erstenmal hörte Joanna, wie von dem Dunklen Magus mit etwas anderem als Abscheu und Furcht gesprochen wurde. Neugierig fragte sie: »Hast du ihn geliebt?«

Antryg drehte den Kopf ein wenig und betrachtete sie. Er schien erstaunt über ihr Verständnis. »O ja. Von dem Zeitpunkt an, als meine Kräfte sich zeigten, war ich halb sein Sklave und halb sein Sohn. Und sie zeigten sich früh. Ich begreife jetzt, daß er mich mit Gewalt zu seinem Geschöpf gemacht haben würde, hätte das Zuckerbrot nicht gewirkt. Aber es wirkte. Ich hätte alles für ihn getan, außer mich selbst aufzugeben – und geraume Zeit bebmühte ich mich nach Kräften, sogar das zu tun.« Er schaute nicht mehr sie an und auch nicht das Halbdunkel unter der niedrigen Decke des großen Raums mit den unruhigen Schatten und dem nur zu ahnenden Schimmer der Kupferlampen an den Wänden. An seinem inneren Auge zogen Bilder der Vergangenheit vorüber, von denen die wenigsten wohl erfreulich waren – dachte Joanna, die beobachtete, wie seine Lippen sich zusammenpreßten und zwischen den gerunzelten Augenbrauen eine tiefe Falte erschien.

»Wie kam es schließlich, daß du dich gegen ihn gestellt hast?«

»Ich habe mich nie gegen ihn gestellt.« Er lehnte sich an die warmen Steine des Kamins. Die Schatten verhüllten sein kauziges Gesicht, nur ein Brillenrand reflektierte die rote Glut des erlöschenden Herdfeuers. Einer der Kristallohrringe funkelte. »Ich floh vor ihm, hielt mich versteckt, aber nicht eine Nacht verging, ohne daß ich in meinen Träumen spürte, wie er nach mir suchte. Selbst nachdem Salteris mich gefunden und mir gesagt hatte, er wäre tot ...« Er verstummte und seufzte schwer. »Ich habe gehört, daß er auf viele Menschen diese Wirkung hatte. Aber ich liebte ihn. Wahrscheinlich macht es das um so schlimmer.«

Joanna schwieg. Als hätte diese Stimme, die sanft wie goldbrauner Samt war, die Macht, sie an seinen Visionen teilhaben zu lassen, erhaschte sie einen flüchtigen Blick auf einen mageren, ungelenken Jungen, der im erdrückenden Schatten eines despotischen alten Mannes stand und versuchte zu töten, was er war, um zu sein, was man ihm sagte. Schmerzlich überfiel sie die Erinnerung an ihre eigenen Jahre verzweifelten Bemühens – wider Instinkt und besseres Wissen –, sich den Moden und Trends einer Alpha-Clique anzupassen, die sie eigentlich verachtete.

Ohne recht zu wissen, warum, fragte sie: »War er gut zu dir?«

Der rotgelbe Lichtschein umriß den kühnen Bogen seiner Nase, als er den Kopf drehte, um sie anzusehen, und spiegelte sich auf einem runden Brillenglas. »Eigentlich nicht. Besessene sind das selten. Und seine Besessenheit nahm mit den Jahren zu, bis er jede Sekunde, in der ich nicht so war, wie er mich haben wollte, jeden Fehler, den ich machte, und jede Stunde, die ich mir stahl, um durch die Hügel zu stromern oder Gedichte zu lesen, als Beleidigung empfand.«

Der Gutsherr und seine Gemahlin verfügten sich die knarrende hölzerne Stiege hinauf zu Bett. Der Schein der Schlafzimmerkerze warf ihre zitternden Schatten groß und unförmig an die Wand. Der kleine Schreiber rief nach einer letzten Runde. Ein kräftiger junger Handwerker mit lockigem Schopf blickte auf und winkte Antryg, sich wieder zu ihnen zu setzen. Der Magier schenkte Joanna ein bedauerndes Lächeln.

»Komisch«, meinte er, »wenn man ein Zauberer ist, wird man dauernd gebeten, die Zukunft vorherzusagen, als könne das etwas ändern. Ich bin überzeugt, dreiviertel aller Gebete werden in der Hoffnung gesprochen, zwei und zwei möge nicht gleich vier sein.« Er stellte den leeren Humpen auf den Rand der Feuerstelle und stand auf. Joanna erhob sich mit ihm, ihr Kopf reichte kaum bis zu der Stelle, wo sich in besseren Zeiten der oberste, wahrscheinlich silberne Knopf des verschossenen schwarzen Samtrocks befunden hatte.

Sie blickte forschend zu ihm auf und dachte an ihre eigenen Ängste und Zweifel der letzten Wochen, die Beinahe-Gewißheit, daß sie entweder den Verstand verlor oder in ernsthaften Schwierigkeiten steckte. Weshalb sie sich um ihn Gedanken machte oder diese sonderbare Verbundenheit mit ihm empfand, wollte sie lieber nicht zu genau analysieren; er war, rief sie sich ins Gedächtnis, der Ursprung oder Auslöser beängstigender und unerklärlicher Ereignisse; *der* Mann, der sie an diesen Ort gebracht und zweimal versucht hatte, sie zu erwürgen; der irgendwelche geheimnisvollen Pläne mit ihr verfolgte – und der einzige, der zur Zeit imstande war, ihr zur Rückkehr in die Welt zu verhelfen, die sie kannte. Ungeachtet dessen fragte sie: »Hast du auch jemals darum gebeten?«

»Oft.« Er sagte es mehr zu sich selbst als zu ihr. »Oft. Möchtest du, daß ich dir die Zukunft vorhersage?«

Joanna zögerte. Er hatte sie mit seinem speziellen Charme schon zu sehr für sich eingenommen. Plötzlich tönten von draußen rascher Hufschlag und das Klirren von Zaumzeug herein. Die Tür flog auf. Antrygs Körper spannte sich, fuhr herum, als die ersten Sasenna die Poststation betraten.

Sie trugen die goldbestraßte schwarze Livree des Prinzregenten, die Schnüre glitzerten im Halbdunkel wie Girlanden aus Feuer. Joanna hatte die Geräusche im Hof bereits als die einer Kutsche identifiziert, einer ziemlich großen Kutsche, und sie hielt es für das Klügste, sich so unauffällig wie möglich zur Hintertür der Gaststube zu begeben. Zu spät merkte sie, daß Antryg sich wieder in den Schatten der Bank am Rauchfang zurückgezogen hatte; er konnte sie nicht mehr zurückrufen. Sie fing seinen warnenden Blick auf, als ihre Hand die Klinke niederdrückte.

Behandschuhte Finger schlossen sich wie eine Eisenklammer um ihr Gelenk. Sie wirbelte herum und verschluckte ein entsetztes Aufstöhnen, als eine große, hartgesichtige Frau in der schwarzen Kleidung der Sasenna des Prinzen sie zurück in den Raum drängte. Mit weichen Knien drehte sie sich herum und entdeckte zwischen schwarzgoldenen Sasenna und der Horde karmesinrot gewandeter Dienstboten am Eingang einen Mann, bei dem es sich nur um den Prinzen handeln konnte.

»Sie wollte durch die Hintertür verschwinden«, meldete die Frau knapp.

Des Prinzen beunruhigende, blaßblaue Augen glitzerten im Lampenschein. »Wollte sie das, tatsächlich?« Seine Stimme war leise und ziemlich schrill. Keiner von dem am Tisch Sitzenden wagte sich zu bewegen oder sonstwie die Aufmerksamkeit auf sich zu lenken. Tiefe Stille breitete sich aus, die nur vom hartnäckigen Brummen eines Nachtfalters gestört wurde, der gegen den heißen Zylinder einer Lampe ankämpfte.

»Ein schlechtes Gewissen, mein Kind?«

Joanna versuchte zurückzuweichen und stieß gegen den unnachgiebig harten Körper der weiblichen Sasenna. Der ebenholzschwarze Rock des Prinzen war so reich mit Gold durchwirkt, daß er schimmerte wie eine schwarze Flamme, während sein Träger geziert über das schmutzige Stroh auf dem Boden schritt. Als er näherkam und eine kleine, feuchte Hand unter ihr Kinn legte, konnte Joanna sehen, daß seine Haut ungeachtet seiner puppenhaften Niedlichkeit unter der Puderschicht schlaff und bleich war wie bei einem Menschen, der wochenlang nicht in die Sonne oder an die frische Luft gekommen war. Das sorgfältig gelockte goldene Haar wirkte kraftlos und dünn; die Haut um die Augen war dick geschminkt und das nicht nur, um die Tatsache zu übertünchen, daß er die Dreißig überschritten hatte, sondern in erster Linie, um die Spuren von Schlaflosigkeit und Ausschweifungen zu verbergen. Und die Schrunden in den zernagten Lippen konnte auch die rote Pomade nicht verbergen.

Die halbe Portion mit dem affektierten Gehabe und dem lächerlichen Aufzug hätte eine komische Figur abgegeben – wenn diese Augen nicht gewesen wären.

Ihr kam zu Bewußtsein, daß sie zitterte.

Sein Daumen und der gekrümmte Zeigefinger schlossen sich fester um ihr Kinn. Die Augen unter den getuschten, aufgebogenen Wimpern blikcten durch sie hindurch. »Gib mir Antwort, Mädchen.«

Während sie spürte, wie ihr unter dem geschnürten Mieder der Schweiß den Rücken hinunterrann, antwortete Joanna: »Ich habe nicht versucht wegzulaufen, Euer ...« – Was war die korrekte Anrede für einen Prinzen? »... Euer Hoheit. Jedenfalls nicht vor Euch. Ich – ich hatte Streit mit jemandem hier, weiter nichts, und ich wollte hinaus.« Keine sehr gute Geschichte und nicht sehr überzeugend vorgebracht, fürchtete sie, aber etwas Besseres fiel ihr so schnell nicht ein. Einer der Sasenna kicherte. Der Prinz lächelte. Seine Hand kroch wie eine Schnecke seitlich an ihrem Hals hinunter.

»Ein Streit? Mit einer hübschen Jungfer wie dir? Wie außerordentlich rücksichtslos von dem Betreffenden.«

Von der Berührung angeekelt, trat sie instinktiv einen Schritt zurück, aber seine kleine Hand folgte ihr und grub sich bedächtig in den Stoff von Hemd und Mieder an ihrer Schulter. Joanna fragte sich verzweifelt, wie lange sie stillhalten sollte und was ihnen drohte, wenn sie ihn schlug, aber in diesem Augenblick erhob sich Antryg von seinem Platz in der Ecke und sagte gedehnt: »Komm schon, Pharos, du weißt, daß du mit einer Frau nichts anfangen kannst.«

Seinen Worten folgte ein Moment abgrundtiefer Stille, als hätte jemand den Ton abgedreht. Dann stieß der Prinz Joanna von sich und holte zischend Atem. Steif drehte er sich um. Die Diamantknöpfe an seinem Rock sprühten Funken, und er schritt durch den Raum zur Herdbank, während zwei seiner Männer hinzusprangen, um den Magier zu ergreifen. Da sie gänzlich in Vergessenheit geraten zu sein schien, drückte Joanna sich in die Schatten. Doch obwohl sie wußte, daß Antryg ihr diese Fluchtmöglichkeit um Gott weiß was für einen Preis erkauft hatte, brachte sie es nicht über sich, davonzulaufen.

Nur weil es so totenstill war, konnte man die Stimme des Prinzen hören; ein heiseres, tonloses Flüstern: »Du *wagst* es ...«

Antryg, im ehernen Griff der Soldaten, wehrte sich nicht,

aber Joanna sah im Schein der Glut vom Herd den Schweiß auf seinem Gesicht glänzen. Eine Sekunde verharrte der Prinz regungslos und schaute ihn nur an, dann streckte er die Hand aus und nahm mit einer Geste zynischer Fürsorglichkeit Antryg die Brille ab. Klirrend fiel sie auf den gemauerten Rand der Feuerstelle. Ohne den Blick von seinem Opfer abzuwenden, winkte er mit der linken Hand, und ein Diener in karmesinroter Livree reichte ihm eine lederne Reitpeitsche.

Niemand in der Gaststube wagte auch nur zu atmen.

Einmal, zweimal schlug der Prinz seinem wahrlosen Gefangenen die Peitsche mit sadistischer Bedächtigkeit ins Gesicht. Beim zweiten Hieb entschlüpfte dem kleinen, angemalten Mann ein kehliger Laut, ein Wimmern der Lust oder eines geheimen, verborgenen Schmerzes. Joanna wurde übel. Der Prinz hob die Hand zum dritten Schlag. Sie entdeckte in seinen Augen das lustvolle Flackern des Wahnsinns und wußte, er würde weitermachen, bis ihm der letzte Rest Selbstbeherrschung abhanden gekommen war. Blut schimmerte rubinrot auf dem Leder der Peitsche und als breiter Storm auf Antrygs unbewegtem Gesicht. Fieberhaft dachte sie: *Ich muß fliehen – er hat das getan, damit ich fliehen kann …* Doch als sie einen Schritt tat, war es nach vorn, nicht zurück.

Zum dritten Schlag kam es nicht mehr. Mitten in der Bewegung stöhnte der Prinz auf, sein Körper bog sich vornüber, als hätte ihn jemand in den Magen getreten. Die Peitsche fiel klappernd zu Boden, die schmale, schwarze Gestalt wankte. Die Finger des Prinzen krallten sich in die gerstenblonden Locken, wie um eine unsichtbare Axt aus dem Schädel zu reißen. Einer der Sasenna, die Antryg festhielten, ließ ihn los, um seinen Herrn aufzufangen, bevor er auf die Knie sank. Chaos brach aus, als die anderen vorwärtsdrängten. Zu seinem zweiten Bewacher sagte Antryg in scharfem Ton: »Hol eine Schüssel! Er wird sich gleich übergeben!«, und der Mann stürmte in die Küche.

Antryg hob seine zerbrochene Brille auf und klemmte sich die Bügel hinter die Ohren, während er – unbemerkt in dem allgemeinen Tohuwabohu – den Raum durchquerte. »Nichts wie weg hier«, sagte er leise, nahm Joannas Arm, schob sie aus der Tür, und nebeneinander hasteten sie über den Hof.

»Was hast du *getan*?«

»Migräne. Psychopathen haben oft darunter zu leiden.«

Im Stall wandten die Köpfe der Pferde sich ihnen zu. Ihre Augen hatten im Dunkeln einen gespenstischen grünen Schimmer. Antryg kletterte einige Sprossen der Leiter zum Heuboden hinauf.

»Caris!«

»Hier.«

Joanna wirbelte herum, das Herz schlug ihr bis zum Hals – der Sasenna löste sich aus der Schwärze einer der leeren Boxen. Antryg sprang von der Leiter. Im fahlen Mondlicht sah das Blut, das aus den tiefen Striemen in seinem Gesicht strömte, schwarz aus, und das gesprungene linke Brillenglas wirkte wie ein silbernes Spinnennetz.

Caris, stellte Joanna fest, war bewaffnet, und das nicht nur mit seiner Pistole. Er trug auch das Schwert mit Scheide in der linken Hand, bereit, im Bruchteil einer Sekunde blank zu ziehen und zu kämpfen. Das kleine Bündel ihrer Habseligkeiten hatte er auf den Rücken geschnallt. Sobald er die Sasenna des Prinzen in den Hof hatte reiten hören, mußte er Vorkehrungen zur Flucht getroffen haben.

»War es der Regent?« erkundigte er sich halblaut, als sie Antryg geduckt durch das nahezu ausgetrocknete Bachbett hinter der Poststation folgten. Stimmengewirr, Pferdegewieher und das Klappern von Waffen und Zaumzeug schallten durch die nächtliche Stille.

»Er fand Gefallen an unserer Joanna – hätte er vielleicht ohnehin, auch wenn sie nicht versucht hätte, aus der Hintertür zu entwischen. Sie konnte nicht wissen, daß er befehlen würde, das Haus zu umstellen, bevor er hineinkam. Er verdächtigt jeden und wittert überall Verrat, und als Kaiser in allem außer dem Titel sind seiner Willkür keinerlei Beschränkungen auferlegt. Meine einzige Sorge war, er könne mich vielleicht erkennen, als er mir die Brille abnahm.« Er verstummte und reckte den Kopf über den Rand des Bachbetts und sah dabei einem dünnen, nervösen Vorstehhund im hohen Gras ganz ähnlich. »Oh, gut.«

Joanna wagte es, langsam aufzustehen. Da lag die Poststation in der Mulde neben der Straße; die sich bewegenden Lichtpunkte, die nach allen Richtungen ausgeschwärmt waren, strömten nach und nach wieder dort zusammen wie unentschlossene Glühwürmchen.

»Sie geben auf?« flüsterte Joanna ungläubig.

»Vorläufig. Da, sieh ...« Ein einzelner Reiter jagte auf der Straße in Richtung Kymil davon. Einen Augenblick später sah man einen zweiten nach Westen galoppieren, wo Parchasten im fruchtbaren Tal des Glidden lag. »Ich empfehle, daß wir jetzt von hier so weit und so schnell wie möglich verschwinden und uns dabei von der Straße fernhalten.«

»Ich verstehe das nicht.« Caris kletterte hinter ihm das steinige Ufer hinauf und half Joanna, während diese stumm die hiesigen Sitten verfluchte, die verlangten, daß alle Frauen sich mit einer Unzahl von schleifenden Röcken das Leben doppelt und dreifach schwer machten. »Warum nehmen sie nicht jetzt gleich die Verfolgung auf?«

»Weil Pharos eine Falle argwöhnt – irgendeinen Plan, seine Männer wegzulocken, während er in der Poststation schutzlos seinen Feinden ausgeliefert ist. Ich nehme an, die Bischöfin hat ihm mitgeteilt, es wäre eine Verschwörung der Nigromanten zu befürchten. Vermutlich glaubt er, schon in einen Hinterhalt hineingeraten zu sein.«

»Das würde *ich* glauben«, meinte Joanna nachdenklich, »so, wie du ihn absichtlich provoziert hast. Und – *hätte* er dich erkannt, ohne deine Brille?«

»Gut möglich.« Joanna hatte sich von Caris ihre Tasche geben lassen, und Antryg wischte sich mit einer Handvoll Kleenex vorsichtig das Blut aus dem Gesicht. Sie pirschten sich wachsam durch das nächtliche Dunkel zwischen den Hügeln, wo die Sterne sich in Wasserläufen spiegelten, die nur so tief waren, daß Joannas Schuhwerk durchweicht wurde und die Rocksäume ihr schwer und naß um die Beine klatschten, auch wenn sie sich noch so sehr bemühte, die

Stoffmassen zu bändigen. »Magier tragen keine Brillen – unsere heilenden Kräfte fangen schon früh an zu wirken. Meine Augen verschlechterten sich rapide innerhalb weniger Wochen nach meiner Einkerkerung. Ich bin sicher, wäre ich nicht mit magischen Kräften geboren, wäre ich von meinem zehnten Lebensjahr an blind wie ein Maulwurf.«

Er blieb stehen und schaute zurück. Eine Hügelschulter verbarg die Station vor ihren Blicken, aber in der Stille der Nacht konnte man noch gedämpft den Lärm von dort hören. »Morgen früh durchkämmen die Verstärkungen aus Kymil und Engelshand die ganze Gegend hier. Ich kenne mich in diesen Hügeln aus.«

»Wie von einem Schüler Suraklins nicht anders zu erwarten«, bemerkte Caris trocken.

»Mag sein«, gab Antryg friedfertig zu. »Aber genau wie bei der Wahrsagerei – meine bescheidenen Fähigkeiten kommen uns wieder einmal zu gute. Paß auf, Joanna – die Steine sind glitschig.«

Den schweren Beutel über der Schulter, die Röcke gerafft, setzte Joanna Fuß vor Fuß, und seine starke, sanfte Hand stützte sie aus dem Dunkeln. »Übrigens«, sagte sie leise, »vielen Dank.«

Hinter ihr bemerkte Caris in sarkastischem Ton: »Er hat sich die Mühe gemacht, dich in diese Welt zu holen, Joanna – da wollte er nicht das Risiko eingehen, dich an den Prinzregenten zu verlieren.«

In der pechschwarzen Finsternis blitzte Antrygs Grinsen so hell wie seine Ohrringe im Licht der Sterne. »Das ist mein Caris«, meinte er liebevoll und setzte sich wieder an die Spitze ihrer kleinen Gruppe.

Sie flüchteten wie Füchse vor der Treibjagd durch einen Alptraum blinder Erschöpfung, wie Joanna sie noch nie empfunden hatte. Von den Schafhürden und Straßengräben der Hügel führte Antryg sie – auf Schleichpfaden und nicht, ohne nach Möglichkeit ihre Spuren zu verwischen – hinunter in die Wälder und zu den dicht gesäten Bauernhöfen der Niederung des Glidden. Ihr Körper sehnte sich nach Schlaf, sie hatten Blasen an den Füßen und ihre Beine waren schwer wie Blei, trotzdem bemühte Joana sich, mit ihren Gefährten Schritt zu halten in der schuldbewußten Überzeugung, sie nur zu behindern, und angetrieben von der Angst, auf ewig in dieser Welt gestrandet zu sein, solte sie den Anschluß verlieren. Nachdem sie den ganzen Tag marschiert waren, nutzten sie auch die Nacht, um ihre Flucht fortzusetzen, hielten sich abseits der Straße und lauschten auf Hufschlag oder das Rascheln und Knacken von Bewegung im Unterholz.

Am Vormittag schlug die unerklärliche, triste Hoffnungslosigkeit wieder zu und raubte Joanna das letzte bißchen Energie. In ihrer dumpfen Niedergeschlagenheit spielte sie mit dem Gedanken, Caris und seinen wunderlichen Gefangenen zu verlassen und selbst eine Möglichkeit auszukundschaften, wie sie nach Hause zurückkehren konnte, aber ihr realistisches Selbst wußte, es war aussichtlos. Angst vor dem Regenten und die Erinnerung an Peelbones leidenschaftslose Stimme spornten sie an, weiterzugehen. Inzwischen befanden sie sich auf bebautem Land, wo sie sich zwischen Hecken und im hohen Korn einen Weg suchten, und selbst Joanna merkte, daß während dieser Phase grauer Depression die Schnitter auf den Feldern in ihrem Arbeitseifer nachließen und anfingen, sich über Wetzsteine und Werkzeug zu streiten. Derweil zogen am Horizont schwarze Gewitterwolken auf. Die Phase dauerte bis Mittag. Ausreichend lange, dachte Joanna, um einigen Schaden anzurichten. Sie versuchte sich vorzustellen, welche Wirkung das Phänomen in ihrer eigenen Welt auf schießwütige Punks, auf Politiker oder auf die Männer mit der Verantwortung für die tausend langweiligen und lästigen Sicherheitsvorschriften für den Betrieb von Atomkraftwerken oder die Entsorgung von Giftmüll haben würde.

Spätabends rasteten sie, ausgelaugt und zerschlagen und gelähmt von der drückenden Schwüle des nahenden Unwetters, auf einer kleinen Insel in einem trägen Fluß, den Caris als den Shan identifizierte. Antryg hatte am Ufer Kräuter gesammelt, um aus ihnen eine Heilpackung für die Peitschenstriemen auf seinem Gesicht zu machen und war zwischen den Wurzeln einer Weide eingeschlafen. Sein Kopf ruhte auf seinem zusammengerollten Rock. Caris saß zusammengesunken neben ihm. Er hatte das Gesicht in den Händen vergraben, und als Joanna vom Ufer zurückkam, wo sie Erfrischung gesucht hatte, schlief auch der Sasenna.

Sie blieb stehen und betrachtete die beiden Männer, den älteren und den jüngeren. Um seine Abneigung gegen das Schlafen im Freien zu überwinden, mußte Caris am Ende seiner Kräfte sein, dachte sie bei dem Blick in sein abgespanntes junges Gesicht, das im flimernden grünen Schatten der Weide lag. Antryg …

Unter der breiigen Kräutermasse konnte sie sehen, daß die ganze Gesichtshälfte dick geschwollen und blutunterlaufen war. So zimperlich sie für gewöhnlich war, wurde ihr bei dem Anblick weder flau, noch mußte sie wegschauen. Das war an sich schon merkwürdig genug. Sie empfand nur Mitleid wegen der Schmerzen, die er haben mußte, und Schuldgefühle, weil er sich ihretwegen in Gefahr gebracht hatte und …

… und etwas, was entführte Mägdlein, ermahnte sie sich streng, schicklicherweise nicht für den Schurken des Stücks empfinden durften.

Er weiß mehr, als er sagt, überlegte sie. In dem Punkt hat Caris recht. Er will aus einem bestimmten Grund nach Engelshand. Ihr war nicht entgangen, daß er bei all seinem nonchalanten Geplauder nie wieder die Stelle in der Nähe von Kymil erwähnt hatte, wo Caris sie gefunden hatte; Caris, der seinen Verdacht auch damit begründete, daß Antryg nichts Eiligeres zu tun gehabt hatte, als sie von dort wegzubringen. Aus Furcht vor dem, was dort lauerte, oder aus Furcht davor, was Caris finden könnte, wenn er den Ort absuchte?

Seufzend trat Joanna zu Caris und löste sanft die Pistole aus seiner schlaffen Hand. Er regte sich nicht, nur sein Atem und die Wärme seines geröteten Gesichts verrieten, daß er noch lebte. So müde sie auch war, sie brachte es nicht übers Herz, diesen Schlaf zu stören.

Ich kann ebensogut eine Zeitlang Wache halten, dachte sie und fühlte, als sie sich mit untergeschlagenen Beinen hinsetzte, das inzwischen gewohnte schmerzhafte Stechen und Prikkeln in Ober- und Unterschenkeln. Irgendwo stromaufwärts gluckste das Wasser zwischen überhängenden Gräsern und Pflanzen am Ufer. Sonnentupfen lagen wie verstreute Pfennigstücke auf ihrem ramponierten blauen Rock und dem verschwitzten, ungekämmten Haar. Sie blickte wieder auf Antryg nieder, der neben ihr zusammengerollt lag wie ein Kind, gezeichnet von den Anstrengungen der vergangenen Tage.

Warum hatte er zu Digby gesagt ... *um meine Welt und, wie ich hoffe, auch deine vor einem furchtbaren Schicksal zu bewahren?* Was für ein Schicksal?

Diese Leere? Dieses vampirische Aussaugen von Lebenskraft?

Die Industrielle Revolution, die die Welt dieser Menschen überschwemmte wie eine rußige, unpersönliche Flut?

Irgendeine Ausgeburt seines verqueren Hirns?

Oder etwas anderes?

Stromaufwärts erklang der laute, knatternde Flügelschlag eines erschreckten Vogels, und ein Pferd schnaubte unwillig.

Joanna blieb fast das Herz stehen.

So leise sie konnte, ließ sie sich zu Boden gleiten und kroch unter das Rankengstrüpp am Ufer. Steine zerschrammten ihre Ellenbogen, Dornen verhakten sich in Rock und Haaren, und sie hoffte bei Gott, daß sie nicht ausgerechnet in einem Dickicht der hiesigen Version von Giftsumach Zuflucht genommen hatte. Durch eine Lücke in den Zweigen sah sie ihn – einen schwarzgekleideten Sasenna mit dem Sonnenemblem der Kirche auf der Brust. Er und sein Pferd waren so gut wie unsichtbar im sonnenfleckigen Zwielicht des gegenüberliegenden Ufers.

Hinter sich hörte sie einen Mann leise sagen: »Das sind sie.«

Langsam, um kein Rascheln zu verursachen, drehte sie den Kopf ein wenig. Ein Sasenna und ein zweiter Mann im engen grauen Rock der Hexenjäger tauchten zu Fuß aus dem Lorbeergebüsch der kleinen Insel auf. Der Sasenna führte zwei Pferde am Zügel. Sie blieben stehen, schauten auf die beiden Schläfer nieder, und der Hexenjäger murmelte: »Das ist der Sasenna des Erzmagus'. Er ist vor drei Tagen unter Zuhilfenahme von Magie aus Kymil entflohen. Was für eine Verschwörung auch im Gange sein mag, der Erzmagus ist daran beteiligt, kein Zweifel. Peelbone wird erfreut sein.«

Er zog eine Pistole aus dem Holster am Sattel.

Zwei Gedanken schossen Joanna unmittelbar hintereinander durch den Kopf: *Das ist nicht meine Angelegenheit. Man hat mich gekidnapped, was kann ich dafür!* und gleich darauf kaltblütig und ruhig: *Der Mann in Grau hat nur eine Pistole.* Seine Schultern waren breit über schmalen Hüften. Sie boten ein ausgezeichnetes Ziel, als er sich abwendete, um etwas aus der Satteltasche zu nehmen. Joanna hörte das Klirren von Ketten.

Du mußt aus der Deckung kommen, eine Sekunde, bevor du abdrückst, dachte sie nüchtern, als ginge es um eine Szene in einem Buch. Ein anderer Teil von ihr jammerte: *Und wenn ich nicht treffe?*

Von dem Adrenalin, das durch ihre Adern kreiste, wurde ihr fast übel. *Bleib einfach still liegen, und vielleicht finden sie dich nicht ...*

Und vielleicht doch.

Der Sasenna stieg zum Flußufer hinunter und sagte über die Schulter: »Seine Hoheit wird ebenfalls zufrieden sein.« Er winkte. Joanna hörte das Plätschern von Hufen in dem steinigen Flußbett, als der zweite Sasenna sein Pferd ins Wasser trieb.

»Da war ein Mädchen bei ihnen, oder nicht?«

Die Hitze in dem Dickicht klebte an ihrem Gesicht wie ein feuchtes Tuch. Der moderige, faulige Pflanzengeruch war erstickend. Sie kam sich selbst fremd vor mit den fünf Pfund todbringendem Eisen in der Hand. Sie wußte sehr wohl, daß der Besitz der Waffe später jede Rechtfertigung nach dem Motto: *Was hätte ich denn tun sollen?* unmöglich machte.

Sie erhob sich in dem Rankendickicht auf die Knie, umfaßte den Kolben der Pistole mit beiden Händen, streckte die Arme, nahm sich die Zeit, sorgfältig zu zielen (wie es in jedem Western stand, den sie gelesen hatte) und feuerte aus einer Entfernung von weniger als vier Metern.

Der Rückschlag der vorsintflutlichen Schußwaffe fuhr lähmend in ihre Handgelenke und Schultern. Die riesige schwarze Qualmwolke aus der Mündung brannte in ihren Augen und in ihren Lungen. Der metallische Geruch von frischem Blut erfüllte die Luft, als der Mann in dem grauen Rock nach vorn gegen sein Pferd gestoßen wurde, das entsetzt davongaloppierte. Im selben Moment rollte Caris herum, zog mit einer fließenden Bewegung das Schwert aus der Scheide, die selbst im Schlaf unter seiner Hand gelegen hatte, und stürzte sich auf den unberittenen Sasenna, bevor Joanna es für möglich gehalten hätte, daß er überhaupt wach sein konnte.

Der Sasenna im Fluß war im Nu von seinem Pferd herunter. Joanna sah ihn mit gezücktem Schwert kommen und wußte, da war keine Schonung zu erwarten. Sie versuchte ihn zu täuschen, indem sie scheinbar erst zu einem Baum flüchtete und dann hinter einem anderen Schutz suchte. Der Mann folgte ihr unbeirrt. Die Klinge des Schwertes blinkte hell. Die verflixten Röcke wickelten sich um ihre Beine, ihre Füße verfingen sich in zähen Ranken, als sie über die kleine Lichtung auf die ausgestreckte Gestalt des Hexenjägers zustürzte. Das Herz schlug ihr bis zum Hals. *Ich muß es schaffen ... Er darf mich nicht festhalten ... Ich muß das zu Ende bringen ...* Seine Hand streifte ihren Arm. Sie warf sich neben der Leiche ihres ersten Opfers auf die Knie, schob die Hand unter den Oberkörper und zog die blutverschmierte Waffe hervor, gerade als der Schatten des Sasenna über sie fiel.

Die Waffe fest in beiden Händen haltend, fuhr sie herum. Das Schwert sauste in einem silbernen Bogen auf sie herab. Keine Zeit, auszuweichen – die Sekunden verflogen wie im Zeitraffer. Sie drückte ab, aus nächster Nähe; Blut spritzte heiß auf ihr Gesicht, als die Kugel sich von schräg unten in den Leib des Mannes bohrte. Er wankte, und sie warf sich zur Seite, bevor er zusammenbrach und quer über den Leichnam des Hexenjägers stürzte. Benommen stützte sie sich auf einen Arm und sah mit an, wie Caris seine bluttriefende Klinge aus dem Körper seines noch aufrechtstehenden toten Gegners zog.

Von Anfang bis Ende hatte der ganze Vorfall kaum acht Sekunden gedauert.

Der Geruch von Blut war überall. Joanna wischte fahrig an den warmen, klebrigen Rinnsalen in ihrem Gesicht herum. Beide Handgelenke fühlten sich taub und gebrochen an – wie auch etwas in ihrem Inneren.

Während ein grauer Schleier sich vor ihre Augen senkte, fragte sie sich dumpf, was sie als erstes tun würde – sich übergeben oder ohnmächtig werden.

»Joanna?« Eine tiefe Stimme drang undeutlich durch die wabernden Nebel; starke, behutsame Hände zogen sie auf die Füße, hoben sie mühelos hoch. Der brennende Schmerz eines zurückschnellenden Zweiges an ihrem bloßen Arm, dann die plötzliche Kühle des Flusses.

»Was …?« setzte sie an, doch zwei Finger hielten ihr die Nase zu, das Wasser schloß sich über ihrem Kopf, dann wurde sie losgelassen und schoß in die Höhe, keuchend, spuckend, triefend und wieder bei vollem Bewußtsein.

Sie strich das tropfnasse Haar zurück und sah Antryg neben sich im Fluß stehen. Das nasse Hemd klebte an seinem Körper, die Augen hinter den von Sprüngen durchzogenen Brillengläsern musterten sie besorgt. »Alles in Ordnung?«

Joanna nickte. Das Wasser hatte alles Blut von ihrem Gesicht und aus ihren Haaren gespült. Sie fühlte sich atemlos, als wäre sie zu schnell aus tiefem Schlaf aufgeschreckt. Mit einiger Mühe brachte sie ein zittriges Lächeln zustande und fragte: »Bedeutet das, ich bin jetzt Mitglied der Kirche?«

Die Sorge in seinen Augen wurde zu einem verschmitzten Funkeln. Feierlich schöpfte er eine Handvoll Wasser aus dem Fluß und ließ es ihr über den Kopf rinnen. Doch was er sagte, hörte sich nicht an wie Spaß. »Ich fürchte, es bedeutet, du bist getauft, Joanna. Verständlicherweise kann ich nicht sagen, es tut mir leid, daß du es getan hast – aber ich bedaure, daß du es tun mußtest.«

»Schon gut.« Ihre eigene Stimme klang ihr kläglich und dünn in den Ohren.

Vom Ufer her hörte sie Caris schroff sagen: »Kommt jetzt!«

Antryg legte eine Hand auf ihr nasses Haar und studierte forschend ihr Gesicht. Wie gerne hätte sie sich an seiner Schulter ausgeweint – an irgendeiner Schulter –, aber der nüchterne Teil ihres Vestandes wußte, Caris hatte recht. Die Schüsse mußten jedes Lebewesen in der Umgebung aufgestört haben. Deshalb nickte sie nur auf Antrygs unausgesprochene Frage und sagte: »Danke.«

Er half ihr ans Ufer. Caris, der beide nachgeladenen Pistolen im Gürtel stecken hatte und das Schwert in der Hand hielt, ließ wachsam den Blick in die Runde schweifen. Er wirkte verschlossen und schön und undurchschaubar wie immer.

Erst in der Nacht, als Joanna nach einem alptraumhaften Tag des sich Versteckens vor Patrouillen, die plötzlich überall zu sein schienen, zur Ruhe kam, holte die Erkenntnis der Wirklichkeit sie ein. Lange Zeit lag sie wach in dem halbvollen Heuschober, in dem sie Zuflucht gefunden hatten, lauschte dem näher kommenden Donner und den böigen Regenschauern. Ihre Handgelenke schmerzten, aber das war nichts verglichen mit der gräßlichen Erinnerung an die Panik und das Blut, das sie noch auf der Haut zu *fühlen* glaubte. Im Fernsehen hatte sie ungerührt Hunderte von Menschen den Drehbuchtod sterben gesehen. Nichts davon hatte auch nur entfernt Ähnlichkeit mit dieser Realität.

Sie dachte: *Ich habe einen Menschen getötet,* dann erst fiel ihr ein, daß es zwei gewesen waren.

Antryg schlief tief und fest. Sie mochte ihn nicht wecken, teils, weil sie wußte, wie erschöpft er war, teils ... In ihrem ganzen bisherigen Leben hatte sie nie jemanden gehabt, mit dem sie Freud und Leid hätte teilen können, und jetzt wußte sie nicht, wie sie es anfangen sollte. Caris war noch wach, und sie unterdrückte ihr Schluchzen so gut es ging, damit er nichts hörte.

Doch nach einer Weile fragte seine Stimme leise aus der undurchdringlichen Dunkelheit: »Joanna?«

Sie hörte das leise Rascheln von Heu und roch den würzigen Duft, als es in Bewegung geriet. Dann die warme Hand des Sasenna auf ihrer Schulter.

»Was hast du?«

Daß Caris ihretwegen besorgt sein sollte, überraschte sie. Sie schniefte, schluckte und hoffte, daß ihre Stimme nicht verheult klang. »Du findest das wahrscheinlich albern«, begann sie zögernd, und zu ihrem Leidwesen konnte man natürlich doch hören, daß sie geweint hatte. »Aber – wie alt warst du, als du das erstemal jemanden getötet hast?«

Ein langes Schweigen folgte, das nur von Dunkelheit, Regen und Heugeruch erfüllt war.

»Fünfzehn«, antwortete Caris schließlich. »Damit fängt die Ausbildung an, weißt du. Der Mann wird gefesselt. Erst im zweiten oder dritten Jahr bekommt man als Gegner Verbrecher, die sich zur Wehr setzen können. Aber man sagt, eine Waffe muß vom ersten Tag den Geschmack von Blut kennen.«

»Oh«, flüsterte Joanna tonlos.

Sie glaubte, weiter würde Caris nichts sagen. Kein Wunder, dachte sie niedergeschlagen, daß ihre eigenen unausgesprochenen Skrupel diesem schönen jungen Mann albern vorkommen mußten. Doch als Caris wieder anfing zu reden, begriff sie: Der Grund für das lange Schweigen war, daß der Sasenna nicht mit Worten umzugehen verstand und sich erst genau zurechtgelegt hatte, was er sagen wollte, um sie nicht ungewollt zu verletzen.

»Doch ich habe bis heute noch nie einen Mann im wirklichen Kampf getötet – einem Kampf um mein Leben. Wir werden für den Fall ausgebildet, aber – er tritt eigentlich nur selten ein.« Ein weiteres langes Schweigen. Dann sagte er: »Weißt du, was die Hexenjäger uns angetan hätten – mir und Antryg und dir als unserer Komplizin wahrscheinlich auch?«

Joanna schüttelte den Kopf.

Caris schilderte es ihr mit klinischer Akribie, bei der ihr beinahe schlecht wurde.

»Eine Waffe, die denkt, ist eine fehlerhafte Waffe, Joanna«, sagte er leise. »Du konntest nicht anders handeln. Du hast nicht zwei Leben genommen, sondern zwei gerettet, vielleicht drei – unter Umständen noch viele mehr. Ich muß Antryg lebend zum Regenten bringen, und zwar nicht als sein Komplize bei einer Verschwörung, derer die Hexenjäger uns beschuldigen, sondern frei und unter meinen eigenen Bedingungen, damit er die Wahrheit bezeugen kann. Manchmal darf man nicht zuviel denken. Manchmal tut man einfach das, was getan werden muß.«

Und in diesen Worten fand Joanna einen gewissen Trost – wenigstens solange, wie sie wach lag.

12. KAPITEL

Das Brüllen einer Kuh weckte Caris in der schwülen, drükkenden Wärme des Morgens. Das Unwetter der vergangenen Nacht hatte die Luft soweit abgekühlt, daß man nach den Strapazen der letzten vierundzwanzig Stunden schlafen konnte, aber in der nun verdunstenden Feuchtigkeit klebten ihm seine Kleider aus grobem Stoff an der Haut wie ein jukkendes Nessusgewand.

Er blieb noch ein paar Augenblicke liegen und betrachtete seine beiden Weggefährten.

Daß nach diesen vier Tagen das Mädchen Joanna noch bei ihnen sein würde, häte er nicht für möglich gehalten. Nach allem, was er von ihrer Welt gesehen und sie ihm und Antryg auf dem Weg nach Kymil erzählt hatte, war er sicher gewesen, daß sie in absehbarer Zeit schlappmachen würde. Caris war dem Weg der Sasenna gemäß ausgebildet worden, und soweit er verstanden hatte, handelte es sich bei ihrer Heimat um eine Welt, in der Maschinen wie diese Autos und Computer, von denen sie gesprochen hatte, alle Arbeiten verrichteten. Und das nicht nur, sie übernahmen auch alle Arten von Unterhaltung, die den Geist schärften. Joanna war schüchtern und – so vermutete er – mehr daran gewöhnt, mit diesen Computern zu reden als mit Menschen. Um so überraschender war ihr Verhalten gestern gewesen. Hätte man ihn vorher gefragt, hätte er gewettet, daß sie nicht den Nerv haben würde, abzudrücken. Und er hätte die Wette verloren.

Wie sie so zusammengerollt im Heu lag, sah sie dünn aus und noch kleiner, als sie eigentlich war. Nach dem Zwischenfall auf der Insel im Fluß hatten sie sich ihrer blutbefleckten Kleidung entledigt, und sie sah aus wie ein Knabe in ihrer abgewetzten Blue Jeans und dem zerknitterten, schmutzigen Oberteil. Ihre fedrigen blonden Locken waren mit Heu gespickt, ihre Arme und Schultern braun und sonnenverbrannt, übersät mit Kratzern und Insektenstichen. Erschöpfung hatte Linien in ihr Gesicht geprägt, die selbst der Schlaf nicht zu glätten vermochte; sie wirkte älter, als sie war – sechsundzwanzig, nach ihren Worten – und sehr einsam.

Ein kleines Stück von ihr entfernt ruhte Antryg, der den Kopf auf seinen zusammengerollten Rock gebettet hatte. Seien lädierte Brille lag neben ihm. Die grellen Sonnenstrahlen, die durch Ritzen in den Scheunenwänden fielen, entfachten ein wahres Feuerwerk an Farben in den bunten Glasperlen um seinen Hals. Unter dem ungebärdigen Schopf seiner ergrauenden Haare sahen die Blutergüsse im Gesicht bereits weniger geschwollen aus. Sie färbten sich bereits schwarz. Caris hatte während der fünf Jahre seiner Ausbildung reichlich Gelegenheit gehabt, Erfahrungen mit Blessuren dieser Art zu sammeln und er wußte, sie mußten schmerzen wie der Teufel. Im ersten Jahr war er durch einen Schwertstreich an der Wange verwundet worden und konnte sich erinnern, daß der Schmerz ihn bis in den Schlaf verfolgt hatte.

Und recht geschieht es ihm, dachte er bitter, setzte sich auf und schüttelte notdürftig das Heu aus seinem Kittel. Der neu aufflammende Zorn verlieh ihm frische Energie. *Für das, was er meinem Großvater angetan hat, und weil ohne dessen schützende Hand alle Nigromanten der Willkür der Kirche ausgeliefert sind ...*

Draußen brüllte wieder die Kuh. Da er nach dem Pulsschlag bäuerlichen Lebens aufgewachsen war, hörte Caris die Schmerzen in dem dumpfen Laut. Das Tier war abgewandert, dachte er, und mußte gemolken werden. Die graue Teilnahmslosigkeit, die gestern über das Land hereingebrochen war, zeigte ihre Nachwirkungen; nicht ein Viehhüter zwischen hier und Parchasten hatte daran gedacht, seine Gatter zu schließen. Den ganzen Nachmittag und Abend hatten sie streunende Rinder auf den halbgemähten Wiesen und im Korn gesehen. Aufmerksam geworden, blickte Caris sich in der Scheune um. Das Gewitter war zur unrechten Zeit gekommen und hatte bestimmt einen erheblichen Teil der Heuernte ruiniert. So spät im Sommer mußten Scheunen und Schober eigentlich voll sein. Stirnrunzelnd dachte er an die Bemerkung der Bischöfin von Kymil über Höfe, die unbewirtschaftet blieben und verfielen.

Doch eine Kuh mit vollem Euter kann für hungrige Wanderer eine Gottesgabe sein, zumal das Brot, das er und Antryg bei jenem letzten, lange zurückliegenden Abendessen in der Poststation eingesteckt hätten, längst verzehrt war. Nachdem er sich noch einmal zu den Schläfern umgedreht hatte, schob Caris sein Schwert in die Schärpe und bewegte sich leise zur Tür.

Ein erster Rundblick zeigte ihm, daß draußen alles ruhig war. Auch am Waldrand, den er von seinem Standpunkt aus sehen konnte, rührte sich nichts. Sein taktisch geschulter Verstand spielte mit dem Gedanken einer Falle, bei der man die Kuh als Köder benutzte, verwarf ihn aber gleich wieder. Jeder, der wußte, wo sie steckten, hätte hereinstürmen und sie, erschöpft wie sie waren, ohne Probleme überwältigen oder einfach die Scheune über ihren Köpfen anzünden können.

Erst mit dem zweiten Blick nahm er die Kuh bewußt wahr.

Sie stand ein paar Meter von ihm entfernt, und Caris brauchte nicht einmal an seine Jugend auf dem Bauernhof zurückzudenken, um zu wissen, daß mit ihr etwas ganz und gar nicht stimmte. Wie nach langer Krankheit zeichneten sich unter dem geblich weißen Fell die Rippen und ausladende Beckenknochen ab, aber die Grasflecken an den Beinen wiesen darauf hin, daß sie dennoch auf der Weide gewesen war. Caris stieß die Tür auf und näherte sich ihr langsam. Kein Anzeichen für einen Hinterhalt oder eine Gefahr vom Waldrand her, aber der sechste Sinn des Sasenna mahnte ihn, auf der Hut zu sein.

Dann wandte das Tier ihm den Kopf und die Vorderhand zu – Caris fühlte, wie ihm Säure vom Magen brennend in die Kehle stieg. Er würgte.

Eine Abomination hatte sich blutegelgleich an der Kuh festgesaugt.

Obgleich keine Ähnlichkeit mit dem Scheusal bestand, das er in den Heumarschen bei Kymil hatte kennenlernen dürfen, war diese Kreatur ohne jeden Zweifel demselben Höllenschlund entsprungen. Sie haftete dick aufgebläht an der Schulter der Kuh wie eine fette Made, fleckig grün und schwarz und länger als der Unterarm eines Mannes. An der Schwellung unter der Haut konnte man abschätzen, daß der Kopf sich mindestens zehn Zentimeter tief ins Fleisch gebohrt hatte.

Die Kuh brüllte wieder und starrte ihn aus eingesunkenen, trüben Augen an. Caris biß die Zähne zusammen – auch wenn sich ihm fast der Magen umdrehte, er wußte, er konnte ein Tier nicht so elend krepieren lassen.

Er schaute sich noch einmal um. Inzwischen war es heller Tag, und wahrscheinlich durchstreiften die Patrouillen schon die Gegend auf der Suche nach ihnen. In einem kleinen Haufen Gerümpel neben der Tür entdeckte er altes Werkzeug, darunter ein paar abgebrochene Sensenstiele und halbverrottete Lederriemen. Mit einem der letzteren band er ein Bündel Heu an das Ende eines Stiels; mit Stahl und Feuerstein, Grundausrüstung eines jeden Sasenna, entzündete er seine improvisierte Fackel und näherte sich – ohne Begeisterung – der Kuh und ihrem ekelhaften Peiniger. Die bedauernswerte Kreatur scheute ein wenig vor der flackernden Helligkeit, war aber zu entkräftet, um zu fliehen. Caris griff zaghaft nach einem Horn und hielt die Flamme an den schleimigen Rücken des Parasiten.

Der aufgedunsene, schlauchförmige Leib zuckte träge, dann schob das Ding sich langsam rücklings aus der Wunde und fiel mit einem abscheuerregenden schwammigen Plumpsen zu Boden.

Unter einer Schicht aus Blut und Fleischfetzen war die Beschaffenheit des Kopfes kaum auszumachen. Caris glaubte, drei Mundöffnungen mit Beißzangen wie bei einer Ameise, aber ungleich widerwärtiger zu sehen. Einen Moment vollführten die Mundwerkzeuge bedächtige Kaubewegungen, dann schwang der Kopf des Wesens herum, und Caris tat einen Satz nach hinten, als der Parasit sich wie eine monströse Raupe zusammenzog und vom Boden auf die neue Futterquelle zu abschnellte.

Wie bei dem Ding in den Marschen reagierte der Körper des Sasenna instinktiv. Er führte mit aller Kraft einen Schlag nach dem Angreifer. Der Sensenstiel diente ihm als Keule. Die Beißzangen der Mundöffnungen schlossen sich um das Holz, und die scheußliche Kreatur zog sich unvorstellbar behende an dem Stiel in die Höhe. Entsetzt schleuderte Caris die Fackel von sich und ergriff die Flucht; er hörte den weichen Körper des Schmarotzers wie einen nassen Sack gegen die Tür prallen, als er sie zuschlug.

»Antryg!« Arglistiger Renegat und Schüler Suraklins – doch er hatte von den Abominationen gesprochen, als wüßte er Bescheid über sie. Wenigstens ein Rat war von ihm zu erhoffen.

Der Magier setzte sich blinzelnd auf und manövrierte schlaftrunken die Brille auf sein malträtiertes Gesicht. Ein Blick auf Caris genügte ihm, um die erste Frage zu überspringen und gleich zur zweiten zu kommen. »Wo?« Stelzbeinig stieg er von seinem Heulager herunter, schritt an Caris vorbei zur Tür und legte ein Auge an den Spalt. Es dauerte eine Weile, dann hob er warnend die Hand und schob die Tür ein Stück auf. Über seinen Kopf hinweg sah Caris die Kuh auf der Seite liegen. Sie war offenbar dem Tode nahe. Der Parasit hatte sich wieder an ihr festgesaugt, diesmal an der Kehle. Fliegen schwärmten über der klaffenden ersten Wunde.

Antrygs Stimme klang tief und seltsam beruhigend im heißen, staubigen Halbdunkel der Scheune. »Wir können nichts mehr für sie tun, außer sie von ihrem Leiden zu erlösen, und ich bezweifle, daß wir gefahrlos nahe genug herankommen, um das zu bewerkstelligen.«

Schweigend gesellte Joanna sich zu ihnen. Beim Anblick der Kreatur stieß sie einen kehligen Laut des Ekels aus, mehr nicht. »Eine Abomination«, erklärte Antryg ihr halblaut, »ein Geschöpf, das durch eine Schwachstelle des Abyssus' kam, als das Tor geöffnet wurde. Oder es wurde, was noch wahrscheinlicher ist, von einem Wirt als Parasit eingeschleppt.«

Joanna überwand sich, einen zweiten Blick auf die Kuh zu werfen. »Der ursprüngliche Wirt könnte schon lange tot sein«, bemerkte sie nachdenklich. »Wer weiß – vielleicht waren die Parasiten am Anfang ganz klein, und etwas in diesem Universum läßt sie unverhältnismäßig wachsen.«

Ihre Worte verblüfften Caris, aber Antryg nickte, als verstünde er. Einen Moment sahen sie sich bestürzend ähnlich: zwei von einer Art, mit ihren Blue Jeans und weißen Hemden, dem wirren, lockigen Haar und den sonnenverbrannten Gesichtern. Dann drehte Antryg sich um und ging durch die Scheune zur Stirnseite. Caris sah, was in der vergangenen Nacht nicht offenkundig gewesen war: Die Scheune hatte zwei Ausgänge, einen zum Wald, durch den sie hereingekommen waren, der andere führte auf eine leicht abschüssige Heuwiese. Süßer, schwerer Geruch nach Gras und ein scharfumrissenes Viereck greller Helligkeit fiel herein, als Antryg einen Flügel des heuwagengroßen Portals aufdrückte. Die Wiese war erst halb gemäht. Kühe standen im hohen, saftigen Gras, das sich zu einem tiefeingeschnittenen, von Farnen und Wasserkresse dicht überwucherten Bachlauf senkte. Als der Wind sich drehte, trug er das schmerzerfüllte, matte Brüllen einer weiteren gepeinigten Kuh heran.

Antryg nickte. »Wie ich's mir gedacht habe.«

Hinter dem Bach bezeichnete der dunkelgrüne Zweigverhau einer Laubhecke den Verlauf der Straße. Caris durchfuhr ein Schreck – er hatte nicht gedacht, daß diese so nahe war, und fragte sich, wie gut man die Scheune von dort aus sehen konnte. Er trat zu Antryg. »Wir haben keine Zeit, uns darum zu kümmern«, mahnte er leise. »Machen wir uns auf den Weg. Schnell.«

»Sei nicht albern.« Antryg zog ihn zurück in das schützende Halbdunkel der Scheune. Mit dem langen, knochigen Zeigefinger schob er die Brille höher auf die Nase und zuckte zusammen, als das Metall der Bügel die Blutergüsse an der

Schläfe streifte. »Wir müssen zumindest versuchen herauszufinden, was das für Viecher sind. Sieh dir an, wie diese Kühe sich bewegen. Sie sind alle befallen. Mehr als wahrscheinlich, daß diese Blutsauger sich auch im Wald herumtreiben.« Er ging zu dem Heuhaufen zurück, auf dem er geschlafen hatte, entrollte seinen Rock und zog ihn an; Heuspelzen hafteten an dem verschossenen Samtstoff.

Joanna war bei der Tür stehengeblieben. Sie schaute unverwandt nach draußen, entweder mit angewiderter Faszination, oder sie hielt nach Verfolgern Ausschau. Nur wenn man die Augen anstrengte, konnte man hinter den Hecken jemand auf der Straße gehen sehen. Caris folgte Antryg zurück zu der kleineren Tür, doch als der Magier Anstalten machte, nach draußen zu gehen, hielt er ihn am Arm fest. Diesmal fürchtete er zwar keinen Fluchtversuch Antrygs, denn er war sich ziemlich sicher, daß dieser sie bis nach Engelshand begleiten würde – falls er kein ungewöhnlich durchtriebenes Spiel spielte. Aber allein bei dem Gedanken, zu der sterbenden Kuh und ihrem schauderhaften Parasiten hinauszutreten, die ein unverändertes Tableau des Schrekkens bildeten, sträubten sich ihm die Nackenhaare.

Behutsam machte Antryg sich von ihm los. Er schlüpfte durch den Türspalt, ging schnell zu der Stelle, wo die Fackel ausgebrannt im Staub lag, hob sie auf und kam zurück. Weder die Kuh noch ihr Gast rührten sich. Antryg lockerte den Riemen an der Fackel, stopfte noch eine Handvoll Heu darunter und zog ihn wieder fest. Er sah Caris an. »Entweder kommst du mit, oder du borgst mir dein Schwert.«

Der Weg durch die Heuweise kam dem am nächsten, was die Kirche des Einzigen Gottes als Ort der Verdammten propagierte. Man hatte Caris in der Art der Sasenna unterwiesen, ihn gelehrt, es mit jedem menschlichen Gegner aufzunehmen, hatte ihn gelehrt zu kämpfen und zu töten. Doch in den vergangenen Tagen hatte er sich nicht menschlichen Gegnern gegenübergesehen, sondern Dingen, auf die er durch nichts vorbereitet gewesen war: die groteske Abomination in den Marschen; der magenumdrehende, eisige Sturz durch die tosende Finsternis zwischen den Universen und nicht zuletzt die zermürbende Unsicherheit bei dem Bemühen, dem Weg der Sasenna gemäß zu handeln, ohne einen Herrn, der ihm sagte, was er tun sollte. Gegen ein Ungeheuer zu kämpfen, war eine Sache; durch eine Schwemme blutdurstiger und widerwärtiger Parasiten zu waten, eine andere – und noch dazu etwas, wobei er auf keine Verhaltensmaßregeln zurückgreifen konnte.

Die Wiese war gespickt mit Abominationen.

Der schwache Wind wehte vom Wald herüber. Erst als er neben Antryg durch das hohe Gras ging, stieg Caris der Blutgeruch in die Nase, vermischt mit einem fauligen, irgendwoher vertrauten Gestank, bei dem ihm speiübel wurde. Ein halbes Dutzend Kühe befanden sich auf der Wiese. Sie waren gekommen, um an dem Bach zu trinken. Jede hatte wenigstens einen Parasiten, manche bedauernswerte Geschöpfe zwei oder drei, die als aufgequollene, schleimglänzende Wülste an Flanke oder Kehle der Tiere baumelten oder sich an den Körper schmiegten, wenn die Kuh am Boden lag. Die Blutsauger waren allesamt länger als dreißig Zentimeter; einer, der an den Rumpf eines einjährigen Kalbes geheftet war, maß beinahe anderthalb Meter.

In seinem rauhen Kittel und den dünnen Leinenhosen fühlte Caris sich so ungeschützt, als wäre er nackt. Grauen und Ekel stellten seine Standhaftigkeit auf eine ernste Probe, aber Antryg, der durch sein Monokel den ausgezehrten Körper der ersten Kuh mit seinem furchtbaren Anhängsel betrachtete, murmelte: »Faszinierend.«

Am Bachufer mußte es von ihnen nur so wimmeln, wenn man danach urteilte, wie das hohe Gras raschelte und wogte. Antryg hob interessiert den Kopf. »Da unten scheinen jede Menge von unseren kleinen Freunden zu sein.«

Bei einem Geräusch, das gar nicht weit von ihnen erklang, wirbelte Caris mit gezücktem Schwert herum. Sein Mund war trocken. »Kehren wir um …«

Antryg, der die Fackel in der Hand hielt, stapfte durch das Farnkraut zum Bachufer hinunter.

Caris erspähte die Abomination nur den Bruchteil einer Sekunde, bevor sie zustieß. Sie war annähernd einen Meter lang und schnellte auf Antryg zu wie eine Kobra. Caris Schwert sauste pfeifend durch die Luft, während sein Verstand immer noch zu identifizieren versuchte, womit er es zu tun hatte. Die Klinge traf das Ding in der Mitte des länglichen, unförmigen Körpers und teilte es säuberlich in zwei Hälften. Antryg trat galant einen Schritt zurück, als das Vorderteil mit schnappenden Mandibeln wie ein grotesker Frosch über den Boden hüpfte. Grauer, übelriechender Schleim aus dem Bauchraum bildete im Gras einen Tümpel; von einem Moment zum anderen geriet die ganze Wiese in Bewegung.

Es sah aus, als wäre die ganze Horde der abscheulichen Kreaturen schlagartig zu gierigem Leben erwacht. Aus allen Himmelsrichtungen wälzten sie sich auf die beiden Menschen zu. Von der Scheune am oberen Rand der Wiese hörte Caris Joannas gänzlich überflüssigen Warnruf.

Die Abomination, die sich an dem Kalb festgesaugt hatte, zog den purpurnen, bluttriefenden Kopf aus der Wunde und ging aus wenigen Metern Entfernung auf Caris los. Er schlug mit dem Schwert zu, aber das Ding schnappte nach der Klinge, klammerte sich mit winzigen, krallenbewehrten Beinstummeln an ihr fest und zog sie durch sein enormes Gewicht nach unten. Caris erinnerte sich daran, wie der erste Parasit an dem Sensenstiel hinaufgeschnellt war, ließ das Schwert fallen und sprang zurück. Im nächsten Augenblick verfluchte er sich dafür, die Waffe aufgegeben zu haben. Antrygs Hand schloß sich um seinen Arm, und sie flüchteten beide den Hang hinauf, beflügelt von dem Wissen, daß es nur Sekunden dauern konnte, bis die Kreaturen sie umzingelt hatten …

Aber sie taten es nicht. Statt dessen fielen sie über den Kadaver ihres Artgenossen her. Auf halbem Weg blieben Antryg und Caris stehen, um einen Blick zurückzuwerfen, und sahen von der toten Kreatur und dem stinkenden Pfuhl, in dem sie lag, nichts mehr als eine wogende, wimmelnde Masse schleimiger Leiber.

Etwas streifte Caris' Knöchel, und er sprang mit einem unterdrückten Aufschrei zur Seite. Es war eine handspannenlange Abomination, die sich nach Raupenart zielbewußt durch das Gras buckelte. Caris schüttelte sich. Antryg dagegen verfolgte mit schiefgelegtem Kopf und wissenschaftlicher Nüchternheit die Vorgänge.

»Caris, ich glaube, man hat uns kalt abblitzen lassen«, meinte er schließlich und gng das letzte Stück zur Scheune hinauf, wobei er die erloschene Fackel schwenkte.

Erst, als sie fast oben waren, merkte Caris, daß Joanna Gesellschaft bekommen hatte.

Ein bespannter Wagen stand neben dem Heuschober. Auf dem Bock saß ein Kutscher. Ein Lakai mit einer langen, altmodischen Pike hatte sich daneben aufgepflanzt und beobachtete mit sichtlichem Unbehagen die von bedrohlichem Leben erfüllte Wiese. Caris blieb ruckartig stehen, griff nach seinem Schwert und fluchte wieder, weil er es sich hatte entreißen lassen. Doch in jedem Fall wäre kämpfen aussichtlos gewesen. Im Halbdunkel der Scheune sah er Joanna winken; hinter ihr blinkte Stahl.

Antryg lachte plötzlich, sagte: »Glück muß man haben!« und eilte mit großen, federnden Schritten die letzten Meter Hang hinauf. Caris blieb es überlassen, auf seinen Gefangenen zu verzichten oder ihm zu folgen. Er mußte laufen, um nachzukommen.

Der Mann, der neben Joanna im goldenen Dämmerlicht der Scheune stand, trug eine Rüstung der Art, wie man sie seit Jahrhunderten nicht mehr gesehen hatte – ein Plattenpanzer, der den Träger von Kopf bis Fuß umhüllte. Ziselierte Blumenornamente überwucherten den teilweise vergoldeten Stahl, jede noch so kleine freie Stelle war mit Zaubersprüchen und Beschwörungen bedeckt, um den negativen Einfluß des für den gegnerischen Recken tätigen Nigromanten abzuwehren. Er war ein Produkt aus der Zeit vor der Schlacht auf den Feldern von Stellith, massiv, gefeit gegen sowohl Armbrustbolzen als auch Überhitzung – und mehr als einen Zentner schwer.

Nur der Helm dieses archaischen Meisterwerks fehlte. Zwischen den massigen Schultern mit den Verzierungen und Goldbeschlägen saß ein überraschend anheimelnder

Kopf. Die runden Wangen des jungen Mannes und der Anflug von Doppelkinn erlaubten Rückschlüsse auf den Körper, der sich unter der martialischen Hülle verbarg. Seine haselnußbraunen Augen waren intelligent und kunstvoll geschminkt, die weichen, dunkelbraunen Locken, die sein Gesicht umrahmten, verrieten die Hand eines Meisterbarbiers.

Das Wappen auf dem wuchtigen Brustharnisch war das des regierenden Hauses der Kaiser von Ferryth.

Es entsprach nicht dem Weg der Sasenna, eine andere Oberhoheit als die des eigenen Dienstherrn anzuerkennen, nicht einmal die höchste, aber Caris neigte respektvoll den Kopf und sagte: »Prinz Cerdic.«

Der junge Mann wehrte die Respektsbezeigung mit einer unförmigen Stahlpranke ab. »Das war mutig – unvorstellbar mutig.«

Er schaute von der sich in Aufruhr befindlichen Wiese zu Caris, dann zu Antryg. »Gehe ich recht in der Annahme, daß Ihr der Magier seid, nach dem die Männer meines edlen Vetters die ganze Gegend durchkämmen?«

Caris runzelte mißbilligend die Stirn, aber Antryg nickte. »Zu Euren Diensten«, sagte er mit einem Funkeln in den grauen Augen. »Wenn es Euer Hoheit genehm ist, werde ich meinen Namen nicht preisgeben.«

»Keine Frage«, antwortete Prinz Cerdic hastig. »Keine Frage. Nie käme ich auf den Gedanken, an einen, der das Geburtsrecht besitzt, ein solches Ansinnen zu stellen.« Seine geschminkten Augen kehrten zu der Wiese zurück. Sorgenfalten gruben sich in seine offene Stirn. »Was haltet Ihr von dieser Sache? Meine Bauern kamen zu mir und erbaten meine Hilfe. Ich legte dieses Monstrum an – es fängt seit Generationen Staub in einer Ecke von Devilsgate Hall – und kam her, um mir die Bescherung mit eigenen Augen anzusehen, auch wenn der Deixel weiß, was ich getan hätte, wenn ich da mittendrin umgekippt wäre.«

»Wann hat man diese Abominationen zum erstenmal gesichtet?« erkundigte sich Antryg.

Cerdic schüttelte den Kopf. »Vor drei, vier Tagen hat einer

meiner Viehhirten gemeldet, eine gefunden zu haben – ein kleines Exemplar, nicht größer als eine Wurst –, und zwar an einer Färse auf den Bergweiden, nahe bei der Straße des Teufels. Er brachte es mit einer Fackel dazu, von dem Tier abzulassen, aber es wollte sich auf ihn stürzen, und er gab Fersengeld; Feuer schien das Geschöpf nicht zu schrecken. Als sie gehäuft bei den Herden auftraten, probierten wir Gift, aber mit wenig bis gar keinem Erfolg. Wenn Ihr Euch vielleicht bereitfinden könntet, Magie anzuwenden ...«

Caris warf einen schrägen Blick auf seinen sogenannten Gefangenen. Antryg schob seine Brille hoch wie ein Mann, der noch etwas Zeit braucht, um sich eine Erklärung dafür einfallen zu lassen, weshalb er zu einer Abendgesellschaft im Morgenanzug erschienen ist. »Nun ja, es gibt einen Grund, weshalb ich von meinen magischen Kräften lieber keinen Gebrauch machen möchte«, antwortete er entschuldigend. »Und auf jeden Fall würde es ...«

Joanna, die immer noch am Türpfosten lehnte, wandte den Kopf von der verseuchten Wiese ab und fragte: »Was für eine Art Feuer habt ihr benutzt?«

Cerdic hob die gezupften Brauen. »Was für andere Arten Feuer gibt es denn, meine Liebe? Feuer ist Feuer.«

»Wenn Feuer gleich Feuer wäre«, verteidigte sich Joanna schüchtern, »könnte man Schwerter im Küchenherd schmieden. Habt ihr versucht, sie mit konzentriertem Feuer zu vernichten wie in einem Brennofen? Dem heißesten Brennofen, den es hier gibt ...«

»Das wäre ein Kalkofen«, warf Cerdic hilfsbereit ein. Dann fiel ein Schatten über sein Gesicht. »Doch wie wir sie hineinbekommen sollen ...? Wir könnten immer nur ein oder zwei auf einmal ködern, und möglicherweise reagieren sie nicht, wenn der Köder sich im Inneren des Ofens befindet.« Hoffnungsvoll richtete er den Blick auf Antryg. »Außer es gibt eine Art Lockzauber?«

Antryg seufzte. »Ich fürchte, die Abominationen wären nicht die einzigen, die von einem solchen Zauber angelockt würden.«

»Und wir hätten keine Zeit dafür«, gab Joanna zu bedenken und deutete auf das quirlende Leben in der Wiese. »Die Biester scheinen sich ziemlich schnell zu vermehren.«

»Uns bleibt vielleicht noch weniger Zeit, als wir denken.« Antryg schob die Hände in die Jeanstaschen und legte den Kopf zur Seite. »Kommt ganz darauf an, ob es sich hier um eine Art Blutegel handelt oder um so etwas wie Maden.«

Caris wußte damit nichts anzufangen, aber Joanna wurde kreidebleich. Fast mit demselben Schuljungengefühl, als spräche er zu seinem Großvater, fragte Caris: »Wo liegt der Unterschied?«

Der Magier hob die Schultern und ließ sie wieder sinken. »Das Schmeichelhafteste, was man über Blutegel sagen kann«, meinte er, »ist, daß sie sich nicht in etwas anderes verwandeln, das vielleicht sogar noch Flügel hat.«

Caris starrte ihn an. Der Gedanke an eine Metamorphose war ihm noch gar nicht gekommen. Cerdic flüsterte erschüttert: »Mutter des Einzigen Gottes ...« Er schluckte krampfhaft. »Aber wenn Ihr nicht gewillt seid, Magie zu gebrauchen, und wenn Gift keine Wirkung zeigt.«

In Antrygs Gesicht arbeitete es, während er nach einer Möglichkeit suchte, seine magischen Kräfte einzusetzen, ohne das Kollegium oder die Häscher der Kirche auf seine Spur zu locken. Cerdic fixierte ihn erwartungsvoll, und Caris begann zu spekulieren, ob dieser Mangel an Hilfsbereitschaft sich eventuell ausnutzen ließ, um dem Prinzen Antryg abspenstig zu machen und ihn auf seine Seite zu ziehen.

In die Stille hinein fragte Joanna: Was würdest du brauchen für einen Zauber?«

Antryg schüttelte den Kopf. »Ein Lockmittel. Sie wurden von ihrem toten Artgenossen angezogen wie Ameisen von Zucker. Wahrscheinlich würde ich eine Illusion von dem Geruch erschaffen, um sie in den Ofen zu locken. Sobald sie drinnen wären, könnte man Feuer machen.«

»Wir haben es mit Blut versucht.« Cerdic verlagerte klappernd sein Gewicht von einem Fuß auf den anderen und verschränkte umständlich die Arme vor der Brust. »Zwei oder drei kamen, aber das Gift konnte ihnen nichts anhaben. Wir benutzten Pestwurz – das stärkste Gift, das wir kennen –, und wir benutzten es literweise. Der Geruch allein hätte sie umbringen müssen.«

»Versucht Quecksilber oder Arsen«, schlug Joanna vor. »Beides sind Metalle. Ganz egal, wie der Organismus dieser Monster aufgebaut ist, ein Schwermetall sollte sie zumindest weitestgehend außer Gefecht setzen. Was immer sie in der toten Abomination gewittert haben, muß das Konzentrat eines auch im Blut der Kühe enthaltenen Stoffes sein, um sie so magnetisch anzuziehen, daß sie alles andere links liegen lassen.«

Caris meldete sich zu Wort. »Eins von ihnen hat mich in nur wenigen Metern Entfernung von dem Kadaver angegriffen.«

»Wirklich?« fragte Antryg plötzlich. »Wenn ich mich recht erinnere, griff es dein *Schwert* an. Welches natürlich mit dem Lebenssaft des toten Parasiten benetzt war. Es schenkte dir keine Beachtung mehr, nachdem es das Schwert erobert hatte. Und ich sage euch noch etwas. Worauf immer sie es auch abgesehen haben mögen, sie suchen es nicht nur im Blut, sondern auch in der Erde. Wenigstens war die Uferböschung wie zernagt von der Wühlarbeit der Kreaturen.«

»Ein Spurenelement?« Joanna zupfte an den Heuhalmen in ihren Haaren. Sie war plötzlich sehr verschieden von dem befangenen Mädchen, das sie auf dem Marsch von Kymil begleitet hatte, dachte Caris. Ihre Fähigkeiten beschränkten sich also doch nicht nur darauf, mit Maschinen zu sprechen, und er fragte sich plötzlich, ob es diese Eigenschaft war, dieses Wissen, weswegen Antryg sie aus ihrer Heimatwelt entführt hatte. »Blut besteht hauptsächlich aus Wasser, Salz, Proteinen sowie einigen Spurenelementen, und es transportiert Sauerstoff. Wasser kann es nicht sein, sonst wären sie alle im Bach. Vielleicht Nitrogen ...«

»Cerdic.« Antryg wandte sich an den Prinzen, der mit einem Ausdruck der Verständnislosigkeit auf dem runden, schwitzenden Gesicht ihrer Unterhaltung gefolgt war. »Befand sich eine Salzlecke unten am Bach?«

Der junge Mann sah ihn mit hochgezogenen Augenbrauen an. »Da bin ich überfragt. Ist das wichtig?«

»Eine Salzlecke?« fragte Joanna verwirrt.

»Ja – ein natürlich gewachsener Kochsalzbrocken im Boden. Da war eine zertrampelte Stelle am Ufer, die aussah, als käme das Vieh regelmäßig dorthin ...«

Auf ein Zeichen des Prinzen sprang der Kutscher vom Bock und kam heran, nicht ohne einen wachsamen Blick auf Antryg und einen mißbilligenden auf Joannas behoste Beine zu werfen. »Ja, stimmt«, gab er bereitwillig Auskunft. »Das war, was die Kühe als erstes auf der Wiese taten, nachdem dieser Nichtsnutz Joe vorgestern das Gatter offengelassen hatte. Sonst treibt der Hirte sie regelmäßig hin und hat sein Tun, sie aus dem Heu herauszuhalten.«

»Nun«, Antryg breitete die Hände aus, »die Lecke ist weg. Das ganze Ufer ist unterhöhlt.«

»Vermutlich haben sie angefangen, sich vom Blut der Kühe zu ernähren, nachdem diese Quelle aufgebraucht war«, Joanna wandte sich wieder an den verdutzt dreinschauenden Cerdic. »Ich glaube, da habt Ihr Eure Antwort«, sagte sie, aber schlagartig, als hörte und fürchtete sie die selbstverständliche Autorität in ihrer eigenen Stimme, ergriff die alte Schüchternheit erneut von ihr Besitz. Leise, aber entschlossen fuhr sie fort: »Salz, soviel sich beschaffen läßt, vermischt mit ausreichend Wasser, um es flüssig zu machen, und großen Mengen Quecksilber und Arsen. Wenn es sie nicht tötet, müßte es sie wenigstens soweit lähmen, daß man sie in den Ofen schaufeln kann.«

Cerdic nahm ihre Hand zwischen seine stahlumhüllten Tatzen und sagte, was nie zuvor ein Ritter in goldener Rüstung zu irgendeinem edlen Burgfräulein gesagt hatte: »Mädel, du bist ein Genie!«

Joanna wurde knallrot und schüttelte den Kopf. »Man braucht das Problem lediglich in Subroutinen zu zerlegen«, winkte sie ab. »Ich meine – alle Programmierer denken so.«

Der Prinz runzelte die Stirn. »Programmierer – ist das eine Art Zauberer?«

Antryg, der sah, daß Joanna nicht mehr weiter wußte,

legte ihr beschützend den Arm um die Schultern und sagte: »Ja. Und nun«, fügte er ernsthaft hinzu, »hoffe ich, daß Ihr beabsichtigt, uns zu verhaften, weil das bedeuten würde, wir könnten aufhören zu fliehen und ein Frühstück zu uns nehmen.«

Mit ebenso ernsthafter Miene machte der Prinz Anstalten, sich zu verneigen – Caris, der Kutscher und Antryg griffen gemeinsam zu und konnten ihn gerade noch rechtzeitig auffangen, bevor er in der Rüstung das Übergewicht bekam. Statt der Verbeugung vollführte er eine einladende Armbewegung. »Hochwürdiger Magus«, sagte er, »habt die Güte, Euch als meinen Gefangenen zu betrachten.«

»Und wie geht es jetzt weiter?«

Antryg war nicht mehr als eine Silhouette vor dem abenddämmrigen Rechteck des hohen Fensters. Langsam drehte er sich zu ihr herum. Hinter seiner Schulter ließ eine Rauchsäule in der Ferne erkennen, daß man den ersten der Kalköfen in Betrieb nahm.

»Es scheint funktioniert zu haben«, sagte er und lächelte, als Joanna eine Handvoll grüner Musselinröcke samt Unterröcken zusammenraffte und sich raschelnd über den Parkettboden des Salons bewegte. Die Räume – *Gemächer* nannte man das wohl in diesen Kreisen –, die der Prinz ihnen in Devilsgate Manor zugewiesen hatte, schauten nach Osten auf dichte Wälder hinter einem schmalen Streifen verwilderten Gartens. Obwohl über dem Grün draußen noch der letzte Glanz der untergehenden Sonne lag, begann es zu dieser Stunde in den Zimmern bereits zu dunkeln. »Und er hat recht gehabt, *Mädel*. Es war eine geniale Eingebung, Subroutinen hin, Subroutinen her.«

Joanna schüttelte wieder abwehrend den Kopf. Das Lob brachte sie ebenso in Verlegenheit wie die gekräuselten Volants und das tiefe Dekolleté ihrer Robe. Pikant war die Frage, für wen der Prinz wohl eine gutsortierte Damengarderobe in seinem bescheidenen Heim zur Verfügung hielt. »Das kommt daher, daß man beim Programmieren alles in einzelne Schritte zerlegen muß«, erklärte sie. »Um sich mit einer Maschine zu verständigen, muß man denken wie eine – Alternativen überprüfen und ausschließen, bis sich nach und nach die Lösung herauskristallisiert.« Sie unternahm das Wagnis, sich auf die Kante eines einladend plazierten Stuhls zu setzen, verzichtete dann aber darauf, als die unvorsichtige Bewegung ihr einen schmerzhaften Stich von dem ins Mieder eingearbeiteten Fischbeinkorsett eintrug. »Vielleicht umständlicher, als mit einem Menschen zu reden, aber wenn man alles richtig macht, weiß man immer, woran man ist.«

Seine grauen Augen bekamen einen weichen Ausdruck, als er aus ihren Worten die Jahre verdrängter Unsicherheit heraushörte, doch er sagte nur: »Dann hat es tatsächlich Ähnlichkeit mit Magie. Um einen Zauber zu wirken, muß man genau über das Zielobjekt Bescheid wissen. Danke übrigens«, fügte er leise hinzu, »für deine Unterstützung. Du hast mich davor bewahrt, eine sehr unangenehme Wahl zu treffen.«

Joanna wurde rot und schlug die Augen nieder. Satt, gewaschen und ausgeruht, gekleidet in einem doppel so eleganten und doppelt so unbequemen Kleid wie das, was sie vorher angehabt hatte, litt sie immer noch unter den Nachwehen der anstrengenden Flucht. Ihre Handgelenke schmerzten vom Rückschlag der Pistole und gemahnten sie an das Ungeheuerliche, das sie vor nicht einmal achtundvierzig Stunden getan hatte. Ebensowenig wie die tiefsitzende Erschöpfung ließ sich das mit ein paar Stunden Schlaf kurieren.

In gewissem Sinne würde es nie kuriert werden – es war von nun an ein Bestandteil ihres Lebens, ihrer Erinnerung, ihrer Persönlichkeit.

Antryg, freute es sie festzustellen, sah ebenfalls besser aus. Er hatte ein sauberes Hemd an, doch von dem samtenen Schoßrock und der ungefragt geliehenen Jeans mochte er sich offenbar nicht trennen. Die Schwellungen in seinem Gesicht waren deutlich zurückgegangen.

»Jeder Programmierer hätte das ausgetüftelt«, protestierte sie erneut. »Außerdem wäre es wirklich zu gefährlich gewesen, abzuwarten, ob und in was dieses Viehzeug sich verwandelt.« Sie zögerte. »Und wir haben keine Garantie, daß die Sache damit ausgestanden ist, oder?«

Er schüttelte den Kopf – über den Hintergrund seiner Augen zog der Schatten eines düsteren Wissens, als ahnte er undenkbare Möglichkeiten. Seine Stimme klang sehr leise. »Nein.«

»Was geschieht jetzt?«

Antryg seufzte und schien die bedrückenden Gedanken abzuschütteln. »Ich nehme an, ich könnte es in den Karten lesen«, meinte er, »obwohl die Karten eigene Gefahren bergen.«

»Weil sie vom Kollegium aufgespürt werden könnten?«

»Nein – Kartenlegen hat eigentlich genausowenig mit Zauberei zu tun wie Träumen. Aber die Karten haben die unschöne Gewohnheit, einem Dinge zu offenbaren, die man lieber gar nicht wissen will.«

Joanna lehnte sich ihm gegenüber in die Fensternische und strich mit der Hand über den glatten, vergoldeten Rahmen. »Aber dann ist man auf die Katastrophe vorbereitet, wenn sie eintritt.«

»Mag sein – außer es ist wie bei Krieg oder Eifersucht erst das Vorherwissen, das die Ereignisse auslöst. Besser, man läßt den Dingen ihren Lauf und nimmt alles, wie's kommt.«

»Vielleicht hast du recht.« Sie lächelte scheu. »Aber den Dingen ihren Lauf lassen und alles zu nehmen, wie es kommt, ist mir von jeher schwergefallen.« Sie schüttelte den Kopf. Die feuchten Haarspitzen streiften ihre Schultern, die unterhalb der Bräune, wo der tiefere Ausschnitt Haut entblößte, die bisher vor der Sonne geschützt gewesen war, noch ganz weiß waren. »Bestimmt hört es sich ziemlich dumm an, weil ich weiß, etwas Furchtbares braut sich zusammen, etwas Böses, aber ich habe nur einen Wunsch – aus dem Spiel auszusteigen.«

Er lächelte. »Nicht dumm«, meinte er sanft. »Von Zeit zu Zeit ertappe ich mich dabei, wie ich mir wünsche, wieder in meinem Turm zu sein. Nicht, weil er so komfortabel gewesen wäre, der Einzige Gott bewahre! Sondern dort hatte alles seine Ordnung, und all meine Habseligkeiten sind dort, und ich war in Sicherheit.«

Ihr fiel ein, was sie auf der Insel gedacht hatte, unmittelbar bevor sie zwei Menschen getötet hatte: *Wenn ich keine Pistole hätte, brauchte ich dies nicht zu tun.*

»Sind wir jetzt in Sicherheit?«

Er dachte nach. »Kaum«, antwortete er nach einer Weile gedehnt. »Ich ganz sicher nicht, und du ...« Es entstand eine lange Pause, die ihr Gelegenheit bot festzustellen, daß die Farbe dieser milden grauen Augen in Wirklichkeit ein Graublau war, dem weiße und haselnußgelbe Pünktchen den silbrigen Schimmer verliehen. Unter dem linken bildeten zwei Falten im Netz der Krähenfüße ein kleines V.

Er seufzte und sagte halb zu sich selbst: »Ich wünschte, ich wüßte es.«

Joanna fühlte sich langsam wie der arme Schlemihl in *North by Northwest*, der gekidnapped, quer durchs Land geschleppt und von Wildfremden beschossen wurde, ohne die leiseste Ahnung zu haben, was eigentlich Sache war, und der darüberhinaus ...

Schlagartig wurde ihr klar, daß die Analogie noch weiterging.

Ihre Blicke trafen sich für eine kleine Ewigkeit.

Sie dachte mit einem merkwürdigen Gefühl der Benommenheit: *Daß es so sein würde, hätte ich nicht erwartet.* Eine Zeitlang kam es ihr vor, als ob keiner von ihnen atmete, unmöglich, daß der einzige Berührungspunkt zwischen ihren Körpern nur der war, wo die Spitzenflut ihrer Unterröcke seinen vom Stiefel umhüllten Knöchel berührte. Ein Teil ihres Verstandes sagte in dem üblichen kühlen und sachlichen Ton: *Das ist lächerlich. So was passiert doch nicht mir.* Während eine andere Stimme sagte: *Ich will ihn.*

Eine Zeitlang waren die aschenen Schatten des leeren Salons wie ein unbewegtes Wasser. Bis auf das ferne Zwitschern der Vögel draußen herrschte tiefe Stille. Der Duft nach Wald, nach Gras, der noch feucht vom Regen der letzten Nacht war, zusammen mit dem beißenden Rauch der brennenden Kalköfen kam durchs Fenster und vermischte sich mit dem schwachen Seifenduft seiner Haut und seiner Haare. Er stand so regungslos, daß eine Facette seines Kristallohrrings einen Strahl des schwindenden Tageslicht einfing und festhielt; das einzige, was sich regte, war der weiße Lichtsaum auf den Falbeln der Hemdbrust, der sich unter seinen Atemzügen hob und senkte.

Alles war so klar und unglaublich einfach, trotzdem fühlte sie sich hilflos. Diese Situation hatte nichts gemein mit Gary und ihrem unschlüssigen Abwägen und nochmals Abwägen von Pro und Kontra. Sie wußte nur, daß sie ihn wollte, und sie wußte, wenn sie in die geweiteten schwarzen Pupillen seiner Augen blickte, daß er genauso empfand.

Dann brach der Bann. Abrupt wandte Antryg sich ab und trat vom Fenster weg in die dämmrige Höhle des Zimmers. »Ich werde das nicht tun«, sagte er leise. Sie hörte ein leichtes Zittern in der sonoren Stimme. »Du bist von mir abhängig und stehst unter meinem Schutz in dieser Welt. Ich werde das nicht ausnutzen.«

Er stand mit dem Rücken zu ihr. Die dunstige Helligkeit des scheidenden Tages überzog die Schultern seines Samtrocks mit einem zinngrauen Schimmer. Sie wußte genau, daß er ihre Augen auf sich ruhen spürte. Was ihre eigenen Emotionen betraf – sie war geschockt und bestürzt. Nicht, weil sie fühlte, was sie fühlte, sondern wegen der Urgewalt, mit der diese Empfindungen über sie hereinbrachen. Nichts, was sie je mit Gary erlebt hatte, Sex inklusive, erreichte die Intensität dieses Bedürfnisses, das Bedürfnis nicht zu besitzen, sondern zu geben.

Nach einem Moment gab er sich einen Ruck und ging schweigend aus dem Zimmer.

»Ihr könnt nicht die Augen verschließen vor dem, was er getan hat!« Caris hielt in seinem erregten Auf- und Abgehen inne, um den hinter dem Intarsienschreibtisch verschanzten Prinzen anzusehen. »Er und nicht die Kirche oder die Inquisition Eures Vetters ist der wahre Feind des Kollegiums!«

Prinz Cerdic schwieg. Seine fleischigen Hände mit den altmodischen Ringen aus Gold und rosigem Kristall lagen gefaltet vor ihm auf der Tischplatte. Seine weichen, geschminkten Lippen waren leicht geschürzt. Sein Arbeitszimmer, das im Stil vergangener Epochen eingerichtet war, blickte nach Norden; durch die hohen Fenster konnte man vor dem Hintergrund des pastellfarbenen Horizonts die ersten markanten Wahrzeichen der Straße des Teufels erkennen: Menhire, wie sie den Weg von Kymil zum Turm des Schweigens bewachten, lange bevor Stadt oder Turm erbaut worden waren, krönten den unbewaldeten Hügelrücken. Aber diese lange, schweigende Reihe steinerner Wächter führte von Nirgendwo nach Nirgendwo. Sie waren allein dem Wind vorbehalten und den geheimnisvollen Energiefeldern der Erde, denen nur jene mit dem Geburtsrecht nachzuspüren vermochten.

Caris begriff, daß Prinz Cerdic nicht zufällig von allen der kaiserlichen Familie zur Verfügung stehenden Schlössern ausgerechnet dieses zu seinem Landsitz erkoren hatte. Hartnäckig fuhr er fort: »Antryg ist es, der den Erzmagus entführt und damit der Kirche und den Hexenjägern die Möglichkeit gegeben hat, zu verkünden, die Nigromanten hätten sich gegen das Kaiserreich verschworen – ein perfekter Vorwand für ein Kesseltreiben, ohne sich rechtfertigen zu müssen. Vielleicht hat er es deshalb getan – vielleicht aus einem anderen Grund. Und er ist verantwortlich für das Auftauchen der Abominationen.«

»Dafür gibt es keinen Beweis«, wandte der Prinz ein.

»Und woher kann er dann so viel über sie wissen?«

Der Prinz äußerte sich nicht. Still saß er zwischen seinen Weihrauchbrennern aus Gold und Muschelintarsien, während die Abbilder der einundzwanzig Alten Götter von dem Regal hinter ihm auf seinen runden, rosafarbenen Satinrükken starrten. Wie viele Konvertiten war Prinz Cerdic fanatischer als die meisten Alten Gläubigen, die Caris kennengelernt hatte, und von denen die meisten sich mit an die Wand geklebten, kunstvoll kalligraphierten Namenstäfelchen begnügten. Während er dem Prinzen von der Abomination im Sumpf erzählte, von den Enthüllungen seines Großvaters auf dem umgestürzten Menhir und von dem Handschuh des alten Mannes in Antrygs Zimmer, als jener durch den Abyssus in eine andere, fremdartige Welt verschwunden war, spürte er stets die Augen dieser kleinen Skulpturen auf sich – der hundsköpfige Lancres; Tambet mit dem kindlichen Signius an ihrer Brust; Kahieret, Schutzpatron der Magier, mit seinem Storchenkopf, der aus den langen, schwarzen Gewändern eines Nigromanten ragte; der gehörnte Tote Gott in seinem Leichentuch …

»Ich brauche eine Audienz bei Hofe«, sagte Caris mit erzwungener Ruhe. »Wenn ich Antryg in Gegenwart von Zeugen vor den Regenten bringen kann, können die Hexenjäger weder seine Gefangennahme noch sein Geständnis unterschlagen. Sie interessiert nicht die Wahrheit, sondern nur, welche Geschichte ihren Plänen am förderlichsten ist. Wenn Antryg ihnen in die Hände fällt, werden wir den Erzmagus niemals finden, und auch die Macht des Kollegiums ist dann für immer gebrochen.«

Cerdic rieb sich mit einer spitzenumflorten Hand über das glatte Kinn. »Aber vielleicht sagt er die Wahrheit? Die mit dem Geburtsrecht Beschenkten verstehen so viel mehr von dem, was vorgeht, als einfache Sterbliche wie du und ich …«

»Und wenn schon! Das heißt doch nicht, daß er die Wahrheit sagt!« brüllte Caris beinahe. »Er behauptet, derjenige, der im Hintergrund die Fäden zieht, der dem Land die Lebenskraft aussaugt, den Abominationen Einlaß gewährt, der den Erzmagus entführt und die Frau Joanna in unsere Welt gebracht hat, wäre nicht er, sondern jemand anders. Aber nach den Worten des Erzmagus *gibt* es keinen anderen mit diesem Wissen über den Abyssus!«

Das Licht der Kerzen in dem opulenten Raum huschte über die reiche Goldstickerei am roséfarbenen Rock des Prinzen. Hinter ihm, auf den Regalen mit den Statuetten der Alten Götter, sah Caris Reihen altehrwürdiger Lehrbücher der Magie. Einige erkannte er aus dem Studierzimmer seines Großvaters, andere identifizierte er nach den Spötteleien der Nigromanten des Kollegiums: Patentmedizinen und Erdmagie und Großmutterweisheiten, die gesammelten Werke jedes Kurpfuschers und Mirabiliten der letzten fünfhundert Jahre. Der Prinz rückte unruhig im Polstersessel herum, seine Diamantohrringe warfen tanzende Lichtpunkte über seine Schultern und die weiß-rosa Halsbinde.

»Erstens bin ich nicht sicher, daß meine Fürsprache deiner Sache nützen würde«, bemerkte er. »Mein Vetter hat schon immer ein krankhaftes Mißtrauen gegen jeden in seiner Umgebung gehegt. In letzter Zeit beginnt er auch mich zu verdächtigen. Das ist ein Grund, weshalb ich hier bin und nicht am Hof, wo ich Möglichkeiten hätte, denen mit dem Geburtsrecht zu helfen. Er läßt mich überwachen. Absurd, weil ich theoretisch sein Erbe bin, aber ich fing an, für meine Sicherheit zu fürchten.

Wie auch immer …« Er runzelte die Stirn und strich den Spitzenhandschuh glatt. »Es steht uns nicht zu, über jene mit dem Geburtsrecht zu urteilen. Sie waren unsere ersten Priester, Diener der Alten Götter. Sie kommunizieren immer noch mit den geheimen Mächten, die unser Verständnis übersteigen.«

Ungeduldig fuhr Caris auf: »Das ist Unsinn! Nicht mehr als eine Handvoll Nigromanten sind Alte Gläubige!«

»Es kommt nicht darauf an, wie sie sich nennen«, beharrte Cerdic. »Die ihnen gegebenen Kräfte sind immer noch die Kräfte der Alten. Es ziemt sich nicht für einen bloßen Sterblichen, in den Lauf des Schicksals einzugreifen, nicht einmal aus Motiven, die ihm lobenswert erscheinen mögen. Man sagt, mein Onkel, der Kaiser, hätte großen Respekt vor Suraklin gehabt und ihn oft in seiner Gefängniszelle besucht. Dennoch lud er die Schuld auf sich, einen Magier zum Tode zu verurteilen, und er hat es bitter gebüßt.«

»Zwanzig Jahre später?«

Der Prinz schob die Unterlippe vor, was seinen ansonsten offenen Zügen einen störrischen Ausdruck verlieh. Obgleich Caris wußte, daß er den nach dem wahnsinnigen Regenten zweiten Thronerben vor sich hatte, verspürte er ein überwältigendes Verlangen, diesen pomadisierten Kopf gegen die Wand zu schlagen.

»Er hätte sich nie in die Angelegenheiten des Dunklen Magus' einmischen dürfen. Unheil kommt über den, der jene mit dem Geburtsrecht gering achtet.«

Caris begann den Standpunkt der Adligen zu verstehen, die Pharos' sadistische Geistesgestörtheit dieser Art blinder Starrköpfigkeit vorzogen. Antryg verstand es ohne Zweifel, seine Freunde auszuwählen.

Geduldig sagte er: »In der Tat kam Unheil über jene, die es wagten, Suraklin gering zu achten. Aber deshalb mußte ihm doch das Handwerk gelegt werden. Und Antryg ist sein Schüler, sein Erbe, vertraut mit all seinen schwarzen Künsten.«

Cerdic beugte sich über das Intarsienmuster der Tischplatte und griff nach Caris' Hand. In seinen Augen stand diese aufreizende, überirdische Güte, als er sagte: »Das ist nur, was du glaubst – als ein Außenstehender, ohne Einblick in die Zusammenhänge.«

»Ich bin kein ...«, verwahrte sich Caris indigniert und zog seine Hand zurück, aber Cerdics weiche, ziemlich hohe Stimme redete einfach über seine Einwände hinweg.

»Es ist nicht an uns, zu urteilen – nicht an dir, als einem Sasenna, der geschworen hat zu dienen, und nicht an mir, obwohl ich nach den Maßstäben dieser Welt einen hohen Rang bekleide. Unsere Pflicht ist es, denen mit dem Geburtsrecht beizustehen, so gut wir können. Ich habe Meister Antryg einen Zweispänner mit Pässen zur Verfügung gestellt, die ihm zwischen hier und Engelshand frische Pferde garantieren.«

»WAS?!«

Einen Augenblick zeigte sich hinter der Fassade des sanftmütigen und beflissenen Konvertiten die pikierte Miene dessen, der in seinem ganzen Leben noch niemals Widerspruch hatte hinnehmen müssen.

»Ob er dich mitnimmt, liegt bei ihm«, fügte der Prinz steif hinzu, und ein Unterton in seiner Stimme erinnerte Caris daran, daß er sich in Devilsgate völlig in der Gewalt dieses jungen Mannes befand. »Deshalb rate ich dir, falls du keinen Respekt hast vor denen, die klüger und weitblickender sind als du, solltest du diesen schnell entwickeln.«

Caris verließ das Zimmer wütend über die blinde, sture Gläubigkeit des Prinzen und seinen eigenen Mangel an diplomatischer Finesse. Während er das hohe Vestibül durchschritt und die anmutig geschwungene Treppe zur nächsten Etage hinaufstieg, dachte er darüber nach, daß er sich wirklich überaus geschickt in eine prekäre Lage manövriert hatte. Nichts hinderte Cerdic daran, ihn festzuhalten, bis Antryg einen unaufholbaren Vorsprung gewonnen hatte. Oder er lieferte ihm den Hexenjäger aus, obwohl – nein, das würde er schon deswegen nicht tun, weil sie Caris dazu benutzen konnten, Antryg aufzuspüren.

Der obere Teil des Hauses lag im Dunkeln. Ihm kam der Gedanke, daß Cerdic ihn gar nicht einzusperren brauchte. Es hätte ja schon genügt, ihm diese dumme Audienz zu gewähren, während Antryg derweil mit der Kutsche des Prinzen in der Nacht verschwand.

Schnell trat er in das ihm zugewiesene Zimmer. Seine alte Kleidung war noch da. Der Kammerdiener hatte ihm den schlichten braunen Anzug eines Lakaien oder mittelständischen Kaufmanns beschafft, den er jetzt trug. Auch seine Waffen lagen noch versteckt im Baldachin des monumentalen Bettes. Er hatte sich sein Schwert wiedergeholt, nachdem Joannas Lockmittel Wirkung gezeigt hatte, und die Wiese von Abominationen gesäubert worden war. Er überprüfte die Pistole – sie war noch geladen. Obschon es verboten wer, in Gegenwart eines Mitgliedes der kaiserlichen Familie Waffen zu tragen, hatte er einen Dolch im Stiefelschaft gehabt. Er verstaute die Pistole in der Tasche seines kurzen Jacketts, nahm das Schwert zur Hand und verließ das Zimmer wieder.

Er fand Antryg allein im Salon der Zimmerflucht, in der man sie einquartiert hatte. Seine nachtsichtigen Augen entdeckten die lange schlaksige Gestalt in einem Lehnstuhl neben dem Fenster, wo er selbstvergessen die Karten eines Tarotspiels auf der lackierten Platte eines kleinen Teetischs auslegte. Etwas in der müden Haltung der knochigen Schultern erweckte in Caris den Eindruck, daß er schon lange dort saß.

Obwohl der Sasenna kein Geräusch verursachte und im Dunkeln keinen Schatten warf, sagte Antryg, ohne den Kopf zu wenden: »Nur herein, Caris. Bist du bereit, dich heute abend mit uns wieder auf den Weg zu machen?«

Caris reckte das Kinn vor. »Hast du dich in der Güte deines Herzens dazu durchgerungen, mir einen Platz anzubieten? Oder brauchst du nur jemanden, der sich um die Pferde kümmert?«

»Ja, auch ...« In den tiefen Schatten blitzte sein maliziöses Grinsen. Die langen schmalen Hände bewegten sich geisterhaft bleich über die Tischplatte. In der Stille hörte man das leise Wispern der Karten auf der Marketerie. »Abgesehen davon halte ich es für unwahrscheinlich, daß ich Joanna überreden könnte, mit mir zu – hm – fliehen, wenn du nicht dabei bist.«

»Und ihre Gefühle sind dir wichtig?«

»Merkwürdigerweise ja.« Die Stimme des Magiers klang betont gleichmütig. »Es ist ziemlich schwierig, eine gegen ihren Willen entführte junge Dame und gleichzeitig ein Pferdegespann zu bändigen – nun ja, jemand mit einschlägiger Erfahrung brächte es vermutlich fertig, aber man erregt doch ein gewisses Aufsehen. Der Regent ist auf dem Weg hierher, mußt du wissen.«

Caris runzelte die Stirn und trat einen Schritt ins Zimmer. »Woher weißt du das? Er wollte doch nach Kymil.«

»Ich nehme an, er ist an der Poststation umgekehrt, oder vielleicht haben die Bischöfin und die Hexenjäger ihn auf halbem Weg getroffen.« Antryg tippte auf die ausgelegten Karten. Über seine Schulter hinweg sah Caris den König des Pentagramms, der auf dem Kopf stand, die Stäbe 8, die Schwerter 5, die Liebenden ... »Und er wird heiraten. Kurios, wenn man Pharos' Vorlieben bedenkt, aber – es würde manches erklären.« Verwirrt wollte Caris fragen: *Was zum Beispiel?*, als der Magier mit einer flinken Bewegung eine siebente Karte auf das Blatt warf – der Tod, ebenfalls verkehrt herum.

»Interessant.«

Caris blickte wortlos auf die Karten nieder. Wie für die Nachtsicht der Magier typisch, sah er sie ohne Farbe, ohne Tiefe, verfremdet. Die Mitglieder des Kollegiums, die akademischen Nigromanten, machten keinen Gebrauch von den Karten, die in ihren Augen billige Scharlatanerie auf dem Niveau von Zigeunern und Mirabiliten waren, doch in der Dunkelheit fand er ihre geheimnisvollen Symbole beunruhigend. Zögernd fragte er: »Der auf dem Kopf stehende Tod, das bedeutet – Leben?«

Antryg schüttelte den Kopf und antwortete halblaut: »Nein. Stagnation.«

Seine langen geschmeidigen Finger sammelten die Karten und mischten sie. Dabei hielt er die Augen geschlossen. Er legte sechs Karten mit der Präzision des professionellen Gebers in dem überlieferten Muster und betrachtete sie lange Zeit. In der Mitte der Einsiedler, überdeckt von dem Toten Gott, der das Siegel der Finsternis symbolisierte, flankiert von Kaiser und Priester, dem Ritter der Schwerter und der Königin der Stäbe. Die Zeichen sagten Caris nichts, doch er spürte Antrygs Zusammenzucken durch die Stuhllehne, auf die er sich stützte, und er hörte, wie der Magier zischend den Atem ausstieß.

Dann schnippte Antryg die siebente Karte vom Packen und fixierte sie eine Zeitlang. Durch das offene Fenster drangen die Stimmen der Stallburschen herein, die Zurufe tauschten, während sie unten im Hof die Pferde einschirrten.

Schließlich flüsterte Antryg: »Nun gut«, und stand auf. Selbst im Dunkeln wirkte sein Gesicht angespannt und verfallen. »Zeit, daß wir aufbrechen.« Mit ruhigen Schritten verließ er den Raum.

Caris sah noch einmal auf die Karten, deren eigenartige Symbole so befremdlich waren wie die Stimmen von Dingen ohne Leben. Die siebente Karte lag obenauf – ein toter Mann, durchbohrt von zehn Schwertern, der allein in der kalten Schwärze der hereinbrechenden Nacht lag.

13. KAPITEL

Mondlicht strömte zwischen den Menhiren der Teufelsstraße hindurch, bleichte die verwitterte Oberfläche oder tauchte sie in tintiges Schwarz, so daß sie wie eine endlose Reihe schadhafter, verfaulter Zähne erschienen. Der Phaeton hielt neben einem umgestürzten Stein, an dessen unterem Ende noch Erde haftete. Die Grube, in der er bis vor kurzem gestanden hatte, war ein zerklüftetes schwarzes Loch im hohen Gras. Joanna blickte über die Schulter zurück und konnte sehen, wie die Straße schnurgerade zur Kuppe eines Hügels und darüber hinweg in den unbekannten Ozean der Nacht weiterlief.

Der Magier sagte leise: »Sei so gut und halte die Pferde, Caris.« Nach kurzem Zögern sprang der Sasenna vom Domestikensitz hinten an der Kutsche und gehorchte.

Ungeachtet der Tatsache, daß Antryg immer noch offiziell Caris' Gefangener war, dachte Joanna und lächelte ein wenig in sich hinein, repräsentierte der Magier für den jungen Mann zur Zeit das, was einem Dienstherrn am nächsten kam. Antryg schwang sich in diesem Moment vom hochrädrigen Wagen zu Boden.

Joanna raffte ihre Röcke – allmählich ging ihr die Bewegung in Fleisch und Blut über – und die Stola, die ihr der Prinz überlassen hatte, und kletterte vorsichtig hinter ihm her. Ihr Gespräch mit Antryg im Salon von Devilsgate Manor hatte sie aus dem Gleichgewicht gebracht, nicht nur wegen der Vehemenz ihrer Gefühle, sondern wegen ihrer Unvereinbarkeit mit allem, was sie über sich selbst zu wissen glaubte. Sie hatte den Eindruck, plötzlich tiefer in etwas hineingeraten zu sein, als sie beabsichtigt hatte. Und jetzt wollte ein Teil von ihr vergessen, was sie für ihn empfand, und mehr noch, wollte vergessen, wie es war zu fühlen. Der gleiche Teil vermutlich, der sich in Antryg nach der Geborgenheit seines Turms zurücksehnte. Die Vernunft sagte ihr, daß sowohl ihre Sympathie für ihn als auch ihr Verlangen absoluter Schwachsinn waren – ganz zu schweigen davon, daß nichts von alldem hier sie wirklich etwas anging. Wenn sie erst zu Hause in ihrer eigenen Welt war, konnte sie das alles vergessen.

Oder nicht?

Antryg ging an der Doppelreihe der Menhire entlang. Seine Brille und die billigen Glasperlenketten um seinen Hals blinkten matt in dem geisterhaften Licht.

Wie in jenem Augenblick, als sie auf der Insel die beiden Sasenna getötet hatte, hatte sie plötzlich das Gefühl, eine Grenze überschritten zu haben, und sie wußte, es gab kein Zurück mehr. Nachdem sie erfahren hatte, was Farben waren, konnte sie sich niemals wieder mit Schwarz und Weiß zufriedengeben.

Kein Windhauch bewegte das hohe Gras in der flachen Senke, durch die der Weg führte. Der Mond, der im Zunehmen begriffen war, säumte nicht nur die Steine, sondern auch jeden einzelnen seidigen Grashalm in einen scharfen Kontrast von Silber und Lackschwarz. Die Luft war kühl, und Joanna zog die Stola enger um die Schultern; der Prinz, ein zuvorkommender junger Mann, hatte ihr noch ein halbes Dutzend Kleider zum Wechseln unterwegs mitgegeben. Antryg drehte sich beim Geräusch ihrer Schritte um und wartete auf sie. Das Mondlicht verlieh seinem übergroßen schwarzen Rock einen silbrigen Schimmer. Den größten Teil ihres Lebens, dachte sie, war sie sich nie ihres Willkommens sicher gewesen. Auch das hatte sich geändert.

»Wonach suchst du?« fragte sie.

Er deutete auf den Boden. Nach mittlerweile einer Woche hatte das saftige Gras sich wieder aufgerichtet, aber die Abdrücke waren so groß und tief in die weiche Erde geprägt, daß man sie noch erkennen konnte. Sie musterte die Spuren mit gerunzelter Stirn, rätselte, von welchem Tier sie stammen mochten, und schaute schließlich fragend in Antrygs knochiges Gesicht.

Er schüttelte den Kopf. »Ich weiß es auch nicht. Aber du kannst sehen, daß die Spuren hier anfangen, als wäre das Tier aus einer Tür gekommen, dann führen sie an dem umgestürzten Stein vorbei. Die Kreatur, welcher Art auch immer, muß gewaltig gewesen sein. Cerdic hat mir gesagt, diese Wälder würden gemieden. In der Bevölkerung erzählt man sich Schauergeschichten über die Gegend. Sehr wahrscheinlich verwest der Kadaver irgendwo da oben, während die Parasiten den toten Wirt verlassen haben, um nach einer neuen Nahrungsquelle Ausschau zu halten.«

Joanna fröstelte. Ein einzelner Luftzug fuhr in den dichten, blonden Schopf ihrer Haare – sie zuckte zusammen wie bei der Berührung einer Hand aus dem Nichts. »Eine Woche«, sagte sie nach kurzem Überlegen. »Das war, als ...« Sie stockte. »In welchem Außmaß wird der Abyssus durchlässig, wenn ein Tor sich öffnet?«

»Im allgemeinen nur ein paar hundert Meter«, antwortete Andryg leise. »Aber hier verläuft eine der Energieadern. Magische Transportwege. In früheren Zeiten konnten die Magier auf diesem Weg miteinander sprechen oder von Nodus zu Nodus reisen, Hunderte von Meilen an einem Tag.« Er hob den Kopf und blickte die still unter dem Nachthimmel liegende, grasüberwachsene Straße entlang. In dem bleichen Licht wirkten die dunklen Stellen der Blutergüsse in seinem Gesicht schwarz. »In bestimmten Nächten des Jahres treiben die Bauern immer noch ihre Herden auf diese Wege im Gedenken an den Toten Gott, obwohl sie vergessen haben, weshalb er starb. Aber das ändert nichts daran, daß die alten Götter in Verruf gekommen sind, genau wie jene mit dem Geburtsrecht. Kein Mensch ruft die Stimmen der Luft an, wenn sie nicht zu ihm persönlich sprechen.«

Er griff mit einer unbedachten Vertrautheit nach ihrer Hand; sie war sich überdeutlich der ungefügen Knochen unter dem Fleisch bewußt, der zupackenden Sanftheit seiner Berührung. Nach ein, zwei Schritten blieb sie stehen. Er folgte ihrem Beispiel und schaute sie an; in der mondhellen Nacht waren seine Augen ohne Farbe.

»Antryg«, fragte sie, »warum gehst du nach Engelshand?«

Er ließ sich Zeit mit der Antwort. Sein Gesicht, das gewöhnlich so ausdrucksvoll war, wirkte steinern, als kämpfe er mit sich, wieviel er gefahrlos preisgeben konnte. Dann sagte er bedächtig: »Um mit einigen Mitgliedern des Kollegiums der Nigromanten zu sprechen.«

Joanna wußte im ersten Moment nicht, was sie sagen sollte. Die Antwort war anders ausgefallen, als sie erwartet hatte. »Aber die meisten von ihnen, oder alle, sind im Gefängnis.«

Er nickte. »Das stimmt.« Als hätte sie gesagt: *Die meisten dieser Nummern sind Ferngespräche.*

»Über dieses – dieses Phänomen? Oder was wirklich mit dem Erzmagus geschah?« Sie holte tief Atem. »Über mich? Was ich hier soll? Weshalb ich hier bin?«

In der langen Stille, die folgte, hörte Joanna eins der Pferde leise schnauben und das Zaumzeug klingeln, als es den Kopf schüttelte. Antrygs Lippen preßten sich zusammen. Erst dachte sie, er würde nicht antworten oder sich mit einer seiner scherzhaft-informativen Bemerkungen über archaische Kulte oder Botanik abwenden. Doch schließlich meinte er: »Wegen etwas, das vor fünfundzwanzig Jahren geschehen ist.«

»Und was war das?«

»Ah!« Das vertraute schelmische Grinsen grub sich wieder in seine Mundwinkel. »Wenn ich das wüßte, brauchte ich nicht zu fragen.«

Er wollte zur Kutsche zurück, aber sie umschloß seine Hand fester und hielt ihn zurück. »Ich verstehe nicht.«

»Nein?« fragte er sanft. Das Lächeln erreichte seine Augen. »Gut so.«

Er spaßte nicht. Wieder ging ihr durch den Kopf, daß sie eine Närrin war, ihm zu vertrauen, und eine noch größere, Seifenoperngefühle für ihn zu entwickeln; so oder so, sie würde in ihre eigene Welt zurückkehren, und dieses Intermezzo hier würde ihr nur noch wie ein Traum vorkommen. Trotzdem, als er zögerte, in der Abendkühle seinen Arm um ihre Schultern zu legen, trat sie in den Kreis seiner Wärme und schob ihren Arm um seine Taille. Es hatte etwas Tröstliches, seine Rippen unter dem geschabten Samtstoff und das leichte, gleichmäßige Auf und Ab seines Atems zu spüren.

Sie schlenderten zu der Stelle zurück, wo Caris neben der Kutsche stand. Selbst aus der Entfernung verströmte er mit vor der Brust verschränkten Armen und einer steifen Haltung Mißbilligung.

»Joanna.« Selbst wenn sie bis fast zur Unhörbarkeit gedämpft und nur für ihre Ohren bestimmt war, war Antrygs Stimme wunderschön moduliert und stand in krassem Gegensatz zu seinem exzentrischen Äußeren. Das gesprungene Glas seiner Brille reflektierte das Licht wie ein geborstener Stern, als er auf sie niedersah. »Ich habe kein Recht, dich zu bitten, mir zu vertrauen. Tatsächlich wäre es eine Beleidung deiner Intelligenz, das zu verlangen, aber ... Bitte glaube mir, daß ich nie zulassen werde, daß dir etwas zustößt.«

»Das habe ich auch nie gedacht.« Sie blieben im Schatten des Phaetons außer Hörweite von Caris stehen, der bei den Köpfen der Pferde stand. Antryg umfaßte ihre Taille, um ihr auf das hohe Trittbrett zu helfen. Sie schüttelte das Haar zurück und blickte zu ihm auf. »Wirst du mich in meine eigene Welt zurückbringen?«

Er wich ihrem Blick aus. Nach einem langen Moment sagte er: »Wenn ich kann.« Er hob sie hoch. Sie griff nach dem Messinghandlauf, der um die mit blauem Leder gepolsterte Sitzbank angebracht war, stand da und blickte abwartend zu ihm hinunter.

Er fuhr fort: »Ich kann dir die Wahrheit nicht sagen, Joanna, und Gott weiß, ich habe dich schon genug belogen. Mein ganzes Leben bin ich zu arglos gewesen. Ich kann es nicht riskieren, diesen Fehler wieder zu machen.«

Er stieg neben ihr auf und ordnete die Zügel in den Händen. Caris, der das Tête-à-tête mit tiefem Mißtrauen beobachtet hatte, sprang auf seinen hohen Sitz, als der Phaeton anrollte. Lange Zeit schwieg Joanna und klammerte sich krampfhaft fest, während der leichte Wagen über den unebenen Boden zur Straße holperte. Sie fragte sich, weshalb sie den Eindruck hatte, daß Antryg über seine eigene Reaktion bei dem Gespräch heute abend ebenso verstört war wie sie über die ihre; verstört darüber, daß er – wie sie – impulsiv vertraute, sogar wider besseres Wissen. Und sie fragte sich, während die Kutsche durch die heuduftgeschwängerte Wärme der stillen Nacht rasselte, aus welchem Grund Antryg glaubte, sie fürchten zu müssen.

Sie brauchten einen Tag, eine Nacht und einen Teil des nächsten Tages für die Reise nach Engelshand. Joanna, die nicht an ungefederte, von echten Pferdestärken angetriebene Fortbewegungsmittel gewöhnt war, verfluchte binnen kürzester Zeit den noch ungeborenen Erfinder von Stoßdämpfern und wünschte sich fast, sie wären zu Fuß gegangen.

Engelshand war erheblich größer als Kymil. Schon am Morgen und aus etlichen Meilen Entfernung hatte sie etwas gesehen, das sie altvertraut anmutete: Smog. Der Qualm aus den Fabrikschloten hing als graue Dunstglocke über der Stadt, und als der Wind drehte, trug er statt der kühlen, salzigen Frische des Meeres den Gestank der Slums heran. Sie näherten sich dem Ort durch einen breiten Ring von Dörfern und eleganten Landsitzen inmitten umfriedeter Parks, bis der Phaeton sich in einen rumpelnden Verkehrsstrom einreihte und im Schrittempo durch triste Straßen rollte, die von heruntergekommenen Mietshäusern und den häßlichen Ziegelschuppen der Fabriken am Flußufer gesäumt wurden. Auf Joannas Wunsch hatte Antryg ihr gezeigt, wie man ein Zweiergespann lenkte, aber jetzt übernahm wieder er die Zügel. Wie in Kymil waren die Straßen in Engelshand voller Kot und Unrat und wimmelten von Fuhrwerken und Karren aller Arten, deren Fahrer eine Mißachtung für Leib und Leben anderer an den Tag legten, die selbst Joannas Los-Angeles-Seele empörte.

Mit Glück dem Chaos einer Brücke entronnen, auf der der Verkehr sich staute, querten sie die Spitze einer Insel, die wie ein überfülltes Hausboot in der Mitte des Glidden lag und ähnlich der Ile de la Cité in Paris, so vermutete Joanna, das mittelalterliche Herz der Stadt bildete. Sämtliche Gebäude in Engelshand waren aus dem regionalen eisengrauen Granit errichtet und vermittelten einen Eindruck von Düsterheit und Schwere, anders als das überwiegend aus Holz erbaute Kymil. Auf der Engelsinsel verstärkte die Patina des Alters die bedrückende Atmosphäre. Der massige Klotz einer Zwingburg erhob sich finster über eingesunkenen Giebeldächern, Schornsteinen wie Orgelpfeifen und verwitterten Wasserspeiern. Dahinter glaubte Joanna die spitzen Türme einer Kirche zu sehen.

»Die Festung St. Cyr.« Caris deutete mit dem Kopf auf das einschüchternde Bauwerk. »Die Residenz des Bischofs von Engelshand und Kerker der Inquisition.« Er warf einen Blick auf Antryg, der ungerührt das Gespann um einen Kesselflicker, der mitten auf der Straße sein Handwerk ausübte, und um eine elegante Kalesche herumlenkte, deren Eigner im Verkehrsgewühl angehalten hatte, um dem Mann bei der Arbeit zuzusehen. In Caris' Augen entdeckte Joanna die nachdenkliche Wachsamkeit, mit der er den Magier schon früher beobachtet hatte, und sie ahnte Böses.

Der Waffenstillstand war vorbei. Von nun an würde jeder wieder seine eigenen Ziele verfolgen. Bei dem Gedanken, daß der junge Sasenna Antryg dem wahnsinnigen Regenten auslieferte, fror sie, obwohl sie keineswegs blind für die Tatsache war, daß sich Antryg trotz seiner Fürsorge und Hilfsbereitschaft konsequent davor gedrückt hatte, den Beweis zu liefern, daß er nicht verantwortlich war für ihre Entführung und die des Erzmagus'. Außer kategorisch abzuleugnen, daß er irgend etwas damit zu tun hatte, gab er keinerlei Erklärungen ab, die durchschaubar machten, welche Rolle er spielte. Und *daß* er eine spielte, daran bestand kein Zweifel. Seine Beteuerungen, von nichts etwas zu wissen, waren offensichtlich Lügen.

Sie betrachtete ihn jetzt, während er ruhig und mit fester

Hand die Pferde durch das Gedränge und den unbeschreiblichen Lärm auf der Brücke zwischen der Insel und den besseren Vierteln am anderen Ufer steuerte. Der Krach war höllisch. Das Poltern eisenbereifter Wagenräder auf Kopfsteinpflaster vermischte sich mit dem Geschrei zerlumpter Bettler, Tandler, Schalverkäufer, Kienspanhändler, Blumenmädchen und Nudelwalker. Auf den Gehsteigen drängten sich livirierte Domestiken und Mönche in grauen Kutten, Alte Gläubige mit ihren schwarzen Gewändern und Makrameebärten, Städter in schlichtem Braun und Blau, finster dreinblickende Sasenna und Huren in buntem Chintz, die dick und grell geschminkt waren. Es stank nach Pferdemist und vom Fluß her nach Kloake. Antryg schien all das zu genießen. Er drehte den Kopf hin und her wie ein begeisterter Tourist. Nach sieben Jahren im Gefängnis ...

Sie brauchten über eine Stunde, aber zu guter Letzt gelangten sie von den Märkten und Slums am Fluß zu den Villenvierteln um den Imperialen Palast im Norden der Stadt. Wohlwissend, daß sie keine Antwort bekommen würde, mit der sie etwas anfangen konnte, verzichtete Joanna darauf, nach ihrem Bestimmungsort zu fragen. Auch Caris verhielt sich still. Wahrscheinlich wollte er Antryg seine Anwesenheit vergessen machen, bis er bereit war zu handeln, da die Umstände ihn wengistens vorläufig zu absoluter Tatenlosigkeit verurteilten.

Auf jeden Fall schien Antryg zu wissen, wohin es ging, aber das wußte er schließlich immer.

Sie war dennoch ein wenig überrascht, als er in einem vornehmen Geviert die Zügel anzog. Eigentlich hätte sie eher damit gerechnet, daß er sich mit irgendwelchen zwielichtigen Existenzen von Engelshands Unterwelt ins Einvernehmen setzte. Aber dies war eindeutig eine der exklusivsten Wohngegenden der Stadt. Hohe Stadthäuser, schmalbrüstig, aber mit schmucken Fassaden, schauten auf einen kleinen Park, wo kleine Mädchen als Damen herausgeputzt unter den Augen ihrer Gouvernanten artig auf den geharkten Wegen tippelten. Zwei weitere Equipagen ohne Wappen und mit zugezogenen Vorhängen hielten bereits am Bordstein. Die Kutscher trugen eine neutrale Livree. Antryg schüttelte grinsend den Kopf, als er Joanna vom Trittbrett herunterhalf.

»Alles beim alten, wie man sieht«, kommentierte er trokken und stieg vor seinen Begleitern die imposante marmorne Eingangstreppe hinauf. Zu dem Diener in der flamingofarbenen Livree, der die Tür öffnete, sagte er: »Jemand soll unsere Pferde halten, und melde Er dem Magister Magus, daß der größte Mirabilit der Welt ihn zu sprechen wünscht.«

Ohne mit der Wimper zu zucken, murmelte der Mann: »Sehr wohl, mein Herr«, und trat beiseite, um sie einzulassen.

»Magister Magus?« fragte Caris und schien aus irgendeinem Grund schockiert, während ein zweiter Bedienter sie eine geschwungene Treppe hinaufführte und dann in einen Salon, der ganz in Rosé und Gold und Schwarz gehalten war. »Dieser Scharlatan! Dieser – dieser Krötenseimpanscher!«

»Was, bist du noch nie hier gewesen?« In Antrygs Augen irrlichterte boshafte Belustigung. Außer ihnen befand sich noch eine hübsche, wenngleich etwas vollschlanke Dame im Zimmer, die brutal geschürt und umbauscht von meterweise Faille* war. Sie schenkte ihnen nur einen hochmütigen Blick und wandte sich mit einem Naserümpfen über Caris' einfache Livree und Antrygs abenteuerliche Erscheinung ab.

Joanna, die sich neugierig umschaute, stellte fest, daß ungeachtet des ziemlich pseudo-orientalischen Interieurs, den schwarz-rosa melierten Teppichen und Statuetten der Alten Götter aus Rosenquarz und Alabaster, alles in dem Raum von bester Qualität und offensichtlich teuer war. Krötenseim zu panschen war augenscheinlich ein Gewerbe, das sich bestens auszahlte.

»Selbstverständlich nicht!« Caris hörte sich an, als hätte

* Faille – weich fallender, feiner Rips. (Anm. d. Übers.)

Antryg ihm diese Frage bezüglich eines Sado-Maso-Clubs gestellt. »Das hier ist …«

Das Wort ›widerwärtig‹ lag ihm unverkennbar auf den Lippen, aber Antryg beendete den Satz mit » … viel nobler als bei deinem Großvater, nicht wahr?«

Die Augen des jungen Mannes wurden schmal. Seine Stimme klang gefährlich ruhig, als er sagte: »Du solltest der letzte sein, Renegat, der zu mir von meinem Großvater spricht.« Doch Joanna konnte sich des Eindrucks nicht erwehren, daß Caris' Ärger zum großen Teil von eben jenem Vergleich herrührte.

Nach kurzem Warten öffneten sich zum schmeichelnden Ton eines gefühlvoll angeschlagenen Bronzegongs die Flügeltüren zum angrenzenden Zimmer. Eingehüllt in eine Wolke Parfumduft, kam eine zweite Frau zum Vorschein, die ebenfalls nicht mehr ganz taufrisch war. Gekleidet war sie in Brokat und Nadelspitze im Wert von – nach Joannas Schätzung – mehreren tausend Dollar. Sie hing am Arm eines schlanken, eleganten Mannes, dessen schwarze Samtrobe als einziges Schmuckstück ein Anhänger in der Form eines Ankh zierte, der aus Silber bestand und buchstäblich diamantenüberkrustet war. Es mochte religiöse Bedeutung haben, aber Joanna neigte eher zu der Auffassung, daß er das Gewand passend zu seinem Haar gewählt hatte, das schwarz und von silbernen Strähnen durchzogen war wie bereiftes Ebenholz. Seine Stimme, als er zu der Dame sprach, war leise, geschult und seidenweich.

»Ihr seht also, Gräfin, es gibt keinen Grund, sich Sorgen zu machen. Ich habe in Eurer Zukunft einen jungen Mann gesehen, mit dem Ihr in einem früheren Leben spirituell verbunden gewesen seid. Ob er derselbe ist, der Euch jetzt bedrängt, oder ein anderer, würdigerer, wird die Zeit erweisen. Was Euren Gemahl angeht, beunruhigt Euch nicht. Habt nur den Glauben, und die Dinge kommen ins Lot. Mögen die Alten Götter mit Euch sein.«

Er hob eine schlanke weiße Hand, die mit einem daumennagelgroßen Rubin geschmückt war, und machte das Segenszeichen über dem geneigten Kopf der Gräfin. Sie sank graziös auf ein Knie und küßte seine Fingerspitzen, dann erhob sie sich, zog die Schleier über mindestens einen halben Meter aufgetürmtes Haar und rauschte aus der Tür.

An seine geduldig wartenden – wie nannte man das? Klientin? – also an seine geduldig wartende Klientin gewandt, sagte der Magister Magus: »Meine hochverehrte Marquise.« Seine Augen, sah Joanna, waren von einem klaren Grün, das wie Alexandrit oder Peridot leuchtete. Seine silbrig schwarzen Brauen bildeten einen starken Kontrast dazu. »Ich kann sehen, daß Euch etwas bedrückt, daß sich eine Situation eingestellt hat, in der Ihr Euch mit zwei Alternativen konfrontiert seht. Doch ein Teil der Probleme rührt daher, daß heute, unter dem Einfluß des Sterns Antirbos, kein glücklicher Tag für Euch ist. Dies ist kein Tag, an dem ein Rat von mir Euch nützen würde. Kehrt also wieder nach Hause zurück und begebt Euch sogleich in Eure Gemächer. Nehmt nur ein leichtes Abendessen zu Euch, trinkt ein einziges Glas Wein, lest und meditiert, denkt lautere Gedanken, um dem lähmenden Einfluß des Schwarzen Sterns entgegenzuwirken, der Euch belastet. Ist der Schatten über Eurer Seele bis morgen nicht verschwunden, sucht mich erneut auf.«

Insgeheim fand Joanna, das sei eine ziemlich bündige Abfertigung; wer weiß, wie lange die arme Marquise schon gewartet hatte, aber wie die Gräfin zuvor, knickste auch sie ehrerbietig und küßte die Hand des Magus'. »Von Euch«, hauchte sie – leicht albern, fand Joanna –, »ist selbst *kein* Rat ein guter Rat. Alles verhält sich genauso, wie Ihr sagt.«

Feierlich geleitete er sie zur Tür. Umwogt von Patschuli und Petticoats segelte sie die Treppe hinunter. Oben verharrte der Magister Magus mit ausgebreiteten Augen im Türrahmen. Er wirkte regungslos wie ein Standbild aus Ebenholz und Diamanten, bis ein leises Vibrieren der Wände das Schließen der Haustür dokumentierte.

Die imposante Gestalt stieß einen abgrundtiefen Seufzer aus, warf mit sichtbarer Erleichterung auch diese Tür ins Schloß und drehte sich herum. Weiße Zähne blitzten unter dem schwarzen Schnurrbart. »Antryg, alter Schwindler, aus welcher Versenkung bist du denn aufgetaucht?« Er zog den langen Magier an die Brust, und die beiden umarmten sich lachend wie Brüder, die sich lange nicht gesehen haben. »Größter Mirabilit der Welt! Eine bodenlose Unverschämtheit ist das! Und dann noch im Haus des Magister Magus!«

»Nun, du bist es doch gewesen, der sagte, ich hätte das Zeug dazu«, konterte Antryg grinsend. Dann setzte er eine ernste Miene auf, legte dem Freund eine Hand auf die Schulter, gestikulierte mit dem Monokel und intonierte: »Was Euren Gemahl angeht, fürchtet nichts. Ich sehe in Eurer Zukunft einen Mann, stattlich und vermögend, der Euch die Verehrung entgegenbringen wird, die eine Dame Eurer Güte und Herzensbildung verdient. Der Fluß der Ewigkeit berührt viele Ufer, und Fische jeglicher Art schwimmen in seinen Tiefen. Manchmal sind die Wasser aufgewühlt, manchmal sind sie ruhig und glatt.«

Der erfolgreiche Mirabilit lachte mit aufrichtigem Vergnügen über diese Parodie. »Es zahlt die Rechnungen, mein Freund – es zahlt die Rechnungen.« Plötzlich runzelte er die Stirn. »Aber was tust du hier? Sag mir nicht, *du* bist derjenige, den sie suchen?«

»Nun ja«, gab Antryg zu, »ich glaube schon, daß sie nach mir suchen – das Kollegium, weil ich aus dem Turm geflohen bin, und der Regent, weil wir unterwegs einen kleinen Diput hatten, und die Kirche ... Warum?«

Der Magister Magus schüttelte den Kopf. »Gott weiß es – und vielleicht der Prinzregent. Aber Sonntag vor einer Woche erhielt jeder Nigromant in der Stadt Besuch von den Hexenjägern, verstärkt von der Garde des Prinzen. Sie gingen durch den Winkel wie die Schnitter durchs Korn. Ich traf Vorbereitungen zur Flucht, aber wenn sie mich erwischt hätten, hätten sie gefragt, warum ich fliehe.« Er schüttelte sich und lächelte schief. »Die Feigheit war größer als die Angst. Aber man hört, daß selbst Cerdic es vorgezogen hat, sich zu absentieren.« Sein Blick fiel auf Caris, der immer noch in seiner braunen Livree steckte, dann sah er mit hochgezogenen Brauen Antryg an. »Ein Leibwächter? Ein Sasenna?«

»Sozusagen.« Antryg grinste. »Ich sehe, das Geschäft hat nicht gelitten.«

»Nicht gelitten, sagst du? Antryg, dieses Zimmer hier ist gewöhnlich *voll*! Meine Klienten trudeln ein, sobald sie geruht haben, sich aus dem Bett zu erheben – üblicherweise gegen drei Uhr nachmittags –, und sitzen hier bis Dunkelwerden, nur um mir Geld dafür zu geben, daß ich ihnen erzähle, was sie hören wollen. Ich bin fast so populär wie ein erstklassiger Coiffeur! Heute hat sich zum erstenmal in dieser Woche wieder jemand blicken lassen. Die Schranzen am Hof führen sich auf wie eine Horde Kinder, nachdem jemand der Gouvernante von den Doktorspielen hinter der Scheune erzählt hat.«

Er seufzte, und all seine Verve schien zu verpuffen. Übrig blieb nur ein schmächtiger kleiner Mann im pompösen Theaterkostüm, angespannt, müde und verängstigt.

Antryg erkundigte sich beiläufig: »Und hast du in letzter Zeit eine Minderung deiner Kräfte erfahren?«

Der Magister Magus hob ruckartig den Kopf.

»O ja«, meinte Antryg halblaut. »So, wie ich einen brauchbaren Mirabiliten abgegeben hätte, wärst du eine Zierde des Kollegiums gewesen – mit der entsprechenden Ausbildung natürlich.«

Der Mirabilit blies die Backen auf. »Eine brotlose Kunst«, brummte er. »Und meine Ausbildung ließ nichts zu wünschen übrig. Aber um Gottes willen, Antryg, laß das nicht an die Öffentlichkeit dringen! Meine ganze Strategie gründet darauf, daß die Hexenjäger mich für einen kompletten Scharlatan halten. Zum Lachen, nicht wahr?« Sein Mund verzog sich bitter. »Ich werbe mit Kräften, von denenen sie nicht glauben, daß ich sie habe, um meinen Lebensunterhalt zu verdienen, während du ...« Er runzelte wieder die Stirn. »Aber du warst immer schon anders, stimmt's? Woher weißt du ...« Er räusperte sich, dann fuhr er leiser fort: »... was – was mit meinen Kräften geschehen ist?«

»Daß sie dich zeitweilig im Stich lassen?« Antrygs Stimme klang raunend in der von Parfumschwaden erfüllten Stille des Raums. »Drei-, viermal in den vergangenen anderthalb Wochen und zwei- oder dreimal davor?«

Der Magister Magus starrte ihn an, wie seine eigenen Klienten starrten, wenn er irgendein wohlgehütetes Geheimnis enthüllte, daß er an einem Fleck in einem Handschuh oder an einem gehetzten Blick erkannt hatte.

»Alle Zauberer waren davon betroffen, Magus – und der Rest der Bevölkerung ebenso, habe ich recht?«

Der geschniegelte kleine Mann schüttelte ungläubig den Kopf. »Letzte Woche sagte die Gräfin ... Und die Streitereien, die sie haben ... Sinnlos, dumm! Eine Frau gestand mir, sie sei nachts plötzlich zu sich gekommen, da stand sie mit einem Messer in der Hand vor der Schlafzimmertür ihres Mannes. Ja, sie haßt ihn, aber trotzdem – sie fürchtete, den Verstand zu verlieren ...«

»Vielleicht mit Recht«, murmelte Antryg. »Vielleicht war es auch nur Verzweiflung. Dieses seltsame Phämomen zehrt alles Leben auf, alle Energie, raubt Kraft und Hoffnung – worauf? Ich weiß nicht, was es ist, wie es geschieht oder warum. Aber ich weiß, es ist kein Hirngespinst. Hast du Informationen, wer von uns dem Zugriff der Kirche entkommen konnte?«

»Wie meinst du?« Gebannt von der schreckenden Vision des Schwindens von sowohl Lebenskraft als auch Magie, brauchte der Magus einen Moment, um zu begreifen, daß sein Freund wieder das Thema gewechselt hatte.

»Rosamund? Tante Min? Der alte Whitwell Simm?« Halb zu sich selbst fügte Antryg hinzu: »Interessant, daß sie nicht zum Maßstab gemacht haben, wer über magische Kräfte verfügt, sondern wer sie effektiv einsetzen kann – die Nigromanten des Kollegiums also. Ich frage mich, wessen Entscheidung das war?«

Der Mirabilit schüttelte den Kopf. »Das weiß Gott allein. Sie müssen alle erwischt haben, glaubst du nicht? Denn wenn einer der Großen entkommen wäre, hätte er einen Versuch unternommen, die anderen zu befreien.« Er schritt ihnen voraus durch eine beeindruckend geschnitzte Ebenholztür in ein ganz alltägliches Speisezimmer, dabei entledigte er sich seiner Robe und des Pektorals. Darunter kamen die adretten dunkelblauen Kniehosen, die dezente Weste, das weiße Hemd und die Strümpfe eines städtischen Geschäftsmanns zum Vorschein.

»Ja«, stimmte Antryg zu und nahm ihm die Samtrobe ab, »so muß es sein.«

Auf halbem Weg zur Anrichte blieb der Magus stehen, sah neugierig Joanna an und trat dann auf sie zu.

»Bitte entschuldigt, meine Liebe«, meinte er, nachdem er sie einen weiteren Moment gemustert hatte, »ich bin normalerweise ziemlich gut darin, den Beruf von Leuten zu erraten, sofern sie einen haben. Dieser angebliche Diener, der sich so bescheiden im Hintergrund hält, ist zum Beispiel ganz unzweifelhaft ein Sasenna.« Caris, der in der Tür stand, schob irritiert das Kinn vor. »Euer Benehmen läßt eindeutig erkennen, daß Ihr eine Tätigkeit ausübt und über ein eigenes Einkommen verfügt, aber ich kann mir beim besten Willen nicht vorstellen, um welche Tätigkeit es sich handeln könnte. Ist es gestattet zu fragen?«

Überrumpelt und verlegen platzte Joanna heraus: »Computerprogrammiererin.«

»Und das«, nahm Antryg den Faden auf und lächelte über die verdutzte Miene des Magus, »ist der Anfang einer langen Geschichte.«

»Joanna.«

Überrascht setzte sie sich im Bett auf und strich mit beiden Händen das Haar zurück. Das leise Kratzen, von dem sie geglaubt hatte, es seien Ratten, erklang erneut von der Tür her. Jemand wollte nicht anklopfen und hatte diese diskrete Alternative, sich bemerkbar zu machen, gewählt. Sie arbeitete sich durch die weißen Gazeschleier, die als – äußerst wirksames – Moskitonetz dienten in einer Welt, deren Drahtwalztechnik noch nicht weit genug fortgeschritten war, um Fliegengitter herzustellen. »Wer ist da?« Irgendwo in der schwülen Dunkelheit hinter den hohen Fenstern schlug eine Uhr dreimal, unten auf der Straße pries die ferne, monotone Stimme eines Tandlers in gleichförmigem Singsang Streichhölzer an.

»Caris.«

Der Mond war längst untergegangen. So moderne Errungenschaften wie Straßenlaternen gab es in Engelshand nicht, also konnte von draußen auch kein Licht hereinfallen; die einzige Helligkeit im Zimmer stammte von dem winzigen Flämmchen des bernsteinfarbenen Nachtlichts auf dem Waschtisch. Die spärliche Beleuchtung reichte eben aus, um den Morgenmantel zu finden, ein extravagantes Gebilde aus Tüll und Spitzen. Joanna ging zur Tür und nahm den Stuhl unter der Klinke weg.

Er stand im unbeleuchteten Flur. Das hohe, schmale Haus war still, nur die sonoren Atemzüge ihres Gastgebers drangen gedämpft durch die halboffene Tür von dessen Schlafgemach nebenan. Caris trug Hose, Hemd und Kniestrümpfe seiner Livree, die alle zerknittert waren, als hätte er darin geschlafen. Sein blondes Haar war zerzaust vom Kissen – sie erinnerte sich daran, wie er still im Hintergrund gesessen und sie und die beiden Magier beobachtet hatte, während Antryg und sein Freund bis gegen Mitternacht Histörchen und Erinnerungen austauschten. Schließlich war er Antryg schweigend zu den Schlafkammern im Dachgeschoß gefolgt.

»Darf ich hereinkommen?«

Sie trat zur Seite. Vor einem Monat noch wäre das undenkbar gewesen – und wenn es sich zehnmal um ihren edlen Retter handelte! Aber vor einem Monat hatte sie auch noch nicht zwei Männer getötet.

Und seltsam genug, in den letzten paar Tagen hatte sie Sympathien für den Sasenna entwickelt. Anfangs hatte sie sich eingeschüchtert gefühlt von dem wortkargen, schönen jungen Mann, der garantiert nichts als Verachtung empfand für eine graue Maus, die man als Klotz am Bein mitschleppen mußte. Doch genau wie Antryg begegnete auch Caris anderen Menschen völlig unvoreingenommen. Falls er von ihr nicht erwartet hatte, daß sie über Mauern klettern oder vor bewaffneten Verfolgern fliehen konnte, hatte er ebenso wenig angenommen, daß sie es *nicht* konnte. Wenn hier jemand Vorurteile hegte, dann war sie es, doch im Gegensatz zu Antryg war er nicht der Typ, bei dem man sich mit einem lockeren Spruch für die Fehleinschätzung entschuldigte.

»Joanna«, sagte er flüsternd, »ich brauche deine Hilfe.«

Das mußte ja kommen. Sie wußte – oder hoffte wenigstens –, daß sie sich nicht aufführen würde wie eine von diesen tränenseligen und schmachtenden Kinoheldinnen, die blind auf den Guten feuerten, weil sie in unseliger Leidenschaft dem Schurken verfallen waren, aber sie hatte auch gehofft, daß man nicht von ihr verlangen würde zu wählen.

Wie dumm. Ob sie wollte oder nicht, sie steckte bis zum Hals in der Sache mit drin. Die Rätsel hinter Antrygs milden grauen Augen und dem Einer-flog-über-das-Kuckucksnest-Lächeln beeinflußten die Schicksale beider Welten, der ihren vielleicht noch mehr als der von Caris. Nach einer langen Pause fragte sie: »Was soll ich tun?«

Aus seiner Tasche brachte Caris ein zerknittertes Stück Papier zum Vorschein. In dem trüben Licht sah sie, daß es sich um eine Art Stadtplan handelte. Ein Haus war markiert, aber es gab keine Nummern – eine weitere moderne Erfindung, die in Engelshand noch nicht Fuß gefaßt hatte.

»Ich vermute, Antryg wird fortgehen, sobald es hell ist«, erklärte der Sasenna leise. »Er ist nach Engelshand gekommen, weil er etwas vorhat. Ich kann es nicht riskieren, ihn jetzt aus den Augen zu lassen. Doch ich muß auch mit Dr. Narwahl Skipfrag Kontakt aufnehmen, dem einzigen Freund des Kollegiums am Hof und der einzige, dem der Regent möglicherweise Gehör schenkt. Er ist ein Freund meines Großvaters – ein Wissenschaftler, aber einer, der glaubt, daß Magie noch mehr bedeutet als Hokuspokus und Quacksalberei.«

Er hielt ihr den Zettel hin. Sie nahm ihn und drehte das dicke Papier zwischen den Fingern.

»Sag ihm, was geschehen ist und wo wir sind. Sag ihm, daß ich eine Audienz brauche und daß ich Antryg Windrose habe, wenn nicht in Gewahrsam, so doch in Reichweite. Und sag ihm, was meinem Großvater zugestoßen ist.«

Sie legte den Zettel auf den Waschtisch. »Ich werde ihm sagen, daß dein Großvater verschwunden ist«, meinte sie langsam, »denn was ihm wirklich passiert ist, weiß ich nicht, und du kannst es auch nicht wissen.«

Caris preßte die Lippen zusammen, die braunen Augen im Schatten der feingezeichneten Brauen wurden hart.

Stockend fuhr Joanna fort: »Es stimmt, ich *weiß* nichts – nur, was ich gehört habe, entweder von dir oder von Antryg. Alles, was *ich* will, ist, möglichst schnell aus dieser Sache herauszukommen und nach Hause zurückzukehren ...« Sie verstummte, weil es da noch etwas gab ...

»Dann hör mir gut zu«, sagte Caris eindringlich. »Antryg hat dich bespitzelt, und Antryg ging zu diesem Haus, wo er sein Zeichen an der Wand anbrachte, um dich zu finden, und Antryg hat dich hierher gebracht, weil er dich braucht für seine Pläne, und daraus schließe ich, daß du niemals nach Hause zurückkehren wirst, außer wir finden meinen Großvater und sorgen dafür, daß die Kirche aufhört, die Nigromanten zu verfolgen. Verstehst du das?«

Joanna ließ den Kopf hängen und seufzte ergeben. »Ja.«

Caris blickte still auf seine Hände, die er über dem Knauf des Schwertes gekreuzt hatte, das in seiner Schärpe steckte. Nach einer Weile – und diesmal klang er weniger schroff, als suchte auch er nach den richtigen Worten – sagte er: »Ich verlange nicht, daß du ihn verrätst oder in eine Falle lockst. Aber ich muß wissen, was er in Engelshand vorhat, und ich darf ihn nicht aus den Augen lassen. Du bist die einzige, auf die ich zählen kann. Kann ich das?«

Er hatte recht. Froh, daß es nicht schlimmer war, nickte sie. Mit einer tiefen Verneigung war Caris phantomgleich in der Dunkelheit des Ganges verschwunden. Sie bleib stehen, stützte die Hände gegen das seidenglatte Holz des Türrahmens und wünschte, sie wüßte, wenn schon nicht, was sie tun, so doch wenigstens, was sie fühlen sollte. Obwohl die Treppe zum Dachgeschoß sich nicht weit von ihrem Zimmer befand, hörte sie keinen Schritt, kein Knarren, als er nach oben stieg.

Wie Caris vermutet hatte, waren sowohl er als auch Antryg bereits fort, als Joanna erwachte. Während des Frühstücks mit dem Magister Magus meldete ein Diener in einer wahrhaft erstaunlichen Livree aus rosafarbenem Plüsch, die Marquise von Inglestoke sei eingetroffen und warte darauf, empfangen zu werden. Als Joanna ging, war der Magister Magus dabei, mit philosophischer Gelassenheit die Gewänder seines Berufs anzulegen.

Obwohl Antrygs Kommunikationszauber ihr ermöglichte, die fremde Sprache zu verstehen und sich zu verständigen, war Joanna das geschriebene Wort ein Buch mit sieben Siegeln. Caris hatte das bedacht und den Weg zu Narwahl Skipfrags Haus in der Cheveley Straße peinlich genau aufgezeichnet, deshalb fand sie sich ohne Schwierigkeiten zurecht. Von dem Platz, an dem der Magister Magus sein Domizil hatte, waren es ungefähr zwei Meilen zu gehen, die nie durch betriebsame Straßen mit Geschäften und Büros und durch Wohnviertel führten, wo fliegende Händler ihre Waren vom Karren anpriesen und Bettler die Passanten um eine milde Gabe anflehten, aber nach den Gewaltmärschen der vergangenen Woche war das höchstens ein Katzensprung.

Als sie noch einen halben Block vom Haus entfernt war, mußte sie feststellen, daß zwei Sasenna die Tür bewachten.

Sie blieb stehen, rückte den Trageriemen der Tasche auf ihrer Schulter zurecht, zog den Plan aus der Rocktasche und studierte ihn mit gefurchter Stirn. Zur Sicherheit zählte sie die Türen, aber eigentlich hatte sie keinen Zweifel, daß die mit der Wache davor Narwahl Skipfrags war. Er galt als Freund der Nigromanten, und die schwarze Uniform der beiden Posten zeigte den lose fallenden, samuraiähnlichen Schnitt der Kirchensasenna mit dem Sonnenemblem des Einzigen Gottes wie einem Klecks roter Tinte an der Schulter.

Um keinen Verdacht zu erregen, spielte sie Theater, schaute die Straße hinauf und hinunter und schüttelte den Kopf. Dann kehrte sie um und ging den Weg zurück, wobei sie den Blick auf den Plan gerichtet hielt.

An der nächsten Ecke drehte sie sich um und schob den Zettel in die Schultertasche. Dies war eine größere Straße, es herrschte reger Verkehr von Fuhrwerken und Passanten und ein Überfluß an Pferdemist, Abfällen und Fliegen. Ein Möbelhändler hatte den größten Teil seiner Ware auf die Straße gestellt, um die Vormittagssonne auszunutzen; aus einer Nudelküche, geführt von einem Paar Alter Gläubiger, die beide die typische kunstvolle Haartracht trugen, quollen Dampfschwaden, und Joanna schwitzte schon bei der bloßen Vorstellung, wie heiß es erst drinnen sein mußte. Sie ging weiter bis zu einer schmalen Gasseneinmündung. Dort raffte sie nach kurzem Zögern ihre Röcke und wagte sich mit einem mulmigen Gefühl in die halbdunkle und übelriechende Kluft zwischen den Häusern vor.

Wie die Anlage des Hauses des Magister Magus vermuten ließ, hatten auch die Gebäude hier alle kleine Hinterhöfe – nach dem Geruch zu urteilen mit dem Plumpsklo am Zaun. Unrat türmte sich hier, undefinierbare Flüssigkeiten verwandelten die festgetretene Erde in widerwärtigen Morast. Das rote Wachs des Siegels der Kirche stach grell von den ausgeblichenen Zaunlatten ab und ersparte ihr sogar die Mühe, die Hintertüren zu zählen.

Sie vergewisserte sich, daß sie unbeobachtet war, und legte dann ein Auge an das Astloch in dem windschiefen Tor. Der vielleicht handtuchgroße Hof war leer, aber auch an der Hintertür des Hauses hatte man das Kirchensiegel angebracht. Kurzentschlossen nahm sie das Schweizer Armeemesser aus der Tasche, hebelte das Siegel los, stieß das Tor behutsam auf und ging hindurch.

Im Haus rührte sich nichts. Verlassen, dachte sie – aber weshalb dann die Posten?

Der einzige Freund der Nigromanten am Hof. Und der Regent war umgekehrt, nach Engelshand? Um Cerdic einen Besuch abzustatten? Caris hatte gesagt, er würde zunehmend paranoid …

Ihr Herz klopfte zum Zerspringen, als sie die drei Stufen hinaufstieg und sich vorbeugte, um einen Blick durch das Fenster neben der Tür zu werfen.

Ein Lesezimmer. Die einzelnen Gegenstände sah sie durch das bernsteinfarbene Glas nur verzerrt: gemütlich, altmodische Sessel, ein großer Kamin mit ornamentiertem Sims. Kein Feuer, aber schließlich war es ja Sommer.

Joanna holte tief Atem, repetierte in Gedanken ihre Geschichte von der todkranken Schwester, die ohne Dr. Skipfrag sterben mußte, und schob die Messerklinge unter das Siegel. Es platzte ab. Sie kramte ihre Brieftasche hervor, nahm eine Kreditkarte und zweckentfremdete das dünne, harte Plastikrechteck, um den Riegel auszuheben.

Das Haus war leer. Sie wußte es, als sie im gelbbraunen Halbdunkel des Flurs stand. Vorsichtshalber zog sie ihre flachen Schuhe aus, bündelte mit einem Stoßgebet an die Göttin der Emanzipation ihren Wust von Unterröcken, um nicht irgenwelche kleinen Möbelstücke umzureißen, und tastete sich so geräuschlos wie möglich an der Wand entlang zur Treppe.

Im Schlafzimmer im ersten Stock fand sie ein ungemachtes Bett. Die Decken waren zurückgeworfen und die zerknitterten Laken seit langem kalt. In der Kommode stand eine Schublade halb offen. Joanna lugte hinein und konnte sehen, daß man hastig etwas herausgenommen und dabei Krawatten und Handschuhe durcheinandergeworfen hatte. Auf der Marmorplatte lagen ein paar grobe schwarze Körnchen verstreut, und Dank der Erfahrungen der letzten Woche erkannte Joanna Aussehen und Geruch von altmodischem Schwarzpulver.

Auf Zehenspitzen stieg sie die nächste Treppe hinauf.

Kleine Fenster ohne Vorhänge. Die Hitze von Tagen staute sich unter dem Dach. Der Geruch von geronnenem Blut drehte ihr den Magen um. Es klebte überall an den Wänden und der Decke. Einiges war von dort auf den von Rinnsalen und Lachen gemusterten Boden zurückgetropft. Aus irgendeinem Grund brachte der Anblick die Erinnerung an das heiße Blut des Sasenna zurück, das ihr ins Gesicht gespritzt war. Sie mußte die Zähne zusammenbeißen, um nicht zu würgen.

Der sachliche Teil von ihr, der um drei Uhr morgens Programmierungspannen analysieren konnte und ihr predigte, daß es hirnrissig war, sich in einen angejahrten Zauberer aus einem anderen Universum zu verlieben, fragte: *Was, zum Teufel, kann so eine Schweinerei angerichtet haben?*

Neugierig wagte sie sich einen Schritt weiter, zog aber sofort den bestrumpften Fuß zurück, als er etwas Scharfes berührte. Ein kleiner Glassplitter. Als sie sich danach bückte, entdeckte sie mehr davon. Sie lagen glitzernd auf dem blutbespritzten Boden und waren – ihr lief es kalt den Rücken hinunter – auch in die Wände eingegraben. An den scharfen Rändern klebte wie nicht anders zu erwarten, Blut.

Mit einer schlenkernden Handbewegung warf sie den Splitter weg. Sie wußte nicht warum, aber ihr war zumute, als hätte sie eine giftige Schlange angefaßt, bei der man nicht ganz sicher sein konnte, ob sie wirklich tot war. Es gab nicht viele Scherben – nicht mehr als von einem zerschlagenen Weinpokal –, aber sie lagen weit verstreut. Mit der gebotenen Vorsicht suchte sie sich einen Weg durchs Zimmer zu den Labortischen unter dem Gaubenfenster.

Ihre Collegegrundkurse in Naturwissenschaften lagen schon einige Zeit zurück, aber sie erkannte das meiste von dem, was sie sah – die aufgereihten Gefäße primitiver Zellenbatterien, eine Vakuumpumpe, behelfsmäßig isolierter Kupferdraht. Ein Eisen-Kupfer-Generator stand in der Mitte eines Gewirrs von Leitungen, und eine Volta'sche Säule aus Glas reflektierte matt das Sonnenlicht. Andere Objekte, deren Zweck nicht ohne weiteres zu erraten war, mischten sich unter das vertraute, archaische Gerät – gewundene Röhren und kleine Schalen mit farbigen Salzen. Ganz hinten auf dem Tisch thronte eine unheilvoll glänzende Glaskugel, die mit etwas überzogen war, das wie Quecksilber aussah. Joanna scheute davor zurück, sie zu berühren; sie fühlte sich abgestoßen, ohne zu wissen aus welchem Grund. Über dem Tisch, mitten in der weißverputzten Wand, befand sich das Einschußloch einer Kugel. Die Tischkante zeigte Schrunden, als hätte jemand in blinder Wut ein Glasgefäß daran zerschlagen.

Ihr erster Gedanke war. *Antryg könnte sagen, was hier vorgefallen ist.*

Ihr zweiter, als sie irgendwo im unteren Stock verstohlene Schritte hörte: *Ich habe keinen Fluchtweg.*

Sie müssen das beschädigte Siegel gesehen haben, dachte sie und suchte die niedrige Decke nach einer Luke ab. Nichts. Die Fenster mochten ursprünglich zu öffnen gewesen sein, aber um Dieben den Einstieg zu verwehren, hatte man sie zugenagelt. *Der Schrank im Schlafzimmer – vielleicht finden sie mich nicht, und ich kann mich verdünnisieren, wenn sie an mir vorbeigegangen sind ...* Sie mußte sich zwingen, Ruhe zu bewahren und nicht zur Treppe zu laufen.

Es wurde ihr zum Verhängnis. Die beiden Sasenna und der Mann im grauen Anzug eines Hexenjägers hatten eben das zweite Stockwerk erreicht, als sie leise um die Ecke des engen Stiegenhauses bog.

14. KAPITEL

»Wo sind deine Freunde, Mädchen?«

Joanna blickte nicht auf. Die Augen von Peelbone, dem Hexenjäger, waren schmal, blaß, kalt wie seine Stimme, und sie vermittelten ihr das Gefühl, daß er ganz genau über sie Bescheid wußte. Während sie den Blick starr auf ihre bleichen Hände gerichtet hielt, die auf der schmierigen Tischplatte lagen, als gehörten sie nicht zu ihr, fühlte sie ihr Herz unter dem blaugestreiften Mieder gegen ihre Rippen hämmern, und Angstschweiß kroch ihren Rücken hinunter, aber eine flüsternde Stimme in ihrem Kopf wiederholte stereotyp: *Sag nichts. Er kann jedes Wort gegen dich verwenden, aber nicht dein Schweigen.*

»Wir wissen, daß du Verbündete hast.« Sie hörte ihn von seinem schweren geschnitzten Lehnstuhl am Kopfende des Tisches aufstehen, hörte seine Kleider rascheln, als er auf sie zukam. Der Raum war fensterlos. Als Beleuchtung dienten hohe Kerzenständer mit Metallreflektoren, je eine links und rechts neben seinem Platz; sie warfen seinen Schatten lang und huschend auf den Boden. Dicht neben ihr blieb er stehen. Aus seinen Kleidern schlug ihr der schale Geruch seines Körpers entgegen. Sie wußte, er würde sie berühren, trotdem zuckte sie zusammen, als er die Hand in ihr Haar grub und sie zwang, zu ihm aufzusehen. »Das ist ein teures Kleid«, sagte er nüchtern. »Dein Haar ist gewaschen. Du hast letzte Nacht in einem Haus geschlafen. Antworte mir!«

Die Hand ballte sich zur Faust. Seit ihren Grundschuljahren hatte sie vergessen, wie weh es tat, wenn einem jemand an den Haaren zog. Sie zwang sich, ruhig in das hagere, ebenmäßige Gesicht mit den wässrig braunen Augen unter farblosen Brauen zu blicken, und biß die Zähne zusammen, um keinen Schmerzenslaut auszustoßen.

Wenn ich nicht A sage, kann er nicht B sagen, dachte sie verzweifelt. Sie hatte schon immer Schweigen als Waffe bei Streitigkeiten eingesetzt und sich damit behauptet, auch gegen ihre Mutter und Gary. Es gab einen Spionageroman, fiel ihr ein, wo jemand ein stundenlanges Verhör durchstand, ohne ein Wort zu sagen …

Gleich darauf mußte sie daran denken, was Caris über die Methoden der Inquisition erzählt hatte, und ihr wurde schlecht vor Angst.

Peelbone ließ sie so unvermittelt los, daß sie auf dem Hokker fast das Gleichgewicht verloren hätte. Sie fing sich und sah wieder zu dem Hexenjäger auf. Seine kalten Augen erinnerten an die eines Haifischs; sie hatten nicht mehr Menschlichkeit als zwei runde Scheiben Metall.

»Eine solche Verstocktheit weist nicht auf Unschuld hin, will mir scheinen«, meinte Peelbone leise. »Sehr gut – wir wissen, daß du schuldig bist. Stellt sich nur die Frage – wessen?«

Sie erinnerte sich daran, wie er gesagt hatte: *Wir können nciht dulden, daß diese Wasser getrübt werden.* Diese Fanatiker würden sich etwas einfallen lassen, das man ihr anlasten konnte, egal was, genau wie sie in Kymil Caris eher getötet hätten, als zu riskieren, daß er ihnen mit der Wahrheit in die Quere kam. Als sie nichts sagte, spannten sich gereizt die Wangenmuskel in Peelbones Gesicht.

Er hob einen weißen Zeigefinger. Joanna hörte den Wächter hinter ihrem Stuhl hervorkommen und leistete keinen Widerstand, als sie auf die Füße gezogen wurde. Ihre Knie zitterten. Sie fragte sich benommen, wieviel sie schon wußten. Hoffentlich kamen sie nicht auf die Idee, ihren Weg zum Haus des Magister Magus anhand von Caris' Plan zurückzuverfolgen. Sie dankte dem Schutzpatron der Zauberer, daß sie die Karte in den Beutel, statt in die Rocktasche gesteckt hatte – bei dem ganzen Sammelsurium da drin konnte man den Zettel leicht übersehen.

Der Wächter hielt ihr die Arme auf dem Rücken zusammen. Es war ein gemeiner Griff, und es war zwecklos, sich dagegen zu sträuben. Sie rechnete damit, daß Peelbone sie schlug, wie er Caris in Kymil geschlagen hatte. Ihr ganzes Leben war sie bemüht gewesen, körperlicher Gewalt in jeder Form aus dem Weg zu gehen, und allein die völlig neue Erfahrung, gegen ihren Willen angefaßt zu werden, der Willkür Fremder ausgeliefert zu sein, machte ihr zusätzlich Angst. Aber der Hexenjäger musterte sie nur schweigend, dann streckte er fast beiläufig die Hand aus und riß ihr das Mieder auseinander.

Darunter kam das dünne Musselinhemd zum Vorschein.

»Mädchen«, sagte er ausdruckslos, »wenn ich dich nackt in den Raum werfen ließe, wo unsere Vergewaltiger eingesperrt sind, würde das nicht im geringsten deine Fähigkeit beeinträchtigen, uns von deinen Freunden zu erzählen, sagen wir – eine Stunde später.« Seine gleichgültigen Augen richteten sich auf den feixenden Wächter. »Bring sie weg.«

Sie mußte ihre gesamte Willenskraft aufbieten, um nicht zu schreien: *Wartet ...*, als der Mann sie aus der Tür in den von Fackeln erhellten Gang hinaus stieß. Mit zusammengepreßten Lippen hielt sie den Blick starr geradeaus gerichtet und stellte sich blind und taub für die hämisch-lüsternen Mienen und die anzüglichen Kommentare der beiden anderen Wächter. Sie konzentrierte sich auf die Rußflecken an der gewölbten Decke und darauf, wie die von den blakenden Fackeln geworfenen Schatten über die Wände huschten. Die Festung St. Cyr, die an der Spitze der Insel lag, auf der man Engelshand einst gegründet hatte, stammte noch aus eben jenen Anfängen, und die uralten Mauern bewahrten die Erinnerungen an die Flüche, Tränen und Verzweiflung derer, die hier unten eines elenden Todes gestorben waren.

Die Zelle, in die man sie brachte, war ein modriges, winziges Gelaß, das stank wie ein Urinal. Im Licht der Fackel, die rußend in einem Halter neben der Tür brannte, konnte Joanna sehen, daß sich noch ein anderes menschliches Wesen darin befand – abgesehen von zahlreichen Schaben einer Größe und Dreistigkeit, die selbst die Orthopteren San

Seranos weit in den Schatten stellten. Eine alte Frau, eingehüllt in die Fetzen der schwarzen Robe eines Nigromanten oder Alten Gläubigers, kauerte in einer Ecke, als Joanna mit einem kräftigen Stoß in die Zelle befördert wurde und die schwere Bohlentür dumpf hinter ihr ins Schloß fiel. Die Greisin hob kaum den Blick. Joanna blieb zitternd oben auf der kurzen Treppe stehen, die in den Raum hinunterführte.

Jetzt bloß nicht anfangen zu heulen, ermahnte sie sich verzweifelt, als sie den verräterischen Kloß im Hals spürte und ihre Augen zu brennen anfingen. Sie durfte sich jetzt keine Schwäche erlauben, sonst hatte sie keine Chance, das zweite Verhör zu überstehen, von dem sie wußte, daß es kommen würde. Aber weder Antryg noch Caris wußten, wo sie war, und selbst wenn sie es gewußt hätten, was konnten sie tun? *Ich habe das alles hier nicht gewollt*, dachte sie. *Ich habe nicht darum gebeten! Man hat mich ohne zu fragen hergeschleppt …*

Antryg hatte gesagt: *Du stehst in dieser Welt unter meinem Schutz …*

Mit weichen Knien ging sie die wenigen Stufen hinunter. Aufgewachsen im Schoß einer technologischen Gesellschaft und unter dem starken Bollwerk des Verfassungsrechts, mochte es auch noch so mangelhaft sein, hatte sie sich nie in einer Situation befunden, die so absolut ausweglos war. Das Gefühl der Machtlosigkeit drohte sie zu überwältigen. Selbst wenn sie ihnen alles erzählte, was sie wissen wollten, und Antryg, Caris und den armen, hasenherzigen, charmanten Maigster Magus zu Folter und Tod verdammte, ahnte sie, daß es ihr nicht helfen würde. Sie konnte ihnen nicht erklären, wie sie in diese Welt gekommen war. Sie war die Komplizin der »Staatsfeinde«, wenn auch unfreiwillig. Sie hatte gemordet …

Ja, und du bist dabei nicht in Panik geraten, sagte sie sich grimmig, *und das hat dich gerettet. Also reiß dich auch jetzt zusammen, verdammt nochmal!*

Ein leises Schnarchen ließ sie aufblicken. Die Frau lag wie ein formloses Bündel Lumpen in ihrer Ecke und schlief den leichten Schlaf alter Menschen. Schaudernd beobachtete Joanna, wie eine riesige Kakerlake aus einem Riß zwischen den Steinen hervorkam und über die Schulter der Schlafenden spazierte. Es kostete sie große Selbstüberwindung, aber sie beugte sich vor und wischte das Ungeziefer so heftig weg, daß es durch die kleine Zelle flog und mit einem hörbaren Knacken gegen die Mauer prallte.

Die pergamentenen Lider hoben sich von den trüben blauen Augen der Greisin. »Sie sind doch ganz harmlos«, sagte sie vorwurfsvoll. Als Joanna sie ratlos ansah, schüttelte sie den Kopf und deutete mit einem zittrigen Finger auf die gegenüberliegende Wand, wo das Ungetüm eben wieder in einer Ritze verschwand. »Ganz harmlos.«

Joanna mußte schlucken.

»Sie essen nicht viel«, fügte die alte Frau hinzu, »und ich auch nicht, also nehmen sie mir nichts weg.« Sie spähte kurzsichtig in Joannas angeekelt verzogenes Gesicht. »Müßtest du in Unrat leben, wärst du vielleicht auch nicht hübsch anzusehen.«

»Es tut mir leid«, sagte Joanna, und weil sie wußte, es wurde von ihr erwartet, drehte sie sich zu der Gott sei Dank verschwundenen Kakerlake um. »Tut mir leid«, wiederholte sie, und die Frau nickte befriedigt.

Ein Schweigen entstand. Joanna fühlte sich von den wässrigen Greisenaugen gemustert. Schließlich raffte sie unbehaglich ihre Röcke und setzte sich in das schmutzige Stroh. »Ich bin Joanna Sheraton«, sagte sie.

Der prüfende Blick wurde freundlicher. »Minhyrdin die Schöne nennt man mich.« Die Alte kicherte lautlos in sich hinein. »Oder nannte man mich – früher. Jetzt bin ich Tante Min. Und verfolgen sie neuerdings auch die Mirabiliten? Denn du bist keine vom Kollegium.«

Joanna schüttelte den Kopf. »Nein – wenigstens weiß ich nichts davon. Ich bin überhaupt keine Zauberin.«

Tante Min schnalzte mit der Zunge. »Behalte das für dich, Kindchen. Sie werden dich zu den Straßenmädchen oder Mörderinnen stecken, statt in diese Zellen, die eingerichtet sind, um jene mit dem Geburtsrecht festzuhalten. Sie haben mir mein Strickzeug weggenommen ...« Sie blickte sich fahrig um, als rechnete sie damit, es irgendwo im Stroh versteckt zu finden. Joanna zog die Schultern hoch und suchte immer wieder mit Blicken den Boden ab; ihr grauste bei dem Gedanken, daß eine von den Lieblingen der alten Dame sich zwischen ihre Unterröcke verirrt haben könnte.

Man wird dich vergewaltigen, foltern und umbringen, dachte sie, *und du regst dich auf wegen ein paar lächerlichen Küchenschaben?* Obwohl ihr eher nach Weinen zumute war, mußte sie über sich selbst lächeln.

»Wenn du nicht zu uns gehörst, weshalb bist du dann hier?« fragte Tante Min, als wäre Joanna ohne Einladung in eine geschlossene Gesellschaft hineingeplatzt.

Joanna legte die Arme um die angezogenen Knie. Reden zu können war eine Erleichterung, es half gegen die Angst. »Ich wollte zu Dr. Narwahl Skipfrag«, erklärte sie. »Aber ich – ich glaube, er ist tot, habe ich recht? Irgend jemand ist in seinem Haus getötet worden.« Sie fröstelte bei der Erinnerung an den gräßlichen Anblick. »In der Mansarde – überall Blut, sogar an der Decke. Es muß vor mehreren Tagen passiert sein, aber der Gestank war noch furchtbar. Die Männer des Hexenjägers ...« Sie schluckte. Die Stellen an ihren Armen, wo die Finger der Sasenna sich in ihr Fleisch gegraben hatten, begannen zu schmerzen. »Er wurde durch Magie getötet, nicht wahr? Glassplitter lagen auf dem Boden verstreut und steckten in den Wänden ...«

»Ah«, wisperte Tante Min. Sie wiegte sich langsam vor und zurück. Die Strähnen ihres schütteren weißen Haars streiften über ihre eingefallenen, runzeligen Wangen. »Soso, er treibt also wieder die alten Spiele.«

»Wer?«

»Suraklin.« Die alte Frau hörte auf zu schaukeln und blickte mit gerunzelter Stirn in die Ferne, als versuchte sie, sich an etwas zu erinnern. »Suraklin«, wiederholte sie. »Der Dunkle Magus. Sie folgten seinem Ruf: Dämonen, Elementargeister – Haß und Wut und Zerstörung –, und er kleidete sie in die Gestalt, die er wünschte. Er warf eine Handvoll Kiesel in die Luft, und als wären sie in einem Sturmwirbel gefangen, drehten sie sich schneller und schneller, bis sie einem Menschen das Fleisch von den Knochen reißen konnten; oder er nahm ein paar Tropfen Wasser, und daraus wurde ein Mahlstrom, der den Unglücklichen nicht mehr losließ und ertränkte ...«

Mit furchtbarer Deutlichkeit erinnerte Joanna sich an die beschädigte Tischkante und die vielen Glasgefäße in Reichweite. Nichts leichter, als eins davon zu nehmen und zu zerschmettern und die Splitter wie einen Hornissenschwarm auf das Opfer zu lenken.

»Aber«, wandte sie tonlos ein, »Suraklin ist tot.«

»Natürlich, natürlich.« Wieder begann die alte Frau zu schaukeln; Sie hatte die kleinen, dürren Hände auf den Knien gefaltet und das spitze Kinn darauf gestützt. »Tot. Tot – auch wenn der arme Junge, den er zu sich genommen hatte, hoch und heilig schwor, er wäre es nicht. Aber wo hat der die ganze Zeit gesteckt, eh? Sag's mir.«

»Antryg?« Joanna gelangte zu der Auffassung, daß Antryg hierzulande wohl nicht als einziger etwas von der Rolle war.

»Nein!« Tante Min funkelte sie ungeduldig an. »Wir alle wissen, wo er gewesen ist. Immer unterwegs, immer tätig. Suraklin. Seit fünfundzwanzig Jahren ist er tot. Aber wo ist er gewesen, wenn er's nicht ist? Eh? Wenn er noch lebt?« Sie wiegte sich wie ein Kind, das sich einsam fühlt. Als sie weitersprach, hatte auch ihre Stimme den eigentümlichen, versonnen Klang eines Kindes, das eine Geschichte erzählt oder einen Traum. »Er wollte ewig leben, Suraklin; er haßte den Gedanken, daß er sterblich war. Er beherrschte seine Umgebung, unterwarf sie alle seinem Willen. Doch er wußte, eines Tages, mit seinem Tode, würde alles zerfallen. Alles zerfallen ...«

Joanna ging durch den Kopf, was Antryg im Mondlicht auf der Straße des Teufels gesagt hatte. »Das war es also, was vor fünfundzwanzig Jahren geschehen ist?«

»Vor fünfundzwanzig Jahren, ja«, murmelte die alte Frau. »Und Prinz Hieraldus – so ein stattlicher Mann – und der Erzmagus und das gesamte Kollegium der Nigromanten, alle ritten nach Süden, die Hexenjäger unter Waffen, weil sie immer geleugnet hatten, daß die Macht existiert, und die

Kirche im Bund mit uns ... Ah, das waren Zeiten.« Sie seufzte. »Schreckliche Zeiten. Die Kirche und die Hexenjäger, sie standen auf unserer Seite, damals, aber sie haben uns nie vergeben, sie haben uns nie vergeben.«

Nein, dachte Joanna. *Wie hätten sie das auch können, nachdem sie jahrelang eure Existenz leugneten und dann euren Beistand erbitten mußten?* Sie legte die Stirn auf ihre Knie, während ihr müder Verstand sich bemühte, diesen Strudel zu ergründen, in den sie hineingerissen worden war – Entführung und Flucht; der furchtbare Rückstoß der Waffe in ihren Händen und das heiße Blut auf ihrem Gesicht; die kriechenden Abominationen auf der Wiese; Antrygs Augen im dunstigen, grauen Nachmittagslicht ...

Ein dutzendmal hatte es ihr in der vergangenen Woche auf der Zunge gelegen zu fragen, was sie an jenem ersten Morgen gefragt hatte: *Warum?*

Ich kann dir die Wahrheit nicht sagen, und ich möchte dich nicht belügen ... Das habe ich weiß Gott oft genug getan.

Er hatte ihr in San Serano aufgelauert. Er war in Garys Haus gekommen, weil er irgendwie wußte, sie würde da sein.

Wie? Sie überlegte. Er hatte gesagt: *Es ist stets mein Unglück gewesen, gut raten zu können.*

Woher hatte er von den Abominationen gewußt? Was war Caris' Großvater, dem Erzmagus, zugestoßen, der mit Antryg in der Schwärze des Abyssus verschwunden, jedoch auf der anderen Seite nicht wieder aufgetaucht war? Was wußte Antryg über dieses seltsame, erschreckende Phänomen, dieses Aussaugen der Lebenskraft?

Ob es leichter wäre, eine Antwort zu finden, wenn ihr nicht schon bei dem bloßen Gedanken an ihn heiß und kalt werden würde?«

Du stehst in dieser Welt unter meinem Schutz ...

Als hätte man ein Tuch des Schreckens über ihren Kopf geworfen, senkte erstickende Dunkelheit sich über die Zelle, und die Luft draußen wurde von einem derartig gräßlichen Schrei zerrissen, daß Joanna glaubte, das Herz bliebe ihr stehen.

Ein zweiter Schrei folgte dem ersten, Schritte dröhnten, und ein Mann brüllte vor Entsetzen. Die Tür erzitterte, als ein flüchtender Soldat dagegenprallte. Man hörte Rüstungen und Waffen scheppern. Unwillkürlich klammerte Joanna sich an Tante Min. Der Pulsschlag hämmerte ihr so laut in den Ohren, daß sie fürchtete, ohnmächtig zu werden. Wie in einem Alptraum sah sie durch einen wogenden Nebelschleier das Flämmchen der Fackel, ein verschwommener, kraftloser weißer Fleck. Andere Stimmen wurden im Gang laut. Rufe ertönten, Gebrüll; es hörte sich an, als wäre die ganze Festung St. Cyr in hellem Aufruhr, als würde alles in blinder Panik hin und herrennen.

»Joanna!«

Die mühsam errichteten Dämme der Selbstbeherrschung brachen. Schluchzend sprang sie auf und stürzte zur Tür. Mit der flachen Hand schlug sie gegen das vergitterte Guckfenster.

»Antryg, hol mich hier raus!«

»Geh weg vom Fenster. Ich kann die Tür nicht berühren, sie ist *na-ar*. Hier, paß auf … Langsam …«

Zwischen den rostigen Gitterstäben kam eine Schwertspitze zum Vorschein. Sie tastete an der Klinge entlang und berührte einen Metallring mit einem Schlüssel daran. Ihre Hände zitterten, sie konnte das Schlüsselloch nicht finden. Ein weiterer Schrei gellte – schrill, endlos.

»Was ist das?« fragte sie beklommen.

»Ein Heuler, ein Angstzauber. Er dauert nicht ewig – ebensowenig wie die Dunkelheit, also beeil dich!«

Ein Splitter bohrte sich in ihre suchenden Finger. Sie achtete nicht darauf, brachte den Schlüssel ins Schloß und drehte ihn mit aller Kraft. Irgendwie verminderte diese tiefe, wohlklingende Stimme die Schrecken der Dunkelheit, reduzierte die Schreie unsäglicher Trauer und höchster Qual auf das, was sie waren – nämlich Geräusche –, und normalisierte ihren Gemütszustand so weit, daß sie mit einem zittrigen Lachen den Atem ausstieß. »Ich dachte, du könntest von deiner Magie keinen Gebrauch machen …«

»Kann ich auch nicht – dies ist eine Gefälligkeit von unserem Magister Magus, der sich vermutlich in der Zwischenzeit aus dem Staub gemacht hat.«

Sie schlüpfte durch die halboffene Tür und fühlte den vertrauten knochigen Arm in abgeschabtem Samtstoff um ihre Taille. Antryg zerrte sie den Korridor entlang. Die Dunkelheit begann sich aufzuhellen, Umrisse wurden erkennbar – Männer, die hierhin und dorthin rannten. Die Fackeln brannten mit Flammen wie flatternde Stoffetzen. Wieder hallte ein Schrei durch die Gänge, erfüllt von der namenlosen Verzweiflung des im Kerker lebendig Begrabenen.

Tante Min fiel ihr ein, und sie sträubte sich gegen den Arm, der sie weiterzog. »Wir müssen ...«

»Wir müssen gar nichts. Jetzt lauf!« Ihr blieb nichts anderes übrig. Sie konnte ihn jetzt sehen, schemenhaft, das scharfgeschnittene Gesicht farblos in dem wirren Rahmen aus graumeliertem braunem Haar. Die Gläser der Brille reflektierten schon das erstarkende Licht der Fackeln. Das Schwert, das er in der freien Hand hielt, hatte er unzweifelhaft einem der Posten abgenommen. Es war schwer, mit seinen ellenlangen Schritten mitzuhalten. Er schleppte sie eine enge Wendeltreppe hinauf und durch eine Wachstube, in der das reine Chaos herrschte. Männer mit blankgezogenen Waffen irrten ratlos umher – Schatten vor einem schwarzen Hintergrund. Ihre rufenden Stimmen verrieten Angst und Unsicherheit.

»Ein Fluch!« »Das sind die Nigromanten!« »Der Erzmagus ...« »Wo kommt das her?« »Da lang, ihr Holzköpfe!«

Wie unwirklich ihr das alles vorkam! Keuchend stieß Joanna hervor: »Die anderen ...«

»Die müssen sehen, wie sie zurechtkommen!« Sie waren im Hof. Die Dunkelheit verschmolz mit einem kriechenden, feuchten Nebel, der sie in dem zerrissenen Kleid bis ins Mark durchkältete.

Der letzte Schrei erstarb, und die Dunkelheit löste sich auf, als sie eben am Tor ankamen.

Antryg stürzte geradewegs auf den Posten im Schilderhaus zu, deutete über die Schulter und ächzte: »In der Wachstube ...«

Unwillkürlich schaute der Mann in die angegebene Richtung, und Antrygs knochige Faust, der der Schwertknauf besonderen Nachdruck verlieh, traf ihn an der Schläfe, ehe die beiden Posten vom Tor heran waren und ihm helfen konnten. Antryg parierte die herabsausende Hellebarde des ersten mit der flachen Klinge, zwang sie nach oben, tat gleichzeitig einen Schritt nach vorn und trat den Mann gezielt, erbarmungslos und wuchtig in den Unterleib; er wandte sich dem zweiten Angreifer zu, bevor der erste umgekippt war. Der Hof hallte wieder vom Dröhnen der Stiefel – Stadtgarde, Kirchensasenna und auch die Männer des Regenten in ihren goldbetreßten schwarzen Uniformen.

Als hätten sie es abgesprochen, eilte Joanna zu dem ersten Posten aus dem Schilderhaus, der noch am Boden lag, und zog ihm die Pistole aus dem Gürtel. Es war eine doppelläufige Waffe. Ein Blick von ihr genügte: Wenn sie versuchte, Antrygs Gegner zu treffen, stand es fünfzig zu fünfzig, daß sie statt dessen ihn erwischte, also drehte sie sich herum und feuerte auf die schwarzgekleideten Sasenna, die aus der Nebelwand im Hof auf sie zukamen. Keiner fiel, aber der vorderste duckte sich, und dann war Antryg neben ihr, schwang seine blutige Klinge und brüllte: »LAUF!«

Sie schürzte ihre Röcke und lief. Im Unterbewußtsein merkte sie, daß er zurückblieb, aber sie schaute sich nicht nach ihm um, sondern starr geradeaus auf den bogenförmigen Ausschnitt bleigrauen Nebels hinter Mauern, Schatten und den Flaschenzügen des Fallgitters. Es war wie in einem Traum; Adrenalin kochte durch ihre Adern, ihr Herz hämmerte den Kehrreim, daß sie entkommen mußte. Es war unvorstellbar, welches Schicksal ihr drohte, wenn sie den Hexenjägern erneut in die Hände fiel …

Sie roch den morastigen kleinen Wassergraben, der die Festung landwärts von der Altstadt abtrennte. Es klang hohl, als sie auf Strümpfen über die alberne kleine Zugbrücke lief. Vor ihr schälten sich Häuser aus dem Nebel: altmodische Architektur und Giebeldächer, durchsetzt mit den plumpen Linien von Gebäuden aus der Gründungszeit, verwittert und teilweise verfallen. Bei einem Blick über die

Schulter erspähte sie das Aufblitzen von Antrygs herabsausendem Schwert am Schilderhaus und sah ihn zum Tor laufen, wo – jemand hatte die Taue durchgehauen – das Fallgitter niederrasselte ...

Joanna fühlte sich, als wäre ihr das Herz stehengeblieben. Nur ein besonderer Umstand rettete ihn: die Rollen des Flaschenzugs. Obwohl die Seile zerschlagen waren, hemmten diese den freien Fall des Tonnengewichts um den einen, entscheidenden Sekundenbruchteil. Er ließ sich fallen und rollte über den Boden. Dicht hinter ihm wuchteten sich die eisernen Zähne des Gitters dröhnend in die Kerben im Pflaster. Schon war er wieder aufgesprungen und lief weiter, die komischen Schöße seines zu großen Rocks flatterten wild. Sein Gesicht war so weiß wie die Rüschen an seinem Hemd.

Männer drängten sich auf der anderen Seite des Fallgitters, versuchten es, ohne die Gegengewichte zu heben. Pistolenläufe schoben sich durch die Öffnungen, ein Schuß krachte ohrenbetäubend. Es stank nach verbranntem Pulver, als Antryg sie erreichte und ohne stehenzubleiben nach ihrer Hand griff. Gemeinsam jagten sie über den kleinen, katzenkopfgepflasterten Platz. Die runden Steine waren für Füße ohne Schuhe die reinste Qual. In den Pfützen wurden ihre Strümpfe naß, aber sie registrierte es kaum. Drei Männer wollten ihnen von den Stufen einer Taverne knüppelschwingend den Weg verlegen. Aus der Richtung des Tores hörte man das schnalzende Geräusch einer Armbrust, und der Bolzen schlug mit ungeheurer Wucht in die Hauswand neben ihnen. Die drei Männer warfen sich flach hin, während Joanna und Antryg in die nächste Seitenstraße bogen.

Stimmen tönten hinter ihnen auf dem Platz, gedämpft und verzerrt vom Nebel, der sich in immer dichteren Schwaden zwischen den Häusern sammelte und die Sicht auf wenige Meter beschränkte. Joanna hielt die Stoffmassen ihrer Röcke in einer Hand gebündelt und stieß ein Dankgebet an die für romantische Heldinnen zuständige Parze aus, dafür daß sie mittlerweile reichlich Übung darin hatte, in dieser Montur Querfeldeinmarathons zu absolvieren. Sie stolperte hinter Antryg her durch den glitschigen Schlamm der Gasse. Der erste Energieschub, der sie über die Zugbrücke und bis hierher getragen hatte, verebbte. Sie fühlte sich plötzlich totmüde und fror.

Antryg bückte sich durch ein Tor in einen länglichen Hof, der nach dem Geruch zu urteilen von den Bewohnern des angrenzenden Mietshauses hauptsächlich als sanitäre Einrichtung mißbraucht wurde, führte sie durch einen düsteren Torweg auf der anderen Seite in das einstige Vestibül eines großen Hauses, jetzt das trostlose, finstere Erdgeschoß einer Mietskaserne, und zum Vordereingang hinaus wieder auf die Straße. Der Nebel schien, wenn möglich, noch dichter geworden zu sein. Sie überquerten die Straße, wichen im letzten Moment einer unvermutet auftauchenden Geisterkutsche aus (das Räderrollen klang wie durch Watte gedämpft) und tauchten in der nächsten Gasse unter. Von irgendwoher hörte sie Rufe und das Klirren von Waffen, und alles, was sie denken konnte, war: *Sie dürfen uns nicht erwischen. Sie dürfen uns nicht erwischen ...*

»Halt.« Antryg blieb stehen. Es sah aus, als befänden sie sich allein in einer winzigen Enklave aus Einsamkeit und dem Gestank fauler Fische, der aus dem Morast aufstieg. Erst jetzt schien er ihr zerrissenes Mieder und das zerwühlte Haar wahrzunehmen, und eine dünne, steile Falte – Schmerz oder Zorn – erschien zwischen seinen Brauen. »Haben sie dir weh getan?«

Joanna schüttelte den Kopf. »Nur gedroht – aber überzeugend.«

Ein Mundwinkel zuckte, aber seine Augen blieben ernst, als ahnte er, daß die Antwort dieselbe gewesen wäre, auch wenn man ihr etwas getan hätte. »Bist du sicher?«

Weshalb dieses Interesse an ihren wahren Gefühlen sie beinahe wieder zum Weinen brachte, verstand sie nicht – vielleicht, weil er der erste war, der nicht bereit war, ihr schroffes »Mir geht's gut« so ohne weiteres zu schlucken, vielleicht aber auch nur, weil sie fror, Angst hatte und sich kaum noch auf den Beinen halten konnte. Sie nickte, und er schien zufrieden zu sein. Mit einem zerschlissenen Seidentaschentuch wischte er die Schwertklinge sauber, bevor er die Waffe in der Scheide verstaute, die er – wie Caris, wenn ein Kampf bevorstand – in seine Schärpe geschoben hatte. Es verursachte eine sperrige Ausbuchtung unter den langen Schößen seines Rocks. Als nächstes nahm er ihr sanft die Pistole aus der Hand, überprüfte sie und gab sie zurück. Dann stand er mit hängenden Armen vor ihr und sah sie an.

Sie dachte, er wollte noch etwas sagen, aber nein. Ihr kam zu Bewußtsein, daß sie noch am Leben war und wenigstens für diesen Moment, möglicherweise auch noch die nächsten zwei, drei, in Sicherheit. Von Rechts wegen müßten sie beide tot im Hof der Festung St. Cyr liegen. Er hob die Hand, um ihr Haar zu berühren. Und dann, mit einer Miene, als hätte er gewisse Zweifel an der Weisheit seines Tuns, beugte er sich vor und küßte sie auf den Mund.

Und seine Skepsis, dachte sie, war berechtigt. Der Kuß war ursprünglich wohl nicht so ausführlich geplant gewesen. Ihre Kabbeleien unterwegs hatten manchmal etwas von einem Spiel mit dem Feuer gehabt, aber er war bestrebt gewesen, nie mit ihr allein zu sein, was man ihm hoch anrechnen mußte. Doch jetzt wurde alle Vernunft hinweggeschwemmt von ihrem unsinnigen Verlangen, ihn zu umarmen. Sämtliche Ängste und Schrecken der letzten Stunden schlugen über ihr zusammen. Sie schloß die Arme fester um seinen Brustkorb, bis der Saum jeder Rüsche und jeder Knopf sich durch das hauchdünne Musselinhemd in ihr eiskaltes Fleisch prägten. Sie spürte seinen Körper, die Weichheit des abgewetzten Samtstoffs, die Wärme seines Atems an ihrer Wange und ihr eigenes leidenschaftliches Bedürfnis, ihr Gesicht an seiner Schulter zu vergraben und zu weinen.

Sie riß ihren Mund von dem seinen. *Das ist verrückt!* Aber in ihren Blicken lag die Erkenntnis einer schicksalhaften Wahrheit, von der beide wußten, daß sie an Wahnsinn grenzte. Schließlich nahm er ihre Hand und führte sie rasch weiter die Gasse entlang.

»Nichts geht über einen ordentlichen Nebel«, sagte er nach ein paar Minuten. »Man erzählt sich, daß die Erzmagierin Elsheiyin Nebel heraufzubeschwören pflegte, indem sie ihr Haar kämmte, aber gewöhnlich nimmt man dazu Wasser. Suraklin hielt es in der hohlen Hand. Zu dieser Jahreszeit Nebel zu machen ist übrigens ein kleines Kunststück.«

»Auch ein Werk des Magister Magus?«

Er schüttelte den Kopf. »Nein, meins. Wettermanipulationen sind relativ sicher, weil schwer als solche zu erkennen. Unser Freund hat sich wahrscheinlich zu Hause unters Bett geflüchtet. Kein Magier begibt sich gern freiwillig in die Nähe von St. Cyr, und er mußte bis fast zum Schilderhaus, damit der Dunkelzauber und die Schreie wirkten. Um ihm Gerechtigkeit widerfahren zu lassen – er hat viel länger ausgehalten, als ich dachte.«

»Was hättest du getan, wenn er nicht bereit gewesen wäre, dir zu helfen?« fragte Joanna, als sie über ein – soweit es in den wallenden Schwaden zu erkennen war – kleines, von mehrstöckigen Häusern eingerahmtes Geviert schlichen, wo die schemenhaften Gestalten von Männern und Frauen sich in Türöffnungen um glosende Kohlenbecken drängten und es nach Qualm und Gin stank.

»Ihm einen Juckreiz angehext, daß ihm vor Kratzen die Fingernägel stumpf geworden wären«, erwiderte Antryg prompt, und Joanna brach, trotz der Gefahr und der Tatsache, daß sie noch vor einigen Minuten den Tränen nahe gewesen war, in unterdrücktes Kichern aus.

»Wir müssen von der Insel herunterkommen«, fuhr er fort. »Sie ist so klein, daß die Sasenna der Kirche und des Regenten sie unter sich aufteilen können. Ich war überrascht, Pharos' Männer zu sehen, er muß nach Engelshand zurückgekehrt sein. Und sie kennen die Schlupfwinkel hier besser als die Kirchensasenna.« Er blieb stehen und wandte lauschend den Kopf. Sein Griff um Joannas Arm verstärkte sich. Es war später Nachmittag, eine fahle, graue Helligkeit tränkte die Dunstschleier; vage Schatten bewegten sich vor der dunkleren Kulisse eines fast unsichtbaren Gebäudes – lautlos, verschwommen ... Plötzlich fühlte sie sich trotz des schützenden Nebels unbehaglich im Freien.

Stumm zog Antryg sich in einen Hauseingang zurück, um die Fremden vorbeizulassen. Mit dem Geräusch fallender

Wassertropfen entfernten sich ihre Schritte. Der Geruch des nahen Flusses überlagerte den Gestank von verdorbenem Essen und Urin in der Türöffnung. Joanna fröstelte, die Pistole schien plötzlich ein zentnerschwerer Fremdkörper zu sein. Sie fühlte die Hand des Magiers warm auf ihrem Rücken, als sie beide wieder aus der Nische heraustraten und durch den klammen Brodem in Richtung des glucksenden Wassers eilten. Ob nun Held oder Schurke, es sah aus, als ob sie gezwungen war, sein Los zu teilen. Kein Caris mehr mit einer Alternative. Wenn sie ...

Im Schlund einer Seitenstraße rechts von ihnen klirrte Metall gegen Stein. Antryg wirbelte herum, seine Hand griff zum Schwert. Im selben Moment sah Joanna die Schatten in der schwarzen, augenlosen Höhle einer Tür Gestalt annehmen. Stahl blitzte. Ihr blieb nicht einmal Zeit, Atem zu holen und zu schreien. Antryg, den ein sechster Sinn zu warnen schien, daß sie umzingelt waren, wollte zurück, als ihn aus dem Nichts ein Schwertknauf am Hinterkopf traf und er zu Boden sank.

In einem einzigen Augenblick erkannte Joanna glasklar, daß sie ihn nicht tragen konnte, daß sie nur einen Schuß in der Pistole zur Verfügung hatte und daß, wenn sie jetzt in die Gruppe der Sasenna feuerte, die aus einer Häuserlücke gegenüber herauskam, sie sich eine Frist verschaffen konnte, um zu fliehen. Statt dessen fuhr sie zu dem Mann in der Türnische herum, der mit der Armbrust auf den reglosen Körper des Magiers zielte und schrie: »Tu's nicht!«

Eisenharte Hände packten sie von hinten, entwanden ihr die Waffe. Sie wußte, es hatte keinen Zweck, sich zu wehren, also ergab sie sich in das Unvermeidliche. Sie blickte auf und erkannte die rothaarige Sasenna, die sie in der Poststation an der Straße nach Kymil daran gehindert hatte, aus der Hintertür zu entwischen, die Befehlshaberin der Leibgarde des Regenten.

15.
KAPITEL

»Sie sind es, Gebieter.« Die Befehlshaberin der Leibgarde war im schwarzen Bogen der Türöffnung nur als Silhouette zu erkennen. »Wie befohlen haben wir sie hierhergebracht, statt zurück nach St. Cyr.«

»Sehr gut, Joris«, antwortete die schneidend helle Stimme des Regenten. »Die Männer sollen in Rufweite bleiben.« Gold schimmerte flüchtig in der tintigen Schwärze, und der Prinz trat herein, angestrahlt vom rötlichen Lichtschein des Kohlenbeckens. »Und du sei gewarnt, Zauberer«, fügte er schrill hinzu. »Bei dem ersten Anzeichen, daß du etwas ausheckst, hat Kanner Befehl, das Mädchen zu töten.«

Herzlichen Dank, dachte Joanna matt und mußte die aufsteigenden Tränen der Erschöpfung und Angst niederkämpfen. Der Wächter, der neben dem Stuhl Aufstellung genommen hatte, auf dem sie festgebunden war, zuckte beim Klang seines Namens nicht einmal mit der Wimper; seine dunklen Augen wandten sich ebensowenig von ihr ab wie die Mündung seiner Pistole. Die Uniform, die er trug, war karmesinrot, obwohl er sich mit der katzenhaften Geschmeidigkeit der durchweg schwarz gekleideten Sasenna bewegte. Sein Gesicht war ein Netzwerk von Narben und tief eingekerbten Furchen eines Lebens im Zorn. Joanna schlug fröstelnd die Augen nieder. Sie schien gar nicht aufhören zu können mit dem Zittern vor Kälte, Mutlosigkeit und Furcht. Ähnlich wie Antryg es in einem früheren Gespräch von seinem Turm gesagt hatte, empfand sie eine unvernünftige Sehnsucht nach der relativen Sicherheit ihrer kakerlakenverseuchten Zelle in der Festung. Wenigstens waren die Hexenjäger durch etwas wie ein Gesetz gebunden – wenn nichts sonst, hielt vielleicht ihre verblendete Selbstgerechtigkeit sie von den perversen Formen der Grausamkeit ab. Dagegen bedurfte es nur eines Blicks in die flimmernden Augen des Prinzen, um zu erkennen, daß er ohne Hemmungen, aus blankem Sardismus, tun würde, was ihm gerade einfiel.

Hier – wo immer sich dieser kleine Raum mit den nackten Steinmauern am Fuß einer Wendeltreppe befinden mochte – waren sie ganz und gar in seiner Gewalt.

Sie hatte geglaubt, Antryg wäre immer noch bewußtlos, so kraftlos hing er in den Ketten zwischen den zwei Säulen, die das Kreuzgewölbe stützten. Doch bei den Worten des Prinzen hob er benommen den Kopf. Auf seinen vor Schmerz angespannten Kiefernmuskeln glänzte Schweiß. »Das Mädchen hat nichts mit der Sache zu tun, Pharos«, sagte er. »Sie ist nur meine Dienerin. Ich habe sie gezwungen, mich zu begleiten.«

»Und du hast dir von mir zweimal mit der Peitsche ins Gesicht schlagen lassen, weil dir gleichgültig ist, was mit ihr geschieht?« Der Prinz schlenderte zu Joanna hinüber und umfaßte trotz ihrer Versuche, ihm auszuweichen, ihr Kinn mit einer kleinen, in schwarzes Leder gehüllten Hand. Der Blick seiner blaßblauen Augen wanderte über ihre Kehle und den halb entblößten Busen; sein Mund verzog sich ein wenig, aber was sich auf seinem Gesicht abzeichnete, konnte man keinesfalls ein Lächeln nennen. Wie schon bei dem Verhör durch den Hexenjäger hielt Joanna es für das Klügste, sich hinter beharrlichem Schweigen zu verschanzen. Wortlos sah sie zu ihm auf, und es war der Prinz, der zuerst den Blick abwandte.

Er drehte sich zu Antryg herum. Der Magier hatte sich inzwischen aufgerichtet, um den Schmerz in seinen gestreckten Armen zu lindern. Sein Gesicht war kalkweiß vor Erschöpfung und schweißüberströmt in der stickigen Atmosphäre des kleinen Raums. Joanna konnte sehen, daß er die Ketten umfaßt hielt, damit die scharfkantigen Handschellen nicht so tief in seine Gelenke schnitten. Dünnes rotes Seidenband war durch die Eisenglieder geflochten. Nach der Buchbeschreibung des Magister Magus mußte es sich um eine Zauberschnur handeln. Auch die Stricke, die ihre Handgelenke an die Armlehnen des Stuhls fesselten, waren damit umwunden.

Obwohl er scheinbar Mühe hatte, sich auf den Beinen zu halten, blickten Antrygs graue Augen gelassen. Durch sein offenes Hemd war zu sehen, wie seine Brust sich unter gleichmäßigen Atemzügen hob und senkte. Falls er auch nur halb so viel Angst hatte wie sie, ließ er es sich nicht anmerken.

Der Prinz fragte leise: »Wer bist du?«

Antryg seufzte, und etwas von der Anspannung in seinem Körper löste sich. »Antryg Windrose«, antwortete er.

Die kalten, wasserblauen Augen wurden schmal. »So.« Einen langen Moment blieb der Prinz still und musterte die angekettete Gestalt im roten Widerschein des Kohlenfeuers. Joanna bemerkte die Spuren der Schlaflosigkeit in seinem Gesicht unter einer dicken Schicht von Reispuder und Rouge; die dunklen Schatten aus Bister und Übermüdung ließen die sonderbaren Augen noch farbloser erscheinen. Der Prinz leckte sich über die Lippen, als fürchtete er den Magier auch in angekettetem und hilflosem Zustand und hätte nicht den Mut, sich ihm zu nähern. Dann trat er vor, hob – wie schon einmal – die Hand und nahm Antryg fürsorglich die Brille ab. Antryg zuckte ein wenig, als der Metallbügel gegen den Bluterguß an seiner Schläfe stieß, aber seine Augen wichen nicht von Pharos' Gesicht.

Der Prinz klappte die Brille zusammen und legte sie auf den schmalen Sims der Plinthe neben sich. Der Feuerschein huschte über das weiche schwarze Leder der Handschuhe, als er das Gesicht des Magiers zwischen die Hände nahm und eindringlich studierte, als versuche er zu ergründen, was hinter der hohen Stirn und den großen, unauslotbaren Augen vorging.

»So«, sagte er wieder. Er trat zurück. »Stimmt es, was die Bischöfin von Kymil über dich sagt?«

Antryg neigte den Kopf ein wenig zur Seite. Unmaskiert von der Brille wirkten die grauen Augen noch größer und wie von innen heraus erleuchtet in dem eingefallenen

Gesicht. »Oh, wahrscheinlich nicht«, antwortete er milde. »Wieviel von dem, was man über Euch erzählt, ist wahr?«

Zwischen den bemalten Lippen blitzten für einen kurzen Moment die weißen Zähne. »Alles«, flüsterte der Prinz. »Ich könnte dich totpeitschen lassen, weißt du, nur um zu sehen, wie lange ein Zauberer braucht, um zu sterben. Niemand würde davon erfahren. Mein Palast ...« Seine Handbewegung umfaßte den düsteren Kerker und die Räume darüber, »... steht auf einem eigenen Grundstück, weitab von der Residenz und weitab von der stinkenden Horde der Schwindler, mit denen mein Vater sich zu umgeben beliebte. Weitab von neugierigen Augen, weitab von Leuten, die mich bespitzeln, die mich zu ermorden versuchen – ja, sogar mein scheinheiliger Vetter Cerdic! – und die untereinander munkeln, ich sei wahnsinnig! Ist es mein Vater nicht auch? Und ich bin sein Fleisch und Blut ...« Seine Stimme wurde noch leiser, so daß Joanna, die die Szene gebannt verfolgte, ihn kaum verstehen konnte. »Oder nicht?«

»Darüber wißt Ihr mehr als ich, Pharos. Aber da ich selbst mehr oder weniger verrückt bin, betrachte ich Wahnsinn nicht als Makel. Manchmal hat man keine andere Wahl.«

Zum erstenmal suchte der Blick des Prinzen Antrygs Augen. »Als was?«

»Verrückt zu werden.«

Die Schönheit dieser tiefen Stimme schien eine beruhigende Wirkung auf den Prinzen zu haben. Für einen Moment hielten die blauen Augen die grauen fest.

»Ja«, meinte Pharos endlich langsam. »Manchmal muß man verrückt werden – oder sterben. Und ich habe gehört, daß man dich als verrückt bezeichnet.« Sein Blick irrte wieder ab, als könne er nicht ertragen, länger als ein paar Atemzüge einem anderen menschlichen Wesen Einblick in seine Seele zu gewähren.

Antryg nickte. Immer noch halblaut, immer noch in begütigendem Ton sagte er: »Es war die einzige Zuflucht, die mir damals blieb.«

»Stimmt es auch, daß du sieben Jahre ein Gefangener der

Kirche gewesen bist? Daß man dich zum Tode verurteilt hat?«

»Ja. Die Rebellen waren meine Freunde. Die Truppen des Kaisers hatten nicht das Recht zu tun, was sie getan haben. Sie verschonten nicht einmal die Kinder. Ich dachte, der Kaiser ...« Er unterbrach sich, schwieg einen langen Moment, dann schüttelte er den Kopf, müde, besiegt von den alten Erinnerungen. »Ja, man hatte mich zum Tode verurteilt, aber das Urteil wurde umgewandelt.«

»Und der Erzmagus half dir zu entkommen?«

»Nein.« Antryg schwankte und hielt sich an den Ketten fest. Erschöpfung, Schock und die Nachwirkungen eines brutalen Schlags auf den Kopf forderten ihren Tribut. In der abgestandenen, erstickend warmen Luft hing das schwüle Moschusparfum des Regenten und der säuerliche Geruch von Joannas persönlichem Bewacher, Kanner, der schweigend und regungslos wie eine Statue neben ihr stand, so dicht, daß sie die *na-ar*-Runen auf dem Kolben seiner Pistole erkennen konnte. Antryg schüttelte sein langes Haar zurück, das schweißfeucht an seinen Schläfen und Wangen klebte. »Als der Erzmagus verschwand, nutzte ich die Gelegenheit, aber ich hatte nichts mit seinem Verschwinden zu tun und er nichts mit meiner Flucht. Er hatte weder die Absicht noch den Wunsch, mich zu befreien.«

»Nein«, murmelte der Prinz. »Er kannte unsere beleibte Frau Bischof – er kannte die Hexenjäger – er kannte mich. Wenn er dir geholfen hätte, wäre es besser geplant gewesen, nicht wahr? Du wärst nicht auf der Straße herumvagabundiert; das Kollegium wäre nicht ahnungslos vom Zugriff der Kirche überrascht worden. Und du – du hättest dein Leben für mehr aufs Spiel gesetzt als so ein kleines Täubchen. Du kannst mir nichts über sie verraten, oder?«

Antryg schüttelte matt den Kopf, er war am Ende seiner Kräfte. Seine immer noch ruhige Stimme war befrachtet mit bedrückenden Erinnerungen und Hoffnungslosigkeit. »Ich habe seit sieben Jahren keinen von ihnen gesehen.«

»Weshalb bist du dann nach Engelshand gekommen?« fragte der Prinz tückisch sanft wie der Hexenjäger, aber ungleich bedrohlicher. »Als ein Flüchtling vor dem Kollegium, der du zu sein behauptest, müßtest du doch eigentlich in die entgegengesetzte Richtung fliehen?«

Antryg wandte das Gesicht ab. Das goldene Licht der glosenden Kohlen schien durch den feuchten, dünnen Stoff seines Hemdes und zeichnete die Umrisse seines Körpers nach, als er tief ein- und ausatmete, unschlüssig, ob er es wagen sollte zu sprechen. Schließlich richtete er den Blick wieder auf den Prinzen. »Ich muß versuchen, mich zu rehabilitieren – irgendwie«, sagte er gedehnt, als spräche er gegen seinen Willen. »So kann ich nicht weitermachen. Nicht bis an mein Lebensende. Ich bin ein Magier, Pharos, und ich habe seit vollen sieben Jahren von dieser Macht in mir keinen Gebrauch machen können. Selbst jetzt kann ich es nicht, denn es würde sie zu mir führen – die Hexenjäger und die Hasu. Ich muß mit ihnen reden ...« Er verstummte, die dunklen Linien der Anspannung gruben sich tief in die blasse Haut um seine Augen, die dadurch härter und älter wirkten.

Der Prinz sagte eine Weile nichts. Er hatte die Hände ineinander verschränkt. Feuchtigkeit glänzte ölig auf seiner Maquillage, und ein Flimmern reflektierten Feuerscheins lief über die silberne Spitze an seinen Ärmelmanschetten, als er fröstelnd die Schultern hob. Endlich flüsterte er: »Existiert sie wirklich? Diese – diese Magie? Dieser Hokuspokus – alte Frauen, die zwischen den umgestürzten Steinen auf Hügelkuppen das Wetter beschwören; Wesen, die in Gräbern stöhnen; Männer, die Stürme herbeirufen, indem sie in eine Schale mit Wasser blicken – ist das alles wirklich? Nicht nur Schauergeschichten, um Kinder zu erschrecken? Sind das nicht nur Scharlatane wie diese Betrüger, die mein Vetter um sich schart? Nicht nur törichte Weiber, die sich und andere über ihre Hilflosigkeit hinwegtäuschen wollen?«

»Nein.« Antrygs Blick verlor sich in einer unbestimmten Ferne. »Nein, diese Macht existiert wirklich.«

Der Prinz trat dicht an ihn heran. Aus seiner heiseren Stimme klang die Furcht, Glauben zu schenken. »Zeig's mir.«

Antrygs Finger berührten die Zauberschnur, die durch seine Ketten gezogen war. »Ihr habt dafür gesorgt, daß ich es nicht kann. Überraschend vorsorglich für einen Mann, der das alles für Hokuspokus und Altweibergeschichten hält. Und, wie ich schon sagte, ich darf von meinen Kräften keinen Gebrauch machen, selbst wenn Ihr mich befreit. Sie suchen nach mir – sie würden mich finden, und glaubt mir, Pharos, ich fürchte sie mehr, als ich Euch fürchte.«

»Die Roten Hunde, die Hasu?« Pharos' geringschätziges Auflachen hatte einen unechten Beiklang. »Ich gab der Kirche ihr Mandat zu handeln, als man mir sagte, der Erzmagus und das Kollegium planten eine Verschwörung. Ich kann es ihr wieder wegnehmen. Ich könnte dich schützen.«

»Nicht vor dem Kollegium.« Antryg sah zu dem Prinzen hinunter, dessen goldgelockter Scheitel ihm kaum bis zu den Lippen reichte. »Ich weiß nicht, wie vielen es heute nachmittag gelungen ist, aus St. Cyr zu entkommen, aber man hat von Anfang an nicht alle in Gewahrsam gehabt, oder?«

Erneut flackerte Mißtrauen in den paranoiden Augen des Prinzen. »Was kannst du darüber wissen?«

Die Ketten klirrten leise, als Antryg die Achseln zuckte. »Wäre es anders«, sagte er schließlich, »hättet Ihr nicht immer noch Angst. Und Ihr *habt* Angst.«

Der Regent erwiderte nichts. In der Totenstille konnte Joanna hören, wie stockend sein Atem ging. Es lag ein brüchiger Unterton in seiner schneidenden Stimme, als er plötzlich rief: »Joris!«

Die Befehlshaberin der Sasenna, die große, vierschrötige rothaarige Frau, die sie gefangengenommen hatte, tauchte aus der undurchdringlichen Dunkelheit des Ganges auf.

»Du hast seit sieben Jahren keinen Gebrauch von deinen magischen Kräften gemacht«, sagte der Prinz heiser. »Du konntest es als ihr Gefangener im Turm des Schweigens nicht.« Er gab Joris ein Zeichen.

Sie nahm den Schlüssel vom Haken neben der Tür, ging zu Antryg und schloß seine Handschellen auf. Einen Moment lang glaubte Joanna, der Magier würde ohne die Ketten, die ihn hielten, zusammenbrechen, doch er lehnte sich an eine der Säulen und massierte die von den Eisenringen aufgeschürften Handgelenke. Auf ein Kopfnicken des Regenten trat Kanner zur Seite, ließ aber seine Pistole nicht sinken. Joris befreite auch Joanna von ihren Fesseln. Ihr Bewacher blieb auf seinem Posten, nachdem die Frau sich entfernt hatte. Stumm und rgelos wie ein Fels stand er da, die Pistole schußbereit in seiner Hand.

Währenddessen wartete Pharos stumm. Er hatte die Hände so krampfhaft gefaltet, daß das weiche Leder sich glänzend über den hervortretenden Knöcheln spannte. Seine Augen, wenn sie denn einmal auf einem Punkt verharrten, hatten den tückischen Ausdruck verloren und blickten statt dessen gehetzt und ängstlich. Als Joris zur Tür ging, hielt Pharos sie am Arm fest. »Seid wachsam«, befahl er halblaut, und die Frau nickte knapp. Sie verschwand im Dunkel des Ganges, aber Joanna bemerkte den Schimmer von Pistolenläufen, die auf Antrygs Herz gerichtet waren.

Nach einem weiteren langen Moment setzte der Prinz zum Sprechen an. »Ich brauche …« Er stand dicht vor Antryg, dichter, als es Joanna angenehm gewesen wäre, fast auf Tuchfühlung, aber noch immer vermied er es, dem Magier in die Augen zu schauen. Es mußte lange her sein, dachte sie, seit dieser aufgeputzte, krankhaft mißtrauische Psychopath *Ich brauche* zu irgend jemandem gesagt hatte.

Er schluckte mühsam und nahm einen neuen Anlauf. »Narwahl.« Seine Stimme hatte keine Ähnlichkeit mehr mit dem arroganten, sadistischen Prinzen, in dessen Gewalt sie sich eben noch befunden hatten. Von Caris wußte sie, daß der Regent Skipfrag als seinen Freund betrachtete. Man konnte hören, wie sehr er sich bemühte, gefaßt vom Tod dieses Freundes zu berichten. »Die Nachbarn hörten einen Schuß und dann ein Kreischen, wie von tausend verdammten Seelen. Sie fanden …«

Er verstummte, unfähig weiterzusprechen.

»Ich weiß, was sie gesehen haben«, ergriff Joanna das Wort. »Glassplitter. Und Blut auf dem Fußboden, an den Wänden, überall.«

Der Regent schaute zu ihr hin, seine Mundwinkel zuckten. »Ja, richtig. Du warst dort, ist es nicht so? Wenigstens hat Joris mir berichtet, die Kirchensasenna hätten das gesagt.« Er zog ein Schnupftuch aus der Tasche, ein *schwarzes* Tuch. Ob seine Unterwäsche auch schwarz war? Joanna fühlte sich unwillkürlich an einen Hollywood-Zuhälter erinnert. Mit der Vorsicht von jemandem, der gewöhnt ist, auf sein Make-up zu achten, wischte er sich den Schweiß vom Gesicht. Seine Hände zitterten.

»Ich hatte keine Ahnung, daß er mit Nigromanten verkehrte«, setzte er nochmals an. »Die Hexenjäger sagten, sie hätten geheimnisvolle Dinge in seinem Arbeitszimmer gefunden. Und Hinweise auf eine furchtbare, zerstörerische Wesenheit. Sie baten mich, das Haus versiegeln zu lassen. Ich glaube, sie wollten sehen, wer auftauchte und sich dafür interessierte.«

Joanna rümpfte die Nase. »Alles, was er tat, war, mit Elektrizität zu experimentieren. Peelbone würde den Erfinder der Uhr auf dem Scheiterhaufen verbrennen, weil er es gewagt hat, dem Einzigen Gott das Privileg der Zeit streitig zu machen.«

»Mag sein«, sagte Antryg ruhig. Er nahm seine Brille vom Sims, ließ sich vorsichtig am Fuß einer der Säulen nieder und zuckte leicht zusammen, als er die Arme um die angezogenen Knie schlang. »Aber die Tatsache bleibt, daß jemand in seinen Werkraum eingedrungen ist. Und ich vermute, nach allem, was ich bis jetzt gehört habe, daß es sich um jemanden handelte, der die Fähigkeit besaß, Elementargeister zu rufen und zu kontrollieren, ihnen Gestalt und Körper zu verleihen.« Er legte den Kopf in den Nacken und sah zu dem Regenten auf. »Ist das der Grund, weshalb Ihr das Kollegium fürchtet?«

Der Prinz schaute zu ihm hinunter. Er scheute zurück vor diesem letzten Eingeständnis, dieser endgültigen Kapitulation. Nach ein, zwei Sekunden holte er zischend Atem und blickte zur Seite. Joanna sah, wie sein Mund arbeitete, bis er mit einer schroffen Gebärde die Fingerspitzen auf die Lippen preßte. Schließlich ließ er die Hand wieder fallen. »Ich weiß es nicht«, wisperte er gequält. »Sie sind diejenigen, die – die angeblich magische Kräfte besitzen. Als die Bischöfin von Kymil sagte, es gäbe eine Verschwörung, und um Erlaubnis bat, eine Untersuchung anzustellen, dachte ich …« Er atmete tief ein wie ein Mann, der sich auf eine schwere Prüfung vorbereitet. »Ich weiß nicht, wen ich fürchten muß«, schloß er. »Ich weiß nur, wenn du die letzten sieben Jahre ein Gefangener gewesen bist, kannst du es nicht sein, Antryg Windrose.«

Antryg äußerte nichts. Er wartete schweigend, während der Prinz überlegte, wieviel und was er preisgeben sollte. Nach einer Weile fuhr dieser in demselben heiseren Flüsterton fort: »Und du bist ein Zauberer. Deshalb habe ich meinen Leuten befohlen, dich nicht den Hexenjägern zu übergeben, sondern zu mir zu bringen. Seit Herthe mir erzählt hat, du seist im Turm gefangen und unfähig, von deiner Magie Gebrauch zu machen, wußte ich, daß ich dich finden mußte. Du bist der einzige, mit dem ich reden kann über – über gewisse Dinge.«

Die Stimme des Magiers klang tief und beruhigend in der Grabesstille des vom Schein der Glut erhellten Raums. »Welche Dinge?«

Der Prinz zögerte. »Es war – Hokuspokus«, antwortete er langsam. »Das hat man mir immer gesagt. Zauberei. Mein Vater …« Er schluckte. »Er – er förderte die Nigromanten, doch er wahrte gleichzeitig Distanz zu ihnen. Ich fand, er schenkte ihnen unverhältnismäßig viel Beachtung. Meiner Ansicht nach waren sie allesamt ebensolche Nichtskönner wie diese Talismanschnitzer oder die Weisen Frauen, die behaupten, sie können Nachbars Kuh verhexen. Sie redeten von Macht, aber sie *taten* nie etwas. Selbst jetzt weiß ich nicht, ob ich verrückt bin oder bei Verstand, ob dies ein Teil meiner alten Wahnvorstellungen ist oder etwas Neues.«

Antryg fragte behutsam: »Was ist geschehen?«

Pharos entfernte sich ein paar Schritte, dann kam er wieder zurück. Er schien beschlossen zu haben, va banque zu spielen und sein Schicksal in die Hände dieses merkwürdigen Fremden zu legen. Als er weitersprach, klang seine

Stimme betont sachlich. »Vor drei Monaten faßte ich eine Zuneigung zu einem Knaben im Haushalt des Herzogs von Albrete – ein bezaubernder Jüngling, Bernstein und Alabaster, mit so durchscheinender Haut, daß man den Weg von einem Schluck Wein seine Kehle hinunter verfolgen konnte. Elfwith war sein Name – nicht daß es wichtig wäre, und ich hatte bestimmt nicht damit gerechnet, mich nach drei Monaten noch daran zu erinnern, doch es geschah etwas, das ihn mir unvergeßlich machte.« Er schloß einen Moment die Augen, dann schaute er zu Antryg, der regungslos am Fuß der Säule saß. Rötlicher Feuerschein spielte ruhelos über sein stilles, aufmerksames Gesicht.

»Er – starb. Ich hatte ihn gebeten, hinauf in mein Zimmer zu gehen. Die Posten an der Geheimtreppe – selbst der geheime Zugang zu meinen Gemächern wird bewacht – waren angewiesen, ihn passieren zu lassen. Ich selbst wurde von Staatsgeschäften aufgehalten – diese elenden Gesandten aus Senterwing, die wegen der hirnlosen Ziege, die ich heiraten soll, gekommen waren. Alles sehr geheim.«

Antryg nickte. Joanna erinnerte sich, von Caris während der Fahrt in der Kutsche erfahren zu haben, daß Antryg diese Heirat in den Karten gelesen hatte. Sie war nicht überrascht, auch nicht in Anbetracht der Vorlieben des Prinzen, zu hören, daß es den Tatsachen entsprach.

»Nun, Elfwith kam zu den Wachen gelaufen und sagte, er glaube, es wäre jemand in meinen Gemächern. Jeder Winkel wurde daraufhin gründlich durchsucht – ich erfuhr später davon –, aber es fand sich keine Spur eines Eindringlings. Elfwith ging also hinein, um auf mich zu warten. Ich fand ihn, eineinhalb Stunden später, sterbend – auf furchtbare Art sterbend – in meinem Bett. Seine Glieder waren übersät mit Geschwüren, zerfressen. Wenn es eine Krankheit war, kannte Narwahl sie nicht, doch er behauptete, es gäbe auch kein Gift, das eine solche Wirkung hätte. Ich ließ ihn bei seinem Leben schwören, zu niemandem darüber zu sprechen, denn da war ja auch noch die Familie des Jungen. Natürlich wurde das Bettzeug verbrannt, aber es existiert kein Bericht über ein Auftreten dieser Krankheit, weder in der Vergangenheit noch seither. Ich weiß es, weil Narwahl in jedem Buch und Journal suchte, das er besaß.

Dann, vielleicht zwei Wochen später, ich lag im Bett und schlief ...«

»Allein?« unterbrach Antryg, und Pharos hob ironisch die Augenbrauen.

»Du glaubst doch nicht, ich würde je das Risiko eingehen in der Anwesenheit einer dieser dummen kleinen Kreaturen zu schlafen? Ich schicke sie weg. Letzthin hält Kanner in meinem Zimmer Wache, wenn ich schlafe, aber damals noch nicht. Kanner ist mir treu ergeben. Er war ein Sasenna, bis er durch ein Fieber sein Gehör verlor. Von den Sasenna wird erwartet, daß sie Selbstmord verüben, wenn sie durch Verwundung oder Krankheit in ihrer Kampffähigkeit eingeschränkt sind. Ich habe ihn dazu gebracht, daß er dem Makel der Taubheit noch den Makel der Feigheit hinzufügte, aber ich sorge auch dafür, daß er es nicht bereut. Einen tauben Diener zu haben ist äußerst nützlich. Jedenfalls, ich wachte auf – ich weiß nicht, warum – es hätte ein Traum sein können. Ich träumte ...«

Er stockte, offenbar kostete es ihn Überwindung, von seinem Erlebnis zu sprechen. »Die Bettvorhänge waren einen Spalt geöffnet. Ich konnte im Schein der Nachtlampe einen Teil der Wandtäfelung sehen. Ein Schatten zeichnete sich darauf ab, deutlich umrissen, aber riesig, verzerrt – jemand im langen Gewand eines Magiers. Ich sah ihn die Hand bewegen. Scheinbar machte er sich am Lampentisch zu schaffen. Natürlich rief ich die Wachen, doch als sie hereinstürzten – nichts. Es war niemand da, noch hätte jemand ungesehen entkommen können. Die Ecke, wo er stand, befindet sich nahe an der Außenmauer, deshalb kommt auch kein Geheimgang in Frage, abgesehen davon, daß die Wände ein dutzendmal abgeklopft worden sind. Das Wasser in dem Krug auf jedem Tisch ließ ich einem der Palasthunde geben. Erst schien alles in Ordnung zu sein, aber der Hund starb vier, fünf Tage später. Zu lange für Gift, viel zu lange. Und dennoch ...«

Er preßte wieder die Hand auf den Mund, eine nervöse

Geste, um das Beben seiner zu vollen, angemalten Lippen zu stillen oder zu verbergen. »Danach konnte ich mich niemandem mehr anvertrauen«, fuhr er schließlich fort. »Es gab keinen Beweis. Man hätte mich verspottet für meine Vermutung, es könnte Magie mit im Spiel sein, wie man mich verspottete, als ...«

Wieder verstummte er, von irgendeiner alten Erinnerung aus dem Konzept gebracht, und mußte sich besinnen, bevor er weitersprach. »Sie hätten gesagt, ich sei verrückt, wie früher schon. Und ich bin verrückt. Aber nicht verrückt in dieser Art. Nicht bis jetzt. Zweimal bin ich seitdem nachts aufgewacht und hörte Klopfen irgendwo im Zimmer – es verstummte, wenn ich die Wachen rief. Seit dem zweitenmal habe ich Kanner bei mir im Zimmer und mindestens noch einen weiteren Mann. Ich bin nicht einmal sicher, ob ich beim zweitenmal wirklich etwas gehört habe oder ob es nur ein Traum war. Ich weiß es nicht ...«

Er fuhr sich mit den Händen durch das goldblonde Haar und brachte die sorgsam arrangierten Locken aus der Fasson. Seine angespannten Wangenmuskeln zuckten.

»Ich kämpfte lange dagegen an«, meinte er endlich. »Ich habe nie an Magie geglaubt, aber jetzt denke ich, jemand versucht mich durch Magie zu ermorden. Ist das möglich?«

Er starrte Antryg an. In seinen Augen stand der verzweifelte Wunsch, endlich Klarheit zu haben.

Nach einem langen Moment nickte der Magier. Überraschend graziös für jemanden seiner Länge stand er auf, wobei er sich an der Säule abstützte, und legte dem Prinzen begütigend eine Hand auf die Schulter. »Wie lange seit dem letzten Anschlag?«

»Falls es ein Anschlag war«, flüsterte Pharos. »Es war nur ein Klopfen ...«

»Es war ein Anschlag.« In Antrygs Stimme lag nicht die Spur eines Zweifels. »Wie lange?«

»Zwei, drei Wochen. Kurz bevor – kurz bevor die Bischöfin von Kymil die Nachricht sandte, daß sie ein Komplott des Kollegiums der Nigromanten gegen die Kirche und gegen den Staat aufgedeckt habe. Ich gab Handlungsvollmacht für das weitere Vorgehen. Dann, zwei Tage darauf, wurde Narwahl ...«

Als wollte er ein verstörtes Kind beruhigen, schloß Antryg seine Hände um die zitternden Finger des Prinzen. Joanna fragte sich, ob Pharos die Mansarde gesehen hatte – all das Blut und die Glassplitter.

»Daraufhin seid Ihr nach Kymil gereist?« fragte Antryg. Der Prinz nickte. »Um herauszufinden, was Herthe weiß?«

»Ja.« Der Prinz nickte wieder. Er schien sich gefaßt zu haben, denn seine Stimme klang kräftiger, beherrschter. »Wir trafen uns in der Poststation. Sie sagte mir, wer du bist, und mir wurde klar, ich mußte dich finden – vor den Hexenjägern. Du warst der einzige, der nichts damit zu tun haben konnte. Sie sprach von Abominationen, die das Land heimsuchen, und sagte, es sei wahrscheinlich, daß du nach Engelshand kommst. Ich erfand eine Ausrede, kehrte um und befahl meinen Männern, nach dir zu suchen, dich zu finden, bevor die Kirche dich aus dem Weg räumen konnte. Mir kam der Einfall, du könntest nach Devilsgate gegangen sein, um Zuflucht bei diesem spatzenhirnigen, scheinheiligen Heuchler Cerdic zu suchen ...« Sein Tonfall wurde gehässig. Er schien in seine frühere Rolle zurückzufallen. Antryg sagte nichts, und Joanna, die den Vetter des Regenten außerdordentlich liebenswürdig und charmant gefunden hatte, enthielt sich ebenfalls eines Kommentars.

Es dauerte nur ein paar Sekunden, dann verschwand das Glitzern in Pharos' Augen und damit auch die mühsam bewahrte Gelassenheit. Er schluckte. Seine Stimme klang brüchig und tonlos. »Heute traf ich wieder hier ein. Doch es war, als ob – als ob sich seit meinem Gespräch mit Herthe, seit unserem Zusammentreffen in der Poststation, in mir die Gewißheit gefestigt hätte, daß es hoffnungslos sei. Ich sah meine Zukunft vor mir, trostlos, grau, machtlos dem gleichen Schicksal ausgeliefert wie mein Vater, dem Schicksal in fortschreitender Umnachtung dahinzuvegetieren bis zu einem würdelosen Tod.« Er schluckte, sprach weiter. »Obwohl die Dinge, die mir Angst machten, nicht real, nur Einbildung, Hirngespinste waren, würden sie mich zerstören, und ich konnte nichts tun, nirgends hingehen, nur hier auf das Ende warten. Die Nigromanten des Kollegiums waren zum größten Teil unschädlich gemacht, aber die Kirche hat auch ihre Magier, und vor mir liegt eine ganze lange Nacht, die überstanden sein will ...«

Seine Stimme brach plötzlich wie ein morscher Balken unter zu großer Last. Er zitterte am ganzen Leib. Teils vor innerer Erregung, so erkannte Joanna, und teils aus Scham wegen seiner Angst.

Antryg hielt noch immer des Prinzen Hände. Sehr sanft forschte er: »Hier?«

Als Pharos ihn scharf ansah, fragte Antryg weiter: »Dies sind doch die Verliese unter dem ursprünglichen Trakt des alten Sommerpalastes?«

Die Lippen des Prinzen kräuselten sich zu etwas wie einem Lächeln. Er senkte den Blick auf die großen, knochigen Hände, die seine umfaßt hielten, und befreite sich von dem Griff. Offenbar fiel ihm ein, wie er seine Coiffure zugerichtet hatte, denn er tastete mit den Fingerspitzen nach den Ringellöckchen an seinen Schläfen. »Ja. Ich habe ihn zu meinem Domizil gemacht. Er liegt ausreichend abgelegen, daß ich ungestört bin, wenn ich mir einen kleinen Spaß machen will.«

»Gibt es einen anderen Ort, an dem Ihr schlafen könntet?«

»Würde das einen Unterschied machen?«

»Durchaus.« Antryg sah ihn an. »Wenn Ihr ein wenig abergläubischer wärt, hättet Ihr vermutlich selbst an die Möglichkeit gedacht, daß sich das Signum eines Magiers in Eurem Schlafgemach befindet.«

Es waren sieben.

Bekleidet mit einem Rüschenhemd und Hosen, die von Joris aus den Beständen der Pagen des Prinzen herbeigeschafft worden waren. (»Ich hab's satt herumzulaufen, wie eben dem Cover eines historischen Romans entsprungen!«), folgte Joanna Antryg und dem Prinzen mehrere Treppen hinauf und aus der Hölle der düsteren, feuchten Gewölbe ein Rokokoparadies. Draußen wurde es dunkel, aber die Gemächer des Prinzen waren ein Lichtermeer aus Tausenden brennender Kerzen und Lampen. Während sie sich gefolgt von Joris, Kanner und zwei anderen Wachen von einem hellerleuchteten Zimmer zum anderen bewegten, kam Joanna der Gedanke, daß der Regent möglicherweise Angst vor der Dunkelheit hatte.

Der weiche Schimmer der Kerzen, der so verschieden war von der harten, prosaischen Elektrizität, mit der Joanna aufgewachsen war, verlieh diesen Räumen eine eigenartige, unwirkliche Atmosphäre – all die goldenen Schnörkel, das zierliche Mobiliar und der schlangenglatte Marmor. Antryg in seinem schäbigen schwarzen Rock, mit Brille und Monokel, bewegte sich dazwischen wie ein kauziger viktorianischer Geisterjäger, klopfte gegen das Schnitzwerk der Täfelung und erweckte ein Zeichen nach dem anderen zu matt glimmendem Leben.

Ein Signum auf dem Mauerwerk hinter dem Lambris war außerordentlich alt und erst lesbar, als Antryg seine Hände an das bemalte Holz legte. Ein anderes nötigte ihm ein Lächeln ab. »Ich frage mich, was die Magierin Nyellin hier getan hat. Es ist sechshundert Jahre alt – mit Euch hat es nichts zu tun, Pharos –, aber sie erfreute sich auch eines gewissen Rufs als unermüdliche Intrigantin.«

Seine Hand strich über das rotlackierte Holz zwischen den Schlafzimmerfenstern. Unter seinen Fingerspitzen erschien ein weiteres Zeichen. Es war kaum erkennbar – ein flüchtiger Schimmer Helligkeit schwebte entweder über oder unter der Oberfläche des Holzes, als hätte jemand mit einem Finger aus Licht in die Luft geschrieben.

Joanna erinnerte sich mit einem unbehaglichen Frösteln an das Zeichen an der Wand in San Serano; sie erinnerte sich auch an das Halbdunkel von Garys Zimmer und wie die roten Computerlichter sich auf Antrygs Brillengläsern gespiegelt hatten, als er mit der Hand genauso wie eben über die Wand neben der Tür geglitten war.

Ich kann dir nicht die Wahrheit sagen, und ich will dich nicht belügen …

Du stehst in dieser Welt unter meinem Schutz ...

»Das Signum eines Magiers dient ihm als Wegweiser«, erklärte Antryg dem Prinzen, der ihm zaghaft folgte, als hätten schon die Zeichen Macht zu töten. »Er kann es lokalisieren, wo immer er sich befindet, und sich dorthin begeben. Ist das Signum stark genug, kann er es benutzen, um in gewissem Umkreis Dinge oder Lebewesen zu beeinflussen, manchmal sogar Zauber wirken, ohne selbst anwesend zu sein.«

Er betrachtete lange die Täfelung zwischen den Fenstern, wo das Zeichen so kurz sichtbar gewesen war. Dann seufzte er und schloß die Augen.

Der Prinz spähte ihm besorgt über die Schulter. »Was ist?«

Antryg wandte sich ab und legte die Hand auf den eleganten Frisiertisch, der unter dem Zeichen stand. Ein Kerzenleuchter aus den verschlungenen Leibern nackter Göttinen sowie ein halb mit Wasser gefüllter Krug aus perlmuttschimmerndem, rosenfarbenem Porzellan stand darauf. »Das Signum ist weniger als zwei Monate alt«, sagte er leise. Plötzlich sah er sehr müde aus. Seine Lippen waren schmal und blaß, als hätte er von einem bitteren und giftigen Trunk gekostet. »Und dieses ...« Er ging zur Tür des Ankleidezimmers und entlockte dem oberen Paneel das kurze Aufglimmen eines Zeichens. » ... ungefähr zehn Jahre. Beide stammen von demselben Magier.«

»Wer?« verlangte Pharos zu wissen, aber Antryg schüttelte den Kopf.

»Das zweite Signum dient dazu, den Einfluß des ersten zu verstärken«, fuhr er fort und blickte auf die Stelle, wo das vage Flimmern erschienen war. »Aber vor zehn Jahren ...« Er verstummte und zog die Augenbrauen zusammen. »Zehn Jahre ...«

»Was denn?«

Antryg sah wieder den Prinzen an. »Ich weiß es nicht. Dies sind immer Eure Gemächer gewesen?«

»Ja. Seit meinem achtzehnten Lebensjahr, als man mir einen eigenen Haushalt zuerkannte. Jetzt bin ich fünfunddreißig, und ich kann dir versichern, kein Magier hatte Gelegenheit, hier einzudringen und dieses Zeichen anzubringen.«

»Da ich weiß, wie gut Ihr Euch bewachen laßt«, meinte Antryg, »wäre ich geneigt, Euch zu glauben, hätten wir nicht den Beweis, daß es doch zumindest einem gelungen ist.«

»Natürlich waren immer Nigromanten am Hof«, gab Pharos zu. »Mein Vater ...«

Er zögerte.

»Genau.« Antryg nickte. »Euer Vater. Und später dann Cerdic. Ich weiß, Euer Vater hatte oft mit Salteris in seiner Funktion als Haupt des Kollegiums zu tun.« Joanna, die aufmerksam zuhörte, fragte sich, ob sie einen leichten Bruch in Antrygs Stimme feststellen konnte, als er den Namen des Erzmagus' aussprach. »Wißt Ihr, wer noch?«

Der schmächtige Mann schüttelte den Kopf. »Ich wollte es nicht wissen. Ich hielt es für ...« Er leckte sich über die Lippen und sagte dann einfach: »Ich wollte es nicht wissen.«

Antryg schwieg gedankenverloren. Er hatte die Arme vor der Brust verschränkt und den Blick auf die Fußspitzen gerichtet. Irgendwo hörte Joanna eine Uhr mit silbernem Klang elfmal schlagen, und die gesamte Mühsal des Tages senkte sich bleiern auf sie herab – Flucht, Angst und plötzlich nagender Hunger.

Dann stieß der Magier einen Seufzer aus und schob die Brille in die Stirn, um sich die Augen zu reiben. »Es ist sehr spät. Joanna und ich sind müde. Wenigstens bin ich es, und wenn sie's nicht ist, solltet Ihr sie als neue Leibwächterin anwerben. Außer Ihr habt die Absicht, uns in ein tiefes Verlies zu werfen, gibt es zwei Dinge, um die ich Euch morgen früh bitten möchte, Pharos. Drei, genaugenommen, wenn man das Frühstück dazurechnet. Kann Euer Koch Muffins backen?«

Es war das erstemal, daß Joanna Prinz Pharos lachen sah; das blasse, hübsche Gesicht und die abgründigen Augen leuchteten vor aufrichtigem Vergnügen. »Mein hochverehrter Antryg«, sagte er und legte dem Magier eine – wie Joanna insgeheim vermutete – überfreundliche Hand auf die Schulter, »wenn die Muffins nicht zu deiner Zufriedenheit ausfallen, hast du meine Erlaubnis, den Koch auszupeitschen. Er wird nicht aufmucken, dessen kannst du sicher sein. Seine Stellung als mein Koch bringt ihm viel zu viel Prestige.«

»Ausgezeichnet.« Antryg lächelte und schob mit dem knochigen Zeigefinger die Brille höher auf die Nase. »Als zweites möchte ich, daß Ihr die Gegenstände aus Narwahl Skipfrags Laboratorium herholen laßt. Und drittens: Ich möchte Gelegenheit haben, mich in den Gemächern Eures Vaters umzusehen.«

»Übrigens«, sagte Joanna ruhig, »ich hatte noch keine Zeit, mich zu bedanken.«

Antryg, der in der tiefen Fensternische des Zimmers saß, das der Prinz ihm unter dem Mansardendach des Sommerpalastes zugewiesen hatte, schaute sich zu ihr um und lächelte. Ein bläuliches Flämmchen erschien zwischen ihm und der Tür, in der sie stand. Es schwebte wie ein bummelndes Glühwürmchen zu dem prächtigen Intarsientisch in der Mitte des Raums und setzte sich auf den Docht einer der nicht angezündeten Kerzen. Seine Stimme war so dunkel und samtig wie die laue Nacht. »Ich sollte sagen, es war mir ein Vergnügen, aber unter dem Fallgitter hindurchzurollen ... Nur zweimal in meinem Leben habe ich solche Angst gehabt. Also laß es mich folgendermaßen ausdrücken: Ich bin heilfroh, daß wir beide noch unter den Lebenden weilen.«

»Zu schön, um wahr zu sein.« Sie ging zu ihm, und er zog die Füße auf das Fensterbrett, um ihr Platz zu machen. Durch die weit geöffneten Flügel drang der Qualmgeruch von den Lampen und Fackeln der Wachen im Hof, und als der Wind umsprang, gesellte sich der satte, grüne Duft des Palastgartens dazu. »Eine liebenswerte Geste des Prinzen, uns ein Abendessen heraufzuschicken.«

»Wenn man bedenkt, wie schwierig es sein dürfte, um diese Uhrzeit noch einmal die Küche anzuheizen und Hummerpastetchen zu fabrizieren«, stimmte Antryg zu. »Ganz egal, wie die Muffins zum Frühstück ausfallen, ich werde auf jeden Fall sagen, sie sind ausgezeichnet. Ein solcher Koch sollte nicht öfter gepeitscht werden, als nötig ist, damit er, wie der Prinz sagt, auf dem Quivive bleibt.«

Joanna kicherte. »Und wir dürfen über das Essen die Kleider nicht vergessen«, fügte sie hinzu und zupfte an dem hohen, gefältelten Kragen des Pagenhemdes, das sie trug. »Er hat mir für morgen ein Wahnsinnskleid bringen lassen. Ich wüßte zu gerne, wo er es hergeholt hat.«

»Vermutlich einer seiner kleinen Freunde ...«

Sie stupste ihm tadelnd mit der Fußspitze gegen das Knie und lachte. »*Versucht* einer der Magier, ihn zu töten?«

»Aber ja.«

»Um Cerdic auf den Thron zu setzen?«

»Wäre ich die Art von Magier mit politischem Ehrgeiz«, antwortete er ernst, »dann wäre es das, was ich tun würde.«

Sie erinnerte sich daran, wie enthusiastisch Cerdic Antryg willkommen geheißen hatte, weil er ein Magier war. Und sie erinnerte sich an seine blinde Akzeptanz der Überlegenheit derer mit dem Geburtsrecht. Joanna wollte etwas sagen, schwieg aber. Einen Moment lang studierte sie das längliche, extravagante Profil im bläulichen Schimmer des Feenlichts. Der Widerschein der Feuer unten im Hof setzte Glanzlichter auf den Metallrahmen der Brille und in das träumerische Grau seiner Augen. Er sah besser aus, weniger verhärmt und erschöpft, aber die hochgeputschte Energie, die ihn während der letzten Stunden in Gang gehalten hatte, ging zur Neige. Genau wie bei ihr. Er wirkte ausgelaugt und sehr verletzlich; sie unterdrückte den Impuls, die Hand auszustrecken und seinen Arm zu streicheln.

Langsam sagte sie: »Haben wir es eigentlich mit mehreren Problemen zu tun oder nur mit einem? Das Phänomen und die Abominationen – wolltest du darüber mit den Mitgliedern des Kollegiums sprechen? Und der Erzmagus ... Caris! Was ist eigentlich aus Caris geworden?«

Ein kleines Lächeln spielte um Antrygs Lippen. »Ich nehme an, unser Freund wartet immer noch auf mich – vor einem verlassenen Gebäude am Südufer des Flusses. Er entwickelt eine sagenhafte Geduld, wenn er auf einer Fährte ist.«

»Eines schönen Tages«, meinte Joanna kopfschüttelnd, »wird Caris dich umbringen. Und *nicht* wegen seines Großvaters.«

»Selbstverständlich«, nickte Antryg. »Das ist der ...« Er unterbrach sich, als Joanna die Augenbrauen zusammenzog. Dann fuhr er rasch fort: »Zweimal hätte er es schon fast getan. Und was unsere geheimnisvollen Rätsel angeht ...« Er zuckte die Achseln. »Es gibt da mehrere Ereignisse, die scheinbar nichts miteinander zu tun haben außer dem zeitlichen Zusammentreffen. Narwahls Tod, deine Entführung, die Heirat des Prinzen ...«

»Nicht zu vergessen Dinge, die sich vor fünfundzwanzig Jahren zugetragen haben«, warf sie ein. *Treibt er wieder die alten Spiele ...* Das waren Tante Mins Worte gewesen, und zum wiederholten Mal mußte Joanna daran denken, daß alles, was Suraklin gewußt hatte, auch Antryg wußte. An Narwahls Tod war er unschuldig – in der fraglichen Nacht hatten sie und Caris und er auf dem Heuboden irgendeiner Poststation an der Straße nach Kymil geschlafen. Oder?«

Ob bei einer Inspektion magische Zeichen in jenem stickigen, von Blutgeruch erfüllten Raum von Narwahls Haus zum Vorschein kamen?

Sie merkte, daß Antryg verstummt war und sie mit einem Ausdruck lauernder Wachsamkeit beobachtete.

»Woher wußtest du überhaupt, daß man mich in die Festung gebracht hatte? Wenn ich darüber nachdenke, war ich aufrichtig froh, dich zu sehen, aber nicht überrascht, und jetzt fällt mir auf, daß ich das hätte sein müssen.«

»Nicht unbedingt.« Der Kristallohrring blitzte in der grauen Haarmähne, als er den Kopf drehte. »Ich war auf der Suche nach meinesgleichen, wie du weißt. In Anbetracht der Situation war die Festung ein guter Ausgangspunkt. Ich trieb mich unauffällig draußen herum, als man dich brachte. Hat Caris dich zu Narwahl geschickt?«

»Woher weißt du ...?« fing sie an und erinnerte sich

dann, dem Prinzen gesagt zu haben, daß sie wußte, was die Nachbarn am Ort des Verbrechens vorgefunden hatten.

»Bedeutet das Schwierigkeiten für dich?« fragte sie nach kurzem Schweigen. »Daß die Magier aus St. Cyr geflohen sind – *konnten* sie fliehen?«

Er wiegte den Kopf. »Den meisten dürfte es gelungen sein. Ich habe mit Pharos über die Entlassung der übrigen gesprochen. Es ist noch Zeit genug, sie zu suchen und mit ihnen zu sprechen, nachdem ich die Gemächer des Kaisers inspiziert habe.«

»Daß sie frei sind, bringt dich das in Gefahr?« Seine Antwort war ein geistesabwesendes Kopfschütteln. »Dann weißt du, wer es ist, den du zu fürchten hast?«

Sein Blick flog zu ihrem Gesicht, als wittere er eine Falle. Die ganze Zeit schon hatte sie gespürt, wie er sie auf Armeslänge hielt und bemüht war, das Gespräch möglichst unverbindlich zu führen. Er war auf etwas vorbereitet, etwas Unangenehmes. Ohne Umschweife fragte sie: »Warum hast du Angst vor mir?«

Er wollte protestieren, doch dann preßte er die Lippen zusammen. Ein, zwei Minuten herrschte Schweigen in dem kleinen Raum unter dem Dach. Nur die Geräusche, die von draußen durch das offene Fenster hereindrangen, und das gedämpfte Knarren von Schritten irgendwo im Palast waren zu hören. Endlich sagte er: »Wie der Prinz habe auch ich vor vielen Dingen Angst. Fast mein ganzes Leben habe ich in Angst vor einem Mann zugebracht, der seit Jahren tot ist.«

Er stand auf und half ihr vom Fensterbrett herunter. Das Irrlicht gaukelte hinter ihnen her, als er sie zur Tür geleitete, wo sie stehenblieb und zu ihm aufsah. Sie wußte, er wich ihr aus, und ihr fielen unangenehm viele Gründe ein, weshalb er das tun konnte. Doch keiner davon paßte zu seiner Fürsorge unterwegs und zu der Tatsache, daß er heute nachmittag sein Leben aufs Spiel gesetzt hatte, um sie aus den Klauen der Inquisition zu befreien.

Sie sagte: »Ich habe das Gefühl, in all dem existiert ein Muster – wie du gesagt hast: eine Verbindung zwischen den Phänomenen und den Abominationen, zwischen Narwahls

Tod und dem Verschwinden des Erzmagus und meiner Entführung. Das alles sind Subroutinen eines Programms, das ich nicht erkenne. Ich verstehe, was du zu erfahren hoffst, wenn du dir ansiehst, woran Narwahl gearbeitet hat, obwohl seine Experimente für mich aussahen wie ganz simple Versuche, Elektrizität zu gewinnen. Aber was hoffst du in den Gemächern des Kaisers zu entdecken?«

Er schüttelte den Kopf. »Bestätigung vielleicht. Die Bestätigung einer Theorie, die ich habe.« Er lehnte sich gegen den Türrahmen. Das Feenlicht säumte wie Elmsfeuer sein Haar und die Brille und die Kräusellinie der Hemdrüschen mit dem darin verhakten Gewirr von Monokel und Glasperlen. »Und möglicherweise die Lösung eines Rätsels.«

Sie rechnete nicht damit, eine Antwort zu erhalten, trotzdem fragte sie: »Was für ein Rätsel?«

Nach längerem Zögern schien Antryg sich zu einem Entschluß durchgerungen zu haben. »Weshalb man ihn in den Wahnsinn getrieben hat, statt ihn zu töten.«

Gegen zwei Uhr morgens suchte wieder die furchtbare Lethargie das Kaiserreich von Ferryth heim und peinigte Joannas Erschöpfungsschlaf bis zum Morgen mit Träumen von Tante Min.

16. KAPITEL

»Sie sagten, es wäre eine Strafe.« Die blassen, unsteten Augen des Prinzregenten irrten von den geometrischen Anlagen des Parks, durch den sie fuhren, zu dem Mann und der Frau, die ihm gegenüber auf der mit weißem Samt überzogenen Sitzbank der offenen Kutsche saßen. Die Lethargie, die erst bei Tagesanbruch abgeklungen war, hatte ihn gezeichnet und die fiebrige, ungesunde Nervosität des vergangenen Abends noch verstärkt. Seine vollen roten Lippen zuckten, als er hinzufügte: »Wegen seiner Sympathie für die Nigromanten.«

»Ich kann nicht behaupten, Sympathie wäre bei meinem Prozeß das hervorstechende Charakteristikum Eures Vaters gewesen«, bemerkte Antryg. »Gehängt, gestreckt, gevierteilt und aufs Rad geflochten – es dauerte *Jahre*, bis ich wieder mit Appetit an Hühnerfrikassee denken konnte. Nicht, daß man mir solche Delikatessen serviert hätte, Gott bewahre. Aber er mochte mich nie. Wie ist es passiert?«

Pharos schüttelte den Kopf. »Wollte Gott, wir wüßten es«, antwortete er heiser. »Er wachte eines Morgens vor vier Jahren in diesem Zustand auf. Es war ...« Er schluckte und wischte die verschwitzten Hände an einem schwarzen Seidentaschentuch ab, das er anschließend wieder unter die spitzenbesetzte Ärmelmanschette schob. »Wir wußten nicht, ob die Krankheit ebenso plötzlich verschwinden würde, wie sie aufgetreten war – wissen es jetzt noch nicht, aber damals war die Hoffnung größer als heute. Damals versuchte er noch zu sprechen. Wenigstens sah es so aus. Während der ersten Tage glaubte ich manchmal, daß er mich erkannte. Inzwischen ...« Er richtete den Blick wieder auf die sonnenbeschienene Morgenherrlichkeit der exakt gemähten Rasenflächen und kunstvoll gestutzten Bäume. Dann kehrte sein Blick halb verlegen, halb drohend zu Joanna zurück. »Wenn Ihr ihn seht«, sagte er betont, »denkt daran, er ist ein sehr kranker Mann.«

Joanna erriet, was er meinte, und unterdrückte ein Schaudern impulsiven Widerwillens. Aber die Zuneigung, die seine Warnung verriet, sich keinen Ekel anmerken zu lassen, war bemerkenswert – bemerkenswert gegenüber seinem Vater, der aller Wahrscheinlichkeit nach seine Umgebung überhaupt nicht mehr zur Kenntnis nahm. Soviel Angst er ihr früher auch eingejagt haben mochte, jetzt fühlte sie nur noch Mitleid mit diesem schmuckbehängten kleinen Despoten.

Antryg fragte: »Wer waren die Magier, die ihn in seinen Gemächern aufsuchen durften? Wer hätte Zugang zu seinem Schlafzimmer gehabt?«

»Niemand«, erwiderte Pharos prompt. »Nun ja, sie hätten von den angrenzenden Räumen hineingelangen können Rosamund Kentacre – ihr Vater schleppte sie in der Hoffnung her, der Kaiser könne sie durch ein Machtwort davon abhalten, die Gelübde abzulegen. Thirle, glaube ich ...«

»Minhyrdin?«

Pharos rümpfte die Nase. »Die senile Vettel? Meines Vaters Interesse galt der Magie an sich, weniger denen, die sie ausübten – oder irgendwann einmal fähig waren, sie auszuüben. Einige Mitglieder des Kollegiums pflegten beim Lever anwesend zu sein – Salteris natürlich, Lady Rosamund, Nandiharrow, Idrix von Thray und Whitwell Simm. Und du.«

»Ich nicht.« Antryg hob abwehrend die Hand. »Oder doch, einmal. Nach meiner Aufnahme ins Kollegium wurde ich ihm offiziell vorgestellt. Doch wie gesagt, er mochte mich nicht leiden.« Er krauste die Stirn. »Während der Mellidane-Revolte hatte ich oft den Eindruck, ich würde, wenn auch nicht direkt manipuliert, so doch gesteuert werden. Er *kann* nicht gänzlich ahnungslos gewesen sein, was um ihn herum vorging, auch wenn ich selbst nie verstanden habe, wer hinter der ganzen Sache steckte. Nach dem wenigen, was ich von ihm wußte, wäre er aber durchaus dazu fähig gewesen ...«

»Kanntest du ihn, bevor ...« Pharos unterbrach sich. »Nein, unmöglich. Du warst Suraklins Schüler. Vielleicht deshalb.« Das flimmernde Sonnenlicht zog wie eine Schule glänzender Fische über sein goldblondes Haupt, als der offene Wagen durch ein Ahornwäldchen rollte, dessen Laub sich bereits herbstlich rot färbte. Schwer zu glauben, daß sich jenseits der Parkmauern das wuchernde Häusermeer, die tristen Fabriken und die wimmelnden Docks von Engelshand erstreckten.

Anspannung und Erschöpfung sprachen auch aus seiner Stimme. Joanna hörte darin die schrille, brüchige Hysterie des vorigen Abends, eisern unter Kontrolle gehalten wie vermutlich seit Wochen, wenn nicht seit Jahren. Nach einer Weile fuhr er fort: »Vorher würde er nie ein solches Urteil gefällt haben – bevor er mit dem Erzbischof nach Kymil ritt. Danach war er – verändert.«

»Wenn er sich in Suraklins Zitadelle umgesehen hat«, murmelte Antryg, »wundert mich das nicht.«

»Nein.« Die Stimme des Prinzen sank zu einem Flüstern herab. »Manchmal sprach er davon – von den Dingen, die Suraklin im Verborgenen gehalten hatte; Kreaturen, die er gezüchtet oder heraufbeschworen und mit seinem eigenen Blut genährt hatte.«

Joanna spürte, wie Antryg neben ihr zusammenzuckte. Doch er sagte nichts. Schon in Kymil waren ihr die alten, winzigen Narben über den Adern an seinen Unterarmen aufgefallen. In ihrer Welt waren das die Erkennungsmerkmale eines Junkies.

»Und ich haßte ihn dafür«, sprach Pharos weiter, »so sehr, wie ich ihn zuvor geliebt hatte. Und ich habe ihn geliebt. Es klingt vielleicht merkwürdig, aber seit er – seit er krank ist, liebe ich ihn wieder.« Er schluckte und hielt sich die hohle Hand vor den Mund, eine nervöse Geste, die Joanna schon an ihm kannte. Die weißen Mädchenfinger mit den abgekauten Nägeln dienten im anscheinend als letzte Zuflucht. »Man sagte von Suraklin, er hätte hypnotische Macht über alle in seiner Umgebung gehabt. Daß er jeden Willen brechen konnte. Doch zurückblickend begreife ich, daß es bloß die Dinge waren, die mein Vater gesehen hat, die ihn veränderten ...«

Seine Stimme brach. Joanna fühlte Antrygs Blick auf sich ruhen, drehte den Kopf und sah wieder die Wachsamkeit und Furcht, die in diesen regengrauen Tiefen lauerten. Pharos fuhr fort. Die Worte sprudelten nur so aus ihm heraus: »Aber ich war nur ein Kind mit einer lebhaften Phantasie – ich verstehe das jetzt. Es muß daran gelegen haben, daß ich erst zehn Jahre alt war ...«

»Zehn Jahre alt?« Joanna hatte Pharos beobachtet, aber als sie den Ton in Antrygs Stimme hörte, flog ihr Blick zu ihm, als hätte er die Worte herausgeschrien und sie nicht fast unhörbar geflüstert. Erschütterung malte sich auf seinem Gesicht, als hätte ihn jemand geschlagen – Erschütterung und eine furchtbare Ahnung.

Pharos nickte. Er war zu sehr in seine eigenen Alpträume versunken, um die Reaktion des Magiers zu bemerken – oder, was das betraf, die Gegenwart des Kutschers auf dem Bock, Kanner auf dem Lakaientritt, das Knirschen der Hufe und Räder auf dem Kiesweg, Joanna ihm gegenüber. Er hatte die Hände vor den Mund geschlagen und starrte mit dem glitzernden Blick des Wahnsinnigen ins Leere.

»Was geschah?« fragte Antryg eindringlich, beugte sich vor, ergriff die Hände des Prinzen und zog sie nach unten, so daß er sich nicht mehr dahinter verbergen konnte. »Was geschah damals, als Ihr zehn Jahre alt wart?«

»Nichts.« Der Prinz schloß die Augen und preßte die Lippen zusammen wie ein Kind, das sich verzweifelt bemüht, die Realität dessen zu leugnen, was es nicht die Macht hat zu bekämpfen. »Gar nichts ist geschehen.«

»Außer, daß Ihr langsam, aber sicher wahnsinnig geworden seid.«

»Ich war ein Kind.« Die Worte entrangen sich gewaltsam einer wie zugeschnürten Kehle. »Es gab nichts, was ich tun, und niemanden, dem ich mich anvertrauen konnte. Ich *träumte* von ihm in der Zeit nach seiner Rückkehr, und in meinen Träumen ...« Die Stimme versagte ihm, seine Hände zitterten in Antrygs tröstendem Griff. Der Magier sagte nichts, aber in seinen Augen spiegelten sich Grauen, Trauer und Begreifen – als hätte er im Wahnsinn des Prinzen sich selbst wiedererkannt.

Schluchzend stieß Pharos hervor: »In meinen Träumen war er nicht mein Vater!« Tränen furchten die dicke Schminkschicht. Er riß sich von Antryg los und suchte nach seinem Taschentuch. Innerer Aufruhr und Erregung schüttelten seinen ganzen Körper. »Ich war erst zehn«, wiederholte er, »und es gab niemanden, mit dem ich reden konnte. Man hätte mir nicht geglaubt. Doch jahrelang war ich überzeugt, die Magier hätten meinen Vater gestohlen und einen Fremden an seine Stelle gesetzt. Später, als mir klar wurde, daß das nicht sein konnte, daß sie keine Zauberer, sondern nur Scharlatane und Betrüger waren, da haßte ich sie! Gott, wie ich sie haßte!«

Bitterkeit durchtränkte seine Stimme. Als wäre in seiner Seele ein Damm gebrochen, fuhr er fort, krampfhaft zu schluchzen, stieß Joannas tröstende Hand schroff zurück und drückte sich in eine Ecke der Kutsche, um allein die ›Schwäche‹ zu bekämpfen, wie er immer allein gekämpft hatte. Antryg, der vielleicht verstand, daß der Prinz Trost eher von einem Mann als von einer Frau annehmen würde, setzte sich neben ihn und legte seine Hände auf die bebenden Schultern unter dem schwarzen Satin. Obwohl die Berührung den Prinzen zu beruhigen schien, versiegte der Tränenstrom, gespeist aus einem über Jahre hinweg aufgestauten Reservoir, nicht.

Was Antryg betraf: Sein Gesicht war das eines Mannes, der im Scherz ein Zauberwort ausgesprochen hat und sieht, wie sich vor seinen Augen die Hölle auftut.

»Er war anders«, wisperte der Prinz tonlos. »Wie hätte ich irgend jemandem trauen können? Es kamen noch andere Dinge dazu ...«

»Ganz bestimmt«, murmelte Antryg, als spräche er von einer grauenhaften Vision, die nur er wahrnehmen konnte.

»Aber das war der Grund für alles. Ich liebte meinen Vater,

und das haben sie mir genommen. In den Träumen ...« Mit einem letzten Schluchzen setzte Pharos sich auf und machte den halbherzigen Versuch, sich das Gesicht abzuwischen. »Verflucht, da ist der Palast.«

Überrascht merkte Joanna, daß sie schon fast das hohe, zweiflüglige Gittertor zum marmorgepflasterten Vorhof der kaiserlichen Residenz erreicht hatten. Fahrig betupfte der Prinz mit dem schwarzseidenen Tuch seine verschmierten Wangen. »Ich muß aussehen wie ein verheultes kleines Mädchen.«

Antryg brachte ein Grinsen zustande. Die Erkenntnis und das Grauen waren beide aus seinen Augen gewichen, nur ein schwacher Abglanz lauerte noch in den grüblerischen Tiefen. »Ich bin überzeugt, Euren Vater wird es nicht stören.«

Wachen in Weiß und Gold eilten die Marmorstufen hinunter, als die Kutsche vor der Freitreppe zum Halten kam. In langen, blanken Fensterreihen spiegelte sich die Morgensonne, und die vergoldeten Firste der Dächer gleißten wie Feuerschlangen.

Ein grimassenhaftes Lächeln verzog den Mund des Prinzen. »Nein. Nichts stört oder berührt ihn mehr. Aber ...« Sein Gesichtsausdruck wurde weicher. Joanna sah, daß er die Wahrheit gesagt hatte: Welchen Haß er auch als Heranwachsender und junger Mann gegen seinen Vater gehegt haben mochte, die Liebe der Kinderzeit hatte ihn verdrängt, seit ihre Rollen vertauscht waren – seit er der Stärkere und sein Vater auf seine Fürsorge angewiesen war.

»Und falls einer der Dienstboten zu feixen wagt«, fügte Antryg fröhlich hinzu, als die Lakaien im Gleichschritt herbeieilten, um das Trittbrett herunterzuklappen, »könnt Ihr ihn auspeitschen lassen.«

Beim Aussteigen schenkte der Prinz ihm ein maliziöses Grinsen. »Ich muß sagen, Antryg Windrose, du weißt, wie man eines Menschen Herz erfreut.«

Joanna folgte dem Zauberer und dem Prinzen die ausladende Freitreppe des Palastes hinauf.

Nach seinen Worten vom Abend zuvor war Joanna der Ansicht gewesen, daß Antryg die Gemächer des Kaisers einer minutiösen Inspektion unterziehen würde, doch entweder hatte er sie getäuscht oder seine Meinung geändert. Kaiser Hieraldus bewohnte eine Zimmerflucht im dritten Stockwerk des Nordflügels, zu der man über eine enge Treppe von den Staatsgemächern im zweiten Geschoß gelangte. »Einer meiner wenigen ehrenwerten Vorfahren hat dieses Liebesnest für seine Mätressen bauen lassen«, erklärte der Regent sotto voce, während er ein Paneel der vergoldeten Wandtäfelung im sogenannten Gesellschaftszimmer des Kaisers zur Seite schob – ein Raum von ungefähr der Größe einiger der Heuschober, in denen Joanna während der letzten zwei Wochen genächtigt hatte. »Die kleine Treppe wird von dem Posten vor der Tür dort bewacht. Schon mein Großvater hat seine Privatgemächer nach oben verlegt, weil es dort viel gemütlicher ist als hier.«

Antryg schaute sich in dem riesigen Gesellschaftsraum mit den massigen, düsteren Möbeln und schnörkeligen Tapeten um. »Es dürfte schwerfallen, etwas *weniger* Gemütliches zu finden, besonders im Winter. Dann hat Euer Vater also immer schon oben gewohnt?«

Der Prinz nickte. Seit seinem Zusammenbruch in der Kutsche hatte er einen Großteil seiner aalglatten, bedrohlichen Ausstrahlung verloren. Joanna stellte fest, daß sie nicht nur Mitleid, sondern wahrhaftig Sympathie für ihn aufbrachte, obwohl sie wußte, daß er ein Psychopath und unberechenbar war. Während sie dem Magier und dem Regenten die enge Stiege hinauffolgte, die unvermeidlichen voluminösen Spitzenunterröcke gerafft, schüttelte sie den Kopf über sich selbst. *Erst verliebst du dich in Antryg, und jetzt findest du den Regenten sympathisch. Auf dieser Reise entwickelst du entschieden einen Hang zum Extravaganten.*

»Er ist ständig unter Aufsicht«, hörte sie Pharos sagen, als er den goldenen Knauf an der Tür herumdrehte. Es war charakteristisch für das Interieur des Palastes, daß sogar dieser Türknauf ein kleines Kunstwerk darstellte, mit vergoldeten Schnörkeln und einer Cloisonnéminiatur von mythologischen Gottheiten inmitten kecker Nymphen. »Keiner seiner Betreuer hat etwas Ungewöhnliches gemeldet.«

»Nein«, sagte Antryg sinnend. »Nein, das kann ich mir denken.«

Seine Durchsuchung der Räume war beinahe nachlässig. Sämtliche Zimmer waren vollgestopft mit all den schönen Dingen, die ein unermeßlich reicher Mann von gutem Geschmack gerne um sich hat. Die Palette reichte von zierlichen Uhren bis zu kostbaren Gemälden. Aber die Zimmer waren auch ungelüftet, stickig, und in der Luft hing der schale, muffige Geruch eines Körpers, der die Fähigkeit verloren hat, seine Funktionen zu kontrollieren.

Der Kaiser selbst, der von einer achtsamen und wohlgemuten Pflegerin herausgeführt wurde, erschreckte Joanna nicht halb so sehr, wie sie befürchtet hatte. Er war nicht nur ein Mann ungefähr im Alter ihres Vaters. Sein schütteres Haar war sauber und gekämmt, und die reinliche Kleidung kündete abgesehen von einem frischen Essensfleck auf der einfachen schwarzen Weste, unübersehbar von aufmerksamer und unablässiger Pflege durch seine Betreuer. Sein Mund stand etwas offen, und er starrte mit leerem Blick vor sich hin, aber Joanna, die sich gewöhnlich in Gegenwart von körperlich oder geistig Behinderten höchst unwohl fühlte, war überrascht, in sich nichts anderes als ein überwältigendes Gefühl des Mitleids zu entdecken.

»Und waren magische Zeichen in den Räumen?« fragte sie, als sie an dienernden Höflingen vorbei die Treppe hinunter und hinaus in den Hof gingen, wo die Kutsche wartete.

Antryg starrte sie an wie jemand, der aus tiefen Gedanken gerissen wurde. »Ja.«

»Hast du deine Theorie bestätigt gefunden?«

Er zögerte. Sie spürte, daß er sich zu entscheiden versuchte, ob er die Wahrheit sagen oder nach Ausflüchten suchen sollte. Joanna unterdrückte ein starkes Verlangen, ihn zu packen und zu schütteln. »Nein. Ich dachte, man hätte ihn durch ein schwarzes Signum in diesen Zustand versetzt, aber das war allem Anschein nach nicht der Fall.«

»Wie ist es dann geschehen?«

Höflich wie stets half er ihr in die Kutsche und setzte sich neben sie; der Prinz, leicht pikiert, wurde von einem Dienstboten hineinverfrachtet, und der offene Wagen setzte sich in Bewegung. »Ich bin mir nicht sicher«, erwiderte Antryg etwas zu leicht und luftig.

»Hör mal«, begann Joanna aufgebracht, aber Pharos schnitt ihr das Wort ab.

»Ist er in Gefahr?«

»Ich glaube nicht.« Antryg schüttelte den Kopf. »Nicht, solange Ihr lebt, jedenfalls. Wer immer Euch aus dem Weg haben will, ist zur Zeit nicht an einem Kampf um die Thronbesteigung interessiert. Die Regentschaft würde genügen.«

»Natürlich«, meinte Pharos mit dünner Stimme. »Es gäbe einen Bürgerkrieg, bevor die Edlen zustimmen würden, dem lieben Vetter Cerdic die Krone aufs Haupt zu setzen. Außer sie hätten während einer schönen langen Regentschaft seinerseits Zeit, sich an den Gedanken zu gewöhnen. Ich nehme an, das ist der Plan?«

»Mehr oder weniger ja.« Antryg legte die Fingerspitzen beider Hände vor der Brust zusammen. Er hatte, stellte Joanna fest, eine Kette aus Gold und Saphiren umhängen, ein Geschenk des Prinzen, die wie eine Kreation von Fabergé in einem Kaufhauswühlkorb zwischen seinen anderen bunten Klunkern hervorstach. Seine Stimme klang sorglos, aber seine Augen waren zutiefst beunruhigt, als hätten die Informationen des Prinzen, die ihr absolut nichts sagten, ihm die Antwort auf eine Frage gegeben, die er gar nicht beantwortet haben wollte. Wie üblich wechselte er sofort das Thema. »Wer wußte von Eurer geplanten Heirat?«

Pharos hob die Augenbrauen. »Nur sehr wenige.«

»Narwahl?«

»Er war mein Leibphysikus.« Die blaßblauen Augen, die von verwischtem Kajal umrahmt wurden, verengten sich zu schmalen Schlitzen. »Selbstverständlich wußte er es. Du willst doch nicht behaupten, daß er – daß er deshalb getötet wurde?«

Antryg schwieg einen Moment und studierte das Gesicht

des Prinzen, als versuche er sich darüber klar zu werden, was er antworten sollte. Dann sagte er beruhigend: »Das bezweifle ich. Meiner Ansicht nach waren seine Experimente der Grund für seine Ermordung. Der Eindringling stand neben seinem Arbeitstisch, als Narwahl ihn überraschte ...«

Pharos, der über von weißen Kieswegen eingefaßte Rasenflächen zu einem Spielzeugpavillon neben einem Miniatursee geschaut hatte, fuhr mit der Plötzlichkeit eines tollwütigen Hundes herum. Mißtrauen und jäher Zorn flammten in seinen Augen. Bevor er etwas sagen konnte, übernahm es Joanna, die Situation zu retten. Mittlerweile war sie sattsam vertraut mit Antrygs sherlockianischer Kombinationsgabe. »Das glaube ich auch. Die Pistolenkugel steckte genau über dem Arbeitstisch in der Wand.«

»Ganz recht«, nickte Antryg, der einigermaßen verwundert schien, daß dieser Punkt weiterer Erläuterungen bedurfte, und ohne die geringste Ahnung davon zu haben, wie knapp er einem umgehenden Rücktransport nach St. Cyr entronnen war. »Auf fünf Meter und im Dunkeln war die Wahrscheinlichkeit groß, daß Narwahls Schuß danebenging, selbst wenn er nicht auf einen Magier gezielt hätte – sogar im hellen Tageslicht sind die mit dem Geburtsrecht schwer zu treffen, wie man weiß.«

»Dann hätte er also jedem beliebigen Nigromanten von der Heirat erzählen können«, meinte Pharos nach kurzem Schweigen. Das unausrottbare Mißtrauen flackerte in seinen Augen, und er fügte hinzu: »Er hätte auch mit ihnen unter einer Decke stecken können, nicht wahr? Eine Clique von Verschwörern – Cerdic, das Kollegium ...«

»Weshalb hätten sie ihn in dem Fall töten sollen?«

Die Kutsche hielt vor dem alten Sommerpalast gegenüber der Residenz an der anderen Seite des weitläufigen Parks. Joanna hatte zum erstenmal Gelegenheit, ihn bei Tageslicht genauer zu betrachten, vermochte aber außer vielleicht in den unregelmäßigen Linien der Fassade keine Anzeichen für sein näheres Alter zu erkennen. Wie der ungleich größere Kaiserpalast war auch dieses Gebäude mit rötlichem Sandstein verkleidet und hatte Gesimse aus weißem Marmor. Die Statuen in den Nischen bestanden aus unterschiedlich schattiertem Gestein und reflektierten den etwas avantgardistischen Geschmack des Prinzen.

Erst im Inneren, als sie die klassische Symmetrie von Vestibül und Empfangszimmern hinter sich gelassen hatten, wurde deutlich, daß dieses Bauwerk einer früheren Epoche entstammte. Auch wenn sie von Architektur keine Ahnung hatte, spürte Joanna doch, daß die niedrigeren Decken und die weniger planvolle Anlage der Zimmer von einem nicht so elegant-disziplinierten Baustil kündeten, wie er sich in der Renovierung der vorderen Räume ausdrückte. Auf dem Weg durch eine lange, schmale Galerie blieb ihr Auge gelegentlich an einem Spitzbogen oder einer tief kassettierten Decke hängen.

Sie erreichten über zwei, drei Stufen einen weiteren Gang und stiegen von dort eine knarrende Treppe hinauf zu den Räumen im Obergeschoß. »Meine Männer haben jedes Teil von Narwahls Gerätschaften hergebracht«, erklärte der Prinz, als sie vor einer schweren, eisenbeschlagenen Tür stehenblieben. »Ich habe auch Euer Ridikül zurückerobert, meine liebe Joanna, obwohl Freund Peelbone sich gar nicht davon trennen mochte. Es enthielte Artefakte des Teufels, sagte er.«

»Floppy discs?« fragte Joanna verdutzt über diese diabolische Interpretation.

»Dem Reinen ist alles rein«, philosophierte Antryg im dozierenden Tonfall des Magister Magus, »und für den Phantasielosen ist alles Fremde des Teufels.«

Der Regent stieß die Luft durch die Nase. »Offenbar sind die meisten Nigromanten während der von dir gestifteten Verwirrung aus Peelbones Gewahrsam entflohen. Er argwöhnt finstere Verschwörungen, Umsturz, Revolution.«

Antrygs Hand, die sich nach dem Türknauf ausstreckte, hielt mitten in der Bewegung inne, als die weißen Mädchenfinger des Prinzregenten seine ausgefransten Spitzenmanschetten berührten. Seine blauen Augen glänzten beunruhigend in dem grauweißen Licht der kleinen, halbrunden Dachfenster.

»Und so wahr ich hier stehe«, fügte Pharos halblaut hinzu, »falls sich herausstellen sollte, daß er recht hat, wirst du dich nach dem Tod, zu dem mein Vater dich verurteilt hat, sehnen wie ein Verdurstender in der Wüste sich nach Wasser sehnt. Verstehst du mich?«

Antryg schwieg. Seine Haltung war die eines Mannes, der mit einem Fuß in einer Falle steht, die noch nicht zugeschnappt ist. Angst vor den Verdächtigungen des Prinzen? fragte sich Joanna, die wieder einmal hin und her gerissen war zwischen ihrer Zuneigung für ihn und ihrem besseren Wissen. Oder Angst vor etwas anderem?

Zu guter Letzt verzichtete er auf eine Antwort, öffnete die Tür und bückte sich unter dem niedrigen Sturz hindurch in das Gelaß dahinter.

Staub hing in der unbewegten Luft des langgestreckten, niedrigen Raums. Joanna fühlte sich unbehaglich an das andere Zimmer unter dem Dach erinnert, wo sie die jetzt hier befindlichen Gegenstände zum erstenmal gesehen hatte. Dieser Speicher war allerdings mehr als doppelt so lang. An der hinteren Wand türmten sich ausrangierte Möbelstücke aus dunklem Holz, verschlossene Truhen und dazwischen eingezwängt Ballen von dickem Stoff, der aus der Mode gekommen war. Die inneren Wände sowie die Decke waren grob verputzt, die Außenmauer mit den drei quadratischen Fenstern ließ die rohen Steine des alten Sommerpalastes erkennen. An dieser Wand stand ein Tisch mit den schimmernden, an die Werkstatt eines Alchimisten erinnernden Utensilien von Narwahls Experimenten. Über dem Ganzen lag ein Hauch von Nostalgie. Das einzige, was störte, war ihre Tasche – ein prosaischer, unförmiger Klumpen am Rand des Tisches.

Joanna begann die Experimente zu überprüfen. Auf den ersten Blick war alles noch so, wie sie es in Narwahls Laboratorium vorgefunden hatte. Sie ordnete die Drähte und Erdungen, stellte die hohen Kupferstäbe und den handbetriebenen Generator auf. Inmitten des Durcheinanders verströmte die seltsame, schimmernde Kugel, die ihr schon beim erstenmal aufgefallen war, ein irgendwie bösartiges, mattes Leuchten.

Antryg schwieg. Sie warf einen Blick über die Schulter und sah, daß seine Augen magnetisch von der Kugel angezogen wurden. Auf sein Gesicht malte sich Erkennen und Bestürzung, aber keine Überraschung.

»Was ist das?« Sie schüttelte die Spitzenmanschetten an den Ärmeln zurück, die sich in einem Schalter verfangen hatten. »Alles andere kenne ich ...«

»Wirklich?«

Sie nickte. »Meine ganze Welt funktioniert mit Elektrizität.« Sie tippte mit dem Finger auf die Elemente einer Zellenbatterie und strich über die altertümliche Vakuumpumpe aus Messing, aber vor der unheilvollen Ausstrahlung der Quecksilberkugel schreckte sie zurück. »Hardware war nie mein Gebiet, aber ich kenne mich gut genug aus, um mir keinen Schlag einzufangen, wenn ich Chips auf einer Systemplatine austausche. Und Gary *ist* Hardware-Experte. Deshalb weiß ich, woran Narwahl gearbeitet hat. Aber das – das Ding ...«

Wie bei ihren grundlosen Depressionen, bevor sie erkannt hatte, daß es sich um einen äußeren Einfluß handelte, hatte sie eine merkwürdige Scheu davor, ihren Widerwillen in Worte zu fassen. *Was keinen Namen hat, ist nicht wirklich,* dachte sie.

»Ja«, sagte Antryg leise. Er schob die Brille höher und trat neben ihr an den Tisch. »Ja, es ist ein Werkzeug verbotener Magie. Solche Kugeln zu erschaffen ist verboten. Das Geheimnis ihrer Herstellung an andere weiterzugeben wird von dem Kollegium mit dem Tode geahndet.«

»Warum?« Noch während sie sprach, fragte sie sich, weshalb sie gar nicht überrascht war, das zu erfahren.

»Man nennt es einen Teles.« Antrygs lange, sensitive Finger glitten über die schimmernde Oberfläche der Kugel. »Sie haben vielerlei Eigenschaften. Suraklin benutzte sie ...« Er stockte bei dem Namen seines alten Meisters, und der Widerschein eines alten Schreckens huschte über sein

Gesicht, als hätte er unvermutet eine noch offene Wunde in seiner Erinnerung berührt. Er faßte sich rasch und fuhr fort: »Suraklin fügt sie in die Energieadern ein und benutzte sie, um seine Macht über weiter entfernte Gebiete auszudehnen, die er anders nicht hätte kontrollieren können ...« Er zögerte wieder, runzelte die Stirn und wandte sich dem Prinzen zu, der schweigend in der Türöffnung stand. Kanner war wie immer ein düsterer Schatten im Hintergrund. »Übrigens, Pharos, auf welchem Längengrad liegt der Palast?«

»Wie bitte?« Der Prinz starrte ihn an, als hätte er den Verstand verloren – hatte er ja auch, amüsierte sich Joanna. Nur schon vor langer Zeit.

»Auf welchem Längengrad der Palast liegt. Weil, wenn ich mich recht erinnere, die Energieader der Straße des Teufels durch Engelshand verläuft mit einem Kreuzungsnodus beim alten Steinkreis auf dem Tilrattin Eiland oben im Fluß. Suraklin ...« Er verstummte. Seine Hand war um die Seite des Teles gewölbt. Das stechende, weiße Sonnenlicht glitzerte auf dem von Sprüngen durchzogenen Glas seiner Brille und berührte Joannas Finger auf der Tischplatte, ohne sie zu wärmen.

»Suraklin«, wiederholte Pharos. »Immer wieder kommt der Dunkle Magus ins Spiel.«

Antryg sah den Prinzen an. Aus seinem Blick sprach die Wachsamkeit eines Menschen, der weiß, daß er sich auf dünnem Eis bewegt. Mit gekünstelter Unbefangenheit sagte er: »Nein, Suraklin war selbstverständlich nicht der einzige, der wußte, wie man einen Teles erschafft.«

»Man darf wohl mit Sicherheit annehmen«, die halbgeschlossenen Augen verliehen dem gepuderten Gesicht des Prinzen einen Ausdruck dekadenter Tücke, »daß er dich in das Geheimnis eingeweiht hat.«

»O ja«, gab Antryg bereitwillig zu. »Aber es ist ein ermüdendes und kräfteraubendes Unterfangen. Für Wochen danach ist man außer Gefecht gesetzt. Suraklin bediente sich hauptsächlich bereits vorhandener Exemplare, die von anderen vor Jahrhunderten geschaffen wurden. Auch dieser ist sehr alt.« Joanna zuckte unwillkürlich zusammen, als er die Kugel aufnahm und zwischen den Fingerspitzen drehte. »Suraklin besaß einige, die Tausende von Jahren alt waren und die Macht der Magier, die mit ihnen hantierten, aufgesogen hatten, bis sie beinahe eine eigene Stimme besaßen. Niemand kennt all ihre Geheimnisse. Auch Suraklin nicht. Aber schließlich benutzte er eine Menge Dinge, von denen er nicht genau wußte, was es damit auf sich hatte. Das war«, fügte er mit einer plötzlichen Härte in der Stimme hinzu, »einer der Gründe für seine Gefährlichkeit.«

Pharos' Argwohn ließ sich nicht ohne weiteres beschwichtigen. »Aber wie erklärt sich, daß Narwahl einen – einen Teles in seinem Besitz hatte? Mein Vater ...« Er stolperte über das Wort. »Sie hätten zerstört werden sollen, nachdem Suraklins Macht gebrochen war.«

»Unzweifelhaft.« Umflattert von seinen Rockschößen, wirbelte Antryg herum und warf den Teles gegen die Mauer wie ein Volleyballspieler, der den Ball übers Netz pritscht. Joanna zuckte zusammen – die instinktive Reaktion in dem winzigen Zeitraum zwischen dem Fallenlassen einer Glühbirne und dem erwarteten Zerschellen auf dem Betonboden. Aber der Teles zersplitterte nicht. Er traf die Mauer mit einem tiefen, hallenden Glockenton und prallte heftig in Antrygs Hand zurück. »Wenn Ihr einen Weg findet, einen Teles zu zerstören, wird das Kollegium sich freuen, davon zu hören. Abgesehen davon, muß dieser hier nicht Suraklin gehört haben. Ich vermute, Narwahl hat ihn von Salteris bekommen. Wie Caris sagt, waren sie Freunde. Mir stellt sich folgende Frage: Wenn Narwahl Salteris so weit in seine Versuche eingeweiht hat, daß er fähig war, mit Hilfe von Elektrizität die Abomination in der Nähe von Kymil zu vernichten, dann brauchte Narwahl Salteris' Hilfe und Rat für – was?«

»Experimente mit den Auswirkungen von Elektrizität auf Magie?« vermutete Joanna. Sie strich über den konkaven Metallsockel, auf dem der Teles gelegen hatte. Kupferdrähte ragten heraus. An den verbogenen Enden konnte man erkennen, daß sie mit anderen Drähten verbunden gewesen waren. »*Hat* Elektrizität Auswirkungen auf Magie?«

»Ich habe nicht die leiseste Ahnung.« Antryg legte den Teles zurück auf den Sockel und musterte interessiert das Gewirr der Drähte und Widerstände. »Nach meinen Erfahrungen, nein. Magie wird von Gewittern nicht beeinträchtigt, und gemäß den wissenschaftlichen Magazinen, die ich gelesen habe, sind Blitze nicht nur pure Elektrizität, sondern die Luft ist zu solchen Zeiten regelrecht geladen damit.« Er verfolgte zwei Drähte bis zum Generator und drehte probeweise die Kurbel.

»Warte«, sagte Joanna. »Da existiert noch keine Verbindung.« Sie fand die Drähte zu den Metallstäben und zwirbelte sie paarweise zusammen. Pharos, der bis jetzt abwartend an der Tür stehengeblieben war, kam vorsichtig näher, wich aber gleich wieder zurück, als Antryg die kleine Kurbel drehte. Angst und Mißtrauen spiegelten sich auf dem Gesicht des Regenten, als knisternde Schlangen elektrischer Ladung an den Stäben hinaufzukriechen begannen; Joanna hielt es für ratsam, vorbeugend Aufklärung zu betreiben.

»Das hat nichts mit Zauberei zu tun, Hoheit. Wenn ich die Kurbel drehe, oder wenn Ihr es tut; es passiert jedesmal genau dasselbe. Seht.« Sie schob die Ärmel hoch und löste Antryg ab. Je mehr Spannung sich aufbaute, desto schwerer ließ sich die Kurbel drehen. Die zuckenden Entladungen wirkten gespenstisch im staubdurchtanzten Sonnenlicht, das in den Speicherraum fiel. »Nicht anfassen«, warnte sie rasch, als Antryg vorsichtig seinen Finger den Stäben näherte. »Du bekommst einen gehörigenSchlag.«

Sie ließ die Kurbel los, und das eisenumhüllte Rad kam zum Stillstand.

»Was war also seine Absicht?« Pharos kam zaghaft näher. »Elektrizität zu nutzen, um Magie zu bannen oder um sich davor zu schützen? Aus diesen gezähmten Blitzen einen Schild zu konstruieren, den Magie nicht zu durchdringen vermag?«

Antryg, der die Hände in den Taschen seiner Jeans vergraben hatte, schüttelte den Kopf. »Salteris wäre der erste gewesen, der ihm gesagt hätte, daß Elektrizität als Schutzschild ungeeignet ist«, antwortete er. »Wenn Ihr in so einem Feld steht, Pharos, und ein Magier wollte Euch töten, wäre es das Einfachste von der Welt, diese Kraft gegen Euch zu kehren. Joanna ...«

Sie unterbrach ihre Inspektion der Vakuumpumpe.

»Wenn du raten müßtest, was er vorgehabt hat, wonach sieht es aus?«

Sie schüttelte ratlos den Kopf. »Ich weiß nicht, aber es scheint, daß er Elektrizität entweder in den Teles hineingeleitet oder daraus abgezapft hat. Hier.« Sie zeigte die Drähte, die aus dem Untersatz des Teles hingen. »Das bedeutet, der Teles ist entweder leitend oder selbst eine Stromquelle. Und?«

»Davon habe ich nie etwas gehört.« Antryg studierte die Drähte am Generator, dann fixierte er nachdenklich die silberne Kugel.

Widerstrebend faßte Joanna den Teles an und hob ihn von seinem Untersatz. Abgesehen davon, daß er sich glatt und sonderbar kalt anfühlte, war nichts Ungewöhnliches daran. Sie legte ihn auf den Tisch und inspizierte die Anschlüsse. »Komisch. Der Erdungsdraht ist zu einer Schlinge gebogen, als wäre er in sich selbst geerdet.« Stirnrunzelnd plazierte sie die Kugel wieder auf dem niedrigen Sockel, dann löste sie die Generatordrähte von den Stäben und verband diese mit dem Teles.

Wie erwartet, geschah nichts.

»Geschlossenes System«, verkündete sie knapp. »Nichts geht rein, also kommt nichts raus. Elektrizität entsteht aber nicht einfach so – alle Energie kommt von irgendwoher.«

»Eine vernünftige These, sowohl für den Bereich der Metaphysik als auch der Magie«, pflichtete Antryg ihr bei. »Doch andererseits ...« Er streckte die Hände aus und strich mit den Fingern über die ölig schimmernde, leicht phosphoreszierende Oberfläche der Kugel.

Joanna empfand es so deutlich wie ein rapides Absinken der Temperatur – als wäre sie wie die Heldin in *Der Zauberer von Oz* nach der Magie und Farbe in einer einförmig grauen

Welt erwacht. Sie fühlte sich elend, erschöpft bis ins Mark, hatte alles satt; sie haßte Antryg für seine Lügen, seine Ausflüchte. Er hatte sie hierher gebracht und ihre Abhängigkeit von ihm ausgenutzt. Und er würde sie hier festhalten, in dieser schmutzigen, trostlosen Welt, in der sie nicht zu Hause war.

Die Stäbe begannen zu knistern. Feuerschlangen wanden sich daran empor, schneller und intensiver als zuvor. Ihr Leuchten verwandelte Antrygs scharfgeschnittenes Gesicht in eine Dämonenmaske. Seine Ohrringe blitzten.

»Hör auf!« fauchte Joanna wütend. Wie konnte er ihr das antun, nur um seine dumme, akademische Neugier zu befriedigen. »Hör auf damit ...« Ihre innere Stimme protestierte: *Das ist wichtig! Das ist der Schlüssel zu allem!* Doch unter dem Einfluß des Experiments war sie dafür taub.

Pharos legte die Hände vor die Augen. »Das war es also!« Seine Stimme zitterte. »In den vergangenen Wochen – an dem Morgen, als ich mit Herthe in der Poststation sprach – letzte Nacht ... Ich dachte, es ginge nur mir so! Es wäre nur eine weitere Phase meiner Geisteskrankheit!«

»Nein.« Antryg riß das Erdungskabel los, das so merkwürdig von dem Teles wieder in ihn zurückführte. Die Funken erloschen an den Stäben, und wie eine Wolke vor der Sonne verschwand die nihilistische Atmosphäre aus dem Raum. »Man hat Euch die Lebensenergie entzogen, Pharos – wie jedem anderen in Ferryth. Nicht in einem Maß, um zu töten, nur gerade genug, um zu lähmen. Auf eine Art, für die es kein Wort gibt.«

Ein phosphoreszierendes Leuchten, diesmal von dem Teles selbst, drang geisterhaft durch Antrygs Finger, als er sie auf die silbrige Kugel legte. Sein Blick war in eine unendliche Ferne gerichtet. Obwohl Joanna sich nicht ausmalen konnte, was er sah, ahnte sie fröstelnd die Angst und die Trauer und ein Wissen, von dem er nicht wollte, daß sie es in seinen Augen las.

»Darauf zielten Narwahls Experimente ab, denke ich«, fuhr er nach einer Weile fort, als spräche er zu sich selbst. Seine Stimme verlor sich in dem großen, sonnenhellen

Raum. »Deshalb wurde er getötet – nicht weil er entdeckt hatte, wie Elektrizität Magie beeinflussen könnte, sondern weil er auf eine Methode gestoßen war, die es ermöglicht, der Welt mit Hilfe von Magie die Lebensenergie zu entziehen und sie umzuwandeln in Elektrizität«

17.
KAPITEL

»Aber warum?« Joanna zog die Füße unter die raschelnde Masse der rosen- und cremefarbenen Unterröcke und saß mit untergeschlagenen Beinen auf dem thronähnlichen Eichenstuhl, der sich zwischen dem Gemöbel am anderen Ende der Bodenkammer gefunden hatte. »Wozu Elektrizität?« Ihre Augen wanderten von dem faszinierenden Sortiment naturwissenschaftlicher Kuriositäten zu dem nicht weniger faszinierenden und kuriosen Gesicht des Mannes, der mit baumelnden Beinen auf der Tischkante saß.

Der Prinz war gegangen, doch eine Wache war im Flur zurückgeblieben. Ein Lakai hatte ihnen einen Imbiß gebracht. Das geplünderte Tablett stand neben Joanna auf dem Boden. Antryg hatte kaum etwas gegessen und noch weniger gesprochen.

Während sie den glasierten Schinken verspeiste und die Häppchen durchprobierte, hatte Joanna zweimal gespürt, daß er sie beobachtete wie damals im Mondschein auf der Straße des Teufels und an diesem Morgen in der Kutsche des Prinzen. Er war immer verschlossen gewesen wie eine Auster, aber je näher sie Engelshand gekommen waren, je tiefer sie in das Netz der Rätsel eindrangen, desto unverhohlener wurde die Aura der Wachsamkeit, der Furcht, die ihn umgab.

Sie studierte das unverkennbare Profil vor dem hellen Hintergrund des Fensters und fragte sich zum x-tenmal, warum.

Weil er wußte, daß technische Angelegenheiten ihr Fach waren und sie früher oder später durch seine Lügen und Ausflüchte zum Kern des Geheimnisses vordringen würde? Doch obwohl sie eine Gesetzmäßigkeit ahnte, einen gemeinsamen Nenner all der Vorkommnisse, war sie doch weit davon entfernt, die Zusammenhänge zu durchschauen.

Die bevorstehende Heirat des Prinzen, die Anschläge auf sein Leben sowie Cerdics unkritisches Vertrauen zu den Magiern schienen eine Teilmenge zu bilden; die Abominationen, Thirles Ermordung und die Tatsache, daß jemand durch den Abyssus zwischen den beiden Welten hin und her pendelte, eine zweite. Ihre eigene Erfahrung und das Verschwinden des Erzmagus' schienen nur zeitlich zusammenzufallen. Das mehrfach auftretende Thema der geistigen Verwirrung – der Prinz, sein Vater, Antryg – schien unterbrochen zu sein durch einen Hiatus von über zwanzig Jahren. Gleich einem Ariadnefaden zog sich die glitzernde Spur der magischen Signa durch das schattenhafte Labyrinth, aber sie führte nirgendwo hin. In ihrer Eigenschaft als Programmiererin, die darauf geeicht war, alle Probleme in überschaubare Segmente zu zerlegen, mußte sie feststellen, daß diese computergerechte Logik sie im Stich ließ, sobald es darum ging, in die entgegengesetzte Richtung zu arbeiten.

Oder rührte Antrygs Verschlossenheit ihr gegenüber daher, fragte sie sich, daß er Angst hatte, jemandem zu vertrauen? Er wäre früher allzu vertrauensselig gewesen, hatte er gesagt. Fürchtete er seine Gefühle für sie, wie sie ihre Gefühle für ihn? Wegen der Macht, die solche Empfindungen verleihen?

Wenn ich mit Menschen ebensogut zurechtkäme wie mit Programmen und Maschinen, überlegte sie, *wäre ich vielleicht in der Lage zu erkennen, ob er die Wahrheit sagt oder lügt.* Aber in gewisser Weise hatte er immer beides getan.

Von ihm kam immer noch keine Antwort, und sie meinte ruhig: »Es wäre hilfreich, wenn du dich entschließen könntest, mir Vertrauen zu schenken.«

Sie bemerkte den kurzen Schauder, der ihn durchlief und gleich von einem schiefen Lächeln gefolgt wurde. »Glaub mir, Joanna, es wäre hilfreich, wenn ich irgend jemandem Vertrauen schenken könnte. Aber mir geht es wie Pharos – ich habe Angst, daß derjenige, den ich zu meinem Beschützer mache, derselbe sein könnte, der mir schon die ganze Zeit nach dem Leben trachtet.«

Sie hörte einen merkwürdigen Unterton in seiner Stimme und zog die Stirn in Falten. »Trachtet dir denn jemand nach dem Leben?«

Er sah sie verwundert an. »Aber selbstverständlich. Caris, zum Beispiel ...«

»Caris ist es aber nicht, den du fürchtest.« Er sagte nichts dazu, und man spürte, wie er sich zurückzog. Er war nicht willens, etwas preiszugeben. »Du hast gesagt, du wolltest vom Kollegium der Nigromanten erfahren, was sich vor fünfundzwanzig Jahren abgespielt hat. Hängt es irgendwie damit zusammen, weshalb der Prinz den Verstand verloren hat? Es geschah zur gleichen Zeit. Aber wenn es erblich ist, vom Vater her ...«

Er schüttelte den Kopf. »Der Prinz verlor den Verstand, weil er nicht akzeptieren konnte, daß zwei und zwei gleich vier ist«, antwortete er leise. »So wenig wie ich. Was seinen Vater angeht ...« Ein Schleier aus Grauen und Kummer legte sich über seine Augen. »Das ist eine andere Sache.«

»Aber es paßt, oder nicht?« Die Perlenrosetten der Schleifen an ihren Ärmeln schimmerten weich, als sie die Arme verschränkte. »Auch zu der Tatsache, daß jemand im Abyssus unterwegs ist, um etwas aus meiner Welt zu holen; etwas, das Elektrizität braucht, um zu funktionieren. Sie hörten von Narwahls Experimenten mit dem Teles ...« Sie unterbrach sich, schaute zu Boden und stieß mit einem zierlich beschuhten Fuß gegen das Tablett. »Aber warum haben sie den Teles nicht gestohlen, als sie kamen, um ihn zu töten?«

»Offenbar, weil sie einen eigenen hatten.« Er streckte die langen Beine und sprang federnd zu Boden, wo er anfing, auf und ab zu gehen. Die Hände hatte er tief in die Taschen des langen schwarzen Schoßrocks gestemmt. »Mehr als einen, nachdem das Phänomen ein so riesengroßes Gebiet zu betreffen scheint. Suraklin pflegte sie miteinander zu verbinden, um ihre Wirkung zu verstärken, und das ist es vermutlich auch, was man hier tut. Was wird in deiner Welt mit Elektrizität betrieben?«

»Was *nicht*?« Sie lachte auf; Antrygs Frage erinnerte sie an damals, als ihre Mutter sie gebeten hatte, ihr ›diesen ganzen Computerkram zu erklären‹. »Fernsehen.«

»Braucht einen Transmitter wie auch einen Empfänger«, wandte der Magier ein. Joanna hatte ihn vor einiger Zeit in die Mysterien des Fernsehens eingeweiht, obwohl der Reiz von Game Shows und Fußballübertragungen sich ihm nicht recht erschließen wollte. »Und kein Zauberer mit einer tauglichen Kristallkugel würde einen brauchen.«

»Außer, er ist heimlich süchtig geworden nach Wiederholungen von *Dallas* und *Denver.*« Sie wollte sich auf dem pompösen Stuhl zurücklehnen, aber ein warnender Stich der Fischbeinstangen in ihrem Mieder hielt sie davon ab. »Das gleiche Problem beim Telefon. Eine Fabrik, vielleicht? Wäre ein gewaltiger Fortschritt im Vergleich zu Wasserkraft.«

»In Anbetracht der Tatsache, daß man Arbeiter braucht und Rohmaterial, ließe sich das kaum geheimhalten.« Antryg hielt in seinem Umherwandern inne und spielte mit seinen Glasperlenketten.

»Könnte man Magie benutzen, um sie zu tarnen?« überlegte Joanna und beantwortete ihre Frage gleich selbst: »Nein, weil diese Umwandlung in Elektrizität die Magie vernichtet, habe ich recht? Oder könnte es das sein, was sie vorhaben? Den Leuten ihre magischen Kräfte entziehen? Damit man ihnen nicht auf die Schliche kommt?«

»Eine Möglichkeit.« Antryg nagte an seiner Unterlippe. »Und eine, die ihm ähnlich sähe, wenn ich darüber nachdenke.«

»Wem ähnlich?«

Er zögerte. »Nun, wer immer hierfür verantwortlich ist. Er – oder sie – ist sehr schlau ...« Eine Falte erschien zwischen seinen Augenbrauen, und Joanna hätte viel darum gegeben zu wissen, ob seine nächsten Worte wirklich seine Gedanken ausdrückten oder sie nur vom Thema ablenken sollten. »Den Leuten ihre magischen Kräfte entziehen? Oder sie horten – und Gebrauch davon machen?«

Sie schwieg einen Moment, bestürzt über die Ungeheuerlichkeit der Implikationen. »*Könnten* sie das?« Sie dachte an Caris' Bitterkeit über den Verlust seiner Kräfte und die Angst des Magister Magus. (Caris – wo steckte er überhaupt, und was machte er seit – war das wirklich erst vorgestern abend gewesen?)

»Ich weiß es nicht.« Antryg umfaßte mit den Händen die geschnitzten Fialen der hohen Rückenlehne ihres Stuhls. »Aber die Magie bewegt sich entlang der Energieadern. Wenn man es schafft, sie an einem Punkt zu sammeln ...« Dann hob er die Schultern. »Aber wozu Elektrizität?«

Joanna drehte den Oberkörper, um ihn anzusehen, und die Fischbeinstäbe stachen sie wieder. »Seit unserem Gespräch in Devilsgate Manor, als du gesagt hast, Zauberei hätte Ähnlichkeit mit Programmieren, habe ich mir den Kopf zerbrochen. Wäre es möglich, einen Computer so zu programmieren, daß er *zaubern* kann? Einen großen wie den Cray, der alle Funktionen des menschlichen Gehirns reproduziert?«

»Die Funktionen des menschlichen Gehirns reproduziert«, wiederholte der Magier leise. Er schwieg lange, sein Blick war nach innen gekehrt. Was er dort sah, wußte Joanna nicht, aber seine Augen weiteten sich langsam, als entfalte sich vor ihm ein unbegreiflicher Alptraum. So hatte er am Morgen ausgesehen, in der Kutsche des Prinzen, als er erfahren oder erraten hatte, was vor fünfundzwanzig Jahren geschehen war. »Lieber Gott ...«

»Was hast du?« Sie erhob sich halb. Ihre Hand an seinem Ärmel schien ihn von dem Höllenschlund dieser letzten Erkenntnis zurückzuziehen. Sein Blick traf sie mit dem Ausdruck eines Mannes, der aus einer fremden Welt heimkehrt und feststellt, daß in dieser nichts mehr so ist, wie es war. *»Sag's mir!«*

Ihre Augen trafen sich. In seinen las sie den Widerstreit von Angst und dem Wunsch zu vertrauen, uneingestandene Liebe und das Wissen, daß er nicht mehr preisgeben durfte, als er schon getan hatte. Dann wandte er den Kopf zur Seite. »Ich – ich weiß nicht«, log er. »Du hast von Programmen gesprochen, die schreiben können, zeichnen und Ereignisse planen – die sogar fähig sind zu lügen, selbst über ihre eigene Existenz!«

»Das habe ich nicht gemeint!« Als er sich entfernen wollte, bekam sie eine Handvoll ausgefranstes Revers zu fassen, das sich weich wie Maulwurfsfell anfühlte. »Du weißt etwas, schon die ganze Zeit, und verschweigst es ...«

»Nichts von Bedeutung«, wehrte er ab. »Wahrscheinlich völliger Unsinn – vieles von dem, was ich fürchte, sind reine Hirngespinste – sagt man mir wenigstens. Welche Denkvorgänge kann ein Computer reproduzieren?«

»Nicht ein Computer.« Joanna ließ ihn los und stand auf. Über die reichgeschnitzte Stuhllehne aus schwarzer Eiche hinweg sahen sie sich an. »Ein Programm. Eine Serie von Subroutinen, in unglaublichem Tempo ausgeführt. Ein Computer kann keine Muster erfassen, sie aber erkennen, wenn er sie Stück für Stück zerlegt. Deshalb denken wir Programmierer auch so. Du sagst, Magie beruht auf Vorstellungskraft und Hoffnung. Bei einem Computer sind das Grafiken und statistische Projektion, da ein Computer sich nicht darum kümmert, was gut oder schlecht ist. Doch um eine Folge derart komplexer Programme zu schreiben, braucht man einen Programmierer, der auch ein Magier ist – oder einen Programmierer *und* einen Magier – als Team. Was nicht leicht zu finden sein dürfte, weder in deiner noch in meiner Welt.«

Es traf sie wie ein Schlag. Einen Moment lang standen sie nur da und starrten sich an. In einem hartherzigen, unbeteiligten Winkel ihres Gehirns wußte sie plötzlich, wie Antryg zumute gewesen war, als er eine furchtbare Wahrheit über seine eigene Vergangenheit im Wahnsinn des Prinzen reflektiert gesehen hatte. Ihr eigenes Begreifen traf sie, als wäre sie aus völliger Dunkelheit in die gleißende Helligkeit einer Magnesiumstichflamme getreten.

In seinem Gesicht stand geschrieben, daß er wußte, was sie dachte.

»Schwer zu finden in meiner oder deiner Welt«, sprach sie

leise weiter, »außer ein Magier durchquert den Abyssus und entführt einen Programmierer. Eine Programmiererin.«

»Joanna ...«

»Und bringt sie dazu, ihm zu vertrauen.« Ihre Stimme zitterte plötzlich. Wie hatte er noch gesagt: *Du bist von mir abhängig ... Ich werde das nicht ausnutzen ...* Auch das war nur ein cleverer Schachzug gewesen, um sie zu gewinnen. Wut packte sie – auf ihn, auf sich selbst, weil sie so naiv gewesen war. Er hatte sie benutzt, manipuliert, genau wie Gary. Gary und sie auf der Party – das reichte als Anschauungsunterricht, um zu wissen, wie er es anstellen mußte, um erst ihr Vertrauen und dann ihre Liebe zu gewinnen. Ihre Hand krampfte sich um die Fialen, bis die Kanten der geschnitzten Blätter ihr schmerzhaft ins Fleisch schnitten. Ihre Stimme klang in ihren eigenen Ohren kalt und leidenschaftslos wie die einer Fremden.

»Oder gab es noch einen anderen Grund, weshalb du mich hergebracht hast?«

Er sagte nichts, aber in seinen Augen stand Verzweiflung, das Ende all seiner Hoffnungen.

Sie drehte sich um und verließ mit steifen Schritten den Raum. Er rief ihr weder nach, noch versuchte er ihr zu folgen, als sie an den Wachen vorbei die Treppe hinunter und durch die stille Kulisse der Zimmerfluchten ging, unfähig zu denken und erfüllt von einem Gefühl schmerzlicher Verwirrung.

»Joanna!«

Im Gegensatz zu dem buttergelben Sonnenschein auf dem Rasen herrschte in der Grotte indigoblaue Dämmerung. Joanna war nicht sicher, wie lange sie hier schon saß – nicht sehr lange, vermutete sie. Die Schatten der Marmorstatuen entlang der Kieswege – Helden in archaischen Rüstungen, die wie Cerdics Panzer mit schützenden Runen graviert waren, oder die alten, fremdartigen tierköpfigen Gottheiten – hatten sich kaum verändert. Bei ihrem geflüsterten Namen drehte sie den Kopf, doch zwischen den Säulen aus rosigem Marmor und den Blumenranken entdeckte sie Caris erst, als er sich bewegte.

»Caris!« Sie sprang auf. Der Sasenna hatte wieder die schwarze Tracht seines Standes angelegt: weites Hemd und weite Hose aus fließendem, glattem Stoff. Das lange Schwert trug er kampfbereit in der linken Hand. Ihr fiel ein Stein vom Herzen. In all ihrem Elend war es eine ungeheure Erleichterung zu wissen, daß sie doch noch eine Wahl hatte.

In der Zwischenzeit nämlich, während sie hier gesessen hatte, war ihr die Wahrheit über ihre Situation zu Bewußtsein gekommen. Sie *konnte* Antryg nicht verlassen, selbst wenn sie alle Hoffnung aufgab, je in ihre Heimat zurückzukehren, und sich damit abfand, in einer Welt gestrandet zu sein, die bestenfalls schmutzig und unwirtlich war und schlimmstenfalls gefährlich – selbst für den, der sich darin auskannte. Es gab keinen Ort, wo sie hingehen konnte, und erst recht keinen, wo die Männer des Prinzen sie nicht finden würden, wenn Antryg nach ihr suchen ließ.

Ihr war danach zumute, in Tränen auszubrechen, aber Caris – so gut kannte sie ihn mittlerweile – war nicht der Typ, der Talent hatte, mit lacrimosen Damen umzugehen. Also holte sie statt dessen tief Atem und sagte: »Dir geht es gut?«

Er nickte. Die Schatten verbargen nicht die Spuren von Anspannung und Schlaflosigkeit in seinem Gesicht. Ein spottlüsterner kleiner Dämon in ihr hätte sie beinahe dazu gebracht zu fragen: *Und, wie lange hast du vor dem leeren Haus gewartet?*, aber sie beherrschte sich.

»Wir haben dich mittels einer Kristallkugel gesucht«, erklärte er. »Ohne Erfolg, solange du in Antrygs Nähe warst, aber jetzt ...«

»*Wir?*« fragte sie. »Die Nigromanten, die aus St. Cyr entkommen sind ...«

»Die übrigen wurden heute morgen freigelassen«, antwortete der Sasenna. »Aber ich ...«

»Dafür hat Antryg gesorgt«, meinte sie stirnrunzelnd. »Obwohl ich nicht verstehe, weshalb.«

»Er ist fast am Ziel«, ertönte eine ruhige Stimme aus dem

rosendurchwirkten Schatten der Säulen. »Und vielleicht fürchtet er, was einige von ihnen sagen könnten, wenn sein Name fällt.«

Eine Gestalt trat vor und nahm Kontur an: ein alter Herr mittlerer Größe mit gefurchter Stirn und langem, weißem Haar, das ihm bis auf die schmalen Schultern fiel. Er trug das schwarze Gewand eines Nigromanten. Seine Augen waren so braun wie die von Caris und hatten den gleichen leichten Aufwärtsschwung zu den Schläfen hin – Joanna wußte sofort, wer vor ihr stand.

Stammelnd sagte sie: »Euer ... Es tut mir leid, aber ich bin fremd hier, und auch wenn es sich dumm anhört, aber ich weiß nicht, ob ich einen Kniefall machen oder Euren Ring küssen sollte, und davon abgesehen, habe ich nie gelernt, in diesen vermaledeiten Röcken einen Knicks zu machen.« Mit einer energischen Fußbewegung beförderte sie die lästigen Stoffmassen nach hinten, trat vor, ergriff die hagere, sehnige Hand und sah sich begrüßt vom Wintersonnenschein seines Lächelns.

»Dann betrachten wir es als geschehen«, versetzte er freundlich. »Caris hat mir von dir erzählt, meine Tochter. Ich muß sagen, ich bin sowohl erstaunt als auch unaussprechlich erleichtert, dich lebendig anzutreffen, frei und – im Besitz deines eigenen Willens.«

Sie starrte den Erzmagus betroffen an. »Was meint Ihr?«

Caris äußerte sarkastisch: »Antryg hat offenbar keine Zeit verloren, sich bei dem Regenten einzuschmeicheln.«

»Der Regent brauchte seine Hilfe«, antwortete Joanna. »Er wollte mit einem Magier sprechen, der in den letzten sieben Jahren keine Gelegenheit gehabt haben konnte, von seiner Magie Gebrauch zu machen.«

»Ein plausibles, wenn auch anfechtbares Alibi«, bemerkte Salteris trocken. »Antryg ist in den vergangenen Monaten im Turm des Schweigens nach Belieben ein- und ausgegangen.«

»Also doch.« Sie trat zur Seite und lud den altenMann ein, auf der Marmorbank Platz zu nehmen, auf der sie gesessen hatte und die eigentlich wohl für Liebespärchen bestimmt war, nach den feisten Amoretten zu urteilen, die sich, umkränzt von Rosen mit kohlkopfgroßen Blüten, an den Armlehnen tummelten. Weder diese Bank, noch die Statuen im Garten trugen die üblichen Girlanden aus Vogelkot; die Vorliebe des Prinzen, seine Dienerschaft auspeitschen zu lassen, hatte offenbar noch etliche andere wertvolle Nebeneffekte als den, seinen Gästen mitten in der Nacht Hummerpastetchen auftischen zu können. »Das heißt – Antryg scheint immer mehr zu wissen, als eigentlich möglich ist, und so gut raten kann einfach niemand.«

»Nein.« Der Erzmagus wehrte freundlich Caris' Versuche ab, ihm zu helfen, und ließ sich neben Joanna nieder. »Er geht vor wie ein Arzt, der einem Mann Gift in den Wein tut und dann mit dem entsprechenden Gegenmittel eine Wunderheilung vollbringt – ein beliebter Mirabilitentrick. Und Pharos, fürchte ich, hat ihn zu seinem Vertrauten erkoren unter Mißachtung aller anderen Magier, die nicht unter dem Siegel der Finsternis eingesperrt waren. In vielerlei Hinsicht ist Pharos genauso leichtgläubig wie sein Vetter, wenn auch erheblich gefährlicher. Ich bin von Herzen froh, meine Tochter, dich heil und gesund zu sehen.«

»Glaubt mir, das Gefühl beruht auf Gegenseitigkeit.« Sie hob den Blick zu Caris, der stumm hinter seinem Großvater stand. »Ich bin froh, daß er Euch gefunden hat, und zwar wohlbehalten.«

»Ich habe sie nicht gefunden«, berichtigte der Sasenna. »Er fand mich. Niemand kann den Erzmagus aufspüren, außer er läßt es zu.«

»Aber wo seid Ihr gewesen?« Sie sah wieder den alten Mann an. »Hat ...« Sie brachte Antrygs Namen wahrhaftig kaum über die Lippen.

Er mußte ihre Verwirrung gespürt haben, denn die tiefen, dunklen Augen bekamen einen weichen Schimmer. »Ich weiß es nicht«, antwortete er. »Es war ein Konfusionszauber. Ich verlor jedes Gefühl für Zeit, denn es gab weder Tag und Nacht an dem Ort, wo ich war. Nur Dunkelheit ...« Er schüttelte den Kopf. »Ich fand den Weg zurück, aber es hat mich viel Kraft gekostet.«

Caris fragte: »Ist es möglich, daß er dich in den Abyssus gestoßen hat? In den leeren Raum zwischen den Welten?«

Salteris strich sich mit der Hand über die Stirn und schüttelte den Kopf. »Ich weiß es nicht. Suraklin besaß einen schwarzen Kristall, in den ein Labyrinth eingeschlossen war. Er konnte eine Seele hineinbannen, um sie für alle Ewigkeit in den Facetten eines Edelsteins herumwandern zu lassen, eines Edelsteins, der klein genug ist, um auf der flachen Hand Platz zu finden.«

»Und Antryg war Suraklins Schüler«, murmelte Joanna. Sie dachte an den Teles, die Elementargeister, die Narwahl Skipfrag getötet hatten, die Abominationen …

Die dunklen Augen des Erzmagus' musterten sie einen Moment lang. Schließlich sagte er: »Nein, es ist schlimmer als das. Antryg …« Er legte die ausgestreckten Zeigefinger der gefalteten Hände an die Lippen und richtete den Blick auf das sonnenhelle Panorama des Gartens. »Meine Tochter, ich fürchte, daß Antryg Windrose schon vor langer Zeit aufgehört hat zu existieren.«

Sie wußte nicht, weshalb ihre Augen brannten und ihre Kehle eng wurde – oder doch: Es war Trauer um jemanden, den sie nie gekannt hatte. In der Stille hörte sie das Zwitschern der Spatzen, die etwaigen Konkurrenten mitteilten: *Hier wohne ich!*, und das ferne Rattern der Fuhrwerke in den Straßen von Engelshand jenseits der Mauern des Palastgartens. Worte gingen ihr durch den Kopf:

Er konnte jeden seinem Willen unterwerfen …
… Er wollte ewig leben …
… Wo ist er gewesen, wenn er nicht gestorben ist?
Ich spürte ihn in meinen Träumen …

Noch bevor der Erzmagus weitersprach, wußte sie, was er sagen würde.

»Suraklin hatte sich über einen langen Zeitraum hinweg in der Kunst vervollkommnet, von anderen Besitz zu ergreifen. Seine Sklaven beherrschte er natürlich mit seinem Willen. Wer unter seinen Einfluß geriet, diente ihm ohne zu fragen. Er hatte unglaublich große Macht über alle Menschen. Deshalb, mein Kind, sagte ich vorhin, ich wäre froh zu sehen, daß du noch imstande warst, dich von Antryg zu lösen. Aber er war auf mehr aus.« Der alte Mann seufzte, seine dünnen Lippen waren angespannt und weiß, als drücke ihn ein sorgsam gehütetes Geheimnis, von dem er nur das Nötigste preisgeben wollte – nicht aus Heimlichtuerei, sondern um die Arglosen zu schonen. »Er nahm sich den Knaben Antryg, den fähigsten Adepten, den er finden konnte. Er lehrte ihn alles, was er selbst wußte, wie ein Mann, der ein Haus mit seinen eigenen Besitztümern ausstattet ...«

»Nein!« Joanna verschloß sich dem furchtbaren Bild, das ungebeten vor ihrem inneren Auge erschien: von einem dünnen, schmalgesichtigen, verängstigten Jungen, der wie hypnotisiert in die schrecklichen, schwefelgelben Augen eines alten Mannes starrte. Der nüchterne Verstand sagte ihr, daß sie Antryg nie wirklich gekannt hatte. Weshalb hielt sie dann an der Vorstellung fest, daß der nervöse, sanfte Mann, der Mann, der flüsterte: *Das werde ich nicht tun ...* und sich abwendete, statt sie in die Arme zu nehmen, als es falsch war, das zu tun, daß dieser Mann in Wirklichkeit dieser Junge gewesen war und nicht der Magier, der ihm vor Jahren Körper und Geist geraubt hatte, damit er an seiner Stelle weiterleben konnte. »Lieber Himmel, nein.«

»Es tut mir leid«, sagte der Erzmagus leise.

Sie legte die Hände vor den Mund und erinnerte sich fröstelnd an den weichen Druck von Antrygs Lippen auf den ihren. Es war Suraklin gewesen, der sie geküßt hatte, eine dämonische Intelligenz in gestohlenem Fleisch. Wenn sie daran dachte, wie nahe sie daran gewesen war, mit ihm zu schlafen, wurde ihr fast schlecht.

Die schmale und feingliedrige Hand des Erzmagus lag auf ihrem Arm. »Als Caris mir berichtete, du seist bei ihm, hatte ich Sorge. Ich weiß, welchen Einfluß Suraklin auch auf jene ausübte, die ihm nicht völlig verfallen waren.« Er warf einen Blick auf die unregelmäßige Linie der Dächer des Sommerpalastes, die über den von der Sonne vergoldeten Baumkronen sichtbar war. »Ich fürchte, er hat sich bereits in das Vertrauen des Prinzen eingeschlichen, und er wird diesen Halt in jeder Weise zu festigen suchen.«

Voller Abscheu erinnerte sie sich an die Tändeleien zwischen dem Magier und Pharos – ein Spiel, hätte sie geschworen. Nur – sie hätte auch geschworen, daß Antrygs Interesse an ihr echt war und nicht nur Mittel zum Zweck.

»Antryg sagte ...« Sie unterbrach sich. Es war *nicht* Antryg gewesen. »Er sagte, er hätte Suraklin geliebt. Stimmt das?«

»Daß Antryg ihn liebte?« Salteris nickte. »Ja, sehr wahrscheinlich. Suraklin hatte das Talent, die Herzen derer zu gewinnen, die ihn kannten. Man brachte ihm unwandelbare, beinahe fanatische Loyalität entgegen, selbst angesichts der Beweise, daß er nicht war, was er vorgab zu sein.«

Joanna wurde rot, nicht, weil sie Antryg geglaubt hatte, sondern weil sie immer noch etwas für ihn empfand – oder, so dachte sie verwirrt, für den Mann, der in Tavernen neben ihr saß und an den langen, mühseligen Nachmittagen unterwegs mit ihr über Fernsehen, Computer und Freunde, die er bei den Mellidane-Aufständen gewonnen hatte, plauderte; für den Mann, der ihr im Halbdunkel des Salons in Devilsgate Manor so dicht gegenübergestanden hatte. Warum glaubte sie so hartnäckig, daß dieser Mann unmöglich der Dunkle Magus gewesen sein konnte?

Salteris Stimme klang ruhig und eindringlich im Zwielicht der Grotte, als er fortfuhr: »Das war der Punkt, den ich nie verstanden habe, nachdem ich Antryg in dem Kloster aufgespürt hatte, Jahre nach der Schleifung von Suraklins Zitadelle – seine Geschichte, daß er geflohen war, kurz bevor der Belagerungsring der kaiserlichen Armee sich um die Festung schloß. Aber ich dachte ...« Er seufzte wieder und schüttelte den Kopf.

»Vor fünfundzwanzig Jahren«, sagte Joanna plötzlich.

»Wie bitte?« Der Erzmagus hob ruckartig den Kopf. Ein bernsteinfarbener Funke glühte in der dunklen Tiefe seiner Augen.

»Antryg sagte mir, er – er wolle Angehörige des Kollegiums nach etwas fragen, das vor fünfundzwanzig Jahren geschehen ist.«

»So.« Der alte Mann nickte. »Er wollte herausfinden, ob jemand etwas wußte. Zum Beispiel, daß Antryg Suraklin vor der Hinrichtung noch ein letztes Mal besucht hat ...« Die dunkelbraunen Augen verengten sich. »Und hat er mit ihnen gesprochen?«

Joanna schüttelte den Kopf. »Ich weiß nichts von einem Zusammentreffen. Aber Pharos erzählte ihm, sein Vater hätte sich im Anschluß an die Ereignisse in Kymil verändert, und das schien Antryg zu erschrecken. Doch später ...« Sie strich sich müde die Haare aus der Stirn.

»Wenn ich die Absicht hätte, den verrückten Prinzen unter meinen Einfluß zu bringen, und dann erführe, daß sein Vater etwas wußte, irgendeinen Verdacht hegte, den er weitergegeben haben könnte, würde mich das auch erschrecken«, warf Caris ein.

»Mag sein«, gab Joanna zu. »Er sagte, der Kaiser hätte ihn nie gemocht. Jemand – ich weiß nicht mehr wer – erzählte mir, der Kaiser hätte Suraklin während des Prozesses mehrfach im Kerker aufgesucht. Glaubt Ihr, er könnte ihn in Antryg wiedererkannt haben? Oder wenigstens Verdacht geschöpft haben? Immerhin hat er ihn vor sieben Jahren zum Tode verurteilt.«

Der alte Mann stieß einen verbitterten Seufzer aus. »Und ich, zu meinem Kummer, legte mein Veto ein. Aber als Erzmagus des Kollegiums konnte ich nicht dulden, daß Kaiser oder Kirche sich die Jurisdiktion über einen der Unsrigen anmaßten, und sei er auch ein Abtrünniger. Zu der Zeit glaubte ich, mehr wäre er nicht.« Sein Blick ging wieder in die Ferne. »Hieraldus war ein brillanter Mann, und er war scharfsichtig. Er würde die Ähnlichkeit gespürt haben. Wie ich es tat, ein- oder zweimal, anfangs. Doch ich schrieb es der Tatsache zu, daß der Knabe Antryg viele Jahre lang nachgerade der Sklave Suraklins gewesen war. Danach ...« Ein verirrter Sonnenstrahl verwandelte sein weißes Haar in Silberfäden auf dem schwarzen Stoff des Gewandes. »Vielleicht sind Fragmente von Antrygs ursprünglicher Persönlichkeit erhalten geblieben – so viele zumindest, daß niemand Verdacht schöpfte, zumal keiner außer Suraklin ihn wirklich gut kannte. Und dann – er galt immer als verrückt.«

»Eine ausgezeichnete Tarnung«, bemerkte Caris.

Joanna dachte an die tanzenden Schatten des Herdfeuers in der Poststation und Antrygs verschmitztes Lächeln über dem Humpen Bier. *Ich habe ihn nie gekannt*, dachte sie. *Ich kannte nur die Lüge. Weshalb tut es mir leid um eine Lüge?*

»War er's?« fragte sie. »Verrückt, meine ich.«

»Der echte Antryg?« Salteris wiegte den Kopf. »Wer weiß. Das Sträuben gegen Suraklins Willen mag ihn schon bald aus dem Gleichgewicht gebracht haben. Nachher war dieser Ruf Antrygs Wehr und Schild, eine Rüstung mit dem Anschein von Verletzlichkeit. Ich bedauerte ihn, ohne das geringste zu argwöhnen – bis er handelte.« Die Lippen des alten Mannes preßten sich zu einem dünnen, geraden Strich zusammen. Die Muskeln und Sehnen an Wange und Kinn traten wie gemeißelt unter der pergamentenen Haut hervor. Joanna begriff, daß nicht allein *ihr* Vertrauen, nicht allein *ihre* Liebe, enttäuscht worden waren.

»Wo ist er?« Caris' Blick glitt suchend über die verschachtelten Dächer des Sommerpalastes.

»Als ich ging, war er in der Bodenkammer unter dem Dach des alten Flügels.« Sie blickte auf ihre Hände, die gefaltet in dem absurden Geriesel von Rüschen und Spitzen auf ihrem Schoß lagen. »Er – er und ich, wir sahen uns Narwahl Skipfrags Gerätschaften an. Wahrscheinlich habe ich ihm nichts gesagt, was er nicht bereits wußte. Sein Plan ist, einen Computer so zu programmieren, daß er magische Kräfte entwickelt. Wenn der Computer groß genug ist, wäre die Zahl der Subroutinen unendlich. Ich glaube ...«

Nach einem tiefen Atemzug sprach sie weiter, beschämt darüber, wie leicht sie auf etwas hereingefallen war, das ihr im nachhinein so durchschaubar vorkam. »Ich glaube, die Geschichte, die er sich für mich ausgedacht hatte, war die, daß ein anderer, böser Zauberer – den Sündenbock für alles – die Weltherrschaft an sich reißen will. Also: Weshalb bauen wir nicht auch einen Computer, und ich schreibe die Programme, damit wir ihm einen Strich durch die Rechnung machen können. Jedenfalls wäre das die logische Vorgehensweise. Er ging sehr behutsam vor, gewann mein Vertrauen ...« Wieder schnürte ihr die Enttäuschung die Kehle zusammen, daß all sein Verständnis, sein Humor, nur Köder gewesen waren, um sie in die Falle zu locken. »Wäre ich nicht über die Zusammenhänge gestolpert, hätte ich mich überzeugen lassen.«

Kühl und mit sehr festem Griff umfaßten Salteris' feinknochige Hände die ihren. »Es ist gefährlich leicht, Gefühle für jemanden zu entwickeln, von dem man abhängig ist«, sagte er gütig. »Besonders, wenn er dich aus einer Gefahr gerettet hat – das hat er doch, oder nicht?«

Sie erinnerte sich an das giftige Zischen von Pharos' Reitpeitsche im flackernden Kerzenschein der Herberge und die atemlose Jagd durch die modrigen Straßen des Stadtviertels vor den Mauern von St. Cyr. Und sie erinnerte sich an Antrygs Arme, die so überraschend stark waren, und den verzweifelten Hunger des einen Kusses im Niemandsland einer von dichtem Nebel erfüllten Gasse. Ihr wurde heiß vor Scham.

Die Stimme des alten Mannes war von zwingendem Ernst. »Er hat deine Seelenstärke unterschätzt, Kind, und deinen Verstand – dennoch ist es gut, daß du nicht länger bei ihm geblieben bist. Denn er hätte sich nicht damit begnügt, nur dein Vertrauen zu gewinnen. Er wäre in dein Bewußtsein eingedrungen und hätte sich dein Wissen über – Computer? – zunutze gemacht.« Das fremdartige Wort sprach er stockend aus.

Joanna nickte. »Nicht nur Computer – Systeme und Programmentwicklung. Das ist mein Job. Das ist es, was ich tue.«

»Er hätte sich deinen Verstand dienstbar gemacht, wie er sich auch deines Körpers hätte bedienen können.«

Sie blickte rasch auf, weil sie aus den Worten einen Doppelsinn herauszuhören glaubte, aber Salteris' nachdenklicher Blick war schon wieder auf den Rasen und die Statuen und auf das ferne Glimmen der Dächer des Kaiserpalastes gerichtet, der wie ein pastellgelber Sandsteinmonolith hinter den Bäumen aufragte.

»Wie er sich meiner bedient hat«, murmelte er. »Ich war derjenige, der ihm von Narwahls Experimenten mit dem Teles erzählte, ohne zu ahnen, daß die zwölf oder sogar noch mehr Teles aus Suraklins Besitz, die man nie gefunden hat, von ihm versteckt worden waren.« Er schloß einen Atemzug lang die Augen. Bitteres Leid vertiefte die Runzeln, die das Alter in die dünne Haut der Lider gegraben hatte. »Narwahl war mein Freund«, sagte er so leise, daß man ihn kaum verstehen konnte. »Es scheint, daß ich in meinem Streben nach Gerechtigkeit nur Unglück heraufbeschworen habe.« Sein schmaler, sensibler Mund verzog sich. Er schaute Joanna an. »Wie du bin auch ich seiner trügerischen Anziehungskraft erlegen.«

Sie legte ihre Hand über die seine und fühlte die warme Haut, die dünn wie Seide über den Höckern der Knöchel und Sehnen war. Plötzlich war er nur ein alter Mann, der sich die Schuld am Tod eines guten Freundes gab. Sie hoffte, er wußte nichts von der blutbespritzten Mansarde, den kleinen Glassplittern, aber – er war der Erzmagus.

»Es tut mir leid«, sagte sie aufrichtig, und etwas von der Trostlosigkeit schwand aus den Augen des alten Mannes.

»Wie sind beide seine Opfer gewesen«, meinte er sanft.

Joanna schüttelte den Kopf. »Alles, was ich verloren habe, sind ein paar Illusionen«, entgegnete sie. »Keinen Menschen, den ich – den ich kannte.« *Nur jemanden, den ich zu kennen hoffte. Und diese Hoffnung war ganz allein mein Problem.*

Seine Finger schlossen sich um die ihren. Sie waren bemerkenswert stark für einen so alten Mann. »Komm«, forderte er sie auf und erhob sich. »Wir sollten ihn finden, bevor er erfährt, daß ich frei und auf der Suche nach ihm bin.«

Der Sommerpalast lag unter einer Kuppel mittäglicher Stille. Man hörte die hohe, schneidende Stimme des Regenten auf der hinteren Terrasse, aber aus der Entfernung waren die Worte nicht zu verstehen. Wie drei Phantome bewegten sie sich durch das Buschwerk, das entsprechend dem romantischen Geschmack des Prinzen und seinem Wunsch nach Abgeschiedenheit hier weniger rigoros im Zaum gehalten wurde als in den Anlagen um die Residenz. Je weiter man sich von der neugestalteten Fassade der Gebäudefront entfernte, desto deutlicher kam die ursprüngliche Bausubstanz zum Vorschein. Stallungen und Wirtschaftsgebäude waren selbst für Joannas ungeschultes Auge ein Wirrwarr von Stilen und Epochen. Mansart-Dächer gesellten sich friedlich zu den pittoresken Giebeln und überbauten Stockwerken der alten Trakte. »Wird nicht jemand fragen, was wir hier zu suchen haben?« meinte sie mit einem unbehaglichen Blick auf Caris' Uniform und Bewaffnung und auf das lange schwarze Gewand des Erzmagus'.

Gegenüber dem untersetzten grauen Torturm der Stallungen blieb sie im freudlosen Schatten einiger Zypressen stehen. Durch das große Tor konnte man in den Hof sehen: Knechte in der flammenfarbenen Livree des Prinzen waren damit beschäftigt, ein Paar spiegelblanker Rappen vor eine leichte Kutsche zu schirren. Neben Joanna murmelte Salteris: »Das glaube ich kaum«, und machte eine knappe Handbewegung.

Das äußere der beiden Pferde warf erschreckt den Kopf hoch. Ein Stalljunge griff zu spät nach dem Zaum, das Tier bäumte sich auf und versetzte seinen Geschirrnachbarn in Panik. Auf die gebrüllten Befehle des grauhaarigen, rotgolden betreßten Kutschers strömten von überall Helfer herbei. »Bleibt dicht bei mir«, mahnte der Erzmagus. Caris, der wachsam die Umgebung im Auge behielt, und Joanna mit ihren hochgerafften Röcken überquerten hinter ihm die Zufahrt und passierten unbemerkt das Getümmel um die Kutsche.

»Es ist immer einfacher, ein Haus durch die Quartiere des Gesindes zu betreten«, erklärte der alte Mann halblaut, »vorausgesetzt, man kennt den Weg.« Dampfschwaden und der feuchte Dunst von Seife und Wäsche schlugen ihnen entgegen, als sie in den Schatten der Waschhäuser an der anderen Seite des Hofes eintauchten. Salteris bog ohne Zögern in einen terrakottagefliesten Korridor mit niedriger Holzdecke ein, unter der sich die Hitze des Tages, vermischt mit Rauch und aromatischen Gerüchen aus der Küche, staute. Ein Mann erschien in einem Türbogen. Joanna zuckte zurück, aber der alte Mann neben ihr schnippte nur mit den Fingern – und aus dem Raum dahinter ertönte ein lautes Scheppern. Der Mann drehte sich hastig um und schimpfte: »Nicht da lang, du blöder Holzkopf!«

Etwas regte sich in Joannas Bewußtsein. Ein dunkles, kaltes Gefühl durchströmte sie. Gleichzeitig holte Caris neben ihr zischend Atem. Salteris verhielt den Schritt. Seine dunklen Augen wurden schmal. Er schien auf etwas zu horchen …

Den Bruchteil einer Sekunde, bevor die Blicke von Caris und seinem Großvater sich trafen, begriff Joanna, was geschah.

Alle drei begannen zu laufen.

Am Ende des Ganges führte eine Treppe zu den Räumen im alten Flügel. Salteris führte sie durch ein Prunkgemach von Anno Dazumal mit antiker Wandtäfelung und geschnitzten Truhen. Anschließend ging es eine zweite Treppe hinauf zum Dachgeschoß. Joanna überfiel ungebeten die Erinnerung an die blutbespritzte Mansarde in Narwahls Haus und an Minhyrdin die Schöne, die murmelte: *Er rief sie, Dämonen und Elementargeister …* Und Antryg verfügte über Elektrizität!

Doch als sie an dem verdutzten Wachposten vorbei in den großen Raum stürmten, war nichts zu sehen – im wahrsten Sinne des Wortes ein *Nichts*, das schwarz und opalisierend in dem Zimmer hing, in das eben noch breite Bahnen Sonnenlicht gefallen waren. Es war, als hätte sich ein Tor im Gewebe der Welt aufgetan, durch das das Antlitz der Nacht schaute. Die Öffnung wurde vor ihren Augen kleiner und kleiner, schien in eine unendliche Ferne zu entschwinden, ohne je die gegenüberliegende Wand zu erreichen. Joanna glaubte, sich dort etwas bewegen zu sehen.

Salteris trat ins Zimmer hinein, und Joanna streckte unwillkürlich die Hand nach seinem weiten Ärmel aus. Der

Geruch nach Holzrauch und Kräutern kam ihr entgegen, als er sich herumdrehte. Es war der gleiche Geruch wie der aus Antrygs Gewändern – der gleiche Geruch, der sich ihr in San Serano unauslöschlich eingeprägt hatte, während sie die Hände des Würgers an ihrer Kehle gespürt hatte. »Bitte nicht ...!« rief sie verzweifelt.

Caris stieß sie grob zur Seite. Sein Schwert flog singend aus der Scheide. »Er wird entkommen!« Der Hauch des Abyssus wehte ihm das blonde Haar aus der Stirn, seine Augen blitzten. Joanna schlug das Herz bis zum Hals. Sie hatte die Wahl, sich entweder auf Gedeih und Verderb hinter ihnen in jedes wohin auch immer führende zweite Tor zu stürzen, das Salteris öffnete, oder in dieser Welt gefangen zu bleiben, und zwar ohne Magier – ob gut oder böse –, der ihr helfen konnte, nach Hause zurückzukehren ...

Sie biß die Zähne zusammen und krampfte die Hände in die zusammengeknüllten Röcke. Sie war entschlossen, dem Erzmagus und Caris auf den Fersen zu bleiben. Aber Salteris rührte sich nicht. Er schaute zu, wie das unheimliche, düstere Opalisieren des Abyssus verblaßte und schließlich ganz erlosch.

»Nein«, sagte er. Seine Stimme hallte merkwürdig in dem langgestreckten, niedrigen Raum mit den aufgetürmten alten Möbeln und den in der Sonne glänzenden Glasgefäßen und Kupferdrähten auf dem Tisch unter den Fenstern. Er drehte sich zu ihnen herum – zu Joanna in ihrem zerknitterten geliehenen Kleid und zu Caris mit dem blankgezogenen Schwert und dem Blick eines Falken, der auf seine Beute niederstößt. »Nein. Ich weiß, wohin er gegangen ist, meine Kinder. Ich lese die Zeichen Suraklins, die ihn wie Kerzenflammen durch die Finsternis leiten.« Als könne er an ihren entschlossenen Augen und dem vorgereckten Kinn ihre Befürchtungen ablesen, lächelte er und berührte sanft Joannas Wange. »Ich werde dich nicht alleine hier zurücklassen, Kind. Ja«, er wandte sich auch an Caris, »wenn ich den Abyssus durchquere, um ihn zu ergreifen, brauche ich euch beide.«

18. KAPITEL

Garys Haus in Agoura war verlassen und still. Um so besser, dachte Joanna, während sie zusah, wie Caris wachsam einen schnellen Erkundungsgang durch Arbeitszimmer, Küche und Wohnzimmer unternahm. Das letzte, worauf sie im Moment Wert legte, war, Gary zu begegnen und ihm erklären zu müssen, wo sie während der letzten Wochen gesteckt hatte und wer Caris und der Erzmagus waren.

Als sie mit dem versteckten Zweitschlüssel die Tür öffnete, hatte sie ein merkwürdiges Gefühl von Déjà-vu wie in den Träumen hin und wieder, wenn sie mit dem Wissen und der Erfahrung einer Erwachsenen an ihrem alten Platz in der Grundschule saß. Zum Teil lag es an Äußerlichkeiten – nach zwei Wochen Rokokoschnörkeln und Stuckdecken empfand ihr Auge die High-Tech-Kargheit des Hauses als fremdartig und ungenügend. Außerdem kratzte ihr die Septemberluft in den Lungen. Aber auch die Gefühle spielten mit – eine Verfremdung der Wirklichkeit, die noch verstärkt wurde durch die Unpersönlichkeit der Räume, zum Beispiel des Wohnzimmers mit den häßlichen, unbequemen Sofas und dem alles beherrschenden Fernsehapparat. Alles um sie herum schien fast hörbar Garys Namen auszusprechen.

Unmotiviert fielen ihr die zerlumpten kleinen Kinder in Kymil ein, die in aller Herrgottsfrühe auf das Tor der grauen Fabrik zueilten, und das bittere, hilflose Mitleid auf Antrygs Gesicht, als er fragte: »Ist es das wert?«

»Alles tot«, meinte Caris nachdenklich. Er kam aus der großen Glas- und Chrom-Küche. Sein Schwert hielt er in der Hand. Im Vorbeigehen berührte er vorsichtig Fernsehgerät, Bar und Sofas. »Ich meine – es hat nie Leben besessen.« Er blieb stehen. Seine fast schwarzen, feingezeichneten Brauen schoben sich über der Nasenwurzel zusammen, als er Joanna fragend ansah. »Woraus ist das alles gemacht?«

»Plastik, überwiegend.« Sie schob die Hände in die Taschen der Jeans und schaute sich im Zimmer um. Endlich wurde ihr klar, was sie an Gary hauptsächlich gestört hatte. »Es ist billig und erfüllt seinen Zweck.«

»Aber es ist nicht – es ist nicht richtig«, beharrte der Sasenna.

Salteris, der an der Verandatür gestanden und sinnend in den Smog hinausgeschaut hatte, ließ die Gardine fallen und wandte sich ins Zimmer. »Ich bezweifle, daß auch nur einer von zehn Menschen es bemerkt«, meinte er beiläufig. »Die Leute gewöhnen sich an alles. Mit der Zeit hören sie auf, sich zu erinnern, und vermissen nicht mehr, was sie ohnehin längst vergessen haben.« Er trat zu Joanna, die wieder in die gewohnte Bequemlichkeit von Jeans und T-Shirt geschlüpft war, und fragte: »Das Zeichen ist oben, habe ich recht?«

Es war genau in seiner Augenhöhe angebracht. Er strich mit der Hand über das Holz, wie Antryg es in den Gemächern des Prinzen getan hatte. Wie ein leuchtendes Pixel schien das Signum aus der Tiefe der Maserung heraufzuschwimmen. Der Erzmagus betrachtete es lange, auch nachdem es – fast sofort – wieder verschwunden war, blieb er stehen und wandte den Blick nicht ab.

»War es das gleiche Zeichen«, fragte er sie endlich, »welches du in San Serano gesehen hast? In dem großen Computerraum dort?«

»Ich glaube«, antwortete sie zögernd. Sie strich das widerspenstige blonde Haar nach hinten und versuchte sich an etwas anderes als den Schreck und den fremden, rauchigen Geruch der Kleider und den heißen Atem eines Mannes an ihrer Schläfe zu erinnern.

»Sein Einfluß kann unglaublich stark sein auf jene, die ihn kennen«, murmelte der alte Mann. Ein später Sonnenstrahl umrahmte sein markantes Gesicht, das dem von Caris so ähnlich war, und wob um das silberne Haar eine lichte Aura. »Und selbst auf die, die ihn noch nicht kennen. Das Signum beeinflußt ihren Verstand, als spräche er zu ihnen, während sie mit den Gedanken woanders sind. Das Signum bereitet den Weg. Ich kann seinen Einfluß in deinen Augen erkennen.«

Sie schaute weg. Ihre Wangen brannten.

»Du bemühst dich, nicht vollkommen schlecht von ihm zu denken«, fuhr Salteris verständnisvoll fort. »Du suchst nach Gründen für sein Handeln, nach Motiven, die edler sind, als sie waren. Es wirft auf dich ein besseres Licht als auf ihn.«

Mit enger, schmerzender Kehle, als hätte sie ihren Schmerz, ihre Enttäuschung herausgeschrien, starrte sie auf die stillen roten Augen des IBM in seinem Turm aus 20-Megabyte-Diskettenlaufwerken.

»Ich weiß, Joanna.« Seine feingliedrigen, sehnigen Hände ruhten auf ihren Schultern. »Selbst jetzt, nachdem ich weiß, was ich weiß und daß ich ihm entgegentreten muß, drängt mich ein Impuls, ihm zu vertrauen. Darin liegt der Schrekken – und das Verhängnis – seines Zaubers.«

Caris, der die ordentlichen Regale von zusätzlichen RGM und Backup Floppies betrachtet hatte, drehte sich herum. »Mußt du ihn treffen?«

»Er ist noch nicht hiergewesen.« Der alte Mann faltete die Hände in den weiten Ärmeln seiner Robe. »Aber er wird kommen. Hierher, zu seinem Signum.«

»Warum?«

Der dunkle Blick ruhte eine Weile auf Joannas Gesicht, bevor der Erzmagus antwortete.

»Vielleicht gibt es hier etwas, das er haben will. Und ich muß ihm entgegentreten.«

Leise fragte Caris: »Allein?« Am Ton seiner Stimme hörte Joanna, daß er die Antwort seines Großvaters bereits kannte.

Salteris seufzte und legte die ausgestreckten Zeigefinger der gefalteten Hände an die Lippen. Schließlich sagte er: »Caris, ich bin mir meiner Stärke sicher. Noch jemanden ins Spiel zu bringen, auch jemanden, dem ich so uneingeschränkt vertraue wie dir, hieße die Gefahr vergrößern.«

»Aber deine Magie wirkt hier nicht«, protestierte Caris.

»Die seine ebensowenig.«

»Aber er ist zwanzig Jahre jünger als du und dreißig Zentimeter größer! Er kann ...«

»Mein Sohn«, der alte Mann lächelte, »hältst du mich für derart wehrlos?«

Caris erwiderte nichts.

»Außerdem muß jemand bei Joanna bleiben.« Der Blick der tiefbraunen Augen richtete sich auf sie. »Ich glaube nicht, daß er ungesehen an mir vorbeikommt, aber auszuschließen ist es nicht. Falls es ihm gelingt, darf er unter keinen Umständen mit ihr reden.«

Weder Caris noch Joanna sagten etwas, aber nach der Miene des Sasenna zu urteilen, war er von der Idee ebensowenig begeistert wie sie.

In eindringlichem Ton fuhr Salteris fort: »Du schwebst immer noch in großer Gefahr, Joanna. Ungeachtet dessen, was du inzwischen weißt, würdest du ihm vertrauen wollen.«

Sie schaute wieder zur Seite und nickte. Sie war voller Haß auf sich selbst wegen ihrer Schwäche. Der Blick des alten Mannes, dunkel und zwingend, wanderte zu seinem Enkel. »Wenn du ihn nicht anders von ihr fernhalten kannst, dann töte ihn.« Er wandte sich ab und ging zur Terrassentür. Als er den Vorhang zurückschlug, drang ein Schwall des harten, smaragdgrünen Nachmittagslichts herein. Die Hügel, hinter denen San Serano lag, brüteten in der Hitze. Auf halbem Weg stand wie ein Visier der staubige kleine Schuppen, in dem sie sich nach der Durchquerung des Abyssus wiedergefunden hatten.

»Ich werde dort auf ihn warten«, sagte er. »Unser Freund ist schlau ...« Bei Caris' mißbilligendem Atemzug hob er mahnend den Zeigefinger. »Er wird nicht mit mir reden, wenn du in der Nähe bist. Bedenke, er hat Grund, dich zu fürchten, mein Sohn. Vertrau mir.« Bevor er über die Schwelle nach draußen trat, schaute er noch einmal zu ihm zurück. Das flimmernde Sonnenlicht umriß die asketischen Konturen seines Gesichts, und plötzlich wirkte er sehr zerbrechlich in seinem verblaßten schwarzen Gewand. »Ich weiß, was ich tue.«

Das Licht hatte wieder den akzentuierten Champagnerton der langen Nachmittage Südkaliforniens, als Antryg auf dem Hügelkamm auftauchte.

Caris und Joanna befanden sich im Computerraum, wo sie sich seit dem Weggang von Salteris aufgehalten und gegenseitig erzählt hatten, was passiert war, nachdem sie sich bei dem Magister Magus getrennt hatten. Zwischendurch hielten sie immer wieder Ausschau nach Bewegung in der ockerfarbenen Einöde aus dürrem Gras und Staub.

Caris hatte sich vom Fenster abgewendet, um Garys monströsen neuen IBM inmitten der Gimmicks, Gadgets und Gizmos zu begutachten, wie er es schon mehrmals während des Nachmittags getan hatte. Nach einer Weile meinte er: »Das da ist also die Seele eurer Welt? Die Maschine, die denkt wie ein Mensch?«

»Nicht wie ein Mensch.« Joanna thronte im Schneidersitz auf der Ecke vom Computertisch. Der Teil ihres Bewußtseins, der sich nicht bemühte, jeden Gedanken an Antryg zu vermeiden, genoß die wiedergewonnene Beinfreiheit. *Er geht in eine Falle,* wisperte eine verräterische innere Stimme, aber sie hörte nicht hin. »Computer sind fähig, zu denselben Schlüssen zu gelangen wie ein Mensch, und zwar mit Hilfe derselben Logik, zu der wir in der Lage sind, wenn wir nicht gerade hoffen, zwei und zwei wären nicht gleich vier ...« Sie stockte, dann fuhr sie fort: »Aber sie denkt nicht wie ein Mensch.« Sie streckte die Hand nach dem Schalter am Hauptterminal aus »Möchtest du's versuchen?«

Er wich hastig zurück und schüttelte den Kopf. Als er merkte, daß sie ihn verdutzt ansah, wurde er rot und erklärte: »Es ist nicht der Weg der Sasenna. Wir werden geschult, um das zu sein, was wir sind, und das zu tun, was wir tun. Dies alles hier ...« Seine ausholende Geste umfaßte die Hightech-Ausstattung des Hauses, das leise Summen der Klimaanlage und die fremdartige Vielfalt der Welt. »Solche Dinge betreffen einen Sasenna nicht. Wir sind Waffen und dienen nur einem Zweck. Mehr gibt es nicht für uns.«

Sie erinnerte sich an Kanner, erinnerte sich an Caris' Unbehagen, ohne einen Herrn handeln zu müssen oder mit nur dem schwerlich qualifizierten Antryg als obere Instanz. Auf seine Art, erkannte sie, war Caris ebenso unbeholfen im Umgang mit Menschen wie sie.

Neugierig forschte sie: »Aber du wurdest mit magischen Kräften geboren. Du hättest ein Nigromant sein können. Ist das nicht das genaue Gegenteil?«

Er zögerte, als wäre das etwas, das er nicht einmal sich selbst gegenüber artikuliert hätte, geschweige denn gegenüber einem anderen. Wie immer, wenn er versuchte auszudrücken, was er wirklich meinte, sprach er langsam. »Ja und nein. Man sagt, weder der Magier noch der Sasenna trinken den Wein der Welt, wie die Straßenkrieger oder die Mirabiliten es tun. Deshalb ist es nicht ...« Er schüttelte den Kopf. »Es ist nicht gut, vom Glas zu kosten. Wenigstens«, fügte er widerstrebend hinzu, »ist es nicht gut für *mich.* Zu sein, was wir sind, und nur das; mit allen Kräften danach zu streben, das macht uns zu einer tödlichen Waffe. Alles andere ist ein schwächender Einfluß.«

»Je mehr man tut, desto mehr tut man.« Joanna seufzte. Er hatte nicht unrecht. Es war ein mühsamer Prozeß, vom Computer auf menschliche Gesellschaft umzuschalten, besonders wenn sie Stunden oder Tage hintereinander an einem Programm gesessen hatte. Und wirklich, meistens fühlte sie sich beim Dialog mit ihrem IBM wohler, als wenn sie sich mit Gary unterhielt oder mit einem beliebigen anderen menschlichen Wesen – wenigstens bis vor kurzem.

Antryg ...

Nicht Antryg, sagte sie elend zu sich. *Suraklin. Suraklin.*

Caris fuhr plötzlich herum. Er brauchte nichts zu sagen, Joanna war im Nu vom Tisch herunter und neben ihm und blickte den Hang hinauf.

Im rötlich gelben Licht stand Salteris vor dem Schuppen, regungslos, bis auf das im Wind flatternde Haar und Gewand. Nach einem endlos langen Moment kam Antryg auf dem lohfarbenen Kamm des Hügels in Sicht.

Er trug wieder die Jeans und das zerknautschte T-Shirt wie bei ihrer ersten Begegnung hier im Haus. Die schrägen Sonnenstrahlen glänzten auf dem silbernen HAVOC auf seiner

Brust. Obwohl es nur der Name der Rockgruppe war, hatte das Wort nach den jüngsten Ereignissen eine grimmige Bedeutsamkeit erlangt. Seine gesprungenen Brillengläser funkelten, als er dem Erzmagus die Hand entgegenstreckte. Joanna glaubte, daß er etwas sagte, aber aus der Entfernung war es unmöglich, genau zu erkennen.

Sie konnte nicht sehen, ob der alte Mann antwortete. Ein Gefühl sagte ihr, daß sie eher um Salteris' Sicherheit besorgt sein sollte als um Antrygs.

Nach kurzem Abwarten trat der jüngere Magier vor, bückte sich und umarmte den Älteren. Salteris zögerte erst, dann aber hob er die Arme und erwiderte die Umarmung. Antryg führte ihn freundschaftlich in den Schuppen.

Joanna hörte Caris flüstern: »Nein ...«

Sie griff nach seinem Arm, als er sich umdrehte. »Er hat doch gesagt, er wolle allein mit ihm sprechen.« Ihre Hand zitterte.

»Er hat auch gesagt, das einzige, was er fürchtete, sei Antrygs Liebenswürdigkeit.« Caris schaute ihr ins Gesicht. Zum erstenmal hatte sie das Gefühl einer wirklichen Verbundenheit zwischen ihm und ihr. »Ich weiß es. Ich – als ich ihn das erstemal sah, habe ich ihm vertraut. Und ich mußte die ganze Zeit über dagegen ankämpfen, ihm wieder zu vertrauen. Ich kenne die Gefahr.« Er deutete mit einem Kopfnicken auf den Schuppen in der berglöwengelben Verlassenheit der Hügel. »Kommst du mit?«

Die Luft im Patio war heiß trotz der kühlenden Nähe des Pools. Von dem Eisentor in der Umfriedung sahen sie Antryg aus dem Schuppen kommen und sich neben der Tür an die rohe Bretterwand lehnen. Er hielt den Kopf gesenkt. Caris warf einen raschen Blick auf Joanna. In seinen Augen stand Angst; als sie wieder hochschauten, war der verrückte Magier verschwunden.

Caris erreichte die Hütte lange, bevor Joanna außer Atem dort ankam.

Die sengende, drückende Hitze des Nachmittags tränkte die Bretterwände. Sie war angereichert mit dem Dunst von Unsauberkeit und altem Öl, das in dem Glutofen langsam vor sich hin backte. Durch Ritzen und Spalten im Holz drangen Streifen blendender Helligkeit herein, trotzdem konnte Joanna im ersten Moment nichts sehen, aber sie wußte ohnehin so gut wie sicher, was sie vorfinden würde.

Der Erzmagus Salteris lag in einer Ecke hinter einem unordentlichen Stapel zerbrochener Spanplatten und den auseinandergenommenen Teilen eines Autos – eine schmächtige, zerbrechliche Gestalt in dem langen schwarzen Gewand. Staub haftete an seinem weißen Haar. Man hatte ihm die Augen und den Mund geschlossen, aber die grauenhafte, blaugraue Färbung seines Gesichts zeigte, daß er erwürgt worden war, und selbst die gnädigen Schatten vermochten nicht vorzutäuschen, daß es möglich sein könnte, ihn irgendwie ins Leben zurückzuholen. Joanna hatte zwei Männer getötet. Sie wußte, wie der Tod aussah.

Caris kniete neben dem Leichnam. Er starrte blicklos ins Leere. Er hatte den alten Mann geliebt, ja, aber er war auch von ihm abhängig gewesen. Sein Zorn auf Antryg entsprang ebensosehr der Angst, seine Leitfigur zu verlieren, wie seiner fanatischen Loyalität. Er war fähig gewesen, an das Verschwinden seines Großvaters zu glauben, aber nicht an seinen Tod. Offenbar hatte er sich zu einer Waffe für speziell diese feinknochigen, blaugeäderten Hände geschmiedet und nie geglaubt, daß sie eines Tages die Kraft verlassen könnte.

Mit einem Gesicht, das zu einer Maske eiserner Selbstbeherrschung erstarrt war, hob Caris eine dieser Hände auf, die so lange auch seine Geschicke gelenkt hatten. Er drehte sie um und betrachtete die weißen Finger und die Innenseite, dann legte er sie wieder auf die Brust zurück. Zärtlich und immer noch mit derselben, fast staunenden Gedankenverlorenheit strich er das weiße Haar zur Seite und musterte die blutunterlaufenen Würgemale auf der fahlen, zerknitterten Haut der Kehle.

Joanna glaubte, es wäre nur ein letzter Versuch, mit dem alten Mann, den er geliebt hatte, Zwiesprache zu halten, bis sie ihn flüstern hörte: »Warum? War dein Vertrauen zu ihm so groß, daß du dich nicht einmal gewehrt hast, als seine

Hände sich um deinen Hals legten? Sogar das konnte er dir antun?«

Dann plötzlich krümmte er sich zusammen, als begänne ein unbemerkt getrunkenes Gift, seine Wirkung zu zeigen. Er kehrte sich ab, als Joanna tröstend seine zuckenden Schultern berührte, und kniete im Staub, die großen, schön geformten Hände vors Gesicht geschlagen, als könnte er alle Tränen, alle Laute, alles Gefühl in sich zurückdrängen, wie es der Weg der Sasenna war. In den Streifen Sonnenlicht und Schatten wirkte Salteris' entstelltes Gesicht sonderbar ruhig, als wüßte er, daß nichts von all dem ihn mehr berühren konnte, weder Trauer und Schmerz noch die weiteren Machenschaften des Dunklen Magus'.

Nach einer langen Zeit fragte Joanna: »Was sollen wir tun?«

Anderthalb Stunden später hörte Joanna Antrygs leichte Schritte im Wohnzimmer. Draußen vor dem Küchenfenster hatte das Licht alle Stadien des zu Ende gehenden Tages durchlaufen, bis hin zu der eigenartigen kristallenen Transparenz des Abends, als der Wind den Smog weiter nach Osten geschoben hatte. Seit der Rückkehr zum Haus hatte sie dagesessen und das Längerwerden der Schatten verfolgt. Sie fühlte sich im Innern ausgehöhlt und wie erstorben, ihre Gedanken drehten sich im Kreis, bis sie schließlich erlahmten, ohne etwas hervorgebracht zu haben als die Einsicht, daß ihr – wie Caris – nichts anderes übrigblieb, als zu tun, was getan werden mußte.

Doch als sie die Schritte hörte, von denen sie wußte, daß es Antrygs waren, krampfte alles in ihr sich zusammen.

Er blieb im Wohnzimmer stehen. Mit einer Selbstbeherrschung, von der sie nie geahnt hatte, daß sie sie besaß, stand sie auf, ging zum Herd und goß das heiße Wasser aus dem Kessel über die Mischung aus löslichem Kaffee und zerkrümelten Schlaftabletten in dem Becher auf der Anrichte. Tiefatmend beschwor sie die Erinnerung an Salteris' totes, aufgedunsenes Gesicht im bräunlichen Halbdunkel des

Schuppens herauf. Dann nahm sie den Becher und ging nach nebenan.

Er stand ein paar Schritte von der Glasschiebetür entfernt und sah todelend aus.

Die Natürlichkeit ihrer Stimme erstaunte sie selbst. »Hat Salteris dich gefunden?«

Beim Klang ihrer Stimme hob er den Kopf, und ein schwer zu deutender Ausdruck – Schreck, Erschütterung, Hoffnungslosigkeit – überlagerte die Düsternis und Erschöpfung auf seinem Gesicht. Er schloß einen Moment die Augen und schien sich gegen eine unsichtbare Last zu stemmen, die sich auf seine breiten Schultern gesenkt hatte. Tonlos flüsterte er: »Du bist mit ihm gekommen?« Dann, als wäre ihm eingefallen, daß er von Salteris' Anwesenheit auf dieser Welt eigentlich gar nichts wissen durfte, schaute er sie an und fügte hinzu: »Salteris?«

»Er hat mich hergebracht«, erklärte Joanna. »Ich war im Garten, da kam er und fragte mich, wo du wärst. Er wollte dich sprechen. Warum, sagte er nicht. Wir gingen nach oben, aber du warst nicht mehr da. Also bat ich ihn, mir zu helfen, nach Hause zurückzukehren, und er tat es.«

Antryg rieb sich über die Stirn. Die Falten um seine Augen sahen aus, als hätte man sie mit dem Meißel in die fahle Haut getrieben. »Ich hätte dich nicht im Stich gelassen.«

»Das wußte ich nicht.«

So verstört, so ausgebrannt sah er aus, daß nichts selbstverständlicher war, als ihm den Becher Kaffee zu reichen. Es kostete sie Überwindung, die Bewegung auszuführen, und erst recht, ihm dabei ins Gesicht zu sehen. *Suraklin, er ist Suraklin,* sagte sie sich vor. Er trank ohne ein Wort, dankbar für die Wärme, dann ging er zum Sofa und setzte sich hin, als wäre ihm eben erst wieder eingefallen, daß so etwas möglich war.

Müde lehnte er sich zurück und fuhr sich mit den Fingern durch das graumelierte Haar. »Es war nicht meine Absicht, dich lange alleine zu lassen – nicht einmal so lange. Ich hätte früher zurückkommen sollen.« Er schluckte, und sie sah, wie seine Kiefermuskeln sich verhärteten »Und Pharos hätte sich um dich gekümmert, dich beschützt. Aber es gibt hier etwas, das ich finden mußte.«

Ihr Herz schlug wie ein Hammer, doch ihr ganzer Körper war merkwürdig taub. »Und hast du's gefunden?«

»Nein.« Er schwenkte den Becher mit dem Rest Kaffee in der Hand und starrte in den Satz, wie er unterwegs in den Herbergen aus Teeblättern die Zukunft vorhergesagt hatte, um für sie alle eine Abendmahlzeit zu verdienen. »Hat Salteris erzählt, wo er gewesen ist?«

»Nein. Und ehrlich gesagt, es war mir egal.«

Er blickte zu ihr auf. In seinen Augen stand ein Ausdruck, den sie schon einmal gesehen hatte: der Zusammenbruch all seiner Wünsche und Hoffnungen.

»Ich will mit der ganzen Sache nichts mehr zu tun haben«, sagte sie schroff. »Mich geht das alles nichts an. Du hast einmal gesagt ...« Ihre Stimme versagte. »Du hast einmal gesagt, du würdest dafür sorgen, daß mir nichts passiert. Wenn du das ernst gemeint hast, dann geh und laß mich einfach in Ruhe. Okay?«

Er schwieg, aber ihre Blicke trafen sich, und eine Sekunde glaubte sie, daß er nahe daran war, ihr die Wahrheit zu sagen, die selbst gesetzten Grenzen zu überschreiten und sie ins Vertrauen zu ziehen. Doch schließlich nickte er nur.

Sie konnte nicht anders. »Bei dir alles in Ordnung?« Im nächsten Augenblick hätte sie sich für diese blöde Frage am liebsten geohrfeigt.

Der schwache Abglanz seines alten, verschmitzten Lächelns huschte über sein Gesicht. »O ja.« Er stellte den Becher hin. »Solange es mir gelingt, dem Kollegium immer einen Schritt voraus zu sein. Solange ich ...« Mitten im Satz brach er ab und schüttelte benommen den Kopf. »Es tut mir leid, Joanna. Aber das Zeichen an der Wand – das Zeichen an der Wand ...«

Dann sank er zur Seite und schlief ein.

19. KAPITEL

Es war längst dunkel, als er aufwachte. Joanna saß auf dem unbequemen grauen Stuhl neben dem Sofa. Sie war nicht fähig zu denken, war an Geist und Körper wie gelähmt. Unvorstellbar, daß sie an diesem Morgen im alten Sommerpalast in Engelshand erwacht war, daß es erst vierzehn oder fünfzehn Stunden her war, daß sie in der Kutsche des Regenten gesessen hatte, während dieser unter Tränen von seinem Vater erzählte. Es kam ihr vor, als wäre das jemand anders gewesen.

In gewisser Hinsicht, dachte sie, war es auch so.

Die Hitze des Tages war abgeklungen. Die einzige Helligkeit im Wohnzimmer fiel aus der Küche herein. Durch die offene Glastür zum Patio wehte mit der milden Nachtluft der Chlorgeruch vom Pool herein.

Sie sah, wie Antryg sich rührte, sich mühsam aus dem schwarzen Brunnen seiner Träume an die Oberfläche kämpfte. Er zog die Beine an, spannte die Armmuskeln – und erstarrte, als er merkte, daß er sich nicht bewegen konnte.

Seine Lider hoben sich. Er blickte zu ihr auf.

»Es tut mir leid, Antryg.« Eigenartig genug, aber sie meinte es ernst.

Er wollte sich aufrichten, ließ es aber bleiben. Seine Hand- und Fußgelenke waren mit dem kunststoffummantelten Draht gefesselt, den Joanna vor Wochen dem Telefontechniker in San Serano abgeschwatzt und in ihre unergründliche Umhängetasche gestopft hatte. Davon abgesehen wußte Joanna von ihrer eigenen Erfahrung mit Barbituraten, daß er grausige Kopfschmerzen haben mußte. Die Augen, die sie anstarrten, waren dunkel vor Verzweiflung und Angst, doch Überraschung verrieten sie nicht.

»Caris benachrichtigt das Kollegium«, sagte sie ruhig. »Saleris hatte etwas bei sich, eine *Lipa.*«

Sein Kopf fiel auf das Polster des Sofas zurück. Sie bemerkte den Schauder, der ihn durchlief. Doch es war schon merkwürdig, was sich auf seinem Gesicht abzeichnete, als er die Augen schloß: eine Art Erleichterung.

»Warum?« fragte sie. »Wen hast du erwartet?«

Die Lider zuckten leicht. Er flüsterte: »Salteris.«

Ein bitterer Geschmack stieg ihr in den Mund, als sie daran dachte, wie der alte Mann ihn umarmt hatte, bevor er sich widerstandslos in den Schuppen hatte führen lassen. Ihre Stimme bebte. »Du weißt so gut wie ich, daß Salteris tot ist.«

Er schlug wieder die Augen auf und blickte sie an. »Du hast es gesehen?«

»Ich habe nicht gesehen, wie du ihm den Hals zugedrückt hast, aber was wir gesehen haben, reicht.«

Er stieß seufzend den Atem aus. Zwei und zwei, dachte Joanna betäubt, ergeben wieder einmal unausweichlich vier. Sie fuhr fort: »Aber er hat es uns gesagt.«

Ein Ruck durchfuhr ihn. »Was gesagt.«

»Wer du bist.«

»Wer ich ...?« Seine Augen weiteten sich in plötzlichem Begreifen. »Nein«, stieß er leise hervor. »Joanna, nein.«

»Er hatte keinen Grund zu lügen.«

»*Er hatte jeden Grund!* Joanna verstehst du nicht? Als Suraklin den Körper verließ, in dem er geboren war – den Körper, den der Erzmagus und das Kollegium vor fünfundzwanzig Jahren in Kymil hinrichten ließen und verbrannten –, war es nicht mein Geist, mein Körper, dessen er sich für seine Flucht bediente.«

Weshalb hat er dich dann alles gelehrt, was er wußte?«

»Ich war sein auserwähltes Opfer, ja.« Sie hörte die unter erzwungener Gelassenheit vibrierende Verzweiflung aus Antrygs Stimme heraus. »Obwohl ich nicht wußte, was mir bestimmt war, ahnte ich – ich weiß nicht, was. Es vermischt sich alles mit Träumen und Visionen, die ich während der Jahre hatte, die ich versteckt lebte, in denen ich wußte, daß er tot war und mich doch verfolgte. Das war der Grund, weshalb ich einen Angehörigen des Kollegiums in Engelshand finden wollte: Um mir bestätigen zu lassen, was ich fürchtete, auch wenn ich sicher war, recht zu haben mit meinen Vermutungen. Um herauszufinden, wo er gewesen war, *wer* er gewesen war in all den Jahren. Denn ich wußte, er lebte. In Alpträumen sah mich jemand, den ich kannte, mit Suraklins Augen an ... Und dann, im Turm des Schweigens, im Zauberturm, kam er zu mir, und ich erkannte ihn.«

»Wer?« Joanna war entschlossen, sich nicht verunsichern zu lassen durch diese Manipulation der Wahrheit, auch wenn sie noch so plausibel war.

»Suraklin«, antwortete Antryg leise. »Salteris.«

»Du erwartest, daß ich das glaube?« Ihre Hände zitterten, sie preßte sie fest zusammen. »Du erwartest von mir, daß ich deinem Wort Glauben schenke, nachdem du mich belogen hast, mir ausgewichen bist ...«

»Ich konnte nicht anders!« Antryg bäumte sich in seinen Fesseln auf, dann fiel er zurück und lag mit zusammengebissenen Zähnen still, bis der Schwindelanfall vorüber war. »Er hatte einen Komplizen in dieser Welt, Joanna. Das beweisen die Zeichen an den Wänden hier und in San Serano. Niemand weiß besser als ich, wie groß die Macht ist, die er über andere hat. Und ich – ich dachte, du wärst es.«

Sie wandte den Blick ab. Plötzlich verstand sie, weshalb er sie auf Distanz gehalten und sich nicht gestattet hatte, seinen Gefühlen für sie nachzugeben. Suraklin hatte die Gabe besessen, Vertrauen zu gewinnen, dachte sie. Kein Wunder, daß Antryg sogar seiner Liebe zu ihr mißtraute – *falls* er die Wahrheit sagte.

»Ich wollte dir vertrauen«, sprach er weiter. »Aber ich konnte nicht. Ich durfte das Risiko nicht eingehen. Sobald er auch nur ahnte, ich könnte ihm auf der Spur sein, wäre er verschwunden, hätte er sich in einen neuen Körper geflüchtet wie schon einmal zuvor. Ich bin nur ein Mensch, Joanna, einer der sehr wenigen noch lebenden, die ihn kannten, von denen ihm Gefahr drohte, entlarvt zu werden. Und in seinem vampirischen Zustand, der ihn befähigt, von einem Körper in den nächsen zu wechseln, ist er so gut wie unsterblich. Man muß ihm Einhalt gebieten ...«

»Und deshalb hast du Salteris getötet.« Sie kreuzte die Füße unter dem Stuhl. Ein Luftzug trug gedämpftes Motorengeräusch vom Ventura Freeway heran. Das Dröhnen eines Flugzeugs, das nach Burbank einschwebte, tönte in der Ferne. »Weil Suraklin in seinen Körper geschlüpft war.«

»Nein.« Der Schatten von etwas Dunklerem als Furcht oder Trauer breitete sich über seine Züge. »Ich tötete Saleris, weil Suraklin seinen Körper verlassen hatte. Begreifst du nicht? Der Körper, dessen er sich zuerst bemächtigte und in dem er aus Kymil entfloh, war der des Kaisers. Als Kaiser herrschte er einundzwanzig Jahre lang über Ferryth. Nur Pharos merkte es, und Pharos war ein Kind und konnte nichts tun – wagte nicht einmal zu glauben, was sein Herz ihm sagte, daß sein Vater nicht mehr sein Vater war. Im Besitz diesr Machtfülle versuchte er, mich nach der Mellidane-Revolte hinrichten zu lassen – vielleicht inszenierte er überhaupt diesen Aufstand, um mich in seine Gewalt zu bekommen. Ich weiß es nicht. Aber vor vier Jahren verließ er den Kaiser, ließ ihn zurück als leere Hülle, um Salteris' Geist und Körper zu übernehmen, um als Salteris zu leben – und heute verließ er ihn, um von einem neuen Wirtskörper Besitz zu ergreifen. Ich tötete Salteris ...« Seine Stimme versagte. Er mußte sie zwingen, ihm zu gehorchen. »Ich tötete ihn, weil ich ihn geliebt habe, weil er mein Meister gewesen war – und mein Freund. Er sollte nicht das Schicksal des Kaisers erleiden, dahinvegetieren, hilflos, angewiesen auf andere. Und abgesehen von meinem Bruch mit Suraklin seinerzeit, war es das Schmerzlichste, was ich je getan habe.«

Wie eine Beschwörung flüsterte sie vor sich hin: »Ich glaube dir nicht. Man hat mir gesagt ...«

»*Suraklin* hat dir gesagt«, fiel Antryg ihr heftig ins Wort. »Er mußte den Verdacht auf mich lenken und versuchen, mich unglaubwürdig zu machen. Deshalb hat er bei seinem ersten Besuch im Zauberturm den Handschuh in meiner

Zelle liegengelassen und Caris glauben gemacht, er hätte noch beide. Er stattete mir nie einen zweiten Besuch ab, betrat an dem fraglichen Abend gar nicht den Turm. Unter dem Siegel der Finsternis hätte er den Abyssus nicht öffnen können. Niemand kann das. Doch es gelang ihm, Caris vermittels einer Illusion vom Gegenteil zu überzeugen. Hätte das Tor zum Abyssus nicht die Grenze zwischen den Welten so weit geschwächt, daß sich mir die Möglichkeit zur Flucht bot, hätten Caris oder die Bischöfin oder die Hexenjäger mich getötet, ganz wie es seine Absicht war. Er kann es sich nicht leisten, mich am Leben zu lassen. Du mußt mir glauben, Joanna. Bitte glaub mir ...«

»Sei still!« Sie wandte das Gesicht ab, Panik stieg in ihr auf. *Wenn du ihn nicht anders daran hindern kannst, mit ihr zu sprechen, dann töte ihn,* hatte Salteris gesagt. Weil sie die Wahrheit hören würde, oder weil zu befürchten war, daß sie die Lügen glaubte?

Sie hörte das Rascheln, als er wieder versuchte, sich zu bewegen. Dann lag er still. Schließlich redete er hastig weiter, als wüßte er, daß seine Zeit ablief.

»Er wollte ewig leben. Von einer bloßen Idee wuchs es sich zur Besessenheit aus. Er verfügte über die Magie, mittels derer er andere in seinen Bann schlug; er benutzte Formeln, um seinen eigenen Geist, seine Persönlichkeit, in tausend winzige Fragmente aufzusplittern – Subroutinen, nennst du sie –, während er durch Zauberei ein Duplikat seiner Persönlichkeit visualisierte und formte, welches er in Gehirn und Körper eines anderen Mannes einfügte. Ich mußte herausfinden, in wem er sich vor seiner Hinrichtung eingenistet hatte, um aus Kymil zu fliehen. Bis heute morgen hatte ich keine Ahnung. Und erst als du sagtest, Computer könnten die Funktion des menschlichen Gehirns nachahmen, erkannte ich, was er wirklich vorhat.«

»Einen Computer bauen.« Joanna richtete den Blick wieder auf die lange, ungelenke Gestalt in verwaschenen Jeans und bedrucktem T-Shirt. »Einen Computer, der geeignet ist, den Geist eines Magiers aufzunehmen. Und der Teles versorgt ihn mit Elektrizität.«

»Um den Preis des Lebens in meiner Welt und der deinen. Um den Preis dieses Leichentuchs aus fahler Resignation und Lethargie und Gleichgültigkeit, das unser beider Welten überziehen wird, wenn der Computer seine Arbeit aufnimmt. Die Menschen werden diesen Preis bezahlen, ohne zu begreifen, was ihnen geschieht oder warum. Und in ein oder zwei Generationen wird vergessen sein, wie es einmal gewesen ist.«

Etwas, das Salteris in diesem Zimmer gesagt hatte, kam Joanna in den Sinn. Durch die offene Patiotür konnte sie vor dem dunkelblauen Nachthimmel den Schuppen sehen, wo Caris mit der *Lipa* saß, allein mit dem Leichnam seines Großvaters. Sie spürte eine merkwürdige Unruhe, ein Frösteln, und sie wußte, daß irgendwo ganz in der Nähe der Abyssus sich zu öffnen begann.

»Daß du dich jetzt entschlossen hast, mir alles zu erzählen«, sagte sie nüchtern, »ist kein Beweis, daß du nicht Suraklin bist.«

Die Muskeln an seinen bloßen Armen wölbten sich, als er an den Fesseln zerrte. »Joanna, ich schwöre dir«, stieß er zwischen zusammengebissenen Zähnen hervor. »Was kann ich sagen, damit du mir glaubst?«

»Nichts.« Sie schüttelte müde den Kopf. »Denn wenn du Suraklin bist, würdest du alles sagen. Sogar ...« Sie schluckte die Worte hinunter: *Sogar, daß du mich liebst.* Nach einem Moment sprach sie weiter: »Salteris sagte, Suraklin hätte die Gabe gehabt, Menschen dazu zu bringen, daß sie ihm vertrauten.«

»Wie ich sehe, trifft es zu«, meinte Antryg bitter.

Joanna fühlte, wie sie rot wurde. »Er hat mich nicht mit Lügen abgespeist, mit Halbwahrheiten und Ausflüchten.«

»Er hat dir eine von Anfang bis Ende überzeugende Lüge aufgetischt«, entgegnete der Magier. Sein Atem ging schnell und unregelmäßig. Auch er ahnte die Bewegung in der Dunkelheit draußen. »Joanna, ich wurde von Suraklins Zeichen hierher in das Zimmer geführt, wo wir uns zum erstenmal begegnet sind. Später, als ich merkte, wie der Abyssus sich erneut öffnete, folgte ich ihm und fand dich in dem Versteck in den Bergen bei Kymil, wohin er dich brachte, nachdem sein Komplize dich ihm ausgeliefert hatte. Ich konnte nicht wissen, ob und wieweit er dich unterworfen hatte. Vielleicht warst du seine Kreatur. Und dann, in Devilsgate Manor ...«

Sie verdrängte die Erinnerung an das kobaltblaue Zwielicht, an ihr überwältigendes Verlangen nach ihm und die Weichheit der samtenen Stimme, die sie in ihren Bann zog. »Ich will nicht über Devilsgate reden«, sagte sie steinern. »Ich war dumm ...«

»Wie auch ich«, murmelte er. »In den Karten stand, daß du mich verraten würdest. Die sechzehnte Karte, der Tote Gott, das Zeichen, mit dem sie Zauberer brandmarken, um ihre Kräfte unwirksam zu machen, wenn man sie zur Hinrichtung führt. Trotzdem wollte ich nicht glauben, daß du seine Agentin sein könntest. Ich habe immer zu leichtfertig Vertrauen geschenkt. Diesmal durfte ich es nicht riskieren.«

»Und ich«, bemerkte Joanna in der Dunkelheit, »darf es nicht riskieren, dir Glauben zu schenken.«

Antryg lag still. Das Licht aus der Küche glänzte auf seinem schweißfeuchten Gesicht und den Gläsern seiner Brille. Er starrte zur Decke. Gary, dachte Joanna unwillkürlich, würde sie mit weinerlichen Vorwürfen bestürmt haben: *Wie kannst du nur ...*, doch sie schob den Vergleich beiseite. Daß Antryg ihr gegenüber nie etwas anderes gezeigt hatte als Fürsorge, Freundlichkeit und – vielleicht – Liebe; daß er sein Leben aufs Spiel gesetzt hatte, um sie vor dem Regenten und später der Inquisition zu retten, und daß sie ihn liebte, all das änderte nichts an der Tatsache, daß er Suraklin war, der Dunkle Magus. *Und wenn er es doch nicht war?*

Womit sie es hier zu tun hatte, war keine simple Rechenaufgabe von 2 + 2 = 4, sondern eine höllisch vertrackte quadratische Gleichung mit zwei scheinbar richtigen Antworten. Entweder hatte Salteris gelogen, oder Antryg sagte die Unwahrheit. Es mußte einen logischen Weg geben, um das Rätsel zu lösen, aber ihr fiel keiner ein. *Wenn ich geübter darin wäre, Menschen zu beurteilen, oder mehr Informationen hätte ...*

Etwas näherte sich aus den Tiefen der Nacht. Sie begann zu frieren.

»Joanna«, in Antrygs zwingender, tiefer Stimme schwang ein Unterton von Panik mit, »ich habe keine Beweise. Und es ist viel verlangt, einen Menschen zu bitten, eine Entscheidung nur nach dem Gefühl zu treffen. Aber du bist auch in Gefahr.« Er schüttelte die schweißfeuchten Haare zurück, die an seinen Schläfen und den verblassenden Peitschenstriemen klebten.

»Suraklin verließ Salteris' Körper. Er muß in einen anderen übergewechselt sein – höchstwahrscheinlich in den seines Helfershelfers auf dieser Seite, der für ihn die Arbeit am Computer verrichtet. Er dürfte ihn in dem Schuppen getroffen haben – dort befindet sich auch ein Signum –, gerade als Suraklin den Augenbick für gekommen hielt, sich von Salteris zu trennen, zumal anzunehmen war, daß man mir die Schuld an seinem Geisteszustand geben würde. Aber Suraklin braucht dich. Er verfolgte dich in San Serano, er beauftragte seinen Helfer, dich herzulocken, und er brachte dich in seinen Schlupfwinkel, wo Caris und ich dich fanden. Und ich bin sicher, daß er dich immer noch haben will.«

»Natürlich.« Joanna kämpfte die Angst nieder, die bei seinen Worten in ihr aufstieg, und den Ärger darüber, wie leicht es war, ihr Angst einzuflößen. »So sehr, daß er mich vor der Willkür des Regenten schützt und mich aus dem Kerker der Inquisition befreit ...«

Ihre Blicke trafen sich. »Du weißt sehr genau, weshalb ich dich gerettet habe.«

Sie wandte sich ab. »Ich weiß es eben nicht. Das ist es ja. Ich weiß es nicht.«

In der heißen, klebrigen Dunkelheit draußen knarrte das Hoftor. Antryg drehte hastig den Kopf auf dem Polster. Leise und gehetzt sagte er: »Laß mich gehen, Joanna. Bitte. Wenn sie gegangen sind, wird er zurückkommen, um dich zu holen, wer immer er jetzt sein mag ...«

»Du versuchst mir Angst zu machen, damit ich dich freilasse ...«

»Ich versuche dich zu retten, verdammt!« Er stemmte sich mit aller Kraft gegen die fest verknoteten Kabel. Im dunklen Patio war nichts zu erkennen, aber Joanna glaubte das

Schleifen langer Gewänder und die Schritte weichbeschuhter Füße zu hören. »Joanna, sie werden mich töten!«

Er schaute an ihr vorbei zur Tür, und der Ausdruck in seinen Augen veränderte sich. Joanna wandte den Kopf. Caris stand dort, sein Gesicht war gefaßt und ernst. Es war das eines Mannes, nicht mehr das eines Jungen. Das blanke Schwert funkelte wie eine blaue Flamme in seiner Hand. Hinter ihm, beinahe unsichtbar, ahnte sie weitere Gestalten. Aus dieser schattenhaften Gruppe löste sich eine Frau, hochgewachsen und gebieterisch schön in ihrer schwarzen Robe. Zwischen den dunklen Locken, die über ihre Schultern flossen, schimmerte die Silberstickerei der hyazinthfarbenen Stola hervor.

»Joanna«, sagte sie mit einer melodischen Altstimme, »ich bin Lady Rosamund Kentacre. Im Namen des Kollegiums der Nigromanten danke ich dir für das, was du getan hast.«

Ohne hinzuschauen wußte Joanna, daß Antryg dem Kollegium mit der Miene eines Mannes entgegensah, der weiß, daß nichts, was er zu seiner Verteidigung vorbringen kann, ihn zu retten vermag.

»Caris hat mir berichtet, was geschehen ist«, fuhr die Zauberin mit derselben beherrschten, singenden Stimme fort, die trotz ihres Wohlklangs kälter war als der Dolch eines Assassinen. »Ich kann dich nur um Vergebung bitten, daß du in die Angelegenheiten von Magiern hineingezogen worden bist. Ich verspreche dir, daß dieser Mann bestraft wird – nicht nur um deinethalben, sondern wegen der Verbrechen gegen unser beider Welten.«

Caris trat vor. Seine dunkelbraunen Augen wirkten stoisch, friedvoll, trotz aller Erschöpfung. Er hatte seine Mission erfüllt, seinen Großvater gerächt und wieder seinen Platz im Leben als der eingenommen, der er gewesen war. Joanna beneidete ihn darum. Sie fragte sich schon jetzt, wie sie es je fertigbringen sollte, einfach weiterzuleben wie vorher. Drei andere Nigromanten traten hinter ihm aus der Dunkelheit – junge Männer, muskulös und kriegerisch. Zwei von ihnen trugen das blutrote Gewand der Hasu, der

Kirchenmagier. Offensichtlich hatten die Bischöfin und die Hexenjäger Frieden geschlossen.

Ihr wurde kalt bei der Vorstellung, daß Peelbone derjenige sein würde, der Antryg verhörte. Von Pharos konnte er keine Hilfe erwarten. Sie erinnerte sich an die plötzliche Eiseskälte in den blaßblauen Augen und an die schrille Stimme im Halbdunkel des Speicherraums: *Du wirst dich sehnen nach dem Tod, den mein Vater dir bestimmt hat …*

Benommen trat sie zur Seite. Die Männer lösten die Drahtfesseln um Antrygs Knöchel und stellten ihn auf die Füße. Er war kreidebleich. Besser als Joanna wußte er, was ihn auf der anderen Seite des Abyssus erwartete. *Ich wünschte, es wäre endlich vorbei,* dachte Joanna zermürbt. Und wenn es hundertmal richtig war, Suraklin das Handwerk zu legen, sie wußte nicht, ob sie sich ihre Beteiligung daran je würde verzeihen können. *Ich wünschte, es wäre endlich vorbei …*

Lady Rosamund wandte sich zum Gehen. Draußen im Hof bewegten sich Schatten, das Wasser im Pool glitzerte. Hände reckten sich zum Himmel und schrieben feierlich die Zeichen in die Luft, um ein letztes Mal das Tor in der Nacht zu öffnen, das Welt von Welt trennte, Zeit von Zeit. Wind bewegte die grauen Vorhänge und streifte Joannas Wangen. Der fremde, kalte Hauch des Abyssus erfüllte den Raum. Sie glaubte Antryg flüstern zu hören, aber vielleicht war es nur Einbildung: »Nein …«

Hinter den Türen war nichts, ein Abgrund formloser Schwärze, als wäre an einer unsichtbaren Schwelle das Universum zu Ende.

Caris warf einen letzten Blick über die Schulter. Einen kurzen Moment kreuzten sich ihre Blicke. Hinter der Wand seiner Trauer, die sich schon jetzt in den fanatischen Perfektionismus seiner kriegerischen Berufung verwandelte, glomm ein letzter Funke Bedauern – Bedauern, sie zu verlieren, vielleicht seine einzige Verbindung zu einem Leben außerhalb der Kaste der Sasenna, und Bedauern, diese fremde Welt verlassen zu müssen mit ihren faszinierenden Möglichkeiten, die so ganz andere Fähigkeiten erforderten, als sie bisher sein Tun und Denken bestimmt hatten. Joanna begriff, es war ein Abschied für immer. Wenn der Abyssus sich diesmal schloß, war alles nur noch Erinnerung – der Sonnenaufgang über den Marschen von Kymil, die verwinkelten Straßen von Engelshand, Magister Magus, Pharos, dem Suraklin den Vater geraubt hatte ...

Mit einem wilden Ruck riß Antryg sich von seinen Bewachern los und stürmte zu den Fenstern an der anderen Seite des Zimmers. Er kam nicht zwei Schritte weit. Caris und die Nigromanten stürzten sich auf ihn und rissen ihn zu Boden. Caris' Schwert blitzte, als er es hochhob, und der schwere Knauf mit einem dumpfen Knacken, das Joanna bis ins Mark spürte, Antrygs Schläfe traf. Dann zerrten sie ihn hoch. Obwohl er nur halb bei Besinnung war, hörte er nicht auf, sich zu wehren.

Lady Rosamund winkte befehlend. Caris und die Hasu schleppten ihren Gefangenen durch das schreckliche Tor und in die Dunkelheit dahinter.

Joanna schaute ihnen nach – lange, kam es ihr vor –, bis sie in dem endlosen Tunnel ins Nichts immer kleiner wurden und schließlich verschwanden. Ein letztesmal funkelten Antrygs Brillengläser – oder vielleicht waren es nur die Reflexe auf der Wasserfläche im Swimming-pool. Die Wunde in der Nacht war geheilt.

Das Geschehene hinterließ seine Spuren nur in ihrer Seele; Spuren, die unauslöschlich waren.

Mittwoch. In dieser, der gewohnten, alltäglichen Welt, war Mittwoch. Am Morgen mußte sie nach San Serano hinausfahren und sich etwas einfallen lassen, um den Kuddelmuddel zu bereinigen, der durch ihr Verschwinden entstanden war.

Ganz plötzlich brach sie in Tränen aus.

Am liebsten wäre sie auf dem Sofa liegengeblieben und hätte die ganze Nacht geweint vor Müdigkeit, Selbsthaß und emotionaler Erschöpfung. Aber die Stimme aus dem unbeteiligten Winkel ihres Bewußtseins sagte ihr, daß es spät war und Gary jeden Moment nach Hause kommen konnte. Von allen Menschen auf der Welt war Gary der letzte, den sie jetzt sehen wollte; ihr wurde schlecht bei dem Gedanken an seinen weinerlichen Egoismus.

Wenn es nur einen Beweis gäbe, dachte sie todmüde. Ein Indiz …

Antryg hätte etwas gefunden. Sie erinnerte sich an die vergnügliche, sherlockianische Promptheit seiner Schlußfolgerungen. *Es war mein Unglück, gut raten zu können* … Nur, falls Antryg wirklich Suraklin war, würde er das Indiz zu seinen Gunsten interpretieren.

Aber der Gedanke an Sherlock Holmes brachte sie auf eine Idee.

Sie schüttelte den Kopf. So oder so, es war vorbei. Sich jetzt noch den Kopf zu zerbrechen brachte nichts ein. Trotzdem setzte ihr Herz einen Schlag aus, als sie begriff, daß es eine Möglichkeit gab, die Wahrheit herauszufinden.

Wie auf der Insel im Fluß, als sie das schwere Gewicht der Pistole in den Händen gespürt hatte, wünschte sie sich, nichts zu wissen, hilflos zu sein, aller Verantwortung enthoben. Erst nach langer Zeit raffte sie sich auf und kehrte in den Computerraum zurück.

Die orangefarbenen und roten Lämpchen der Peripheriegeräte und das grüne Leuchten der Uhr erzeugten eine gespenstische Helligkeit. Sie blieb vor dem Türrahmen stehen und berachtete die Stelle, wo Suraklins Signum gewesen war. Als sie Antryg auf der Party zum erstenmal gesehen hatte, hatte er mit den Fingern über die Wand gestrichen, das Zeichen nicht geschaffen, sondern sichtbar gemacht wie Salteris erst vor ein paar Stunden. Das gleiche hatte sie Antryg in der stickigen, nach Krankheit riechenden Enge der vom Kaiser bewohnten Gemächer tun sehen – war das wirklich erst heute morgen gewesen? – und am Abend vorher in den Räumen des Prinzen. Die Erinnerung war sehr deutlich, wie all ihre Erinnerungen an ihn: Antryg in seinem langen, abgewetzten Schoßrock und dem schäbigen Rüschenhemd, wie er mit den Händen über die lackierte Holztäfelung strich, bis seine Finger an diesem oder jenem Punkt innehielten.

Bis auf ein absichtlich hoch oben plaziertes Zeichen hatten die Signa sich allesamt in etwa der gleichen Höhe befunden. Hatte Conan Doyle in *Eine Studie in Scharlachrot* nicht geschrieben, daß man eine Markierung an der Wand immer in Höhe der eigenen Augen anbringt?

Sie sah den Erzmagus in diesem Zimmer stehen, wie er Suraklins Signum heraufbeschwor – in Höhe *seiner* Augen; er hatte sich nicht bücken müssen wie Antryg.

Kein Beweis, kein Beweis. Suraklin wußte nichts von Conan Doyle ...

Doch andere Erinnerungen drängten sich auf: an Hände um ihrenHals und heißen Atem an ihrer Schläfe – dann an die menschenleere Gasse in dem Viertel um St. Cyr, eingesponnen in einen Kokon aus dichtem Nebel, als sie sich rekken mußte, um Antryg die Arme um den Hals zu legen, und er sich zu ihr niederbeugte.

Der Mann, der sie in San Serano überfallen hatte, war kleiner gewesen.

Durch das offene Fenster hörte sie das Knirschen von Autoreifen auf dem Kiesweg. Scheinwerferkegel schwenkten durch die Einfahrt, und das Stangenmuster des eisernen Zauns wanderte über die Wasserfläche des Pools.

Gary, dachte sie mit plötzlichem Widerwillen. Sie konnte schon seine Stimme hören: *Hallo, Schatz, du kannst hierbleiben, wenn du willst ...*

Alles, was sie wollte, war, alleine sein und weinen und vergessen.

Der Abyssus war geschlossen.

Sie würde nie mit letzter Sicherheit wissen, ob Antryg die Wahrheit gesagt oder gelogen hatte.

Nein, berichtigte sie sich. Wenn er die Wahrheit gesagt hatte, kehrte irgendwann die lähmende Teilnahmslosigkeit zurück, würde der Welt irgendwann Leben und Hoffnung entzogen. Aber bis dahin war Antryg tot. Sie bemühte sich, nicht an die grauenhaften Einzelheiten zu denken, die Caris ihr beschrieben hatte. Andererseits bedeutete Antrygs – Suraklins – Tod vielleicht die Rettung zweier Welten.

Zurück zu der ermüdenden Gleichung mit den zwei scheinbar richtigen Lösungen.

Er könnte zurückgekommen sein, um Suraklins Computer und die Teles zu suchen, die ihn mit Energie versorgen.

Oder um einen neuen Handlanger zu finden.

Es widerstrebte ihr, das Refugium des Computerraums zu verlassen. Sie fühlte sich sicher in der Festung der stummen, geduldigen Geräte – wie immer schon. Es waren *idiots savants,* aber auf ihre nichtmenschliche Art sehr viel verläßlicher als sämtliche Leute, die sie bisher kennengelernt hatte ...

... falls es nichtmenschliche Verläßlichkeit war, auf die sie Wert legte. Falls sie weiter nichts herausbekommen wollte, als sie eingegeben hatte.

Sie hörte Gary unten rumoren und wußte, sie mußte in den sauren Apfel beißen.

Geschehen ist geschehen, dachte sie. Wenn Antryg Suraklin war, hatte sie die Welt gerettet.

Wenn nicht ...

Es gab nichts, absolut nichts, was sie tun konnte.

Langsam ging sie die Treppe hinunter.

Gary saß am Küchentisch. Er hatte ein Glas Rotwein vor sich stehen. Das kalte Licht der Halogenstrahler schien auf sein weiches, braunes Haar und ließ Wein und Glas funkeln. Er hatte die Ellenbogen aufgestützt, die Hände vor dem Kinn gefaltet und die ausgestreckten Zeigefinger an die Lippen gelegt.

Joanna blieb in der Tür stehen; ihr erster Gedanke war, daß Gary eigentlich Wein verabscheute.

Und wo hatte sie diese merkwürdige Haltung der Hände mit den ausgestreckten Zeigefingern schon einmal gesehen?

Er hob den Kopf, die Andeutung eines ironischen Lächelns spielte um seinen Mund.

»Joanna, meine Liebe«, sagte er. »Wie ich sehe, hast du dich wieder eingefunden. Du solltest deine Freundin Ruth anrufen, damit sie sich beruhigt. Sie hat die Polizei von drei Staaten zur Verzweiflung getrieben.«

Sie dachte: *O nein!*

Es war leicht nachzuvollziehen, weshalb der Prinzregent

im Alter von zehn Jahren an Gott, der Welt und seinem Verstand zu zweifeln begonnen hatte.

Es gab nicht den geringsten Zweifel: Sie wußte genau, woher sie die für Gary vollkommen untypische Sprechweise und diese ebenso untypische Pose kannte. Mit einem Schlag gab es auf alle Fragen eine Antwort – weshalb sie verfolgt und entführt worden war, weshalb Gary so großen Wert darauf gelegt hatte, daß sie zu seiner Party kam; woher Suraklin seinen Computer erhalten hatte, wer sein Helfershelfer gewesen war und welches Schicksal ihn ereilt hatte, als Suraklin fand, er habe seine Schuldigkeit getan.

Sie sagte etwas – irgend etwas. Zusammenhänge, Implikationen stürmten auf sie ein, türmten sich zu einem Mahnmal der Verzweiflung, und alles, was sie denken konnte, war: *Lieber Gott, nein!*

Und sie wußte – jetzt, nachdem sie ihn nicht mehr erreichen, ihm nicht mehr helfen konnte –, daß Antryg die Wahrheit gesagt hatte.

Dieselbe Persönlichkeit, die sie als Salteris gekannt hatte, der Dunkle Magus Suraklin, blickte sie aus Gary Fairchilds Augen an.

EPILOG

Auf dem Victory Boulevard fuhr ein Auto vorbei – rasch ansteigendes Motorengeräusch, dann das weiche Rauschen sich entfernender Reifen. Eine von den zusammengeknäuelten Katzen auf Joannas räudiger Bettdecke aus imitiertem Fell streckte das Hinterbein, schüttelte den Kopf und sank wieder in Schlaf. Auf dem Schirm erreichten die in der Dunkelheit des Zimmers helleuchtenden grünen Schriftzeichen ihr Ende: ZYMOGEN ZYMOLOGY ZYXMOSIS ZYMOTIC ZYMURGY OK>

Joanna nahm einen Schluck Tee, ohne den Blick vom Monitor abzuwenden.

Sie dachte: *Erster Versuch.*

Mit der gelassenen Beharrlichkeit derer, die sich auf einen Computer eingelassen haben, tippte Joanna auf RESET und begann von vorne, öffnete das Modem, wählte das Kommunikationsverzeichnis und das S im Menü für San Serano. Beim Summen des Trägersignals gab sie nicht ihren eigenen Benutzercode ein, sondern den Garys, den sie dem Personalverzeichnis entnommen hatte.

PASSWORD?

Breaktaste und Eingabe: BABY.

Es war ein Schuß ins Blaue, eins von mehreren Hackerprogrammen, mit denen sie sich belustigte, während sie zu später Stunde im Büro auf die Testergebnisse aus der technischen Abteilung wartete. Ungeachtet der Tatsache, daß der Computer in San Serano Geheiminformationen enthielt und angeblich gesichert war, konnte man sich relativ leicht Zugang verschaffen. Nachdem sie das erst einmal getan hatte, brauchte sie sich nur noch in die Dateien einzuklinken, in denen Gary Suraklins Wissen, seine Erinnerungen und seine Magie speicherte, Vorarbeiten für den späteren

Transfer in den Computer, den er durch Manipulation von Bestellisten Stück für Stück zusammengestohlen hatte.

Sie nahm noch einen Schluck Tee, der schwarz und stark wie Kaffe und längst kalt war. 3 Uhr 48. Fast schon zu spät, um noch etwas zu schlafen, bevor sie nach San Serano hinausfuhr, um sich zurückzumelden.

Gary verdankte sie, daß noch keine Kündigung im Briefkasten lag – er hatte sie mit einem plötzlichen Notfall in der Familie entschuldigt. Seine Fragen, *wo bist du gewesen, was ist passiert, was hast du gemacht,* hatten nicht sehr glaubhaft geklungen, überzeugten sie aber, daß er nicht den Verdacht hegte, sie könne etwas wissen. Es waren die Fragen, die man erwartete, auf deren Ausbleiben man mit Befremden reagiert hätte. Er hatte sie sogar bekniet zu bleiben – pro forma, hoffentlich. Sie mußte alle Selbstbeherrschung aufbieten, um sich nicht anmerken zu lassen, wie es ihr unter dem Blick dieser ironischen Augen kalt den Rücken hinunterlief.

Ich bezweifle, daß einer von zehn Menschen es bemerkt ..., hatte Salteris – Suraklin – gesagt. *Mit der Zeit hören sie auf sich zu erinnern und vermissen nicht mehr, was sie ohnehin längst vergessen haben ...*

Wieso war ihr nicht schon aufgefallen, daß etwas nicht stimmen konnte, als Salteris die Pferde erschreckt, womöglich sogar verletzt, auf jeden Fall den unschuldigen Knechten aber eine Auspeitschung eingehandelt hatte, damit sie unbemerkt in den Sommerpalast gelangen konnten? Antryg wäre nie derart rücksichtslos gewesen.

Im Schlafzimmer ihrer kleinen Wohnung herrschte nächtliche Stille. Ihre Katzen lagen am Fußende des Bettes wie ein achtlos hingeworfener Pelzmantel. Das Licht der Straßenlampen beschien die dunklen Blätter der Pflanzen. Kein Lüftchen bewegte die Gardine vor dem offenen Fenster. Der blinkende Cursor auf dem CRT wirkte im Dunkeln besonders hell.

Programm BABY brauchte nicht sehr lange, um durchzulaufen. PASSWORD INADMISSIBLE flimmerte auf dem Schirm, dahinter blinkte erwartungsvoll der Cursor.

Joannas Hoffnung sank. Es war kein Problem, den Benutzercode von jemandem herauszukriegen – das Kennwort war die harte Nuß. Die Dateien mußten vorhanden sein – es gab keinen anderen so großen Computer, zu dem Gary Zugang hatte und auf dem er Programme für etwas derart Komplexes wie das gesamte Persönlichkeitsbild eines Magiers entwickeln konnte. Für Gary ein Kinderspiel, es so einzurichten, daß seine Manipulationen keine Wellen schlugen; er brauchte nur größere Mengen Bytes so zu verschieben, daß die Diskrepanz verfügbarer Speicherkapazität niemandem auffiel. Joanna hatte mit der gleichen Methode eigene Dateien angelegt. Um hineinzugelangen, war ein Kennwort von bis zu acht Zeichen erforderlich – Waterloo oder Triumph des Hackers.

Joannas erstes Hackerprogramm bestand aus sämtlichen in einem Standardlexikon enthaltenen Einträgen mit bis zu acht Buchstaben. Trotz der unendlich vielen Kombinationsmöglichkeiten von sechsundzwanzig Buchstaben plus zehn verfügbaren Zeichen nahmen die meisten Benutzer ein leicht zu behaltendes Wort als persönlichen Code, und das Programm war darauf angelegt, sie alle durchzuprobieren mit der unvergleichbaren, blinden Geduld eines Computers. In Arbeitspausen hatte sie sich damit in alle möglichen codierten Verteidigungsunterlagen eingeklinkt, von denen die Regierung und das Management San Seranos treuherzig glaubten, sie seien absolut sicher.

Dieses Programm dauerte mehrere Stunden. Sie hatte noch ein zweites: ›Wie nennen wir unser Kind‹, weil viele Leute dazu neigten, Namen als Kennwort auszuwählen – vom Ehepartner, dem Liebsten, dem Kind oder Hund – und ein drittes mit den zusammengewürfelten Stichworten populären Geisteslebens: Tanis, Gandal, Krypton, Yoda, Mycroft.

Wenn nicht A, dann B.

Sie rieb sich die Augen. Auf ein Neues. Wieder fragten die grünen Buchstaben: PASSWORD? Sie unterbrach und startete das dritte Hackerprogramm. Während die Pixel über den Schirm flimmerten, massierte sie ihre verkrampften

Nackenmuskeln und betete, daß ihr diesmal Erfolg beschieden sein möge. Sie hatte sich ausgerechnet, daß alle Kombinationen von sechsunddreißig Zeichen hoch acht bei der Geschwindigkeit von ungefähr zehn Zeichen pro Sekunde, zu der ihr kleiner PC imstande war, 3265173, 5040 Tage in Anspruch nehmen würde, oder grob gerechnet achttausend Jahre. Grotesk. Und selbst wenn die Wahrscheinlichkeit dafür sprach, daß sie früher den Haupttreffer erzielte – wie viele Tage hatte Antryg noch zu leben?

Wenn sie daran dachte, was sie sich vorgenommen hatte zu tun, überkam sie Panik. In den Stunden, die sie seit ihrer Rückkehr hier saß, überschwemmte ein Adrenalinschub nach dem anderen ihr Nervensystem; ihr brach der kalte Schweiß aus, und sie zitterte wie sonst nur bei Disputen mit ihrer Mutter oder mit Gary.

Caris hatte ihr einmal anvertraut, daß er trotz seiner langjährigen Ausbildung in der Kunst des Tötens bis zu dem Scharmützel auf der Insel im Fluß seine Fähigkeiten niemals in einem ernsthaften Kampf auf Leben und Tod eingesetzt hatte. Joanna wußte nichts von Heldenmut und Rettung aus Gefahr, aber sie kannte den unermüdlichen Fleiß von Computern. Wie bei dem Problem mit den Abominationen auf der Weide zerlegte ihr Verstand die gewaltige Aufgabe in kleine zu bewältigende Unterprogramme.

Erstens, sich Einblick in den Inhalt von Suraklins Dateien verschaffen. Zweitens, Gary nicht aus den Augen lassen, um ihm folgen zu können, falls er den Abyssus durchquerte. Sie dachte an Antrygs Worte, daß Gary sie immer noch brauchte, und fröstelte. Auf die andere Seite zu kommen war unter Umständen leichter, als sie sich im Augenblick auszumalen wagte.

Dann – Caris? Kaum. Der Prinz? Sie fröstelte wieder bei der Erinnerung an das Flimmern in seinen blaßblauen Augen. Einmal hatte er sich trotz seines Verfolgungswahns überwunden, Vertrauen zu schenken, und war enttäuscht worden. Er würde diesen Verrat nie verzeihen.

Sie zwang sich, Ruhe zu bewahren. Alles der Reihe nach. Der Weg nach C führt nur über A und B. Ein Teil von ihr klagte: *Aber sie werden ihn foltern,* und aus dem nüchternen, semicomputerisierten Winkel ihres Gehirns kam die Antwort: *In der Eile sind Fehler. Konzentrier dich auf das, was du tun mußt!*

Die ganze Prozedur wieder von vorn, dann lehnte sie sich auf dem Drehstuhl zurück und starrte auf den Schirm.

PASSWORD?

Ihr Finger lag auf der Breaktaste, um die Funktion zu unterbrechen und das große Hackerprogramm zu starten.

Das ist der einzig mögliche Weg, redete sie gegen das plötzliche bleischwere Angstgefühl in ihrer Magengrube an. Zeit. Die Zeit wurde knapp. In die Datei eines Angestellten in San Serano einzudringen, von dem sie – zu Recht – vermutet hatte, daß er ein CIA-Agent war, hatte Wochen gedauert.

Antryg befand sich in der Gewalt der Hexenjäger. Ihm blieben höchstens Tage.

Aber es gibt keine andere Möglichkeit, schneller geht es einfach nicht. In der Zwischenzeit habe ich noch andere Vorbereitungen zu treffen. Wenn ich zu spät komme ...

Verzagt gestand sie sich ein, daß sie mit neunundneunzigprozentiger Wahrscheinlichkeit zu spät kommen würde. Es gab 2821109907456 mögliche Kombinationen von acht Buchstaben und Zeichen. Selbst nach Abzug der läppischen rund sechzigtausend Einträge aus dem Lexikonprogramm und den Namen blieb die Zahl astronomisch – und das waren nur die achtstelligen Kombinationen. Das Wort konnte auch kürzer sein. Acht war lediglich die Obergrenze.

Suraklin, dachte sie, hat acht Buchstaben.

Und *Salteris.*

Sie schlug auf ESCAPE und tippte SURAKLIN.

PASSWORD INADMISSIBLE.

Sie murmelte ein Wort, das sie von Caris aufgeschnappt hatte, und versuchte die zweite Option.

SALTERIS

PASSWORD INADMISSIBLE.

Es wäre zu einfach gewesen. Aber der Schmerz der Enttäuschung war schlimm – schlimmer, als wenn sie einfach das Hackerprogramm gestartet hätte und zu Bett gegangen wäre. Mit brennenden Augen dachte sie: *Ich darf nicht zu spät kommen. Ich darf nicht …*

Der Cursor blinkte sie an. Das Rechteck des Fensters war nicht mehr schwarz, sondern schmutziggrau, die Luft im Zimmer klamm und stickig. Hoffnung. Magie gründete sich auf Hoffnung. Auch der Computer des Dunklen Magus' würde sich davon nähren, von Hoffnung und von Lebenskraft, die er der ahnungslosen Welt entzog.

Joanna runzelte die Stirn. Irgend etwas regte sich in ihrem Unterbewußtsein. Sie schaute wieder auf den Schirm. Ihr blieb noch ein Versuch, um auf gut Glück das richtige Kennwort zu treffen, und es gab noch eine Kombination aus acht Buchstaben, die jemand, der von Suraklin wußte, benutzt haben könnte.

DARKMAGE.

Abrupt erlosch das grüne Leuchten der Buchstaben. Nach einem atemlosen Augenblick erschienen in der Mitte des leeren Schirms die Worte:

WILLKOMMEN IM SAN SERANO COMPUTER.

Sie stieß seufzend den angehaltenen Atem aus. Ihre Hand zitterte vor Müdigkeit, als sie den Schalter des Druckers betätigte. Surrend erwachte das Gerät zum Leben.

Es ging auf sechs Uhr früh zu – Zeit genug, mit der langen Reihe von Subroutinen anzufangen, die zu einem Ziel führten, das zu einschüchternd war, um es als Ganzes zu betrachten.

Sie gab PRINT FILES ein, trank den letzten Schluck kalten Tee und ging zur Dusche. Hinter ihr im dunklen Zimmer führte der Drucker klappernd seinen Monolog.

ENDE

Band 20 195

Barbara Hambly

Die dunkle Hand der Magie

Deutsche Erstveröffentlichung

Seit Sonnenwolf, der frühere Söldnerführer, die ersten Fertigkeiten der Magie erlernt hat, sind er und seine Gefährtin Sternenfalke auf der Suche nach einem Lehrmeister. Da treffen sie auf ihren alten Trupp. Die Söldner sind angeheuert worden, um die Stadt Vorsal zu belagern und zu erobern. Doch die tapferen Männer haben mit argen Schwierigkeiten zu kämpfen – was nur eines bedeuten kann: Hier ist Magie im Spiel.
Zwar kann Sonnenwolf seine ehemaligen Kameraden von ihrem Hexenbann befreien, der Zauberer aber entwischt ihm. Bis es in einer düsteren, stürmischen Nacht zu einer seltsamen Begegnung kommt: Eine riesige Hand fährt aus den Wolken auf Sonnenwolf herab . . .

BASTEI LÜBBE

Sie erhalten diesen Band im Buchhandel, bei Ihrem Zeitschriftenhändler sowie im Bahnhofsbuchhandel.

Band 20 238

Margaret Weis & Tracy Hickman

Elfenstern

Vor undenklichen Zeiten teilten mächtige Zauberer die Welt in vier Reiche auf, dann verschwanden sie, und ein Schleier des Vergessens legte sich über die Welt. Bis die geheimnisvollen Patryn dem Labyrinth des Todes entkommen, in das die feindlichen Zauberer sie sperrten, und ihren Boten Haplo in die Welt schickten, um das Rätsel der vier Reiche zu lösen.
Pyran, das Reich des Feuers, ist eine Welt, wo die Nacht niemals die Herrschaft über den Tag gewinnt. Immerwährendes Licht hat einen Dschungel entstehen lassen, den nur die Zwerge durchdringen können.
Die Menschen müssen auf Bäumen leben – wenn sie nicht gerade in den Krieg ziehen. Denn Krieg beherrscht das Reich, geschürt von Elfen, die sich als Händler ihrer magischen Waffen verdingen. Plötzlich aber taucht eine Gefahr auf, die selbst den Elfen Angst einjagt: Grausame Titanen rücken vor, und niemand kann sie aufhalten – bis Haplo, der Bote der Patryn, in das Spiel von Macht und Magie eingreift.

BASTEI LÜBBE

Sie erhalten diesen Band im Buchhandel, bei Ihrem Zeitschriftenhändler sowie im Bahnhofsbuchhandel.